응시하는 겹눈

응시하는 겹눈

이소연 평론집

문학동네

| 책머리에 |

가장 작은 차이, 나

"뒤틀린 시절이로다(The time is out of joint)." 세상을 바로잡을 운명을 타고 태어난 불행한 사내, 햄릿의 탄식을 생각하고 또 생각한다. 언젠가 나는 그의 말투를 빌려 이렇게 고백하고 싶었다. "칠흑처럼 캄캄한 시절을 살고 있습니다." 그리고 두 눈이 응시하는 어둠에 한데 몸을 섞어 사라지는 꿈을 꾸었다.

어둠을 순순히 인정하는 순간 아무것도 생각할 수 없었다. 묻고, 궁리하고, 이해하기 위해서 나는 먼저 보아야만 했다. 그런 나에게 지금처럼 어둠이 더욱 생생하게 몸을 부풀리고, 희미한 유령의 흔적조차 보이지 않는 시절이 오리라고는 짐작도 하지 못했다. 이름 없는 혼령과 두더지가 기척을 내며 오가는 어스름한 골짜기는 어느새 무덤으로 바뀐 지 오래다. 달빛은 먹장 같은 구름이 먹어버리고 강도들이 횡행하는 야음마저 잃어버린 이곳에 무슨 볼거리들이 남았다고 미련을 두겠는가. 하지만 차마 놓아버릴 수 없는 것이 있었다. 보이지 않는 영역이 점점 넓어지는 현실에 적응하기 위해 눈은 더욱 깊어지기 마련이다. 나는 손톱만한 동공이 웅덩이처럼 바닥을 파고들어가 이윽고 우물처럼 보이지 않는 깊은 속살 안으로 푹푹 잠기기를 기도했다. 지금 당장 가물가물하게 사라지는 것들을 담아야 한다, 묻어두기라도 하자, 나의 두 눈은 우물거린다.

햄릿은 무시무시한 현실을 상기시키는 아비의 모습을 두 눈으로 보았고 그에게 불가능한 과업을 고지하는 목소리를 들었다. 그는 자신이 살고 있는 시대의 관절이 접질렸으며 주변의 살점과 혈액마저 괴사해가고 있다는 사실을 알아차린다. 그럼에도 불구하고 결행에 옮기기까지 수천수만 번 흔들리는 것은 그도 여느 관객들과 다름없는 인간이기 때문이리라. 나 역시 처음 만났을 때부터 어떻게든 이해하고 공감해보려고 애썼다. 아비의 지령을 성취하는 일이 목숨을 바칠 만큼 가치 있는 일인지 몰라 어리둥절해 있는 그를. 도무지 이해되지 않는 연약함과 무신경을. 어쨌든 그는 자신의 힘으로 질문에 대한 답을 구했고 예정된 최후를 향해 두 발로 걸어들어가지 않았던가. 그는 자신이 던져진 뒤틀린 시절을 비극의 무대로, 자신을 비극의 주인공으로 연출하는 일에 만족했을까?

언제부터인지 나는 '인간'이라는 단어에 강박적으로 매달리기 시작했다. 정신분석학에서 이야기하는 내용에 귀를 기울이면 그것 역시 여하한 관념들과 마찬가지로 일개 '판타지'에 불과할지 모른다. 그러나 나에겐 하나의 능선 같은 것이 필요했다. 중간에 발걸음을 멈추고 등짐도 부리고 잠시나마 휴식을 취할 수 있는 잠정적인 거처, 그것이 나 자신과 동료들을 버성기게나마 묶어줄 끈이라고 믿는다, 아니 믿어야 한다. 그거라도…… 인간 이하 아니면 그 이상, 그것들은 일단 '인간'이라는 판타지에 얻어맞고 난 다음에 붙들어야 할 주제라고 생각하기로 한다. 그런데 이상하게도 주로 인간(도) 아닌 존재, 인간과 비슷하다고 여겨온 비인간에 대해 더 자주, 그리고 깊이(심지어는 즐겨) 다루게 된다. 이것은 아이러니 혹은 역설일까? 직설적으로 말해볼까. 익숙한 물신(物神)의 이름, 마몬(mammon)을 모든 것 위에 두는 세력들이 점령해버린 이 세상이 너무 '인간적'이어서 그렇다. 이들은 지상에 거주하는 존재들을 심각하게 '비인간'적으로 규정함으로써, 그렇게 만들어버림으로써 우리로 하여금 피투성이가 된 채 '인간'이란 개념을 회의하도록 한다. 회의하는 능력조차 잃어버렸다면 모르되 아직 눈멀고 귀먹지 않는 이들이 '저것도 인간인가' '인간이 무엇인가'라고 생각하지 않고 배길 도리가 있겠는가. 나는 이 시대를 함께 살아가는 작가들의 글을 읽으며 오로지 이 두 단어(아니, 둘이 아닌 하나인가?)만 되풀이 중얼거렸다. "인간, 비인간, 인간, 비인간, 인간, 비인간, (비)인간……" 그러는 와중에 혀를 실수로 깨물어서 인간과 비인간을 구분하는 발음이 뭉개지기 시작했다.

혀를 물어도 감을 수 없는 것은 눈이다. 나의 두 눈은 글을 먹고 뱉으며 일하곤 했다. 그렇게 글쓰기를 멈추지 않고 가까스로 이어나가는 이유는 한 가지, '인간'이라는 유적존재(類的存在)의 일원이라는 판타지를 잃고 싶지 않아서다. 언어를 통해 자신을 빚어나가고 같은 종(種)에 속한 동료들과 암묵적으로 공생(共生)을 기약하는 존재의 이미지가 태어나는 자궁, 내게 문학은 그런 것이었다. 문학은 쓰는 행위, 도무지 쓰지 않고는 견딜 수 없는 혼의 상태, 문자로 대리 보충하지 않고는 버텨내지 못하는 결핍의 또다른 이름, 그것……

나의 서식지, 가장 궁색한 나의 판타지, 오늘의 살아 있음을 내일의 죽음과 구별하게 만드는 '최소 차이(minimal difference)'의 흔적들.

이 시절의 어둠은 약자들이 강자에게 핍박받는 일을 자연스럽게 여기는 동물의 질서가 불러온 것일 수도 있고 스스로를 지각하는 의식 또는 부끄러움은 느낄 새도 없이 조그마한 먹이들의 뒤를 쫓는 설치류의 아둔함이 전염된 탓일 수도 있다. 우리가 과거에 상상해왔던 비-인간성의 척도조차 무력하게 만드는 혼돈이 횡행하는 땅 위에서 사람과 문학(人文)을 궁구하는 일은 암만해도 시대착오적 열정으로밖에 보이지 않는다. 머지않은 과거엔 사람 사는 마을이 근처에 있다는 사실을 증거하는 미미한 빛들을 군데군데에서 발견하곤 했다. 동구 가장자리에서 가물가물대는 반덧불이와 무덤 근처를 노리는 미친 혼령들이 야음의 들을 헤매던 이들의 발을 인간들이 모여 있는 마을로 이끌던 시절이 기억난다. 이 잔존하는 빛들은 비록 눈앞의 어둠을 밝혀주지는 못해도 살아 있다는 의식만은 꺼뜨리지 않게 해준다.

오래전에 차마 지금 스러지지도 못하는 목숨들, 또다시 반복될 하루 치의 시간을 희미하게 예감하며 가까스로 오늘 새벽을 넘기는 것들이 사람의 마음을 지키는 광경을 바라본 적이 있다. 존재하는 것들의 안간힘을 지켜보는 일은 언제나 눈물겹고 아프다. 그들의 모습을 오롯이 담아두기 위해서 더 정교하고 복잡한 눈을 갖고 싶다는 생각이 들었다. 그 눈으로 나는 아주 작은 흔들림에도 스러져버리는 안쓰러운 불빛들을 응시하려고 했다. 압도적인 어둠에서 잠시나마 견디기 위해선 자신의 몸과 마음을 연료 삼아 스스로 작은 빛의 샘이 되는 길밖에는 없을 것 같았다. 아마 하루 혹은 이삼일 치의 목숨을 얻어 어슴푸레한 빛을 흘리며 날아다니던 반딧불이의 길이 나를 매료시켰을까. 자신과 주변을 불안하게 응시하는 나의 두 눈이 그들의 꽁무니에 달린 빛샘처럼 얼마간 타오르길 바라는 마음뿐이다. 나지막한 높이에서 몰려다니는 일밖에 할 수 없는 지금은.

마음에 정해둔 길은 아직 초입을 벗어나지 못했는데도 부족하나마 첫 번째 보고서를 내놓는다. 2009년도부터 2014년 여름까지, 약 5년여에 걸쳐 문예지에 발표한 평론들을 이곳에 묶었다. 이 책이 나오기까지 도움을 주신 분들의 이름은 일일이 적기 어려울 정도다. 나는 사람들에 기대어 이 글들을 간신히 적었다. 너무도 당연한 말이지만 세상에 혼자서 할 수 있는 일은 아무것도 없는 법이다. 힘들다고, 아무것도 보이지 않는다고, 울먹이며 간신히 힘겨운 시절을 가로지르고 있는 나 자신의 모습이 부끄럽기만 하다. 이 책을 내면서 나는 사람들에게 용서를 구할 일을 또하나 만든 것만 같아 마음이 무겁다. 부족하고 미욱한 글로 심기를 어지럽혀 드린 것은 아닌지. 이런 저를 여전히 견뎌주고 있는 가족들에게 감사를 올린다.

사랑하는 부모님, 영원한 연인이자 벗인 이직, 나의 소중한 분신 이은학.

처음 문학의 길을 알려주신 임철규 선생님, 저를 문학도로 만들어주신 우찬제 선생님, 오랫동안 저의 롤 모델이 되어주신 김승희 선생님.

마치 자신의 책처럼 애정을 갖고 마지막까지 살펴준 김민정 선생님, 김필균 선생님.

모두 감사합니다. 정말 고맙습니다. 부족한 언어로 이루 다 표현할 수 없는 깊은 마음을 여기에 고백합니다.

2014년 겨울에

이소연

차례

3부 / 응시 셋, 책 안에서 나를 보다

1부

응시 하나, 지평에서 보다

질문 2.0: 무엇이 '인간'인가
— 상실 너머, '인간' 주체의 복원을 꿈꾸며

0. 왜 '인간'을 묻는가?

빈곤은 어느 시대에나 있었다. 헤아릴 수 없이 많은 사람들이 몇 년 걸러 닥치는 기근이나 역병으로 죽어가곤 했다. 전쟁도 마찬가지다. 인간의 역사는 수없이 반복되는 전쟁과 테러의 기록으로 얼룩져 있다. 사람들은 속수무책으로 무자비한 폭력에 노출되는 일이 빈번했고, 이를 피하기 위해 고향을 등지고 뿔뿔이 흩어지는 일도 적지 않았다. 그렇다면 오늘날 세계를 휩쓸고 있는 빈곤과 억압, 착취는 새로운 것이라고 할 수 있는가? 우리가 살고 있는, 이 시대가 다른 시대에 비해 유난히 엄혹하고, 야만적이라고 주장할 수 있는 근거는 어디에 있는가? 어쩌면 우리가 처해 있는 시대의 고난을 강조하는 것은 자기중심적인 사고방식에서 비롯된 오류가 아닌가? 일반적으로 사람들은 자신들이 거의 종말에 근접한, 가장 나쁜 시대에 살고 있다고 상상하기 마련이다.

만일 우리가 경험하고 있는 불행이 일차적으로 '객관적 결핍(Der objektive Mangel)'에 한정되어 있다면, 이러한 반성에는 일리가 있을 법하다. 장 지글러가 마르크스에게서 참조했다고 말하는 이 용어는 지구상의 물질재가 가장 기본적인 인간의 욕구를 충족시키기 위해 객관적으로 불충분한 상황을 가리킨다.[1] 그러나 분명한 사실은, 우리가 직면하고 있는 어려움은 생존에 필요한 재화의 양이 절대적으로 부족하기 때문이 아니라는 점이다. 특히 이십 세기 이후에 비약적으로 발전한 산업, 기술, 과학 덕분에 오늘날 지구상에 존재하는 재화와 부는 증산에 증산을 거듭하여 넘쳐날 지경에까지 이르렀다. 그런데 그것들은 다 어디로 갔으며 지금 누구의 손에 있단 말인가? 우리의 불행은 단지 가난하기 때문에 발생한 것이 아니라 누군가 부당한 방법으로 그것을 빼앗고 나누지 않는 데서 비롯된다. 이른바 일 퍼센트의 지배계급이 구십구 퍼센트의 피지배계급을 억압·착취하고, 이로부터 생산된 재화를 독식하고 있는 것이 현실이다. 더욱이 이러한 상황을 더욱 부채질하는 것은 도저히 납득할 수 없는 모순을 (적어도 어렴풋하게나마) 알고 있으면서도 외면하거나 체념해버릴 수밖에 없는 나 자신의 무기력한 모습이다. 당연히 분노할 수밖에 없는 현실에 반응하다가도 곧 체념하고 마는 나. 내가 서 있는 자리가 역병의 근원지와 멀지 않다는 사실은 더욱 불안을 가중시킨다. 천재지변을 일으키는 천체나 왕들 주변이 아니라.

가장 나쁜 일이 시작되고 있다. 우리는 모두가 평등하게 태어났고 공정하게 대접받아야 할 존엄성을 가진 '인간'이라는 지위에서 점점 미끄러지고 있다. '자연적'이거나 '객관적'이지 않은 '인위적 결핍'을 발생시키는 구조는 그 안에 참여하고 있는 개체들에게 윤리적인 짐을 부과한다. 대부분의 부를 독점하고 있는 소수와 이들에게 억압·착취당하고 있는 대다수의 사람들을 동등한 '인간'의 관점에서 보는 일이 가능할 리 없다. 계급과 계급 간에 존재하는 생활수준·지위의 격차가 극심해지면 질수록 유적존재로서의 '인간'들에게 보편적으로 적용되는 가치·기준은 흐릿해질 수밖에

---

1) 장 지글러, 『탐욕의 시대』, 양영란 옮김, 갈라파고스, 2008, 33쪽.

없다. 더 나쁜 일은, 구십구 퍼센트에 해당하는 나머지 사람들에게 할당된 몫을 둘러싸고 마치 정글에서 벌어지듯 극심한 생존경쟁이 벌어지고 있다는 점이다. 그 경쟁에서 밀려난 사람들, 즉 '자격 미달'의 존재들은 점점 더 불어나게 되어 있고, 쓰레기가 되어 세계의 어느 구석으로 버려지기 마련이다. '인간'으로 태어난 줄 알았던 사람들은 이제 스스로 '인간'이 되기 위한 '자격'을 취득해야만 하는 상황에 던져지고 말았다. 이러한 '인정투쟁' 속에서 살아남기 위해 '인간'임을 거부하는 일이 만연해진 것도 이상한 일이 아니다. 그렇다면 곧이어 우리는 다음과 같은 질문을 던지지 않을 수 없다. 우리 가운데 누가 (살 만한) '자격'이 있는 '인간'인가? 그리고 그들을 '인간'으로 만들어주는 그 '자격'이란 대체 어떤 것인가?

프리모 레비는 아우슈비츠 수용소의 비극을 몸소 체험한 뒤 쓴 책에서 '이것이 인간인가'라는 질문을 던진다. 극한의 폭력에 노출되었을 때 인간이 존엄성을 상실하고 타락하는 과정을 지켜보는 일은 고통스럽다. 아우슈비츠만큼 직접적인 타격이나 구속의 형태를 취하고 있지는 않지만, 재화와 권력을 독점하고 있는 소수가 삶의 질서를 전면적으로 흔들고 있다는 점에서 오늘날 우리는 급하게 그가 던졌던 화두를 다시 상기하지 않을 수 없다. 아니, 과거부터 지니고 있던, 보편적이고도 일반적인 개념을 회억이라도 할 수 있던 시대는 그래도 행복했을지도 모른다. 눈앞에 있는 처참한 형상, 과연 '이것'이 우리가 '인간(the human)'이라고 불렀던 그것인가? 이러한 질문은 '인간'이라는 단어가 의미하는 대상이 무엇인지, '인간성'이란 상태는 과연 어떤 것인지 개념조차 잡지 못해 허우적대는 오늘날에는 "'무엇'을 가리켜 '인간'이라는 개념을 부여할 수 있는가?"라는 질문으로 수정되어야 할 필요가 있다. 너무 늦은 것은 아닌가? 지금이라도 서둘러 묻지 않으면 이러한 질문은 "왜 하필 다른 것에 앞서 '인간'을 사유해야 하는가? '인간'이라는 개념을 유표화할 이유가 있는가?" 하는 물음으로 바뀔지 모른다. 물론 우리가 상상할 수 있는 가장 나쁜 상태는, 질문이라는 행위 자체가 무의미해져버리는 상황일 것이다. '인간'이 와해되어 묻는 입이 사라지면, 질문도 사라질 것이기 때문이다.

1. 우리는 왜 우울할까?—단자화된 개인들

이런 이야기가 있다. 인간이 인간다운 말을 하지 못하는 세상이 있고, 인간이 아니면서도 인간처럼 말을 하는 '입'을 가진 고양이가 있다. 그가 인간을 향해 질문을 던진다. 당신들도 인간이냐고.

> 그렇다면 그대들에게는 먹고사는 것 외에 중요하게 여기며 추구하는 다른 것이라도 있다는 말인가, 삼가 묻는다면, 고양이 따위가 알까, 도대체 다른 것을 추구할 수 없을 정도로 먹고살기만으로도 각박한 인사(人事)를 길에서 빌어먹는 고양이 따위가 알까, 라는 면박이나 들을 수 있을까. 먹고살기를 방패삼아 이 몸처럼 조그만 생물과의 공생조차 생각할 여지를 두지 않는 짐승의 대답이란 기대할 것도 없는 것이다.[2)]

적어도 이 고양이는 '인간'을 결코 '짐승'의 상대어로 생각하고 있지 않은 것 같다. 그가 보기에 '인간'은 동료와 약한 짐승 들에게 폭력을 행사하는 비정한 포식자이거나 자신을 향한 폭력에 제대로 저항 한번 못하는 음울한 피식자 이상도 이하도 아닐 것이다. 황정은은 짧은 소설 「묘씨생」에서 입이 있는 뭇 피조물로부터 욕을 먹어 마땅한 인간들의 상태를 기소하고 있는 참이다. 원래부터 변변치 않았지만 나름 존중할 만한 위세를

2) 황정은, 「묘씨생」, 『파씨의 입문』, 창비, 2012, 114쪽. 이 작품 외에 이 글에서 주로 인용하는 작품들이 수록되어 있는 도서명은 다음과 같다. 김미월, 『아무도 펼쳐보지 않는 책』, 창비, 2011; 김애란, 『비행운』, 문학과지성사, 2012; 김연수, 『파도가 바다의 일이라면』, 자음과모음, 2012. 이후 본문에서 이 작품들을 인용할 때는 작품 제목과 수록된 책 이름, 쪽수를 표기한다.

갖추었노라고 자부하던 인간이 자신의 이름을 폐기 처분할 정도로 몰락한 이유는 무엇일까.

약식으로나마 기소의 형식을 갖추기 위해서 과거에 일어난 몇 가지 사건과 이에 연루되어 있는 개념들을 빌려오기로 하자. 최근 우리가 경험하고 있는 악덕, 빈곤, 재난의 기원을 되짚어보면 1990년대 말기의 경제 위기와 이로 인해 급속도로 우리 사회를 잠식해버린 '신자유주의'라는 이름의 교의(敎義)를 고려하지 않을 수 없다. 사회 전체를 매섭게 강타한 금융위기 이후 우리 사회는 '경제'적인 영역, 다시 말해 부와 재화에 관련된 척도를 둘러싸고 완전히 재편성되었다. 그 결과는? 우리는 이미 영원히 치유될 수 없는 트라우마를 입고 말았다. 신자유주의는 가장 거시적인 영역부터 미시적인 부분까지 모조리 붕괴시킨 후 자신의 기획에 맞추어 다시 짜맞추거나 내버리는 작업을 지난 십수 년간 계속 진행해왔다. 그 와중에서 개인의 고유한 삶은 찢겨지다 못해 거의 삭제될 지경에 이르렀다. 지금 경제적인 생존만을 두고 하는 얘기가 아니다. 앞서도 '교의'란 용어를 사용했던 것처럼, 신자유주의 논리의 무서움을 이해하려면 사람들의 정신과 영혼에 미치는 영향을 짚어보지 않으면 안 된다. 신자유주의가 재구성하고 있는 것은 바로 '인간 조건' 자체라고 해도 전혀 과장된 말이 아닐 것이다. 이제 '인간'은 어떻게든 '먹고살기 위해' 생존을 쟁취해야 하는 존재, 치열한 경쟁을 뚫고 이겨내야만 '인간 대접'을 받을 수 있는 존재로 바뀌어버렸다.

무엇보다 가장 두려운 것은 이전에 개인 혹은 공동체가 갖고 있던 '가치'들이 전면적으로 부정된다는 점이다. 하늘에서 숭고하게 빛나는 별이 하루아침에 떨어져 진흙 속에서 구른다고 상상해보라. 소중하게 여겨온 것들의 상실로 인해 주체의 영혼에는 빈자리가 발생한다. 그 결과 우울증은 돌림병처럼 이 시대에 만연한 질병이 되었다. 신자유주의 시대의 주체들은 겉보기에는 자신들에게 부과된 새로운 가치 기준에 적응하기 위해

무진 애를 쓰는 것처럼 보이지만 영혼 깊숙한 곳을 들여다보면 수동적 슬픔에 속속들이 잠겨 헤어나오지 못하는 이율배반적인 모습을 하고 있다. 생존경쟁에서 패배한 사람들의 경우는 더 말할 것도 없다. 추상적인 차원에서 '가치'의 상실로 논할 수 있는 문제가 이들에게는 한층 구체적인 '일상 자체'의 상실로 육박해들어오곤 한다. 문제는 우리 주변을 둘러싸고 있는 대부분의 사람들이 승자보다는 패자 쪽에 속한다는 사실이다.

애도하지 못한 슬픔을 떨치지 못한 채 경쟁에서 뒤처지지 않으려고 뛰고 달리는 사람들은 피로에 시달릴 수밖에 없다. 만성이 되고 고질이 된 피로, 억울함, 회한은 이 시대를 사는 사람들 모두 경험하는 공통감각이 되어버린 것이 아닌가? "그는 세상의 주변이었다. 서점 베스트셀러 진열대 뒤 구석에 꽂힌, 아무도 펼쳐보지 않는 책이었다. 엄연히 존재하지만 아무도 입어주지 않는 옷이고 아무도 불러주지 않는 노래였다."(「아무도 펼쳐보지 않는 책」, 『아무도 펼쳐보지 않는 책』, 25쪽) 이들은 읊조리고 작가는 눌러 적는다. 성장하기도 전에 늙어버린 젊은 패배자의 주문을. "곧 이어 내가 살아 있어, 혹은 사는 동안, 누군가가 많이 아팠을 거라는 생각이 들었다. 나도 모르는 곳에서, 내가 아는, 혹은 모르는 누군가가 나 때문에 많이 아팠을 거라는 느낌이. 그렇게 쉬운 생각을 그동안 왜 한 번도 하지 못한 건지 당혹스러웠다. 별안간 뺨 위로 주르륵 눈물이 흘러내렸다. 재빨리 한 손으로 눈물을 닦아냈다. 하지만 눈물은 그치지 않고 계속해서 나왔다. 결국 나는 두 손으로 얼굴을 가린 채 크게 울어버리고 말았다."(「너의 여름은 어떠니」, 『비행운』, 44쪽)

선량한 사람들은 자신에게 상처를 입힌 이들에게 노하거나 실망하지 않고 되레 그 비난의 화살을 자기 자신을 향해 돌리곤 한다. 우울은 말 그대로 "우리 시대 젊은 세대의 어떤 집단무의식 내지 아비투스"[3]가 되고

3) 우찬제 해설, 「비행운의 꿈, 혹은 행복을 기다리는 비행운—김애란과 그 막막한 친구들」, 『비행운』, 320쪽.

만 것이 아닌가. 그리고 자주 이들의 눈물은 우리의 마음 밑바닥에 눌려 있던 양심을 호출한다. 이들과 함께 울면서 우리는 서로가 동일한 감각의 권역대 안에 함께 존재하는 사이임을 깨닫게 된다. 어쩌면 한 줌의 '윤리'라는 것은 이러한 찰나의 공감에서 시작되는지도 모른다. 그러나 함께 우는 데서 그치지 않고 우리는 이러한 아픔을 안겨준 사람들, 사회의 시스템, 그 안에 스며들어 있는 권력의지에 대해 대화하는 데까지 관계를 발전시킬 수 있다. 그러나 이 선량한 사람들이 그런 기회조차 갖지 못하는 이유는, 이들이 철저하게 혼자이기 때문이다. 이 시대에 우리가 기댈 수 있는 마지막 윤리적 디딤대가 이러한 '선량한 우울증'에 불과한 것인가? 아마도 아닐 것이다. 우리는 타인을 향한 갈망을 결코 포기할 수 없을 것이다. 마르크스가 말한 '인간은 유적존재(Gattungswesen)이다'라는 저 유명한 명제 역시 개인은 자기 자신뿐만 아니라 인간 전체, 즉 자신의 '유'와 관계 맺지 않고서는 존재할 수 없다는 사실을 알려준다. 사랑과 우애를 갈구하는 가난한 마음으로 인해 '나'는 인간이 된다.

그런데 왜 우리는 지금 이렇게 외로운가? 대체 우리가 이렇게까지 고독했던 적이 있었는가? 그것은 우리가 서로 깊이 있는 관계를 맺을 시간도, 안정적인 기반도 갖고 있지 못하기 때문이다. 신자유주의의 표어처럼 되어버린 "no long term"이란 구호처럼, 오늘날 대부분의 일자리는 단기 계약에 의한 비정규직, 임시직, 아르바이트 등으로 변질되었다. 새로운 무산계급을 형성하고 있는 이들 프레카리아트들은 대개 자주 근무지를 이동하고, 혼자서 자신의 일을 책임지는 위치에 놓여 있고, 수시로 성과 체크를 받기 때문에 동료들과 경쟁할 수밖에 없다.[4] 일시적이고 불안

---

4) 프레카리아트(precariat)는 불안정한 노동에 종사하는 이들을 가리키는 새로운 조어이다. 이 단어는 이탈리아에서 최초로 사용하기 시작해 일본의 비정규 노동운동에서 주로 사용된 개념으로, 불안정함을 뜻하는 '프레카리오(precario)'와 '무산계급'을 뜻하는 '프롤레타리아트(proletariat)'를 합친 말이다. 이 단어는 프롤레타리아트라는 말에 포함된 애초의

정한 작업 환경과 무한 경쟁 시스템은 곁에 있는 사람을 무시하게끔 하거나 최악의 경우, 잠재적인 적으로 여기게 한다. "이제 사랑의 자리는 경쟁이 차지했다. 경쟁에서 승리하려면 언제든 자신의 사랑과 친구를 포기하고 파괴하여야 한다. 친밀함이나 유대감은 경쟁관계 속에서 일시적이고 불안정하게 되었다."[5)]

이런 삭막한, 아니 사악한 환경 속에서 개인들이 서로 연대하는 일은 불가능한 꿈이 되었는가? 인간을 향해 독설을 날리는 「묘씨생」의 고양이에게 변명하기 위해 나는 또하나의 단편을 읽어낼 것이다. 김미월의 또다른 소설 「중국어 수업」은 이주노동자들의 가슴 아픈 현실을 우리에게 고발한다. 이 소설에는 낯선 땅에서 환대는커녕 인간 대접도 못 받고 노동에 시달리다 사랑하는 연인마저 뺏긴 채 강제송환당할 처지에 놓인 한 젊은이가 등장한다. 그리고 그를 바라보는 화자 역시 단기 계약직으로 학원에서 근근이 일하는 임시 강사에 불과하다. 그는 매일 아침 같은 회선의 지하철을 타고 출퇴근하다보니 같은 시간대에 열차를 이용하는 사람들과 차츰 낯이 익게 된다. 이 소설은 인간이란 이토록 짧은, 심지어는 덧없는 만남만으로 얼마나 쉽게 연민과 공감을 나눌 수 있는 존재인지 보여준다. 옆 좌석에 앉은 화교 남매에게 짧은 회화를 배우는 노인, 휴대폰을 만지작거리는 젊은이, 생활정보지를 옆구리에 낀 사내 모두가 낯익은 사람들이다. 계약직 강사와 이주노동자, 열차 칸에서 우연히 만난 사이, 이들끼리 맺을 수 있는 관계의 밀도와 깊이라는 건 새삼 설명하지 않아도 자명하다. 그러나 어느새 이들 가운데 서로의 언어를 매개로 한 공감, 그리고 타인을 향한 배려,

---

노동자와 새롭게 대두한 비정규직들, 심지어 불안정한 위치에 있는 정규직들도 포함하며 실업자, 노숙자, 히키코모리, DV(가정 폭력으로 인해 가출한 피해자들), 장애인, 정신 불안정자 등 모든 이질적인 대상들을 포함하고 있다.(이진경 · 신지영, 『만국의 프레카리아트여, 공모하라!』, 그린비, 2012, 26~27쪽 참조)

5) 엄기호, 『아무도 남을 돌보지 마라』, 낮은산, 2009, 75쪽.

그의 아픔을 덜어주기 위해 선물하는 '두툼한 파카 한 벌'만큼의 온기가 싹트는 것만은 어쩔 수 없다. 이 소설은 인간은 아주 작은 계기만 있어도 희미한 끈으로나마 서로 연결되길 갈구하는 존재임을 알려주고 있다.

소설이나 TV, 영화를 보지 않아도, 지하철 옆자리나 맞은편에 앉아 있는 사람들의 모습에서, 그리고 차창에 비친 내 얼굴에서 우울은 너무도 쉽게 목격되는 표정이 되어버렸다. 비록 선량한 얼굴을 하고 있다 해도, 우울은 인간성의 점진적인 상실이 전염병처럼 퍼져나가고 있다는 징조를 알리는 첫번째 예후가 아닐 수 없다. 한때 분명 '인간'이었던 사람들 사이에 퍼져나가 그들을 마비시키고 무기력하게 만드는 슬픔의 정조에 맞서기 위해 필요한 것은 함께 나눌 수 있는 온기와 위로이다. 내면 깊숙한 곳에 불씨처럼 잠재되어 있는 그것을 어떻게 꺼내어 환히 타오르게 할 것인가.

2. 무엇이 우리를 얽매는가?—신자유주의의 수인들, 호모 데비토르(Homo Debitor)

올해 서른이 된 한 아가씨가 있다. 그녀는 지방에 있는 집을 떠나 서울에서 홀로 대학을 마친 후 취업 준비를 하고 있다. 다른 젊은이들처럼, 그녀 역시 빠듯한 생활고와 고독에 치여 순탄치 않은 학창 시절을 보냈다. 그녀의 삶이 더욱 나빠지기 시작한 계기는 한순간의 그릇된 판단으로 인해 다단계판매업체에 발을 디디면서부터다. 그녀는 그곳에서 빠져나오기 위해 학원강사로 일하던 시절 자신을 끔찍이 따랐던 제자 한 명을 자기 대신 끌어들이고 만다. 그녀의 이름은 강수인. 그녀의 이름은 더이상 도망칠 곳 없는 막다른 지경에 몰린 이 시대 젊은이들의 절박한 처지를 상징한다. 그녀는 거짓 희망과 빚으로 개인을 속박하는 시대의 '수인(囚人)'이나 다름없다.

수인이 증언하는 세계는 채무, 변제, 상품가치 등으로 만사를 환산하고 규제하는 '금융화(financialization)'된 사회의 부끄러운 민낯이다. 이른바 포스트포디즘(post fordism)의 세례 이후 우리를 둘러싼 모든 일상은 금융을 통해 운영 · 관리되는 기형적인 시스템의 일부로 감쪽같이 다시 태어나고 말았다. 이제 저 '친절한 상담원'들의 가면을 쓴 이들은 개인들을 '채무자' 즉 그들의 금고에서 돈을 빌려간 '고객님'으로 호명한다. 대출 혹은 부채와 그에 따른 채권자-채무자 관계는 주체를 특수한 방식으로 생산 · 통제하는 특수한 메커니즘을 구성한다. 문제는 이 '부채'의 성격이 물질적 · 경제적인 차원에만 머무는 것이 아니라는 점이다. 체불된 빚의 굴레는 각각의 마음속에 내면화됨으로써 우리의 영혼과 신체를 간섭한다. 단지 그뿐인가? '신용'이라는 명목으로 우리의 시간과 기대, 미래와 마음까지 주무른다. "연속된 금융 위기 이후 현대 자본주의의 주체 형상은 '빚을 진 인간(L'homme endetté)'의 모습으로 육화되는 것처럼 보인다"[6]는 한 철학자의 경고는 소설 속에 스며들어 이렇게 풀 죽은 비명으로 몸을 바꾼다. "무슨 일이 있었던 거냐고요? 저도 그걸 잘 설명할 수 있었으면 좋겠어요. 어느 날 눈뜨고 보니 제가 다른 사람이 돼 있더라고요. 이전에도 채무자. 지금도 채무자. 예나 지금이나 빚을 진 사람이라는 건 똑같은데. 좀더 나쁜 채무자가 되었다고 하는 게 맞을까요."(「서른」, 『비행운』, 298쪽)

김애란의 단편 「서른」에 등장하는 청년 수인의 모습은 호모 데비토르, 즉 채무인간으로 전락한 우리 자신의 서글픈 초상이다. 자본주의 시민의 필수품이 되어버린 신용카드를 발급하는 순간 사회는 개인을 채무인간의 일원으로 명부에 등록한다. 금융자본주의 사회에서 모든 예속과 소외는 '대출'과 함께 시작되며 '연체'로 인해 영속화되는 반면, 우리는 자신의 신용을 '보증'할 수 있는 자로서 윤리적인 주체로 승인받게 된다. 이전에 개인의 삶과 공동체를 묶어주던 끈끈한 인정, 우애, 혈연, 지연 같은 것이 점차 느슨해지거나 녹아내린 지금, 이러한 파편들을 연결시키는 가장 질

6) 마우리치오 라자라토, 『부채인간』, 허경 · 양진성 옮김, 메디치미디어, 2012, 67쪽.

긴 끈은 '빚'이 되었다. 망각 저편으로 사라져버린 줄 알았던 과거로부터 기어올라와 서로에게 상처를 남긴 인연과 죄를 호출하는 것도 역시 '빚'이다. 빚은 시간과 공간적 거리를 뛰어넘고 세대 간의 간극도 초월함으로써 개인들을 한데 포섭해 변제와 상환, 복리와 담보 등의 원리로 빈틈없이 맞물려 있는 금융 시스템의 부속품으로 변화시킨다. 그리고 빚은 부자를 더욱 부자로, 빈자를 더욱 빈자로 만드는 마력을 부려 개인들을 자신이 속해 있는 계급에서 영영 벗어날 수 없도록 꽁꽁 묶어두는 역할을 하기도 한다. 수험 공부에 지친 아이들을 보며 "너는 자라 내가 되겠지……겨우 내가 되겠지"(「서른」, 『비행운』, 297쪽)라고 되뇌는 수인이나 피곤에 젖은 샐러리맨들을 보며 "어차피 질 시합인 것을 알면서 링에 오르는 복서의 심정이 이럴까"(「모자 속의 비둘기」, 『아무도 펼쳐보지 않는 책』, 116쪽)라고 중얼거리는 김미월 소설 속의 인물들에게 '계급'은 또하나의 감옥이 아닐 수 없다.[7]

그러나 빚이 인간에게 미치는 더 치명적인 영향력은 마음에 관한 것이다. 이 부채인간들은 자신에게 덮쳐온 불행을 모두 경솔하게 빚을 진 개인 자신의 책임으로 돌린다. 라자라토는 니체의 『도덕의 계보』를 빌려와 채권자-채무자 관계에서 비롯된 부채가 내면화되어 개인의 양심과 죄책감의 문제로 환원되는 것에 대해 통렬하게 비판하고 있다.[8] 수많은 젊은이

7) 보편화된 채무의식과 더불어 인용된 소설들은 현대사회에서 가난이 벗어날 수 없는 감옥처럼 여겨지는 경향을 정확히 반영하고 있다. '빈곤의 감옥화, 형벌화' 현상은 신경제에서 뚜렷이 나타나는 특징이며, 이로 인해 신자유주의국가들은 점차 빈곤층을 관리하는 공권력을 강화하는 '형벌국가'로 변신하고 있다. 빈곤층, 노동 계층에 대해 엄격히 적용되는 관리 권력은 '빈자는 계속 빈자로 살아갈 수밖에 없다'는 암울한 전망을 더욱 강화시킨다.

8) "죄의식, 전체적인 '양심의 가책'이라는 저 다른 '음울한 사실'은 도대체 어떻게 세상에 나타났단 말인가? (……) 지금까지 이들 도덕의 계보학자들은, 예들 들어 '죄(Schuld)'라는 저 도덕의 주요 개념이 '부채(Schulden)'라는 극히 물질적인 개념에서 유래되었다는 것을 막연하나마 생각해본 적이 있었던가?"(프리드리히 니체, 『선악의 저편 · 도덕의 계보』, 김정현 옮김, 책세상, 2002, 402쪽)

들이 자유롭게 자신의 꿈을 펼치지 못하고 온갖 빚에 시달리다가 불법 다단계 사업에 빠져 인생을 탕진하는 사태가 어떻게 한 사람의 죄과, 혹은 실책으로 돌릴 수 있는 문제인가? 호모 데비토르가 갖고 있는 더 심각한 문제는 사회구조적인 모순, 집단적으로 가해지는 폭력의 실체를 보지 못하고 혁명을 일으킬 수 있는 잠재적인 에너지를 소진해버린다는 데 있다.

> 위기의 시기에, 자본주의가 모든 영역을 통해 '최대한' 부추기고 끌어들이는 것은 인지가 아니라, 국가와 기업을 통해 외부화되는 비용과 위험에 대한 자기 장악(Prise sur soi)이다. 생산성의 차이(Différentiels)는 '앎(Savoìr)' 혹은 정보에서 오는 것이 아니다. 그것은 인지의 생산, 수혜자 활동, 혹은 그 밖의 모든 종류의 행위를 막론하고, 비용과 위험에 대한 '주체의 책임을 지는 행동'에서 비롯된다. (……) 죄책감, 양심의 가책, 책임감에 찌든 채무자라는 이 주체적 형상은, 위기가 깊어짐에 따라 신자유주의 경제 초기 불리어지던 인지와 혁신에 대한 찬양의 노래를 지워버린다.[9]

수시로 '그래 모든 건 다 내 잘못이야'라고 자책하는 마음의 소리가 들리는가? 중요한 것은 마음 내부에서 속삭이는 초자아의 암시에서 벗어나 우리를 가두고 있는 담론 및 부채의 도덕으로부터 빠져나오는 일이다. 인간을 감옥 속의 수인으로 만드는 빚의 메커니즘을 벗어나기 위해서는 단호하게 빚의 악순환을 끊고 계급투쟁을 전개하는 것 외에 방법이 없다. 그리고 지금 머물러 있는 자리에서 소외된 채 죽어가는 자의 '어리석음'과 '죄'를 구분할 필요가 있다. 이것이 호모 데비토르들에게 '단 한 푼도 상환하지 말라'는 도덕의 새로운 계보가 요구되는 이유이다. 고대 이스라엘에는 오십 년마다 한 번씩 가난한 이들의 채무와 더불어 노예 신분

9) 마우리치오 라자라토, 같은 책, 82~83쪽. 강조는 원문에 따름.

을 탕감해주는 '희년(year of jubilee, 禧年)'이라는 제도가 있었다. 이러한 희년 경제 전통은 수메르인들을 비롯한 다른 고대 근동 국가에서도 그 흔적을 찾을 수 있다. 부채를 기록한 점토판을 모두 모아 파괴해버리고 새롭게 시작하는 전통은 오늘날 노예해방, 채무면제와 같은 인권 사상의 근간이 된다. 이러한 전통은 무자비하고 비인간적인 신자유주의 경제 메커니즘 아래에서는 꿈도 꿀 수 없는 일이다. 우리에게는 이렇게 서로의 물질, 마음의 빚을 탕감해줄 수 있는 정신적 기초가 남아 있지 않다. '한 푼도 상환하기를 거부하는' 혁명의 결기, '서로의 빚을 탕감하는' 사랑이 없는 사회에 희망의 가능성 같은 것이 남아 있을 리 없다. 서로의 빚을 거부하거나 탕감한다는 아름다운 진실은 이제 소설의 한 장면에서 스치듯이 볼 수 있는 소박한 추억이 되어버렸는지도 모르겠다.

> 시무룩하게 말하는 도도에게 디디는 자기 우산을 내밀었다. 이거 가져가라, 내 우산 가져가라. 한사코 거절하려는 도도에게 디디는 우산에 관해 말했다. **돌려주지 못했던 우산에 대해서 여태 남은 부채감에 대해서.** 이야기를 듣고 난 도도는 디디의 우산을 받아들고 물끄러미 보다가 너는 집이 어딘데, 라고 물었다. 디디는 집 앞까지 도도와 함께 우산을 쓰고 걸어갔다. (「디디의 우산」, 『파씨의 입문』, 165쪽, 강조는 인용자)

어렸을 때부터 자신의 우산을 갖는 것이 소원이었던 아이, 디디가 품고 있던 것은 자신이 돌려주지 못했던 우산에 대한 죄책감이었다. 그리고 어느 날 어른이 된 디디가 우산의 주인 도도에게 그 마음의 빚에 대해 고백한 날, 말없이 이루어진 탕감과 함께 사랑을 시작한다. 이 소설은 빚의 탕감과 사랑, 순수한 선물과 혁명에 대해 이야기한다. 변제와 상환의 도덕률을 초극하지 않거나, 서로를 의무로부터 면제하는 사랑이 없으면 우리는 영영 어떤 것도 될 수 없을 것이다. 아무 일도 일어나지 않을 것이다.

3. 무엇을 원하는가?—호모 콘수무스(Homo Consumus)와 동물/속물 들

우리가 가난, 불안, 고독 같은 나쁜 상황에서 벗어나지 못하는 이유가, 바로 장본인인 우리 자신이 게으르고 무력하기 때문이라는 비난은 거짓말, 순전한 사기이다. '요즘 젊은이들'은 아침부터 밤까지 매우 부지런하게 뛰어다니면서 이른바 '스펙'을 쌓고 여러 정보를 모으고 이런저런 '알바'를 전전하며 생활비를 벌면서 자신의 몸값을 올리는 일에 뒤처지지 않으려고 사력을 다한다. 정말 심각한 문제는 이렇게 발바닥이 닳도록 뛰어다니는데도 별로 얻어지는 게 없다는 사실이지, 이들이 노력하기를 포기하기 때문이 아니다. 이러한 상황은 카프카의 소설에 나오는 악몽 속의 세계와 매우 닮은 것 같다. 카프카 소설 속의 등장인물들은 모종의 지령을 받고 어딘가 있을 출구, 혹은 목표 지점을 향해 부지런히 헤매고 다니지만 영원히 미궁 같은 길에서 나오지 못하는 암담한 운명의 소유자들이다.[10)]

악몽의 전염력은 우리가 상상하는 수준을 훌쩍 뛰어넘는다. 이는 세계의 모습을 변형시키는 데서 그치지 않고 그 안에 살고 있는 사람들의 모습도 곧잘 기괴하게 일그러뜨리곤 한다. 이들은 김홍중이 지적했던 것처럼 "타인의 욕망에 의해 주체의 욕망이 계획되고, 추동되고, 소비되는, 오직 타인의 욕망만이 지배하는 그러한 유형의 자아"인 미국적인 '동물'의 모습, 혹은 "자신의 모든 것이 오직 전시의 대상이 되기 때문"에 표피적

---

10) 최근 작품에서 미궁을 헤매는 경험을 다룬 모티프가 많이 등장하는 것도 하나의 징후로 보인다. 최진영의 소설 「어디쯤」(『팽이』, 창비, 2013)의 주인공에게 그 악몽은 아버지가 직접 그린 약도를 들고 그가 지시한 장소를 찾아 헤매는 한 직장인의 신세와 겹쳐진다. 그런가 하면 김숨의 소설 「명당」에서 좋은 목에 위치한 땅을 찾아서 점점 외딴 산길로 들어가는 한 중년층 부부의 불안한 행로 역시 카프카식 미궁의 변주라고 할 수 있다. 이들이 불확실한 길에 자신을 던지는 이유는 '더 안정된 직장, 더 풍족한 수입, 더 좋은 부동산을 찾아라!'라는 외설적 초자아의 명령과 이들이 주입하는 한 줌의 '욕망' 때문이다. 그런가 하면 이영훈의 「모두가 소녀시대를 좋아해」(『문학동네』 2011년 봄호)는 역시 미궁 탐색을 모티프로 하고 있지만 인간의 생리적 본능마저 억압하는 신자유주의의 생체 관리 권력과 이에 저항하는 개인의 욕망의 갈등을 그리고 있다는 점에서 다소 차별성을 보인다.

인 과시, 형식, 게임을 추구하는 순수한 '속물'의 모습으로 육화되어 출현한다.[11] 왜, 대체 어떤 상황에서 이렇게 인간들은 스스로 자신의 정체성을 버리고 '몸'을 바꾸는 길을 선택하는가?

> 저에게는 출구가 없었습니다. 그렇지만 저는 그것을 마련해야만 했습니다. 왜냐하면 그것 없이는 살 수가 없었기 때문입니다. 언제까지나 이런 궤짝 벽에 갇혀 있다면—저는 죽음을 피할 수 없을 것입니다. (……) 그러니 이제 저는 원숭이이기를 그만두었습니다.[12]

인간들에게 사로잡힌 원숭이 '빨간 페터'가 살아남기 위해 스스로 '원숭이임'을 포기한 것처럼, 인간은 이제 거꾸로 그들을 '동물화하는' 세계에서 스스로 인간임을 포기하고 인간 이하의 몸으로 스스로를 퇴화시키고 있다. 어떤 사람은 '경제적 인간'으로 체질을 확 바꿔버리고 지독한 속물이 되는 방법을 택한다. 그러나 이들은 경제로 환산할 수 없는 것을 경제로 환산하는 불가능한 과업을 수행하고 있기 때문에 항상 불안한 존재들이다. 그리고 소설은 암담하기 짝이 없는 미궁 같은 세계 속에서 운명처럼 속물로 변해가는 이들의 쓸쓸함에 대해 눈길을 돌리기 시작한다. 동물 혹은 속물 들에 대해 연민을 품는 일은 망가뜨린 인간의 얼굴을 기억하는 자들의 몫이다. 더욱이 탐욕과 자기 비하로 얼룩진 사람들의 일그러진 모습을 응시하기 위해 우리에게는 아이러니가 필요하다. 이야기만이 베풀어줄 수 있는 자비로운 표정이.

김애란의 소설에 등장하는 또 한 명의 젊은 여성의 삶을 들여다보기로 하자. 그녀는 비교적 안정된 직장인 외국계 제약회사에 다니고 있으며 자

---

11) 김홍중, 『마음의 사회학』, 문학동네, 2009, 58~59쪽.

12) 프란츠 카프카, 「학술원에 드리는 보고」, 『변신 : 카프카 전집 1』, 이주동 옮김, 솔, 2007, 260쪽.

기 관리에 대한 관심도 적지 않다. 그녀는 소비에 투여할 수 있는 약간의 여유와 어느 정도 누리고 있는 인정에 대해 자부심을 갖고 있다.

> 이런저런 곁눈질과 시행착오 끝에 가까스로 얻게 된 한 줌의 취향. 안도할 만한 기준을 얻는 데 얼마나 많은 비용이 들었던지. 상품 사이를 산책할 때 나는 엄격한 동시에 부드러운 사람이 됐다. 내가 원하는 게 뭔지 알고 있다는 데서 오는 여유. 그러나 원하지 않는 것 역시 정확하게 알고 있다는 식의 까다로움. 내가 틀릴 수도 있다는 의심을 버리자 쇼핑에 자신감이 붙었다. 그리고 원하는 게 많아졌다. (「큐티클」, 『비행운』, 210~211쪽)

그녀가 보기에 주변 사람들의 삶의 질을 증명해주는 것은 "그 사람의 환경, 영양 상태, 심리적 안정감, 여가, 자신감 등 모든 것이 어우러져 드러나는 '총체적인 안색'"이다. 그녀 역시 자신의 '안색'을 관리하기 위해 이런저런 "유행과 문법" 등을 섭렵해나가고 마침내 스스로 "궁극의 사치"라고 여겼던 네일아트를 받기 시작한다. 자기를 '관리'하고 또한 누군가로부터 '관리'받고 싶다는 욕구를 충족받으며 그녀는 마치 영적인 회심에 비견될 만한 체험을 한다.

> 어느 순간 '나는 케어받고 싶다. 나는 관리받고 싶다. 누군가 나를 이렇게 영원히 보살펴주었으면 좋겠다. 어린아이처럼' 하고 고해하고 싶은 충동이 일었다. 누군가 나를 오랫동안 정성스럽게 만져주고 꾸며주고 아껴주자 나는 아주 조그마해지는 것 같았고, 그렇게 안락한 세계에서 바싹 오그라든 채 잠들고 싶어졌다. (같은 책, 226쪽)

그녀의 고백은 이 시대의 욕망을 아주 소박하게 축소시켜놓은, 앙증맞은 타락의 미니어처라고 할 만하다. 가까스로 진입한 '소비 계급'의 문턱에서 아직 '타락'이 무언지도 모르는 어린 아가씨는 지극히 순진한 방식으로 자신의 속물성과 한계를 드러내고 있다. 그리고 그녀가 어쩐지 채워지지 않는 공허와 어쩐지 자꾸 훼손되는 듯한 자아를 거울에 비추듯 마주하는 순간 우리는 한없는 가여움을 느낀다. 이 시대의 고독한 개인들을 연결해주는 공통감각은 긴 하루를 보낸 뒤 참아내야 하는 이 '피로감'인지도 모르겠다.

우리 사회를 가리켜 '소비자사회'라고 명명하는 데 이의를 달 사람은 없을 것이다.[13] 개인의 소비 능력은 이 사회에서 살 가치를 인정받기 위해 반드시 갖추어야 할, 가장 중요한 역량이 되었다. 도심의 거리를 채우고 있는 화려한 백화점과 아케이드는 타인의 눈에 일정 수준의 구매 능력을 갖지 못한 사람으로 비춰질 경우 멸시받고 종내는 기준에 미달해 사회로부터 도태되고 말리라는 두려움을 전염병처럼 퍼뜨린다. 우리 대부분은 이미 한정된 '돈'과 불확실한 생계에 쫓겨 스스로를 '결함 있는 소비자'로서 기소하면서 살아가고 있지 않은가. 이러한 '소비자사회'의 중요한 특징은 소비의 욕망을 하나의 '미학'으로 승화시킨다는 점이다.[14] 오늘날 호모 콘수무스로 전락한 노동 계층을 심문하는 최종심급은 양심이나 도덕적인 고결함과는 거리가 한참 멀다. 이제 이들을 초조하게 하고 부끄럽게 하는 것은 다름아닌 외모의 '추함'이다. 자신이 아름답고, 깨끗해 보이지 않는다는 것만큼 이들을 시험에 들게 만드는 일은 없을 것이다. 자신을 자기 계발, 자기 조절의 주체로 만들어야 한다는 사회의 교의는 외모마저

---

13) 지그문트 바우만, 『새로운 빈곤』, 이수영 옮김, 천지인, 2010, 46~47쪽 참조. 바우만은 '생산자사회'로 불렸던 과거와는 달리, 포스트모던 사회가 구성원들을 일차적으로 소비자로 호명한다는 점에서 '소비자사회'라는 용어를 사용한다.

14) 바우만에 따르면 지난날 노동 윤리가 지배했던 부분을 채우고 있는 것은 소비의 미학이다. 이런 사회에서 "가장 자주 사용되는 세계지도는 인지적이거나 도덕적이라기보다 미적"이며, 미적 기준이 지배하는 사회에서 도덕적인 고귀함이라는 명목은 사라지고 "짜릿한 사건들과 체험을 불러일으키는 능력"만 남는다. (바우만, 같은 책, 63~64쪽)

관리 대상으로 상품화시키는 신자유주의의 세태와 딱 맞아떨어져 사람들의 욕망을 부추기고 있다. 이들은 이제 어떤 브랜드를 소비하고 어떤 이미지로 포장하느냐에 따라 정체성을 구성하는 '상품 자아'로 변형되는 길을 택한 것이다. 겨드랑이에 찬 땀이 다른 사람들의 눈에 띌지도 모른다는 염려(「큐티클」)나 여러 사람 앞에서 볼품없는 '몸'을 드러냈다는 자괴심(「너의 여름은 어떠니」) 때문에 죽고 싶은 마음이 되는 사람들은 얼마나 연약하기 짝이 없는 존재들인가. 그러나 그들은 오늘도 불어나는 체중이나 웰빙 식품에 부쩍 관심을 기울이고 있는 '나' '당신'과 다르지 않은 이들이다.

아이러니는 소설 속에 등장하는 그 인물들, 우리의 연민과 공감을 자아내는 누이나 딸 같은 그들이 결코 '속물'이 될 수 없는 사람들이라는 데서 발생한다. 그들은 '속물'이 속해 있는 계급에 진입하고자 열심히 그들의 규범을 내면화하고 있지만, 계속 그 초입에서 미끄러지는 일만 반복할 뿐이다. 카프카의 소설에 등장하는 빨간 페터가 아무리 사람 흉내를 내도, 심지어는 사람보다 더 사람답게 행동해도 관객은 그가 결국 '원숭이'라는 사실을 알고 있는 것처럼, 독자는 그들이 아무리 속물 흉내를 내도 평생 살아온 가난의 테두리를 벗어나지 못하는 평범한 인간임을 일찌감치 눈치채버렸는지 모른다.

자신의 상품을 팔기 위해 인간들을 소비자로서, 혹은 상품 자체로서 호명하는 시대의 암울한 초상을 보라. 이들은 변제할 길이 막막한 짐을 지고 출구 없는 폐쇄 회로에서 헤매는 실종된 자들이다. 이들은 마치 행선지도 목적지도 없는 비행선에 갇힌 우주 미아처럼, 신용 불량자에 빈털터리가 되어 생명마저 담보 잡힌 채 고아처럼 이 세계를 부유하는 먼지들이 되었다. 이들이 한때 인간이었다는 기억을 잊지 않기 위해 우리는 또다시 이야기를 만들어낸다.

4. 누가 인간인가?—새로운 세대의 윤리적 주체, 애도의 공동체

이 시대는 집단 상흔을 앓고 있다. 광범위한 탈인간화(dehumanization) 프로젝트로 인해, 경제적인 단위로 환산되지 않고 관리나 배제의 대상으로 분류되지 않는 인간의 개념은 점차 훼손되고 있다. 그리고 우리는 이제까지 인간으로 여겨져왔던 많은 존재들이 너무 손쉽게 삶으로부터 밀려나가고, 사라지는 모습을 목격하고 있다. 그러면 삭제된 인간의 자리는 그대로 망각될 수 있는가? 주디스 버틀러는 누가 인간이고 인간이 아닌지 결정짓는 틀을 거부하고 부인된 애도(disavowed mourning)를 수행할 때 우리는 우울한 상태에서 벗어날 수 있다고 말한다. 그에 따르면 '인간'은 살아 있을 만한 삶, 소멸된 후에 애도할 만한 죽음을 구성하는 존재로서 정의된다.[15] 따라서 그들의 인간됨을 완성하기 위해 필요한 것은, 다름아닌 살아남아 있는 이들의 애도라고 할 수 있다. 중요한 것은 내가 애도하는 죽음에 의해서 나 자신도 구성된다는 사실이다. 우울증 환자는 자기를 "쓸모없고, 무능력하고, 도덕적으로 타락한 자아"라고 생각하고 그 때문에 "스스로를 비난하고, 스스로에게 욕설을 퍼붓고, 스스로가 이 사회에서 추방되어 처벌받기를 기대한다".[16] 따라서 이 사회가 애도를 부인한 대상을 망각에서 끌어내고, 그 얼굴을 복원한다는 것은 곧 남아 있는 우리를 '인간' 주체로서 재구성하는 정치적인 행위가 된다.

상실한 사람들을 되살려내는 일이 가능한가? 그 불가능성은 언제나 우리에게 뼈아픈 아픔을 준다. 유령을 불러내거나 마주할 능력도, 기적도 허락되지 않는 대부분의 평범한 사람들이 할 수 있는 일은 그저 그들에 대해 끈덕지게 이야기하는 일이다. 이 시대의 이야기꾼들이 끈질기게

---

15) 주디스 버틀러, 『불확실한 삶: 애도와 폭력의 권력들』, 양효실 옮김, 경성대학교출판부, 2008, 15쪽.

16) 지그문트 프로이트, 「슬픔과 우울증」, 『정신분석학의 근본개념』, 윤희기 옮김, 열린책들, 2004, 247쪽.

말하는 이유도 어쩌면 인간이 되기 위한 외로운 저항 같은 것이리라. 하나씩 예를 들어보자. 황정은은 거듭하여 지워지고 망가져가는 얼굴을 되살리는 일의 힘겨움에 대해 이야기한다. 경장편인 『백의 그림자』(민음사, 2010)에서도 그랬거니와 「옹기전」이나 「뼈 도둑」 같은 소품에서도 그는 마치 동어반복인 양 애도의 서사를 멈출 생각이 없어 보인다. 이를테면 이런 대목에서, 그는 이렇게 말하려는 듯하다. 연인의 얼굴을 불러오고, 기억하려는 몸부림이야말로 충심의 절정이며, 끊임없이 그 실패에 대해 상상하는 일이야말로 사랑의 완성이라고.

그는 상상하고 있었다.

문이 열리고, 텅 빈 납골당으로 들어서는 사람, 눈사람과도 같은 거인, 그의 등과 머리에 쌓인 눈, 체온의 냄새. 한발 한발 전진해갈 때마다 그는 그에 관한 꿈을 꾸었다. 그에 관한 꿈으로 완전에 가까워지고 있었으므로 그는 갈 수 있었고, 살 수 있었다. (「뼈 도둑」, 『파씨의 입문』, 205쪽)

못내 잊지 못할 사건을 상기시키는 다음과 같은 대목은 어떠한가.

10여 분을 기다린 끝에, 내내 말없이 오른손으로 눈물을 닦으며 서 있던 그 여자의 옆에 나란히 서서 죽은 대통령의 초상을 바라봤다. 그의 얼굴을 보는데 이상한 기분이 들었다. (……) 난 아마 섭섭한 표정이었을 것이다. 그리고 불가해하고 비현실적이어서 아무런 근거도 찾을 수 없는 슬픔, 거대한 슬픔이 다시 한번 내 몸을 휩쓸고 지나갔다.[17)]

한 전직 대통령이 스스로 목숨을 끊었다. 2009년 5월 23일에 있었던

17) 김연수, 「푸른색으로 우리가 쓸 수 있는 것」, 『사월의 미, 칠월의 솔』, 문학동네, 2013, 178~179쪽.

일이다. 공과는 여전히 논란의 대상이 되고 있으나 죽기 직전까지 '한국 진보주의의 미래'를 고민했던 대통령이 '주류에 의한 비주류의 타살'로 일컬어지는 죽음을 맞이한 사건[18]에 대해 우리 사회는 아직 제대로 된 애도를 하지 못한 것으로 보인다. 아니, 진정으로 적절한 애도는 결코 완수할 수 없는 것임을 상기하면, 그에 대한 애도는 앞으로도 계속 지속되어야 할 숙제와 같은 것이리라. 그의 죽음이 대변하는 '비주류에 대한 타살'에는 다른 많은 억울한 죽음의 이름들이 대신 기입될 수 있을 것이다. 우리 사회에는 용산참사 희생자와 그 가족들, 쌍용자동차 해고자 및 희생자 가족들, 수많은 프레카리아트 노동자들, 부조리한 교육 현실을 견디다 못해 목숨을 끊은 어린 학생들, 이주 노동자들과 성소수자들, 그 밖에 죽거나 살아도 산목숨이 아닌 호모 사케르들이 존재한다. 이들의 존재는 이들에게 폭력을 행사한 이들의 죄과 때문에, 혹은 대부분 사람들의 허약함 또는 개인주의 때문에 '애도성이 무한히 지연되어야 하는' 상태로 내쫓기고 있다.

김미월의 「프라자 호텔」에서도 우리는 고 노무현 대통령의 죽음과 그의 분향소 앞에서 흰 국화꽃을 들고 손등으로 눈을 훔치는 등장인물의 모습, 용산참사 피해민들의 시위 모습을 오버랩시키는 장면을 목격한다. 애도는 이렇게 반복됨으로써 애도되지 못한 목숨의 그림자와 그로 인해 우리가 앓고 있는 병의 징후를 끊임없이 전면에 소환시킨다. 이 글의 전반부에서 인용했던 김애란의 「서른」은 어떠한가? 죄책감의 굴레에 묶여

18) 전 대통령 노무현의 죽음에 대한 기록은 다음 두 권의 책을 참조했다. 노무현재단기록위원회, 『내 마음 속 대통령—노무현, 서거와 추모의 기록 1』, 한걸음더, 2009 ; 임철규, 「카토, 그리고 노무현」, 『죽음』, 한길사, 2012. 앞의 책에서, 임철규는 노무현의 죽음에 대해 다음과 같이 말한다. "'진보'의 가치와, 그 가치가 우리의 현실에서 어떻게 실현되어야 하는가에 대해 진지하게 성찰하고, 이에 따르는 '행동'을 '기획'하고, '지지'하여, 이것이 '사건'으로, 즉 혁명이나 구원을 향하는 '희망'으로 이어지게 하는 것, 이것이 그를 '온몸으로' 애도했던 휴머니티라는 연대의 본질이 아닌가?"(88쪽)

무기력하기만 한 화자는 자신의 훼손을 무릅쓰고 제자 혜미의 과거 모습을 회상하고 그 기억을 다른 사람에게 고백하는 행위를 통해서 윤리적인 주체로 조금씩 다시 태어나기 시작한다. 어쩌면 자신의 죄과 때문에 신세를 망쳤을지도 모르는 다른 사람의 얼굴을 기억하는 일은 자신을 해체하는 고통을 수반할 것이다. 그러나 죽어가거나 이미 사멸한 자의 존재를 자신의 '삶' 안에 포섭하는 행위를 통해, 우리는 자신의 죄를 모두 면제받지는 못할지언정 '인간'이 될 수는 있을 것이다. "외면하지 말자. 우리는 상대방 때문에 훼손된다. 그게 아니면 우리는 뭔가를 놓치고 있는 것이다. (……) 최선을 다해서 노력한다고 해도 결국 우리는 타자에 직면해서, 즉 접촉, 냄새, 감정, 감촉에 대한 기대, 느낌에 대한 기억으로 인해 훼손된다."[19)]

그렇다면 누가 자신의 훼손을 무릅쓰고 죽고 몸을 망친 사람들의 운명에 기꺼이 연루되려 하겠는가? 누가 가장 먼저 죽은 자와 산 자의 세계에 걸친 사람, 애도하는 자, '인간'이 되려 할 것인가? 예정된 실패를 통해 자신의 결핍을 드러내는 여정에 착수하는 자는 누구인가? 이러한 부름에 가장 먼저 답하는 이들은 살아 있되 죽은 것이나 다름없는 자들, 이미 가장 소중한 것을 상실했기에 더 잃을 것이 없는 사람들이다. 이미 한 번 (거의) 죽었던 사람들은, 가까스로 살아나는 순간 애도하는 사람으로 새로운 삶을 얻는다. 나는 이런 역설을 확인하기 위해 김연수의 장편소설 『파도가 바다의 일이라면』을 읽을 것이다.

'나'에서 '너' 그리고 '우리'라는 세 개의 인칭을 중심으로 구성되어 있는 이 소설은 입양아 출신 고아 여성 카밀라에서 그녀의 죽은 어머니 지은을 경유하여 카밀라의 본명이기도 한 두 명의 희재에 도착하는 과정을 그린다. 카밀라는 자신의 출생에 얽힌 비참한 사연에 절망한 나머지 바다

19) 주디스 버틀러, 같은 책, 51쪽.

에 몸을 던져 자살 시도를 한다. 그리고 그 유사-죽음의 궁지 속에서 그녀는 어머니의 얼굴을 목격했다고 진술한다. 그리도 그리워하던, 이제 이 세상에 없는 어머니 정지은의 얼굴을.

> "맞아요. 거기 바닷속에 한 사람이 더 있었어요. 그러니까…… 엄마가. 사진으로 봤을 뿐 한 번도 만나본 일이 없었지만 엄마라는 걸 알겠더라구요. 열아홉 살 그 모습 그대로, 눈을 감고 있었어요. 내 말이 믿기지 않겠지만, 거기 엄마가 있었던 건 사실이에요. 혹시 눈을 뜰까 싶어서 손을 뻗어 얼굴을 만졌는데, 그 살의 부드러움과 그 뼈의 단단함이 고스란히 느껴졌어요. 그 느낌은 한동안 손끝에 생생하게 남아 있어요. 말하자면 그 손끝의 감각에서 나는 다시 태어난 거예요." (『파도가 바다의 일이라면』, 227~228쪽)

김연수는 카밀라를 통해 애도의 신비야말로 가장 슬프고 고독한 사람의 몫임을 증명하고 있다. 한편 카밀라에게는 애도를 금하는 사람들과 싸워 이겨야 한다는 시련이 기다리고 있다. 마치 폴리스의 법을 어기고 혈육을 애도했던 안티고네처럼, 그녀는 정지은의 죽음에 책임이 있는 최성식 부부와 그녀의 동창생들 그리고 과거 진남조선공업 사건의 비극과 관련 있는 사람들의 질서를 뒤흔드는 불순한 존재가 아닐 수 없다. 어머니와 자신의 진짜 이름을 찾고자 하는 그녀의 어깨에는 어머니 외에도 여러 사람의 죽음이 함께 얹혀 있다. 진남조선공업 노동쟁의 때 억울하게 죽은 외할아버지와 동료 노동자들, 양관의 원래 주인인 앨리스, 그 밖에 진남에서 억울하게 죽거나 갑자기 몰락한 집안사람들의 원혼까지. 카밀라는 자신의 애도를 방해하는 시도에 맞서서 진실을 찾고자 하는 싸움을 멈추지 않는다. 사랑은 지치지 않는 법이므로. 가장 나약하고, 아무런 사회적 영향력도 없고, 가장 가난하고 가여운 여인 카밀라가 가장 먼저 그리고 가장 마지막까지 남아 애도하는 사람이다. 이것이 애도의 비밀이다. 그리고 그녀를 매개로 하여 사적 애도는 공적 애도와 겹쳐진다.[20]

『파도가 바다의 일이라면』을 비롯하여 망자에 대한 애도와 과거에 대한 기억을 강조하는 경향은 신자유주의의 인간성 말살에 맞서 새로운 '인간' 주체를 구성하고자 하는 노력을 반영하고 있다고 할 수 있다. 이 소설의 마지막 장은 보기 드물게 '우리'라는 복수형의 인칭을 사용하고 있다. 소설 속에서 이들을 묶는 중요한 매체는 트위터 같은 SNS와 스마트폰 등의 디지털 기기들이다. 작가는 단자들처럼 각자 흩어져 떠도는 개인들을 하나로 묶을 수 있는 새로운 연대의 가능성을 우리에게 제시하고 있는 것일까. 이들을 통해서 하나로 묶인 새로운 윤리적 주체, 애도의 주체가 탄생한다. 김연수는 이 이야기를 통해서 디지털 매체를 통해 재구성된 신체로서의 '우리'와 역사를 기록하는 새로운 방식으로서 '아카이브'의 가능성을 타진하고 있는 듯하다. 또한 그의 구상 속에서 이 두 요소는 진실을 담지하는 한 가지 방식으로서 '이야기의 어소시에이션(association)'을 구축하는 데 핵심적인 역할을 담당하고 있는 것으로 보인다. 익명성과 순간성, 무질서함을 이유로 SNS가 진정한 주체의 의사소통 도구로 사용될 수 있을 것인지 회의적인 시각을 취하고 있는 사람들도 적지 않은 것이 사실이다.[21] 이러한 일상의 디지털화는 인간 사이의 대면 접촉과 신체감각을

---

20) 대리언 리더는 애도의 상호주체적이고 공적인 차원을 매우 강조한다. 공동체 차원에서 애도가 이루어짐으로써 개인은 자신의 사적인 상실을 상징계적인 공간에 좀더 용이하게 등록할 수 있다는 것이다. "죽음을 사회 차원에서 정교하게 상징화하면 할수록, 애도자의 슬픔은 더 많이 공동체로 편입되어 들어간다. 신체 증상과 신체화 증상(somatization)은 애도가 폐색 상태에 빠졌거나 성공적이지 못했을 때 발생한다."(대리언 리더, 『우리는 왜 우울할까』, 우달임 옮김, 동녘사이언스, 2011, 110~111쪽)

21) 지그문트 바우만은 『고독을 잃어버린 시간』(조은평 · 강지은 옮김, 동녘, 2012)에 담겨 있는 짧은 에세이에서 인터넷, SNS, 휴대전화나 아이팟 등으로 인해 정보의 홍수라는 더 무서운 해악에서 익사할지도 모른다는 위협감에 대해 피력하고 있다. 친밀감과 영속성 같은 과거의 가치가 빠르게 변화하는 매체 환경에서 상실될 것을 우려하는 현자의 목소리는 귀

상실하게 함으로써 인간의 존재감을 더욱 유령화시킬 것인가? 아니면 이러한 현상은 단자화된 인간들을 조립하여 새로운 활동적 삶(vita activa)을 가능하게 할 새로운 신체로 재편하고 있는 것인가?[22] 수많은 정보와 파편화된 개체들을 연결·증폭하고 여과하여 새로운 '주체성'을 만들어낼 가능성이 우리에게 잠재되어 있는 것일까?

중요한 것은 '인간'을 삭제하고 공동체를 부수는 기존의 세계 질서에 맞서기 위해 우리는 어떻게든 서로를 연결시킬 고리를 찾아 헤매야 한다는 사실이다. 어쩌면 그 고리는 우리 안팎에, 중심과 주변에 이미 주어져 있는지도 모른다. 이 삭막한 세계 한가운데서, 우리는 서로 기대지 않고는 살 수 없다는 진실을 그토록 아프게 곱씹어오지 않았던가. 고통, 슬픔, 상실에 상시 노출되어 있다는 그 취약성으로 인해 연대해야 한다는 것, 이는 포스트 신자유주의 시대를 예고하는 징후이자, 다음 시대의 포스트 휴먼들이 떠맡아야 할 숙제와도 같은 것이다. 그러기 위해 인간이 사라진 상황을 무대화하고 그러한 애도 가능성 안에서 '인간'을 확립하는 서사적 수단을 제공하는 일이야말로 소설이 떠맡아야 할 무엇보다 중요한 책무이다. 이러한 희망은 서로의 상실로 인해 고통받는 인간들이 있는 한 사랑은 여전히 존재한다는 소박한 믿음과 통하는 바가 있다. 어떤 '인간'의 부재가 우리를 슬프게 하는가. 이를 정치적으로 결정하는 일은 죽어간 자들을 기록하고 추모하는 우리의 행동에 달려 있을 것이다. '파도가 바다의 일이라면'이라는 제목은 우리로 하여금 다음과 같이 화답해달라고, 요

담아 들을 만하다.

22) 제러드 듀발은 1979년에서 1997년 사이에 출생한 '밀레니엄 세대'는 "네트워크로 연결되는 인간관계의 위력을 아"는 세대라고 말한다. 그는 이 세대는 신매체를 기반으로 하는 새로운 거버넌스에 대해 열려 있을 뿐만 아니라 이미 적극적으로 활용하기 시작했다고 지적한다. "오픈 소스 운동과 밀레니엄 세대, 그리고 테크놀로지에 기반한 시민 역량 강화의 새로운 형식들"은 웹2.0 시대에 걸맞은 새로운 어소시에이션의 출현을 예고하는 것인가? 제러드 듀발, 『넥스트 데모크라시』, 이선주 옮김, 민음사, 2012, 173, 236쪽 참조.

청하고 탄원한다. '너('인간')를 생각하고 기억하고 애도하고 망각으로부터 구원하는 것은 나, 우리의 일이었다.'

(『문학동네』 2012년 겨울호)

파국을 유보하는 암하레츠의 노래여

1. 땅의 사람들, 땅마저 빼앗긴 사람들

낮은 데로 흘러들어가 고이는 물처럼 시는 말할 수 없는 것의 근처로 스며들어, 둘레를 에워싸면서, 언어의 형상을 갖춰간다. 이것이 블랑쇼가 릴케를 인용하여 말한 "고뇌로부터 출발하여 사물들을 만드"는, "아무것도 아닌 것을 에워싼 숨결"[1]로서의 시의 진실이다. 그리고 이것이 문학의 언어가 존재하는 이유다. 말할 수 없는 것은 대개 입마저 없는 존재들의 경험으로부터 비롯된다. "살아가는 징역의 슬픔으로/ 가득한 것들".[2] 그리고 시는 입 없는 자들의 입이 되고 말로 표현할 수 없는 것들을 뱉어내는 내밀성의 처소가 된다. 언어가 무에 가까운 심연으로 낙하하는 순간, 고유의 리듬에 맞춰 스스로를 소진하면서 희미한 빛을 발하는 찰나에 우리는 흘낏, 보게 된다. 이전에는 보이지 않았던 형상들, 가장 비천하고 눌린 자들의 찌든 얼굴을. 그리고 이제 기도할 수 있는 입을 겨우 얻은 것들

1) 모리스 블랑쇼, 『문학의 공간』, 이달승 옮김, 그린비, 2010, 206~207쪽.

2) 이성복, 「아, 입이 없는 것들」, 『아, 입이 없는 것들』, 문학과지성사, 2003.

이 발하는 명멸하는 빛에 대해서 시인은 이렇게 증언한다. "그것들 한번 보려고 사람은/ 사는 것이다 그것들 한번 보고는, 오줌 눈/ 뒤처럼 몸을 부르르 떠는 것이다"(「그것들 한번 보려고」, 같은 책, 100쪽).

그렇다면 이 시대의 문학이 찾아낸 가장 낮은 사람들의 얼굴은 어떠한 형상을 갖고 있는가? 정말 우리는 그들에 대해서 잘 몰랐던가, 아니면 스쳐가며 보았지만 무심히 지나쳤던가? 이들은 대부분 지워지고 삭제된 흔적, 즉 '부재'로서 표상되기에 쉽게 눈에 띌 리가 없다. 더욱이 이마저 동물이나 사물의 형상으로 변해버리면 더욱 알아보기 힘들어진다. 고대 이스라엘에서는 가장 낮은 계급을 가리켜 '땅의 사람들(암하레츠: Am ha-aretz)'이라고 불렀다. 『신약』에는 가난하고 힘없는 이들, 바리새인과 사두개인들에 의해 멸시당하는 사람들, 무지렁이 천민들과 같은 다양한 모습의 암하레츠가 등장한다. 그리고 '현신한 메시아'였던 예수가 관심을 가졌고 돌보았던 사람들도 바로 이들이었다. 그런 땅의 사람들이 땅마저 빼앗기면 어떻게 되는가. '사람'이란 이름마저 함께 포기하든가, 하늘을 쳐다볼 것이다.

고정희가 1980년대에 「암하레츠 시편」 「땅의 사람들」 연작 등을 통해 증언했던 '암하레츠'는 사회·정치적인 수난기를 살아가는 평범한 민초들이었다. 이들에게는 아직 "오/ 지축을 흔드는 강물이여, 사람의 강물이여/ 돌들도 일어나 옥문을 열어젖히고" "통일의 새벽빛 트러"[3]가는 희망 혹은 분노의 에너지가 넘쳐났으며, 손에는 "차디찬 수족에 온기를 불어넣고/ 꺼져가는 오관에 생기를 불러오"는 "생명의 비밀"[4]에 대한 약속이 쥐여 있었다. 이제 오늘날 젊은 시인의 시에 간혹 '출몰'하는 암하레츠

---

3) 고정희, 「땅의 사람들 13—강물이여, 사람의 강이여」, 『지리산의 봄』, 문학과지성사, 1987.

4) 고정희, 「수넴 여인 아비삭의 노래—암하레츠 시편 15」, 『고정희 시 전집 2』, 또하나의문화, 2011.

의 기이한 모습에 대해 이야기할 차례다. 이들은 "생의 널빤지를 잡고/ 죽은 자의 그림자가 거꾸로 비치는/ 도시의 수평선에서/ 간신히 귀환하는 날/ 거울 속에서,/ 고독한 집의 강물에서,/ 지붕을 타고 하류로 떠내려간 돼지"[5]와 같은 짐승의 모습을 하고 있기도 하고, "길게 울부짖으며 사회를 저주하였다./ 눈이 뒤집히고 침을 흘리다가/ 손에 든 식칼을 목에 꽂아넣었지만,/ 봉제인형이, 삐져나온 솜에 손을 갖다대더니/ 젖었다. 젖어서 사생활로 돌아갔다"[6]는 대목처럼 무감각해진 사물의 몰골을 하고 나타나기도 한다. 땅마저 뺏기고, 입마저 지워지고, 몸마저 침해당한 상태에까지 몰리면 이젠 별수 있겠는가. 그에겐 '사람'이란 이름밖에 더 뺏길 것이 없다.

이러한 사물화(reification, pragmapeia)의 수사학은 의인화의 수사학과 대리보충의 관계를 이루면서 기의된 대상의 소외 상태를 더욱 심각하게 보여준다.[7] 마땅히 분노할 대상도 찾지 못하고 기댈 신의 목소리도 들리지 않는 시대에 어울리는 정념은 망각, 마비, 무감각 그리고 심리적인 가치 절하 같은 것이 될 터이다. 이는 니체가 말했던, 초인적인 의지에 의해 자신의 원한감정(ressentiment)을 뛰어넘는 행위와는 한참 거리가 먼 것이요, 오히려 초월보다는 체념, 탕진으로 인한 결과라고 해야 할 것이다. 마치 공장에서 양산되어 나오는 자동기계처럼 운명의 외압에 의해 저절로 상투적인 공식(formula)에 굴복하고 마는 비천한 존재들의 삶은, 비빌 땅조차 없기에 암하레츠마저 될 수 없는 이들의 (비극도 아닌) 소극(笑劇)에 불과하다. 그런데 아무래도 이들의 부모는 쓰러진 몸을 받쳐줄 바닥 한 점도 물려주지 않은 것 같다. "돌들이 나와 무관하다/ 간판과 내가

5) 박형준, 「돼지의 속눈썹」 부분, 『생각날 때마다 울었다』, 문학과지성사, 2011.

6) 장이지, 「허튼소리」, 『라폴란드 우체국』, 실천문학사, 2013.

7) James J. Paxson, *The Poetics of Personification*, New York : Cambridge UP, 1994, p.50.

무관하다/ 나는 미묘한 침묵에 빠진다"[8] 점점 말수가 적어지는 당신, 빌려온 시간과 공간 속을 '물질'처럼 점유하고 있는 채무자에겐 파국마저 과한 결말일지 모른다. "만일 넘어진다면 행복에 겨워 울 겁니다."[9] 림보에 갇힌 존재들에게는, 마지막 남은 바람마저 저리 삭막한 것인가.

2. 비정성시(悲情城市),[10] 비정(非情)의 망탈리테

어쩌면 지금, '넘어지는 것도 못하는' 존재, 즉 오뚝이로 변해버린 인간이 등장하는 황정은의 소설이 기억날지도 모르겠다. 조용하게 맡은 일을 하던 한 은행원이 눈에 띄게 말수가 줄어들고 몸집이 작아지면서 조금씩 물건이 되어가는 과정을 기술하는 짧은 이야기 「오뚝이와 지빠귀」에서, 이 인물은 어느날 "무도씨, 지빠귀는 짓빠, 짓빠, 하고 우나"[11]라는 말을 마지막으로 입을 다물어버리고 만다. 황정은의 소설에는 위기에 처할 때마다 '모자'가 되어버리는 무기력한 아버지를 필두로 하여, 사물처럼 마비되고 짐승처럼 퇴화되는 인간들의 형상이 나타나고, 또 허물어진다. "가르자마자 가른 곳을 검고 빳빳한 실로 봉한 뒤 공식적으로 네놈은 이제 불임인 거다, 하며 귀 끝을 가위로 잘라냈다./ 마비되어서 눈도 감지 못했다."[12] 아무래도 이러한 마비의 증세는 확실히 전염성이 있는 것 같다. 인물들의 어눌한 몸짓과 말투를 무심한 척하며 옮기는 작가의 어조로

8) 이장욱, 「물질들」, 『정오의 희망곡』, 문학과지성사, 2006.

9) Samuel Beckett, "Endgame," *Samuel Beckett: The Complete Dramatic Works*, London · Boston: Faber and Faber, 1986, p. 132.

10) '비정성시'라는 단어는 허우 샤오시엔 감독의 영화 〈비정성시(悲情城市: A City Of Sadness)〉(1989)의 제목에서 빌려온 것이다. 잘 알려져 있듯이, 이 영화는 1945년 일본 패망 이후 해방된 대만에서 벌어진 2·28사건을 전후로 하여 대만 민중들이 겪었던 비극적인 역사적 사건을 다룬 수작이다.

11) 황정은, 『일곱시 삼십이분 코끼리열차』, 문학동네, 2008, 212쪽.

12) 황정은, 「묘씨생」, 『파씨의 입문』, 창비, 2012, 127쪽.

인해, 독자는 별다른 마음의 제동을 걸지도 못한 채 무심코 극에 달하고 만다. 어느새 몸이 저려 정신을 차리면, 그의 손에 이끌려 피할 수 없는 심문대의 막다른 지경에 몰려 있는 기분이라고나 할까. "죽겠다./ 죽겠다니요./ 그냥 죽겠다고요./ 입버릇인가요./ 죽을 것 같으니까요./ (……) 그러면 죽을까요?"[13] 무통의 감각, 살아 있는 몸이 점차 물질의 상태로 와해될 때 느끼는 비참, 그런 것들을 단문으로 툭툭 분지르듯 내뱉는 문체는 과연 그녀의 솜씨답다. 종내는 물질들이 달각거리며 일어나, 리듬에 맞춰 어둠의 무도라도 벌일 기세다.

『백의 그림자』는 폭력과 비정이 난무하는 사회와 그 안에서 집단 우울증과 비슷한 증세를 경험하는 사람들의 모습을 기술하고 있다. 백이면 백, 소설에 등장하는 인물들은 모두 자신의 그림자를 등에 얹고 살아간다. 그런 세계에서 "그림자가 일어서더라도, 따라가지 않도록 조심하면 되는 거예요"(『백의 그림자』, 20쪽) 하고 속삭이는 남자친구 무재는 얼마나 천사 같은 존재인가. 그리고 독자는 그가 세상에 없을 것만 같은[無在] 둘도 없는 연인이란 사실을 직감하고 만다. 징후가 예언하는 파국을 피하기 위해 "노래할까요"(『백의 그림자』, 169쪽)라는 말로, 소설의 마지막 부분을 종결짓는 사람도 역시 그다. 황정은의 소설은 독자들이 섣불리 절망이나 희망에 접근하지 못하도록 멀찌감치 떼어놓고, 가까스로 아주 작은 미광만을 간직한 '일순간'을 보여줌으로써 치명적인 낙담만은 간신히 피하도록 만든다. 자신의 몸에 병원균을 집어넣은 과학자가 병마와 힘겹게 싸워 이겨낸 후 간신히 추출한 혈청 한 방울을 내미는 격이다. 어두운 밤에 함께 부르는 가난한 연인들의 "노래"가 어떤 식으로 우리를 위안할 것인가? 아직 그림자보다 앞서 걸어가는 두 사람이 세상에 남아 있다는 것, 이는 파국을 앞두고 있는 세계에선 작은 기적일지도 모른다. 그러나 모든

---

13) 황정은, 『백의 그림자』, 민음사, 2010, 12쪽.

기적이, 사람들의 이목을 끄는 것은 아닐 것이다.

한편, 이런 항변과도 같은 이야기가 있다. "수술 같은 건 꿈도 꾸지 마. 우리 같은 형편에 아프기까지 해? 그게 가장의 도리니? 엄마가 누운 아버지를 내려다보며 매몰차게 말했다. 남은 식구들 고생시키고 죽기만 해봐. 내가 먼저 죽일 거야."[14] 김이설은 슬프고도 아픈 현실에 대해 돌려 말하지 않고, 그리고 이런 현실이 사람들에게 강요하는 비정과 무자비의 정서를 굳이 외면하지도 않는다. "어쩌겠는가, 이미 벌어진 일이 아닌가. 운다고 해서 해결될 일은 세상에 아무것도 없었다." 밑바닥에 있는 비천한 인생들은 슬퍼할 권리도 사치에 속하는 것일까. 하지만 아픔도 비애도 느끼지 못하는 것에게 누가 사람이란 이름을 붙여줄 것인가. "나는 점점 둔해졌다. 모든 일에 둔감해졌다. 불감은 사는 걸 수월하게 했다. 무서운 게 없었다."[15] 김이설의 인물들이 보여주는 무감각한 반응은 오히려 이들이, 무시무시한 초자아와 맞붙어 싸우는 웅전의 한가운데 놓여 있음을 보여주는 역설적인 증거가 되기도 하는 것이다. "침묵해라. 엄마의 목소리가 들렸다"(같은 책, 32쪽). 김이설이 폭로하는 세계는 "가장"이라는 단어가 표상하는 팔루스적 아버지가 삭제된 후, 외설적인 메시지가 부재하는 상징의 주변을 둘러싸고 권력을 행사하는 공간이다. "마치 천 년 동안 움직이지 않아 굳어버린 돌덩이처럼, 검은 손을 치켜"(「열세 살」, 34쪽)든 어머니의 모습은 물화된 신, 생명력을 탕진하고 굳어버린 신의 아이콘이 되어, 동물성으로 퇴화한 세계의 비참을 고발하고 만다.

무관심, 무력감, 비정함은 우리 시대를 휩쓰는 망탈리테가 되었는가? 세상을 통째로 저버린 듯한 초연함에 대해서만큼은 필적할 자 없는 인물,

---

14) 김이설, 『환영』, 자음과모음, 2011, 77쪽.

15) 김이설, 「열세 살」, 『아무도 말하지 않는 것들』, 문학과지성사, 2010, 139쪽.

자본주의의 신이 군림하던 19세기의 월스트리트에 홀연히 나타난 바틀비라는 인물에 대해 말하지 않고 넘어가기 어려우리라. 이미 많은 연구자들이 그의 불가사의한 존재에 대해 주석을 달아왔지만, 힐리스 밀러의 만큼은 그를 처음부터 "말할 수 없는 자"[16]로 규정하고 시작한다는 점에서 다른 설명과는 차별성을 보인다. 그는 미지의 존재, 바틀비가 세계에 미치는 효과와 그를 대하는 우리의 자세에 대해 더욱 주목한다. 그에 따르면 「필경사 바틀비」는 "살아 있는 사람을 조상(彫像)으로 만드는 이야기"이며, 나아가 그가 살고 있는 사회 전체를 무력화시키는 힘 앞에서 느끼는 실패의 증언이라는 것이다. 말 그대로 오비디우스의 『변신』에 등장하는 피그말리온 이야기의 반전이 아닐 수 없다. 바틀비는 속물들로 붐비는 사무실 안에서 꿈쩍하지 않고 자신의 공식(formula)을 견지하는 행위를 통해 스스로 조각상과 같은 존재가 되고, 그 앞에서 어찌할 바를 모르는 고용주-서술자를 무기력하게 하며, 나아가 "월스트리트 전체를 황폐하게 하고 갑작스럽게 정지시킨다. 바틀비가 '그렇게 안 하고 싶습니다'라고 말할 때마다 정지의 순간이 생기고 이로 인해 이 세계에는 균열이 발생한다."[17] 따라서 밀러는 애당초 정체를 알 수 없는 인물 바틀비에 대한 설명을 포기하고, 이 소설이 "바틀비의 이야기라기보다 서술자와 바틀비의 윤리적 관계에 대한 이야기, 또는 윤리적 관계의 실패에 대한 이야기"라고 일찌감치 규정지어버린다. "서술자는 바틀비에 대한 윤리적 책임을 결정할 수 없기에 행동에 착수할 수 없다." 물론 이러한 마비 혹은 석화 현상이 미치는 최종 지점은 독자일 것이다. "그는 누구인가?"라는 물음을 던지면서 끊임없이 주석을 다는 행위를 가리켜 독서의 윤리라고 할 수 있다면, 또다른 '월-스트리트', 즉 벽으로 둘러싸인 비정한 도시에 거주하는

16) J. Hillis Miller, *Versions of Pygmalion*, Cambridge · London: Harvard UP, 1990, p. 142.
17) J. Hillis Miller, *ibid.*, p.156.

인간들을 반성적인 사유로 이끈다는 점에서 바틀비의 이야기는 수행적인 힘을 발휘한다.

여기서 다시, 우리의 관심이 시작된 출발 지점으로 돌아가보자. 김이설과 그의 인물들이 집요하게 천착해온 주제, "먹고사는 것 때문에 어쩔 수 없다"(『환영』, 124쪽)는 문장은 바틀비의 상투어 "그렇게 안 하고 싶습니다"에 필적하는 정지 상태를 발생시킨다는 점에서 문제적이라고 할 수 있다. 독자들은 폭력과 불륜을 서슴지 않고 행사하는 등장인물들에 대해 도덕의 잣대를 들이대고 싶어도 번번이 판단을 중지하고 그 앞에서 좌절할 수밖에 없다. 먹고살아야, 먹여살려야 한다는 원초적인 생존충동과 초인적인 의지 앞에서 윤리적인 판단기능은 아포리아에 빠지고 만다.

이러한 이야기들이 여전히 우리의 마음을 빼앗는 이유는, 보편적인 폭력과 비인간성의 시대에 겨우 살아가는 연약한 존재들이 겪는 증상인 동시에, 보호막이 되는 것, 나아가 저항의 최소 몸짓이 되는 것이 무엇인지 알려주기 때문일 것이다. 더욱이 비정(非情)함과 무감각이 이 시대의 망탈리테로서 더욱 두텁게 우리의 심성 구조에 등록될수록, 얼마나 우리가 사는 세상이 야비한 동물성과 속물주의로 점철되어 있는지 실감하며 새삼 비정(悲情)에 젖지 않을 수 없다. 의인화와 물화의 수사학이 서로 대립적인 관계에 있는 것이 아니라 서로가 상대방의 잠재적인 구조인 것처럼,[18] 두 개의 '비정'은 서로 대리보충적인 관계에 있는 것이다.

그렇다면 이러한 세상에 비정으로 맞서며 끝내 정주하는 수동적인 수락이 답이 될 수 있는가. 그러나 현실은 이마저 허락하지 않는다. "천지는 무자비하니 만물을 풀강아지처럼 여긴다(天地不仁 以萬物爲芻狗)."[19] 천체는 말 많은 인간들이 참견하든지 거부하든지 개의치 않고 자신의

18) James J. *ibid.*, p.51.

19) 노자, 『도덕경』, 노태준 역해, 홍신문화사, 1990, 31쪽.

공식을 따라 굴러가기 마련이다. 쇠락해가는 육신과 황폐해지는 문명의 그림자를 의식하는 인간들은 언젠가는 파국을 향해 낙하할 운명에 대한 불안감을 떨쳐버릴 수 없다. 그들은 제가끔 자신의 방식으로 불안을 이기기 위해, 힘껏 발버둥치기도 하고 정해진 운명 밖으로 뛰쳐나가버리기도 한다. "결국에 가서는 내 자신마저 녹아 흐르거나 타버리지 않을까? 오, 내 몸이 불길에 휩싸인다는 의미는 아냐, 그럼, 다만 조금씩 그을어져 타들어가다가 까만 잿더미로 변하지 않겠냐 이거지, 이 모든 (……) 눈에 보이는 살들이."[20] 바로 그것이 '진실'이다. 그것이 바로 우리가 '그렇다'라고 말하고 '허구'에 눈을 돌리는 이유이다. 이는 물론 허황한 낮꿈이 아니라, 인간이 제작한 가상적인 '의미'로 스스로를 개방하는 행위를 통해, 비정한 세계의 실상을 새로운 언어로 번역하는 작업이라고 할 수 있다.

3. 천사가 필요한 이유

사람들은 스스로 환상을 원해야 한다—여기에 비극적인 것이 있다.[21]

'상상력을 통해 현실을 변화시켜 견딜 수 있는 것으로 만든다'라는 진술은, 어쩐지 너무 이른 투항의 냄새를 풍긴다. 달갑지만은 않다. 지금 막 입장한 관객을 향해 다짜고짜 "다 끝났어, 끝났다고, 끝난 것이나 다름없어, 확실히 다 끝났어"[22]라고 선언하는 사뮈엘 베케트의 연극은 막 표를 사고 극장에 들어온 관객을 당황스럽게 한다. 나쁜 예언은 시간이 흐르면

---

20) Samuel Beckett, "Happy Days", *ibid.*, p.154.

21) 프리드리히 니체, 『니체전집 5(KGW III4): 유고(1872년 여름~1874년 말)』, 이상엽 옮김, 책세상, 2008, 22쪽.

22) Samuel Beckett, "Endgame," *ibid.*, p.93.

자연스럽게 성취될 것이건만, 사유하는 인간은 도래할(come) 미래의 경험을 현세에서 앞당겨 선취하곤 한다. 신을 상실한 시대의 파국을 현실의 사건으로 경험하는 인간들은 각자 자신을 보존하기 위해 "의식적인 거짓"으로서의 허구를 만들어간다. 프랭크 커모드에 따르면 이러한 허구는 "실재하지는 않지만, 세계를 이해하고 그 세계 속에서 우리가 움직이는 것을 도와주는 그 무엇"[23] 이며, 당대의 현실세계에서 작용하는 효용에 따라 평가되는 것이다. 만일 누군가 자신을 구원해줄 천사를 꿈꾼다면, 그 천사는 믿음대로 그를 구원해줄 것인가? 미국의 시인 월리스 스티븐스에 따르면, 이는 그가 상상한 천사가 얼마나 생명력 있는 이미지와 움직임을 갖고 있느냐에 달렸다. 스티븐스의 평론집 제목이기도 한 "필요한 천사(*The Necessary Angel*)"[24]란 바로 그러한 허구의 산물이다. 그는 잘 만들어진, 빼어난 외양을 가진 "최상의 허구(a supreme fiction)" 즉 시야말로 믿음을 제공해주지 못하는 궁핍한 시대의 위기를 극복하기 위한 대용물이라고 주장한다.

'필요한 천사'를 갖고자 하는 조용한 열망으로 가득한 시 혹은 음악, 이것은 척박한 심연을 가리고 보지 않으려 하는 우리가 마음대로 갖다 쓴 오용의 기록이다. 김애란의 장편 『두근두근 내 인생』(창비, 2011)은 시는 아니지만, 그에 버금가는 '최상의 허구'를 향한 글쓰기의 모험을 담고 있다. 이 소설에는 조로증이라는 희귀병에 걸려, 너무 이른, 아니 너무 '어린' 나이에 죽어가는 운명에 처해진 어린 소년이 등장한다. 그리고 열일곱 살이라는, 너무 어린 나이에 만나 아이를 낳고 살아가는 젊은 부모의 이야기가 그 아이, 아름이 시선에 의해 슬프고도 아름답게 펼쳐진다. 슬프지만 어둡지 않고 아프지만 과히 괴롭지 않게. 삶을 연주하기 전에도 일종의 시놉시

23) 프랭크 커모드, 『종말 의식과 인간적 시간』, 조초희 옮김, 문학과지성사, 1993, 37쪽.

24) 월리스 스티븐스가 1951년에 자신의 강의록을 모아 출간한 평론집이다.

스, 혹은 밑그림 같은 것이 필요할 것임은 두말할 나위 없다.

두 사람의 이야기는 겹치고 어긋나고 어그러져 내 안으로 들어왔다. 그리고 폭발 직전의 우주가 가스처럼 아스라이 출렁였다. 나는 그걸로 뭔가 만들어볼 요량이었다. 물론 그것이 무엇이 될지는 아무도 모르게. 나조차 모르게. 아름다움이 아름다워질 수 있게. 사람 손을 타, 태어나자마자 죽는 새끼 강아지의 운명이 되지 않게. 아름다움이 잘 태어날 수 있도록 말이다. (『두근두근 내 인생』, 94쪽)

"내가 두 분에게 뭔가 드릴 수 있는 게 있다면, 그건 우등상도 학사모도 아닌, '이야기'여야 할 것 같았다."(『두근두근 내 인생』, 107쪽) 그리고 그 이야기는 스러져가는 자신의 짧은 삶을 무의미로부터 구원해주고, 독자인 부모님들을 위안해주기 위해 자신의 기원과 종말에 관한 설명을 담고 있어야 하리라. 따라서 이 소설은 김애란이 쓴 허구 속의 허구, 가상의 가상인 「두근두근 그 여름」이라는 아름다운 이야기를 최후의 정점으로 달려가는 서사구조를 취하고 있다. 또한 아름이의 짧은 삶은 이 허구를 완성하기 위해 반드시 필요했던, 의미로 충만해진 간격으로 재창조된다. 스티븐스의 시 「최상의 허구를 향한 단상들」의 한 대목은 어떻게, 그리고 왜 우리가 글쓰기를 통해 삶의 새로운 중심을 창조해가는 수행적인 작업을 멈출 수 없는지 문득 일깨워준다. '독자'만이 누릴 수 있는 해석학적 '오용'의 일종일지도 모르지만, 이 시는, 한아름이 쓴 「두근두근 그 여름」의 아름다운 구절들과 잘 어울릴 것만 같다. 텍스트들을 짝지어주는 산파가 될 수 있다면.

시는 삶을 다시 새롭게 하기에, 잠깐 동안,
우린 최초의 생각을 함께 나눌 수 있지 (……) 시가 우리에게 채워주는 건

순결한 시작에 대한 믿음.

그리고 시는 무의식적인 의지의 날개를 달고, 우릴 데려가지. 그곳은,
순결한 종말이란 목적지.[25)]

이 소설을 가로지르는 심장의 박동 소리는 비인간적인 세상과 사물들을 깨워 인간화시키는 주문이자, 무의미한 시간에 인간적인 간격을 부여하는 음표들이다. 이들은 '두근'과 '두근' 사이, 그리고 '두'와 '근' 사이를 무정형의 시간 속에 촘촘히 새겨넣음으로써, 허구적인 구조를 생명의 지속이라는 플레로마(Pleroma)의 상태로 충전시킨다. 반복되는 의성어와 함께, 아름이의 허구를 지탱하는 가장 중요한 테크닉은 의인화의 수사학이다. 아름이가 쓴 소설 속 소설인 「두근두근 그 여름」에서는 자연 전체는 물론 운명마저 인간의 마음을 갖고 말을 하고, 생각하고, 움직이는 것으로 묘사된다. "그때 우리는 그걸 원했어. 그때 우리는 그게 필요했어. 그때 우리는 그걸 하지 않을 수 없었어. 그때 우리는 그걸 했어. 그때 우린 그걸 한번 더 했어. 그때 우린 그걸 계속했어."(『두근두근 내 인생』, 352쪽) 가족의 기원을 영원회귀적 긍정으로 감싼다는 것, 그것을 세속화된 '합치의 허구'[26)]로 재탄생시킨다는 것, 이는 아름에게 있어 삶의 기술

---

25) Wallace Stevens, "Notes toward a Supreme Fiction," *Collected Poems*, Boston: Faber and Faber, 1984, p.382.

26) 프랭크 커모드, 같은 책, 72쪽. '합치의 허구(concord-fiction)'란 과거·현재·미래가 시작-중간-종말의 연쇄 속에서 조화롭고도 충만하게 결합되어 있는 허구를 의미한다. 커모드가 가장 이상적인 합치의 허구의 예로 들고 있는 것은 『성서』다. 커모드는 시간적 충만 상태가 깨진 현대에 우리는 세속적인 합치의 허구를 필요로 한다고 주장한다. 그는 "우리 자신의 위기의 시점을 무효화시키지 않고서도 과거를 수정하고 미래를 참작함으로써" 합치의 허구를 만들어낼 수 있다고 보았다. 그에 따르면 현대의 세속적인 합치의 허구는 "각기 따로따로이고 인간적인 설명이 불가능해 보이는 사건들을 수용 가능한 인간적 패턴과 연결시키려는 의도에서 고안된 허구"다.

이었을 뿐만 아니라 예술을 만들어내는 미적 행위였으리라. 니체는 『비극의 탄생』에서 '환상을 원해야만 하는' 비극적 상황으로 인해 발생하는 예술 충동의 탄생에 대해 말한다. 그리고 김애란의 소설에서 우리가 목격하는 것은 "가상을 통한 구원에 대한 열정적인 갈망"[27]을 지닌 예술가의 탄생이다.

『두근두근 내 인생』은 땅의 아이로 태어났으면서, 자신을 저버린 듯한 운명에 의해 더이상 땅에도 머물지 못하는 아이, 아름이가 만드는 천사에 관한 기록이다. 그 천사는 그가 쓴 이야기 자체일 수도 있고, 섬세한 마음을 가진 사춘기 소녀, 우정을 나누는 이웃집 할아버지의 선한 모습으로 종종 모습을 바꾸기도 한다. 아름이는 애틋한 사랑의 감정을 느끼던 소녀가 무명작가가 만든 가상 인물이라는 사실을 알고 나서도, 그 환상을 포기하지 않는다. 따라서 그 작가와 아름이가 마주하는 감동적인 장면 이면에는 '작가끼리의 한판 승부'라는 또하나의 숨은 이야기가 가려져 있는지도 모른다. "선하"라는 이름의 소녀를 먼저 창조한 작가를 향해 아름이가 "선하야"라고 호명하는 장면은, 아름이의 허구가 상대방의 허구를 뛰어넘는 순간이기도 하기에, 슬프면서도 짜릿하다. 좀체 한데 어울리기 어려운 두 감정은 이렇게 절묘하게 조합된다. 우리에게 천사가 필요한 이유는 우리의 삶이 무의미와 불모함으로 가득하기 때문이 아니었던가. 그 이유가 더 절박하고, 구체적일수록 허구는 더욱 강력해지고 매혹적이 된다. 그리고 "궁핍이란 것에 진실하고도 독창적인 인간적 형태를 부여하는 일에 성공한 기쁨"[28]이 예술가를 웃게 하는 유일한 이유가 된다.

---

27) 프리드리히 니체, 『니체전집 2(KGW III1): 비극의 탄생 · 반시대적 고찰』, 이진우 옮김, 책세상, 2005, 45쪽.

28) 프랭크 커모드, 같은 책, 180쪽.

4. ……그리고 여전히 남아 있는 나날들

쓴다는 것, 그것은 말하기를 멈추지 못하는 것의
메아리가 되는 것이다.[29]

『두근두근 내 인생』의 주인공 아름이 글쓰기에 매달리는 것은, 어쩌면 죽음을 눈앞에 둔 사람이 선택한 최후의, 그리고 최선의 길일지도 모른다. 모리스 블랑쇼는 작가를 향해 "그는 왜 글쓰기를 멈추지 않는가?"라고 질문을 던지면서 동시에 "쓰여지는 것은 써야 하는 자를 긍정으로 인도한다"[30]라는 다소 신비스러운 문장으로 답변을 대신한다. 이 긍정은 작가가 '나'에 대해 말하기를 거절하고 '나'를 소멸시키고 이를 대체하는 '그'를 발견함으로써 가능한 "권한이 없는 긍정"이다. 그러나 다시 되풀이 하건대 "쓴다는 것은 끝나지 않는 것, 끊이지 않는 것"[31]이기에, 글쓰기는 무한히 유예되는 것으로서 '작품의 공간'이라는 새로운 차원을 개방하는 경이로운 행위이기도 하다.[32] 따라서 『환영』도 그렇지만, '시작'을 선언하면서 끝나는 『두근두근 내 인생』의 결말은 매우 의미심장하다고

---

29) 모리스 블랑쇼, 같은 책, 23쪽.

30) 모리스 블랑쇼, 같은 책, 22쪽.

31) 모리스 블랑쇼, 같은 책, 21쪽.

32) 블랑쇼는 유한을 무한으로 유예시키는 글쓰기라는 행위가 카프카에게는 "문학을 통한 구원"으로 받아들여졌다고 하면서도 "그러한 자질들은 또한, 난관들을 쪼개어 무한정 펼치면서 파산을 미룰 수 있을지는 모르나, 끊임없이 무한을 미결의 것으로 변모시키면서 분명 해방을 늦어지게 하는 결함이기도 하"(모리스 블랑쇼, 같은 책, 107쪽)다고 지적하였다. 다가오는 파국을 해방으로 볼 것인가, 무의미한 소멸로 볼 것인가, 이러한 간극은 종말을 바라보는 관점의 차이에서 기인한 것이리라. 카프카는 일기에서 다음과 같이 적었다. "고독은 징벌만을 가져다준다. 상관없다. 난 이따위 모든 고통에 대해 개의치 않으며, 그 어느 때보다 난 확고하다. 난 어떻게 해서라도, 어떤 대가를 치르더라도 글을 쓸 것이다. 이것은 생존을 위한 나의 투쟁이다."(모리스 블랑쇼, 같은 책, 78쪽에서 재인용)

할 수 있다.[33] 작품의 끝에서, 오로지 글쓰는 이의 바깥에서만 영원은 새로운 시작을 알리면서 출발한다. 이는 작품이 결코 자신이 소유할 수 없었던 삶의 시간을 타인에게 양도하는 것을 뜻한다. 데리다가 『주어진 시간: 위조화폐』에서 맹트농 부인의 편지 속에 있는 "시간을 준다"는 구절을 통해 발견한 것은 바로 '삶의 시간'의 증여라는 불가능한 선물에 관한 것이다. 그리고 이러한 순수한 증여는 타인의 세계에 흔적을 남기는 '글쓰기'라는 수행을 통해서만 가능한 일이다. "선물은 언제나 어떤 글, 기억, 시 또는 서사의 선물일 것이다. 선물은 어떤 경우든 텍스트의 유산일 것이다.(……) 글쓰기는 오히려 선물 증여의 행동 자체와 연관되어 있는 '어떤 사태'일 것이며, 이 '행위'는 기록의 의미와 함께 수행적 실천의 의미를 갖는다."[34]

따라서 아름이 자신의 죽음을 지켜볼 부모에게 '이야기'를 선사한 것은 매우 적절한 선택으로 보인다. 아름에게 있어 글쓰기는 철없는 부모, 그리고 이유 없는 폭력으로 다가오는 운명이 자신에게 떠넘긴 빚을 탕감하는, 용서의 행위이기도 하다. 이러한 용서는 주면 받아야 하고 받은 만큼 돌려주어야 하는 '무시무시한 대칭성'의 구조를 초과하는 잉여이자 남겨진 잔여와 같다. 교환경제의 원환 속에 예속되어 있는 닫힌 세계의 질서를 범람하고 내파하는 힘, 데리다가 선물을 가리켜 "경제적 이성의 광기"라고 표현한 것도 이 때문이다. 이 소설에서 가장 암담한 장면은 부모의 대화를 듣고 실의에 빠진 아름이 자신이 쓴 소설을 컴퓨터에서 삭제해

---

33) 『두근두근 내 인생』의 마지막 문장은 "바야흐로 진짜 여름이 시작되려는 참이었다"이다. 또한 『환영』은 "다시 시작이었다"라는 문장으로 끝난다. 『백의 그림자』의 마지막 문장인 무재씨의 대사 "노래할까요"도 새로운 노력을 개시하기 위한 일종의 제안이라는 점에서 앞의 두 소설의 결말과 크게 다르지 않다고 할 수 있다. 이렇게 작품의 소멸이 새로운 출발을 예고하는 사례는 드물지 않으므로 꼭 이러한 공통점이 우연의 일치라고만은 할 수 없을 것이다.

34) Jacques Derrida, *Donner le temps 1: la fausse monnaie*, Paris: Galilée, 1991, p.63.

버리는 순간이다. 포기한 글보다 훨씬 두려운 것은, 포기한 삶의 시간들, 그리고 의미의 부재다. 글쓰기의 곡진한 욕망을 간직한 사람은 임박한 죽음의 얼굴을 마주보는 순간에도 좀처럼 물러서지 않는다. 이장욱의 단편 「곡란」에는 "죽음을 대면하는 소설"[35]을 쓰기 위해 자살 사이트에서 만난 사람들과 함께 여관에 투숙하는 한 소설가가 등장한다. 그가 수면제 캡슐을 삼키고 죽으려 하는 두 남녀 앞에서 살아야 한다고 설득하지만 이미 죽음의 그림자에 점령당한 그들의 귀에 소설가의 말이 들어올 리가 없다. 그러나 그는 이에 물러서지 않고 한눈을 파는 틈을 타서 중년 남성에게서 수면제를 훔쳐 변기에 흘려보내고 만다. 그가 중년의 남성과 몸싸움을 벌이면서 절규하는 대목은 근래의 소설 가운데서도 보기 드문 인상적인 장면이 아닐 수 없다.

> 방안은 정물화처럼 정지해 있었다. 틱틱거리던 형광등이 잠시 꺼졌다가 반짝, 하며 환하게 불이 들어왔다. 그 순간 중년을 타고 앉은 젊은 치가 정신을 차린 듯 갑자기 소리를 지르기 시작했다. 왼손으로 중년의 멱살을 잡고 허공에 들고 있던 오른손으로 방바닥을 내리쳤다.
>
> 살아야지! 살아야지! 이 씨발놈아! (「곡란」, 203쪽)

삶과 죽음이 구별되지 않고 혼재하는 공간인 '곡란'에서 '삶'이라는 광기에 빠져 있는 인물이 저리도 그 경계를 넘지 않으려 몸부림치는 이유는 '죽음'에 대한 글쓰기를 향한 치열한 욕망이 그의 영혼과 육신을 얽어매고 있기 때문이리라. "모든 것이 말해졌을 때 여전히 말하는 것"[36]으로서의 잔여, 남아 있는 한 줌의 욕망이 그를 죽음으로부터, 혹은 죽음을 그로

---

35) 이장욱, 「곡란」, 『고백의 제왕』, 창비, 2010, 204쪽.

36) 모리스 블랑쇼, 같은 책, 22쪽.

부터 뒷걸음치게 만든 것이었을까.

가즈오 이시구로의 『남아 있는 나날』은 유서 깊은 달링턴 저택의 집사 스티븐스의 실패한 사랑에 관한 이야기이다. 레나타 살레클은 이 소설의 제목인 '남아 있는 나날'의 의미를 프로이트가 설명한 "하루의 잔여(day's residue)"와 연결시킨다. 프로이트의 꿈 이론에서 "하루의 잔여"란 전날의 어떤 사건이나 잔여를 가리키는데, 그것들이 삽입된 무의식적 구조 때문에 꿈속에서 새로운 의미를 획득한다는 것이다. 따라서 '남아 있는 나날'은 스티븐스와 그가 사랑했던 켄튼 양이 살아가야 할 노년을 가리키면서 동시에 그들이 젊었을 때 나누었던 사적인 관계에 관한 기억들을 가리키게 된다. 그들이 매일 저녁 만나 사적 구역에서 코코아를 마시면서 대화를 나누던 시간에 대한 소중한 기억이야말로, 그의 "강박적 생활 방식의 완벽한 구조 속으로 통합할 수 없는 잔여로서 기능"[37]한다는 것이다. 글 쓰는 이에게 있어서 '끝나지 않는, 끊이지 않는' 글쓰기에 대한 욕망은 바로 이러한 잔여로서의 '남아 있는 나날'과도 같은 것이다. 이러한 잔여는 파국을 예고하는 종말의 신화에 합치되지 않는 차연의 구조를 발생시킨다. 소멸되어갈 운명에 처해진 작가가 그뒤에 남겨질 독자들을 위해 쓰는 텍스트야말로 결코 소유할 수 없는 것으로서의 "선사된 시간"일지도 모른다.

하여, 문학은 아무것도 남지 않아 더 빼앗길 것마저 없는 불행한 이들을 위해, 기록하는 일을 멈출 수 없고, 앞으로도 그럴 것이다. '자신이 갖지 못한 것'마저 이들에게 주기 위해 글쓰기라는 고독한 수행을 스스로 걸머지는 이들이 있다. 그러나 억압받는 약자들을 위해 무언가 하고 있다고 여겼던 이들은 점차 자신이 무언가 착각 속에서 살아왔다는 사실을 깨닫기 시작했다. 불모의 땅을 여전히 지키고 살고 있는 암하레츠야말로 작

---

37) 레나타 살레클, 『사랑과 증오의 도착들』, 이성민 옮김, 도서출판 b, 2003, 21쪽.

가로 하여금 계속 쓰는 일을 멈출 수 없게 만드는 동기이자 상상력을 부여하는 뮤즈들인 것이 아닌가. 그들 덕분에 지상에는 위안과 자비를 구하는 노래에 대한 요청이 끊이지 않는다. 누군가 만들어낸 노래와 이야기들에 '필요한 천사'의 지위를 부여하고 호명해주는 이들도 바로 이 우는 눈을 한 땅의 사람들이다. 릴케는 그의 노래 속에서 다음과 같은 말로 이들에 대한 오마주를 대신한다.

> 끝내 그들, 일찍 떠난 자들은 우리를 필요로 하지 않으니,
> 어느덧 자라나 어머니의 젖가슴을 떠나듯 조용히 대지의
> 품을 떠난다, 우리는. 그러나 그토록 큰 비밀을
> 필요로 하는 우리는, 슬픔에서 그토록 자조 복된 진보를
> 우려내는 우리는, 그들 없이 *존재*할 수 있을까?[38]

한편 작가 자신도 또 한 사람의 암하레츠이자 해방을 갈구하는 약자라는 인식으로 인해, 글쓰기에 대한 글쓰기, 작가 자신의 분신인 듯한 인물이 등장하는 이야기 역시 꾸준하게 만들어질 수밖에 없다. 그러나 삶을 살아가는 인간이 몸의 소멸을 피할 수 없고, 점점 더 광범위한 혼돈과 비참으로 향해 가는 역사가 종말을 피할 수 없듯이, 파국은 언젠가 우리에게 닥쳐오리라는 사실은 과연 외면할 수 없는 진실일지도 모른다. 하지만 이런 깨달음이, 오히려 이를 유예하고자 하는 몸부림을 더욱 곡진하게 만드는 것은 아닌가. 이를 위해 우리는 삶과 죽음의 사이에 끼어 그 경계선상에서 탈현전을 발생시키는 간격을 만들고, 그 안에서 "현전의 가장 큰 상징적 재전유를 목표로 하는 가장 큰 희생"[39]으로서 글쓰기의 모험을 감

38) 라이너 마리아 릴케, 「두이노의 비가」, 『릴케전집 2』, 김재혁 옮김, 책세상, 2000, 446쪽.
39) Jacques Derrida, *Of Grammatology*, trans. by Gayatri Chakravorty Spivak, Baltimore and London: The Johns Hopkins UP, 1976, pp. 142~143.

행한다. 그리고 이 지점은 한없는 비탄 속에 잠겨 있는 암하레츠가 우리에게 '필요한 천사'를 불러오기 위해 자신의 소멸을 무릅쓰는 바로 그 능동적인 순간에 개시될 것이다.

"예수를 닮아가려는 '선한 눈'들, '보고 있는 눈물'로 가득찬 '울고 있는 눈'들로 인해 역사의 파국, 인간의 종말은 '유보'되고 있을 뿐, 인간에게 '구원'이란 없다. '보는 눈'이 있는 한, 파국을 향해 내달리는 폭력의 역사, 야만의 역사는 멈출 수가 없기 때문이다."[40] 그러나 정해진 파국으로 이끄는 것은 운명의 힘이요, 그 파국에 저항하여 이를 유보시키는 것은 인간의 의지다. 그 의지를 귀하게 여기고 자신의 목숨에 남아 있는 잔여분의 열기를 보태고자 하는 것은 인간이 할 수 있는 일, 어쩌면 인간'만'이 할 수 있는 일이기 때문에 어느 편에 가담할 것인지 새삼 물을 필요도 없을 것이다. 부재와 상실이 만연한 불모지에서, 언젠가 "노래할까요" 하고 묻는 연인을 기적처럼 만난다면 기쁘고도 슬픈 마음으로 머뭇거림 없이 함께 목소리를 섞을 수 있지 않겠는가. 그런데 우리가 그 노래를 얼마나 오랫동안 부를 수 있을까. 그것만은 아무래도 알지 못하겠다.

(『현대문학』 2011년 9월호)

40) 임철규, 『눈의 역사 눈의 미학』, 한길사, 2004, 403쪽. 암하레츠에 관한 해방신학적인 논의와 암하레츠를 대하는 '울고 있는 눈' '눈물의 눈'이 절망적인 사태에 직면한 인간들을 '구원의 관점'에서 바라보게 한다는 생각은 임철규의 이 책의 마지막 장 「구원의 눈」과 다른 책 『왜 유토피아인가』(한길사, 2009)에 수록되어 있는 「해방신학에 대하여」에서 가져온 것임을 밝혀둔다.

0. 혁명을 위한 프롤로그
— 두 편의 웹툰 그리고 '인간' 소거 프로젝트

도망쳐, 죽지 않으려면

알다시피, 전 지구적 자본주의는 시효가 얼마 남지 않았다. 이미 오래전에 끝나버렸다는 소문도 들려온다. 그러나 하나의 시스템이 일단 주도권을 쥐고 수세기 동안 삶의 거의 전 부문을 장악해온 이상, 정말 두려운 일은 이미 괴사가 시작된 시스템 바깥에서 작동하는 경우가 더 많다. 그것은 시스템을 지배한다고 믿고 있는 사람들이 썩은 구조의 무능을 은폐하고 시시각각 닥쳐오는 위기를 봉합하기 위해 투여하는 이데올로기적·물리적 대체물들에 의해서 온다. 이제 현대의 정치·경제를 움직이는 힘(들)은 대다수 사람들의 안정된 삶을 추구한다는 합리적인 대의를 포기한 것처럼 보인다. 이 시스템이 목표로 하는 것은 세계가 아무 변고 없이, 내일도 어제처럼 돌아가리라는 환상을 지탱하는 일 이상도 이하도 아닐지 모른다. 이러한 무리한 시도는 그 시스템에 복속되어 살고 있는 대다수 사람들에게 고스란히 무참한 폭력으로 되돌아오고 만다. 중대한 위기가 곧 도래할 것이라는, 혹은 이미 와서 우리 가운데 있다는 진실을 가리는 거짓말의 대가는 실로 어마어마하다. 이렇게 폭력은 이중으로 반복되기 마련이다. 한번은 우리가 이미 경험하고 있는 절대적 · 상대적 빈곤과 신체에 직접 가해지는 위협의 형태로, 또 한번은 이러한 진상을 제대로 지각하는 것을 막는 봉쇄와 기만의 형태로.

썩은 시스템을 유지 보수하는 데 드는 엄청난 대가를 떠맡고 있다는 사실에도 무감한 사람들. 상품과 권력에 종속되기 위해 스스로를 저렴한 값으로 넘기는 군중들. 이들의 암묵적인 동조를 흡수하여 쉴새없이 돌아가는 자본의 회로들…… 많은 대중서사들은 죽음 이후에 존재하는데도 이를 전혀 깨닫지 못한 채 백주 도로를 횡행하는 좀비떼의 모습으로 이들을 재현해오곤 했다. 그러면 탐욕과 무지가 합작하여 만들어낸 이러한 악순환을 어떻게 끊을 것인가? 견디거나, 맞서거나, 도망치거나, 이 밖에 또 어떤 방도가 있을까? 사도 바울이 그를 따르는 신자들에게 한 말은 지금의 해방적 개인에게도 그대로 적용된다. "우리의 싸움은 혈과 육에 대한 것이 아니라 권력들과 권세들과 이 어둠의 세상 주관자들과 하늘에 있는 악한 영들에 대한 것이기 때문입니다."(「에베소서」 6:12) 우리가 맞서야 할 대상은 '자본' 혹은 '권력' 그 자체가 아니라 '자본'이라는 주인기표와 이를 중심으로 구성된 자본주의라는 상징계 혹은 시장이라는 환영이므로. 우리는 환영을 상대로 기절하지 말고 쇠우리에서 도망칠 방도를 알려주는 지도를 새겨넣기 시작해야 한다.

우리의 일상을 억압하고 제도화하는 규범, 질서를 가까스로 빠져나온다고 해서 탈주가 완료되는 것도 아닐 것이다. 그 바깥에 있는 것은 실재(the Real)라는 황무지다. 그리고 우리는 자본주의를 은밀하게 지지해온 지배 이데올로기의 밑바닥으로 직하한 다음 과감히 썩은 뿌리를 걷어내야 할 것이다. 도처에서 생체 권력을 행사하며 온갖 간계를 부리는 자본주의의 영향력으로부터 빠져나오는 길은 발본적인 '행동'뿐이므로. 이런 식으로 공고해 보였던 질서에 조금씩 균열 혹은 어긋나는 지점을 만들어나간다. 따라서 탈주는 신자유주의의 전략으로 오염되어 있는 것이라면, 그리고 전술적으로 그들에 의해 이용될 수 있는 것이라면 어떤 미덕, 가치로 단호히 거부하는 것부터 시작해야 한다. 이러한 시작은 처음에는 공포를 불러일으키기 마련이다. 그 첫번째 대상이 바로 '인간'이란 개념이다. 이 시대의 주인기표인 '자본'에 오염되어 이미 물신이 되어버린 '인간(human)' 개념을 해체하고 원래 있던 자리를 텅 비우는 순간 무엇이 일어났던가? 감히 말하건대, 그것은 자본주의가 전략적으로 사용해온 신화가 탈구되는 '사건'이리라! '인본주의(humanism)'라는 부르주아 이데올로기를 벗겨낸 자리에 남아 있는 결핍의 자리, 그 빈 공간을 지도 안에 새겨넣기로 하자. 그곳이 언젠가 이 세계를 돌파할 거점이 되어줄 것이므로. 그리고 이제부터 이를 '인간' 소거 프로젝트라고 부르기로 한다.

이미 세속의 종교가 되어버린 '휴머니즘'은 그뒤에 '인간'이 아닌 것, 즉 '비-인간(inhuman)'으로 배제된 대상에 대한 잔인한 외면을 함축하고 있다. 저들이 '비인간'이라고 규정하고 있는 것들은 무엇인가? 한번 더 묻자면, 인간과 비인간을 가르는 기준은 대체 무엇인가? 여기에 이데올로기가 작용하고 폭력이 개입된다. 이러한 사유는 이미 정치학이 된 지 오래다. 저들을 따라 '인간'이라는 대상은 사회의 시스템 속에서 소속과 신분을 갖고 있는, 통제 가능한 구성원을 뜻한다고 말해두자. 이때 인간이라는 이름은 단순한 '종명(種名)'의 범주를 초과한다. 이러한 시스템에서 난민, 범법자, 적으로 규정되면 인간은 공권력의 보호를 박탈당하는 것은 물론 언제 죽어도 애도되지 못하는 예외 상태, 다시 말해 '비인간'으로 추락해버리고 만다. 물론 이는 '하루아침'에도 얼마든지 일어날 수 있는 일이다. 또하나, 사회에 의해 '인간'의 이름을 얻은 이들에게 폭력, 압박을 가하는 일은 여하한 경우를 막론하고 용서받지 못할 '비인륜적인' 행위로 지탄의 대상이 된다. '절대 폭력은 안 돼! 살인은 더욱 안 돼!'라는 초자아적 금기는 기존의 사회질서를 위협하는 일탈의 욕망, 에너지, 원한 감정 들을 적절히 통제하는 이데올로기로 음험하게 작동한다. 하지만 이런 식의 사유는 '그건 그들의 생각이지'라고 독백하는 데서 그치는 것이 이로울 것 같다. 이를 발설하고 행동으로 옮기는 일은 스스로 지뢰를 찾아 밟는 것만큼이나 두렵고 위험한 일일 테니까. 그러나 그보다 더 끔찍한 사태가 있을 수 있다. 충고를 적은 쪽지는 구겨지고 간과된다!

어두운 덤불에서 웅크리고 있다가 위험하고 두려운 상상이 출현하면 먹이처럼 덥석 무는 종자들이 있다. 그들은 이야기 주변에서 기생하는 존재들이다. 이들에 의해서 금기는 위반의 상상력을 위한 양분으로 바뀌고 경계는 일탈의 쾌락이 발생하는 장소로 다시 자리매김된다. 때로 한 시대를 결박하고 있는 악조건은 주류문화 혹은 규범에 반기를 드는 대항문화[1](counter-culture)의 불씨를 점화시키기에 '충분한 어둠'이 된다. 대항문화는 신의 불씨를 훔쳐다 인간들의 에너지로 바꾸었던 프로메테우스처럼 기존 질서를 깨뜨리는 데서 발생하는 쾌감 혹은 파괴력을 적극적으로 전용함으로써 문화적인 실험으로 바꾸어버린다. 이 글에서 특히 다른 대항문화 가운데서도 '만화'에 주목한 이유는 앞으로도 차차 더 밝혀지게 될 것이다. 서둘러 첨언하면 이들이 최근 인터넷과 스마트 기기 매체의 절대적인 영향력에 힘입어 '웹툰' 등의 형태로 대중의 이목을 모으고 있다는 사정도 무시할 수는 없을 것이다. 저급한 대중의 오락거리라는 오래된 편견(또는 오해)만 빼면, 기존의 관습, 생활양식, 스타일에 스며들어 있는 이데올로기를 돌파하고 새로운 스타일을 만들어내는 창

---

1) 이 글에서 '대항문화'라는 용어를 굳이 사용하는 이유는 '하위문화(subculture)와 구별하기 위해서이다. 두 범주는 일탈(deviance), 범죄, 비행 등의 소재를 즐겨 다룬다는 점에서 외견상 겹치는 부분이 많은 것처럼 보이지만 전자가 한층 포괄적인 개념이라고 할 수 있다. '대항문화'는 '대중성'이라는 주류에도 항거한다는 점에서 간혹 상당히 고급문화적인 면모를 띠기도 한다. "카운터컬처가 외관상 체제 순응적인 단일문화처럼 보인다면 그것은 아마도 진짜 카운터컬처가 대중화 또는 하위문화와 분투하고 있기 때문일 것이다."(켄 고프먼 · 댄조이, 『카운터컬처』, 김세미 옮김, 텍스트, 2010, 80쪽)

구로서 만화만큼 호소력이 있는 장르도 찾기 어려울 것이다. 물론 우리는 만화를 읽을 때 그런 이유를 일일이 헤아리지 않는다. 이들과 만날 때면, 나는 그 어떤 작품을 즐길 때보다 짜릿하고, 발칙하며, 외설적인 감정에 빠져들곤 한다. 누군가는 이를 두고 '길티 플레저(guilty pleasure)'라고 했다. 그뿐.

즐겨라, '인간 and/or 비인간'의 게임을

더욱 흥미로운 사실은 '인간' 개념의 해체는 대항문화의 중요한 줄기인 범죄서사에서 종종 '살인'이라는 극단적인 행동으로 재현되기도 한다는 점이다. '어떤 인물이 다른 사람을 죽이거나 심각한 상해를 가했을 경우, 그는 깊은 죄책감에 시달리다가 결국 그에 상응하는 벌을 받게 된다'는 식의 진술에서 우리는 부르주아사회를 떠받치고 있는 도덕, 윤리의식의 기본 전제를 발견하게 된다. 이는 행한 대로 돌아온다는 근대적 인과율의 인류학적 판본이기도 하다. 그러나 어떤 사람이 살인을 했음에도 불구하고 죄책감을 느끼기는커녕 쾌감을 얻고 심지어 다른 이들로부터 우호적인 평판까지 듣게 된다면? 이러한 서사는 그가 위치해 있는 사회의 제도뿐만 아니라 윤리적인 전제를 근본적으로 뒤흔들고 있는 셈이다. 사실 우리는 전쟁이나 계엄령 같은 예외적인 상태에서 이러한 전도된 도덕률을 발견하곤 한다(사람을 많이 죽일수록 더 많은 돈을 벌거나, 훈장을 받는다. 이때 적군은 인권을 지닌 '인간'이 아니라 없어져야 마땅한 사물의 상태에 근접한다. 즉 그는 '비인간'이다). 이러한 서사 속에서 '소거'되는 대상은 피와 살을 갖고 있는 '사람'이지만 실질적으로 이 이야기가 습격하는 것은 성역 안에 있는 '인간-이즘'이란 신화이다.

대표적인 예가 「살인자ㅇ난감」[2]에 등장하는 연속 살인이다. 주인공 이

---

2) 이 글에서 다루는 두 편의 웹툰, 「살인자ㅇ난감」(꼬마비 글/노마비 그림)과 「인간의 숲」(황준호 글/그림)은 네이버 웹툰으로 연재되었던 작품이다. 「살인자ㅇ난감」은 2010년 7월

탕은 처음에는 우발적인 계기에 의해 살인을 시작하지만 점차로 자신이 특별한 '능력'을 갖고 있다는 생각에 빠져들게 된다. 범행이 거듭될수록, 그는 자신이 살인한 대상은 모두 '죽어 마땅한' 인물이라는 믿음을 갖게 된다. 더욱이 설명할 수 없는 이유에 의해 그의 범행을 증명해줄 증거는 모두 소멸되고 만다. 이로 인해 그는 오히려 자신의 범행이 결과적으로는 세상에 이득을 끼친다는 심증을 굳히게 된다(이러한 믿음은 이야기 속에서 모두 '사실'로 증명된다). 마치 벤야민의 '신적 폭력'을 연상시키는 탕의 살인은 절대 죽여선 안 되는(그리고 죽은 후에는 애도되어야 할 목숨을 가진) '인간'과 죽어도 되는(죽은 후에도 애도되지 못하는) '비인간'에 대한 사회적 합의를 철회하는 '사건'이라고 할 수 있다. 범죄자는 이제 사악한 악마의 대리인이 아니라 공권력의 형태로 우리를 억압하는 지배계급의 이데올로기를 전복하는 계급투쟁의 영웅으로까지 끌어올려진다.

"살인자ㅇ난감. 어떻게 읽나요?"

장난감 형사의 마지막 행동이 이해키 어렵다면
이 이야기는 '살인자 난감'이 될 수 있습니다.
탕이의 무차별적, 노빈의 무법적 행위에 감화되었다면
이 이야기의 제목은 '살인 장난감'일 겁니다.
송촌의 사연에 마음이 움직였다면 '살인자의 난감'이 될 수도 있겠네요.
혹자는 그러더군요. "살인자 O(알파벳 오) 난감"
그렇게 읽혔을 때는 그런 내심이 있었을 거라고 생각합니다.

부터 1년 동안, 「인간의 숲」은 2012년 6월부터 시작해서 2013년 1월까지 연재되었다. 「살인자ㅇ난감」은 연재 종료 후 세 권 분량의 단행본으로 출간됐다. 만화 내용을 인용할 때는 제목과 연재할 때의 회차를, 단행본 『살인자ㅇ난감』(애니북스, 2011)을 인용할 때는 발췌한 텍스트 옆에 단행본의 제목과 쪽수를 밝혀둔다.

읽고 싶은 대로 읽으시면 됩니다.[3]

「살인자ㅇ난감」의 작가는 제목에서부터 심상치 않은 언어 게임을 예고한다. 모든 기호체계의 최상위 심급에 있는 주인기표를 겨눌 때 이미 각오했던 혼돈 속에서 기표들은 의미의 영역을 둘러싸고 치열한 싸움을 벌인다. 범인과 경찰, 가해자와 피해자, 정의와 불의, 죄와 벌, 삶과 죽음 같은 대립하는 가치들이 엎치락뒤치락 얽히는 국면에서 죽어 마땅한 비인간과 인간의 경계선 역시 이리저리 혼선을 빚게 된다. 사실 이 만화에서 가장 치열한 싸움은 피와 뼛조각이 튀는 몸싸움의 현장이 아니라 기호들의 영역에서 벌어지고 있는 것만 같다. 그 가운데서 인간과 비인간의 경계로 귀결되는 상반된 가치들은 각자의 정당성을 놓고 경합한다. 그런 점에서 보자면, 살인자 이탕보다 더욱 중요한 인물은 그의 '사이드킥(sidekick)'을 자처하는 노빈이라고 할 수 있다. 그는 이탕이 신비한 능력을 지닌 선택받은 영웅이라는 신념을 정당화할 내러티브를 차츰 완성시켜간다는 점에서 가장 작가의 위치에 근접한 인물처럼 보인다.

또 한 편의 웹툰 「인간의 숲」은 이제 은유 혹은 상징이 자리할 여지를 남김없이 빼앗아가버린다. 사회에서 '인간이 아닌' 것으로 판명된 사형수들을 한자리에 모아놓으면 과연 어떤 일이 벌어질 것인가? 이 작품은 상상의 한계를 벗어나는 극한의 생존 게임을 배경으로 한다. 그리고 등장인물들은 자신이 직접 체험한 '인간(성)'의 최저 지점을 숨이 끊어진 육괴(肉塊)의 모습으로 증언하고 있다. 사형수들과 이들을 실험 대상으로 삼는 연구원들, 연구원의 한 사람으로 처음 참가했다가 우연히 생존 게임에 말려들고 만 하루라는 여성, 그리고 수용소 바깥의 사람들 사이에서 '인간'이라는 기표는 이리저리 교환되면서 상황에 따라 의미가 바뀌어간다.

---

3) 작가의 말, 『살인자ㅇ난감』 下, 206쪽

하지만 이 섬뜩한 스릴러가 폭로하는 것은 '인간' 안에 들어 있는 '비인간' 그리고 '비인간'이라고 여겼던 것 안에 '인간'의 속성이 구별할 수 없이 겹쳐져 있다는 사실이며, 결국 '인간'이라는 기표는, 어떤 고정된 의미도 갖고 있지 않은 텅 빈 환상의 자리에 불과하다는 것이다.

사회의 보호막 안에서 살아왔던 여성 하루는 기존 이데올로기 아래서 하루하루를 살고 있는 대부분의 모습을 대변하고 있다. 그러나 그녀가 여지껏 자신이 고정불변이라고 믿어왔던 '인간'이란 이름이 언제 날아가버릴지 모를 목숨처럼 위태로운 대상이란 걸 깨닫는 데 걸리는 시간은 (그녀의 이름처럼) 단 '하루'면 족하다. 22화에서 박재준과 하루가 '인간'이라는 기표를 둘러싸고 주고받는 대화는 얼마나 이 단어가 개인의 욕망과 입장에 따라 왜곡되고 전용될 수 있는지 극명하게 보여주는 사례다.

그림 1 「인간의 숲」, 22화

하루: 괴물이… 아니니까요… 저는… 사람이니까요… 인간이니까요…
박재준: 인간… 사람… 괴물… 사람이라면… 인간이라면…
그런 일을 저지를 수 없어!! 너는 괴물이야!! 너는 돌연변이야!! 너는 인간이 아니야!!
하루: 그런가요…?
박재준: 아뇨… 오직 인간만이 그런 일을 저지릅니다.
하루 씨… 제가 인간입니다. (「인간의 숲」, 22화, 그림 1)

이 만화는 '인간'이라는 모호한 정

체성에 집착하던 그녀 역시 자신을 죽이려고 덤벼들던 살인범에게 잔인한 복수를 집행하는 장면으로 끝을 맺는다. 이 비참한 과정을 지켜보며 독자는 인간/비인간의 구별이 본질적인 '차이'가 아니라 근본적으로 동일한 개인의 '분열'에 의해 비롯된 것임을 깨닫게 된다.

그렇다면 이런 식의 삭제가 일어난 후, 과거 '인간'이라는 기표가 있던 자리에서 우리는 무엇을 보게 되는가? 「살인자ㅇ난감」으로 돌아가 질문을 다시 던져보자. 이 제목의 중간 지점에 뻥 뚫린 'ㅇ'라는 기호를 당신은 어떻게 읽을 것인가? 답은 '누구도 정확하게 이름 붙일 수 없고 누구나 자기 식대로 불러도 된다' 정도가 아닐까. 이때 'ㅇ'는 특정한 기호라기보다 어떤 것으로도 표기할 수 없는 재현의 빈 공간을 보여주는 이미지에 가까워 보인다. 이 만화는 살인자 이탕과 형사 장난감이 하나이면서 둘인, 분열된 존재이면서 둘 사이에는 포착될 수 없는 결정 불가능성이 발생할 수밖에 없다는 진상을 폭로하고 있다. 바디우식으로 말하자면 이 만화는 상징계에 존재하는 공백을 드러내는 방식으로서 하나의 '사건'이 되려고 하는 것이 아닌가? 이 빈 공간을 어떻게 해석해도 좋다는 언급은, 이 구멍으로부터 그 어떤 것도 산출될 수 있다는 '가능성'에 대한 하나의 조짐으로 해석할 수 있지 않을까? 두려운 것은 지배 이데올로기 안에 포획되지 않는 아주 작은 구멍을 만드는 행위에는 대개 가공할 위험이 동반된다는 사실이다. 끔찍하지만 짜릿한 폭력이……

주세요, (열 번의 설득보다) 단번의 희열을

「살인자ㅇ난감」에서 작가의 분신 역할을 하는 사람이 노빈이라면 「인간의 숲」에서 그 역할을 담당하는 사람은 박재준이다. 박재준과 하루의 관계는 순진한 여주인공과 그에게 도움과 지식을 제공하는 남성 인물이라는 장르서사의 공식을 충실히 따르고 있다. 하루에게조차 숨긴 채 은밀하게 상황을 주도해나가는 재준에게서 작가의 그림자가 느껴진다면, 하루는 독자가 동일시를 느낄 수 있는 유일한 인물이란 점에서 두 콤비의 역할은 명확해지는 셈이다. 상황을 만들어가는 사람과 그를 따라 눈앞에 펼쳐진 상황을 해독하면서 변해가는 사람, 작가와 독자, 다 아는 사람과 아직 모르고 있는 사람. 이제 은폐되었던 진실을 하나씩 벗겨가는 과정이 남았다. 그 과정에서 작용하는 설득과 충격의 힘이 이제 만화를 읽는 재미를 결정할 것이다.

박재준: 그거… 아세요? 나는 아는데… 상대방은 모르는 거… 난 다 아는데 상대방은 아무것도 모르고 바보처럼 행동하고… 나는 그걸 구경하고… 예를 들면 몰래 카메라? 일종의 관음증? 그런 거죠. 아, 그냥 짧게 말씀드릴게요. 재밌을 것 같아서 그랬어요. (「인간의 숲」, 4화)

박재준: 어둠은… 사람을 좀더 솔직하게 만들어주죠. 게임은 이제 시작되었습니다. (「인간의 숲」, 6화)

마치 작가와 독자 사이에 맺어진 암묵적인 계약을 확인이라도 하듯 재준은 이 만화를 상연하는 '무대'의 성격을 계속해서 환기시키는 역할을 한다. 마치 시뮬레이션 '게임'처럼, 작품 속에서 벌어지는 일들은 이제 외부의 질서와는 격리된, 고유한 규약을 갖고 진행되기 시작한다. 장르라는 예외 지대는 우리에게 성가신 현실원칙의 눈치를 봐야 하는 일상으로부터 자유를 허락한다. 감금되었다 풀려나온 살인마들처럼 굶주린 욕망들이 기어나온다.

프랑코 모레티는 "모든 장르는 그 내적인 형태가 더이상 동시대 리얼리티의 가장 중요한 부면을 재현하지 못할 때 새롭게 찾아든다"[4]고 했다. 최근 몇 년간 하위문화의 한 갈래로 취급받던 만화 장르가 급격히 성장한

4) 김용언, 『범죄소설』, 강, 2012, 30쪽에서 재인용.

이유를 찾자면 바로 이런 것이 아닐까? 다른 분야에서 충족되지 못한 채 밀려난 '리얼한, 분명한, 억제할 수 없는' 욕망들이 마침내 자신을 드러낼 수 있는 공간을 찾아 증식할 때 그곳에 '장르'가 발생하기 마련이다. 만화는 한편으로 '웹툰'이란 매체를 발견하여 대중에게 적극적으로 존재감을 어필하기 시작했고, 다른 한편으로는 서구에서 '고급한' 장르로 정착한 '그래픽노블'의 영향을 받아 마니아층 독자들 사이에서 차츰 자신의 영역을 넓혀가기 시작했다. 어쩌면 만화의 진짜 매력은 이들이 태생적으로 갖고 있던 하위문화적 감수성에서 비롯되는 것인지도 모르겠다. 이들에게서 새로운 매체에 익숙한 세대의 취향, 분노, 편견을 발견하기란 어려운 일이 아니다. 이들에게는 분명 주류에 편입된 문화와 상속받은 관습에 대해 완고하게 저항하는 부분이 있다. 그 고분고분하지 않은 태도, 결기는 오히려 이들이 자신들의 '장르'적 규약을 부지런히 생성하고 이를 충실히 견지하며 갱신하는 데서 온다. 더욱이 이들은 꿈의 작업처럼 '압축과 전치'라는 필터를 거쳐 교묘하게 자신을 숨기는 일에 능수능란하지 않던가. 그러나 조심. 이들은 비밀 무기고에 정체를 알 수 없는 화약을 차곡차곡 쟁이고 있는 게릴라들처럼 위험한 존재일지도 모른다!

서사 측면에서 볼 때 스릴러 장르의 만화들은 범죄물이나 미스터리를 비롯한 하드보일드 서사와 공포문학의 계보를 잇고 있다. "하드보일드 소설에서의 범죄는 언제나 (……) 사회적 혹은 정치적 불안의 더 넓은 범위의 존재를 기호화한다. (……) 개인은 면제받을지 모르지만, 사회질서는 여전히 유죄인 채로 남아 있다."[5] 하지만 범죄서사가 궁극적으로 공포와 서스펜스를 불러일으키는 것을 목표로 하고 있을 때조차도 그 안에는 다소 구분해야 할 지점이 존재한다. 구체적인 시대 배경이 강조되고 탐정 혹은 경찰이 범죄를 추리하는 과정이 전면화될 때 범죄서사는 좀더 리얼리

5) 김용언, 같은 책, 217쪽.

즘적인 경향을 띠게 되지만(그로 인해 사회정의나 윤리 같은 모종의 '의미부여'를 피해갈 수 없지만) 공포라는 '효과'에 방점을 찍게 되면 장르는 오히려 판타지에 가까워진다. 아마도 공포 장르의 작가에게 최대의 찬사는 멀겋게 사색이 된 얼굴로 내뱉는 탄식이리라("무서워 죽겠어요!"). 이들에게 있어 두려움, 경악, 혐오감과 같은 정서적 충격을 불러일으키는 효과들에 비하면 정교한 논리 혹은 심오한 의미 등과 같은 목표는 뒷전에 밀려나 있을지도 모른다.[6] 그러나 서사가 지나치게 의미로 과부하되어 있을 때조차 이들을 하나의 규약으로 묶어주는 것은 다름아닌 '이미지'의 힘이다.

하드보일드 장르를 말할 때 '이미지'의 효과에 대해 고려하지 않는다면, 우리는 왜 무시무시한 광경, 기분 나쁜 소리, 오싹한 촉감 등에 그렇게 압도당하는지 설명할 수 없을 것이다. 특히 (시각적) 이미지와 문자 텍스트를 결합한 형태인 만화(또는 말 그대로 두 요소가 공존하는 상태로서의 그래픽+노블)의 강점은, 가장 현실적인 소재를 다루고 있을 때조차 강력한 이미지의 힘을 사용해 의미의 지평 너머에 있는 희열(jouissance)로 독자를 잡아끌 수 있다는 점이다. 언어로 된 텍스트가 추상적이고 간접적인 성격을 갖는다면 도상 또는 이미지는 구체적이면서 직접적인 방식으로 상황을 '진열'한다.[7] 누가 뭐래도 만화는 연속된 컷에 담겨 있는 역동적인 이미지들의 상호작용을 통해 바로 이러한 효과를 더욱 증폭하고 배가하는 데 가장 적합한 장르다. 연쇄된 이미지들은 자신들끼리뿐만 아니

---

6) 이러한 공포서사의 효과에 대해서 의심할 바 없는 장르의 대가는 다음과 같이 말한다. "그들은 우리의 잠재의식 속을 손으로 더듬어, 너무 끔찍해서 우리가 차마 입 밖에 내지 못하는 것들을 발견해내고는 우리를 그것들과 대면시킨다." 스티븐 킹, 『죽음의 무도』, 조재형 옮김, 황금가지, 2010, 14쪽.

7) 레지스 드브레, 『이미지의 삶과 죽음』, 정진국 옮김, 2011, 글항아리, 188쪽. "말과 이미지의 역할은 본질도 다르고 같은 의미를 가리키지도 않는다. 말은 우리를 앞으로, 이미지는 뒤로 내몬다. (……) 문자로 기록된 읽을거리와 다르게, 목소리나 음악처럼 이미지는 우리의 신체를 자극한다." 말리놉스키 역시 그림 메시지를 가리켜 "행위의 양태(a mode of action)"로서 일종의 상연이나 수행에 가깝다고 한 적이 있다.

라 내러티브와도 경합을 벌인다. 바로 실재가 흘러나오는 곳이 내러티브와 장면의 간극, 분열된 틈이다. 「인간의 숲」은 살인자의 잘린 목을 클로즈업시킨 충격적인 장면을 통해 이런 실재를 독자에게 흘낏 보여준다. 범죄자의 절단된 얼굴은 시공간의 조건에서 벗어나 감정이입을 할 수도 없는 사물이 되어 내러티브 안에 할당된 자리를 넘어선다. 그 얼굴이 독자의 기억에 참혹하게 새겨지는 순간 그 이미지는 우리의 감수성에 상처를 입히는 푼크툼(punctum)이 된다(나만 그를 보는 것이 아니라 그도 날 본다……)(그림 2).

한편 『살인자ㅇ난감』의 이미지 전략은 더 복잡해 보인다. 이 만화는 기존의 장르 관습마저도 해체하면서 갖고 노는 대담성(?)을 보인다. 네 컷

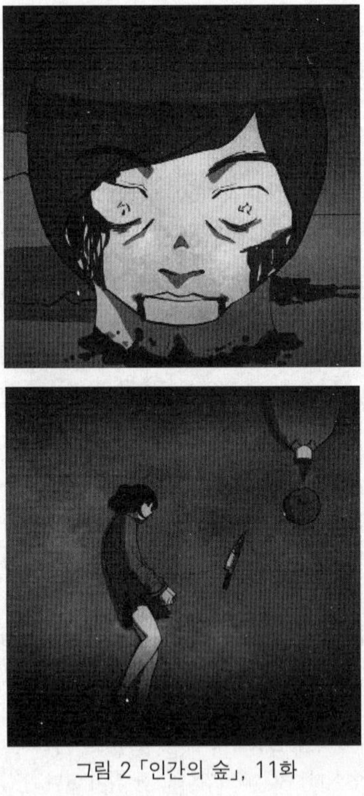

그림 2 「인간의 숲」, 11화

으로 이루어진 짧은 에피소드가 연속으로 모여 다시 하나의 커다란 극화를 이루는 방식을 구사하면서 작가는 신선한 형식의 파괴를 시도한다. 게다가 그림체도 '일상툰'의 단순한 스타일을 유지하면서 중간중간 실사체 스타일을 삽입하여 자유자재로 뒤섞는 식으로 다양화했다(그림 3).[8] 전체적으로 보면 큰 서사 안에 많은 작은 서사의 단위들이 모여 있는 구조로 이루어져 있다고 볼 수도 있겠지만 처음부터 작품을 접하는 독자 입장에선 짧은 이야기들의 파편을 짜맞추어 더 큰 이야기의 윤곽을 그려나가는 식의 읽기를 유도한다고 말할 수도 있을 것이다. 이는 애초에 몽타주 기법처럼 독자가 직접 작품의 많은 단락을 채워넣을 것을 염두에 둔 구성으로 보인다. 혼돈으로부터 삶의 의미를 찾아내려고 분투하는 과정과도 비슷하다고나 할까? 그러나 일상툰의 형식 덕분에 「인간의 숲」처럼 흉악한 살인 장면의 스펙터클이 강조되는 일도 거의 일어나지 않고, 독자와 등장인물의 동일시를 가로막는 장면도 그다지 눈에 띄지 않는 것 같다. 더욱 재미있는 것은 그림체가 달라질 때마다 서사 속에 흐르고 있는 시공간의 밀도와 벡터가 미묘하게 달라진다는 점이다. 일상툰체로 그린 부분은 정적인 이미지보다 일정한 속도로 흐르는 서사에 집중되어 있고 실사체로 그린 부분은 마치 시간이 정지된 듯 정적인 느낌을 준다. 이러한 장면은 반성을 유발하면서 독자를 자꾸 뒤로 잡아끄는 효과를 자아낸다. 공포 혹은 혐오감이 증폭되는 것은 바로 이 순간이다.

이 작품에서 고전적인 범죄서사의 장르적 관습이 전복되어 있다는 사실은 반쯤은 고전적인 탐정의 역할을 맡은 장난감 자체가 분열된 인물이라는 점에서 비롯되는 것 같다. 범죄서사에서 흐트러진 질서를 상징계적

8) 단행본에 후기 형식으로 실려 있는 주호민 작가와의 대담에서도 같은 내용의 질문이 나온다. "보통 네 컷 만화는 가벼운 장르를 다룰 텐데, 어떻게 스릴러를 네 컷의 리듬으로 진행할 생각을 했는지?" "노마비 작가의 그림체로 우주 전함들의 포격전을 그려도 어색하지 않겠구나… 장르와 그림은 매여 있는 게 아니구나!"(『살인자ㅇ난감』 下, 214쪽)

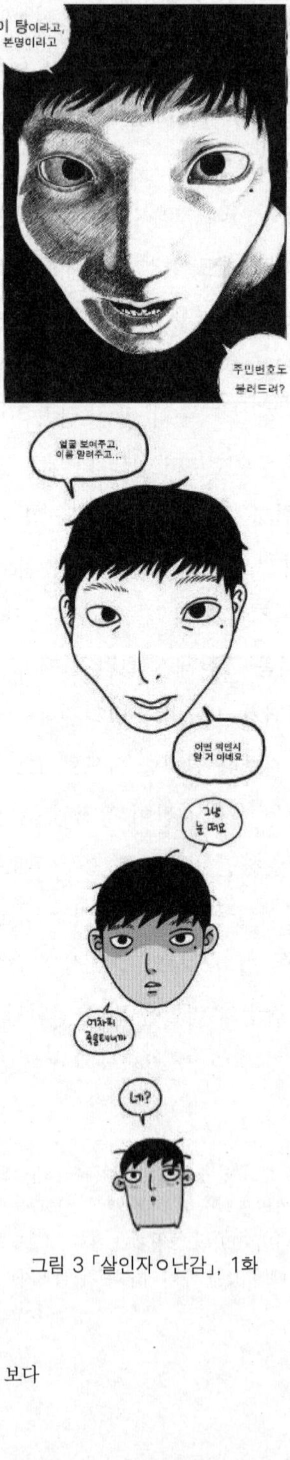

그림 3 「살인자ㅇ난감」, 1화

으로 재구성하는 데 중요한 역할을 담당하는 장난감 자체가 혼돈을 겪고 있기 때문에 독자는 어느 편의 입장에서 사건을 재구성해야 할지 전혀 갈피를 잡을 수 없는 지경에 빠져버린다. 누구의 시선에서, 누구의 정의를 가지고, 어떤 기준으로 사태를 바라보고 판단할 것인가? 따라서 이 『살인자ㅇ난감』에서 가장 중요한 이미지는 "ㅇ"라는 빈 공간이라고 할 수 있다(그림 4).[9] 이 작품은 설득과 해석의 한계를 초과하는 빈 공간을 '보여주는 것'만으로도 우리에게 고정된 질서를 부과하던 시공간을 혼돈에 빠지게 할 수 있다는 사실을 '온몸으로' 선보이고 있다. 오싹하지만 말로 표현하기 어려운 쾌감을 주는 단 한순간의 '희열'에 다가서기 위해 이들은 파괴하고 또 파괴한다. 우리의 일상을 억압하는 그들의 시선을, 그리고 그들에 의해 오염되어온 자신의 감수성을. 기꺼이.

그림 4 『살인자ㅇ남감』 표지 이미지

9) 세 권으로 이루어진 단행본의 표지에는 '살인자ㅇ난감'이란 제목 가운데 "ㅇ" 의 빈 공간 안에 차례로 세 명의 문제적 인물인 이탕, 장난감, 송촌의 모습이 그려넣어져 있다. 이는 독자들이 "ㅇ"라는 결핍을 채우기 위해 각 인물을 대입하여 그들의 시선으로 사건을 바라보고 해석하고자 노력하고 있다는 사실을 상징하고 있다. 그러나 그 어떤 노력도 결국 실패로 돌아가면서, 빈 공간은 어떤 인물로도 그 자리를 채울 수 있고, 어떤 것으로도 충분히 메우지 못할 잉여의 자리임이 판명된다.

맞춰봐, 누가 진짜인지

파괴는 무언가를 소멸시키기도 하지만 한편으로는 새로운 공간을 생성하는 일이기도 하다. 벤야민은 「파괴적 성격」이란 제목의 짧은 글에서 파괴적 창조력의 화육이라고 할 만한 한 인상적인 인물을 소개하고 있다.

> 파괴적 성격은 단 하나의 구호만을 알고 있다. '공간을 마련하기'가 바로 그것이다. 파괴적 성격은 또한 단 하나의 행위만을 알고 있다. '물건들을 치우기'가 바로 그것이다. (……) 파괴적 성격이 작업에 임할 때 그의 눈앞에 떠오르는 이미지는 아무것도 없다. 그는 별다른 욕구를 지니고 있지 않다. 그리고 파괴된 것의 자리에 무엇이 올 것인가를 아는 것—이것이야말로 그가 가장 원하지 않은 것이다. 우선, 적어도 한순간, 텅 빈 공간을 보는 것, 즉 물건이 서 있었던, 파괴의 희생이 된 그것이 살았던 그 자리를 보는 것, 그것으로 충분하다. (……) 그는 어디에서나 길을 본다. 사람들이 벽이나 산맥에 부딪치는 곳에서조차 그는 길을 본다. 그러나 어디에서나 길을 보기 때문에 그는 또한 어디에서나 장애물을 치워야 한다. 언제나 거친 폭력을 행사하는 것은 아니다. 때로 고상한 폭력을 행사하기도 한다. 어디에 서건 길을 보기 때문에 그는 항상 교차로에 서 있다. 그 어떤 순간에도 그 다음 순간 무슨 일이 일어날지 알지 못한다. 기왕에 존재하는 것을 그는 산산이 부순다. 부수어진 조각들을 위해서가 아니라 그 조각난 것들 사이를 뚫고 생겨날 길을 위해서다.[10]

테리 이글턴은 벤야민의 '파괴적 성격'에 대해 다음과 같이 탁월한 해석을 덧붙인다. "파괴적 성격이란 (……) 역사를 폭파시킴으로써 새로움의 싹을 틔울 묵시의 빈 공간을 내는 혁명적 폭력의 작인이 되기 위해 자

---

10) 발터 벤야민, 『일방통행로 · 사유이미지』, 김영옥 · 윤미애 · 최성만 옮김, 길, 2007, 176~179쪽.

기의 '경험'을 털어버린 인물이다." "파괴적 성격은 비인간, 곧 부르주아 인본주의 주체의 급진적 파괴다. 그러한 성격은 '인민'과의 소통을 위해서 부르주아적 '인간'과의 교제를 일절 단념한다."[11] 파괴적 성격의 소유자는 스스로를 기존 질서 안에 봉합되지 않는 잉여로 만들어 기존 시스템을 위협하는 존재로 남아 있으려 한다. 이들은 어쩌면 자본이 강제하는 체계에 균열을 일으키는 혁명적 주체가 될 수 있으리라는 희망을 예감케 한다. 그렇다면 거침없는 폭력을 행사해서 독자에게 카타르시스를 안겨주는 이탕과 하루가 과연 이런 '파괴적 인물'이 될 수 있는가?

「인간의 숲」의 첫 화는 목사였던 하루의 아버지가 "회개하라!! 너희의 죄를 회개하라!!"라는 설교를 하는 장면을 담은 영상을 보여주는 것으로 시작된다(그림 5). 하루는 무기력한 아버지의 모습에 대해 비판적인 태도를 취한다. 역설적인 것은 아버지가 살인자들에 의해 살해된 후 하루가 회상을 통해 부재하는 아버지의 존재감을 강하게 의식하는 장면이다. 그리고 하루는 살인범들에 의해 아버지를 잃은 후 부재하는 아버지의 설교

그림 5 「인간의 숲」, 1화

---

11) 테리 이글턴, 『발터 벤야민 또는 혁명적 비평을 향하여』, 김정아 옮김, 이앤비플러스, 2012, 63쪽.

를 도착적으로 전용한다.

황준호: 살인하면 안 되는 거… 알지?

하루: 제게는 타당한 이유가 있어요.

황준호: 이유가 있으면 괜찮은 거야…? 살인해도? (……) 누구에게나 이유는 있어. 근데 그건 중요한 게 아냐. 중요한 게 뭐냐면, 이제부터 너는… 나랑 똑같은 인간이 된다는 거야.

하루: **좆까. 회개하면 돼.** (「인간의 숲」, 30화, 강조는 인용자)

이와 비슷한 장면은 「살인자ㅇ난감」에도 있다. "니 하고 싶은 대로 하고 살아. 怡蕩"이라는 장난감 형사의 마지막 대사는 이탕이란 이름의 원뜻과 공명하면서 은근히 이탕의 무법적 행위를 편들던 독자에게 해방적 '희열'[12]을 안겨준다. 작가는 넌지시 이런 사실을 알려줌으로써 독자에게 몇 가지 해석의 코드를 알려준다. "설정상으로는 핍박받던 독립운동가의 후손이었다. 친일파와는 상대적으로 곤궁한 삶을 살던 이탕의 할아버지가 "니 하고 싶은 대로 하고 살아라, 난 그러지 못했으니"란 한을 담아서 지어준 이름이 이탕이었다. "즐겨서 제멋대로 하다"라는 뜻으로, 옛날에는 방탕이나 음탕처럼 사용하던 말인데 지금은 거의 쓰지 않는 표현이다" (『살인자ㅇ난감』 下, 214쪽). 할아버지가 남긴 '즐겨라!'라는 명령은 다시 살아 있는 법의 수호자인 장난감 형사의 입을 빌려 되풀이되고 있다. 이러한 당부는 라캉이 주장한 '외설적 초자아'의 목소리와 소름끼치도록 닮지 않았는가? 이러한 비밀들을 작품에 숨겨둠으로써 작가는 이탕과 하루의 일탈마저도 자본주의 시스템의 일부로 작동하는 외설적 보충물로 포획될 위험을 경고한 것이 아니었을까? 두 사람의 범죄 행위는 여전히 아

12) 그러나 이 희열은 여전히 초자아의 질서 내에서 작동하므로 진정한 해방적 희열이라기보다는 남근적 희열(jouissance phallique)에 가까워 보인다.

버지 혹은 조부의 명령에 기원을 둔 (법, 금기에 대한) '위반'의 한계를 벗어나지 못하며, 그 때문에 주류 시스템에 여전히 결박된 채 남아 있게 된다. 이들은 작금의 사회가 필연적으로 포함할 수밖에 없는 예외 지점, 즉 버그와 같은 존재이기에 자본주의 시스템은 이들의 변화되는 모습과 행위를 통해 자신의 다른 얼굴, 즉 '비인간'적인 괴물성을 품고 있다는 진상을 수시로 노출하고 만다. 그러나 '이들은 다른 사람들도 이들과 같은 처지에 처한다면 역시 마찬가지로 행동할 것이다'라는 심증을 굳혀주는, 일종의 실험체 같지 않은가? 이들의 파행은 이들 자신의 주도적인 '결심'에 의해 결행된 것이 아니라 유사한 상황에 놓인 인간 누구나 저지를 수 있는 인간 본성 자체가 아닌가?(그림 6)

그렇다면 노빈과 박재준은 '파괴적 인간'에 근접할 수 있는가? 이들은 (사건에 직접 개입하여) 이탕과 하루를 돕는 후원자라는 점에서도 닮았고, 이들을 지속적으로 지켜보는 관찰자 역할을 한다는 점에서도 비슷한 위치에 있다. 노빈의 경우 이탕을 지원하는 원동력은 그가 정의를 집행할 수 있는 신비로운 능력을 지닌 영웅이라는 '믿음'에서 비롯되고, 박재준은 하루가 살인자로 변화하는 과정을 목격하고자 하는 '호기심'에서 기인한다는 것만이 다를 뿐. 그러나 이들의 지원 혹은 (무)의식적 암시가 없다면 과연 두 사람이 극단적으로 변화하는 일이 가능했을까, 이런 질문을 던진다면 답은 회의적일 수밖에 없다.[13] 노빈과 박재준은 자신과 동일한 차원에 있는 사람을 대상으로 실험을 했다는 '더 본질적인' 죄를 저질렀기 때문에 반드시 '죽어야' 하는 인물이다. 또한 작가의 입장에서 봤을 때

13) 두 사람 모두 비극적인 죽음을 맞이함으로써 주인공들이 면제된 시적 정의의 대상이 된다는 것도 또다른 공통점이라고 할 수 있다(박재준의 경우에는 생사 여부에 대해 논란이 있지만 정황상 몸에 입은 상해와 수용소의 화재로 인해 사망했다고 보는 것이 자연스럽다). 이들은 다른 사람의 운명을 임의로 움직였다는 '죄'에서 자유롭지 못하다. 이탕은 어쩌면 노빈의 장기판 위에 올려진 말, 즉 '살인 장난감'이 아니었던가?

그림 6 「살인자ㅇ난감」, 30화

(사건을 만들고 배후에서 조종하는 진짜 장본인으로서) 자신의 대리인이 더 이상 필요치 않는 시점에서 반드시 '죽여야' 하는 인물이기도 하다(작품의 마지막 장면을 보면 이들은 주인공들의 신체, 그리고 유령 같은 '목소리'를 통해 주인공들에게 이미 합체되어 있다[14]).

결론부터 말하면, 진짜는 있다. 그는 다름아닌, 작가들이 아닌가? 그는 자본주의 사회가 정의, 법, 인간성과 같은 거짓을 통해 은폐하고 있는 인간의 비-인간성을 '보여줌'으로써 지배적인 이데올로기에 균열을 내고 있다(그림 6). 그리고 우리 안에 상시적으로 잠복되어 있는 폭력과 그에 따른 희열의 잠재력을 보여줌으로써 기존의 시스템을 봉쇄하고 있는 빗장을 왈칵 열어젖힌다. 이를 다른 말로 다시 표현하면, 언어 그리고 언어를 초과하는 이미지들을 사용하여 이전의 재현 체계 속에서 볼 수 없었던 '빈 공간'을 드러냄으로써 그는 기존 시스템의 악순환을 교란하여 마침내는 중단에 이르게 할 수 있는 방식을 창조하고 독자에게 전수하는 셈이다. 그리고 작가로 하여금 이러한 '파괴적 행위'를 가능하게 하는 원동력은 다름아닌 '희열'을 향한 열정과 상상이다.

이러한 '파괴적 성격'의 조우로 인해 일차적으로 얻을 수 있는 효과는 바로 우리가 사는 세계의 좌표를 전면적으로 다시 설정할 수 있다는 점이다. 이를 위해선 먼저 이전의 좌표들을 싹 걷어치워버릴 필요가 있다. 이러한 파괴 행위는 자본이 모든 것을 녹여버리는 세계에 저항하는 순수하고 단순한 파괴로 나타나기 마련이다. 바디우의 말을 빌리면 이는 "파괴

14) 작품의 맨 마지막 장면에서 이탕은 생전의 노빈으로 착각할 만큼 완벽하게 모습을 바꾸고 있으며 얼굴에는 (일본 성인용품 판매점의 관습에 따라) 시퍼런 물감마저 칠하고 있다. 노빈이 죽기 전에 장난감 형사에게 "저 죽으면 탕이가 될 거예요"라는 말은 본뜻과 전혀 다르게 실현된다. 원래 노빈이 이 말을 한 의도는 자신이 죽으면 시신을 이탕의 것으로 위장해달라는 의미였다. 이탕은 노빈과 합체함으로써 스스로 자아의 경계를 허물 뿐 아니라 살아 있는 상태와 죽은 상태가 혼합된 삶-죽음(living dead)의 상태가 된다. 그리하여 우리의 상상력에 들러붙은 유령이 된다. 파괴의 잠재력을 보존한 채.

를 통한 복구이며, 비본래적인 것의 파괴를 통한 기원들의 복구"이다.[15] 이 사회는 지배 이데올로기를 교란시키는 주체를 가리켜 '괴물'이라는 딱지를 붙인다. 많은 대중서사에서 재현된 '괴물'들의 행동은 유토피아적 기획이라고는 찾아볼 수 없는 무정형 · 비목적적인 폭력이다. '행위 자체가 목적인 행위', 이는 혁명을 가능하게 하는 틈이다. 이러한 파괴는 창조의 불꽃이 될 수도 있지 않겠는가? 근본주의와 결탁한 휴머니즘이 뒤에서 지원하고 무소불위의 힘을 가진 자본이 내재한 모순을 최대치로 억압하고 있는 현 상황에서 어떻게 틈을 벌릴 것인가? 어떻게 그들이 규정한 인간을 삭제하고 새로운 인간을 창안해낼 것인가? 이러한 문제의식은 우리에게 '인간(성)'의 주변을 둘러싸고 있는 판타지들을 제거하고 새로운 서사의 창안을 통해 자본주의를 순치시키려는 수많은 공세를 물리칠 것을 제안한다.

두 만화가 진정으로 위험한 점은 기존 이데올로기에 의해 잘못 설정된 경계[바디우라면 첨점(point)이라고 했을]를 지우고 새로운 선택이 들어설 공백을 마련한다는 데 있다. 인간의 조건, 죄와 벌의 범주, 진정한 적과 친구를 모조리 무너뜨리고 새로운 경계선을 만들어가는 일은 분명 폭력을 동반하는 일이다. 적들은 우리가 자신들이 당면한 빈곤, 불평등, 재난, 만성 스트레스 등을 극복하기 위해 행동에 옮겨야 한다는 사실을 간과하게 하기 위해 거짓 문제들을 계속 설정한다. 그리고 해방적 상상력은 이를 단호히 거절하는 데서 출발한다.

> 본인이 똑똑한 것 같죠…? 다 꿰뚫고 있는 것 같죠? 다 아는 것 같죠? 남들이랑은 다른 것 같지요?
>
> 난 어때요? 미친년 같죠? 범죄자 같죠? 니들이랑은 다른 것 같죠?

---

15) 슬라보예 지젝 · 알랭 바디우 외, 『레닌 재장전: 진리의 정치를 향하여』, 이현우 · 이재원 외 옮김, 마티, 2007, 40쪽.

니들이랑 개들이랑 다른 게 뭐니…(「인간의 숲」, 28화)

범죄 또는 테러와의 전쟁, 비폭력 혹은 반폭력, 휴머니즘에 근간을 둔 정의, 이성과 관용 같은, 인위적으로 설정된 가짜 기표들을 지우고 '끔찍한' 부정의 에너지를 장전하여 길 없는 곳에 길을 뚫을 때가 되었다. '파괴적 인간'을 따라 그가 낸 구멍을 통과하여 이 세계로부터 '몸을 뺀' 사람들은 그 자리에서 다른 꿈을 꿀 것이다. 이러한 소거의 상상력은 인간성의 영도에 천착한 자들로부터 시작된다. 그러므로 이 프로젝트에 붙은 일련번호는 '0'이 될 것이다. 장전. 다음에 올 첫번째 단계가 우리를 기다리고 있으므로.

(『자음과모음』 2013년 봄호)

모놀로그의 충동, 메타로그적 열정

— 새로운 장편소설을 읽는 낯선 시각[1]

1. '나'라는 이름의 식민지—과연 그들은 고립되었는가

내가 제일 잘 알고 있는 것, 내가 제일 많은 관심을 쏟아붓고 있는 것, 본능적으로 돌아오게 되는 곳, 애쓰지 않아도 쉽게 접근할 수 있는 대상, 그것은 바로 '나'다. 설사 다른 사람들의 입장을 이해하려고 노력하는 순간에도, '역지사지'라는 말이 뜻하는 것처럼 일단 '내' 입장으로 치환해서 들여다보면 훨씬 쉽고도 빠르게 이해할 수 있는 장점이 있다. 그래서 김연수는 『나는 유령작가입니다』(창비, 2005)에서 다른 사람의 입을 대신하는 '유령작가'의 정체성을 자처하기도 했고, 쓰시마 유코는 『나』(문학과지성사, 2003)에서 영매의 신통력을 빌려 스스로 '나'의 지평을 확장하면서 이른바 '사인칭'이라는 이름 아래 유사 일인칭적 실험을 하지 않았던가. 하지만 김연수가 앞의 책 작가 후기에서 "일인칭. 나. 내 눈으로 바라본

1) 이 글에서 주로 다룬 장편소설은 다음 세 작품이다. 김중혁의 『미스터 모노레일』(문학동네, 2011), 김애란의 『두근두근 내 인생』(창비, 2011), 김유진의 『숨은 밤』(문학동네, 2011). 이후 본문을 인용할 때에는, 특별히 혼동될 염려가 없을 경우를 제외하고는 인용문 옆에 쪽수만 병기했다.

세계. 이제 안녕이다"라고 비장하게 이별을 고할 수밖에 없었던 이유는 '나'의 경계를 벗어나 더 폭넓은 지평으로 나아가고자 하는 내적 필연성, 혹은 욕망에서 기인한 것이리라. '나' 한 사람의 감각으로 인식할 수 있는 협애한 경험 세계를 벗어나는 보편자의 시각을 꿈꾼 이후에, 그는 어쨌든 몇 편의 장편소설을 내놓았고 우리는 행복하게 그 이야기들을 받아들였다. "일인칭과 삼인칭 사이에서 좌초되어버릴지도 모른다"[2)]는 한탄을 절로 나오게 할 만큼, 일인칭의 세계를 넘어서는 일은 지난하게 느껴진다. '나'와 '우리' '너'와 '그들' 사이에 가로놓여 있는 시공간적 · 인식론적 단절을 인식하는 일, 그리고 그 경계면 사이를 자유롭게 가로지르는 다층적 감각을 갖는 일이야말로 장편소설을 쓰기 위해 반드시 갖추어야 할 필수적인 미덕으로 여겨져왔던 것이 사실이다.

최근 '장편소설'로 분류되는 서사가 양적으로 증가하고 그에 관련된 담론 역시 풍성하게 산출되는 현상은 분명 눈여겨볼 만하다. 물론 예술 분야에서 새로운 양식이 장려되고, 또 주목을 받는 경위를 어떻게 단순한 도식으로 설명할 수 있겠는가. 하나의 동력이 실천으로 연결되는 동기는 개인에게서도 오고 시대로부터도 오기 마련이다. 하지만 이러한 양식의 존립과 정당성을 설명해줄 수 있는 세계관이 함께 가지 않으면, 한때의 유행이나 시장의 요구에 휘말려버릴 위험은 언제나 존재한다. 만일 여기에다 한 가지 불안 요인을 더하라고 한다면, 나는 서슴없이 자폐적인 나르시시즘의 위험성을 먼저 짚고 넘어갈 것이다. 하나의 양식이 안팎에서 가해질 집요한 도전을 견뎌내는 근성과 성숙한 여과장치를 갖지 않은 채 성급하게 양적인 성숙 단계로 진입하게 될 경우 벌어질 사태에 대한 예감은 이후에 발표될 작품들이 증명해줄 것이다. 한 편의 장편소설을 탄생시키기 위해 그 안에 허여되어야 할 시간적인 부피, 사건의 양과 질감, 세계

---

2) 김훈, 「강물이나 바람, 노을의 어휘 몇 개」, 『소설가로 산다는 것』, 문학사상, 2011, 95쪽.

관의 진폭에 대해 생각해보라. 이를 구현하기 위해서는 다성적이며 열려 있는 구조에 관한 감각과 우리가 거주하는 시공간에 관한 깊이 있는 사유가 먼저 요구된다는 것은 정석에 속한다. 소설은 한 세계의 축도이자 그 안에서 살아가는 인간 경험의 본질을 흉내내는 것이 아니겠는가. 자신의 내부에 자기 해체적인 대화의 가능성을 남겨놓지 않은 채 서둘러 자족적인 세계 안에 머무르는 일은 손쉬운 만큼 거부하기 힘든 유혹이다. 그리고 이는 어쩌면 짧은 자기만족을 위해 스스로를 소비해버리고 곧 고립되고 마는 현대인들의 병증을 흉내내고 있는 것인지도 모르겠다. 바흐친의 용어를 빌리면 특별한 방법론과 진지한 고민 끝에 창작할 수 있는 '다성성'에 대한 고려가 없으면 작품은 '불가피하게 독백적'이 될 수밖에 없다'.[3)]

최근에 발표된 젊은 작가들의 소설을 바라보는 일부 현장 비평가들 역시 이러한 진단 또는 위기감각을 공유한 것으로 보인다. "자율성의 최소 공간을 스스로 만들어내"[4)]는 주체들에 대한 심도 있는 진단, "현실의 문제 자체로 직핍하거나 거기에 매이기보다 자율적인 상상과 허구의 리비도를 동원해 미끄러지며 비스듬히 대처하는 개인주의적 상상 실천의 길"[5)]에 대한 성찰, "망상과 편집증적 서사가 주류를 이루고 있는 한국소설의 한 경향"[6)]에 대한 지적 등등. 물론 이러한 목소리들은 어조부터 사뭇 다를 뿐 아니라, 맥락도 조금씩 차이가 있긴 하지만, 특정한 문제의식을 공유하고 있는 것만큼은 확실해 보인다. 이들이 지적했듯이, 아무래도

---

3) Mikhail, Bakhtin, *Problems of Dostoevsky's Poetics*, ed. by Caryl Emerson, Minneapolis: Univ. of Minnesota Press, 1984, p.63.

4) 이광호, 「너무나 무심한 당신」, 『익명의 사랑』, 문학과지성사, 2009, 184쪽.

5) 김영찬, 「우울과 몽상—포스트-IMF 시대 한국소설의 표정들」, 『비평의 우울』, 문예중앙, 2011, 81쪽.

6) 김형중, 「프랑켄슈타인 박사의 소설 쓰기—2011년 여름, 한국소설의 단면도」, 『문학과사회』 2011년 가을호, 233쪽.

새로운 세대들의 상상력은 기성세대들이 금과옥조처럼 모셔왔던 '리얼리즘' '핍진성과 역사성'이라는 강령으로부터 엇나가고 있거나, 아니면 아예 차원을 달리한 접근 방식을 취하고 있는 것 같다.

최근에 발표된 몇 편의 장편소설을 읽다보면 이러한 '다름'이 단순히 문법적인 인칭의 차원이나 독백적 서술의 유무에 머물지 않고 이제까지 볼 수 없었던 상이한 수준에까지 이르고 있는 것이 아닌가 하는 강한 의구심을 갖지 않을 수 없다. 특히 눈에 띄는 것은 김애란의 『두근두근 내 인생』과 김유진의 『숨은 밤』처럼, 일인칭 서술자 '나'의 목소리를 전면화시켜서 서사 전체를 이끌어가는 장편소설들의 출현이다. 만일 이 두 소설이 독아적 상상세계에 침잠하고 있다는 평가를 받는다든가, 장편소설의 양식에 미달하고 있다는 비난을 받게 된다면, 아마도 잘못을 이러한 서술방식이 갖고 있는 내재적인 한계로 돌릴 수도 있을 것이다. 이러한 서술방식은 장편소설에서는 그다지 권장할 수 있는 방법도 아니거니와, 흔하게 볼 수 있는 것도 아니어서, 오히려 기법상의 실험으로 여겨질 정도이니 말이다. 일단 '너무 단조롭지 않을까' 하는 걱정이 앞선다. 이른바 세상의 '진상'이라고 하는 것을 제대로 포착하려면, 서로 다른 입장과 성격을 가진 둘 이상의 목소리가 경쟁하거나 화음을 이루는 편이 나을 것이다. 소설이 진정 예술작품이라면, 우리가 거주하는 세계의 불가해성, 신비, 나 자신을 넘어서는 타자성에 대한 인식 같은 사유를 단순히 독백적으로 표현하는 것이 아니라 구조를 통해 육화해야 하지 않을까. 바흐친은 이에 대해 "다성적 작품은 작중인물의 의식이 진정 "다른 사람의 의식"이 되도록 허용함으로써 대화적 진리를 육화한다"[7]고 표현했다. 따라서 평자들이 지적했던 것처럼 "일인칭 전지적 시점"[8]이나 "세계 자체를 자

7) Mikhail, Bakhtin, *ibid*., p.7.

8) 김형중, 같은 글, 233쪽.

아를 비추는 거울쯤으로 격하하는 나르시시즘적 충동"[9] 등은 물론 새로운 시대의 장편소설에서 우리가 기대하는 온당한 자세라고 보기 힘들 것이다. 수전 손택이 인용한바, "리스본은 폐허가 되었다. 그러나 파리에서 우리는 춤춘다"는 볼테르의 고백처럼,[10] 장편소설은 파리에 있는 '나' 또는 '우리'뿐만 아니라 대지진의 참상을 겪고 있는 리스본에 있는 '너' 또는 '너희'의 경험을 공유할 수 없다는, 인식적이면서 동시에 윤리적인 좌절감을 통해 세상의 진상을 보여주는 것이어야 하지 않겠는가. 그러한 절망의 느낌을 수락하고 예술로 육화시켰을 때에야 비로소 "해답의 부재로 인한 절망"이라는 더 큰 좌절감을 딛고 일어설 수 있다. 물론 이러한 단언은 장편소설이 들려주고 보여주어야 할 대상이 우리가 살고 있는 세계의 진상, 즉 '리얼리티'라는 명제에 근거를 두고 있다. 끊임없이 변화하고 생성되는 실체로서 '리얼리티'의 정확한 한계를 긋는 일은 항상 실패로 돌아가겠지만, 이를 구현하는 방법론으로서 우리는 '어떻게 이야기해야 하는가'의 문제를 반성해볼 수는 있을 것이다.

따라서 최근의 장편소설에서 독백적 서사의 징후를 의심케 하는 이러한 자기-구심적 성향을 발견할 때 우리는 어쩌면 이를 시대의 한계이거나 작가 개인의 한계로 돌릴 수 있을 것이다. 그러나 내가 여기서 한 걸음 더 나아가 묻고자 하는 것은 불과 십수 년 전이었으면 독아적인 상상계로 퇴행하는 것으로 여겨졌을지 모르는 이러한 개인주의적 경향이 드러내는 이 시대의 리얼리티는 과연 무엇인가, 하는 것이다. 어쩌면 이른바 다성적 서사의 특징인 '대화'의 방식 자체가 바뀌고 있는 것은 아닐까? 혹은 대화가 이루어지는 층위 자체가 지각변동을 일으키고 있는 것은 아닐까? 혹시 새로운 시대감각에 비추어볼 때, 새로운 세대들은 이전과는 '다른'

---

9) 김영찬, 같은 글, 83쪽.

10) 수전 손택, 『문학은 자유다』, 홍한별 옮김, 이후, 2007, 296쪽에서 재인용.

싸움을 하고 있는 것은 아닐까? 텔레비전의 연속극에서, 각종 서사양식의 옷을 빌려 입은 멜로드라마에서, 키치적인 이야기들 속에서 느끼는 허구적인 만족감 대신에, 다른 세계의 가능성을 성가시게 삽입함으로써 포만감에 내성을 불어넣는 서사, 이를 통해 세계의 진상에 꾸준히 접근하고자 하는 몸부림, 우리에게 필요한 것은 바로 이러한 어른의 열정이다. 인간을 한편으로는 속물로, 다른 편으로는 동물로 만드는 광범위한 역사의 퇴행 한가운데서, '나'의 독백적 한계를 벗어나 타자와의 대화를 통해 스스로를 확장시켜가는 주체의 성숙함이야말로 새로운 시대의 장편서사가 흉내내야 할 윤리이자 시금석이 되어줄지도 모르겠다.

2. '이야기'와 '이야기하기' 사이—파레르곤(parergon)의 서사

저자는 물론 서술자 한 사람의 목소리가 작품 전체에 일방적인 통제력을 발휘하는 작품일수록 독백주의적인 작품에 가까워지기 마련이다. 이런 작품들을 읽을 때 독자는 십중팔구 "궁극적인 의미론적 권위로서 직접적으로 진리를 표현할 능력을 보유하"[11]는 자기 동일적인 '나'에 대한 신념과 사물의 총체성을 원리적으로 설명할 수 있다고 가정하는 의미론적 '전체주의'를 배후에서 발견하게 된다. 그러나 소설의 묘미는 외부에 있는 저자를 포함해 이야기꾼과 이야기 사이, 그리고 이야기꾼과 독자 또는 청자 사이에 세밀하게 연루되어 있는 관계의 그물망과 이 가운데 벌어지는 이해의 불일치에서 발생한다. 이들은 겉으로는 조용하게 자신들의 영역에 머물러 있는 것 같지만 쉼 없이 서로를 떠보면서 속이고 회유하면서 역동적으로 담론을 구성하는 데 일조한다. 그러나 최근 일부 장편소설에서는 서술자의 위치와 개성이 이야기 바깥으로 범람하는 경우가 적지 않은 것 같다. 이들의 목소리는, 단순한 페르소나 장치를 넘어서서, 때로는

11) 게리 솔 모슨 · 캐릴 에머슨, 『바흐친의 산문학』, 오문석 · 차승기 · 이진형 옮김, 책세상, 2006, 415쪽.

전달되는 이야기의 내용 자체보다 더 관심을 끌기도 한다. 어쩌면 이러한 소설들은 '이야기' 자체보다 이야기를 전달하는 '이야기꾼'과 그의 행위에 더 초점을 맞추고 있는 것은 아닐까. 다시 말해, 이 이야기들은 '화자들이 자신의 이야기를 서술하는 행위' 자체를 하나의 사건이자 주제로 부각시키는 데 더 큰 관심을 두고 있지 않은가 하는 것이다. 이러한 특징이 잘 드러난 소설 가운데 하나가 김중혁의 『미스터 모노레일』이다. 줄곧 독특한 취향이나 유희적 상상력을 무기로 삼아왔던 작가 김중혁의 시뮬라크르적 상상력은 이 소설에서 유감없이 발휘된다. 이 소설은 손수 제작한 게임의 얼개에 따라 유럽 곳곳을 여행하며 모험을 겪는다는 비교적 단순한 줄거리를 갖고 있지만, 실상은 '이야기' 자체를 전경화하는 것에서 그치지 않고, 오히려 현실을 자기가 만든 가상세계에 맞춰 단순화하려는 욕망과 동기를 드러내는 데 목적이 있는 것처럼 보인다. 소설의 서사구조는 시종일관 주인공이 고안한 게임의 규칙을 따라 진행되며, 이에 못지않게 주인공을 비롯한 다른 인물들의 성격도 마치 게임판의 말들처럼 평면화되어 있다. 하필이면 주인공의 이름부터 '모노'가 아닌가. 뿐만 아니라, '모노'라는 단어는 소설의 제목에도, 중요한 소재인 보드게임의 이름에도 공통적으로 들어 있다. 물론 이 이름도 "스테레오에서 하나 빼기, 모노"(36쪽)라는 의미로 스스로에게 지어준 것이다. 이 이름은 다양한 소리가 침범해 들어올 가능성을 의도적으로 차단하고 자신의 독백적인 목소리가 지배하는 영역으로 도피하고자 하는 주인공의 욕구를 반영하고 있다.[12)] 그가 이러한 자발적인 유폐를 결심하게 된 배경에는 한쪽 귀가 들리지 않는 신체적 불구 탓에 아이들로부터 집단 따돌림을 당했던 어린 시절의 트라우마 기억이 있다. "별명은 그렇다 치더라도, 모노는 아이들의 장난이 참기 힘들었다. 녀석들은 왼쪽으로 슬며시 다가와서 낮은 목소리로 모노

12) 한편 발명가와 이야기꾼으로 등장하는 주인공들은 모두 '세계의 축도'를 만들어내는 특기를 갖고 있다는 점에서 작가의 분신이라고 할 수 있다.

를 놀리곤 했는데 (……) 무슨 소리가 나는가 싶어서 모노가 고개를 돌리면 아이들의 웃음소리가 교실을 가득 메웠다"(31~32쪽). 이 장면은 모노가 보드게임의 세계를 환상적 도피처로 삼았던 이유가 학창 시절에 경험했던 뼈아픈 좌절감에서 벗어나기 위한 것이었음을 알려준다.[13] "모노는 가끔 거울을 볼 때마다 자신의 콧날과 입술을 손으로 만져보곤 했다. 모노스러운 게 어떤 걸까 생각해보았다. 간단한 것, 단순한 것, 복잡하지 않고 명쾌한 것"(37쪽). 스스로 현실을 자기 자신에 맞추어 단순화시켜보기로 결심한 모노는 자신의 상태를 아버지의 "무능력의 공황상태"에 비교하여 "관조의 진공상태"라고 규정하고 "그게 어떤 차이인지는 아무도 몰랐다"(39쪽)라고 시치미를 뗀다.[14] 따라서 김중혁이 펼치는 환상적인 모험 이야기들은 현실을 삭제하고 탈주하려는 몸짓이라기보다는 '현실 괄호 치기'에 더 가까워 보인다. (괄호에 둘러싸인, 이질적인 차원 안에 들어가 있을 때 도리어 현실은 더 낯선 모습으로 도드라져 보이기도 한다.) 한편 김중혁은 마치 가상현실의 이야기를 둘러싸고 있는 이야기를 이야기의 장치인지 내용 자체인지 구별하기 힘들 정도로 모호하게 걸쳐둠으로써, 액자이기도 하고 액자 안의 이야기이기도 한 '파레르곤'의 효과를 십분 활용하고 있다. 이러한 복잡한 구성은 단편에서는 좀처럼 거두기 어려운

---

13) 김중혁 소설 특유의 경쾌하고 속도감 있는 문체로 인해 이 장면은 범상한 사건들 가운데 하나처럼, 간단히 묘사되는 데 그친다. 그러나 독자들은 음치로 집단 괴롭힘을 당하던 학생의 아픔과 용서를 그린 단편 「엇박자 D」에서도 이와 비슷한 장면이 등장했던 일을 쉽게 떠올릴 수 있으리라. 학창 시절에, 신체적인 장애로 인해 경험하는 집단적인 따돌림과 폭력의 모티프는 김중혁의 소설에서 좌절의 기제로 곧잘 등장한다.

14) 이 대목은 이광호가 2000년대 작가들의 글쓰기를 가리켜 "무중력 공간의 글쓰기"라고 규정한 데 대한, 나름대로의 소설적 응답으로 읽히기도 한다. 물론 이광호는 이들이 구축한 '무중력 공간'이 단지 '가벼운 문학'의 추구가 아니라고 온당하게 지적하기도 했다. 또한 김중혁의 "무국적의 상상력" 뒤에 "환경과 문명과 인간 존재에 대한 진지한 주제의식"이 깔려 있다고 설명하기도 했다. 이에 대해선 이광호의 글 「혼종적 글쓰기, 혹은 무중력 공간의 탄생—2000년대 문학의 다른 이름들」(『이토록 사소한 정치성』, 문학과지성사, 2006)을 참조.

김중혁표 장편의 묘미이기도 하다. 마치 작가 자신이 그랬던 것처럼, 모노는 자신에게 깊은 좌절감을 맛보게 했던 세계를 버리지 않고, 세계 안에 머물러, 그 세계를 재료로 하여 만들어낸 자신의 제작물로 마침내 세계를 덮어버리는 모험을 감행한다. "모노는 동그란 지구를 편평하게 편 다음 태양을 향해 널어놓고 말리고 싶었다. 어머니와 아버지, 고우창, 고우인과 같은 시간을 보내고 싶었다."(89쪽)

이야기를 만들어내는 과정, 계기, 방식, 행위 그 자체, 그 의미에 대해 더 큰 관심을 집중하게 하는 소설이 하나 더 있다. 바로 김애란의 『두근두근 내 인생』이다. 이 소설은 서술자이자 주인공인 아름이가 부모님에게 드리는 이야기를 쓰는 과정을 따라가면서, 동시에 조로증에 걸린 아름이가 서서히 죽음에 가까워지는 과정을 시간 축으로 하는 플롯을 갖고 있다. 이 소설은 시종일관 아름이의 일인칭 서술에 의해 진행되고 있으며, 이에 따라 우리는 자신이 지금 읽고 있는 소설 전체가 작가이자 이야기꾼인 아름이가 쓴 작품이라는 환상을 갖게 된다. 서술자로서 이야기를 만드는 아름이는 그 자신이 이미 한 사람의 '작가'라고 할 수 있다. 따라서 그의 서술은 '실제' 작가인 김애란 자신의 글쓰기 작업을 따라잡는 방식으로 이루어진다. 이런 점에서 『두근두근 내 인생』은 각각 "'나'라는 서사를 어떻게 구성할 것인가 하는 질문에 답하는 세 가지 상이한 판본에 다름아니"[15]라는 한 평자의 지적은 정확하다고 할 수 있다. 그의 말대로 이 소설은 "현재 '나'에 의해 작성되고 있는 중인 이야기라는 점을 드러내는 쪽으로 진행"되며 이러한 '드러내는 행위'를 통해 소설의 텍스처에 '나' 아름이가 쓰고 있는 이야기 바깥에 있는 현실을 짜 넣고 있다. 그 현실이란 불치병에 걸려 죽어가는 신체, 어린 나이에 아이를 낳은 무능력한 부모, 어린 자식이 죽어가는 모습을 지켜보는 가족과 이웃들의 슬픔이 존재하는

15) 차미령, 「이야기꾼의 탄생과 진화 1」, 『문학동네』 2011년 가을호, 115쪽.

참혹한 세계일 것이다. 이 현실은 아름이의 노쇠와 사멸과 나란히 진행하는 크로노스, 즉 되돌릴 수 없는 시계상의 시간이 지배하는 곳이다. 아름이의 글쓰기는 이 시간의 비가역적인 운명을 되돌리고, 보수하고, 재구성하는 카이로스의 세계를 만들어가는 과정이라고 할 수 있다. 따라서 『두근두근 내 인생』에서 전경화되는 진짜 줄거리는, 아름이가 자신이 만든 허구를 통해 죽음의 권위가 지배하는 크로노스의 세계에 맞서는 불가능한 투쟁에 대한 것이라고 할 수 있다.

많은 독자들이 이 소설에서 가장 인상 깊은 장면으로 꼽는 대목을 살펴보자. 바로 아름이가 '서하'라는 거짓 인물을 만들어 자신을 속여온 작가 지망생과 만나는 장면이다. 아름이는 자신을 찾아온 인물의 정체를 알면서도 그를 향해 '서하'라고 호명한다. 이 순간 아름이가 자신의 허구를 통해 맞서고 있는 상대는 어설픈 거짓을 지어낸 작가 한 사람만이 아닐 것이다. 그는 '서하'라는 소녀가 존재하지 않을 뿐 아니라 타인의 약점을 이용하는 일을 서슴지 않는 야비한 속물들이 살고 있는 현실세계 전체와 맞서고 있는 셈이다. 그리고 아름이는 세계에 짓눌리지 않고 저항하는 행위를 통해 비로소 다성적인 목소리를 획득하게 된다. 동시에 그는 바깥에서 들려오는 추하고 비참한 현실과 그 진상을 고발하는 목소리들을 액자 외부로 몰아내버린다. 물론 독자들이 보는 것은 아름이가 만든 허구의 액자 안에 들어 있는 순결한 이야기와 액자 바깥에 자리한 냉혹한 현실, 그리고 액자 모두 다일 것이다. 그러나 한편으로 이들 소설은 독아적(獨我的)인 환상을 통해 세계를 자신의 환상 공간 내로 끌어들여 지배하고자 하는 욕망은, 시간의 비가역성과 공간적 격리감이라는 물리적인 현상과 끊임없이 대결하는 과정을 통해서만 얻어지는 것임을 끊임없이 일깨우고 있다.

> 그 시간들은 완벽한 진공의 순간이어서 생각하는 것만으로도 마음이 허공을 둥둥 떠다녔고, 생각하는 것만으로도 현실을 잊을 수 있었다. 생각만

하면 유럽 어디로든 갈 수 있다. 생각만 하면, 어디로든 갈 수 있는데……
(……) 시간을 보고, 시간을 생각하자마자 먼 우주로 날아가던 모노의 생각이 바닥으로 추락했다. 시간은 중력이 되어서 모노의 발목을 붙들었다. (87~88쪽)

김중혁과 김애란의 소설을 비롯해, 새로운 장편소설들은 '서정적 주관성'이 서사의 '자기반성성' 경향과 결합하여 만들어낸 복합적인 양식에 대한 탐구에 다름아니다. 이 소설들은 자신의 글쓰기 작업을 흉내내는 복합적인 서사를 통해 하나의 이야기가 만들어지고 이야기 바깥의 세상에 맞서서 힘을 발휘하는 과정에 얽혀 있는 중층적인 얼개를 조망하게 만든다. 이렇게 보면 『두근두근 내 인생』에서 김애란이 사용했던 일인칭 서술의 전면화라는 '무리수'도 데리다가 『회화 속의 진리(La Vérité en peinture)』(1978)에서 설명했던, 작품의 바깥이기도 하고 작품의 일부이기도 한 틀로서의 '파레르곤'을 드러내기 위한 장치라고 할 수 있다.

3. 재현의 언어와 현전의 언어 사이—내밀성의 서사

한편 일부 장편소설에서 더욱 뚜렷하게 감지되는 징후는 거의 '시적'이라고 할 정도로 '문장', 나아가 '언어'에 대한 자의식이 강하게 드러난다는 점이다. 적공(積功)의 문장이야말로 시대와 장르를 뛰어넘는 미덕일 뿐 아니라 특히 단편의 경우, 산문의 아름다움은 문학성을 가늠하는 데 빼놓을 수 없는 중요한 척도라는 데는 이견이 없을 것이다. 그러나 장편소설에서 '시적' 언어가 차지하는 중요성과 비중이 서사에 대한 관심을 넘어서서 거의 서사의 흐름을 정지시키는 단계에까지 도달하게 되면, 예각적인 시선을 던지지 않을 수 없다. 오랫동안 베스트셀러 순위권을 지켜가며 많은 독자들의 호응을 얻고 있는 『두근두근 내 인생』의 매력은, 주옥같은 문장들이 빚어내는 시적이면서도 환상적인 이미지들에 있다 해도 과언이 아닐 것이다. 특히 소설의 말미를 장식하는 「두근두근 그 여름」이라는 소설 속 소설은 냉혹한 현실을 초과해 상승하는 '시적 승화'의 백미라고 할 만하다. 이러한 시적 서사의 경향은 주목받는 신인인 김유진의 『숨은 밤』에 이르면 시학과 산문학의 경계가 모호해지는 경지에 도달한다.

『숨은 밤』은 여러 편의 짧은 장들이 모여 한 편의 이야기를 만드는 식으로 구성되어 있다. 예순여섯 개에 이르는 이야기들을 이끌어가는 사람은 역시 일인칭 서술자인 '나'이다. 이 서술자는 '나'가 느끼고 보는 풍경들, 사람들의 모습, 사건 등을 간결한 어조로 기술하고 있다. 짧으면 두 줄, 길어야 4쪽을 넘지 않는 각각의 장 속의 문장들은 잦은 행갈이를 거치면서 시적인 운율에 근접해간다. 그러나 반면에 원래부터 풍부하지 않은 서사성은 자꾸 중단되는 리듬에 걸려 넘어지듯 맥락을 잃어버리고 실종되기 일쑤이다. 따라서 독자는 길지 않은 분량임에도 불구하고 두 번 세 번 반복해서 읽는 수고를 무릅쓰지 않을 수 없다. 이러한 혼란은 아마 작가가 의도했던 것이었으리라. '나'의 목소리는 '나'의 성격과 처지만큼이나 유아적이고 자폐적이다. 또한 '나'에 의해 목격되는 세계는 정확한 위치도 정체도 알기 힘든 추상적인 공간으로 묘사되어 있다. 서술자 '나'의 의식과 감각은, 자신이 처해 있는 세계와 상황을 정확히 인식하기에 버거워 보인다. 자기 자신에 대한 인식마저 불확실해 보인다. 마치 저편에 '숨은' 실체들을 캄캄한 '밤'에 더듬는 것처럼 미지의 대상에 대한 추상적 이미지만 파편적으로 흩어져 있을 뿐이다. 이런 시적 언어의 특성을 가리켜 평자는 "인간에 의한 '재현(representation)'이라기보다는 사물의 직접성에 대한 '현시(presentation)'"[16]라고 설명했다. 이는 정확한 지적이다. 김유진의 소설은 한 언어를 '통해' 소녀의 성장에 관한 서사를 '재현'하는 층위와 언어 '내부에서' 소녀가 느끼는 감각을 이미지화한 층위가 두 겹

16) 이도연, 「프로타쥬의 글쓰기」, 『문학과사회』 2011년 가을호, 498쪽.

으로 작용하고 있다. 그리고 두 층위에서 발생하는 긴장과 대화로 인해 『숨은 밤』의 이야기 구조는 흐트러지지 않고 기이한 균형을 유지한다. 그의 언어는 이미 존재하는 우주의 반영으로서의 말이 아니라 자신을 통해서 자신을 구성하고 이해하는 그 자신의 구조가 되며, 자신을 하나의 상형문자로 구성한다. 김유진은 작중인물 가운데 한 사람인 '안'이 어탁을 제작하는 장면을 자세하게 기술함으로써 자신이 수행하고 있는 서사 실험의 본질을 설명하고 있다.

줄리아 크리스테바는 바흐친의 다성성 개념을 자기 식으로 전유하면서, 소설이 갖고 있는 양가적 특성 자체를 지적한다. 이러한 '양가성'을 통해 우리는 '산 체험'의 복제인 리얼리즘적 재현과 '산 체험' 자체인 언어적 탐구 즉 수사학을 병존시키면서 그들 사이에 일어나는 파열/결합의 경계를 인식할 수 있다는 것이다.[17] 김애란과 김유진을 비롯해서 최근 많은 작가들이 언어와의 고투를 벌이는 과정을 재현하며 동시에 그 고투 끝에 얻어낸 언어의 장면을 생경하게 제시하는 실험을 활발하게 벌이는 것도 이러한 맥락에서 읽을 수 있다. 이는 다시 크리스테바의 용어를 빌리면 낡은 관습과 제도에 감염되어 있는 현상텍스트(pheno-text)를 벗어나 기호계적 상태로 수직적으로 진입하고자 하는 노력과 다르지 않을 것이다. 자신의 사적 언어를 발견해 이를 서사에 도입하고자 하는 지극히 개인적인 노력이 당대의 정치적이며 이데올로기적인 문제와 갈등을 일으키는 지점도 바로 이곳이다. 『숨은 밤』의 줄거리는 서술자 '나'가 자기 자신을 발견하고 마침내 자신의 몸에서 비롯된 감각을 신뢰하기 시작하는 고전적인 성장의 플롯을 따르고 있다. 그러나 한편, 앞에서 김중혁과 김애란의 소설을 분석하며 지적했듯이, 서술자 '나'의 체험은 언어를 통해 낯

17) Julia Kristeva, "Words, Dialogue, and Novel", *Desire in Language: A Semiotic Approach to Literature and Art*, ed. by Leon S. Roudiez, Alice Jardine, trans. by Thomas Gora, New York: Columbia University Press, 1980. p.89.

선 감각과 구조를 산출하기 위해 분투하는 작가의 체험과 함께 보조를 이루어 진행된다.

『숨은 밤』의 앞부분에서, '나'의 상황은 어둠 속에서 발밑조차 분간하지 못하는 장면에서 단적으로 드러난다. 눈이 없다는 것, 따라서 자신의 모습과 주변을 제대로 인식하지 못하는 상태에 대한 불안은 미완성 상태로 버려진 '안'의 어탁에 찍혀진 물고기들의 모습으로 형상화된다. "눈이 없었으므로, 탁본은 모두 미완이었다. 나는 하얗게 빛나는 빈 눈두덩을 바라보았다"(136쪽). 그리고 마침내 '기'라는 이름의 소년과 함께 세상 밖으로 걸어나온 소녀는 비늘 같은 돌눈물을 벗겨내고 명확히 볼 수 있는 '눈'을 얻게 된다.

> 나는 일정한 높이로 눈이 내려앉은 땅과 나무와 바위와 산등성이를 보았다. 구름 한 점 없는 하늘과 낭떠러지 아래 끝없이 이어진 설원을 보았다. 설원 위로 서서히 들이치는 부드러운 아침 햇빛을 보았다. 눈앞에 펼쳐진 어제와 다른 오늘을, 나는 바라보았다. (205쪽)

서술자 '나'가 자기 몸에서 비롯된 감각과 욕망에 눈을 뜨는 과정은, 소설가가 자기 안에 유폐되어 있는 편협한 시각과 목소리의 한계를 극복하고 마침내 외부 세계를 향해 열려 있는 열린 전망을 향해 나아가는 과정과 정확히 일치한다. 따라서 이 『숨은 밤』은 한 소녀 개인의 성장을 그리는 소설이기도 하고, 소설가 또는 '소설' 자체가 성장하는 과정을 기술한 서사이기도 하다. 어떤 면에서 최근의 장편소설들은 다양한 인물들과 세계를 바라보는 넓은 시야는 일정 부분 포기한 대신, 그 대가로 수직적인 깊이로 파고들어가 심층에 자리한 복합 구조를 탐침하는 내밀한 작업에 착수한 것인지도 모르겠다.

4. '나'와 '타자' 사이—불가능한 만남에 대한 대화

하나의 양식은 이제까지 우리 문화에 내재해 있던 정의, 선입관, 관습을 조금씩 깨뜨리면서 발전하며, 또 이러한 과정을 통해 문학적 전통에 편입된다. 그 결과 독자들은 당혹스러움에 맞닥뜨리기도 하고 새로운 인식을 얻기도 한다. 특히 요즘처럼 '탈-(post-)'이라는 접두어가 유행하는 변화의 시대에 장편소설 장르 역시 전통의 관성과 진화라는 난제를 피해갈 수 없을 것이다. 규범은 깨어지고, 취향은 변화한다. 그럼에도 불구하고 그 변화의 와중에서도 지켜가야 할 가치나 기준을 신중하게 가려내 최후까지 옹호하는 것이 평자, 더 폭넓게는 독자들에게 맡겨진 역할이다. 예나 지금이나, 소설가들은 있는 그대로의 세계를 공간적 · 시간적으로 축소하여 전유하기 위해 온갖 수단을 동원할 자유를 누려왔다. 그 세계 안에는 한 개인의 편협한 시야에 담을 수 없는 복합적인 지평과, 타인이 점유하고 있는 시공간에 대한 인식이 어떤 전략을 써서든 들어가 있어야만 한다. 그리고 이 소설을 읽고-쓰는 행위를 통해, 저자와 독자 그리고 텍스트 모두 자신의 세계를 확장시켜간다. 그러기 위해서 각 주체는 타자의 영역에 대한 불가해성을 인정하는 단계를 거치기 마련이다. 그리고 그는 마침내 한 사람의 협애한 자아로는 이를 모두 받아들일 수도 없고 알 수도 없다는 사실을 인정하고 아무런 조건 없이 자신을 개방하게 된다. 이러한 과정을 통해서 한 편의 장편소설은 미지의 세계를 포함하는 열린 구조와 타자의 영역을 수락하는 윤리성을 통해 마침내 역사에 자신을 삽입시키는 데 성공한다.

최근 소설에 등장하는 인물들이 보여주는 자폐성, 편협함, 자기중심성은 이미 지난 세기의 말부터 시작된 징후였다. 그리고 지금 더욱 문제가 되는 현상은 전지적 작가 시점이 가능하던 시대, 즉 초월적인 존재와 가치에 대한 믿음이 유효하던 시대가 막을 내렸다는 사실이다. 보편적 진리의 소실점과 소통을 가능하게 하던 체계가 해체된 지금, 일개 인간에 불과한 개인의 눈으로 세상의 전면을 파악하는 것이 가능한가? 또한 공유하는 기호체계에 대한 믿음마저 사라진 상황에서 한 개인이 인식하고 있는 내용을 어떻게 수렴하여 체계적으로 정리할 수 있는가? 이러한 질문들이 철학적인 수준을 넘어서서 언어 자체의 문제로 확산되면 한층 급진적인 고민으로 이어지게 된다. 일인칭의 독백적 목소리 외에는 어떤 언어로도 우리의 상황을 설명할 수 없을 것 같은, 소통에 대한 절망이야말로 이 시대를 사는 개인들의 근원적인 체험이 된 지 이미 오래다. 타인의 세계를 이해할 수 없을 때, 아니 이해를 향한 일말의 희망조차 품을 수 없을 때 우리는 결국 '독백' 또는 '침묵'을 선택하고 마는 것이다. 따라서 좋은 문학은 말하고, 말을 걸어야 하며, 상호 대화가 가능한 지점을 찾기 위해 분투하는 열정과 윤리감각을 갖추어야 한다. 공약 불가능한 타인들끼리 최소한이라도 서로를 이해하기 위해서는 여전히 불신의 상태에 놓여 있더라도 여전히 언어에 마지막 희망을 걸 수밖에 없다. 그러기 위해 문학은 침묵과 독백으로 퇴행하고자 하는 충동을 넘어서서 대화(dialogue)의 상태로 나아가기 위한 최종 · 최적의 노력이라고 할 수 있다. 그레고리 베이트슨은 당면한 난제들을 함께 붙들고 적극적으로 해결책을 추구할 뿐 아니라 그 자체의 구조를 통해 해결 과정에 직접 참여하는 대화를 가리켜 메타로그(metalogue)라고 불렀다.[18] 메타로그는 의미교환 구조와 내용 그리고 의미 사이에 존재하는 관계를 의식적이고 친밀하며 섬세하게 보여줌으로써, 대화 자체의 양식을 통해 해결의 방도를 모색하는 과정이라고 할 수 있다. 메타로그에서 매개체와 메시지는 연결되며, 당면한 해결 방법을 찾지는 못해도 양자는 서로간의 조우를 통해 점진적으로 진화

---

18) '메타로그'는 그레고리 베이트슨이 자신의 어린 딸과 함께 세상에 존재하는 불확실한 문제에 대해 나눈 대화에 붙인 이름이다. 이 대화문은 Gregory Bateson, *Steps to an ecology of mind*(Chicago: Univ. of Chicago Press, 2000)에 수록되어 있다. 우리말로 번역된 내용은 국역본인 『마음의 생태학』(박대식 옮김, 책세상, 2006)에 실려 있다.

해나갈 수 있다는 신념을 공유한다. 과거의 기반이 송두리째 의심의 대상이 되어버린 이 시대에 과거의 형식인 장편소설이 붙잡고 보존해야 할 시금석은 이러한 메타로그의 윤리가 아닐까. 점점 더 파편화되어가는 소통 불능의 시대에도 문학은 '말할 수 없음, 말하기 어려움, 그래도 서로를 향해 대화해야 한다는 절박한 당위'를 적극적으로 표현하고 또 자신의 글쓰기를 통해 이러한 주제를 끈덕지게 실천해온 것이 아니었을까. 앞에서 분석한 김중혁, 김애란, 김유진을 비롯하여 새로운 세대의 장편소설들이 천착하기 시작한 주제는 바로 이러한 메타로그의 윤리와 매우 가까운 것으로 보인다. 이들은 경쾌하고 낙관적인 상상력을 사용해 희망 없는 세대의 절망을 우회적으로 표현하고, 소통 불능의 원인이자 결과물인 언어의 심층구조 속으로 직하하여 새로운 소통의 가능성을 실험하고 있다. 주어진 현실과 가공의 세계, 시학과 산문학이라는 두 가지 영역의 경계 사이에서 이들은 끊임없이 경합하는 가운데 글쓰기의 실천을 통해 파열/결합의 이중적인 상태를 변증법적으로 재구성한다. 재미있되 냉소적이지 않을 것, 감동을 주되 안이하게 섣부른 '정신승리법'으로 흐르지 말 것, 타인들은 물론 '나' 자신에 대한 타자성 앞에서 마음이 부서지고 좌절하는 순간을 견뎌낼 것, 나에게 알려져 있지 않고 앞으로도 알지 못할 미지의 목소리들이 틈입하는 과정을 느끼고, 또 육화할 것. 이 밖에도 새로운 시대의 서사를 완성하기 위해 우리가 명심해야 할 미덕은 수없이 많을 것이다. 여기에 한 가지를 더 보태면, 미지의 세계로 걸어나갈 때처럼, 새로운 시대에 맞서는 낯선 양식의 글쓰기를 맞아들이기 위해 굳어진 관습의 틀을 부수는 용기가 나와 우리에게 더, 필요하다는 것이다. 그것이 바로 메타로그를 향한 열정이다.

(『자음과모음』 2011년 겨울호)

미적 기준으로서의 삼원소론
— 현대시를 읽는 한 가지 방식

'들판에 핀 모든 꽃이 다 꽃이 아니듯'

'어떤 작품이 다른 작품보다 낫다'는 것을 공통적으로 인정할 만한 상식과 기준을 시의 영역에서 어떻게 발견할 수 있을 것인가? 주관적인 경험과 취미를 중시하는 태도와 객관적인 보편타당성과 규범을 주장하는 태도 사이에서 어디에 무게중심을 두면서 이러한 기준을 만들어나갈 것인가? 시학에서 '기준'을 세우는 일의 어려움은 테리 이글턴의 말처럼 '개인적 취향'과 '가치판단'을 한데 놓고 고려하는 일의 위태로움과 관련이 있을 것이다. "어떤 시가 멋진 성취라는 것을 알지만 그 시를 끔찍하게 싫어할 수도 있는 것처럼, 심미적으로는 형편없다고 여기는 시를 좋아할 수도 있다. 따라서 가치판단은 개인적 취향과는 같지 않다는 말이다."[1] 물론 어떤 시를 '선호한다' 혹은 '싫어한다'고 말한다고 해서 이러한 취향이 반드시 좋은 시 혹은 나쁜 시를 가르는 판단과 일치할 리는 없을 것이고, 마찬가지로 주관적인 선호를 전혀 객관적인 판단과는 무관한, 개인의 단

1) 테리 이글턴, 『시를 어떻게 읽을까』, 박령 옮김, 경성대학교출판부, 2007, 205쪽.

순한 변덕의 문제라고 성급하게 단정하는 것도 무리다. 특정한 대상을 대할 때 느끼는 직관, 공감, 쾌/불쾌 등의 감정을 순전히 사적인 영역에 국한시켜버린다면, 미적 판단에 관련된 시학은 금세 앙상해지고 말 것임이 분명하다.

어느 분야에서나 (정도의 차이는 있을지언정) 마찬가지겠지만, 특히 시의 영역에서 어떤 '기준'을 설정하는 일은 실패가 예정된 '불가능'한 작업에 가까울 것이다. 예술에서 이러한 '기준' 또는 규범은 파괴당하고, 부정되기 위해 존재한다고 하는 편이 속 편하다고나 할까. 나는 예술이라면, 또 예술의 일부인 시라면 마땅히 자신의 앞에 가로놓인 어떤 규범이든 거절하고 심지어는 부숴버려야 한다고 생각하는 '격한' 종자에 속하므로, 발설하는 순간 과녁이 되어버리는 저 여하한 '기준'들의 운명에 대해 일일이 염려할 필요가 없다고 생각한다. 김수영도 저 유명한 시론에서 "시를 쓴다는 것이 무엇인지를 알면 다음 시를 못 쓰게 된다. 다음 시를 쓰기 위해서는 여직까지에 시에 대한 사변을 모조리 파산을 시켜야 한다. 혹은 파산을 시켰다고 생각해야 한다"[2)]라고 하지 않았던가.

그러나 '비평'이라는 과업을 스스로 떠맡은 자로서 '좋은 시'와 '그렇지 못한 시'에 대한 기준을, 최소한 내적인 수준에서나마 갖고 있지 않다고 고백한다면, 그보다 참담한 거짓도 없을 것이다. 그리고 그 기준에 대해 일부나마 정리하여 제시하는 작업을 마다한다면, 혹은 마냥 미루기에 급급하다면, 흉악한 책임 방기 또는 게으름이라는 비난을 들어도 하소연할 곳이 없을 것만 같다. 비평은 여하한 조건 아래에서도 '기준' 수립을 거부하는 회의주의적 시선과 대결해야만 하며, '들판에 핀 모든 꽃은 아름답다'라는 식의 순진한 관용 또는 아둔함과도 결별해야 한다. 무딘 칼끝만도 못한 감식안으로나마 언어의 폐허에서 보석 같은 작품을 골라내려면,

---

2) 김수영, 「시여, 침을 뱉어라」, 『김수영 전집 2』, 민음사, 2003, 398쪽.

이러한 작업을 뒷받침할 만한 보편적인 기준을 어떻게든 설정하지 않을 수 없다. 그리고 '타당한 기준'에 앞서 이러한 좋은 예술을 승인하고 이를 감별해낼 수 있는 '좋은 취미를 가진 비평가'가 존재해야 한다는 사실은 말할 나위도 없다. 따라서 양심적인 비평가라면 '내가 과연 기준을 승인할 만한 취미와 역량을 지닌 사람인가?'라는 질문을 피해 가기 어려울 듯하다. 이른바 주관적인 판단을 우위에 둔 '취미기준'이라는 용어를 만들어낸 영국의 철학자 데이비드 흄이 부딪혔던 문제도 바로 같은 것이었다. "그러한 비평가들을 어디에서 찾을 수 있는가? 어떤 표식을 통해 그들을 알 수 있는가? 사이비들과 어떻게 구별하는가?"[3] 결국 주관적인 취미가 객관적인 보편타당성을 담보한 일종의 '기준'이 되려면, 대중을 설득할 수 있는 빼어난 '주관'을 지닌 "진정한 판단자들"의 존재를 상정하고, 아마도 이들이 갖고 있으리라고 믿기는(믿고 싶은, 믿을 수밖에 없는) 양식(good sense)에 기댈 수밖에 없는 것이다. 이제 권위는 저 "진정한 판단자들" 편에, 그리고 혹독한 부담은 저 "판단자들"의 일원이 되겠다는 꿈을 갖고 글을 쓰는 한 무명 비평가의 손에 공평하게 넘겨졌다.

물질로서의 시

재현이 아닌 현전(presentation)하는 대상 그 자체가 되는 것, 이는 시의 오랜 꿈이다. 시는 총체적인 의미를 직접적으로, 표상의 매개를 거치지 않고 전달하기에 그 어떤 부분들로, 혹은 메타언어로 환원시킬 수 없다. 기존 언어의 관습에 얽매어 있는 시는 실재(the real)를 해석해야 한다는 과업에 짓눌려 있지만, 어떤 시는 실재 그 자체로 존재하는 것 그리고 자기 자신의 존재를 통해 그 실재를 드러내는 것 이외의 일에는 관심을 두지 않는 것처럼 보인다. 이러한 시는 시인과 독자의 사변에 의지하

---

3) David Hume, "Of the Standard of Taste," *Selected Essays*, ed. by Stephen Copley and Andrew Edgar, Oxford: Oxford University Press, 1998, pp.147~148.

지 않고 직접적인 마주침, 부딪힘과 같은 '사건'으로서 그저 우리의 곁에 계시되어야 한다. 그런 점에서 시는 우리의 '몸'과 닮았다. 인간의 신체가 자연의 일부라면 그와 같은 이유로 시도 자연의 일부일 것이며, 하나의 자연일 것이다. 시를 읽는 순간, 우리를 사로잡는 것은 마땅히 참을 수 없는 관능이어야 한다. 이러한 열린 육감, 감응을 통해 우리는 자연과 하나되는 것처럼 시와 하나 된다. 따라서 시를 대할 때 필수적인 것은 자연의 근본적인 몸짓을 느끼는 감수성일 것이다. 자연을 구성하는 가장 기본적인 원소들의 힘과 운동, 밀도, 나아가 무게, 어두움, 깊이를 느끼는 감각은 삶에서와 마찬가지로 시의 몸을 살아내기 위한 (충분조건은 아닐지라도) 필요조건임이 분명하다. 몸에서 질료로, 질료에서 원소로. 전자기파를 분광시켜 성분을 분석하듯, 더이상 환원할 수 없는 근원으로 걸어들어가 우리는 마침내 원소들의 민낯과 조우하기 시작한다.

널리 알려져 있다시피 시학의 언어를 물질적 상상력으로 치환해서 자연에 존재하는 질료들의 성질에 빗대어 표현한 사람은 프랑스의 철학자 바슐라르다. 그가 구축한 시적 상상계 안에서 미적 체험은 고대의 자연철학자들이 만물의 근본으로 꼽았던 물 · 불 · 공기 · 흙과 같은 원소들이 어우러져 만들어내는 질감으로 육화되어간다. 이러한 생각은 시 안에 들어있는 낱낱의 이미지들, 그리고 반복해서 등장하는 소재나 모티프의 수준에만 적용되는 것이 아니다. 본디 이 글은 물질적 상상력이 하나의 예술작품이 전달하는 총체적인 감각에 광범위하게 적용되는 것이 당연하다는 가정에서부터 출발했다. 하나의 시가 현전하는 물질의 상태를 지향할진대, 좋은 시를 읽는 과정은 살을 더듬고, 폐부를 적시며, 수액을 태우는 원소의 역동적인 움직임에 휘말리는 경험과 크게 다르지 않을 것이다. 그리고 이러한 느낌은 단순한 망상이 아니라 실제적인 감각이어야 하며, 타인의 실존에 자신을 연루시키는 역동적인 움직임이어야 한다.

(1) 물의 시—흐르고 고이며 낙하한다

그리고 대개의 시는 여러 물질들이 갖는 질료적인 성격을 조금씩 나눠 갖기 마련이다. 특히 연금술에서는 각 원소의 성질을 고루 갖춘 완전체의 존재에 대해 종종 언급하기도 한다. 그러나 대부분의 경우 시는 각기 처한 상황이나 내재적인 성향에 따라 특정한 물질이 갖는 다양한 특질 사이를 시종 오락가락하기 마련이다. 이를테면 높은 곳에서 저절로 낮은 곳으로 흐르는 물의 성질을 닮은 시는 쉬이 약하고 아픈 것들의 아픔에 동화되곤 한다. 타인의 고통에 무심하지 않은 시, 그리고 약한 존재들의 심정을 자신의 몸에 고스란히 새겨넣으려 애쓰는 시야말로 참된 언어의 주인이라고 할 수 있다. 이러한 언어들이 없으면 척박한 세계에서 살아가는 우리의 세포는 머지않아 갈증으로 바스러지고 말 것이다. 예를 들어,

> 살아가는 징역의 슬픔으로
> 가득한 것들
>
> 나는 꽃나무 앞으로 조용히 걸어나간다
> 소금밭을 종종걸음 치는 갈매기 발이
> 이렇게 따가울 것이다

—이성복, 「아, 입이 없는 것들」[4] 부분

와 같은 구절이나,

> 잣나무 숲으로 난 오솔길은 내 얼굴을 빌려 저녁이 뿌리는 물뿌리개의 물방울들을 촘촘히 다 들이마신다

---

4) 『아, 입이 없는 것들』, 문학과지성사, 2003.

나뭇잎 사이마다 어둠이 출렁여도 밖으로 난 숲길 한쪽은 아직 환하다
연한 어둠의 파란에 둘러싸여 나는 몸에 천천히 붕대를 감는다

당신도 언젠가 이 숲에 왔을 것이다
숲은 폭풍의 예감으로 일렁이고 있다

—조용미, 「어두워지는 숲」[5] 부분

같은 시구들은 주로 자신과 타인의 신체(혹은 타인과 그 타인의 아픔에 공명하는 자신의 몸)에 서서히 번지는 통각에 대해 말하고 있다. 어떤 시의 벡터(vector)가 물의 길을 따른다고 할 때 그 물은 자신의 몸에서 나오는 물, 즉 눈물과 담즙, 피의 성분과 거의 비슷할 것이다. 그리고 이 물길은 대개 시인의 신체로부터 출발하여 타인의 고통과 핍박의 자리를 경유하여 세계와 우주의 심연으로 깊숙하게 파고들어간다(내 몸속 세포의 흐름이 저 물소리의 우주적 운율과 다르지 않아 또 몸에 귀 기울여야겠구나/ 이젠 몸을 떠나서 무엇을 할 수 있고 무엇을 알 수 있겠나 묻지 않는다—조용미, 「물소리에 관한 소고」 부분). 그 궁색한 지경, 어둠 속의 어둠 한가운데로 직하하는 움직임이야말로 시를 잠시나마 살아 있게 만든다. 비록 그 자신은 아무런 보람도 영예도 없이 소멸하고 말 위험에 처할지라도. 그리하여 어느 철학자가 "이렇게 궁핍한 시대에 도대체 아직도 전향할 여지가 남아 있다고 한다면"이라고 물음을 제기하고 "그것은 언젠가 세계가 근거로부터 전향할 때만, 다시 말해 지금의 경우에는 명백히 세계가 심연으로부터 전향할 때만 일어날 수 있을 것이다"라고 두려운 처방을 내린다면 마땅히 중력의 은총에 순복할 운명을 타고난 시가 일어나 대답해야 할 것이다. "세계의 밤의 시대에는 세계의 심연이 경험되고 감내되어야 한다. 그러나

5) 『기억의 행성』, 문학과지성사, 2011.

그러기 위해서는 심연에까지 이르는 사람들이 필요하다."[6]

담즙이 식도를 통과해 입안에 고인다. 식도가 타는 듯하다. 하수구가 역류한다. 독하다. 방바닥과 천장이 붙는 것 같다. 나는 지금 수평선으로 만든 회초리를 맞고 있다. 내 방으로 서핑하러 오는 사람 꿈을 꾼다.

(……)

수도꼭지에서 물이 샌다. 지하실부터 물이 고인다. 내 베개가 지하수 위에 뜬다.

이쪽을 보세요! 눈을 치켜뜨자 의사가 눈물샘을 긴 바늘로 쿡 찌른다. 눈물이 입안에 고인다. 짜다. 나는 내 안의 바다를 향해 눈을 부라린다.

목의 신경 구멍이 점점 좁아져서 신경 나무 전체를 압박한다. 구멍에 직접 진통제를 주입한다. 하루에 여섯 통씩 넣는다.

—김혜순, 「맨홀 인류」[7] 부분

김혜순의 시 「맨홀 인류」는 이제껏 써왔던 어떤 시보다 격심한 감각의 격랑으로 일렁이고 있다. 이 시에 반복해서 등장하는 크고 작은 "구멍"의 이미지는 이생의 죽음으로 지각되는 실재(the real)라는 이름의 암흑지대이다. 그리고 시인은 바닥과 끝을 알 수 없는 그 심연 속으로 추락하여 흔적 없이 소멸되는 길을 기꺼이 수락한다. 자신의 온갖 체액과 숨결, 언어와 세계, 종내는 자기 자신마저 빨려들어가도록, 흔적없이

내 구멍 아래엔 웃는 입처럼 벌어진 무덤들.

유해가스와 오수가 가득 흐르는 곳.

---

6) 마르틴 하이데거, 「무엇을 위한 시인인가?」, 『숲길』, 신상희 옮김, 나남, 2008, 396쪽.

7) 『슬픔치약 거울크림』, 문학과지성사, 2011.

내가 내 몸속으로 들어가 질식한다.

이 구멍을 다 통과하면 저 묘혈로 떨어져간다.

구멍은 우주라는 광활로 만들어진 연통이다.

연통의 맨 안쪽에 내 심장이라는 연탄난로가 있다.

—김혜순, 「맨홀 인류」 부분

때로는 잔잔하게 흐르기도 하고 고요하게 고이기도 하며, 거칠게 낙하하기도 하는 물의 에너지는 시의 어조, 리듬, 속도 등을 통해 독자들에게 전이되어간다. 질료가 품고 있는 고유의 에너지는, 이렇게 시의 내용에서 형식으로, 이미지에서 리듬으로 연결되어간다.

머리는, 귀를 거쳐, 음절로 이어지고

가슴은, 호흡을 거쳐, 행으로 이어진다.[8)]

(2) 불의 시—부수고 뒤집어 사른다

한편 자신에게 주어진 운명의 길을 거부하고, 이에 맞서서 '아니오'라고 외치는 시들이 있다. 이들은 상투성에 함몰되지 않고 쉼 없이 저항하며, 낡은 것을 부수고자 하는 욕망으로 몸이 달아 있다. 이들을 억압하는 폭력의 강도가 높아져갈수록 이를 전복하고자 하는 부정의 전략도 한층 다양해지는 것 같다. 어느 시대에나 이러한 전위적인 작가들은 극소수에 속하지만 순간적으로 많은 에너지를 방출하는 성격으로 인해 항상 평단의 관심을 끌어오곤 했다. 물론 그만큼 오해도 많았다. 이들은 종종 무슨 무슨 '파(派, wave)'와 같은 모호한 이름 아래 묶이기도 하는데 이러한 식의 명명 작업은 이제껏 보지 못했던 낯선 종자들과 대면하는 사람들의 불

---

8) Charles Olson, *Selected Writings of Charles Olson*, ed. Robert Creeley, New York : New Directions, 1966, p.19. 번역은 필자.

안을 대변하는 것이기도 하다. 최근에 많은 담론을 생산하는 데 기여한, 이른바 '미래파'로 분류되는 일군의 시인들에 대해 김수이는 이들이 "서정과 시의 종언을 겨냥한 반서정, 비서정, 탈서정, 비시, 시의 종언 등의 파열음"[9]을 내고 있다고 지적한다. 또한 신형철은 전위의 미학을 가리켜 "언어의 혁신, 미의식의 갱신, 더 나아가 비평의 쇄신을 도모"하는 것이라고 설명한다. 또한 그는 이에 앞서 전위적인 시들의 미덕이 "새로워서 좋다"가 아니라 "좋은데 새롭다"[10]에 있음을 분명히 하고 있다.

그러나 위의 언급은 "오해를 미리 방어하"기 위한 것임을 십분 이해하더라도 지나치게 조심스러운 발언이라는 느낌을 지우기 어렵다. '새로움'을 승인해줄 시금석으로 제시된 그 '좋음'이란 용어의 의미가 모호하기 때문이고 또 실제로 '좋다'는 느낌과는 한참 거리가 있을지라도 그 도발적인 새로움만으로 주목에 값하는 작품이 반드시 있다고 믿기기 때문이다. 어떤 작품은 마치 삶의 조건처럼 우리에게 강제되어 있는 일체의 제도화된 관습과 맞서 싸우기 위해 기존에 승인되어 있는 '좋음'이라는 관념을 고의로 해체하기까지 하지 않던가. 이때 이들의 '새로움'은 비평가가 갖고 있는 기존의 '좋음'이라는 기준에 승인을 요하지 않고 오히려 자신의 존재 자체로 기존에 없었던 새로운 '좋음'을 창시한다고 할 수 있다. 그러기 위해 그는 기존의 문화와 미적 기준을 송두리째, 더욱더 효과적으로 궁지에 몰아넣어야 한다. 그리고 자신의 압도적인 존재감으로 기존의 지배적인 감각을 불편하게 하고 균열을 내면서 마침내 자신이 새로이 창조한 감각의 영역을 세상 사람들이 '좋다'고 승인하는 데까지 견디어나가야만 한다. 따라서 이들에게는 자신의 '새로움'에 앞서서 그 어느 누구의 '좋다'는 평가가 선행해야 할 필요가 없으며 그래서도 안 되는 것이다.

---

9) 김수이, 「자체제작 소리를 내는 상자들, 그리고」, 『쓸 수 있거나 쓸 수 없는』, 창비, 2011, 15쪽.

10) 신형철, 「전복을 전복하는 전복」, 『몰락의 에티카』, 문학동네, 2008, 272~273쪽.

'문학'이라고 불려왔던 것을 살해하고 부정하고 탈구하고자 하는 일념으로 존재하는 시들은, 때로는 그 정념의 '강도'만으로도 우리에게 충격을 안겨주기에 족하다. 그리고 그들이 일으킨 균열을 수용하고자 하는 욕망 또는 필요성으로 인해 기존의 관습은 차츰 이들의 언술을 둘러싸고 혼돈을 거듭한 끝에 겨우 그들을 자신의 영역 안에 받아들이는 데 성공하게 된다. 그리고 그들을 둘러싸고 '좋음' 다시 말해 '미적 쾌감'을 결정하는 감수성의 영역은 재편성되기 시작한다. 이를테면 기존의 통사구조와 진지한 문제의식을 상실한 채 종잡을 수 없는 언어유희에만 몰두하고 있는 것처럼 보이는 일련의 무질서한 행들을 보라.

앙, 다물면 틈은 영영 사라질까요? 나는 지금 지나치게 힘을 쓰고 있습니다. 내 이빨과 이빨 사이는
무섭습니다. 무섭지? 무섭지? 이빨을 드러내고 싶은데,
이빨과 이빨 사이에 혀를 끼운다면 피를 볼 수 있겠지요. 내 혀는 지금 이빨과 이빨 사이에 틈을 찾고 있습니다.
혀는 이렇게 부드러운데, 나는 정말 열릴 수 있을까요? 이빨과 이빨이 틈 없이 서로를 갉을 때 아 아,
그건 분명히 지진 같은 것이었습니다. 나는 늠름한 내 떡갈나무가 들썩이는 것을 보고 말았습니다.

—김행숙, 「내 입 속에 떡갈나무」[11] 부분

나는 지금 나의라는 명사와 조사의 결합체로 시작하는 시를 지금 쓰려고 하다. 나의로 시작할 수 있는 것은 무엇이 있는가, (……) 나의 시, 나의 책, 나의 볼펜, 나의 컴퓨터, 나의 텔레비전 나의 까치, 나의 매미, 나

11) 『사춘기』, 문학과지성사, 2003.

의 여름, 나의 사랑, 나의 후회, 나의 고통, 나의 눈물, 나의 처참, 나의 비참 (……) 나의 카카카, 나의 쿠쿠쿠, 나의 키키키, 나의 커커커, 나의 캬캬캬, 나의 구구구, 나의 니니니, 나의 아에오, 나의 컹컹컹, 나의 하하하, 나의 파파파, 나의 도도도, 나의 라라라, 나의 꽥꽥꽥, 나의 매미, 나의 쓰름매미, 나의 참매매, 나의 직박구리, 나의 황조롱이 (……)

—이준규, 「나의 우울」[12] 부분

1. 아니야, 넌 끌 수 있어

2. 연출의 말

3. 연극에서 할 수 없는 일?

4. 촛불을 들고 퇴장하시오

5. 껐다고 치면 되잖아

6. 방법이 있어

7. 있을 수밖에

(……)

19. 용서합니다

12) 『삼척』, 문예중앙, 2011.

20. 어차피 연극이니까

21. 어쨌든 연극이잖아

22. 대처하세요

23. 미래파

24. 연출 입장에서 고려한 제목들

25. 지혜야!

26. 그건 네 생각이지

—김승일, 「연출 입장에서 고려한 제목들」[13) 부분

이러한 실험적인 시들은 이전에는 도저히 시의 언어라고 여겨지지 않았던 언어들을 적극적으로 사용하여 시와 비시 사이의 경계를 허문다. 또한 자명한 것으로 여겨졌던 서정적 자아의 존재를 해체함으로써 시의 자기동일성에 관련된 관습을 해체하고 있다. 그리고 최근의 문학과 정치 논쟁에서도 여러 차례 논의되었듯이 "사회의 감성적 매트릭스를 해체하고 새롭게 조직화"[14)]하는 시행들의 감성적인 반란은 미적 차원에서 머물지 않고 "문학의 내재적 정치성에 관한 성찰로 바뀌"[15)]어간다.

13) 『에듀케이션』, 문학과지성사, 2012.

14) 진은영, 「감각적인 것의 분배」, 『창작과비평』 2008년 겨울호, 80쪽.

15) 황현산, 「문학의 정치성과 자율성」, 『잘 표현된 불행』, 문예중앙, 2012, 40쪽. 황현산은

따라서 문학의 자율성을 침범하는 외부의 억압에 대한 위반이든, '문학'이라는 이름 자체에 부과된 문화적 관습 자체를 총체적으로 거스르는 전복의 움직임이든, 진정한 시라면 자신의 자유를 제한하는 모든 외압에 대해 시시비비를 따지고, 필요하다면 온몸을 소진할 때까지 맞서 싸워야 할 것이다. "시인은 동일자가 지배하는 세계에서 타자로 존재하고, 시인의 언어는 또한 타자의 언어로서 다수적인 언어를 탈영토화하는 모험과 창조의 정신을 반영한다"[16]는 진술을 수긍한다면, 낡은 권위에 균열을 내고 새로움을 추구하는 언어야말로 가장 시의 본질에 가까이 접근해 있는 것이 아닐까. 그리고 그러한 투쟁과 경합이 벌어지는 가운데 순간적으로 발산하는 섬광에 대해, 그 내재적인 에너지가 외부로, 타자를 향해 나아가는 모습을 보고 우리는 자주 '아름답다'는 표현을 사용하곤 한다. 그리고 이 세계의 밤이 깊어질수록 자신의 몸을 태워 수직으로 상승하는 불의 성질을 닮은 언어들은 이채롭게 빛난다.

〔3〕 흙의 시—머물고 쉬며 치유한다

분명한 사실은 이것이다. 한쪽에서 새롭고 낯선 감성의 출현에 대해 이목을 집중하는 동안에도, 언제나 대개의 시인들은 전통적 서정의 세계에 뿌리를 둔 시들을 꾸준히 써왔다는 사실이다. 사유의 실험실에서는 '시의 종언'이라는, 다분히 자극적인 화두를 두고 여러 한계와 가능성을 저울질하고 있지만, 현실에서는 여전히 일상을 구성하는 주체와 그가 거주하는 세계의 조화에 바탕을 둔 언어가 소진될 기미를 보이지 않는다.

이 글에서 주체와 타자가 역전하는 상호 간섭, 자리바꿈의 장면이야말로 가장 정치적인 순간이라고 지적한다. 하지만 그가 무엇보다도 강조하는 것은 "문학의 자율성은 그 이름으로서가 아니라 그 실천으로 평가되어야 한다"는 사실이다. "문학이 정치를 넘어선다고 하더라도 문학하는 사람은 정치적이어야 한다는 뜻이다. 순결한 글쓰기가 누릴 수 있는 진정한 긍지도 거기 있을 것이다." 같은 글, 47, 52쪽.

16) 오생근, 「오늘의 한국 시와 타자의 언어」, 『위기와 희망』, 문학과지성사, 2011, 13쪽.

당신을 묻고 난 뒤엔
독항아리 묻는 일도
산역이라면 산역이라서
땅에 묻은 김칫독 볼 때마다 한겨울
눈을 헤치고 묵은지를 꺼내던
할머니 생각납니다
할머니 찾던 절집에선
종 밑에 항아리를 묻고
종소리까지 익혀 먹는다 했지요
땅속 깊이깊이 울리는 종소리
먼저 가신 할아버지 무덤까지 갔다가
나무뿌리를 타고 잎잎이 돋아난다 했지요
가신 할머니 묵은지가
택배로 온 저녁
김장도 장례는 장례라서
이리 목이 메어오는 것인지

—손택수, 「묵은지 생각」[17] 부분

나에게도
땅이 생겼다 부드러운
흙, 나는
저기에 묻힐 것이다

---

17) 『떠도는 먼지들이 빛난다』, 창비, 2014.

화원 앞을 지나다 보면 유리창 너머
관짝들이 황홀하게 놓여 있다 아름다운 봉분처럼 자라는 나무들, 꽃들

스무 평의 적막에도 햇살과 바람이 흠모하듯 스며와
지금은 저기에 양란이 꽃을 피우고 등 구부린 시간이 신혼처럼 살고 있다

내 무덤은 향기로울 것이다
먼 나라의 춤을 푸는 나비처럼은 아니지만, 언젠가 꽃이 진 허공, 그 맑은 높이에 나는
내 영혼을 띄워둘 것이다

저 둥긂을 안고 기다리면 아프지 않게 늙을 수 있겠다 수치를 꽃대처럼 비우고 나면
거친 그리움도 이제는 자연사할 수 있겠다, 있겠다

—신용목, 「화분」[18] 부분

대지는 흙이 거주하는 처소이다. 여하한 노력과 분투에 의해 단련된 인간도 언젠가는 대지를 지배하는 중력에 의해 끌어내려질 수밖에 없는 법. 마치 고향을 떠나온 사람이 평생 자신이 태어난 곳을 그리워하듯이 흙은 돌아옴과 휴식, 최종적으로 죽음의 상태를 떠올리게 한다. 하루로 치면 밤, 계절로 치면 기운을 뿌리로 모으고 안으로 침잠하는 겨울이 가장 흙의 기운과 친숙한 시기라고 할 수 있겠다. 그래서일까. 다소 투박해 보이는 전통적인 서정을 노래하는 시들은 거의 예외 없이 흙과 죽음의 이미지에 깊이 침윤되어 있다. 이들은 시류나 유행에 쉽게 휩쓸리지 않으나 또

18) 『그 바람을 다 걸어야 한다』, 문학과지성사, 2004.

한 바깥에서 자신을 찾아와 문을 두드릴 때도 거부하는 법이 없이 넉넉하게 품에 끌어안고 소화시킨다.

원소들을 섞고 조합하는 방식으로 수행하는 이미지의 연금술사들은 곧잘 최초의 단계인 흙의 상태로 돌아오곤 한다. 그리고 그들은 이 단계에서 자신들의 여정이 결코 무익한 것이 아님을 증명하기 위해 자신이 얻어낸 소중한 보물들을 펼쳐 보인다. 황폐하고 완강한 세상에서 온갖 질병과 상처를 얻은 끝에 이들은 마침내 아픈 몸을 치유하는 언어를 발견한다.

나는 한동안 병실에서 생활했다 돌발 같은 눈 메마른 손 헝클어진 채 자란 머리카락 누덕누덕한 시간들 앞뒤 없는 곡경(曲境) 속에서

희망을 끊어버리고 연고 없는 사람처럼 빈들빈들 돌아다녔다 축축하게 비 오는 어느 날 그가 내게 말했다 뭐든 돋아 내밀듯이 돋아 내밀듯이 살아가자고

—문태준, 「사무친 말」[19] 전문

어떤 시는 이렇듯 자연의 질서와 조화를 짚어가며 혼란에 빠진 내면의 리듬을 조율하는 데 기여한다. 이러한 치유와 쉼의 정조는 결코 철 지난 것이 아니며, 아픔이 현존하는 세상에서 영원한 현재형으로, 머지않아 다가올 미래형으로 계속해서 쓰일 것임이 틀림없다. 피조물들이 느끼는 피로의 상태가 항구적이기에, 이들을 위로하는 언어들 역시 항구적이고 초시대적일 수밖에 없다. 보수적이고 전통적인 서정의 세계와 성숙한 언어로 쓰인 시들이 해체의 열풍을 넉넉히 견디는 이유가 바로 이것이다. 마치 모든 발효가 지하에서, 대지의 품안에서 이루어지듯이 숙성된 심성과

---

19) 『먼 곳』, 창비, 2012.

언어로 빚어진 '발효의 시학'이야말로 모든 내재적 신비와 외생, 즉 삶 바깥에 있는 것에 대한 웅숭깊은 몽상을 가능하게 한다. 표 나지 않게, '서정'은 여전히 우리의 심성 깊숙이 자리잡아 '도저히 말하지 않기를 그칠 수 없는' 어떤 진실을 생성하는 원천이 된다. "폐렴" 같고 "묵은 밥"같이 지겨울지언정, 그늘의 원천인 "감나무"를 벨 수는 없을 것이라고, 아니 정녕 베지 말아달라고 호소하는 시인이 우리 곁에 존재하는 한.

아버지여, 감나무를 베지 마오
감나무가 너무 웃자라
감나무 그늘이 지붕을 덮는다고
감나무를 베는 아버지여
그늘이 지붕이 되면 어떤가요
눈물을 감출 수는 없어요
우리 집 지붕에는 폐렴 같은 구름
우리 집 식탁에는 매끼 묵은 밥
우리는 그늘을 앓고 먹는
한 몸의 그늘
그늘의 발달

—문태준, 「그늘의 발달」[20] 부분

성실한 연금술사의 취향은 제한된 범위에 고정되지 않는다. 그들은 한쪽 성질만 갖고 있는 원소들을 치우쳐 사용하는 법이 없다. 차가운 물이 있으면 뜨거운 불을, 무거운 흙이 있으면 가벼운 공기를 섞어서 다채로운 조성을 지닌 물질들을 만들어낸다. 각각의 시들이 유기체로서 하나의 몸

20) 『그늘의 발달』, 문학과지성사, 2008.

을 구성하는 것처럼, '미'를 향유하는 감수성 역시 완전체에 가까운 몸의 상태를 지향하기에 되도록 다양한 성향을 섭렵하여 균형을 맞추어나간다. 시대를 초월하는 보편타당한 감수성을 갖춘 눈 밝은 비평가라면 더욱 그러한 상태에 도달하도록, 훈련을 계속해야 할 것이다. 이 글에서 내가 물, 불, 흙의 세 원소의 성질에 빗대어 좋은 시의 기준을 조심스럽게 제시한 이유는, 되도록 자연이 우리에게 부여한 조화로운 상태에 가까운 안목에 도달하고자 진력한, 노력의 결과라고 보면 될 것이다. 이 글의 앞부분에서 인용한 데이비드 흄의 말을 한번 더 언급하기로 한다. 그는 훌륭한 비평가는 '취미의 섬세함'을 지닌 비평가이며 '취미의 섬세함'은 '정념의 섬세함'에 동반하는 것이라고 주장한 바 있다.[21] 여기서 흄이 말한 '정념'이 지나치게 일반화된 개념이라 오히려 모호하게 느껴진다는 감상은 일단 뒤로 미루기로 한다. 어차피 미를 판단하는 '좋은 기준'과 '밝은 안목'과 같은 개념을 명확한 언어로 규범화하는 일은 영원히 불가능할 것이다. 이보다는 오히려 '섬세함'이라는 술부에 초점을 맞추는 편이 게으른 비평가의 반성을 끌어내기에는 더욱 효율적인 방편일지 모른다.

이 글에서 미처 다루지 못한 기준 가운데 하나는 '공기'의 성질을 갖고 있는 시들의 미덕이다. 이들은 자유로움을 구가하며 지치지 않는 활력을 갖고 삶의 장애물을 넘어서려고 한다. 프시케와 프네우마의 정령처럼 부드러운 역동성을 갖고 약동하는 시의 매력에 대해 논할 수 있는 지면을 갖지 못해 아쉬울 뿐이다. 이에 대해서는 다른 기회에 독립된 글로 이야기할 수 있기를 소망한다. 여러 시들이 갖고 있는 상이한 성질과 그 미덕에 대해 논하는 일은, 좋은 것과 나쁜 것을 가려내는 일차원적인 기준 설정의 층위를 넘어서서, 몇 줄의 글로 요약하는 작업이 도저히 가능할 리 없는, 시와 문학의 웅숭깊은 본질 자체를 문제삼는 것이라고 생각한다.

---

21) David Hume, "Of the Delicacy of taste and Passion," *ibid.*, p.11.

따라서 개인적이고 주관에 치우친 '취향' 또는 '취미'에서 출발하여 '해석 공동체'가 함께 공유할 만한 감수성을 섬세하게 단련시키기 위해 동시대 시의 미적 성취에 대해 논하는 일은 도무지 중단될 수 없을 것이다. 오로지 잠시 쉬어가는 일만 있을 뿐이다.

(『현대시』 2012년 6월호)

중력을 밀어내는 이야기의 성좌들

— 2013년에 읽은 새로운 소설들

우리는 상상적인 이야기를 꾸며냄으로써, 이야기 바깥에는 어떠한 현실적 대응물도 없는 그런 내러티브를 생산함으로써 발명하게 되는 것이다.

—자크 데리다

0. 뜻이 땅에서처럼 허공에서도 이루어지며……

형식은 '현재의 기억'이자 형식에 생명을 불어넣는 생산 활동에 대한 '영원한 회상'이다.

—움베르토 에코

한 편의 이야기는 그 안에 하나 이상의 세계를 담고 있다. 그 세계는 우리가 사는 현실세계와 매우 비슷해 보일 수도 있고 전혀 다른 모습을 하고 있기도 하다. 사실 이야기가 펼쳐내는 세계가 우리네 삶의 장소와 별반 차이가 없다면 무슨 맛으로 이야기를 읽겠는가. 심지어 그런 건 이야기라고 할 수 없을지 모른다. 정도의 차이는 조금씩 있지만 이야기들은 현실세계와 얼마간은 닮았으면서도 사뭇 다른 자신만의 시공간을 만들어가며, 그 안에 스스로를 데려다놓는 동시에 자신의 안에 그 세계를 포개넣곤 한다. 그런 의미에서 작가들은 하나의 '이야기'를 쓰는 사람이라기보다 이야기를 통해 표현되는 세계를 제작하는 장인에 가까울지 모른다.

서사가 현실과는 독립적인 시공간을 창조한다는 생각은 그리 낯선 것이 아니다. 이미 오래전에 시간과 공간이 이루는 불가분의 관계를 합쳐 '크로노토프(chronotope)'라는 개념을 만들어낸 바흐친은 언제나 이러한 논의에서 시작점을 제공해주곤 한다. "공간적 지표와 시간적 지표가 용의주도하게 짜인 구체적 전체"[1]로서의 크로노토프는 의심할 바 없이 이야기 속의 허구가 만들어낸 세계의 기본적인 골격을 설명해준다. 삶의 온갖 부면(部面)들을 리얼하게 재현하는 일에 진력을 기울였던 시절에는 서사세계에 대한 관심이 상대적으로 뒤로 물러났던 감이 없지 않지만, 상상력에 의해 창조된 '허구'라는 구성물의 독립성이 삶의 생생한 모방 못지않게 중요한 미덕으로 간주되는 시대로 접어들면서 상황은 몰라보리만치 달라졌다. 우리는 허구가 생성해내는 세계가 현실과 다르다, 달라야 한다는 생각보다 더 나아가서 이제 허구에 현실을 초과하는 모종의 진실이 있다는 생각을 표현하는 데 거리낌이 없다.

우리가 발을 딛고 있는 현실이라는 무게를 내려놓고서, 아니 아예 부담스럽게 얽어매고 있던 온갖 연들을 끊어버리고 이야기를 통해 새로운 세계를 마음껏 상상하는 발랄한 몽상가들의 시대를 거치고 나자 예술은 좀 더 자유로워지고 풍성해졌다. 한 평자가 이러한 확산적이며 자기 충족적인 상상력에 대해 "헤테로토피아(heterotopia)적"인 수식을 붙인 것은 어느 모로 보나 적절한 작명이 아닐 수 없다.[2] 판타지나 SF 같은 장르문학이

1) 미하일 바흐친, 『장편소설과 민중언어』, 전승희 · 서경희 · 박유미 옮김, 창비, 2005, 261쪽.

2) 남진우, 『폐허에서 꿈꾸다』, 문학동네, 2013, 7~14쪽 참조.

야 특유의 개성적인 '(가상)세계'가 중요하게 취급되는 분야이므로 잠시 논외로 미루더라도, 이제 서사를 읽고 이해하는 데 있어 이야기를 표현할 때 생성되는 '세계'에 대한 감각을 고려하지 않는 일이 과연 가능할까? 최근까지 이어지는 '새로운' 경향의 소설들은 점점 더 자신이 제작한 독자적인 세계를 작품의 배후(background)에서 전면으로 끌어올리고 있으며, 이제 스스로 그 장치의 정교함과 '사실적인' 아름다움에 매료되어 설계, 생성, 구축하는 과정까지 공개하는 일마저 마다하지 않는다.[3)]

자신이 만들어낸 서사세계를 작품의 전경에 드러내려는 의도와 그 서사세계를 제작하는 과정을 재현하려는 자기 반영적인 의식이 결합될 때 어떤 일이 벌어질까? 자신이 만들어낸 결과물과 이를 만들어낸 메커니즘에 대해 끊임없이 이야기하는 '나르시시즘'적인 메타픽션들이 헤테로코스모스(다중우주)들처럼 무한하게 증식하여 자유롭게 유영하는 공간을 상상해보라. 아마도 금세기 이후에 이미 우리가 그렇게 자주 이야기했던 '포스트모더니즘'적인 담론의 장이나 보르헤스가 그 누구보다 앞서 상상했던 미로 같은 '바벨의 도서관'의 얼개가 바로 이러한 모습을 닮았을 것이다. 작가는 철저히 자의적인 설계 아래, 자기가 직접 경계를 설정하고 틀을 짜서 만들어낸 자신의 영역 안에 자신의 이름을 서명함으로써 창조 작업을 완수하려 한다. 물론 이러한 작업은 비록 잠정적인 중단으로 인해 완결의 환상을 불러올 수는 있어도 끊임없이 봉합을 지연하고 무한한 과정 속으로 지연될 것임이 분명하다.

---

3) 그런 의미에서 자신의 글쓰기를 강하게 의식하고 있는 현대의 나르시시즘적 서사들은 예술가소설(Künstlerroman)의 계보를 잇는다고 할 수 있다. 이 글에서 주로 언급하는 김영하, 손보미, 박솔뫼의 소설에 시인 지망생, 번역가 또는 소설가, 영화감독 등이 많이 등장하는 이유는 우연이 아닐 것이다. (한 세계의 재현인) 소설의 등장인물들은 또한 자신이 경험한 세계를 어떻게 재현할 것인가 하는 문제에 대해 깊이 숙고하곤 한다.

1. 누가 쓰는가?—나를 가리키는 저 손가락……

현실은 허구와 같을 정도로 허구적이다.
—미우라 도시히코

어차피 허구는 아무리 잘 만들어도 환상에 지나지 않는다. 아무리 허구를 현실과 비슷하게 만들기 위해 이런저런 장치들을 동원해보아도 허구의 지위가 변하는 일은 일어나지 않는다. 그러나 역설적이게도 소설은 자신의 가공성과 허구성을 스스로 의식하고 있다는 사실을 숨김없이 드러내는 방식을 취함으로써 현실과 만나곤 한다. 적어도 모더니즘 이후 많은 실험적인 작가들은 이야기의 허구적 특징을 이용해 다양한 유희를 펼쳐왔고 그런 방식으로 과거의 진부해진 관습과 절연하는 길을 택했다. 그러나 이런 종류의 파격은 소설 양식에서는 '새로움'이라기보다 '복고' 또는 전통의 '쇄신'이라고 부르는 편이 더 적절해 보인다. 소설의 발생기로 꼽는 18세기 근방의 서가에는 우리를 매번 놀라움에 빠뜨리는 이야기들이 그득하다. 『돈키호테』『트리스트럼 섄디』『운명론자 자크』 같은 이야기들은 소설이 애초에 태생부터 자의식적인 장르였으며 자신에게 부과된 관습을 끊임없이 파괴하는 방식으로 현실과 쉼 없이 관계 맺어왔다는 사실을 일깨워준다. 나아가 소설이 깨뜨리는 것은 (우리가) '현실' 혹은 '리얼리티'라(고 믿고 있)는 미망이다. 그리고 현실 역시 허구와 마찬가지로 허구적인 것이 아니었던가, 라는 물음을 던짐으로써 현실을 가볍게 전복한다.

이러한 가공의 게임 중심에 메이커이자 창조주인 '작가'들이 돌아오는 것은 어쩌면 당연한 수순일 것이다. 그들의 기예와 수고에 힘입어, 한 세계가 탄생한다. 그리고 그 영역은 현실세계와 교섭하거나 그에 맞서 상호작용할 수 있을 만큼 독립적이며 자율적인 정체성을 갖는다. 그리고 여러 가지 필요에 의해 그곳에 적당한 이름을 붙여야 한다고 가정해보자. 김영하의 경우 우리는 그의 이름 세 글자 이외에는 다른 어떤 수식어로도 감당할 수 없는 '김영하 월드'란 이름 외에는 떠올릴 수 없다. 가령 김영하가 최근에 발표한 소설의 작가 후기에서 "이것은 내 소설이다. 내가 써야 한다. 나밖에 쓸 수 없다"[4]는 말을 썼을 때 우리는 작가 특유의 '나르시시즘'과 함께 그가 만든 세계의 성격을 직감하게 된다. 어쩌면 작가는 그 단호한 자기의식 사이에 벌어진 미세한 분열의 조짐마저 사전에 설계했던 것인지도 모른다.

그의 소설 『살인자의 기억법』은 범죄 스릴러의 외피를 쓰고 있지만 기실 가장 문제적인 지점은 이야기를 직접 기록하고 있는 일인칭 '서술자' 장치에서 발견된다. 그는 "썼다" "기록했다"는 선언적인 독백에 의해 출현하고 "사라진다"는 진술과 함께 홀연히 자취를 감추며, 자신이 끌어들인 독자의 시선 앞에서 끊임없이 분열되는 '의식' 그 자체이다. 물론 이 소설을 '한 전직 살인자가 또다른 살인의 위협에 맞서 자신의 가족을 지키려고 하는 분투와 실패'로 읽는 것도 무방할 것이다. 그리고 소설은 차츰 서술자가 '믿을 수 없는' 화자라는 사실을 폭로함으로써 이제껏 읽어온 내용이 모두 서술자의 의식에서 일어난 환상에 불과했다는 진상을 깨닫도록 한다. 물론 서술자가 치매에 걸린 노인임을 의식할 때부터 독자는 이러한 유의 반전이 잠복해 있으리라는 사실을 충분히 짐작할 수 있었으리라. 이 소설이 숨기고 있는 참된 반전은 서술자가 서술하는 '내용'에서 서술자의 서술, 즉 글쓰기라는 '행위'로 독자의 시선이 옮겨가는 순간에

---

4) 김영하, 『살인자의 기억법』, 문학동네, 2013, 172쪽. 이 글에서 주로 분석의 대상으로 삼은 작품은 김영하의 장편 『살인자의 기억법』, 손보미의 소설집 『그들에게 린디합을』(문학동네, 2013), 박솔뫼의 장편 『백 행을 쓰고 싶다』(문학과지성사, 2013)와 그의 단편 「해만」(『창작과비평』 2010년 겨울호), 「해만의 지도」(〈문장웹진〉 2012년 9월호), 「겨울의 눈빛」(『창작과비평』 2013년 여름호) 등이다. 앞으로 이들 작품을 인용할 때는 본문 속에 작품 제목과 함께 쪽수를 병기한다.

발생하는 모종의 전환일 것이다.[5] 이 과정을 통해서 '글쓰기'는 서술자가 전달하는 스토리의 사건과 마찬가지로 중요한 의미를 갖고 있는, 소설 안에 있는 사건이 된다.

작가가 독자의 관심을 슬그머니 '글쓰기'라는 행위로 돌리는 과정을 좀 더 구체적으로 뜯어보기로 하자. 등장인물들이 '직접' 기록한 편지글, 일지, 메모 형식 등을 통해 사건을 이끌고 가는 방식은 소설을 비롯한 서사 양식에서 드물지 않게 사용되는 전통적인 기법 가운데 하나다(작가들은 주인공이 몸소 경험한 사건들의 기록이라는 환상을 통해 리얼리티를 만들어낸다). 독자는 그저 노인성 치매로 인해 기억력을 잃어가고 있는 한 인물이 자신의 기억을 돕기 위해 써내려가는 짤막한 글들을 읽었을 뿐이다. 그리고 그는 다음 같은 질문에 답해야 한다는 암묵적인 요청을 받는다. 이 기록은 언제, 왜 문학이 되는가? 그것은 글로 쓴 것이 글쓰기의 무대 위에 올라와 자신이 기록되는 과정을 수행하기 시작하는 순간이다. 스위치를 올림과 동시에 작동하기 시작하는 자동기계처럼, 이 순간은 작가의 서명과 함께 시작된다. 현실에 일어난, 혹은 일어날 법한 일을 재현(또는 미메시스)하기 위해 쓰인 텍스트가 있는 반면, 이 소설의 관심사는 전혀 다른 데 있다. 이러한 유의 텍스트는 오로지 자신의 허구성('픽션-임')을 드러냄으로써, 독자와 함께 '의식'과 '글쓰기'만으로 이루어진 게임을 수행하는 데 관심을 둘 뿐이다. 이러한 글쓰기를 통해 우리는 글쓰기의 엔트로피와 함께 (자)의식의 엔트로피를 추체험하곤 하는 것이다.

그러다보니 문제는 독자가 소설을 읽는 내내 서술자의 의식 범위 안에 갇혀 있을 수밖에 없다는 데 있다. 사정이 이러하므로, 후반부로 갈수록 서서히 밝혀지는 사건의 '진상'조차 환상에서 현실로 온전히 넘어왔다는 느낌을 주지 못하는 게 사실이다. 이러한 극단적 회의론으로 말미암아 독

5) 따라서 이 소설의 서스펜스는 '범인의 정체'가 아니라 범인이라고 추정되는 이가 쓴 '글쓰기의 정체'가 밝혀지는 과정에 달려 있다고 말하는 편이 적당하리라.

자는 책을 덮자마자 자신이 '읽은' 사건들이 신기루처럼 쇄말되어버리는 느낌을 받게 된다. 글쓰기에 개입된 나르시시즘적 '자의식'의 존재와 효과를 뒤늦게 실감하면서 독자는 비로소 글쓰기의 진정한 주체, 작가의 자리에 눈을 돌리고 만다. 그 결과 서술자인 주인공의 글쓰기와 작자의 글쓰기 사이를 메우고 있는 매질이 발생한다. 『살인자의 기억법』은 글쓰기의 공간이라는 이질적인 (차연의) 세계, 허구를 구성하는 매질에 대한 탐구이다. 그것이 예술이며 '김영하 월드'를 채우고 있는 대기다. 김영하가 쓰는 사람과 쓰이는 사람으로 분열된 '틈' 사이에서 유령처럼 얼굴을 내밀고 '작가 후기' 같은 곁텍스트(paratext)를 통해 "이것은 내 소설"이라는 서명을 새겨넣은 반면, 아예 이야기 속에 들어가 자신의 본명을 기입함으로써 스스로 허구와 현실, 표상과 실제 사이의 경계를 넘나드는 작가도 있다. '손보미 월드'에서 우리는 이런 진경을 목격하게 된다.

2. 어떻게 만드는가?—거울은 거울을 낳고 시작은 지속과 끝을 낳으며…

모든 위대한 픽션은, 대개, 리얼리티를 반영한 것이라기보다
자기 자신을 반영한 것이다.
—레이먼드 페더먼

첫 소설집 『그들에게 린디합을』에서 '손보미'란 이름의 인물은 세 차례 등장한다. 한번은 등장인물을 인터뷰하는 소설가로(「그들에게 린디합을」), 또 한번은 작품을 직접 번역·정리한 것으로 설정된 "설치미술가이자 린디합퍼"로(「과학자의 사랑」) 그리고 이 모든 허구들을 만들어낸 작가로서 실존 인물임을 인증하는 사진과 함께 표지에. 이때 이 세 명의 '손보미'는 동명이인인가, 다른 사람'인 척' 연기하는 동일인인가? 모든 질문이 답을 얻기 위해 던져지는 것이 아니듯, 어쩌면 이 책은 이러한 혼돈이

나 의구심 직후에 이어지는 다른 의문들 너머로 건너뛸 것을 권유하는 것 같지 않은가? 답 없는, 혹은 답이 필요치 않은 질문들과 마침표를 거부하는 상상력의 율동으로 이루어진 세계, 그곳에서 작가는 자신의 이름'들'로 서명한 복수의 무대들을 개시한다. 그곳에서 작가는 수많은 다른 이름들과 신(scene)들을 해체하고 조립해 우리가 매일 살아가는 현실과 매우 닮았으면서도 전혀 같지 않은 영역들을 만들어나간다.

물론 손보미를 비롯해 유사한 상상력을 펼쳐나가는 일군의 작가들에게서 보르헤스의 그림자를 간파하기란 그리 어려운 일은 아니다. 글 쓰는 이는 거울에 비친 자신의 모습에서 또다른 세계 속에 존재하는 타인을 발견했노라고, 어떤 이는 미러볼에 비친 현실의 이미지에서 미묘하게 이지러진 모습으로 존재하는 이계(異系)를 보았노라고 경탄할 수도 있다. 사태를 더욱 복잡하게 만드는 것은 상상은 상상을 낳고, 거울은 거울을 불러온다는 점이다. 현실을 비추는 거울상에서 비롯된 미묘한 비틀림은 점차 반복되고 중첩되면서 '현실'이라는 기원을 상실한 채 서로를 복제한 이미지들끼리 자기-반영의 미로를 만들어가는 상황을 만든다. 우리가 이미 익숙하게 상상해온 '미장아빔(mise-en-abyme)'의 모형은 바로 이런 사소한 거울놀이에서 시작된 것인지도 모른다. 그러나 유희처럼 보이는 소소한 시작만큼 무서운 것도 없는 법, 이들은 자신이 살고 있는 현실에 대한 냉정한 응시를 숨기고 있다. 그리고 망설임 없이 자기 외부의 참조점(referent)을 지워버림으로써 자율적인 장(field)을 얻어낸다.

자신이 자기 스스로를 참조 혹은 지시한다는 것은 존재론적인 실험에 속하는 일이다. 이때 책의 얇은 종이는 나르시스가 자신의 모습을 발견한 웅덩이처럼 작가와 텍스트 자신을 반사하는 거울이나 다름없다. 손보미의 텍스트에서 '손보미'라는 이름, 즉 기호의 지위는 저자이자 다른 인물인 '손보미'와의 동일성과 차이에서 비롯된다. 이는 '장'이라는 다른 인물이나 '담요'를 비롯한 책이나 잡지 같은 소도구, 묘하게 엇갈리는 부부간의 갈등이나 자가당착, 우연히 찾아든 불행과 같은 정황상의 모티프에도 마찬가지로 해당되는 사실이다. 이들은 한 권의 소설집 전체에 걸쳐 변주되고 얽히고 참조하면서 다양한 관계의 배치를 만들어간다. 그리고 이러한 다양한 이름과 기호와 장면 들은 '실제' 현실과는 무관한, 스스로의 배치 내에서 충분히 의미를 갖는 독립적인 '실체'(들) 혹은 그 실체들의 관계망으로 서서히 변화하기 시작한다. 손보미의 소설에서 그토록 자주 등장하는 "중력을 거스르고 날아오르는" 존재들의 이미지는 바로 현실세계와 절연하고 독립적인 '서사세계'를 획득한 텍스트의 꿈을 구현한 존재, 일종의 분신들이라 해도 좋을 것이다.

그렇다면 어떻게 현실 안에 있으면서도 현실의 중력을 이겨내는 세계를 견고하게 만들어나갈 것인가? 무엇보다 먼저, 세계의 경계를 어떻게, 어디에 설정할 것인가? 처음, 중간, 끝으로 이어지는, 평범한 선조적 모델 위에, 작가는 어떻게 독창적인 프로그램을 덧입힐 것인가? 손보미의 경우, 힌트는 '작가의 말'에서 직접 주어진다. "이 작품집은 「담요」로 시작해서 「애드벌룬」으로 끝난다. 이 두 소설은 서로 다른 우주를 살아간 동일 인물—'장'과 '장'의 아들—에 대한 이야기이다"(267쪽). 그의 말대로 서로 다른 평행우주를 살아간, 같은 인물들의 이야기들을 배치함으로써 그의 서사세계는 뫼비우스의 띠처럼 서로 맞물려 있는, 닫힌 원환 고리의 구조를 갖게 된다. 그리고 그는 그 구조의 간격들을 또다른 평행우주들의 성좌로 촘촘히 채워나간다.

김영하의 경우로 다시 돌아가보자. 그의 서사세계는 '글을 쓰고자 하는' 욕망 혹은 요구로부터 시작되며 의식의 소멸과 함께 '글쓰기'의 욕망이 중단되는 지점에서 종결된다. 앞으로 좀더 자세하게 이야기할 박솔뫼의 『백 행을 쓰고 싶다』에서 작가는 "백 행을 쓰고 싶다"와 "이제 그만두고 싶다" 사이의 글쓰기를 발명해낸다. 이 소설을 이끌고 나가는 동인이자 참된 사건은 '쓰고 싶다'라는 욕망이 발생하자마자 당연하고도 자연스러운 결과로 그 욕망이 소진되어 영점으로 돌아가기까지의 간격이 생성된다는 점이다. 이 간격은 모든 '지속'이 일어나는 원인을 설명해주기 위해 존재한다. 소설의 시간과 글쓰기의 시간, 그리고 우리네 삶의 시간은 바로 이러한 '간격' 사이에서 지연되고 있다는 점에서 서로 닮았는지 모른다. 또한 이 모든 과정을 응시하는 작가의 시선은 무대 연출자의 의식에 접근해간다. 그는 막이 오르는 시간과 내리는 시간뿐만 아니라, 자신이 직접 '그 사이에 낀' 무대의 시간을 발명해야 한다는 사실 역시 의식하고 있다. 그리고 그 일이 반드시 즐겁지만은 않다는 사실을, 적지 않은 무대들이 증명한다. 부조리하거나 불가항력적인 상상력과 함께 차마 중단할 수 없어 어쩔 수 없이 반복되는 행위들로 그 사이를 메워야 하는 일도 심심치 않게 일어난다. 그게 더 '리얼'하다는 게 문제다.

3. 무엇이 '리얼'한가?—끝(end) 이후에도 남아 있는 무대, 버림받은 이들……

> 고전주의의 음조적 사고는 중력과 인력에 의해 규정된 우주에 기반하고 있는 반면 시리즈적 사유는 끊임없이 확장되는 우주에 기반한다.
>
> —피에르 불레즈

혹시 현실이 가하는 압력에서 도망쳐 이야기의 세계 안으로 숨어들어가는 사람들이 있다면, 반드시 묻고 싶은 질문이 있다. 당신은 외부를 병적으로 기피하는 자폐적 성향을 지니고 있는 것이 아닌가, 비록 현실이 거칠고 고통스럽긴 하지만 자신의 상상계 안으로 도피한 채 일시적으로 눈을 가리는 행동이 오히려 현실을 더 악화시키는 것은 아닌가, 만일 그렇다면 이는 일종의 방관이자 자기기만이 아니겠는가? '박솔뫼 월드'를 순례하기 전에 새삼 이런 질문을 던지는 이유는 그의 소설 속에 등장하는 가상 도시 '해만'의 독특하고도 난감한 정체 때문일 것이다. 박솔뫼의 소설 가운데서도 특히 '해만'이란 시공간이 공통적으로 등장하는 소설들(「해만」「해만의 지도」「겨울의 눈빛」)은 정체를 콕 집어 말할 수 없는 독특한 분위기로 인해 작품 속에 등장하는 다른 요소들에 앞서 가장 먼저 독자의 관심을 사로잡곤 한다. 작가가 더듬거리면서도 해야 할 말을 기어코 발설하고 마는 정신으로 집요하게, 해만 주변을 맴도는 이유는 아마도 해만 너머에 존재하던 것, 지금은 상실한 어떤 대상을 이야기하고 싶어서일 테다.

해만은 엔트로피도가 현저히 낮은 공간이다. 해만은 우리의 일상과 다른, 이질적인 존재감과 분위기(mood)가 응축되어 있는 곳이기도 하다. 어떤 이유로, 어떻게 해만은 그리도 낯선 느낌을 지속하고 있는 것일까? 그것은 거기가 '엔딩' 이후의 시공간이기 때문이다. 그곳에 머무는 사람들은 과거에 대한 회상과 반복되는 일상 혹은 일상의 반복만을 경험할 뿐, 쉽게 의미에 짓눌리거나 다가올 미래에 의해 억압되지 않는다. 그러한 이유 때문인지 인물들은 먼 거리를 무릅쓰고 해만에 일부러 찾아들곤 한다. 오래 살아남겠다는 결심, 생존하고 있다는 의식이 바로 명징한 '실존'이 되는 그곳, 그러한 사정으로 사람들의 감수성과 촉수는 날로 예민해질 수밖에 없는 곳이 바로 해만이다. 그리고 또 한 가지 특이한 점은 해만에 머무는 사람들이 대부분 어딘가로부터 도망쳐온 이들이라는 사실이다. 「해만」에서 해만은 (화자를 비롯해) '수도'의 일상에서 빠져나온 사람들이 모이는 곳, 혹은 자신의 아버지를 죽이고 도망쳐온 죄인이 몸을 숨기기 위해 흘러드는 고립된 장소로 묘사된다. 그리고 「겨울의 눈빛」에서 해만은 고리 핵단지의 원전 사고로 인해 죽음의 도시가 된 해운대에서 온 피난민들이 머무는 공간이다. 어쨌든 이들은 모든 것이 끝장났거나 스스로 끝장냈다고, 적어도 그렇게 생각하는 사람들임이 분명하다. 해만이라는 폐쇄적인 공간은 이들이 뿜어내는 독특한 기운으로 무겁고 권태롭게 가라앉아 있다. '이미' 파국이 닥친 이후에도 어떻게든 시간이 살아남아 있는 공간이 존재한다면 그곳은 '해만'의 모습을 하고 있을 것이다.

박솔뫼가 구축하는 세계는 미래가 거세된 곳, 조짐이 현실에서 이루어진 상황, 이미 막 내린 무대 바깥으로 밀려난 잉여들로 조각조각 기워져 있다. 그곳에서 시간이 더이상 흐르지 않고 "느리게 늘어져 있고 고여 있"(「해만」, 287쪽)기에 사고는 언제나 사후적으로 회상하는 방식으로만 작동한다.

> 그리고 시간이라든가 나 자신이라든가에 대해 생각하기도 했지만 아무래도 잘 되지 않았다. 앞으로 어떤 일이 펼쳐질까? 그리고 나는 어느 자리에 있게 될까 생각해보려고 해도 의외로 이 일에 대한 생각은 잘 되지 않아 관두었다. 그보다는 지난 일들 사람들 그때 그건 어떤 것이었더라 어떤 것이 되어버린 것일까 생각했다. (「해만」, 297쪽)

해만을 둘러싼 세계는 여러모로 사뮈엘 베케트의 연극 「엔드게임(Endgame)」의 무대를 연상하게 한다. 이 유명한 부조리극은 핵 재앙을 방불케 하는 모종의 파국으로 인해 집안에 갇혀버린 네 명의 인물이 펼치는 상황에서 시작된다. 이들이 벌이는 사건은 단순하기 짝이 없다. 파국이 오기 전, 좋았던 시절의 일들을 하나씩 회상하거나 의미 없는 말과 일상적으로 해왔던 동작들을 계속해서 반복하거나. 배우들은 절정도 대단원도 다 끝난 무대 위에서 이미 닥친 것이나 다름없는 종말을 그저 지연시키고 있을 따름이다. 무엇이 이들로 하여금, 이 세계를 이토록 절망적으로 바라보게 하는 것일까? 이들이 무대를 통해 폭로하는 것처럼, 정말 우리의 삶은 이미 끝장나버린 무대와 다를 바 없는 것일까? 하지만 무대 밖에 있는 관객들에게는 여전히 지속시켜야 할 것들이 산더미같이 남겨져 있다. 누군가에게 그 짐은 '일상'의 모습을 하고 있고 다른 사람에겐

'역사'라는 화두를 하고 있다. 베케트를 비롯한 작가들은 '너무' 나쁜 예언을 던짐으로써 가뜩이나 힘겨운 짐을 지고 있는 사람들을 난관에 밀어 넣는다.

어딘가에는 분명 임박한 것을 임재한 것으로, 징조를 이미 실현된 사건으로 바라보는 사람들이 있다. 나쁜 예언을 일삼는 예언자, 그리고 풍문에 잘 속지 않는 예술가가 그들이다. 이를테면, 고리에 있는 원자로는 아직 실현되지 않은 조짐으로 봐야 할 것인가, 이미 닥친 것이나 다름없는 재앙으로 볼 것인가. 시험 삼아 가정법을 사용해서 말해보자. 우리가 사는 세계를 뒤엎고도 남을 유독한 에너지를 응축시켜놓은 시설이 사람이 사는 거주지에서 멀지 않은 곳에 존재한다. 그럼에도 불구하고 노후한 장비와 부품, 정비 불량 등으로 인한 사고는 끊임없이 일어나고 있다. 설비 구매와 관련된 비리 사실도 심심치 않게 들려온다. 그러나 이러한 추문은 조직적인 은폐로 인해 외부로 제대로 알려지지 않고 있다. 그러한 와중에 가까운 이웃나라에서 유사한 시설로 인한 대재앙이 벌어졌다. 그들은 물론 우리 역시 지금도 그 후유증으로 인해 여전히 고통받고 있지만 이러한 참상조차 은폐되고 있는 상태다. 그렇다면 이러한 일련의 상황에 내장되어 있는 재앙은 미래형으로 봐야 할 것인가, 아니면 이미 일어난 것이나 다름없는 완료형으로 봐야 할 것인가? 그리고 한마디 질문을 더 보태지 않을 수 없다. 어쩌면 탐욕과 무관심으로 눈을 가려버린 채 점점 나빠져가고 있는 상황을 외면하고 있는 우리의 어리석음 자체가 완료형의 불행이 아닐까. 이제 우리는 『백 행을 쓰고 싶다』에서도 이와 비슷한 패턴의 질문을 별 어려움 없이 던질 수 있다.

여하한 사정이 이미 설명되기도 전에, 이야기는 화자의 연인 규대의 죽음을 밝히면서 시작된다. 그의 부모는 중국이나 동남아의 여인들을 인신매매하고 받은 돈으로 생계를 유지하고 있으며 그 와중에 한 여성을 방탕한 아들에게 노리갯감으로 던져주기까지 한다. 물론 아들이 여성에게 가

하는 학대와 비인간적인 처우에 대해서는 관심조차 갖지 않는다. 둘째 아들 규대는 부모의 죄와 여성들이 겪는 비참을 모두 목격하고 있으면서도 이를 저지하지 못하고 오히려 간접적으로 그들의 일을 돕기까지 한다. 규대는 이 모든 일이 자신의 양심을 거스르는 짓임을 알면서도, 그저 "기도의 학교"에 가서 기도와 눈물을 통해 비참한 마음을 달랠 뿐이다. 이 상황은 굳이 소설의 말미에서 비참한 결말을 확인하지 않더라도, 주인공이 보기에 그 자체로 파국이 아닐 수 없다.

> 모두들 죽기만 했다. 왜 모두들 죽기만 하는 것인가. 가만히 앉아 있으면 죽은 사람들은 자꾸만 살아났고 살아 있는 사람들은 반쯤 죽은 것 같다. 규대는 제대로 살아본 적이 없다. 제대로 살아본 적이 없는 규대는 제대로 죽지도 못해서 자꾸만 살아났다. 나 역시 죽지 못할 것이다. 제대로 살아본 적이 없고 앞으로도 그럴 것이니까. 사람들은 **눈에 보이는 것들 이상이 되기 힘들었다**. (『백 행을 쓰고 싶다』, 241쪽, 강조는 인용자)

박솔뫼의 세계는 기묘한 결정론이 지배하는 세계이며 그 황량한 지경에서도 불현듯 "쓰고 싶다"는 욕망이 예고하지 않은 채 방문하는 곳이다. 그리고 그는 알고 있다. 그가 "쓰고 싶다"는 욕망에 굴복하여 다시 '쓰고 있는 동안만큼은' 발명된 욕망과 유예된 엔딩 사이의 간격을 살아야 할 것임을. 막상 극장의 무대에 막이 걷히는 그 찰나가 되면 그는 무대에 몰입하고 '무대 위에서의 실존'이라는 삶의 정곡으로 직하함으로써 누구보다 또렷이, 정확하게 보려고 노력할 것이며, 필요할 경우 "너무" 뜨겁게 행동(act)할 것임을. 그러나 무대의 막이 내려지면 그는 다시 "이곳" 아닌 "저편"에 자리하고 있는 엔딩 이후의 시공간, 해만으로 돌아갈 것임을 알고 있다.

> 하지만 그 모든 것이 결국에는 천천히 멀어졌다. 나는 이곳에 있었고 다른 모두는 저편에 있었다. 결국 나는 이곳에 있기 위해, 모두를 저편으로 보내버리기 위해 해만에 온 것이 아닌가 하는 생각이 들었다. 모두를 멀리 바라보기 위해 모든 것이 고여 있고 끝없이 아래로 가라앉기만 하는 저곳으로 온 것이 아닌가. (「해만」, 298쪽)

작가는 「겨울의 눈빛」에서 가상의 공간 해만과 고리원전 사고로 인해 돌이킬 수 없는 파국을 맞고 만 부산, 주인공의 고향이자 이 소설의 주 무대인 K시 등으로 이루어진 독자적인 세계의 구도를 그려 보인다. 화자가 이 모든 사건을 회상하면서 지나간 이야기를 듣는 장소는 역시 역사의 시간이 정지한 공간, 해만이다. 삶을 당분간 붙들어주는 그 희미한 공간에서 화자는 결국 삶이든 무대든, 인간은 '이미 왔으나 아직 오지 않은(already but not yet)' 역설적인 간격 안에서만 살아갈 수 있다는 진실을 묵묵히 응시한다. 어쩌면 '이미 그러나 아직'이라는 역설 자체가 '가상'이자 '허구'가 아닐까, 라는 물음을 독자에게 남겨둔 채.

4. 왜 발명하는가?—참이 어디에도 없다는 것을 알려주기에 참되며……

> 픽션의 진실이란 우리가 세상을 어떻게 이해하는지에 따라
> 만들어지는 구조물이며, 이러한 관점에서
> 그런 모든 진실은 서로 동등하다고 할 수 있다.
> —H. 포터 애벗

이러한 월드 메이킹(world-making)의 상상력은 순수한 발명으로서의 시작과 끝을 선취한 이후에 얻어질 수 있는 감각이다. 그 끝은 일단 시작된 행위가 자연스럽게 종결된 것일 수도, 갑작스럽고도 부조리하게 중단

된 것일 수도 있다. 최근의 작품에서 그러한 감각은 일찌감치 찾아온 파국의 사건 너머에 존재하는 이질적인 시공간과 그곳에서 더욱 생생해지는 실존에 대한 의식으로 구체화된다. 다시 『백 행을 쓰고 싶다』를 되짚어 보자. "백 행"이란 일본의 한 고교생이 시작함으로써 유행하게 된 시 형식으로 "백 행을 쓰고 싶다"와 "이제 그만하고 싶다" 사이에 백 행에 이르는 시구를 채워넣음으로써 완성된다고 한다. 화자는 자신이 만들 백 행의 모습을 상상하면서 다음과 같은 소망을 드러낸다. "정말로 황당해서 황망하고 모든 사람들에게 충격을 주는 동시에 아름답고 균형이 있어야 했다. 그럼에도 모두가 이런 백 행이구나, 라고 납득할 수 있어야 했다" (『백 행을 쓰고 싶다』, 11쪽). 여기서 '백 행'이란 단어는, 구체적인 길이를 가리키는 말이라기보다 쓸 수 있거나 쓰려는 욕망의 총량을 나타내는 말에 가깝다. 정확히 측정할 수는 없지만 '막연히 많은 분량' 정도를 가리키는 말이 될 것이다. 이러한 '백 행'에 대한 의식은 단번으로 그치지 않고 작품 전체에 걸쳐 메아리처럼 꾸준히 반복되고 있다. 스스로 자신의 형식 창조 방식(process)을 드러내는 자기 반영적 허구의 특징을 끊임없이 상기함으로써, 박솔뫼의 이야기는 자신을 어디에선가 끊어내고 밀어내려고 한다. 그 '어디'는 과연 어디인가? 소설은 그곳이 우리에게 참기 힘든 아픔과 마르지 않는 욕망을 함께 선사함으로써 가까스로 살아가게 하는 '현실'이란 이름의 감옥임을 알려준다.

만일 예술가들이 자신의 기예와 상상력을 발휘해 독자적인 세계를 구축하는 데 성공한다면, 그로 인해 그들은 우리에게 무엇을 베풀어줄 수 있을까? 이들이 자족적인 세계 속에서 부질없는 유희에 빠져버린 나르시시스트가 아니라면, 엄연히 현실 속에 존재하는 독자에게 어떤 위안과 진실을 전달해줄 것인가? 이러한 질문에 답하기 위해, 우리는 어쩔 수 없이 일종의 '역설'을 불러들일 수밖에 없다. 아리스토텔레스는 『시학』에서 이미 시인의 역할은 실제로 일어난 일을 이야기하는 것이 아니라 개연성과 필연성의 질서에 따라 일어날 수 있는 일을 이야기하는 것이라고 설명한 바 있거니와,[6] 오히려 현실과 절연한 상태에서, 우리가 진실이라고 부를 수 있는 대상의 '모형'을 볼 수 있다는 사실은 분명 이해하기 어려운 수수께끼다. 그러나 우리는 이야기들을 보고 듣거나 읽을 때, 이러한 역설을 쉽게 받아들이며 자발적으로 뛰어들어 세계를 구축하는 작업에 기꺼이 힘을 보태곤 한다. 허구 속에서 인물들은 우리가 살고 있는 세계의 사실을 무시하고 그들이 살고 있는 세계의 사실에 의해 행동할 뿐이지만 이러한 자족적인 세계를 설정하는 행위가 텍스트를 독해하는 독자의 능력을 가로막는 것은 아니다. 독자는 이러한 행위에 아주 선선하게 동의하며 세계 구축 작업에 적극적으로 뛰어들어 힘을 보태기도 한다. 우리는 얼마든지 현실에 거주하는 동시에 또다른 세계에서 즐거운 한때를 보낼 수 있고 제작자 이상으로 해방감을 맛볼 수 있으며, 이러한 계기를 통해 우리 세계가 가진 의미를 새삼 되돌아보기도 한다.

만일 '실제'에 결박되어 있는 교의가 도를 지나쳐 우리를 억압한다면, 이로부터 벗어나 자유로움을 맛보게 해준다는 것 자체가 큰 도움이 될지도 모르겠다. 대체 이러한 즐거움을 무엇과 바꾸겠는가? 이 글에서 언급한 김영하, 손보미, 박솔뫼의 작품들을 비롯해 최근 많은 작가들은 점점 더 현실의 미메시스 혹은 재현이라는 굴레로부터 벗어나 자신이 구축한 자율적인 진실을 만들어서 역으로 현실 속에 외삽하는 일에 거리낌이 없어 보인다. 우리가 살고 있는 진부한 세계를 떠나 생성중인 세계에 함께 참여하도록 유도함으로써 이 소설들은 독자의 감수성을 예민하고 날카롭

6) 아리스토텔레스의 원문은 『시학』 9장에서 확인할 수 있다. "아리스토텔레스의 해설은 시간을 초월해 지금까지도 여전히 픽션 서사가 전달하는 진실에 관한 가장 보편적인 설명이다. 즉, 픽션이 말하는 진실이란 사실보다는 오히려 의미에 관한 진실이다. 아리스토텔레스는 픽션의 가상적 공간 속에 몰입되어 살아가는 우리에게 이런 종류의 진실이야말로 어떠한 추상적 철학 진술보다도 더 크게 영향을 미칠 수 있다고 주장했다."(H. 포터 애벗 지음, 우찬제 · 이소연 · 박상익 · 공성수 옮김, 『서사학 강의』, 문학과지성사, 2010, 292쪽)

게 일깨운다. 그리하여 이들은 자신의 '글쓰기' 자체를 유의미한 '행위'로 만들어간다.

다양한 허구들이 실제와의 경계를 허물어 서로의 안팎을 넘나드는 상황에 적응하려면, 우리의 감수성도 조정되어야 할 필요가 있다. 정교하게 잘 짜인 가능세계들은 우리로 하여금 혼돈 속에서 제자리를 잡는 방법을 알려주는 지침이 되기도 한다. 이런 상황에서 우리는 '리얼리티'라는, 아주 오래된 만큼 포기할 수 없는 저 소중한 개념을 어떻게 요약할 수 있을까? 무엇을 덜어내고, 더해야 할 것인가? 어쩌면 우리는 각자의 가능 세계 안에 가두어져 있기에 전체적이고도 보편적인 리얼리티를 확정 짓는 일은 영원히 불가능할 수밖에 없다는 체념 섞인 탄식도 여기저기서 나올 법하다. 초창기 영국 소설들을 독해하는 가운데 '형식적 리얼리즘(formal realism)'이라는 용어를 발명해낸 이언 와트[7]의 주장을 빌려오면, 과연 소설의 리얼리티는 각자가 처한 환경(시공간), 핸디캡의 지평 내에서 "개인의 실제 경험을 진솔하게 기록하고자 하는 취지의 결과물"[8]일지 모른다. 이 책에서 와트는 신흥 부르주아 계층의 발흥에 힘입어 부각되기 시작한 '개인의 사적 경험'을 중시하고 있다. 소설이 태생적으로 갖고 있는 개인적, 자기중심적 특성은 여러 시대에 걸쳐 부침을 겪으면서 변형되어왔지만, 새로운 시대의 리얼리즘은 각자가 경험하는 세계의 개별적인 진실을 '설득력 있게' 재현하는 데 방점을 찍는 '형식적 리얼리즘'의 전통을 되살리는 방식으로 재조직될 것으로 보인다.

세계를 바라보는 개인의 지평이 변하면, 그가 지각하는 세계의 '리얼리티' 역시 변화를 겪는 건 당연한 이치일 터, 상대성과 불확정성이 지배하는 시공간, 열린 상태에서 끊임없이 팽창하는 우주에 대한 감각을 공유

---

7) 이언 와트, 『소설의 발생』, 강유나 · 고경하 옮김, 강, 2009, 46~47쪽, 438쪽.

8) 이언 와트, 같은 책, 40쪽.

하고 있는 세대들의 '리얼리티'는 어떤 모습을 하고 있을까. 이를 가늠하는 진자는 생각보다 오래전에 '진리는 자의적이며 리얼리티는 다채로우며, 언어는 투명한 렌즈가 아니라는 사실을 잘 알고 있는' 예술의 편으로 넘어온 듯하다. 따라서 최근에 '장편소설'을 둘러싸고 진행되는 담론들은 이제 시효가 지난 것이 아닌가 하는 생각이 드는 것도 당연한 일이다. 단순히 긴 분량의 서사 혹은 스케일을 잣대로 삼아 이른바 작품의 '총체적 역량'을 가늠하던 시대는 이미 과거가 되어버렸으며, 이미 작가들은 '독자적인' 서사세계와 이를 구축할 수 있는 역량을 축적하면서 새로운 리얼리즘에 도전하고 있으니 말이다. 그리고 이들이 제작해낸 텍스트의 단위들은 언어 혹은 이야기라는 최소 단위 안에서 퍼즐, 모빌, 시리즈(series)적 연작, 모듈(module) 등의 형태를 갖추고 개별적으로, 또는 삼삼오오 묶여서 다양한 부분들이 모여 전체를 구성하는 구조 등을 실험하기 위해 미증유의 영역으로 달아나고 있다. 이들은 제작되는 과정과 산물이 구별되지 않으며 수행문과 확언문이 뒤섞이는 가운데 스스로를 지시하고 구축하면서 세계의 성좌를 조직해나간다. 이는 독자적인 리얼리티, 또다른 서식지, 또다른 인간, 심지어 또다른 욕망을 발명한 이들이 누리는 특권이리라. '주어진' 것으로서의 리얼리즘이란 굴레에서 벗어나 여하한 형식의 교의에서도 해방된 상태에서 느끼는 자유를 맛보기 위해, 이들은 발명한다. 그리고 독자를 향해, 이러한 즐거움의 대부분은 이미 그대들을 위한 지분으로 할애되어 있다고 유혹한다. 향유는 함께 즐김으로써 시작되고 전이를 통해 작동하지 않던가.

사실, 세계를 함께 구축해나가는 동업자로서 독자의 지위는 결코 가벼울 리가 없다. 가볍지 않다. 텍스트를 읽고 작가가 배치한 기호들을 분석하고 조합하는 독자의 '행위'가 없다면, 현실의 하중을 밀어내는 이야기의 성좌는 탄생할 수 없을 테니. 독자에게 자신의 세계에 입장할 것을 요청하는 초대장을 발부함으로써 이야기는 그 어떤 서사의 주인공보다 홍

미진진한 편력을 시작하는 셈이다. 현실을 전복하여 재정립하려는 의지도 아주 작은 계기에서 비롯되는 법, 불씨가 한 점 번져 독자의 가슴에 얹히는 순간이 알고 보면 제일 무섭고 참된 것도 그 때문이다.

(『21세기문학』 2013년 겨울호)

서사 삼대
— 2014년에 읽은 새로운 소설들

1. 옛날 옛적 아비는 아이를 낳고—가족이야기라는 패턴

우리의 모든 나날은 주(主) 당신의 노여움 속에서 흘러가니,
우리는 한 편의 이야기처럼 세월을 보냅니다.
—크리스토퍼 버니

가족이야기는 기원을 갖지 않는다.[1] 그것은 초시간적으로 현전하면서 이미 항상 우리와 더불어 살아간다는 환상을 준다. 이야기라는 사고의 틀을 통과하지 않고서는 우리는 어떤 것도 상상하지 못하고 심지어 볼 수도 없을 것이다. 우리는 가족과 혈통을 통해 시초를 상상하고 그런 연후에야 개시된 것들의 지속으로 이루어지는 세계를 마음으로 그려볼 수 있다. 더

1) 이 글에서 '가족이야기'의 범주 안에서 다루고 있는 소설은 세 작품이다. 김원일, 「비단길」(『문학과사회』 2014년 봄호), 은희경 『다른 모든 눈송이와 아주 비슷하게 생긴 단 하나의 눈송이』(이하 『단 하나의 눈송이』, 문학동네, 2014), 임철우, 『황천기담』(문학동네, 2014). 앞으로 작품을 인용할 때는, 혼동의 우려가 없을 경우 본문 안에 쪽수만 표기하도록 한다.

욱이 인간은 '가족'이란 공동체를 자신이 맺는 모든 관계의 원형으로 여기는 경향이 있다. 자기의식, 현실감각, 개인의 원체험을 이루는 근간이 '가족로망스'라는 이야기들이라는 사실을 일찌감치 지적한 사람은 프로이트다. 그러고 보면 신약성경의 맨 첫 장을 줄줄이 이어지는 아비-아이들의 족보가 가득 채우고 있다는 사실도 이해가 가는 일이다. "아브라함과 다윗의 자손 예수그리스도의 계보라 아브라함이 이삭을 낳고 이삭은 야곱을 낳고 야곱은 유다와 그의 형제들을 낳고 유다는 다말에게서 베레스와 세라를 낳고 베레스는 헤스론을 낳고 헤스론은 람을 낳고"[2] 메시아와 천년왕국이라는 환상 구조는 기나긴 계보에서 비롯되나 신의 뜻이 그러했던 것처럼 이는 현실의 경계를 넘어서 흘러넘친다. 끝없이 서로를 반영하면서.

근대 이후에 벌어진 해체와 탈신비화의 작업이 가족을 비켜갈 리가 없다. 가족 관계를 이어주던 환상은 순식간에 헐거워졌고, 그 어떤 것보다 모진 상흔을 남기고 끊어지는 경우도 적지 않았다. 인간사가 대개 그러하듯 그 과정은 자의 반 타의 반의 계기로 시작되어 미처 예상하지 못한 결과로 몰고 가곤 했다. 자신을 자발적인 고아의 상태로 의식했던 사람들, 물설고 낯선 망명지를 찾아 떠났던 근대인의 후예들은 버려야 할 것들이 많았다. 가족으로부터 소외와 분리를 겪으면서 성장하는 자아의 신화는 '교양소설(Bildungsroman)'이라는 우세종의 유전자가 되었다. 궁벽한 시골을 떠나 도시에서 생존의 방식을 체득해나가는 '허레이쇼 앨저(Horatio Alger)'[3] 식의 이야기는 헤아릴 수 없이 변주되었다.

---

2) 「마태복음」 1장 1~3절.

3) 19세기의 미국 대중 소설가 허레이쇼 앨저의 이름에서 비롯된 용어이다. 앨저는 비천한 환경을 딛고 부지런한 태도와 청렴한 성품으로 인해 성공하는 청년들의 이야기를 써서 큰 인기를 얻었다. 이는 일종의 마스터플롯(masterplot)으로서 미국의 역사와 이야기 속에서 계속해서 되풀이되고 있다.

잠깐. 여기서 이런저런 경과를 마치 오래전에 끝낸 일처럼 회상하는 일은 옳지 못하다. 여전히 가장 큰 울림을 주는 서사는 과거의 시간과 친숙한 장소로부터 떨어져나간 개인의 목소리들에 의해 진술된다. 이들은 우주 공간에 홀로 떨어진 미아들처럼 부조리한 세계 어딘가에 고립되어 있다. 한편에서 도시의 풍조는 혈통을 비롯한 옛 시대의 가치로 회귀하는 이야기를 낡은 것으로 치부하는 경향이 있다. 그러나 새로운 것도 낡은 것의 '반복'에서 오는 것. 고독한 개인들은 한편에선 어디에든 연결되지 않고는 살아갈 수 없는 인간의 본성을 역으로 증언한다. 무의미한 세상에 던져진 인간은 자신의 거처를 찾으려고 끊임없이 노력하며 이를 통해 '의미'를 만들어나가기 마련이다. '나'보다 앞서 시간을 점한 조상과 '나' 이후의 시간을 살게 될 후손을 통해 우리는 가없는 시간의 한 부분에서 자리를 틀게 된다. 과거와 미래 그리고 공간에 우리 개인을 연결시켜주는 건 뭐니 뭐니 해도 거처하는 '집'과 이를 구성하는 실체적 요소인 가족들이다. 추상적이고 초월적인 실체인 역사는 이들을 통해 몸으로 체험하는 '현실'의 사건이 된다. 충분한 선조적 길이와 공간적 범위를 제공하려면 이야기는 얼마만큼의 편폭을 지녀야 할까. 신의 이야기라면 그 계보는 한 장을 모두 차지할 수도 있겠지만 우리의 기억은 그만큼의 낭비도 허용해주지 않는다. 흐릿하게나마 할머니를 기억하고 아직 태어나지 않은 아이의 아이를 꿈꾸는 여유마저 녹록지 않다. 그래서일까. 삼대라는 가족력의 범위는 서사에 어울린다.

한 개체의 범주를 넘어서야 보이는 자연의 조화를 보려면 적어도 삼대는 한번에 조망해야 하지 않을까. 나무를 예로 들어보자. 나무는 자생적인 생산력을 갖고 있을 뿐 아니라 인생의 길이에 비하면 기나긴 수명을 살아가기에 생명의 지혜를 간직하고 있는 존재로 여겨지는 경우가 많다. 카발라(Kabbala)를 비롯한 고대 사상에서 '생명의 나무(Tree of Life)'를 우주의 중심에 두고 있는 것도 그 때문이 아닐까. 줄기에서 가지로 그리고 뿌리와 열매와 잎으로 관계망을 이루면서 생장하는 나무는 통합체를 이루고 있는 삼라만상, 조화의 모형이라고 할 수 있다. 인간의 삶이 나무에 근접한 시간과 공간적 상징성을 획득하는 방법 가운데 하나가 삼대에 걸친 일가의 역사를 기록하는 일이다. 삼대를 넘어가면 인간의 기억은 곧잘 기억에서 망각으로 넘어가기 때문이 무한정 연장하는 것만이 능사가 아니다. 그런 점에서 망각되기에는 너무 이르고 현전의 감각 안에 아우르기에는 너무 긴 시간, '삼대'는 역사를 구성하는 기본단위라고도 할 수 있다. 선대의 음덕, 상처, 꿈 들이 나와 나의 아이를 통해 현재와 미래에도 여전히 반복된다는 생각은 우리의 역사성의 근원을 이루는 지속성의 뼈대가 된다. 그래서 적어도 우리는 우리 조부모들이 경험한 사건을 자신의 역사로 항상 현재화해야 하며 지금 이곳의 현실을 아이들이 경험할 미래로 지연해야만 하는 건 아닐까.

어떤 이들에게 있어 반복해야 할 사건은 식민지 체험, 전쟁의 비극, 5월의 광주를 비롯한 근현대사의 고통스러운 질곡일 것이다. 그 밖에도 이름 없는 이들이 겪고 있는 소외와 부조리, 정치 · 사회적 불의와 공동체 윤리의 부재에서 비롯된 크고 작은 희생은 무시로 현재화되어 아이들의 현실 속에서 반복되고 말리라. 이러한 체험은 과연 여전히 비극의 모습으로 반복될 것인가, 아니면 치유의 방식으로? 이도 저도 아니면 한갓 소극(笑劇)으로 귀결될 것인가? 이러한 질문은 '항상 중간에 끼어 있는 것으로 경험되는' '나/우리'의 세대가 되물어야 할 테마이며 끌어안아야 할 책무가 아닐 수 없다. 그러나 이러한 책무에 항상 부담을 지고 살 만큼, 삶에 진지해지는 방식을 배우지 못한 우리는 삼대의 이야기를 읽는다. 우리를 던져놓고 살피지 않는 세계에서 자리잡도록 돕는 자비로운 서사들을.

2. 아이는 아비 없이 또 아이를 낳으며—뿌리 뽑힌 사람들

부성은 언제나 불확실하다.

—프로이트

임철우의 신작 『황천기담』은 황천(黃川)이란 이름의 상상적 공간에서 펼쳐지는 이야기들을 묶은 연작소설집이다. 정확하게는 수년의 시간을 두고 여러 지면에 나눠 실었던 단편들을 모아서 한 권에 담은 것인데 작가는 애초 작품을 구상할 때부터 연작이라는 큰 틀을 염두에 두고 있었던 것으로 보인다. 비슷한 시기에 나온 은희경의 소설집 『단 하나의 눈송이』 역시 이러한 방식의 연작 형식을 취하고 있다. 『황천기담』 속의 이야기들은 황씨 성을 지닌 여성 삼대의 가계를 중심으로 펼쳐지며 『단 하나의 눈송이』는 마지막 단편의 주인공인 '마리'라는 여성의 집안사람들이 겪어온 삶의 질곡들을 들려준다.

따로 한 편의 단편으로도 읽을 수 있는 이야기들을 모은 연작이라는 것 말고는 상이하게 다른 질감과 내용을 지닌 이들 작품에서 공통점을 하나 더 찾아보자. 그것은 등장하는 인물들 모두 외롭게 흩어져 있다가 만남을 통해 서로의 인연을 확인하는 과정을 겪는다는 사실이다. 그리고 대개 이러한 경험은 이들에게 의식적 혹은 무의식적으로 치유의 효과를 준다. 재미있는 점은(이런 유의 '재미'란 모종의 진실을 담기 위해 정교한 세공을 거친 예술 작품이 주는 쾌감이리라) 인물들이 몇 가지 우연과 필연을 거쳐 만나게 되고 깨어진 관계를 회복하는 과정이 소설의 형식적 패턴과 상동 관계를 이룬다는 점이다. 얽히고설키는 사람들의 인연처럼, 이야기들도 파편처럼 여기저기 나뉘어 있다가 하나의 큰 줄거리로 수렴된다. 그렇다면 이 이야기들이 타고난 절묘한 운명을 따라가다보면, 어떤 질서나 조심을 찾아낼 수 있지 않을까? 가끔 이야기는 혼돈과 무지로 헤매는 우리를 인도해주는 별처럼, 실낱같은 희망으로 반짝이기도 한다.

작가가 후기에서 직접 "내 나름으로는 그나마 새로운 시도"라고 밝힌 『황천기담』은, 과연 임철우의 전작들과는 사뭇 다른 분위기와 메시지를 전달하려는 듯하다. 제목에서 '기담(奇談)'이라고 밝힌 것처럼 모든 이야기는 환상적이고 기이한 장면으로 채워져 있다. 작가의 말을 한번 더 빌리면 "소설이 갖고 있는 '이야기로서의 힘'이랄까 설화적 상상력의 무한한 자유로움에 대한 절실한 욕망"이 십분 발휘된 결과다. 전체 연작의 서장에 해당하는 「칠선녀주—프롤로그」에서 이인칭의 '당신'으로 호명되는 한 소설가는 미처 의식하지 못한 경로로 지도에 나와 있지 않은 지역 '황천'에 방문하게 된다. 그곳에서 그는 자신이 쓰고 있는 소설의 글감에 적합한 장소, 인물, 사건 들을 마주치게 되고 이들을 흥미 깊게 관찰하게 된다. 작가는 자신의 분신임이 분명한 소설가 캐릭터를 등장시켜 자신의 '글쓰기' 혹은 '이야기하기' 행위 자체를 슬쩍 전경에 깔아놓는 기법을 구사한다(임철우는 『백년여관』 등의 작품에서 이미 이 기법을 사용한 바 있다). 소설가의 눈에 비친 황천은 말 그대로 황량하고 궁색하지만 무궁무진한 이야기의 가능성을 지닌 '그럴듯한' 무대다. 무엇보다 황천에는 오랜 세월 동안 서려진 영욕의 사연들이 있으며 지금은 상실해버린 자원들에 대한 기억과 후회가 남아 있다. 이야기꾼의 상상력의 도움을 받아 세간에 풀려나올 날을 기다리고 있는 한스러운 사연들이 누렇게 익어 있다는 예감은 틀리지 않는다.

특이한 것은 황천 마을의 역사를 일구어온 응집력의 근원이 주로 여성적인 에너지에 의해 유지되고 있다는 점이다. 먼 시조에 해당하는 오떡례를 비롯해 그녀의 딸 황옥봉과 황금심, 황홍녀에 이르는 족보는 마치 태모신의 혈통을 연상케 하는 강력한 여성의 계보로 이어진다. 그에 비해 이들의 아버지들은 이런저런 역사적 풍랑에 휩싸여 잠시 마을을 방문했다가 죽거나 떠나버림으로써 자신의 존재감을 지운다. 남성성은 자신을 드러내는 경우에도 「나비길」의 나수칠이나 「황금귀(黃金鬼)」의 황충처럼 약자에게 폭력을 가하고 탐욕을 채우는 그악스러운 모습으로 등장한다. 덕분에 여자와 아이 들은 험한 세상에서 살아남기 위해 더욱 모진 간난신고를 겪어야 한다. 「월녀」에는 각기 인생의 어떤 지점에서 우연이나 재난 혹은 악연으로 인해 심각한 트라우마를 지니고 있는 일곱 명의 남자들이 등장한다. 그들은 '월녀(月女)'가 제공하는 넘치는 모성성에 힘입어 간신히 마음을 달래며 살아간다. 마지막 단편인 「묘약」에 등장하는 사람들만 해도 그렇다. 함께 불륜을 저지르는 남녀, 황씨 집안의 딸인 홍녀와 그의 짝 허기진 등은 분명히 무언가 결핍되어 있는 모습을 보여준다. 그리고 소설은 이들의 상처의 뿌리를 짚어내기 위해 가족사 그중에서도 아버지와 관련된 기억들을 세세하게 들춰낸다.

『단 하나의 눈송이』는 어떠한가. 은희경은 이번 작품에서도 익숙한 환경에서 떨어져나와 홀로 위태로운 독립을 도모하는 인물들을 정성껏 소묘한다. 이들은 고향을 떠나 생경한 도시에서 성장통을 겪는 가녀린 소녀(「다른 모든 눈송이와 아주 비슷하게 생긴 단 하나의 눈송이」), 아버지의 반대를 무릅쓰고 결혼한 직후 막 지어진 신도시로 이사 온 새댁(「프랑스어 초급과정」), 남편이 사업에 실패한 이후 단둘이서 먼 이국땅에 살게 된 모자(「T아일랜드의 여름 잔디밭」), 고국 또는 유학 온 나라 어디에도 정착하지 못하는 청년들, 자매의 죽음 이후 혼자 남겨진 삶을 견뎌내야 하는 늙은 여인의 모습들로 변주된다. 이들은 모두 특별한 상황에 처한 개인이자 인생이라는 '낯설고 쓸쓸한' 상황에 던져진 우리 모두의 분신으로 여겨도 무방할 것이다. 그리고 소설은 말미에서 이들이 모두 삼대에 걸친 혈연으로 연결되어 있는 먼 가족들이라는 사실을 넌지시 알려주면서 끝난다.

김원일의 작품 전편에 걸쳐, '아버지의 부재'라는 상황과 문제의식은 단연 대문자로 새겨야 할 명제 가운데 하나이리라. 이제까지 읽어온 그의 문제작들에 비하면 오히려 최근에 발표한 「비단길」은 비교적 소품에 속한다는 느낌마저 든다. 그러나 이 작품이 중요한 이유는 드디어 잃어버렸던 아버지를 현실에서 되찾게 되는 '사건'이 일어난다는 점이다. 전쟁의 참화 속에서 스스로의 발로 걸어 월북한 이후에 생사마저 묘연했던 아버지의 소식은 남아 있는 가족들에게 말할 수 없이 큰 충격을 안겨다준다. 이들은 마침내 이산가족 상봉 행사장에서 만난 아버지와 꿈과 같은 만남을 갖는다. 그러나 장년이 되어버린 아들의 눈에 비친 아버지의 모습은 결코 결여되었던 부성(父性)을 채워줄 수 없는, 일흔이 넘은 평범한 한 노인일 뿐이다. 아들 역시 마음으로는 내심 각오하고 있었을 터. 아버지도, 역시 장년이 되어버린 자기 자신도, 홀로 남은 어머니가 평생 그리워하고 기렸던 남편이란 대상도, 기실 모두 텅 비어 있는 부재의 흔적임을, 소설은 차갑게 확인해줄 뿐이다. 정말 그에게 '아버지'란 존재는 치매에도 불구하고 자신을 아버지로 여기며 매달리는 어머니의 '신실하고 집요한' 환상에 지나지 않았는지도 모른다.

이 소설들은 전통적인 '가족이야기'의 틀로 읽을 수도 있지만 낯설고 무정한 세계에 '아비 없는 아이' 즉 고아처럼 살아가는 우리의 모습을 보여주는 한 편의 '부조리극'으로 읽지 말란 법이 없다. 그럼에도 불구하고 우리가 미약한 희망이나마 버리지 않는다면 이들의 계보가 이제까지 그래 왔던 것처럼 앞으로도 이어질 것이라는 위안 때문이다. 좀더 모질게 말하면 이는 일말의 희망이라기보다 '절망의 지연'에 가까울 것이다. 노쇠한 아버지와 어머니, 육십 년 만에 부모를 한자리에 모신 늙은 아들이 정치적 절차에 휩쓸려 구겨넣어지듯 만나는 자리를 '이야기답게' 만드는 사람은 이들의 손자이자 아들인 '선재'의 존재감이다. 이 소설에서 '부부/부자의 만남'이라는 환상은 처음 만나는 '조손(祖孫)'의 관계에 의해 보충되고 지연된다. 이렇게 가까스로 지속되지 않으면 어떻게 혈통이 이어져 나갈 것인가.

3. 아이들은 어미의 환상을 살아가네—상상력 그리고 치유

혈연의 수호자인 여성의 과업은…… 피 없는 자들의 보호다.
—뤼스 이리가라이

분단 세대를 대표하는 작가 김원일에게 분단의 아픔과 가족 이산의 슬픔은 허구이기 이전에 몸소 체험한 현실이었다. 한국전쟁 때 아버지가 월북한 이후 집안의 장자(長子)로서 누구보다 질곡 많은 현대사의 한 자락을 헤쳐나갔던 경험은 그의 숱한 전작들 속에 체화되어 있다. 물론 자전적 체험을 아무리 진하게 녹여넣었다고 할지라도 소설은 엄연히 논픽션과 다른 장르이므로 전기적 사실을 일일이 염두에 둘 필요는 없을 터이다. 다만 그는 작년에 고희의 나이에 이르러 자신의 실명까지 사용한 자전적 소설 『아들의 아버지』(문학과지성사, 2013)를 발표했다는 사실만은 기억해두려 한다. 남아 있는 가족들에게 아버지는 치명적인 상실의 근원이자 절절한 그리움의 대상이었음이 틀림없다. 어떤 의미에서 그의 글쓰기는 상실한 '아버지'의 존재를 불러내고 또한 그로부터 분리를 이뤄내기 위해 감행했던 일종의 의식(儀式)이었을 터. 아버지와의 만남을 위해 상상적인 방식을 택할 수밖에 없었던 자신의 처지가 못내 아쉬웠던 것인지, 「비단길」에서 그는 헤어진 가족들이 60년의 생이별 끝에 드디어 조우하는 장면을 그려낸다. 그러나 이미 떠나보낸 살붙이, 피붙이의 빈자리는 당사자를 만나고 온 이후에도 채워지지 않는다.

이쯤해서 소설 제목이 왜 '아버지'가 아니고 얼핏 무관해 보이는 '비단길'이 되었는지 곱씹어본다. 이산가족 상봉 행사 전 주인공을 포함한 남쪽의 가족은 고향 선산을 다녀오는 짧은 여행을 한다. 돌아오는 차 안에서 어머니는 자신이 예전에 꾸었던 실크로드 꿈을 들려준다.

"그런데 말이다, 그날 밤 내가 정말 실크로든가 하는 그 꿈을 꾸었어. 하늘과 땅 사이가 온통 사막인데 그 가운데로 주황색 비단이 지평선 끝까지 쭉 깔려 있었어. 물동이 같은 거를 인 새댁인 내가 맨발로 그 비단길을 타박타박 걸어가는 게 아니겠어." (「비단길」, 168쪽)

꿈에 그리던 아버지를 만날 수만 있다면 서역 만리라도 마다하지 않고 걸어가겠다는 어머니의 말에 듣고 있던 일행은 숙연해진다. '나'는 아버지와의 만남을 통해 자신이 부성(父性)에서 기대해왔던 것, 다시 말해 삭막한 세상에서 아이들이 살아남을 수 있게끔 정처(定處)를 제공하고 정신적 기준과 의미를 부여하는 역할을 해왔던 사람이 다름아닌 어머니였음을 새삼 의식하게 된다. 아버지가 선물했던 옥비녀를 정표 삼아 평생 쪽찐 머리를 고집했던 어머니가 아니었던가. 이를 정신분석학의 용어로 바꿔 말하면 어머니의 옥비녀야말로 가족들에게 상징적 남근(phallus)의 역할을 해왔다고 풀이할 수 있다. 어쩌면 이 소설은 '아버지 찾기'라는 테마로 시작된다는 점에서 작가가 평생에 걸쳐 탐색해온 주제의 연장선 위에 놓여 있다고도 할 수 있다. 그러나 사건이 진행될수록 아버지에게 맞추어 있던 아들의 초점은 서서히 그동안 그의 곁을 지켜온 '어머니'를 향해 옮겨간다. 긴 세월과 공간적 격절에도 불구하고 흐트러짐이 없던 어머니의 신심은 도대체 무엇을 향한 것이었던가. 아버지의 실제 모습을 만나고 내심 실망을 금치 못하는 아들과는 달리 어머니는 결국 노환과 함께 자신의 환상으로 완전히 들어가버린다. 주인공은 자신에게 아버지는 어머니의 꿈, 즉 '비단길'과도 같은 환상 대상으로서 존재해왔다는 사실을 깨닫게 된다. 어머니는 유년에서 장년에 이르기까지, 그와 자신에게 남근-의미라는 꿈(환상)을 선사해온 장본인이었던 것이다.

『황천기담』에서 황씨 가문의 혈통과 삼대에 걸친 가업을 전수하는 이도 역시 여성들이다. 이들은 집안을 넘어 황천 마을 전체에서 주요한 역할을 하는데, 이는 뭇 남성에 뒤지지 않는 뚝심과 약자들을 포용하는 비범한 공감 능력의 소유자들이기 때문이다. 이들은 하나같이 뛰어난 사업수완과 양조(釀造) 기술을 타고났다는 점에서도 가통(家統)을 이루었다고 할 수 있다. 삼대에 이르는 이들 세 모녀와 에피소드처럼 들어 있는 「월녀」의 주인공에 이르기까지, 태모신과 같은 존재감을 갖고 있는 이 여성 캐릭터들은 이 소설 전체에 '설화' 혹은 '신화'에 가까운 분위기를 부여해준다. 이들이 지닌 에너지는 때로 돌올한 남근적 상징으로(마을 가운데 우뚝 서 있는 양조 공장의 붉은 굴뚝), 혹은 넘치는 모성의 이미지로(월녀가 지닌 네 개의 유방에 매달려 젖을 빠는 사내들)로 현현되곤 한다. 이러한 '태모' 원형(archetype)은 우리의 영혼 깊숙한 곳에서 작동하는 모계 유전자의 위력에 대한 증거가 아닐까. 칼 구스타브 융은 이러한 여성적 원형을 가리켜 혼돈으로부터 우리를 인도해주는 길잡이, '아니마(anima)'라는 이름을 붙여주었다.

한편 은희경의 소설은 이러한 모성성에 대한 기대마저 환상 또는 욕망의 구조에 속해 있다는 사실을 차갑게 직시한다는 점에서 문제적이다. 그가 보여주는 어머니들의 모습은 자신에게 부과된 삶의 무게도 제대로 지탱하지 못한 채 흔들리고 있다는 점에서 딱 우리네 평균치에 가깝다. 「T아일랜드의 여름 잔디밭」에 등장하는 현의 어머니는 연작의 첫 이야기, 「단 하나의 눈송이」의 주인공 안나의 여리고 서툰 모습과 별로 달라지지 않은 듯하다. 아이를 가진 몸으로 동네 맥줏집에 앉아 낯선 남자 앞에서 취해 흐트러져 있는 완의 어머니(「프랑스어 초급과정」)도 마찬가지다. 아이를 낳아 기르는 어른들도 자신에게 결핍된 사랑을 찾아 허덕이는 아이와 다를 바 없다는 사실은 감추고 싶은 비밀이다. 아이도, 아이의 아이도, 아이가 낳은 아이의 아이도 모두 덜 자란 사람들이다. 이들은 배울 게 더 많고 더 보호받아야 하는 존재임에도 불구하고 지나치게 이른 성장을 요구받거나 서둘러 집을 떠나야만 하는 상황에 놓이게 된다. 세상은 이들에게 조숙을 요구하는 두려운 초자아들이다. 이런저런 이유로 짐을 풀었다 꾸렸다 하면서 이 도시 저 도시로 뿔뿔이 흩어져 살아가는 사람들. 이들을 한자리에 모아 희미하게나마 남아 있는 혈연의 끈을 확인시켜줄 '큰' 어머니의 존재는 얼마나 절실한 것인가.

4. 아비, 아이, 아이의 아이 또 아비—역사와 반복

우리의 노력은 어떤 복잡성과 실패의 느낌을 담고 있다.
"난 할 수 없어, 하지만 맞춰봐야지."
—프랭크 커모드

우리에게 필요한 사람은 적절한 환상 구조를 낳아줄 어머니, 이야기의 태모들이 아닐까. 『단 하나의 눈송이』의 마지막 연작인 「금성녀」는 이리저리 흩어져 있던 사람, 시간, 공간, 인연을 한데 모으기 위해 마련된 '간소한' 신화이다. 마치 기원을 찾아가는 옛 이야기의 모양새를 흉내내듯, 소설의 첫 장면은 "그 옛날 J읍에 살았던 유리와 마리 자매"에 대한 회상으로부터 시작된다. 그리고 두 아이들이 자신의 이름을 갖게 된 계기, 아이의 아버지와 가족들에 대한 소개, 동화 속의 주인공들처럼 유복했던 어린 시절에 대한 짧은 기록들이 이어진다. 곧바로 소설은 60년 이상의 세월을 건너뛰어 언니의 예기치 않은 자살로 인해 세상에 홀로 남겨진 마리의 모습으로 넘어간다. 그는 언니를 선산에 묻으러 가는 일행을 따라 언제 다시 오게 될지 모를 고향 길에 오르는 길에, 우연치 않은 계기로 죽은 오빠의 손자인 완규와 죽은 언니의 손자인 현과 동행하게 된다. 이 세 사람이 함께하는 짧은 여행길에서, 마리는 완규와 현 그리고 그들의 모친들 사이에 걸쳐 있는 희미한 인연의 끈을 떠올린다. 그녀의 상상력을 통해 아이들의 혈연은 한 나무에서 갈라져나간 가지들의 모양새로 서로 얽히고설키며 고유한 자리를 찾게 된다. 마지막 작품에 이르러서야 서로의 관계를 드러내는 단편들처럼.

이러한 상상을 뒷받침하기 위해 소설은 장례식장에서 낯선 친척들이 모여 있는 광경을 바라보며 '패밀리 트리'를 떠올리는 외손 완규의 시선을 쫓아간다.

> 흘끔흘끔 그들의 얼굴을 살피는 완규의 머릿속에 조금씩 관계도가 그려졌다. 미국 가정의 벽난로 위에 흔히 놓여 있는 패밀리 트리가 떠올랐다. 나뭇가지 형태에 주렁주렁 매달린 동전만한 메달 안에는 조부모 대로부터 시작하여 직계 자손의 사진이 순서대로 들어 있었다. 완규는 빈소에 있는 노인들로 패밀리 트리를 조합해보았는데 그것은 생각보다 흥미로웠다. (197쪽)

가계의 연속성을 뼈대로 하는 서사에는 바로 이러한 '나무'를 사용한 이미저리(imagery) 혹은 은유들이 자주 등장하는 것을 볼 수 있다. 『황천기담』에서도 마을 광장에 서 있는 느티나무가 첫 단편에서부터 전경에 나오고("수령 삼사백 년은 족히 될 법한 나무였다. 어둠 속에 버티고 선 그 거대한 생명체 앞에서 당신은 불현듯 정체 모를 두려움에 사로잡혔다. 그것은 원형적이고 본능적인 공포 혹은 외경심 같은 거였다." 45쪽) 「비단길」에서도 이산가족 상봉을 갖기 이전에 고향 선산에 내려가 제사를 드리는 일가의 여정이 중요한 부분을 차지한다. 오랜만에 고향집에 돌아온 가족들의 눈에 들어온 것은 수세대를 거치도록 당당히 버티고 서서 열매를 맺는 감나무들과 뒷산에서 자라는 밤나무들이다. "고향 산천은 변함이 없어. 모든 게 다 예전 그대로구나." 모친의 탄식처럼 변화무쌍한 인간사와는 달리 나무는 우직하게 생명을 유지하고 이들을 연결시키는 '연속성(continuity)'의 상징처럼 여겨지곤 한다. 그리고 이러한 연속성은 모든 생명, 가계 그리고 이야기가 추구하는 것이기도 하다. 이와 더불어 '역사' 역시 파국을 거부하고 끊임없이 길을 열어가는 운동에 의해 지속되는 것이 아닐까.

'마치 뜨개질 코를 뜨듯이' 아이들 사이에 얽힌 관계를 짚어가며, 마리의 상상력은 한 개체에게 허락된 시간과 공간의 경계를 넘어 천상과 영원으로 도약한다. 마리는 자신의 형제들을 닮은 아이들을 보며 죽음 이후에도 계속되는 세계가 있으며 자신이 소유할 수 없는 시간들이 자손들의 몫으로 넘겨져 이어진다는 자연의 이치를 떠올린다. 과학자들에 의해 '유전자'라는 이름으로 불리는 '피'의 연속성이야말로 자신의 세대를 넘어 생명이 반복된다는 환상을 지지하는 근거가 되는 것이 아닐까. 어쩌면 삼대 정도는, 한자리에 모여 이야기를 나누거나 음식을 나눠 먹는 일이 드물지는 않을 것이다. 적어도 서로에 대한 기억을 간직하며 선대가 걸었던 길을 상기하는 경우도 자연스럽게 일어난다. 누대에 걸쳐 지속되는 『황천기담』의 서사가 마무리되는 과정도 살펴보자. '황천주조장'의 삼대 주인인 황홍녀는 마침내 할머니가 만들었던 전설의 명주를 재현하는 데 성공함으로써 수많은 실패와 시련의 역사에 종지부를 찍는다. 그러나 그녀는 자신이 만든 술은 할머니와 어머니가 만들었던 '칠선녀주'와 다르다고 선언하면서 '분홍주'라는 새로운 이름을 붙인다.

어찌 술뿐이겠는가. 한 가문의 세 여인이 저마다 한 남자를 사랑하는 방법이 같으면서 다르듯, 역사 역시 동질성을 바탕으로 한 '차이'의 반복에 의해 지속되어가는 법이다. 홍녀의 연인의 귀에 메아리치는 "낳아줘…… 내 아이를…… 낳고 싶어"라는 목소리는 생명의 지속을 요구하는 유전자의 명령이자 서사의 약속이 아니겠는가? 그리고 우리는 이러한 장면들이 '5월 광주'를 비롯해, 우리의 현대사에 아로새겨진 참담한 상처를 육화해내는 작가의 영적인 여정과 무관하지 않음을 짐작할 수 있다. 작가 임철우에게 있어 이러한 초월적인 전망은 '이야기하기'라는 행위 자

체를 전경화함으로써 가까스로 얻어진 치유와 애도의 산물임이 틀림없다.[4)]

이에 비해 김원일의 「비단길」은 일인칭 서술자의 눈으로 직시한 실제를 숨김없이 드러낸다는 점에서 매우 냉정한 이야기가 아닐 수 없다. 그의 시선에 비친 아버지는 자신에게 주어진 상징적인 자산을 모두 소진하고 텅 비어버린 인물이다. 치매로 기억을 잃어버리고 어린애처럼 변해가는 어머니 역시 마찬가지다. 이 소설 속에서, 세대를 거듭하며 이어지는 시간은 노쇠와 망각으로 인해 허물어져가는 비가역적, 엔트로피적 반복의 과정으로 표현될 따름이다. 왜 작가는 이렇게 고통스러운 전망을 독자에게 숨김없이 드러내는 것일까. 그것은 어쩌면 자신의 세대에서 목도했던 역사가 후대에서 다시는 되풀이 되어서는 안 되는, 말할 수 없이 처참한 비극이라는 각성에서 비롯된 것이 아닐까? 한자리에 모여 있음에도 불구하고 서로를 이해하지 못한 채 각자 겉도는 가족들처럼, 「비단길」의 부자 삼대는 서로의 삶에 그어진 영역 안에서 단절되어 있다는 느낌을 준다. 이 소설은 역사의 반복에 대한 단호한 거부가 '망각과 체념'이라는 종결로 이어진다는 사실을 가슴 아프게 드러내고 있다.[5)]

우리는 어떤 이유로 이야기를 만들고 읽고 전수하는가. 아마도 일일이 거론할 수 없을 정도로 수많은 이유가 있겠지만 가장 중요한 것은 이야기가 우리가 살아가는 세계를 이해하고 견디는 거의 유일한 방식이라는 점

---

4) 앞에서도 언급했던 것처럼 이러한 효과는 '당신'으로 호명되는 소설가/이야기꾼을 직접 소설 속에 등장시킴으로써 발생한다. 첫 단편에서 서술자이자 작중인물로 이중화되어 전경에 등장하는 소설가는 연작의 다음 부분에서는 점점 사건의 뒤로 몸을 숨긴다. 이러한 기법을 통해 작가는 가상의 이야기와 독자 사이의 거리를 조정하고 있다.

5) 자신의 경험을 대물림하기를 거부하는 서술자의 무의식적인 소망으로 인해, 손자인 선재는 아버지들의 체험을 공유하지 못하고 그들의 시간으로부터 빠져나가 있는 듯한 느낌을 준다. 아버지와의 만남이 일회성 행사로 찰나에 스쳐지나가듯이 이 소설의 시간은 순환되지 않고 자신의 대를 잠자코 지나 아이들의 시간대를 향해 일직선으로 열려 있게 된다.

이다. 어느 날 영문도 모르는 채 던져진 세계 속에서 우리는 어떤 일정한 패턴을 찾기 위해 일생을 허비하는 경향이 있다. 가족과 세대, 생로병사의 리듬과 천체의 움직임, 순환되는 계절과 인과관계 등이 그나마 세계에서 발견할 수 있는 최소한의 질서에 속할 것이다. 무의미의 심연에 던져진 인간들은 스스로 지속성의 패턴을 만들어감으로써 세상에 자신의 자리를 가질 수 있다는 희망을 갖는다. 그리고 이러한 반복을 통해 가족이야기와 역사는 생성되고 갱신되어간다. 이야말로 바로 술을 만드는 과정에서 발생하는 '발효'의 힘이며 이야기를 쓰고 읽는 과정에서 발생하는 신비로운 승화의 과정일 것이다.

가족과 혈연에 얽힌 이야기는, 자신의 창고에 저장해둔 상징과 환상이란 자원을 아직 소진하지 않은 것으로 보인다. 아직 마르지 않은 우물의 물을 퍼내 쓰지 않을 이유는 없다. 그곳에서 장년들은 자신이 낳은 아이들을 통해 무의미를 미래로 지연시키고 청년들은 아비와 어미를 통해 자신의 시대에 맞춰 '새롭게' 반복할 수 있는 자원을 얻곤 한다. 「금성녀」 속의 인물들처럼, 가족이란 명절 또는 경조사 때에나 간신히 스치는 인연이어도 어느새 살가운 마음이 드는 사람들이 아닌가? 그 이유는, 그런저런 얄궂은 만남과 헤어짐이, 돌이켜보면 모두 소중한 '이야깃감'이기 때문이리라. '나의 생'이라는 찰나의 환상 속에서.

(『21세기문학』 2014년 여름호)

2부

응시 둘,
얼굴을 마주보다

견자의 꿈, 그토록 자비로운 결여
— 조현론

그리고 이제야 나는 젊은 도제의 의문에 분명히 답할 수가 있게 되었다. 하필이면 그가 왜 다른 시간과 공간이 아닌 이 대초원에서 한 생을 살았는지를. 그건 뭐랄까, 이 대초원은 모든 사라져가는 세계에 대한 애처로운 향수를 품었기 때문이리라. 혹은 이 대초원의 모진 바람 속에 자라는 풀과 나무는, 문명과 야만의 이분법을 넘어서 척박한 것은 척박한 대로 거룩하다는 하나의 징표이기 때문이리라. 그리고 팜파의 이러한 풍경들은 대초원의 한가운데서 소년에서 노인으로 늙어간 이 사람의 영적인 깊은 곳을 건드렸기 때문이리라. 하여 그는 지구에서의 삶을 통해 자기가 주장한 예술의 근원적 의미에 대하여 원점에서부터 다시금 성찰하였는지도.

나는, 노래를 다 들은 젊은 도제가 잠시 침묵하다가 노시인과 짧게 눈을 맞추는 것을 보았다. 그리고 분명하게 고개를 끄덕이는 것도. 생의 막바지에 다다른 노시인 역시 고개를 숙인 젊은 처녀에게 감사의 눈길을 보낸 다음 부축을 받으며 하선을 했다. 이제 그는 며칠 내로 임종을 맞을 터이다.

"청원을 받아들인 것인가?"

노시인과 눈길을 주고받은 젊은 도제에게 나는 물었다. 이 젊은 아가씨는 잠시 망설이다가 또렷한 어조로 대답했다.

"글쎄, 뭐랄까요. 그가 이 대초원에서 한 생을 더 사는 것이 좋다는 생각이 들었어요. 만약 그의 노래가 완벽했더라면 저는 그 노래의 아름다움에도 불구하고 귀향을 명했을 거예요. **하지만 팜파를 노래하는 애수와 참회에도 불구하고 그의 시에는 아직도 어떤 종류의 결여가 있다는 생각이 얼핏 들었죠**―."[1)]

어쩌면 작가의 가계에는 큰 샤먼이 한 분 숨어 계신 것이 아닌가. 샤먼의 운명은 한 세계의 경계 안에 갇혀 있는 평범한 사람들이 상상할 수 없는 미지의 세계에까지 걸쳐 있기 마련이다. 이승과 저승, 차안과 피안, 우리별과 다른 은하의 경계를 끊임없이 넘나드는 작가의 투사력은 팍팍한 일상의 짐에 몸을 가누지 못하는 사람들을 위해 경계를 허무는 샤먼의 치유력을 닮았다. 조현 소설에서 가장 빛나는 부분은 가장 어두운 영혼의 협곡이 지나가고 난 후, 다음 장면에 숨겨져 있다. 갇혔던 수인(囚人)이 열린 장벽 틈으로 외계의 바람을 마시고, 임종에 이른 노인이 요절한 연인과 해후하며, 불의의 사고를 당한 여인이 남편의 사랑을 확인하는 순간에 이르기 직전, 영혼의 심연 가운데서 마주하는 '그토록 자비로운 결여'. 그러한 결여의 자리에 온전함에 이르고자 하는 소망이 채워지는 순간, 존재는 변환의 꿈에 젖어들면서 거룩한 신열에 든 것처럼 진동을 일

---

1) 조현, 「라 팜파, 초록빛 유형지」, 『누구에게나 아무것도 아닌 햄버거의 역사』, 민음사, 2011, 138쪽. 강조는 인용자. 이 책에 실린 작품 외에 인용하는 조현의 작품은 다음과 같다. 「우리의 약속이 불 속에서 이루어지기를 기도했다」(〈웹진문장 글틴〉 2008년 8월 28일), 「왕십리, 1980년」(〈인터파크〉 2010년 10월 연재), 「유니콘」(『자음과모음』 2009년 여름호부터 2010년 여름호까지 연재). 이후 본문에서 이 소설들을 인용할 때는 「라 팜파」 「종이 냅킨」 「햄버거」 「약속」 「초능력」 「생의 얼룩」 「돌고래」 「초설행」 「왕십리」 「유니콘」 「고흐」라는, 축약된 제목만 표기하도록 한다.

으킨다. "모든 것은 변하고 아무것도 죽지 않는다(Omnia mutantur, nihil interit)"라고 말했던 오비디우스의 어휘를 빌리면, 한 목숨이 '죽음을 극복하고 변하는 순간'의 돌연한 분기점이 영혼 속에서 치명적인 결여의 자리를 발견하는 순간이다. 영혼 안에 여전히 남아 있는 어둠과 부족함과 죄성 덕분에 그대는 재생하리라.

다다익선의 세계, 사고실험 파티에 오신 것을 환영합니다

마치 자신의 소설의 한 장면만큼 드라마틱한 등단[2] 이후에 조현은 '다작'이라는 세간의 평에 값할 만큼 다양한 작품을 발표해왔다. 삼 년여에 걸친 기간 동안 조현은 범상치 않은 '생산력'을 보여주면서 존재감을 훌쩍 키워왔다. 소설가로서 그가 밟아온 이력이 외계인의 것인 양 기이하게 여겨지는 까닭은, 단지 그가 지면에 발표한 작품의 수가 다른 사람보다 많아서만은 아닐 것이다. 이는 그가 편력해온 소재나 스타일의 경계가 워낙 광범위하기 때문이고, 시간과 공간을 변화무쌍하게 넘나드는 상상력의 편폭이 예측을 불허하기 때문이다. SF 장르의 문법과 감수성으로 축조된 미래 혹은 우주의 시공간이건, 수십 년 혹은 수백 년을 거슬러 올라간 이국의 변방이건, 역사적 자료를 바탕으로 한 과거의 한 자락에 상상력을 보탠 가상공간이건, 지금 여기 존재하는 것으로 여겨지는 동시대의 어디쯤이건,

---

2) 2008년 『동아일보』 신춘문예 당선 소감에서 조현이 자신을 "클라투 행성 외계문명접촉위원회 지구 주재 특파원"으로 소개했던 것을 상기해보라. 그가 얼마나 탁월하게 자신의 '커밍아웃'을 연출했던가를. 비교적 늦은 등단 연령도, 행정학을 전공한 교직원이라는 이채로운 경력도, 신춘문예라는 이른바 '정식' 등단 절차에서 이례적으로 SF풍의 작품으로 당선되었다는 사실도, 자신이 외계인임을 폭로하는 사건보다 흥미롭지 않을 것이다. 물론 그가 때로 '신뢰할 수 없는 화자' 역을 연출하는 것에 대해 불편함을 토로하는 사람을 나는 아직 만나보지 못했다. 그리고 더불어 필자는 움베르토 에코가 오십대에 소설의 걸작들을 발표하면서 덧붙인 다음과 같은 말을 기억한다. "이러한 성숙기의 뻔뻔스러움이 폭발하기 전까지 나는 30년 이상 추정상의 수줍음을 간직하였다."(「나는 어떻게 소설을 쓰는가」, 『나는 독자를 위해 글을 쓴다』, 김운찬 옮김, 열린책들, 2009, 431쪽.)

조현의 소설들이 펼쳐내는 가능세계의 스펙트럼은 무궁무진해 보인다. 분명히 오랜 시간의 독서 체험을 통해 쌓아왔을 내공과 숨겨둔 비기들의 예봉이, 만만치 않을 것이다. 또한 장르와 본격/대중 문학의 경계를 가리지 않고 여러 분야에서 채취해온 원재료들을 자기 식대로 버무려 내러티브의 성찬을 차려내는 기예는 이제까지 한국소설에서 좀처럼 찾아보기 어려웠던 낯선 것이기에, 그러한 기발함만으로도 눈여겨본 독자들이 적지 않을 것이다. 더욱이 기예의 성찬 뒤에 숨겨둔 묵직한 주제나 철학은 재기발랄한 지적 유희의 세계를 은근하게 떠받치는 역할을 하고 있지 않은가.

최근에 몇몇 평자들에 의해서 즐겨 언급되는 '우주적 상상력'이라는 용어를, 한번 더 조현을 위해 사용해보기로 하자. 만일 조현에게 '우주적'이라는 수식어를 단편적인 차원에서만 적용한다면, 다시 말해 우주공간과 외계행성, 외계인들을 자주 등장시킨다든지, 초시공간적인 배경을 즐겨 설정한다든지, 최신 과학 용어와 개념들을 구사한다든지 하는 차원에만 한정한다면 정작 중요한 내포를 놓치는 셈이 된다. 조현에게 있어서 '우주적 상상력'이란 용어는 자신의 소설과 그 소설을 쓰는 행위를 대하는 낯선 태도에 더 잘 들어맞는 것처럼 보인다. 조현이 자신의 글쓰기에 대해 보여주고 있는 자의식은, "2079년에 시인으로 데뷔"한 "아이엔선더"의 존재감만큼 생경해 보인다. 먼저 SF 작가인 어슐러 르 귄이 자신의 소설 서문에서 적은 한 대목을 옮겨본다. "이 책은 좀 별난 그런 류의 소설이 아니다. 만일 당신이 이 책을 읽고자 한다면 하나의 사고실험이라 생각하고 읽으면 된다. 메리 셸리의 경우처럼, 젊은 의사가 그의 실험실에서 인간을 창조한다고 해보자. 그리고 필립 K. 딕처럼, 연합군이 제2차세계대전에서 패배했다고 해보자. 그리고 이것은 이렇고 저것은 저렇다고 말해보자. 그리고 무엇이 일어나는지를 보라……"[3] 스스로 자신의 소설을 가리켜 '사

3) 어슐러 르 귄, 『어둠의 왼손』, 서정록 옮김, 시공사, 2002, 7쪽.

고실험'으로 지칭하는 르 귄의 태도는 조현이 소설에서 서술자의 입을 빌려 표현한 이런 대목과 얼마나 잘 어울리는 짝인가. "혹자는 이러한 미시적 사건의 연속이 역사적 필연이라고 주장할지도 모른다. 마치 결과만을 가지고 원인을 절대화하는 것처럼 말이다. 그러나 우리는 우리의 세계사와는 다소 다르게 역사가 진행된 또다른 우주를 상상해본다. 예를 들면 어쩌면 마이클 햄버거가 1925년이 아닌 1924년에 태어난 우주를 상상할 수도 있겠다. (……) 그리고 그 우주는 비틀스의 멤버가 우리 우주처럼 다섯 명이 아닌 네 명으로 이루어진 세계일지도 모른다."(「햄버거」) 이러한 사고실험 덕분으로 우리는 "또다시 새로운 각도에서 존재의 슬픔에 대해 깊이 사색"함으로써 "존재의 내면에 숨겨진 또다른 자아의 정체성을 찾게 될"(「생의 얼룩」) 수도 있고, "유한한 공간과 시간에서 벗어나 우리의 영혼과 우주의 비밀을 풀어낼 수 있는 멋진 신대륙으로의 여행"(「고흐」)을 감행할 수도 있다. 조현의 소설 속에서는 주로 이러한 사고실험이 평행우주간 여행, 꿈과 환상, 대체 역사적 상상력을 통해 이루어지는 한편, 때때로 자신의 상상을 구체적 상관물로 만드는 직업군(예를 들면 만화가, 화가, 시인, 광고기획자……)에 의해 수행되기도 한다. 물론 이들의 작업은 작가의 글쓰기를 상징하는 메타 허구적 장치라고 할 수도 있겠다.

이렇게 보면, 조현의 세계에서 하나의 소설이 다른 소설에 대해 평행우주의 관계로 서로 얽혀져 있는 인척 관계를 찾을 수 있지 않을까? 15세기의 조선에서 고대의 아랍으로, 동시대의 한국에서 22세기의 우주 공간으로 시공간과 스타일은 자유자재 변형될 수 있지만, (그리고 그 변화무쌍한 몸바꿈의 기예를 자랑하는 것 같기도 하지만) 수대의 유전을 거쳐 보존되는 DNA의 염기서열처럼 결정적인 메시지를 담은 장면들은 반복해서 출현한다. 따라서 과거의 죄를 씻기 위해 지상에서의 삶을 통해 영혼을 연마했던 아르헨티나의 노시인은, 출사하지 못한 아픔을 삭인 채 시학으로 한 세상을 가다듬은 조선시대 시인의 운명과 연결된다. 그리고 이들이 차마 마주하기 어려웠던 결여와 상실의 고통은 합일의 경지로 다가서기 위한 노력, 즉 자기실현의 근원적 동기로 작동한다. 먼 행성에서 온 만화가 지망생으로, 실연의 아픔을 겪은 젊은이로…… 과연 "아무리 평행하는 우주를 건너 뛰어넘었어도 개인의 고유성이란 그리 쉬이 바뀌는 법이 아니"(「햄버거」)기 때문일까. 아무리 소설 속의 인물이라 할지라도 영겁의 시공간을 의식하며 신실하게 자신의 영혼의 심연을 연마하는 사람들의 결단은 쉽게 만날 수 있는 것이 아니다. 그리고 이들과의 조우는 조현 우주의 리듬을 조율하는 라이트모티프(Leitmotiv)가 된다.

다다익선, 많은 시련은 더 큰 자기실현으로 이끈다. 그러니까 여기에서 강조하지 않을 수 없는 것은 운명에 대한 실험과 영혼의 시술에 대한 낙관주의적인 믿음을, 피실험자와 실험자 그리고 저자 역시 굳건하게 공유하고 있다는 사실이다. 서술자가 "심령은 꿈과 상상력에 대한 감수성을 통해 진화하는 법"(「라 팜파」) "인간에게 세계는 사랑의 기억에 대한 애틋한 연민이나 가족에 대한 이해심, 혹은 시적 상상력과 진보에 대한 점진적인 확신이 적절하게 버무려지면서 조금씩 사랑스러워지는 법"(「햄버거」)이라고 말하는 세계는 진화에 대한 신뢰와 운명애(amor fati)라는 이른바 "우아한 철학"이 만들어낸 조현 식의 소우주라고 할 수 있다. 그러므로 이들은 윤회라는 미지의 세계로 가는 열차 편에 성큼 올라탈 수도 있는 것이 아닐까. 조현의 우아한 우주는 인간 사이의 소통에 대한 염원과 믿음, 사랑에 대한 굳은 열망, 고통과 시련을 거쳐 영혼도 담금질되듯 조금씩 정화되리라는 통찰이 갖추어졌을 때 창조될 수 있는 공간이다. 이에 더해서, 적합한 기술이 뒷받침된다면 금상첨화. 그리고 무엇보다 발을 딛고 있는 기존의 세계를 깨뜨릴 수 있는 용기까지 더해질 때 "우리는 다양한 실험으로 존재한다. 그렇게 존재하도록 하자!"[4]는 초인의 경지까

4) 프리드리히 니체, 『아침놀』, 박찬국 옮김, 책세상, 2004, 350쪽.

지 탐할 수 있는 것이 아닌가. 운명에 순복하는 자에게 결여와 오류는 축복이고, 윤회는 굴레가 아니라 다시 한번 허락된 기회가 될 수도 있을 터. 기꺼이 지상의 애환 섞인 삶의 국면들을 수락하는 인물들은 자신의 심혼을 대로 물려 살게 하지 않던가.

그런 의미에서 인상적인 텍스트, 「초설행」에 등장하는 인물들을 찬찬히 뜯어보자. 스승의 여식에게로 기울어졌던 자신의 삿된 마음을 들여다보고 번져오는 꽃 그림자를 향해 등을 구부리는 최후를 맞았던 규는 아들 겸의 견결한 생애를 통해 그 심혼을 실현시켰고 겸은 제자 식(이미 짐작했겠지만, 이는 당대의 선비 남명으로 설정되어 있다)을 통해 도도한 영적 계보를 잇는다. 반면에 겸의 고신을 일그러뜨려 벼슬길을 막았던 서거정은 현세의 폐습과 율격에 얽매여 그 안에 갇혀 평생을 제대로 "졸(卒)하"지도 못하고 금세에서 늙어갈 운명임이 분명하다. 현생의 미련에 얽매이지 말고, '실험으로 존재하'는 가벼움을 배웠더라면 그의 인생에도 다른 분기점이 허락되지 않았을까. 이는 삿된 마음속에 깃든 그림자를 대면해 이를 극복해갈 때 진정한 자아상에 접근할 수 있다는 철학적·심리학적 공리에 부합하는 길이기도 하다.

심혼의 계략, 어쨌든 우리는 살아갈 거야

실험실에서 '아기우주'를 만들어내는 과학자의 프로젝트, 기존의 문명을 뿌리부터 비판하는 반시대적 고찰, 자신의 심리적 실재에 대한 기술 등, 사고실험을 강조해온 많은 사상가들은 저마다 다른 방식을 사용해서 자신의 작업을 설명해왔다. 그러나 그 세계 안에 거주하는 인물들의 자세는 어떠한가?

「왕십리, 1980년」에서 작가는 사람의 목숨과도 바꿀 만한 절박한 소망이 세계의 운명을 바꿔버릴 수도 있다는 사실을 보여준다. 잠깐 손을 놓은 순간 어린 딸을 잃어버린 한 아버지의 한 맺힌 사연이 등장하고, 뒤이어 그가 어린 시절을 함께 보냈던 친구들과의 일화들이 주마등처럼 떠오른다. 절망에 빠진 주인공의 영혼이 토로하는 다음과 같은 구절은 한 세계를 상상하고 구축하는 작용이 정반대 방향으로도 동시에 발생하는 가역반응과 같은 것임을 일깨워준다. "가장 소중한 것을 잃어버리는 맛, 생명의 온기가 육신을 뿌리치고 대기중으로 떠나는 맛, 이를테면 하나의 우주가 증발하고 남은 영혼이 지리멸렬 붕괴하는 맛이다."(「왕십리」) 자신을 허물고 세계를 붕괴시키고자 하는 가장 절망적인 상태, 죽음충동이 오히려 다시 한번 삶을 움켜쥐고자 하는 마성적인 욕망과 통한다는 사실은 기묘한 역설이 아닐 수 없다. 죽음의 길로 지리멸렬 걸어가던 주인공이 삶에 대한 욕망으로 옮겨가는 순간, 낮과 밤이 나뉘는 것 같은 갈라짐의 광경은 그가 어린 시절의 친구 민혁의 부고를 받았을 때부터 시작된다. "마음으로 쏟아지는 그 모든 물줄기는 어쩌면 나에게 언젠가부터 기다려왔던 새로운 여정을 위한 스타트 신호였는지도 모른다."(「왕십리」) 무당의 딸 미설과 그녀의 예언에 대한 주인공의 절박한 믿음, 이 두 요소는 초능력을 실현시키기에 적합한, 좋은 짝이리라. 마치 "새로 산 운동화 한 켤레"처럼. 그녀의 예지력이 성취되는 샤머니즘의 우주로 재편성된 세계에서의 삶은, 이제 죽음으로 가는 길이 아니라 질기디질긴 목숨의 길로 변형된다. '왕십리'라는 지명의 의미를. 그리고 '왕십리, 1980년'은 주인공과 친구들의 운명이 각각 자신의 길로 갈라지는 분기점을 가리키는 좌표쌍임을. 그러나 이 밖에도 이 소설에서는 운명을 가르는 수많은 분기점들이 존재한다. 소설 속의 인물들이 여러 갈래로 갈라지는 길에 마주섰을 때 이들의 선택을 결정하는 것은 자신의 삶을 연장하고자 몸부림치는 목숨들이 품은, 선하지도 악하지도 않은 충동이리라.

우주는 무심한 태양처럼 "플라타너스 이파리를 다정한 손길로 어루만지기도 했지만, 다른 한편으로는 다른 생명을 아주 천천히 죽어가게 만들기도"(「왕십리」) 한다. 자신이 거주하는 세계의 운명을 선택하고자 하는 충동은 선악의 경계에 얽매이지 않는다. 조현의 인물들은 한결같이 자신의 삶에 대해 진한 애착과 존재의 연속성에 대한 외경을 보여준다. 그러나 조현 소설의 세계관에서 삶의 연속성은 육신이 위치하고 있는 현세의 테두리를 훌쩍 뛰어넘는다. 더 큰 자기라고 할 수 있는 혼의 상태에서 여러 범주 너머에 있는 큰 우주 안에 거하는 신비로운 존재 양태, 그것이 조현 소설이 구현하는 '우주적 상상력'의 핵심이라고 할 수 있다. K. G. 융의 용어를 빌리면, 개인의 정신이나 자아를 넘어선 심혼(Seele)이라는 신비로운 근원 상태에 참여하는 것, 심혼의 일부로서 그 이끌림에 따라 존재하는 삶이 바로 조현의 몇몇 인물들이 추구하는 자세가 아니던가? 조현 소설이 바탕을 두고 있는 큰 세계관을 더듬어가다보면, 텍스트의 우주를 채우고 있는 무정형의 정체, 불가사의한 혼에 대한 감수성과 진동에 어느 사이엔가 전이되고 만다. 심혼은 우주의 에너지를 머금고 있는 신성한 존재이면서도 인간이 죽음충동에 휩싸여 삶을 저버리지 않게끔 온갖 책략과 술수를 아끼지 않는다. "살고자 하지 않는 물질의 타성을 술수와 유희적 속임수를 써서 생명에 이르도록 유인한다. 그것은 믿기 어려운 일들을 확신시켜서 생명이 살아가도록 한다. (……) 그로써 인간이 추락해서 지상에 이르러 그곳에 얽혀 머물러 있도록 하며 (……) 생명이 살아가도록 한다."[5] 그리하여 심혼의 알 수 없는 힘에 사로잡혀 죽음에서 삶으로 몸을 돌이킨 자에게 "나 역시 내가 가고 싶은 대로, 혹은 내가 믿고 싶은 대로 어디론가 떠날 수 있는 이 긴 철길에 몸을 싣는다 해도 나를 힐난할 사람은 없을 터이다"(「왕십리」)라는 착각을 심어준다.

「돌고래 왈츠」에서 주인공을 또다른 세계에 대한 꿈으로, 재생에 대한 확신으로 이끄는 것은 역시 척박하기만 한 지상에서의 삶에서 맛보는 상실과 결여이다. 또다시 나는 되돌아오고 말았다. 지독한 저 '결여'의 장면

5) 칼 구스타브 융, 「집단적 무의식의 원형에 관하여」, 『원형과 무의식』(융 기본 저작집 2), 한국융연구원 C. G. 융저작번역위원 옮김, 솔, 2002, 136쪽)

으로. 이것이야말로 우리에게 트라우마나 콤플렉스 같은 증상을 선사하고, 우리가 자신의 정신을 소유하고 있는 것처럼 속이고, 그리하여 살아가고자 하는 치명적인 유혹으로 잡아끄는 원초적 동인이기에.

「돌고래 왈츠」의 주인공은 홈쇼핑 고객센터에 근무하던 중 열악한 근무 환경에 시달리다 끝내 고객과 말다툼을 벌이고 실직한 청년이다. 게다가 그는 다리를 저는 신체적 불구까지 갖고 있다. 그러나 그를 놀이공원에서 기행이나 벌이는 사회 부적응자로 치부하는 사람들의 눈에는 그의 참모습이 보일 리 없다. 실은 그가 다른 행성에서 온 외계인이라는 사실도. "지구에서의 삶이 비루하고 혐오스럽게 느껴"질지라도 "나는 이들과 다른 사람이다"라는 말 하나로 "마치 금요일 오후의 지루한 수업을 조금만 더 참으면 즐거운 주말이 올 것임을 아는 학생들"(「돌고래」)처럼 홀가분해질 수 있다면, 이만큼 유용한 마술이 어디 있겠는가. 그러나 우리는 이미 1970년대 한국문학의 풍경에서 비슷한, 그러나 더욱 비장한 장면을 목격한 기억을 갖고 있다. "(……) 이제 이 죽은 땅을 떠나야 합니다."/ "떠나다니? 어디로?"/ "달나라로!"[6] 그리고 「옛날 옛적 내가 초능력을 배울 때」에서 현과 S가 각각 "가니메데"와 "수성"에서 온 외계인으로 스스로를 지명하며 은밀한 사랑을 키워나갈 때, 한편으로는 이들이 현세에서 받아온 상처의 크기와 깊이를 가늠하게 된다. 또한 「우리의 약속이 불 속에서 이루어지기를 기도했다」에서 현대의 서연과 고대 레바논의 리디아 사이를 오가던 심혼이 더 강렬한 생의 동기를 지닌 리디아의 운명을 선택해 생명을 연장하는 이유에 대해서. "대저 죽음이 모든 것의 끝은 아닐진저, 진정한 사자(死者)는 사랑의 확신을 잃은 자이니"(「약속」)라는 축복도 저주도 아닌 뜨거운 말을 신탁처럼 내리는 목소리의 주인은, 바로 영특한 심혼이 아니겠는가.

6) 조세희, 『난장이가 쏘아올린 작은 공』, 문학과지성사, 1997, 88쪽.

의미의 성좌, 우리의 믿음은 스스로를 증명한다

그런데 잠깐, 이렇게 자신이 다른 세계에 속한 존재임을 확신하는 심리 상태는 흔히 알려진바 '신뢰할 수 없는 서술자'가 자신의 비루한 삶을 참지 못해 지어낸 망상, 자기기만 같은 것은 아닐까? 좀더 박한 평가를 내리자면, 상상력의 힘이 현실의 상실을 이겨낼 수 있다는 소망 충족의 세계를 그려낸, 고만고만한 스토리의 SF판 변주로 볼 수도 있지 않을까? 다른 사람들이 구축한 환상세계를 해체하고자 하는 회의론자들이 비판적인 질문을 던질 때, 그 날카로운 시선 아래서 우리는 '예', 그리고/또는 '아니오' 식의 답변을 벗어날 수 없는 것만 같다. 타인들이 만든 알고리즘 안에서 인증을 기다리는, 진리치의 노예들. 그러나 조현의 우주에서 이러한 질문은 언제나 유보된 채로 남는다.

마치 여러 별들로 구성된 성좌처럼, 조현의 작품들은 서로의 구조에 조금씩 걸치거나 얽히는 식으로 하나의 일관된 매트릭스를 형성한다. 그리고 따로 그리고 함께 존재하는 제각각의 가능세계들은 더 큰 우주 안에 존재하는 평행우주들이 서로 관련을 맺듯이 서로를 언급하면서 의미와 존재를 자율적으로 생성하는 세미오티카를 만든다. 이때 서로 독립되어 있는 이야기들을 은밀하게, 또는 분명하게 엮어주는 연결고리가 되는 것은 특정한 어휘일 수도 있고, 이미지일 수도 있으며, 등장인물이나 어떤 상황 자체가 될 수도 있다. 이를테면, 등장인물이 고향 행성인들의 문신에서 "마치 고흐가 그린 〈감자 먹는 사람들〉에서는 남미의 반도네온의 선율을 읽어내거나 잘 쓰인 하이쿠에서 유년기의 첫눈 내린 밤을 명징하게 공감각해낼 수 있다"(「돌고래」)고 말하는 구절을 보자. 이 대목에서 나열되는 "고흐" "남미의 반도네온의 선율" "유년기의 첫눈" 같은 어휘 또는 이미지들을 통해 독자들은 적어도 서너 개에 걸치는 다른 작품들의 흔적을 읽어낼 수 있지 않은가? 또한 병상에 누워 있는 주인공을 방문한 소울마스터 소녀가 「라 팜파, 초록빛 유형지」에 등장했던 바로 그 젊은 도제와 동일인임을 직감하는 독자들이 어디 한둘뿐이겠는가. 조현의 소설에서 서로를 지칭하면서 복잡하게 교직되어 있는 상호텍스트성의 결을 발견하기란 어려운 일이 아니다. 조현이 「종이 냅킨에 대한 우아한 철학」「누구에게나 아무것도 아닌 햄버거의 역사」 등에서 동서고금의 텍스트를 망라한 현란한 상호텍스트 기법을 사용했다는 사실은 이미 여러 평자들과 독자들에게 잘 알려진 사실이지만, 또한 그 자신의 작품들끼리도 서로를 복제하면서 상호텍스트의 복잡한 네트를 짜고 있다는 사실은 무엇을 의미하는가.

생각해보라. 이것은 참 대담한 우주, 야심 찬 설계가 아닌가 말이다. 각각의 작품들이 조각 퍼즐처럼 모여서 의미의 기호계를 구성하고, 이러한 체계는 외계와 무관하게 스스로 작동하면서 자신 내부의 진리를 산출해낸다. 또한 이 작품들은 모종의 연결 고리를 통해 관련을 맺고 있는 작품 속의 세계와 공명하고 있다. 전체는 개체가 참여하는 총체로서, 또한 개체는 전체를 이루는 일부로서 서로 의미를 교환하도록 디자인되어 있는 것이다. 이 세계 내에서 진리치를 가려내기 위해서 외부세계의 논리세계에 의존하려 한다면, 이는 터무니없는 일이 되고 말 것이다. 이들은 참/거짓을 가려내는 질문들을, 자신의 고유한 논리를 사용하여, 스스로 인증하는 세계다. 루보미르 돌레첼이라는 서사학자는 문학에서의 서사 구축 과정을 설명하기 위해 '포이에시스(poiesis)'란 용어를 끌어온 바 있다['포이에시스'는 그리스어 포이에인(poiein)에서 유래한 말로 아리스토텔레스에 의해 모방에서 비롯되지 않은 '제작' '생산'이라는 뜻으로 사용되었다]. 한편, 이에 비해 각각의 내러티브를 정교하게 연결하여 자기조직하는 의미망을 구성하고자 하는 조현의 설계는 이에 한 걸음 더 나아가, '오토-포이에시스(auto-poiesis)'에 접근하려고 하는 것이 아닌가. 이러한 체계 안에서, 한 작품 속에서 진실이라고 생각되었던 사실들은 다른 작품들 속에서 인증되었던 사실에 의해 재차 인증되면서 진리치를 갖게 되는 것이다. 단편적으로 흩어진 상상력의 파편을 모아 믿음의 네트워크로 재구성하는 일이 일단 어느 수준에 도달하면, 그 체계는 고유의 자기생산력을 유지하면서 유사한 생산물들을 만들어낼 수 있는 의미 결합의 장소가 된다. 다행스럽게도 그리고 부럽게도, 다작을 위해서는 더할 나위 없이 좋은 환경이 조성된 셈이다.

작가 자신의 예술론과 가장 근접 조우할 수 있는 소설인 「생의 얼룩을 건너는 법, 혹은 시학」에는 이러한 설계의 도면을 슬쩍 들여다볼 수 있는 대목들이 대거 등장한다. 작가가 갖고 있는 소설론, 미학의 한 단면을 엿보기 위해서라면 거의 모든 대목을 인용해도 좋을 정도로. 이를테면 결코 범상히 지나칠 수 없는 랭보의 「견자(見者, Voyant)의 편지」를 인용한 대목, 사물의 역광, 즉 그림자와 생의 윤회에 관한 문제를 길게 논하는 독백에 묻어나는 융의 철학, 모든 존재는 서로 "촘촘한 그물망"으로 얽혀 있다고 가정하는 화엄 불교의 사상에서 리만기하학까지…… 그리고 그는 다음과 같이 선언한다. "어쩌면 우리가 수없이 윤회하는 것은 시학에 대한 영원한 탐구라고 말이야." 아마도 전생에 어떤 인연을 가진 사이였을 것으로 짐작되는 두 사람이 환자와 분석가로 만나는 장면으로 시작하는 이 소설은 말하는 "나"와 호명되는 "너"에게 마음속 이야기를 건네는 방식으로 진행된다. 아마도 두 사람을 맺어주는 소통의 끈은 (현실에서는 효력이 의심스러운) 텔레파시, 즉 마음의 전이 작용 같은 것이리라. 화자의 고백에 따르면 두 사람은 "이번 생을 끝으로 지구에서의 윤회를 마치고 태양계의 다른 천체", 즉 "서기 25세기"의 "에우로파"로 전이될 예정이며 다음 생에서는 "에우로파 행성에 적합하도록 개조된" 물갈퀴와 인공 아가미를 갖춘 모습으로 태어나리라는 것이다. 앞에서도 언급했던 「돌고래 왈츠」를 읽은 독자라면, 이러한 대목에서 다른 소설 속의 장면들, 즉 주인공의 고향 행성에 대한 이야기, "존재의 이격"에 대한 설명 등을 떠올리는 것은 자연스럽다. 또한 화자는 에우로파 이후의 다음 생에 대해 상상하면서 "'눈[雪]'이란 단어" "특히나 첫눈이란 개념"에 대해 심사숙고할 기회가 있을 것임을 추정함으로써 작가의 다른 작품 「초설행」과의 상호텍스트성을 암시하고 있다. 따라서 조현의 우주는 허구를 가지고 쌓아올린 또다른 허구, 즉 허구(들)의 허구라고 할 수 있을 것이다.

또하나, 조현이 자신의 허구적인 우주를 가능세계 차원으로 끌어올리기 위해 사용한 기교 가운데 짚고 넘어가야 할 것이 있다. 그것은 에코 식으로 말하면 '현실세계의 총체적 이미지'를 만들기 위해 '그 세계의 잠재적이고도 최상인 완전한 백과사전'[7]을 만드는 작업에 관한 정교한 책략이 엿보인다는 점이다. 그가 구사하는(실제 고유명사들을 가져오기도 하고, 필요에 따라 스스로 발명하기도 하는) 낯선 이국의 언어, 현란한 인명, 지명 등의 인용 등, 박학다식의 자랑스러운 증거인 듯한 다채로운 어휘군과 주석이 붙은 소설들을 펼치며, 독자들은 그야말로 낯선 지식의 성찬을 앞에 둔 느낌을 받게 될 것이다. 이러한 일종의 백과사전적인 기획은 아직 미완의 상태로 남겨져 있는 장편 「유니콘」에서 화자인 "나"가 선망의 대상인 선생님을 닮기 위해 여러 이국의 언어들을 구사하는 "선생님의 사전을 내 안으로 그대로 옮겨오고 싶었다"고 말하는 마음과 다르지 않은 동기를 갖고 있는 것이리라. 더욱이 「유니콘」의 화자가 고백하듯 "이국의 언어들"은 "일상적인 모국어의 보호 장치 없이 곧바로 외부의 생경함이 밀려들어오는 인간의 마음"에 호소하는 힘을 갖고 있는 것이다.

이런 '우주적' 스케일에 이르는 가능세계를 구축하기 위해 작가가 사용한, 사용해야 할 장치나 원리들을 더 열거했다가는 지루하게 지면을 낭비하고 말리라. 일단, 작가가 구사한 '우주적 상상력'의 얼개를 더 미분해보기 전에, 반드시 다시 한번 되물어야 할 질문이 있기 때문에, 서둘러 돌아오지 않을 수 없다. 그토록 오랜 적공을 들여 주춧돌을 올리고, 세심한 기

7) 움베르토 에코, 『해석의 한계』, 김광현 옮김, 열린책들, 2009, 256쪽.

예를 사용해서 배치한 텍스트의 성좌를 통해, 과연 작가는 어떤 존재의 진실을 보여주고자 하는가? 아니, 이러한 물음은 '그의 텍스트를 통해 독자는 어떤 진실을 보는가?'로 바꿔 말하는 편이 옳을지도 모른다. '충분히 존재할 수 있는 권리'를 주장하는 저 텍스트의 우주를 넘치도록 채우고 있는 것은, 도래할 유토피아에 대한 꿈, 그리고 그 실현에 대한 넉넉한 낙관이 아니겠는가?

존재의 인드라망과 중중무애(重重無碍)의 우주

조현이 구축한, 낙관적인 역설의 체계 속에서 세계의 파국에 대한 비관적인 성찰은 새로운 갱신에 대한 희망으로 선회하게 된다. 그의 소설이 '다 읽고 난 후에 여운이 남되, 칙칙하지 않'[8]은 것도, '존재의 심연에서 생의 약동으로, 그렇게 건너가는 자의 윤리가 택한 미학의 행로가 보인다'[9]는 평가를 듣는 것도 바로 그의 우주를 떠받치는 근저에, 거대한 긍정과 소박한 순복의 세계관이 자리하고 있기 때문이리라. 한 생명을 죽이기도 살리기도 하고, 허물기도 세우기도 하는, 우주의 근원에 자비로움이 있음을 깨닫게 된다면, 백팔번뇌도 찰나의 꿈이리니. 이런 우주에서는 이루지 못했던 사랑에 대해 고뇌하느니 차라리 역사상 가장 불행했던 남자를 찾아가서 "불쌍한 남자 고흐여, 그만 괴로워하세요. (……) 그러니 이제는 모자 위의 촛불을 그만 끄고 잠시 눈을 들어 그대를 진실로 사랑하는 사람들이 점점이 박힌 밤하늘의 모든 평행우주를 올려다보세요……"(「고흐」)라고 훼방을 놓으려 하는, 저 오지랖 넓은 사람들이나 말릴 방법을 강구하는 게 나을 것이다.

그리하여 "생의 얼룩을 건너는 법", 즉 고통스러운 삶을 견뎌나가 마

---

8) 김윤식, 「당신이 문학을 아는가」, 『문학사상』 2010년 1월호, 257쪽.

9) 백지은, 「솔마스터(soul master)의 실험실」, 『세계의 문학』 2010년 여름호, 252쪽.

침내 자기실현에 이르는 길은 조현의 세계 속에서는 훌륭한 문학을 쓰는 법, 즉 "시학"과 다르지 않은 것이다. 소설 속에서 인용되었던 것처럼 랭보의 "견자"의 편지는 익히 알다시피 '지옥에서 보낸 한 철'과 같은 극심한 고통의 체험을 이겨나가 미지의 세계에 도달할 것을 촉구하고 있다. "이미 다른 무엇보다도 비옥한 그의 영혼을 연마했으므로! 그가 미지에 도달하고 미칠 지경이 되어 본 환각의 지식을 마침내 상상하고 말 때에, 그때 그는 그 환각들을 보기는 본 것이다!"(「생의 얼룩」에서 재인용) 견자로서의 시인이 감각의 착란을 무릅쓰고 세계의 진경을 흘낏 보았다고 주장하는 것처럼, 조현 소설의 인물들은 거듭되는 윤회의 과정을 거쳐 자신의 영혼을 조금씩 완숙한 경지로 접근시킨다. 이러한 영혼의 기예는 마치 주인공이 자신의 정체성을 잃지 않은 채 다양한 세계의 운명을 체험하는 SF 소설의 플롯과 유사해 보인다. 엮는 김에, 어차피 앞에서 늘어놓은 이런저런 이야기들이 동일한 진리에 대한 다양한 판본이라는 결론에 접근했으므로, 몇 가지 더 엮어보기로 하겠다. 자기조직, 자기창출의 무한한 가능성을 품고 있는 오토-포이에시스의 메커니즘은 또한 그 은밀한 내부에 수많은 이야기들을 품고 있는 풍만한 매트릭스(모태)에 대한 은유가 아니겠는가? 그리고 이러한 상태야말로 견자의 꿈이자 작가들의 오랜 이상향이 아니었던가?

앞에서 나는 조현의 우주가 '낙관적인 역설의 체계'라고 말한 바 있다. 만일 우리가 "시간여행자의 부주의한 조치로, 지금까지 발견된 모든 평행우주를 통틀어서 유일하게 원자 폭탄이 실전에 사용된" "역사상 가장 비극적인 시행착오"가 저질러진 우주(「고흐」)나 "넵튜늄 에너지발전소 폭발사고로 (……) 인류가 모두 중독되어 멸종한"(「종이 냅킨」) 우주를 상상한다고 해도 우리는 같은 말을 할 수 있을 것이다. 이런 지독한 디스토피아적 미래라 할지라도 중중무애로 펼쳐진 수많은 세계의 가능성 가운데 하나일 뿐 아닌가, 하는 냉담한 반응에서부터, 지금이라도 역사의 분지(分枝) 지점을 찾아내어 다른 가능성이 실현된 우주를 만들면 되는 것 아닌가, 하는 건설적인 대안에 이르기까지, 전회의 기회는 얼마든지 주어져 있다는 것이다. 하다못해 "우리의 의식을 다른 우주로 전이시키는 유에프오를 타고"(「고흐」) 근접 거리에 있는 다른 평행우주로 탈출하는 방법도 생각할 수 있고 피치 못해 육신의 죽음을 맞이할 때조차도 더 진화된 다른 존재로 다시 갱신될 수 있다는 꿈을 갖고 "늙어서 평화롭게 죽는다는 건 별까지 걸어간다는 것이지"(「고흐」)라고 쿨한 유언을 남길 수도 있을 것이다. 현실에서 치명적인 상실을 무릅쓰지 않고는, 견자의 꿈을 꿔볼 엄두나 내겠는가. 참으로 세상에는 맷집 좋은 영혼을 가진 사람들이 많기도 하다. 바로 조현 식의 용어로 하면 "사물의 이면을 바라보는 상상력"을 지닌 초능력자(「초능력」)란 이런 유의 사람들이 아닐까.

화엄사상에 따르면 우주는 마치 그물망과 같아서 그 안에 존재하는 모든 생명체가 연결되어 있다고 한다. 그 각각의 개체들은 이중 삼중으로 서로의 형상을 반영하고 공덕을 주고받는 호혜의 관계를 형성하고 있다. 이름하여 이 체계가 바로 '존재의 인드라망'이다. 또한 사람들은 그물의 코에 달려 있는 영롱한 투명 구슬들처럼, 우주 속의 개체와 전체가 서로의 모습을 비추는 장엄한 광경을 가리켜 '중중무애'라고 일컬었다. 수많은 분기점마다 수많은 우주가 갈라져 나와 무한 차원으로 포개져 있는 평행우주의 모습이 바로 이 법계(法界)의 인드라망의 형상과 정확히 일치한다는 사실은, 동양사상과 현대물리학의 거리가 그리 멀지 않다는 사실을 보여주는 것이 아닌가. 또한 매 순간마다 무한한 가능성의 선택지를 펼쳐주는 무한한 지평의 중심에 "결단"과 "행위"를 통해 잠재태로서의 가능우주를 현실태로 바꿀 수 있는 '나 자신'이 있음을 깨닫게 되는 순간, 작가는 그 우주적 환영을 "만다라", 그 영적 경지를 "법열"이라고 말한다.

어쩌면 오늘밤의 성에는 코흐의 꽃송이랄까, 엄밀한 우주적 환영을 담은 만다라를 연상케 했다. 한정된 면적에 무한한 굴곡과 또 우주와 그 안의 모든 생명들의 운명을 담은 그 도형들은 우주의 기적을 연출할 수 있도록 현의 눈길을 오래도록 기다려왔는지도 모른다.

아마도 성에는 겨울 들판에 버려진 송판이나 혹은 맨들맨들한 돌의 표면에도 자랄 수 있을 것이다. 하지만 현은 생각했다.

성에는 유리창에 가장 어울리는 짝이라고. 매끈한 유리창에서 가장 섬세하고 미묘한 무늬를 자기존재의 본질에서 뽑아낼 수 있는 거라고. 하여 성에는 자신의 고귀한 무늬를 펼치기 위하여 우주가 생긴 후 영원에 가까운 세월을 견디며 이 지구에 유리창이란 사물이 생기기를 기원했을 것이라고. 그리고 이 초록빛 지구의 한겨울밤, 수백억 년의 인내를 세심하게 정련하며 이전의 세계에서는 없었던 생경한 무늬를 가득 펼치는 것이다.

현은 그렇게 쓸쓸한 법열(法悅)에 젖어 온 심령을 다해 성에를 향해 주문을 걸기 시작했다.

—「옛날 옛적 내가 초능력을 배울 때」

이제, 반짝이는 이미지들의 궤적을 더듬으며 의미의 성좌에 얽힌 신화를 해독하는 길도 막바지에 이른 듯싶다. 물론 이제까지 따라온 순례의 길은 작가의 것이기도 하지만, 실제로는 독자의 길, 독자의 한 사람인 '나'의 길이기도 한 것. 그렇다면, 마지막으로 남은 텍스트의 길은 어디인가. 대체 어디로까지 뻗어나가, 한도 끝도 없는 결여의 숙명을 연장할 것인가.

샤먼 그리고 소설가, 상처 입은 자가 치유한다

샤먼과 소설가는 분리되어 있는 세계를 연결하는 매개 역할을 한다는 점에서 공통점을 갖고 있다. 이승과 저승, 의식과 무의식, 현실과 허구적 가상을 넘나드는 능력은, 샤먼들뿐만 아니라 소설가들도 반드시 갖추어야 할 기술이 아닐 수 없다. 또한 이들은 타인의 상처와 고통에 대해 깊이 공감하면서, 이로부터 현실을 이겨내는 역설적인 에너지를 끌어낸다는 점에서도 서로 닮았다. 동시대의 사람들은 이들에게서 정신적 치유자의 원형을 발견해왔으며, 이들 스스로도 사회의 환부를 진단하고 위무하는 역할을 곧잘 자임하곤 했다. 샤먼들은 입무(入巫)의 과정을 통해 신성한 힘을 부여받기 위해서 고통과 죽음과 재생을 상징하는 고행의 의식을 거치게 된다. 델포이 신전에는 "상처받은 자가 치유한다"는 신탁이 적혀 있다고 하거니와, 예로부터 자신 내부에 결함을 지니지 않은 자, 시련을 극복한 경험이 없는 자는 샤먼이나 의사가 될 수 없었다고 한다. 옆구리에 헤라클레스가 쏜 독화살을 맞고 영생의 삶을 포기해버린 위대한 의사 키론(Chiron)이야말로 치유자의 원형이라고 할 수 있다. 바로 조현의 소설 「라 팜파, 초록빛 유형지」에 등장하는 소울마스터는 자신의 영혼을 치유하면서 다른 사람의 영적 치유를 돕는, 미래의 샤먼이 아니겠는가. "어쩌면 소울마스터도 한 명의 파야도르"라고 고백하는 장면을 보라. 이는 소울마스터가 자신이 돌보던 노시인의 영혼과 자기 자신을 동일시하는 한편, 샤먼이자 치유자로서의 자신의 역할을 시인 또는 소설가의 소명과 연결시키는 장면이기도 하다(조현의 작품 속에서 시학과 소설에 대한 관념은 세밀하게 구분되지 않는 것으로 보인다).

다시 한번, 초두에서 인용한 장면으로 돌아가기로 하자. "하지만 팜파를 노래하는 애수와 참회에도 불구하고 그의 시에는 아직도 어떤 종류의 결여가 있다는 생각이 얼핏 들었죠." 이 대목은 노시인의 마지막 게송에 대한 평가이자, 지상에 남아 소울마스터의 임무를 계속해야 하는 자신의 운명에 관련된 가슴 시린 고백으로 읽어도 무방할 것이다. 그리고 마지막으로, 작가 자신의 소설가로서의 소명에 관련된 말로 읽어도 좋지 않을까. 아직 그는 갈 길이 더 먼 작가이고, 더욱 강력한 샤먼으로 매 순간 갱신해야 하는 일이 그 소명에 걸맞은 숙명이기에.

믿음을 스스로 인증하는 우주를 만드는 일은, 우주의 별자리에 비견될 만큼 더 많은 작품, 더 풍부한 이미지의 산출을 쉼 없이 요청하는 두려운 작업일지도 모르겠다. 이를 기꺼이 수락하기 전에, 독자들은 더 많은 작품을, 혹자는 더 길고 두터운 이야기를 읽고 싶어할 것이며, 더 읽고 난 뒤에도 계속 요청할 것이다. 작가는 임의대로 다중·다산의 우주를 디자인했을지 모르지만 이후에 그 우주의 질서를 따르게 될 텍스트의 숙명은 어찌할 것인가. 이러한 텍스트의 길을 온전히 받아들이는 방법은 더욱더 자주 자신의 결여를 돌아보면서, 스스로를 부지런히 담금질하는 소울마스터의 운명이나 매한가지가 아니겠는가. 부단히 언어의 방적기를 돌리고 있는 작가에게 이러한 식의 말참견은 지나친 채근으로 들릴 수도 있으리라. 아니, 차라리 이는 아직 만개하지 않은 잠재태의 상상력에 대한 기대감이요, 아직 채워넣을 자리가 넘쳐나는 편폭을 지닌 작가에 대한 감탄의 표현으로 읽어야 할 것이다. 더 깊은 상처와 더 치명적인 착란과 더 추락해야 할 심연을 꿈꾸는 견자-작가로 인해 여태껏 존재하지 않았던 새로운 전회의 가능성을 발견하게 된다면 이 또한 삶에서 얻은 상흔을 치유하는 자비로운 방법이 아니겠는가. "항상 플레바스를 생각하세요."(「종이 냅킨」)

(『문예중앙』 2011년 여름호)

불우한 자들의 불꽃놀이: 증상 혹은 비상의 미학
— 김애란론

1. 두 겹의 곤경, 부침하는 존재들

세상의 모든 주체는 한때 부모들의 '자식'이었다. 세상으로부터 자신을 감싸줄 따뜻한 모태와 보호하는 부성을 삶의 조건으로 부여받지 못한 불행한 '자식들'조차 부모의 존재는 응당 허락되어 있는 것을 빼앗긴, 상실과 박탈의 기호로 자리하게 된다. 태곳적의 신화로부터 젊은 세대들의 손에 들린 페이퍼백에 이르기까지, 부모와 자식 간에 벌어지는 애증의 드라마는 숱한 이야기의 시원이자 원동력으로 작용한다. 프로이트 이후의 정신분석학자들이 착목한 콤플렉스의 지점, 한 명의 주체가 탄생하여 사회의 일원으로 편입하는 과정에서 경험하는 불화와 소외의 감정이 가족 구성원들 간의 관계에 기원을 두고 있다는 사실은 이미 새로울 것이 없다.

김애란의 소설에서 전경화되는 갈등 구조는, 상당 부분 이러한 원초적 서사에 뿌리내리고 있다는 점에서 때로는 기시감을, 때로는 강력한 공감을 불러일으킨다. 자신을 버린 잔인하고 무력한 부모에 대한 정념을 표상하는 방식은 김애란 소설에서 가장 감동적인 장면을 구성하며(「달려라, 아비」「침이 고인다」「사랑의 인사」), 굳건한 생명력으로 가족들을 먹여 살리는 강력한 모성은, 자신의 상처를 자식에게 대물림하는 외상의 원천이며 종내는 분리되어야 할 극복의 대상이 된다.(「칼자국」 「도도한 인생」)[1] 때로는 증오의 대상이어야 할 아버지를 사랑스럽게 보듬으며 용서하고, 숭모의 대상이어야 할 고마운 어머니를 베어내듯 떨쳐내는 복합 감정의 아이러니는 이들이 "어미" "아비" "새끼" 들의 관계이기 때문에 가능한 애증의 뫼비우스 띠이다. 이들에게 미움과 사랑의 경계선이 불확실하다는 사실은, 아버지와 나, 어머니와 나 사이의 경계선이 불확실하다는 주체의 위기 상황과 정확히 닮아 있다. 하지만 거울상에 갇혀 있는 미성숙한 존재 상황을 극복하여 자신만의 자리를 매정하게 구축하지 않으면, 독립적이고 자기결정적인 진정한 '주체'는 탄생할 수 없는 것이다. 김애란의 소설 속에서 압도적인 모성 또는 부성 아래 '자식'되기의 곤경에 처한 자아는, 살벌한 도시 가운데 자신만의 벽을 가진 독립된 '주체'되기의 어려움에 처한 개인과 등가로 놓인다. 혹은 이들은 두 겹의 궁핍함을 동시에 경험한다.

> 다행히 도를 찾고 나면 레를 짚기가 수월했다. 레는 도 바로 옆에 있었다. 미는 레 옆이고, 파는 미 다음이니까, 일단 도를 찾는 것이 중요했다. (「도도한 생활」, 10쪽)

모체에서 분리된 파편들이 무균질한 상태로 유동하는 도시의 한 귀퉁이에 착상되기까지, 이들은 어떻게든 기준점을 찾아 험난한 유랑을 계속한다. 고향에서 서울 올라가는 길이, 한 월세방에서 다른 월세방으로 옮겨다니는 길이 이오가 울면서 건넌 이오니아해보다, 오디세우스가 표류

---

1) 이 글에서 다룰 김애란의 텍스트는 두 권의 작품집 『달려라, 아비』(창비, 2005), 『침이 고인다』(문학과지성사, 2007)에 실린 것을 대상으로 한다. 앞으로 인용할 때에는 본문에 작품명과 쪽수만 표시한다.

한 에게해보다 멀고 험난하다. "'보통'의 기준들"이란 이름으로 종적 없이 엄습하는 소외감과 공포를 피해, 정박할 수 있는 한 점을 찾기 위해 자식들은 이리저리 동요하고 부침한다. 그 한 지점은 보이는 듯해도 금방 머리 위를 넘어 지나가고, 야무지게 입을 옹다물고 손수 만들어보려고 하면 부실하게 허물어져버린다. '대졸자 취업 경로' 설문 조사가 기도를 대신하는 시대, '자식들'은 비정규직 알바와 같은 잉여의 존재로 틈바구니를 옮겨다니며 정착하지 못한다. 더이상 존재의 재확인과 재긍정으로서의 성장, 즉 "상실 없는 성장"을 가능케 한 시대의 풍요로움과 안정감은 사라져버렸다. 김애란의 주인공들은 이러한 현실 속의 결핍을, '무심함'과 '쿨함'이라는 또하나의 결핍으로 지워나가는 이중부정의 역설로 돌파해나간다. 미숙하지만 곡진하고, 미련하지만 꾸물대지 않는다. 아버지의 설계로부터 승인받지 못한 불완전한 자식들에게는 아직 "운동"이, 이들의 몸을 끊임없이 "콩, 콩" 땅을 찧고 솟구치게 하는 젊음의 탄력이 소진되지 않는 욕망처럼 남아 있다("스카이 콩콩을 타는 나의 운동 안에는 뭐랄까, 어떤 '정신'이 들어 있었다." 「스카이 콩콩」, 65쪽).

2. 증오에서 증상으로, 상처에서 상상으로

많은 평자들이 지적하듯, 첫 소설집 『달려라, 아비』에서 부재하는 존재로서든 곁에서 실재하는 존재로든 주인공과 함께 초점화되어 화면의 중심에 놓여 있는 사람은 단연 '아버지'이다. 「달려라, 아비」와 「사랑의 인사」에서 아버지는 아이인 주인공을 버리고 달아나버린 무책임한 존재다. 삭막한 현실에 아비 없는 자식으로 남겨진 주인공은 응당 아버지에 대한 원망과 미움을 가지고 있음이 분명하다. 그러나 김애란의 주인공들은 결코 명시적인, 아버지의 언어를 사용해서 고통스러운 정념을 표현하는 일이 없다. 아버지를 상실한 인간들의 슬픔은 작품 속에서 단 한차례, 강렬하게, 어머니의 언어 정확하게 말하면 어머니의 행동으로 표현된다.

그때 윗도리만 입은 채 방안에서 버둥거리던 어머니는 잡을 손이 없어서 가위를 쥐었다. 창밖으로는 어디론가 걸어가고 있는 사람들의 다리가 보였고, 죽고 싶다는 생각이 들 때마다 어머니는 가위로 방바닥을 내리찍었다. 그렇게 몇 시간이 지난 뒤, 어머니는 가위로 자기 숨을 끊는 대신 내 탯줄을 잘라주었다.(「달려라, 아비」, 8~9쪽)

이때였을까, 어린 아기가 죽음의 공포와 맞먹는 고통스러운 분리가 새로운 생명의 탄생과 동시에 발생한다는 사실을 배우는 것은. 최초의 분리를 경험한 아이는 이제 자신을 보호해주던 양막과 양수는 어디에도 없다는 사실을 배우고 "주머니가 없어서 주먹을 쥐었다." 가위를 들어 죽음 대신 삶을 절취한 어머니와 딸은 이제 "건강해지기 위해서는 조금씩 우스워져야 된다"(「달려라, 아비」, 9~10쪽)는 사실을 실천이라도 하듯 발랄한 판타지를 만들어나간다. 삶의 상처와 결핍을 메워나가기 위해 누구나 스스로 만든 몇 가지의 판타지를 지니고 살아간다지만, 김애란의 주인공이 발휘하는 상상력은 뜻밖에 매섭고도 준절한 데가 있다. 조숙한 소녀의 발칙한 전복은 가볍고도 경쾌한 문체와 은유를 통해 은폐되어 있을 뿐, 결코 아버지의 언어로는 포착되지 않는 깊은 정념이 숨가쁜 욕망의 이화작용을 통해 뜨겁게 현실을 관통하고 있는 것이다. 상상 속의 아버지에게 가해진 풀리지 않는 저주와 '강박적 달리기'라는 형벌은 프로이트의 저 유명한 '쥐 인간'의 꿈을 연상케 한다. '쥐 인간'의 꿈속에 나타나는 달리기는 특정한 대상에 대한 무의식적인 증오와 살의를 '달리기'의 행위로 대치시킨 것이며 이는 환자인 '쥐 인간'의 증상을 형성한다는 것이다. 김애란의 주인공은 자신들을 버렸지만 어디선가 잘살고 있으리라 짐작되는 아버지에 대한 무의식적인 살의를 '달리기'라는 무해한 형벌로 전치시켜 버리고, 한술 더 떠서 그 형벌까지 아버지에게 떠넘겨버린다. 죄를 저지른 것은 아버지이지 자신이 아니기 때문에 죽도록 뛰어야 하는 사람도 당연히 아버지라고 생각했던 것일까? 의도적으로 희화화해버리고 힘을 거세시킨 아버지에게 형벌과 더불어 죄의식마저 전가시켜버린 주인공의 꿈은 현실의 고통과 아버지에 대한 살의에 가까운 원망이 환치된 '즐거운' 증상이다. 증상은 언제나, 즐길 만한 것으로 재구성된다.

「사랑의 인사」에서 잃어버린 아버지의 자리를 대신해서 메우고 있는 환상은 커다란 덩치를 가진 '네시'라는 괴물이다. 아버지와 닮은 긴 수염을 갖고 있다는 점, "오래전 사라진 존재의 모습"을 하고 있다는 점, 사라졌다가 언젠가는 다시 나타날 것이라는 기대를 하게 한다는 점에서 자신을 유기한 원망스러운 아버지는 손쉽게 태곳적 괴물의 형상으로 대치된다. 자신을 만나기 위해 백두산 천지까지 찾아와서 인사를 건네는 사랑스러운 괴물에 대한 매료는 어린 시절의 외상이 남긴 정념의 지옥으로부터 주인공을 건져올리는 상상적인 방어기제라고 설명해도 좋을 것이다. 이렇게, 세상 가운데 버려진 한 아이의 판타지는 신비롭고도 절박하게 태어난다.

> 하늘 위로 불꽃놀이의 파편들이 구조를 요청하는 신호탄처럼 절박하게 쏟아졌다. 순간 나는 한 가지 중요한 사실을 깨달았다. 그것은 '나는 버림받았다'는 사실이 아니었다. **그것은 단순하고 모호한 문장, 먼 곳에서 수백 년 전 출발해 이제 막 내 고막 안에 도착하는 휘파람 소리, '아빠가 사라졌다'는 말이었다.**(「사랑의 인사」, 145~146쪽, 강조는 인용자)

따라서 물속에 잠겨 있는 주인공이 수족관 유리벽을 사이에 두고 아버지를 다시 만나는 장면은 매우 의미심장하다. 물속에 잠김, 즉 수장의 이미지는 일종의 자궁 체험을 연상케 함으로서, 정신적인 죽음과 재탄생을 상징하기 때문이다. 아버지와 나는 같은 시공간 내에 존재하고 있는 것으로 '믿어질' 때조차 마치 협곡을 사이에 두고 떨어져 사는 "고메라 섬 부족"처럼 단절되어 있다. 주인공의 판타지 속 아버지는 두번째의 분리 의식을 거행하기 위해 찾아온 예의 바르고도 사랑스러운 존재다. 이미 넘어설 수 없는 경계를 넘어선 채 분리된 아버지 저편에서 주인공은 질식할 것과 같은 고통을 느끼며 유사-죽음을 경험한다. 그는 아버지의 부재조차 느끼지 못하던 제한된 형태의 미성숙한 자아에서("내가 제일 그리워하는 것은 아버지가 아니라 세상의 어떤 무심함, 아주 특별한 종류의 무심함이라 생각하게 되었다." 「사랑의 인사」, 148쪽) 그의 부재를 수긍하고 상실을 주체의 일부로 받아들인, 고통스러운 주체로 거듭나게 되는 것이다.

두번째 소설집 『침이 고인다』에는 전편의 작품들과 짝을 이루듯 '어머니'의 상실을 소재로 한 두 편의 작품이 실려 있다. 「칼자국」에 등장하는 어머니는 칼을 통해 가족들을 먹여 살리고 위험으로부터 지켜주는 숭엄한 모습을 갖고 있으면서, 동시에 절단과 살육의 도구인 칼과 일체화되어 있는 강하고도 두려운 어머니이다. 원초적인 모성의 현현인 주인공의 어머니는 딸의 몸속에 영양분을 흘려넣어주면서 동시에 수많은 '칼자국' 즉 상처의 아픔마저 대물림한다.

> 나는 어머니가 해주는 음식과 함께 그 재료에 난 칼자국도 함께 삼켰다. 어두운 내 몸속에는 실로 무수한 칼자국이 새겨져 있다. 그것은 혈관을 타고 다니며 나를 건드린다. 내게 어미가 아픈 것은 그 때문이다. 기관들이 다 아는 것이다. 나는 '가슴이 아프다'는 말을 물리적으로 이해한다. (「칼자국」, 151~152쪽)

무기력한 아버지의 빈자리를 대신하는 그 자리에 어머니는 자르고, 찢고, 절단하는 욕망의 '기계'—칼을 쥐고 평생을 지탱한다. 그 칼이 남긴 자국 뒤에는 때로 농담으로 위장한 무의식적인 살의("배때기를 쑤셔버리겠다!")와 모성적인 용서("많이 안 다쳤슈?")의 정념들이 농밀하게 배어 있고, 어미-새끼라는 원초적인 관계의 위계질서("내가 니 새끼냐?")가 준엄하게 새겨져 있다. 이 작품에는 번뜩이는 살의와 원시적인 욕망, 감각적인 무상성이 혼종적으로 내장되어 있는 뛰어난 묘사가 등장한다. 무르익어 농삭은 무의식의 살풍경한 위의(威儀).

> 나는 광 냄새가 싫었지만 나 먹을 것은 그 안에 다 있었다. 먼지 낀 유리병 속의 마늘장아찌나 숨 죽은 파김치, 복수심을 안고 포복해 있는 간장 게장과 독 안에서 꿈처럼 출렁이며 익어가는 물김치를 볼 때면, 내가 아주 옛날 사람이 되는 기분이 들었다. 먼지 낀 환풍기는 느릿느릿 돌아갔다. 어머니는 바닥에 구부정히 앉아 칼을 갈았다. (「칼자국」, 170쪽)

엄마가 돌아가신 후 상실감을 견디지 못하고 괴로워하는 우울증적 주체는 어머니의 자궁을 닮은 친정의 내실 공간에서 애도와 치유의 의례를 통과한다. 죽은 듯한 잠을 자고 일어난 딸이 어머니의 욕망기계—칼을 사용해 사과 한 알을 깎아 먹고 입맛을 되찾는 장면은 어머니의 욕망에 종속되어 있던 자아가 치명적인 분리를 겪은 후 자신의 욕망을 가진 주체로 재탄생하는 순간을 상징한다. 이는 남겨진 자들의 어떤 숙명 같은 감각이 발생하는 지점, 입안에 "침이 고이"는 순간이다.

「침이 고인다」의 주인공인 '나'는 이제 당사자가 아닌 동거인의 위치에서 엄마에게서 버려진 과거를 갖고 있는 후배를 바라본다. 그러나 주인공과 후배는 상징계의 미로에 던져진 어린아이처럼 혼돈과 상실감을 공유한다는 점에서 정신적인 쌍생아와 같다. 어린 시절, 아버지의 언어들이 지배하는 공간인 '도서관'에 버려진 아이의 불행한 운명은 사람의 가치를 '몸값'으로 매기고 '패션'으로 기표화하는 도시의 질서에 포박되어 있는 평범한 청년의 우울한 일상과 포개진다. 거대한 도시는 무서운 아버지처럼 피곤한 아이들을 흔들어 깨우고, 잔인한 어머니처럼 기호들의 게임과 경쟁으로 가득한 세계에 우리를 밀어넣고는 시치미를 떼고 외면한다.

> 그녀가 화들짝 깨어난다. 그러고는 벌떡 일어나 정신병자처럼 외친다. *몇 시지?* 늦은 건 아니지만 늦을지도 모르는, 세계 도처에 깔린 우리들의 난처한 시간— 그 어디 즈음의 몇 시 몇 분이다. (「침이 고인다」, 47쪽)

> 그녀의 얼굴이 어두워진다. 지하철이 큰 소리를 내며 멈추어 선다. 그녀는 열차와 선로 사이의 나락을 폴짝 뛰어넘으며 냉각된 열차 안으로 들어간다. 문이 닫힌다. *춥다.* (「침이 고인다」, 51쪽)

그러나 자식을 버린 어머니들은 '가장 좋은 것'을 선물로 준다. 바로 달콤한 껌 한 통이다. 후배는 껌 한 통을 차례로 씹으며, 때로는 풍선도 만들어 펑펑 터뜨리면서 두려운 상실의 순간을 견뎌나간다. 껌을 씹으며 버림받는 아이, 이는 참으로 비정하고 고통스러운 이미지로서 소설 한 편의 경계를 넘어 김애란의 작품 세계 전체에 기다랗게 음각되어 있다. 그러나 정작 아이 자신은 울지 않고 잘 참아나간다. 달콤한 껌의 맛과 그윽하게 고이는 침의 물질감이 상실을 견디게 하는 상상적 대체물 역할을 했기 때문일까. 결핍으로 인한 즉각적인 만족의 상실은 욕구의 시작을 불러오고 욕구와 만족 사이의 틈새 사이로 "침이 고인다". 식욕과 함께 매번 고이는 침처럼, '잘 가동하는' 욕망을 지닌 주체는 기묘한 조건반사 증상을 몸으로 익힌 채 반복되는 상실의 순간에 입맛을 다신다.

후배와 결별한 후, 상실의 자리에서 '나'는 후배가 주고 간 마지막 껌 반쪽을 꺼내 입에 넣으며 "세상에" 하고 놀란다. 자신이 물려받은 것이 세상에서 '가장 좋은 선물'임을 알게 된 것이다. 이는 저절로 고이는 침처럼, 세계가 우리의 것을 박탈할 때 그 자리를 메워주는 판타지이자 대체

물이며, 생리혈의 얼룩, 타액, 진땀 등 '비천한' 어머니의 체액이 전수하는 치유의 감각이다.

> 후배는 아름다운 목소리로 말했다. 그날 이후로 사라진 어머니를 생각하거나, 깊이 사랑했던 사람들과 헤어져야 했을 때는 말이에요. 껌 반쪽을 강요당한 그녀가 힘없이 대꾸했다. 응. 떠나고, 떠나가며 가슴이 빠근하게 메었던, 참혹한 시간들을 떠올려볼 때면 말이에요. 응. 후배가 한없이 투명한 표정으로 말했다.
> "지금도 입에 침이 고여요." (「침이 고인다」, 61쪽, 강조는 인용자)

도시를 벗어날 수 있는 출구는 어디에도 없고, 상실의 고통은 에어컨 옆자리에 앉아 있는 사람의 감기처럼 우리를 떠나지 않으려 해도, 자꾸자꾸 고이는 침과 같이, 치유 역시 반복된다.

3. '자식'들의 자리 찾기—주체되기의 어려움

「침이 고인다」가 젊은 세대들의 방황과 자리 찾기의 과정을 근원적인 상실과 분리의 통과의례와 병치시켜 엮어낸 수작이라면, 가족 로맨스적 서사에서 얼마간 비켜서서 현대 젊은이들의 일상과 고민을 비교적 핍진하게 묘파한 작품이 「나는 편의점에 간다」「노크하지 않는 집」(이상 『달려라, 아비』), 「도도한 생활」「성탄특선」「자오선을 지나갈 때」「기도」「네모난 자리들」(이상 『침이 고인다』) 등이다.[2] 어머니와 아버지에 관한 상실의 기억이 김애란 소설의 기원을 형성한다면, 이른바 '88만원 세대'라는 기표 아래 거칠게 묶이면서도 다양한 얼굴과 표정, 삶의 방식으로 굴절되는 개인들이 풀어내는 각인각색의 이야기들은 김애란 소설의 몸체를 구성한다.

---

2) 첫번째 작품집에 실려 있는 「종이 물고기」 역시 이러한 계열의 작품으로 묶일 수 있지만, 일종의 메타서사인 예술가소설로 읽힌다는 점에서 다른 국면에서 언급하고자 한다.

강자들이 이룩한 질서와 각종 체계로 단단히 무장한 세계는 그야말로 '호락호락한' 곳이 아니기에 그 체계에 처음으로 편입하려고 시도하는 새내기들에게는 두렵고도 험난한 과정의 연속으로 느껴질 수밖에 없다. 이 세계로의 최초의 진입을 맞아준 최소한의 공간, 그 공간을 마련해준 사람은 어머니였다. 그 공간이 허락되기까지의 지난한 과정을 재연이라도 하듯, 주인공은 어머니의 길 안내를 받아 "많은 골목과 계단이 구부러지고 꼬였다가 다시 펴진 뒤 알 수 없는 길들로 이어지"(「네모난 자리들」, 216쪽)는 여정을 더듬어 자신의 존재를 분만한 최초의 거처에 도달한다.

> 나는 그 자리에 뻣뻣이 서 있었다. 그 방이 우리들의 방이었다는 게 믿기지 않았다. 어느새 어머니가 나를 찾아 그 앞까지 와 있었다. 나는 하얗게 굳은 얼굴로 물었다.
> "여기는 왜 이렇게 어둡고 아무것도 없어요?"
> 어머니가 내 어깨를 잡으며 말했다. 그건, 네가 있기 위해서였다고. (「네모난 자리들」, 243쪽)

메를로 퐁티는 "공간성의 경험은 우리가 세계에 고정됨을 표현한다"고 적었거니와[3] 아무리 초라하고 작더라도, 주체는 고유한 공간에 거주해야 한다는 것은 '인간됨'의 조건 가운데 첫번째 세목이다. 왜냐하면 그 공간은 우리에게 '보살핌'을 베푸는 일차적인 보호막이고, 안정감의 환상을 제공하는 존재의 영사막이기 때문이다. 엄마 없이 혼자 남겨진 젖먹이가 바나나킥 봉지를 펑펑 터뜨리면서, 부재하는 연인의 방에 전기 불빛을 환하게 켜둔 채로, 또는 물먹은 피아노 건반을 두들기면서, 현존과 만족감의 판타지로 채워둘 수 있는 욕망의 환상 공간. 그런데 그 자리들은 왜 한결

3) 모리스 메를로 퐁티, 『지각의 현상학』, 류의근 옮김, 문학과지성사, 2002, 424쪽.

같이 '네모'여야 할까. 아마도 '네모'라는 도형은 '도시'라는 거대한 상징 질서 내에서 한 단위의 공간이 존재하는 일상적인 형식을 구성하기 때문이 아닐까. '방'이라는 것에 최소한의 자격 조건 같은 것이 있다면 말이다.

그러나 조금 더 성장한 '자식'들이 부모의 슬하를 떠나 독립된 주체로 거듭나기 위해 치러야 하는 두번째의 통과의례는 훨씬 가혹할 수밖에 없으며, 더구나 이번에 가는 길은 헤르메스와 같은 길 안내자도 동행도 없이 홀로 떠나야 한다. 경제력도, 특별한 능력도 갖추지 못한 평범한 젊은 이들은 남의 이목에서 벗어나 자유롭게 살고, 또 이리저리 옮겨다니지 않기 위해 "자신에게 방이 있었으면" 하고 간절히 소망하게 된다. 오죽하면 "남우세스럽게 보이"는 것을 알면서도 여동생과 함께 같은 방을 쓰는 현실을 벗어날 수 없겠는가(「성탄특선」, 85쪽). 뭔가 좀 특별했으면 하고 바라는 성탄특선 프로그램 화면에 "몇 년째 성장하지 못한 '맥컬리 컬킨'이 홀로 비명을 지르고 있"(104쪽)는 광경이 해마다 반복되는 것은 아이러니를 넘어 비극의 한 장면이다. 비명으로 화답할 수밖에 없는 암울한 시대의 비극. 경제적인 궁핍이 청년들의 성장을 발목 잡는다.

요컨대 경제적으로건, 정신적으로건 이들은 다소 힘에 부쳐도 지연된 분리를 언젠가는 감수해야 하리라는 것이다. "자기 삶을 어떤 보통의 기준에 가깝게 해주"(101쪽)는 것은 "델몬트 유리병에 담은 보리차" "변기에 파란 물이 고이게 만드는 화장실 세정제" 같은 사소한 것이 아니라 과년한 여동생과 분가하여 하루바삐 '독립'하는 것이다. 이를테면 성탄절 밤에 연인과 데이트를 즐기는 여동생에게 반복해서 짓궂은 문자메시지를 보낸다든지, 방을 구하지 못하고 그냥 귀가한 여동생을 상대로 신나는 듯 말을 건다든지 하는 근친상간적인 은유로부터 알리바이를 획득하는 것 말이다. 어머니의 슬하에 있을 때 한몸과 다름없었던 '자식들'이 아버지의 질서에 진입하려면 이전에 자기에게 속해 있던 것, 자신의 일부를 포기해야만 한다. 줄리아 크리스테바의 견해를 빌려서, 주체는 자아의 일부가 아닌 것을 구별해나가고 배제하는 가운데, 분리된 '나'의 감각을 개발하기 시작한다고 한다고 말해도 좋을 것이다. 이는 성숙한 '주체'로 자리매김하는 과정에서 모호한 자아 경계를 확립시켜나가기 위해 반복해서 감수해야만 하는 자기 절단의 의식이다.[4] 줄리아 크리스테바를 포함하여 일단의 정신분석학자들에게 이러한 주체성 발전의 단계는 언어의 의미작용이 가동되는 시기와 등가로 표현된다.

따라서 아버지의 질서에 편입되지 못하고 서성대는 과정중의 자아는 '나'와 '타자'에 대해 계속해서 의문을 품고 말을 거는 "영원한 화자", 즉 말하는 주체의 이미지로 출현하게 된다. 이는 자신이 끊임없이 말하면서 그 말을 통해, 자신의 경계를 정립시키고자 하는 불안한 주체다. 지하철에서 중학교 동창생과 우연히 만나면서 벌어진 소소한 에피소드를 후경에 두고, 주인공이 쏟아내는 쉴새없는 독백으로 이루어져 있는 소설 「영원한 화자」의 몇 장면은 어떠한가.

> 나는 내가 어떤 인간인가에 대해 자주 생각하는 사람이다. 나는 내가 어떤 인간인가를 알기 위해 내 이름을 부르면 대답하는 사람, 그러나 그것이 내 이름인 것이 이상하여 자꾸만 당신의 이름을 불러보는 사람이다. (「영원한 화자」, 114쪽)

---

4) 크리스테바는 이러한 단절을 '정립상(phase thétique)'이라고 명명한다. 그에 따르면 모든 언술 행위는 정립적이며 이는 "주체를 자기 이미지로부터 그리고 그 이미지 내에서 분리하고, 동시에 그 주체의 대상들로부터 그리고 그 대상들 내에서 분리하는 것을 요청하는 것이다." 그는 후설이 "의미 작용의 이 심층 논리를 '자아(moi)'의 '구속받지 않은 자발성'을 산출하는 근원"으로 다루면서 일종의 신학적인 의미를 산출하고 있다고 본다. "이러한 정립들은 자아로부터, 산출의 원천으로부터 빛을 발하는 광선이다. 각각의 정립은 하나의 **행동개시점**(혹은 진입 지점)에서, 근원정립이라는 점에서 시작된다. (……) 그것은 **심사숙고 후의 결단**(fait) 같은 그 무엇이고, 의지와 활동의 개시이다."(줄리아 크리스테바, 『시적 언어의 혁명』, 김인환 옮김, 동문선, 2000, 47~48쪽. 강조는 본문에 따름)

나는 내가 무서워하는 것, 깔보는 것, 묻는 것이다. 나는 내가 눈을 크게 뜨고 보는 것, 곁눈질하는 것, 눈감아주는 것이다. 나는 괜찮다고 말하는 사람, 미안하다고 말하는 사람, 감사하다고 말하는 사람이다. 혈액형 혹은 별자리에 대해, 우리가 무수히 침을 발라가며 넘겼던 해설들에 대해서도 나는 말할 수 있을 것이다. 나는 아직 잔뜩 남겨진 자이다. (「영원한 화자」, 116쪽)

나는 동의하지 않아도 끄덕이는 사람, 나는 불안한 수다쟁이, 나는 나의 이야기, 나는 당신이 생각하는 사람, 나는 나의 각주들이다. (「영원한 화자」, 117쪽)

주인공은 "나는 ……이다"라는 진술을 편집증적으로 반복하고 있지만 독자는 소설을 읽으면 읽을수록 주인공이 어떤 사람인지, 어떤 모습과 개성을 갖고 있는지 점점 알 수 없게 되는 미궁에 빠져들게 된다. 실로 경악스러운 존재의 허약성. 마치 육신에서 분리된 창백한 유령의 중얼거림을 읽어나가는 듯한 맥빠지는 느낌은 대체 무엇이란 말인가. 미약하기 짝이 없는 존재감, 아버지의 언어에 겨우 매달려 있는 듯한 모호한 정체감은 "하여, 우리는 흐르는 물에 손을 베이지 않고도 칼을 씻는 방법을 알고 있는 것이다"(「영원한 화자」, 138쪽)와 같은 마지막 문장의 착란 상태에서 극대화된다. 마지막 문장의 통사 구조를 바로 잡으면 '손을 베이지 않고도 흐르는 물에 칼을 씻는 방법을 알고 있는 것이다' 정도가 되어야 할 것이다. 어떤 표현이 올바르든 간에 더욱 예리하게 보아야 할 지점은 화자 "나"는 자신이 손을 베이지 않았다는 것에 안도하고 있는 것만은 틀림없다는 사실이다. 이 소설의 전편에는 아버지의 언어-칼 위를 조심스럽게 걸어가는 상처투성이의 소녀의 목소리를 지닌 초조한 영혼의 이미지가 흘낏흘낏 보인다. 그리하여 자신에 대해서 일관성이나 계통 없이 주절거리는 주인공 '나'의 나르시시스트적인 진술에서 감촉되는 희열(jouissance)을 결코 미워할 수 없는 것이다. 이들은 자신의 '말'의 착란성을 통해, 아버지의 질서가 입히는 상처에서 우회하여 모두가 걸어들어가는 성장의 진입로를 좀 돌아가고 있을 뿐인지도 모른다. "하나의 자부, 하나의 자만. 나는 당신에게 '진짜'인 것 같았고, 내가 그렇게 말할 줄 아는 사람이라는 것이 뿌듯했다"(「영원한 화자」, 118쪽)라고 '말할 수 있는' 사람의 운명이 축복인지 저주인지 섣불리 '말할 수 있는 자'는 누구인가.

4. 미숙아 그리고 포스트잇의 윤리

일용품을 생산하는 한 다국적 회사에 의해 탄생한 공전의 히트 상품 '포스트잇'. 공책에 적어넣자니 일부러 펼쳐보기 전에는 눈에 잘 띄지 않고, 편지지에 적어보내긴 부담스러운 내용, 지극히 사적이고 일상적인 일회용 말의 절편들을 구출하기 위해 우리에게 포스트잇이 도착했다. 포스트잇은 각종 시험을 준비하거나 막 사회에 입문한 젊은 세대들이라면 누구나 친숙하게 사용하는 일용품이면서, 서먹한 사람들 사이에서 얼굴을 맞대야 하는 불편한 순간을 대리해주는 의사소통 도구이기도 하다. 게다가 가격마저, 저렴하다.

포스트잇은 어디에나 잘 붙는다. 또한 붙어 있던 자국을 남기지 않고 깨끗이 떨어진다. 그러나 일반적으로 매우 중요한 내용을 적을 때는 보통 포스트잇보다는 표지와 두께를 가진 공책 또는 수첩을 깊숙한 곳에서 꺼내게 된다. 포스트잇의 고정력은 매우 '일회적'이라서 조금만 강한 충격이 가해질 경우 언제 떨어져 소실될지 모른다는 큰 단점이 있다. 얄팍하고 가벼운 포스트잇에 적힌 것은 무엇이든 임시적이고 사소하다는 느낌을 준다.

글쓰기에 관한 글은 작가 자신의 자의식을 주제로 하고 있기에 어느 정도는 작가 자신에 대한 이야기라는 심증을 주기 마련이다. 그런 점에서

「종이 물고기」는 일종의 '예술가소설'로 분류될 수 있으며, 실제로 여러 평자들에 의해서 김애란의 자전적 소설로 지적되어왔다. 이 작품에는 "아버지의 시간"과 "진담"이 지배하는 공간인 대도시에 맞서 자신만의 담론 공간을 창조하고자 하는 '주체되기'의 열망과 그 과정에서 깊이 상처 입은 자신을 치유하는 장면 등 김애란 소설 특유의 풍경들이 한데 모여 있다. 따라서 지금쯤 김애란의 성실한 독자라면 어머니가 힘들게 끌고 올라갔던 장소에 왜 비천하기 짝이 없는 "똥고개"라는 이름이 붙었으며, 어머니는 자식들의 질문에 짐짓 농담으로 대답하며 우회하는 기지를 발휘하는지, 주인공이 범인(凡人)들이 거주하는 "평지"의 세계로 내려가기까지의 힘겨운 과정을 토로하는 이유가 무엇인지 이미 알고 있을 것이다. 그리고 「종이 물고기」에서는 성장과 주체되기의 낯익은 서사에 이제 자신의 '글쓰기에 관한 글쓰기'라는 메타진술의 층위가 덧붙여진다.

주인공이 유일한 자본처럼 "가방 안에 포스트잇 한 뭉치"(「종이 물고기」, 205쪽)를 가지고 서울로 떠나는 장면은, (작가 스스로 "수상하"다고 묘사했던 것처럼) 심상치 않은 기운을 불러일으킨다. 이제부턴 작가 자신이 주인공의 혼과 입을 빌려 송신하는 글쓰기 '행위'의 기원과 이유, 존재의 양태에 관해 용기 있게 고백하는 목소리를 듣기 위해 더 가깝게 다가서야 한다. 굳이 '용기 있게'라는 수식을 더하는 이유는 그것은 작가 김애란 자신이 무릅쓴 부끄러움과 자기검열의 무게가 결코 가벼운 것이 아니기 때문이다.

> 소녀는 역기를 드느라 두 팔을 번쩍 올리고 있었는데 그 바람에 겨드랑이털이 흉물스럽게 드러나 있었다. 중국 소녀는 역기의 무게를 이기느라 온갖 인상을 다 쓰고 있었다. 앞좌석의 여자는 더욱 미친 듯이 웃어댔다. 겨드랑이털을 드러낸 채 땀을 뻘뻘 흘리며 만세 자세를 취하고 있는 소녀의 표정이 참으로 진지했기 때문이다. (「종이 물고기」, 206쪽)

이 소설에서 김애란은 자신이 몸에 딱 달라붙는 옷을 입은 채 무거운 역기를 들고 쩔쩔매는 진지한 자세를 취해야 하고, '삐까쏘'의 '우는 여자'처럼 산산이 부서진 얼굴로 사람들 앞에서 엉엉 우는 모습을 상연해야 한다는 사실을 의식하고 있음을 내비친다("—그리하여 절실함은 내게 언제나 이상한 수치(羞恥)를 주었다", 211쪽) 김애란은 자신이 쓰는 글의 질료가 허약한 포스트잇임을, 그리고 그곳에 적힌 두서없는 언어들의 파편임을 고백하면서 스스로 자신이 구성한 이야기와 담론의 체계를 탈주시키는 상상력을 구사한다.

주인공은 세상에 "생떼를 쓰며 태어난" 미숙아에 불과하고 막걸리로 배를 채운 엄마의 젖을 먹고 자라 "낮꿈을 잘 꾸는" 부실한 존재다(197쪽). 잘난 것도 없고 개성도 없는 한 사람이 포스트잇으로 채워나간 벽면에 우연찮게 관계가 발생하고 어느새 "커다란 체스판처럼 보이기도 하"는 질서와 체계로까지 확장된다. 주인공은 이 과정을 무한한 경이와 신비로움으로 바라본다. 겨우 포스트잇 뭉치들을 붙여놓았을 뿐인데. 손쉽게 배열되고, 손쉽게 떼어져서 옮겨붙일 수 있는, 조립식 서판과 같은 포스트잇의 장점이 브리콜라주와 같은 혼융과 생성의 공간을 탄생시킨 것이다.

> 그는 물러서서 벽면을 바라봤다. 자신의 몸에 그토록 많은 이야기가 깃들여 있으리라고는 상상하지 못했다. 그는 첫번째 벽면에서와 마찬가지로 그것들이 모두 '연결'되어 있다는 사실에 놀랐다. 그 당시 정말 아무 의미가 없거나 사소한 일들이 자기 인생에 중요한 영향을 미친 것을 깨닫고 그는 경이로움을 느꼈다. (「종이 물고기」, 211~212쪽)

그리하여 꿈꾸는 자들은 항변한다. '작고 약한' 포스트잇의 접착력으로나마 흘러내리는 모래로 구성되어 있는 삭막한 실재를 보여주는 균열, 구멍들을 봉합할 수 있다면 그 "생떼" 같은 붙어 있음이야말로 소진되지 않는 욕망의 증거이며, 그 욕망을 포기하지 않는 주체의 윤리에 대한 발언이 아니겠느냐고 말이다. 그러나 개인적으로는 주인공이 다음에 다시 욕망을 추구할 때는 좀더 다른 질료를 선택했으면 하고 바라는 것은 나뿐인가. 어린 시절, 가난하지만 함께 모여 삶을 꾸려나가던 부모님의 방을 묘사한 장면은, 주인공이 다시 글쓰기를 시작할 경우 어떤 질료를 써서 어떤 설비를 갖추는 것이 좋을지에 대한 상상을 어렵지 않게 자극한다.

> 천장을 뒤덮은 얼룩은 벽의 모서리를 타고 점점 바닥으로 내려왔다. 그의 아버지는 그 위에 신문지를 발랐고, 다시 얼룩이 생기면 그 위에 또다른 신문지를 덧발랐다. 비가 새는 틈을 시멘트로 막을 수 있었던 것은 아니지만, **새로운 벽지는 상처 위의 딱지처럼 계속 얹어졌고, 종내에는 하나의 튼튼한 지층이 되어 그들이 그곳을 떠날 때까지 바람을 막아주었다.** (「종이 물고기」, 201쪽, 강조는 인용자)

부모님들의 오래된 방에는 있지만 주인공에게는 없었던 것은 다름아닌, 반복되는 땜질에 의해 구축된 "지층"이었다. 빈약한 거주자들의 유일하고도 효율적인 대책은 결핍을 메우는, 봉합의 반복뿐이다. 스테이크를 만들 줄 모르는 요리사가 만든 햄 버무림을 "스테이크"라고 "믿고" 먹었던 경험 같은, 안도감을 주는 행위들. 무너진 방의 파편 속에서 건져올린 미약한 희망의 메모가 더이상 떨어지지 않도록 손가락으로 누르는 것 같은 몸짓은, 조금씩 강해지고 단련되면서 다음번엔 주인공도 다음엔 좀더 튼튼한 서판을 선택하리라는 기대감을, 독자들에게 가능태로 남겨준다. 비록 그것이 운동선수의 체모를 보며 웃지 않는, 다정한 독자들의 판타지라고 할지라도.

5. 욕망하는 하반신—자가 치유하는 육체의 전략

하여, 우리가 김애란의 소설에서 볼 수 있는 것은 혹독한 삶의 조건과 대결하는 절박한 자세와 이를 넘어서 부양하는 경쾌한 상상의 순간이다. 그리고 볼 수 없는 것은 삶의 조건에 대한 낙관적인 전망 또는 자기연민의 신음 소리이다. 김애란 소설의 트레이드마크와도 같은 만화적 상상력과 톡톡 튀는 비유 역시 어수선하거나 소란스럽지 않다. 오히려 등장인물의 꿈의 영사막에 상연되는 환영의 장면에는 "도- 도-" 하고 울리거나, "펑, 펑" 하고 작렬할 때 같은 절정의 순간을 제외하면 음이 소거되어 있거나 적막이 이미지를 진압하고 있는 경우가 많다. 오죽하면 마침내 입을 연 피아노 소리마저도 "손끝에서 돋아나는 음표"나 "뭉텅뭉텅 공기 방울이 새어나왔다" 등의 시각적 이미지로 치환되겠는가(「도도한 생활」, 42쪽). 영롱한 색과 키치적인 조합, 기포나 불꽃의 심상으로 나타나는 현란한 감각은 사실 소설이 정밀 묘사하는 현실의 비루하기 짝이 없는 삶과 보색대비를 이루면서 서로를 상쇄시키기 위한(혹은 한쪽이 다른 한쪽을 전복시키기 위한) 절묘한 미학을 내포하고 있다.

이를테면 김애란 특유의 스타일이라고 지적되는 기발한 비유법은 어떠한가. "백두산 천지의 모습은 탈영병을 숨겨준 어머니처럼 침착하고 고요했다"(「사랑의 인사」, 143쪽)에서 도드라지는 이미지는 "백두산 천지"와 같은 비현실적인 원관념보다 "탈영병을 숨겨준 어머니"와 같은 보다 현실적이고 구체적인 보조관념이다. 오히려 보조관념을 통해 모성에 대한 그리움과 잃어버린 동일시의 대상에 대한 애착의 염(念)에 가깝게 다가간다고 말할 수 있다. 멀리서 빛나는 모텔의 불빛을 보며 "멀리 구원처럼 빛나는 거대한 네온사인"(「성탄특선」, 99쪽)이라고 표현한 대목은 어떠한가. 김애란 특유의 스타일은 미숙아의 감각을 연상케 하는, 보색의 이미지와 이질적인 개념들을 교합시키는 데서 발생한다. 그리고 이는 환영으로 현실을, 보조관념으로 원관념을 이기게 하는 전략이자, 상존하는 상실의 흔적을 덮어주고 싸매고 치료하는 자가 치유의 요법이다.

"더이상 욕망이 없는 사람이 지는 거다?"(「영원한 화자」, 133쪽) 동일시적 욕망과 원초적인 애증의 샘이던 어머니의 "맛나당"이 문을 닫은 시대, 서울에서 젊은이들은 먹고 마시고 쓰고 싶은 욕망을 채우기 위해 "편의점"에 간다. 너무 가까운 관계를 맺는 것도 부담스럽고 기계적인 상징화와 교환질서로만 치환되는 것도 거부감이 드는 공간에서 이들은 균형을 잡고 또 룰을 지키며 그 안에서 자신의 욕망을 관리한다. 혹시 급습하는 차에 치여도 "가슴 위로 뒤집어져 올라간" "치마를 다소곳이 내려주"는(「나는 편의점에 간다」, 56쪽) 최소한의 예의가 존재하는 도시의 한가운데. 한때는 아버지와 어머니의 '자식'이었던 사람들은 포스트잇만큼의 애착, 그리고 군침만큼의 욕망을 몸안에 품고서 부지런히 질주한다. 등장인물의 꿈속에 등장하는 아버지의 "하반신"이 "몹시 싱싱하고 단단해 보이"는 것처럼(「그녀가 잠 못 드는 이유가 있다」, 110쪽) 우리는 읽고 있는 작품에 대한 경탄과 함께 다음 작품에 대한 더 큰 기다림을 갖게 하는 이 젊은 작가가 지어올린 판타지의 하반신이, 생각보다 튼튼하다는 사실에 놀라게 된다. 그리고 주체의 경계와 환영의 안전막을 무너뜨리는 상실이 재난처럼 들이닥치는 순간에도 어정쩡한 삶의 아랫도리를 가동시키는 욕망의 작은 엔진에 시동을 건다, 이 작가는. 또 넘어져서 다치면, 덧대고 치료하면 된다고 나직하게 속삭이면서.

(『현대문학』 2009년 6월호)

상실과 부재의 언저리에서: 경계를 향한 글쓰기
— 전성태론

1. 실향한 상주, 더딘 애도의 기록들

고향에 이르는 길은 언제나 조금씩 늦다. '고향'은 우리가 등지고 나온 어떤 것, 그리움과 아쉬움을 반추하게 하는, 상실의 기표로서 회고되며, 그나마 자주 오인된다. 더구나 1990년대 이후 작가군에 포함되는 전성태를 포함해서 이른바 젊은 세대에게 있어서 고향의 의미는 사뭇 다를 수밖에 없다. 아무리 전성태의 소설이 잊혀가는 농촌의 모습을 생생하게 복원했고, 공들여 연마한 고향의 언어를 알뜰하게 구사했다 해도 마찬가지다. 전성태의 소설 속에 등장하는 고향은 결핍의 대상으로서, 더디게 애도되기 위해 그 자리에 존재한다. 이러한 결핍은 이중적이다. 첫번째 소설집 『매향』에서 작가가 어린 시절을 보냈던 고향은 1970년대 이후 근대화의 거센 바람에 휩쓸려 본모습을 상실하고 변형되어가는 모습으로 그려지면서, 동시에 작가가 극복해야만 하는 어떤 것, 성숙을 위해 벗어버려야만 하는 부담스러운 원형질과 같은 것으로 지목되기도 한다. 작가가 굳이 우회하지 않고 "실향민 의식"(「歌手」, 218쪽)이라고 적확하게 집어 말한 정조는, 『매향』에서뿐만 아니라 근작을 묶어 낸 『늑대』에 이르기까지 도저하게 전성태의 작품 밑자락을 떠받치고 있다. 잃어버린, 잃어버려야 할 고향을 향해 품은 충심은 질기고도 집요하다.[1)]

"상주(喪主) 노릇"은 작가가 자신의 더딘 발걸음을 가리켜, 스스로를 타박하기 위해 만들어낸 또다른 말이다. '실향 의식'의 대상이 '고향'이라는 공간이라면, '상주' 의식의 대상이 되는 것은 사람이다. 작가 후기에 적힌 말로 미루어보아 "영안실 앞에서 서성거리다가 이십대 한 시절을 다 보내버렸다는 피해의식"(『매향』, 317쪽)은 청년들을 잇달아 죽음으로 내몬 혼란스러운 정국에서 기인한 것으로 보이지만, 기실 소설 속에서 그 상실과 부재의 의미는 더 넓은, 혹은 다소 다른 방향으로 확장된다. 그리운 고향, 그리고 애틋한 한 사람을 잃어버렸다는 의식으로 인한 격절감은 대개 동일시되거나 중첩되어 서로의 비감을 더욱 증폭시킨다. 이때 '고향'은 출생과 성장을 함께한 가족, 또는 공동체에 대한 환유로, 또한 '조상(弔喪)'의 대상은 의인화된 공간, 또는 한 시대로 해석할 수도 있음은 물론이다. 따라서 "실향"과 "상주"라는 두 단어를 연거푸, 혹은 겹치면 동어반복이 된다. 하지만 이러한 반복은 불필요한 것이 아니다. 한 가지 현실은 다른 차원의 현실에 걸쳐 있고 여러 층위의 불행과 궁핍함을 재생산하기 마련이 아닌가. 국경을 넘어가는 사람들이 고향과 함께 죽은 아이를 묻는 일, 타향에서 동향 친구를 잃은 이가 병까지 든 몸으로 한 시대를 조상하는 일, 자본의 물결에 퇴색해가는 농촌을 지키던 친구의 주검을 염습하는 일, 그리고 그 가는 길에 실연까지 당하는 일…… 전성태의 소설 속에서 하나의 위기는 또하나의 불행을 불러오고 그 불행은 또다른 상실의 이면임이 속속 밝혀지면서 한 개인의 아픔은 공동체의 것으로, 세계의

1) 대상으로 삼고 있는 작품은 다음과 같다. 『매향』(실천문학사, 1999), 『국경을 넘는 일』(창비, 2005), 『여자 이발사』(창해, 2005), 『늑대』(창비, 2009), 「로동신문」(『창작과비평』 2009년 여름호), 「장수 만세」(『현대문학』 2009년 10월호). 이하 인용할 경우 본문에 작품명과 쪽수만 표시한다.

균열을 증거하는 징후로, 전이된다.

이러한 고통스러운 삶의 정황을, 독자는 작가의 고백에서보다 먼저, 더욱 여실하게 독자는 소설에서 만나고, 그 세계의 징후를 언어와 텍스트가 벗은 몸처럼 드러낸다. 등단작인 「닭몰이」에서 가장 최근작인 「장수 만세」에 이르기까지 전성태의 작품을 차례대로 다시 걸터듬어보면, 정작 '실향한 상주'처럼 떠나고, 헤매고, 앓고, 인내해온 것은 바로 그의 몸속에 든 언어들이 아니었을까. 그 언어가 자신의 상실을 추스르고 더디게 몸을 갖춰 일어나는 애도의 주기에 맞춰, 그의 글쓰기도 더디게 나아간다.

> 고향의 언어는 끝이 몽글고 품이 넉넉하여 말 다루는 사람을 매혹하는 바 있었다. (……) 고향의 언어는 그런 연장이었다. 그런 언어를 입은 자는 세상을 어떻게 대할까? (「작가의 말」, 『국경을 넘는 일』, 233쪽)

> 나는 때로 내 옷이 누추하다고 느끼곤 했다. 언어에서 몸에 이르기까지 나의 믿음들이 진실일까 회의했다. (같은 글, 234쪽)

그렇다면 작가는 이러한 인식 끝에 어떤 선택을 내릴 것인가? 누추하지만 자신을 따뜻하게 감싸주고, 외부의 충격으로부터 보호해주던 넉넉한 옷을 벗어던질 것인가? 정녕 몸을 바꿀 것인가? "농촌적이고 토속적인 삶에 뿌리박은 표현"[2]을 섬세하게 구사하는 작가라는 세간의 상찬, 김유정, 이문구의 적자로서 견실한 가계의 말석을 버리고 일어날 것인가? 『매향』에 담긴 일부 소설들, 『국경을 넘는 일』 『여자 이발사』 『늑대』 등에 담긴 소설들은 이러한 질문들에 대한 답을 각자 자신에게 부과된 운명대로, 다양하게 선취(選取)하고 있다.

---

2) 방민호 해설, 「소멸해가는, 몰락해가는 것들의 가치」, 『매향』, 303쪽.

이는 작가 자신의 깨달음에서 온 것일 수도 있고, 시대적인 요청에 부응한 것이라고 볼 수도 있다. 이 두 가지 필요성은 딱히 나뉘어서 생각해야 할 성질의 것도 아니다. 어찌됐든 이는 작가에게 "몸의 문제"였고, "실존의 문제"였으며, "모든 걸 새로이 극복해야 했"기에 힘겹기 짝이 없고 여기저기 터져나오는 "균열"을 때로는 헛것과의 싸움처럼 감당해야 했기에 더욱 모질어야 했을 것이다. 때로는 말의 미망에 휩쓸려 "글자가 사라지고 이야기만 남는 글"(「존재의 숲」, 11쪽)에 대한 소망을 품은 채 존재의 숲을 홀린 듯 헤매고 다니는 일도 서슴지 않았을 것이다. 『매향』에서 보여주었던 고향 농촌의 정취, 잘 조화된 방언과 풍자가 빛나는 언어, 어머니의 품과도 같은 고향과 일체가 된 듯이 살아가는 순박한 주인공들의 넘치는 개성들은 『국경을 넘는 일』 이후로 변모 또는 변용된다. 한 평자의 말처럼 "존재하지도 않는 고향의 삶과 언어를 그리움 속에서 환기하려는 스스로의 자의식과 싸우"[3]는 일, 이는 어머니의 세계와 자신의 이야기 세계를 불식간에 일치시켰던 상상적 상태에서 벗어나는 일이다. 프로이트 식의 고전적인 설명을 빌리면 자신의 존재와 언어의 몸 한가운데 자리한 내밀한 국부 한 조각을 떼어내는 일이기도 하다.

작품 속에서 생명을 부여받은 등장인물들에게 운명이 있듯이 텍스트에도 운명이 있고, 또한 그 텍스트의 운명은 그 안에서 작가의 운명을 내비친다. 그 운명이 서로의 진실을 반영하고 되쏘고 분광시키는 행복한 접합점을 찾을 때 독자는 잠시 그 신비로운 존재의 집안에 머문다. 마치 이들을 오랫동안 알아왔던 것처럼, 그 안에서 편안하게 대화하고 그 거처에 자신의 운명 한 가닥도 조화롭게 입사시킨다. 글을 쓰는 작가의 무의식적 욕망과 의식적 노력이 텍스트의 짜임과 결에 반영되고, 그러한 작가의 실천이 텍스트의 진실과 만나 언어의 실존에 조응하는 상태. 이런 집은, 서

---

3) 정홍수, 「고향 없는 세대의 언어를 위하여」, 『소설의 고독』, 창비, 2008, 278쪽.

두른다고 쉬이 만들 수 있는 것이 아니다.

2. 타자라는 심연, 실패하는 연인들

조짐은 무성했고 시도는 예견된 것이었으며, 결말은 아직 도래하지 않았다. 『매향』에는 이미 자신이 떠나온 고향과의 상실과 거리감을 현재형으로 체험하고 있는 몇몇 화자가 등장한다. 고향에서의 어린 시절, 깊은 인상을 남겨주었던 여자 정애를 찾아 외딴섬까지 찾아가는 주인공 '나'의 그리움은(「歌手」), 멀고 먼 타지의 사막을 헤매고 다니며 유목민이 된 북한 여인을 찾는 인물의 기이한 인연(「두번째 왈츠」)으로 이어진다. 두 사람 모두 자신이 찾는 대상이 부재함을 확인하기 위해, 아니 이미 예견되어 있던 부재를 지연시키기 위해 먼 길을 떠난다. 몽골의 초원은 남방보다 훨씬 넓기에 떠돌 수 있는 길도, 미지에 가려진 그리운 대상들도 더 많을 것인가.

「존재의 숲」에서 이미 작가는 남을 웃기지 못하는 개그맨이 잃어버린 해학을 찾아 깊은 골짜기의 숲으로 들어가는, 여정을 그린 바 있다. 스스로를 "곧고 휘고 돌고 엎어지는 말의 묘미를 좇아 사"는 사람으로 자처하는 개그맨-작가는 문지방에 기대어 들은 촌로들의 이야기 속에서 "풍성한 은유와 비유"(10쪽)의 성찬을 발견한다. 자신이 말할 수 없었던 것, 언어 이면의 언어를 발견하기 위해서는 스스로의 한계와 대면하는 "캄캄한 삶"의 국면을 피할 수 없는 법. 살아 있는 사람들인지 허깨비인지 알 수 없는 것들과의 만남을 통해 삶과 죽음, 존재와 비존재의 경계를 엿본 주인공은 그 언저리에서 일찌감치 북방의 국경을 향해 그리움의 촉수를 내어민다.

> 나는 가본 적 없는 지구 북쪽의 침엽수림대를 오랫동안 동경하며 지냈다. 뽀드득거리는 눈길과 코끝이 쨍할 정도로 차가운 공기 속을 걸어들어

> 가 고개를 쳐들면 시퍼런 하늘을 찌르고 선 전나무를 보게 될 것이다. 정신 마저도 고드름처럼 예봉을 세우는 침엽수의 숲. 그 숲으로 간다면 나는 힘이 솟을 것 같곤 했다. (「존재의 숲」, 26~27쪽)

아마도 작가는, 몽골을 배경으로 한 일련의 작품들을 쓰기 이전부터, 이미 여러 번 마음으로 국경을 넘었으리라. 「국경을 넘는 일」에는 실제로 태국과 캄보디아의 국경을 넘는 여행길에 오르는 인물이 등장한다. 이 작품 속에서 주인공의 주위를 둘러싸고 있는 것은 인간인지 비인간인지 모를 허깨비 같은 존재들이 아니라 살과 피를 가진 인간들이지만, 서로 속을 잘 알 수 없고 말도 쉬 통하지 않는다는 점에서 낯설긴 매한가지다. 차라리 뒷문을 활짝 열어놓거나 수박 한 쪽을 건네는 일만으로 모르는 척 섞여들어갈 수 있었던 때가 좋았으련만, 현실은 언제나 한 발자국씩 더 가혹한 곳에 있다.

작가는 이 작품의 배경이 되는 상황이 당시 젊은이들 사이에 유행되었던 일종의 "기획여행"(136쪽)임을 밝히고 있는데, 그러다보니 이를 다루는 작품마저 '기획소설'의 느낌이 드는 것은 어쩔 수 없을 것이다. 여러 국가에서 온 사람들과의 만남이라는 설정도 그러하고, 이들 사이에서 오가는 현실감이 떨어지는 듯한 대화 내용도 그러하다. 게다가 여행길에서 만난 이국 여인과의 짧은 만남과 헤어짐이라는 스토리마저 어쩐지 여행자의 환상을 자극하는 상투적인 이야기들에서 간간이 마주쳤던 것과 비슷하다. 특히나 다음과 같은 대화에서 볼 수 있는 시대착오적인 직접성, 서투른 전언의 개입 등은 독자의 몰입을 방해할 뿐만 아니라 참기 어려운 불편함까지 안겨준다.

> "일본을 어떻게 보십니까?"
>
> 구로다의 질문은 허리가 펴질 정도로 직접적이었다. 박은 서로의 짧은

언어 때문이라고 생각했다.

"글쎄요."

박은 난감했다.

"반일감정을 두고 하시는 말씀이라면 요즘 젊은 세대는 과거에 비해 자유로운 편입니다. 그렇지만 한국인들은 일본의 존재를 식민지 기억과 떼놓고 생각할 수 없습니다."

"저는 한국이나 중국의 입장을 잘 이해하지만 동양이 너무 내셔널리즘에 빠져 있다고 생각합니다. 동아시아의 저력이 소모되는 것 같아 아쉽습니다."

어느덧 언어는 영어로 돌아가 있었다.

"그건 일본 영향 탓이 가장 큽니다. 한국의 내셔널리즘은 방어적이라고 할 수 있습니다. 가해자였던 일본의 실체가 여전히 위협적이기 때문입니다. 솔직히 당신 나라는 제국의 욕망을 그대로 가지고 있지 않습니까? 그런 의미에서 일본의 내셔널리즘은 더 위험하다고 봅니다. 왜 당신들은 아시아인의 정체성을 갖고 있으면서 아시아인이기를 거부합니까?" (「국경을 넘는 일」, 148~149쪽, 강조는 인용자)

작가에게 있어서 국경을 넘는 일은, 기실 몸과 함께 '마음'을 넘는 일에 관련된 것이었으리라. 그러나 서로의 '마음'을 넘어서기 위해 우리가 극복해야 할 것은 공간적인 거리, 선입견, 관습 무엇보다 '언어'의 문제와 관련된다. 이른바 '지구촌' '세계화'의 시대에 우리 삶의 전위는 이미 국내, 내국인에 머무르지 않고 외국과 이방인이라는 타자로 관심을 옮겨 간 지 오래되었다. 따라서 전성태가 사유의 극한 지점에서 낯선 이국이라는 무대로 달려간 것은 아마도 또다른 한계 속에서 자신의 언어를 시험하고자 하는 진정성에서 비롯되었을 것이다. 그러나 '타인'은 언제나 '지옥'만큼 까다로운 법, 잘 모르는 곳에서 잘 모르는 사람들에 대해 쓸 수밖에 없는 상황은, 소설 속에서 낯선 곳, 낯선 이들과 조우하는 인물들이 맞닥뜨리는 당혹감과 조응하면서, 작가 역시 그들의 실패를 반복하게끔 만든다. 이것은 바로 '말할 수 없는 것을 말해야 하는' 지점에 이르렀을 때, 작가들이 일으키는 균열 또는 징후와 닮아 있다. 외국인들을 마주 섰을 때, 그, '말할 수 없는 것을 말해야' 하는 상황은 관념적인 수사나, 형이상학이 아닌 몸의 상황이고 생존과 관련된 '실전'인 것이다. 「코리언 쏠저」에서처럼 낯선 땅에서 얼어죽지 않으려면 손짓, 발짓을 동원하고 아파트 담벼락에 매달리는 일까지 감수해야 한다. 국경에서 한 걸음 벗어나면 전위는 어디에나 있다. 몽골의 초원에도, 시장 골목에도 그리고 사람의 마음 속에도.

그런 의미에서 언어의 균열, 심하게 말해 퇴행을 무릅쓰고라도 익숙한 고향의 언어를 버리고자 하는 작가의 모험은 위태로워 보인다. 위태로운 만큼 용기가 필요했으리라. 낯선 광야의 길목에서 이야기를 줍기 위해서는, 다른 사람의 언어에 몸을 섞어야 하고, 그러기 위해선 자신의 말을 조금씩 버려가야 했으리라. 『매향』을 비롯해 「소를 줍다」 「아이들도 돈이 필요하다」와 같이 친숙한 농촌을 배경으로 한 작품들이 유창한 언어의 구사와 생동감을 보여주는 데 반해 『국경을 넘는 일』과 『늑대』에 실린 몇몇 작품들이 이에 못 미치는 것은, 어쩔 수 없는 선택일지도. 작가는, 기로에 서서 찬탄 대신 의심의 길을, 소통 대신 불통의 길을 선택한 것일는지도 모르겠다. 그것이 진정성에 의한 것이든, 유혹에 굴복한 것이든 간에 말이다.

낯선 땅에서 만난 초면의 외국인들끼리, "허리가 펴질 정도로 직접적"인 질문을 주고받는 순간의 낯 뜨거움을 생각해보라. 계몽기 소설의 한 부분을 연상케 하는 이들의 대화 내용은, 과연 새로울 것도, 고차원적인 것도 아닌 진부한 수준의 담론에 머무르면서, 당사자들과, 작품을 읽는 독자들을 곤혹스럽게 만든다. 그러나 이러한 작품의 결여가 일차적으로 작품이 다루는 세계의 결여에서 비롯된 것이라면? 작품 곳곳에서 돌출하는 투박한 상황과 이로 인해 유발되는 불편함이 기실은 세계 속에서 우리가 경험하는 좌절에 대한 미메시스라면? 작품을 읽는 사람을 자주 걸려 넘어지게 만드는 미숙함, 거칠고 서투른 언술, 어색하기 짝이 없는 상황 설정 등이 바로 우리가 처해 있는 비현실적인 현실의 어리석은 균열을 그대로 텍스트의 효과로 전이시킨 결과라면? 이 자리는 한 평자가 최근 소설에 자주 등장하는 낯선 타자들의 출현을 가리켜 "이질적인 것, 특이한 것, 안 통하는 것, 이를테면 외국인, 타자, 유령 등이 문학의 언어에 틈입하는 자리"[4)]라고 지적한 바로 그러한 균열이다. 여하튼, 이러한 질문에 답하면서 「국경을 넘는 일」을 다시 한번 읽는 일은 전성태 소설 전체를 꿰는 새로운 시선을 제공해준다는 점에서 의미가 있다.

예컨대 소설의 결을 따라가면서 다시 한번 이렇게 되물어보면 어떠한가. 실제로 우리가 "기획"에 의해 짜맞춰진 인위적인 만남을 통해 낯선 이방인들과 조우할 때, 나눌 수 있는 대화는 이런 수준을 벗어날 수 있을까. 난데없이 들려온 낯선 호각 소리에 놀라 뛰는 사람을 보고, 분단된 국가, 군대 체험 등을 연상시키는 이방인들에게 개인의 내밀한 진실을 전달하는 일은 애초에 불가능한 일일지도 모른다. 게다가 이들은 서로의 언어에 대해 너무도 무지하지 않은가. 우리는 경계를 넘어서기를 원하되 언제나 제자리에서 같은 결여의 주위를 돌고 있다. 주인공이 계속해서 모래가 자신의 눈동자를 긁고 있다는 이물감에 시달리면서 눈을 제대로 뜨지 못하는 상황은, 따라서 매우 상징적이다. 아니, 오히려 한 세계와 다른 세계가 경계를 허물고 상호 침투하는 과정에서 경험하는 외상을, 그 과정에서 더욱더 고통스럽게 물화되는 과정을 드러냈더라면 더 좋았을 것이다. 여러 가지 면에서 독자를 혼란스럽게 하는 작품 「늑대」에서는 언어가 '삶을

4) 백지은, 「지금 만나러 갑니다」, 『세계의 문학』 2008년 가을호, 민음사, 298쪽.

밟지 못한' 채 착란하는 징후가 조심스럽게 시작된다. 그런 의미에서 이 작품에 대해서는 좀더 할말을 남겨두어야 할 것이다. 그러나 전성태는 적지 않은 경우, 아니 생각했던 것보다 자주, 그러한 균열에 빠졌을 때, 쉽게 자신을 드러내고 빠져나온다. 서투른 관념의 덫에 걸리기도 하고 인간 내면에 대한 깊이 있는 탐색이 필요한 곳에서는 서둘러 발을 빼고 달아나기도 한다. "대체 우리가 끝내 알 수 없는 것들을 다 무어라 불러야겠는가?"(「두번째 왈츠」, 137쪽)와 같은 장탄식을 왜 서둘러 발설해야 했는지. 개그맨은 남을 웃게 만들게 하기 위해 자신은 웃으면 안 되는 법, 차라리 작가는 더 그 균열 속에서 허우적거리고 실패를 거듭하면서 독자로 하여금 절로 장탄식을 하게끔 만드는 것이 좋지 않았을까? 아마도 물화된 세계의 심연, 침묵의 아포리아를 견뎌내지 못했기에, 등장인물들로 하여금 마음에 품었던 애인을 그렇게 쉽게 떠나보내게 만들었던 것일까? 사랑이 그예, 미치지 못했던 것일까?

3. 국경 넘기, 그 외상의 기억

경계를 넘어서는 일은 내 자신 안에 있는 상실과 타자 속에 있는 결핍을 마주보게 하는 일이다. 감추고 싶은 내 안의 환부를 타인의 시선이 들어와 파헤친다. 나 역시 타인의 마음속에 있는 외상의 흔적을 더듬어 찾아낸다. 그 과정에서 상처만 덧들여놓고 물러나기 일쑤여도, 타자를 향해 다가서는 일을 피할 수 없다. 그들을 향해 끊임없이 나아가고 더듬거리는 언어로 서투른 교신을 시도한다는 것, 그 불가능한 노력은 타자에 대한 윤리와 반복되는 욕망의 실현 사이를 매번 저울질한다.

「강을 건너는 사람들」은 이러한 경계 넘기의 힘겨움에 대한 냉혹한 기록이다. 차안의 상실을 견디다 못해 목숨을 걸고 국경을 건너는 사람들이 발견하는 것은 결국 피안의 결핍일 뿐. 벗어나려고 해도 결국 상실과 부재의 언저리를 배회할 수밖에 없는 운명을 타고난 이들은 살아났다고 해도 의미가 없고 죽었다 해도 살아 있을 때와 별반 다르지 않다는 모진 사실을 깨닫게 된다. 죽어서 땅에 묻힌 아기의 젖을 먹고 겨우 살아남은 아이들에게 물려줄 희망이란 거의 없는 현실 속에서도 사람들은 목숨을 걸고 또 새로운 땅을 찾아떠날 것이다. 죽은 아기를 등에 업고 사람들을 실어 강을 건네주는 여자 뱃사공의 운명은 글쓰기의 숙명을 받아들일 수밖에 없는 작가의 운명과 병치된다. "어머니는 그녀의 자궁이 거짓으로 끝난 느낌을 받았으며, 그녀 자신이 부정당한 느낌이었다"(「강을 건너는 사람들」, 180쪽)라는 참담한 제사(題詞)는 두 가지 의미로 읽힌다. 하나는 무익한 노력을 계속할 수밖에 없는 자신의 운명에 대한 질문이요, 다른 하나는 그럼에도 불구하고 멈출 수 없는 삶의 충동에 대한 무의식적인 수락이다.

결국 거리의 문제가 아니다. 배를 타고 하룻밤이면 건너갈 수 있는 길에도 역사, 자본, 정치적인 상황이 겹겹이 장애물처럼 가로막고 있으므로, 이러한 정황 가운데서 우리는 같은 민족인 북한마저도 남의 나라에서, 타자 속의 타자로 만날 수밖에 없다. 그리하여 전성태는 가장 가까운 타자인 아시아를 사유하기 시작한다. 유폐되지 않으려면 돌파해야 하는데, 항상 몸이 먼저 떠난 뒤에야 마음이 뒤늦게 쫓아온다는 것이 문제다. 몽골에 진출한 북한 식당인 '목란식당'을 배경으로 한 두 편의 소설 「목란식당」과 「남방식물」에서, 중심을 이루고 있는 것이 바로 이러한 시차에 관련된 내용이다. 낯선 땅 몽골에서 목란식당을 찾아오는 사람들은 입으로 "정갈하고 입에도 닿"는 음식을 먹고 눈으로 종업원들의 공연을 즐기면서도 이념이라는 틀 속에 넣고 못질해버린 마음은 꺼내오지 못한 것이다. 이들의 마음속에서 목란식당은 분단된 현실의 상징, 가장 가까우면서도 멀리 있는 적대적 타자의 기표일 뿐이다. "분단 장사"를 하고 있는 식당이나, 그곳에서 추태를 부리는 남한의 손님들이나 줄 수 없는 향락을 약속하고 얻을 수 있는 것 이상의 것을 요구한다는 점에서 힘겨운,

불가능한 조우를 하고 있는 셈이다. 그들이 제공하고 또 저들이 맛보고자 하는 냉면을 만들어줄 "공훈 요리사"의 도래는 지연되고 마음이 닿지 않는 어긋나는 만남은 계속된다. 「남방식물」에서 또 한 사람의 주인공이 마주치는 "난경"도 이와 크게 다르지 않다. 호텔에서 제공하는 음식이 입에 맞지 않아 점심때마다 찾곤 하는 목란식당에서 주인공은 명화라는 이름의 북한 종업원에게서 한 통의 편지를 건네받게 된다. 그는 이 편지가 자신의 탈북을 도와달라는 내용을 담고 있을 것으로 지레 짐작하고 봉투를 열어보지도 않은 채 편지를 몽골식 성황당인 어워에 묻어버린다. 명화 처녀의 발신과 주인공의 수신 사이, 그 사이에 놓인 시차만큼이나 이들의 거리는 좁혀지지 않고 소통은 지연된다. 결국 명화가 식당을 떠난 것을 확인한 후에 어워로 달려가 허겁지겁 편지를 찾아내 읽은 주인공은, 그 편지가 명화 자신이 아닌 동료 몽골 여성을 위한 도움을 부탁하는 내용을 담고 있다는 사실을 알게 되고, 이윽고 아연해진다.

> 바람이 낚아채듯 편지를 빼앗아갔다. 그는 휘청하여 손을 뻗었으나 편지는 바람을 타고 허공으로 너울너울 날아갔다. 그것은 바람의 의지도 편지의 의지도 아닌 마치 병섭 자신의 의지 같았다. 그는 가만히 빈손을 내려뜨렸다. (「남방식물」, 88쪽)

「남방식물」에서 북한 처녀와 주인공 간에 놓여 있는 불소통의 심연은, 남방에서 자라는 고구마와 북방이라는 풍토 사이의 부조화, 아내를 배신한 주인공과 남편을 타국으로 쫓아보낸 아내 간의 불화와 포개지면서, 다시 한번 독자들로 하여금 타자성에 대해 캐묻게끔 한다. 결국 어떤 방식으로 저들과 만날 수 있겠는가. 한쪽이 다른 쪽을 일방적으로 돕거나 이용하는 관계도, 낯선 풍물을 대하듯이 향유하는 관계도, 상대에 대한 부담 때문에 외면하는 태도도 모두 고통이다. 이래서야 타자를 대할 때 서로 상처밖에 주고받을 것이 없다. 몽골 청년 돈 얼과 북한 처녀 명화, 가족과 떨어져 낯선 땅에 온 자신들 모두 오연한 유목민의 땅을 "절뚝거리며 걷고 있는 여자"처럼 척박한 삶에 뿌리를 내리고자 하는 생명임에 매한가지가 아닌가. 북방의 매서운 바람 앞에 맥을 못 추는 고구마 줄기처럼 엄혹한 북방에서의 삶에 시달리면서도 살아남아야 하는 현실, 게다가 인간의 얼굴을 하고서. 이러한 난경을 헤쳐나가기 위해서는 아무래도 실낱같은 희망이라도 갖지 않을 수 없다. 「중국산 폭죽」과 「코리언 쏠저」는 이러한 요청에 대한 소박한 답변과도 같다. 두 작품 역시 몽골에서 경험하는 낯선 문화와의 만남과 곤경이라는 주제를 다루고 있지만, 「코리언 쏠저」의 경우 독자들을 희미하게나마 미소 짓게 만드는 해학이 있다는 점에서, 「중국산 폭죽」의 경우 상호이해의 미광을 보여준다는 점에서 다른 어떤 작품보다 낙관적이다.

물론 「코리언 쏠저」의 주인공이 겪는 시련만큼은 다른 인물들이 겪은 것 이상으로 가혹하기 이를 데 없다. 시장에서는 강도들을 만나 옷을 찢기고 물건까지 털리는가 하면, 기분 전환을 위해 방문한 인터넷 카페에서는 불량배들의 사냥감이 될 위기에 처하고, 칩거한 아파트에서는 열쇠를 잃어버려 별안간 밖에서 얼어죽을지도 모르는 상황에 놓이기까지…… 급기야 전선줄에 몸을 의지해서 아파트 담벼락에 위태롭게 매달리는 지경에 처한 것은 역시 낯선 땅에서 겪는 소통의 부재에서 기인한 것이리라. 이 이야기는 연달아 닥쳐오는 시련을 불굴의 의지로 이겨내는 영웅담의 현대적 버전이며, 군대를 전역한 지 이십 년이 넘은 주인공은 희화화된 반영웅의 모습이다. 몽골군 장교로부터 "우리는 친구다, 코리언 쏠저"(123쪽)라는 우호적인 인사를 받는 장면에 교차하는 기막힘이란. 오해와 과장으로 범벅이 된 것일지언정 낯선 이들로부터 받는 환대는 작품 전체에 낙관성을 부여하는 힘이 있다. 비록 목숨을 허공에 내어놓는 절박함에 값하는 것일지라도. 더불어 「중국산 폭죽」의 견고한 전망은 타인을 향한 후의를 결심한 성직자의 시선에서 비롯된 것이기에 가능했을 것이다. 거리의 아이들을 서둘러 현관에 들여놓았다가 "이 지저분한 아이들을 거실로 들여놓을 수도, 그렇다고 다시 내보낼 수도 없는 처지"(160쪽)에 놓인 목사의 곤경은 낯선 언어로 경계의 글쓰기를 지속해야 하는 작가의 망설임, 어정쩡한 태도와 지극히 닮아 있다. 목사가 이들을 위해 베풀 수 있는 호의란 집안의 쓰레기를 모았다 내어주고, 가끔씩 빵과 푼돈을 안겨주는 정도의 일이지만 이러한 사소한 일에서마저 그는 매번 한계를 실감한다. 그야말로 '시험에 들지 않게 구하소서'라고 기도해야 할 판국이다. 그러나 "직업상" 인내하는 일을 통해, 거칠고 투박할 것으로 짐작됐던 이들의 세계에 나름대로의 엄정한 '윤리'가 있다는 진실에 조금씩 접근하게 된다. 죽은 친구를 위해 새해 첫날에 인민궁전에 모여 폭죽을 터뜨리는 의식을 지켜보며 "불꽃이 솟구치는 중심을 향해 더욱 단단하게 모여드"(「중국산 폭죽」, 177쪽)는 저들의 모습에서 보여지는 것은 비록 찰나이지만 시대와 공간을 초월한 인간으로서 느끼는 공감이다. 그러한 공감은 이해와 설명을 초월하는 것이기에 진정으로 '아름답다'라고 말할 수 있는 것이리라. 이러한 광경을 미약하나마 '희망'의 조짐으로 해석한다면, 성급한 것일까.

4. 잠들 수 없는 혼, 꿈꾸는 일의 버거움

작가는 상실에 대해 발언하는 사람이라기보다 그에 대한 꿈을 꾸는 사람이어야 한다. 꿈을 꾸려면, 먼저 잠들어야 한다. 달콤한 잠은 자아를 빼앗고, 그 자리에 몽마들을 살게 한다. 검은 늑대와 같은, 인정사정없는 야성의 생물이나, 나오꼬와 냐마 같은, 손에 잡으려 해도 잡히지 않는 매혹적인 이국의 여성들, 불현듯 나타나 사형(私刑)을 가하는 개도살꾼…… 그러나 '늑대'를 꿈꾸는 작가의 상상력은 외지의 위험에 맞서 깊이 잠들지 못하고 반은 잠들고 반은 깨어 있는, 유목민의 잠을 닮았다. 몽골의 초원이라는, 초월적인 존재감으로 압도하나 그 한계를 다 알 수 없는 세계에 대한 불안으로 인해 작가는 마음껏 꿈꾸지 못한 채, 섣불리 자신의 모습을 드러낸다. 「늑대」에서 검은 늑대의 존재가 상징하는 것은, 몽골 초원의 야성적인 생명력이면서 동시에 깨어 있는 작가의 불안한 혼이다. 그 둘은 '늑대'라는 하나의 존재 속에서 융화되지 못하고 섞여서 한목소리로 각자 다른 말을 하고 있다. 「늑대」는 불안감에 붙들려 반쯤 눈뜬 작가의 의식에 몽마들이 달려들어 어지럽게 엉켜서 뒹구는 치열한 목소리의 전쟁터이다.

늑대가 유럽에서 여전히 두려움의 대상이던 시절, 한 프랑스 저술가는 제보당 지역을 쑥대밭으로 만든 한 늑대의 모습을 다음과 같이 묘사했다고 한다. "제보당 늑대의 모습을 정확히 묘사할 수 있는 사람은 단 한 사람도 없다. 많은 사람이 그린 그림이 서로 달랐는데, 그것이 서로 충돌하기는커녕 오히려 추악한 면들만 모여 모질고 사나운 야수의 모습으로 강조되고 변모되었다. 완전한 괴물의 모습이 되고 만 것이다."[5] "늑대 울음소리에 두려움이 증폭되어 두세 마리의 울음소리를 수십 마리의 울음소리로 착각하는 경우도 많다"[6]는 증언처럼 늑대들을 향한 두려움은 과장되어 늑대를 거의 초자연적인 존재로 만들어버리기도 한다. 전성태의 「늑대」에 등장하는 검은 늑대가 바로 그러한 존재다. 「늑대」에는 여섯 명이나 되는 서로 다른 시점이 등장하지만, 이들은 모두 한 사람의 어조를 통해 진술되고 있다. 늑대라는 치명적인 욕망의 대상에 투영된 것은 기실 여러 사람들의 욕망의 얼굴이며, 이들 대신 말하고 있는 것은 늑대의 혼에 빙의된 작가의 목소리다.

"우리의 초원으로 서류 한 장과 함께 들어온 그 자본주의일까요? 나는

---

5) 쓰시마 유코, 『웃는 늑대』, 김훈아 옮김, 문학동네, 2008, 14쪽.

6) 쓰시마 유코, 같은 책, 14쪽.

어렴풋이 그러리라 짐작하고 있습니다. 먹고사는 데서 놓여난 여유이겠고, 옛날식으로 말하면 잉여물을 독점한 자가 필연적으로 맞게 되는 퇴폐성이겠지요."(「늑대」, 40쪽), "저 탐욕에 무슨 인과가 있겠습니까. 욕망과 힘에 무슨 죄가 있겠습니까. (……) 나는 늑대 앞에 숙명적인 라이벌처럼 마주서기를 원합니다. 약육강식의 자연법칙이니 죄의식이니 연민이니 하는 것들이 없는 절대공간에서 독대하기를 원합니다."(「늑대」, 45쪽), "이런 격정은 몸이 온전히 낯설었을 때만 오는 거겠지요. 이 순간이 끝나면 완전한 낯섦은 소멸하겠지요. 아무리 갈망해도 어쩔 수 없이 소멸하겠지요. 보름이 지난 달처럼 몸에서 지워져가겠지요"(「늑대」, 61쪽). 작가는 낯선 것들에 대해 말해야 한다는 불안으로 인해 꿈꾸기에 앞서 서둘러 자신의 자의식을 이야기의 층위에 뒤섞는다. 작가의 실패는, 텍스트의 실패이며, 욕망의 승리를 뜻한다. 이런 식의 승부는 가능한 한 피하는 편이 좋았을 것이다. 「늑대」 정도의 짧은 소설에서 몸을 바꾸어가며 자신의 위력을 드러내는 욕망의 변화무쌍한 궤적을, 설득력 있게 드러낸다는 것은 아무래도 버거워 보인다. 각각의 목소리의 주인들의 얼굴이 채 형상화되기 이전에 다른 사람의 이야기 세계로 서둘러 넘어가기 때문에, 독자들은 애초에 이들의 흐름을 단번에 따라잡기보다는 언어-화자-작가가 혼돈을 일으키면서 파국을 향해 재빠르게 달려간다는 인상을 받게 된다. 작가의 목소리가 돌출하면, 이야기 세계 안에 거주하는 등장인물들은 그만큼 생명력을 잃고, 물화되어갈 수밖에. 이들은 한쪽이 다른 한쪽 다리를 물고 있는 제로섬의 경쟁 관계처럼 연결되어 있는 존재인 것이다.

전성태의 소설 속에서 '북방'이라는 위상은, 공간적인 지역인 동시에 마음의 위치를 의미한다. 그곳에서 그는 모험의 미망에 붙들리고 실패할 때까지 한계를 시험해본다. 한편 다시 국내로 돌아와, 우리 내부의 타자성에 대해 이야기할 때는 좀더 안정적일 뿐만 아니라 오히려 균열을 봉합하고자 하는 사뭇 다른 태도를 보여준다. 두 상반된 움직임은 무엇에서 기인한 것일까? 「이미테이션」의 주인공 게리는 한국인 부모에게서 태어났으면서도 외국인의 외양을 지닌, 그래서 스스로 혼혈인처럼 행세하며 살아가기로 결심한 사람이다.

> 게리는 자신의 인생에서 뭔가가 빠져 있다는 공허감에서 헤어날 수가 없었다. 한동안 그는 그것이 무엇인지 알 수 없었다. 어느날 문득 그는 텔레비전을 보다가 깨달았다. 불우함이었다. (「이미테이션」, 276쪽)

게리가 스스로의 결핍을 또다른 결핍으로 채우고자 결심한 순간 "그는 새로 태어난 듯 마음이 편해졌다"(「이미테이션」, 278쪽). 그는 자신의 인생에 벌어진 균열을 '짝퉁'으로 봉합하고, 한국에 정착하기로 마음을 먹는다. 게리가 선택한 한국은 침엽수림이 아닌 "소나무 숲"이 펼쳐져 있는 인공 도시이며 그 도시의 숲을 가로지를 때 게리가 느끼는 따뜻함은, 타국의 초원을 헤매는 여행자의 황폐함과 상반된 지점에 있는 감정이다. 자신의 공간을 선택하고 거주하는 자가 느끼는 안온함과 같은 것이랄까. 그것은 사회의 일그러진 욕망에 의해 부과된 왜상을 수락하고 이를 통해 '지속 가능한 삶'을 누리는 수많은 정착민들의 도시에 섞여들어가는 것을 의미한다. '늑대'보다 온순하고 길들이기 쉬운 "이미테이션"이라는 '숭고한 대상'을 통해 게리가 자신의 남루한 삶을 누벼가는 것처럼, 작가 역시 당분간 잠시 다시 찾은 고향의 언어에 잠시 머물 것이다. 그는 언제 다시 경계를 향한 글쓰기를 위해 자신의 몸을 밀어붙일 것인가. 그가 "나는 아주 오래 쓸 것"(「작가의 말」, 『늑대』, 301쪽)이라고 한 이상 알 수 없는 노릇이다.

최근에 발표한 작품 「로동신문」과 「장수 만세」에서 전성태는 삶을 봉합시켜온 오래된 힘에 대해 좀더 이야기를 계속하고 있다. '로동신문' '국기' '영정사진' 같은 위태로운 단어들을 살짝살짝 비켜갈 수 있게 해주는

"거시기"라는 토착어의 품은 얼마나 넉넉한가. 영정사진의 모난 액자를 덮어씌우기에 낡은 "로동신문"의 질감은 또 얼마나 적절한가. 아흔 살이나 넘은 노인에게는 "자식 죽은 줄 모르고"(99쪽) 남은 여생을 취해 사는 편이 낫지 않겠는가. 앞으로도 아주 오래 쓸 작가라면, 버거운 글쓰기의 모험을 마치고 꿈꾸는 일에 대해 이야기하는 것도 좋지 않겠는가. 그의 이야기를 벗삼아 들어줄 수 있는 오래된 독자들이 남아 있다면, 그가 다른 '영도(零度)'의 지점으로 찾아가 글을 쓰기 시작할 때까지 함께 기다리는 일은 무료하지 않을 것이다.

5. 언저리에서, 더 한 걸음

> 그 순간 나는 어떤 극심한 외로움과 함께 부끄러움이, 그리고 두 여자를 두고 어떤 질투심마저 들었는데 그 심리상태가 어디에서 연유하고 딱히 무어라 명명할 수 있을지 알 수 없었다. 다만 나는 아주 오래전부터 그리워한 듯 그녀를 품에 안고 **사랑할 자격이 있을까**, 진심으로 자문했다. (「두번째 왈츠」, 155쪽, 강조는 인용자)

그가 한 여자를 사랑할 "자격" 같은 것을 두고 저울질하고 있는 것은, '진정으로' 원한 적이 없었기 때문이리라. 전성태의 인물들은 국외자의 입장에서 바라만 볼 뿐 욕망의 한복판에 내던져져 뜨겁게 산화하는 법이 없다. 매력적인 몽골 여성 나마와도 "제삼지대에 놓인 사람이었고, 역설적으로 그녀와 자유롭게 춤을 출 수 있는 사람"(「두번째 왈츠」, 139쪽)으로서 금을 넘지 않는 범위 내에서 아슬아슬한 긴장감만을 즐길 따름이다. 몸까지 섞었던 나오꼬와의 관계에서도 하다못해 늑대에게 빙의된 애매한 상황 속에서도, 치즈게와 허와가 불태우는 정염을 바라보기만 할 뿐 그 언저리에 머물러있는 국외자의 처지를 벗어나지 못한다. 이제, 직접 사랑할 때도 되지 않았을까. 여행자 또는 방문자라는 알리바이를 벗어던지고, "이미테이션"과 "거시기"로 가리워진 진상을 똑바로 응시할 때, 비로소 이념과 제도와 같은 거대담론에 포획된 진실한 개인의 모습을 발견할 수 있을 것이다. 혹은, 적어도 죽은 뒤에라도 예를 갖춰 애도할 수 있으리라. 지금도 의문이다. "세속의 끈에 붙들려"(「장수 만세」, 101쪽) 가까스로 자신을 지탱하고 있는 노인이 바라는 것이 "만세"의 "장수"를 누리는 것인지, 비명횡사한 아들을 뒤늦게라도 옳게 조상하는 것인지. 삶이란 그렇게 해서라도 연명할 귀중한 가치인가, 진실보다 강하고 질긴 것인가. 전성태의 소설이 낯선 지역의 풍광을 여실하게 드러내는 '풍속지리지'에서 한 걸음 더 일탈하려면, 국외자에서 당사자로, 애인도 아니고 정부도 아닌 어정쩡한 상태에서 연인으로, 남편으로 그리고 그 당사자의 심정으로 깊이 낙하해야 할 것이 아닌가. 타자는 아시아에만 있는 것이 아니라, 사람의 마음속에도, 자기 자신 속에도 있다. 다른 사람의 심정을 침범하지 않고 적당한 거리를 유지하고자 하는 예의만큼이나 긴요한 것은 침입자의 무례가 아니겠는가. 적어도 소설에서는 말이다. 전성태의 소설이 또다른 경계를 향해 모험을 떠난다면, 다음에는 한 인간의 마음이라는 전인미답의 황무지에서 길을 잃어보는 것은 어떨까요, 라고 유혹해보리라. 모든 인간의 마음은, 이미 처녀지가 아니던가. 다음번에 사랑을 느끼면, 자격 같은 것은 묻지 말고, 외국인이라는 사실에 스스로 장막을 치지 말고, 그녀의 손을 잡고 춤을 추라고 말이다. 상실의 언저리에서 나아가, 더 한 걸음. 뭐가 있는지, 한번 와보라고.

(『작가와비평』 2009년 하반기호)

99%의 머뭇거림, 1%의 투항
— 김성중론

1. 불온한 시선과 은밀한 테러리즘

거울로든, 카메라로든, 세상의 모습을 비추는 자의 발은 그 전면(前面)으로부터 몇 발자국 물러서 있기 마련이다. 그는 피사체와 초점 사이의 간격을 조절하기 위해 주저 없이 자신의 위치를 앞으로 옮기기도 하고 뒤로 빼기도 한다. 눈앞에 펼쳐진 세계를 인공의 스크린에 포착하는 과정에서 필요한 것은 스스로를 소외시키고 난 후, 피사체의 외곽으로 물러나 대상의 전경을 응시할 수 있게 해주는 거리다. 그리고 글쓰기는 그 가운데에서 위태롭게 균형을 잡으면서 안전거리 밖에서 세계의 진상을 포착하는 불가능한 과업을 걸머진 실패의 기록이기도 하다. 물론 이러한 일반론도 자기소외의 거리와 온도차라는 세목으로 들어가면 아무래도 천차만별의 모습으로 변형되기 마련이다. 고전 교양소설의 주인공들은, 자신의 개별성을 확보하기 위해 신랄하게 자신의 시대를 부정하면서도 한편으로는 지배계급에 대한 선망과 종합을 통한 사회화의 욕구를 보여주지 않던가. 세계가 아직까지 조화로운 화해의 이상을 견지하고 있던 시대와 비교해볼 때, 이런 진술을 가능하게 한 세계관은 얼마나 다른 것인지, 실로 먹먹할 지경이다.

빛은 어디에도 없다. 우리를 기만하고 혼란시켰던 빛은 어디에도 없다. 사람들은 완벽한 어둠 속에서 한 덩어리가 되어 멈추지 않을 긴 비명을 질러댔다. 다시는 빛이 돌아오지 않기를 바라면서 나도 입을 벌려 비명을 질렀다. 비로소 광기로 몸을 해방시킨 사람들의 심정을 알 것 같았다. 백 퍼센트의 공포, 백 퍼센트의 환희, 백 퍼센트의 어둠이 내 몸 가득 차올랐다. (「그림자」, 66쪽)[1)]

이 세계는 공회전을 멈출 때가 됐다.

레일을 30센티미터가량 잘라냈다. 다음번 전동차가 이곳에 이르면 전복 사고가 일어날 것이다.

절단된 레일은 아직도 뜨거웠다. 나는 승강장으로 올라가 식지 않은 쇠를 가슴에 품고 전동차가 오기를, 탈선한 전차가 화염에 휩싸여 선로 밖으로 튀어나가기를, 그리하여 이 세계가 어떤 식으로든 전복되기를 기다린다. (「순환선」, 293쪽)

김성중의 소설 속에 등장하는 인물들은 자신이 살고 있는 세상에 대한 선망이나 기대 같은 것은 아예 접어버린 지 오래인 것처럼 보인다. 아니, 도리어 이들은 세계가 언제 멸망하든, 광기에 휩싸여 뒤집어지든, 전혀 놀라지 않을 것처럼 냉담하기만 하다. 심지어 이러한 파국을 불러들이는 일에 직접 가담하기까지 한다. 근대적 윤리의 기준과 상식에 대놓고 도전하는 극단적인 발언 앞에서 우리는 이렇게 묻지 않을 수 없다. 정말 불온한 것은 저렇게 절망적인 언어를 내뱉는 자들의 시선인가, 아니면 이

1) 이 글에서 인용된 작품들은 최근 출간된 김성중의 단편집 『개그맨』(문학과지성사, 2011)에 실린 것을 가져온 것이다. 이후로는 인용문 옆에 작품명과 쪽수만을 병기하기로 한다.

들이 발을 딛고 살아가는 세계인가. 김성중의 소설에서 예고하는 세계의 '파국'은 우리 문명의 보편적인 성장 지체로 인해 촉발된 전면적인 불안과 불만이 우리가 숨쉬는 공기에 포화 상태 직전까지 차 있다는 진단서로 읽어도 무방할 것이다. 김성중의 소설은 특히 세계로의 진입을 막 앞두고 있는 청년층들, 때로는 막 그로부터 밀려난 노인들 같은 소외된 이들의 삶에 초점을 맞춘다. 이들 주변부에서 벌어지는 한 시대의 비참과 좌절, 그의 불온한 이야기들은 바로 이곳에서부터 시작된다.

더 나쁜 징후 한 가지. 김성중이 그려내는 세계는 그 국외자들을 위한 여분의 공간을 빼앗아 자신이 구축한 계급 질서 안에 포획해버린다는 점에서 더 불가항력적으로 보인다. 때문에 김성중의 인물들은 '출구가 막혀버린' 무저갱 속에서 식인귀로 변하는 악몽을 꿀 때조차도(「순환선」) 그 안에 귀속되는 운명을 받아들일 수밖에 없다. 간이라도 빼달라면 마다 않고 빼주면서 이승에서의 삶에 투항해버린 인물들은 사회로부터 일정한 보답을 받기 마련이다. 이쯤 되면, 이러한 사회화의 결과를 두고 '성장'이라고 불러야 할지, 혹은 '퇴행'이라고 해야 할지 애매모호해진다.

「간」의 서두는 "평일 낮 강남역 앞" 벤치에 앉아 즐기는 "대도시의 포근함"과 "고즈넉함"에 대해 이야기한다. 그러나 소설은 이전에 화자가 용궁에 끌려가 "간의 일부를 내어주고" 오는 곤경을 겪는 사연으로 곧 넘어가고 만다. 「내 의자를 돌려주세요」에 등장하는 또 한 사람의 "나"는 어떠한가. 도서관이라는 일상 공간에서 겪는 잔잔한 풍속도는 곧 별것 아닌 사물에 집착하고, 그것도 모자라 애증을 담은 복수극까지 벌이는 인간들의 광기와 좌절이 제법 둔중하게 넘실대고 있지 않은가. 작가의 분신처럼 보이는 화자가 오랜 시간 뮤즈로 삼아온 의자와 불화를 겪고 마침내 익숙한 공간을 벗어나 세상 밖으로 뛰쳐나오는 순간, 그는 자신이 목격한 세계의 첫인상을 다음과 같이 술회한다. "그때까지 나를 감싸고 있던 얇은 막이 찢어지는 소리가 들렸다. 파란 창공이 사라진 자리에 검고 더러운 우주가 드러났다"(182쪽). 그러나 이 소설은 상상계적 공간에서 벗어나 바깥에서 자신의 참모습을 발견하는 익숙한 줄거리를 따르지 않고, 무의식에 담겨져 있는 진정한 퇴행의 염원("내 의자를 돌려주세요." 188쪽)으로 마무리됨으로써 성장서사의 공식으로부터 한참 벗어나고 만다. 그리고 이러한 조심스러운 독백은 다른 작품 속에서는 다음과 같은 반항과 불신을 담은 질문으로 거침없이 변주되고 있다. "사라지는 세계에서 성장하는 것은 무슨 의미가 있을까?"(「허공의 아이들」, 26쪽)

"희망이 봉인되다 못해 세계 파국의 불안이 가중되는 반성장 시대의 성장통 이야기"[2]라고 지목되는 「허공의 아이들」은 작가의 불온한 세계관이 구체적인 세계의 풍경으로 전경화되어 있다는 점에서 주목해야 할 작품이다. 이 소설은 '갑자기 눈을 떠보니 모든 것이 변해 있었다'는 식의 전형적인 재난서사의 플롯을 취하고 있지만, 전반적으로는 갑자기 도래한 재난 자체보다 그 안에서 여전히 목숨을 부지하고 있는 아이들의 '성장'에 초점을 맞추고 있다. 일반적으로 '성장'은 한 세계에서 다른 세계로 넘어가는 의식을 수반하기 마련이다. 그러나 버려야 할 과거 그리고 진입해야 할 미래의 세계가 존재하지 않는 상태에서도 과연 인간은 성장할 수 있을 것인가? 물론 김성중의 서사를 이끄는 힘은 대부분 이러한 질문에 대한 회의와 불신에서 나오는 것만 같다. 근미래의 디스토피아적 세계를 배경으로 한 「버디」에서는 좀더 극단적인 사고실험을 이용해서 이러한 질문의 층위가 확장되어간다. 인간의 젊음과 노화가 돈과 권력이라는 최종심급에 의해 결정되는 시대, 늙고 병든 인간들이 쓰레기처럼 버려지는 세계에서 '성장'과 '완숙'이라는 가치는 땅에 떨어져 밟히고 말 것이다. 이러한 예언은 인간의 미래에 대한 공포스러운 경고를 동반한다. 따라서 「버디」의 작중인물들은 폭력을 통해 세계를 중단시키기로 결심한다. 이

2) 우찬제 해설, 「허공의 만돌라」, 『개그맨』, 문학과지성사, 2011, 306쪽.

것이 김성중의 소설에서 바로 극단적인 불온함으로부터 은밀한 테러리즘의 광기가 탄생하는 과정이다. 그러나 세계를 송두리째 심문의 대상으로 삼는 가장 두려운 광기는, 뜻밖에도 나지막하지만 육중한 저음에서부터 시작된다. 그것은 바로 저 밑에서 생장점이 활동하는 증거, 즉 "뼈가 자라는 소리"(「허공의 아이들」, 34쪽)이거나 "조수가 들어차듯 솟았다가 가라앉는 골목의 숨결"(「게발선인장」, 121쪽) 같은 것들이다.

2. 세상에 맞먹는 환상, 아곤(agon)들의 완충지대

자신이 거주하고 있는 세계를 암담한 시선으로 바라보는 사람들은 어떻게 그 희망 없는 하루하루를 견뎌낼 것인가. 작가는 「순환선」과 「그림자」에서 낮과 규범으로 상징되는 세계 이면에 잠재해 있는 추악한 또하나의 본성에 대해 폭로하고 있다. 두 소설에 따르면 우리의 세계는 미처 의식하고 있지 못할 뿐, 빛과 어둠의 영역이 마치 양쪽이 겹치는 한 폭의 데칼코마니처럼 공존하고 있다는 것이다. 만일 정말 세계가 이러한 대칭적인 구조로 이루어져 있다면, 우리의 나머지 본성인 야수성 속으로 온전히 추락하여 자의식 없는 식인귀처럼 살아가는 것도 생존의 한 가지 방법이 될 수 있을 것이다. 한 가지 더, 김성중의 소설에서는 우리에게 환상의 세계를 만들어 이 세계 밖으로 상상적인 탈주를 감행하는 방법을 제시하기도 한다. 「내 의자를 돌려주세요」에서처럼 물활론적인 상상력을 발휘하여 의자와 교감을 갖는 세상을 꿈꾸는 것이 한 예라고 할 수 있다. 「간」에서의 '나' 역시 의인화와 알레고리의 수법으로 빚어올린 상상적인 세계의 창조를 통해 입사(initiation)에 대한 두려움과 어쩔 수 없이 끌려나온 세계에 대한 회의감을 적정선에서 얼버무리고 있다. 이들에게 환상은 '성장을 통한 자기발견' 같은 고전적인 공식이 통하지 않는 시대로부터 도피하기 위해 만들어낸 자기보존의 방식이다. 타의에 의해 "간의 일부를 내어주"(259쪽)어야만 생존할 수 있는 세계 속에서, 자신이 인간이 아닌 '토끼'였다는 사실을 새삼스럽게 증명하는 '귀'의 성장은 이물스럽고 성가신 사건일 수밖에 없을 것이다. 「개그맨」의 전반부에도 이와 비슷한 상황이 나타난다. '나'는 자신이 "무탈한" 삶을 선택해 살아왔다고 생각하지만, 사실은 어항 속에 갇힌 물고기나 다름없이 살아왔음을 깨닫고 좌절하게 된다. 그녀에게 있어 "개그맨"은 이루지 못한 사랑의 대상 그 자체이면서 동시에 현세의 삶으로부터 이탈할 수 있도록 도와주는 환상의 매개체로서 작동한다. 어쩌면 이 시절의 그녀가 위안을 받았던 대상은 헤어진 첫사랑의 추억보다는 TV를 통해 허공에 뿌려지는 그의 영상이었을지 모른다. 시뮬라크르에 대한 그녀의 집요한 감정은 그에 대한 그의 목소리를 흉내내는 또다른 개그맨의 목소리를 대하는 그녀의 태도에서도 짐작할 수 있다. "나는 가짜라도 그가 오랫동안 재생되기를 빌었다."(「개그맨」, 77쪽)

김성중의 단편집 『개그맨』에 실려 있는 작품 가운데 몇 가지는 기존 단편소설의 형식과 설화풍의 소재를 혼합한 듯한, 독일 낭만주의 작가들이 애용했던 장르인 '환상 단편소설(phantastische Novelle)'을 연상시키는 면이 있다. 대략 갑자기 마을의 모든 사람들의 그림자가 뒤바뀐 사건을 주요 얼거리로 한 「그림자」라든지, 사람들의 머리털이 모두 빠져버리고 그 자리에 각양각색 꽃이 피어난다는 착상에서 시작되는 「머리에 꽃을」 같은 작품들이 크게 이러한 범주 안에 묶이는 것으로 보인다. 물론 이 이야기들은 뒤로 가면서 엽기적인 공포물이나 추리소설풍의 장면을 뒤섞어가면서 오로지 김성중 한 사람에게서만 볼 수 있는 특유의 결을 만들어나간다. 재기 넘치는 위트와 기상(奇想)에 장르문화적 감성 같은 것들을 화학적으로 버무려 솜씨 좋게 뽑아낸 듯한. 그러나 이러한 재치 있는 상상력이 마냥 가볍게 여겨지는 것은 아니다. 앞에서 말했던 것처럼 김성중의 소설에서 환상은 때로는 개인을 억압하는 세계의 압력에 맞서기 위한 내적 투쟁의 결과물임이 드러나기 때문이다. 작품 속의 배경이 되는 세계 속에서, 또 그 작품의 피사체인 현전하는 세계 속에서 불확실한 자유를 얻기 위해 벌이는 불가능한 경합, 그곳이 바로 김성중 식의 환상이 탄생하는 지점이다.

「허공의 아이들」에서 어느 날 갑자기 생겨난 '허공'이야말로 바로 이러한 '환상'이 또다른 형태로 현현한 모습을 보여준다. 집과 땅 사이에 벌어진 틈이 점차 간격을 넓혀나가면서 사람들의 존재감마저 잠식하는 것처럼, 환상도 현실을 부정하고 이로부터 도주하고자 하는 사람들의 불안감을 먹고 자라나는 법이다. 허공은 멈추지 않고 위를 향해 상승하는 문명의 흔적들과 이와는 반대로 아래를 향해 작용하는 중력의 자장 사이에 존재하는 공간이다. 이때 허공은 그저 아무것도 존재하지 않는 것으로서의 텅 빈 무(無)가 아니라 오히려 보이지 않는 '부재(不在)'로 충만하게 채워진 간격으로 보인다. 또한 이러한 허공은 아곤들의 경합과 협상이 사방에서 작용하면서 만들어낸 위태로운 균형 상태를 상징하는 공간적인 메타포라고 할 수 있다. 지상에 남아 있는 구덩이들을 바라보면서 "조용히 소멸을 기다리는 중"(10쪽)인 소녀와 "키가 10센티미터만 더 크면 주전 외야수가 될 거라는 기대를 버리지 않"(10쪽)고 날마다 운동을 거르지 않는 소년의 만남은 에로스와 타나토스, 쾌락원칙과 현실원칙, 허공과 대지, 성장의 욕구와 소멸의 욕구 사이에 일촉즉발의 긴장과 비밀스런 교감을 형성하는 계기가 된다. 「버디」의 화자가 친구들과 더불어 끔찍한 테러리즘에 목숨을 걸었던 것도, "죽은 바다와 썩은 땅"으로 이루어진 세계를 삭제한 후 운명에서 탈주할 수 있다는, 가망 없는 환상을 보았기 때문이 아닐까. "반만 열린" 혹은 '반만 감긴' 눈에 비스듬히 걸친 세계, 그곳은 앞서 말한 '허공'과 몹시 닮은, 모호한 욕망의 완충지대를 의미한다. 마치 버디와 '나' 그리고 R이 자신의 욕망을 서로 순환시키면서, 관계를 유지해온 것처럼 환상 역시 이질적인 세계들 간의 문턱에 걸쳐 존재해온 것이 아니었던가.

여기서 츠베탕 토도로프가 말한 환상성에 대한 유명한 정의를 환기해

본다. "환상은 현실과 문학 중 어느 하나만 받아들이지 못한 채 그 양자 사이에 불안하게 위치해 있다." 그에 따르면 환상적인 텍스트의 특징은 주인공과 독자가 그 앞에서 어쩔 수 없이 머뭇거리게 만든다는 점이다. "자연적인 설명과 초자연적인 설명 사이에 걸쳐 있는"[3] 텍스트는 작중인물과 독자 모두를 머뭇거리게 함으로써 그 불안정한 상태를 주제와 구조에 함께 각인시킨다는 것이다. 차안과 피안, 이성과 광기의 세계에서 이원론적으로 분열되어 있는 주체의 이중적인 실존을 드러내는 이야기는 김성중의 여러 소설에서 반복해서 변주되는 테마이기도 하다. 「순환선」의 주인공은 낮에는 회계사 사무실의 직원으로 밤에는 지하철 선로를 헤매는 뱀파이어로서의 이중적인 생활을 살아가면서 끔찍한 혼란을 경험한다. "순환선은 더이상 순환하지 않는다. 아니다. 순환선은 내 꿈속에서 미칠 듯이 순환한다. 나는 두 세계를 순환한다. 궤도를 이탈한 전동차처럼." (278쪽) 어쩌면 김성중의 작중인물들이 갖고 있는 문제의 핵심, 그리고 김성중의 소설이 독자에 전달하는 재미와 혼란의 근원에는 이러한 '머뭇거림'이 작동하고 있는지 모른다. 그러나 김성중의 소설 속에서는 이러한 혼돈 상태가 반드시 인물들에게 불리하게 작용하는 것만은 아닌 것 같다. 이들이 한쪽 세상의 파국을 더이상 견딜 수 없다고 판단할 경우, 다른 세계에 존재하는 또하나의 '나'와의 협상에 의해 '바톤 체인지'하는 것만으로 간단히 해결할 수 있는 이점도 있는 것이다. 「간」과 「순환선」에서처럼 현실에 적응하며 살아가는 삶을, 「그림자」와 「버디」에서처럼 광기와 쾌락에 몸을 던지는 삶을 선택할 수도 있을 것이다. 김성중의 소설은 대부분 두 가지 선택지 가운데 위태롭게 걸쳐 어느 쪽의 가능성도 섣부르게 탕진하지 않은 채 머뭇거리고 있는 것으로 보인다. 몹시 불안하면서도 오연(傲然)하게.

3) Tzvetan Todorov, *The Fantastic: a structural approach to a literary genre*, tran. by Richard Howard, N. Y.: Cornell University Press, 1975. p.33.

3. 성장 신화로의 망명, 그리고 희미한 빛

김성중의 소설을 읽는 숨은 비책은, 누구나 알아볼 수 있는 99%보다 결정적 진실을 감추고 있는 1%의 성분을 찾아내는 일이다. 그의 이야기 속에서 그 1%의 순간은, 독자들로 하여금 99%의 시간 동안 먹먹하게 길을 헤매게 한 후에 비밀스럽게 찾아와서 순식간에 모든 것을 변화시켜놓는 연금술의 전략을 닮았다. 어느 순간 이야기의 맥락 속으로 슬그머니 잠입했다가 독자들의 가슴에 얼얼한 감각만을 남기고 섬광처럼 꺼지는 찰나의 빛. 「개그맨」에서 그 순간은 양해를 구하는 인사도, 경과를 읊어대는 군더더기도 없이 찾아온다. "그때 개그맨의 엽서가 도착했다."(77쪽) 겨우 한 줄로 요약되는 사건이건만, 이 한 줄의 서술은 「개그맨」의 전체 서사 구조를 1부와 2부, 현실원칙이 지배하는 현실의 이야기와 쾌락원칙이 지배하는 이국에서 경험한 이야기들을 마주 세움으로써 아슬아슬하게 균형을 이루게끔 한다. 이러한 가운데, 예고도 없이 도래한 개그맨의 편지는 이렇게 과거와 현재, 그리고 미래의 시간을 굳게 봉쇄하고 있는 대칭 구조를 깨뜨리고 소통이 가능한 열린 구조로 변화시키는 데 결정적으로 기여하는 역할을 한다. 더욱이 이러한 계기로 인해 시작된 맺힘과 풂의 역동적인 작용은 서사 구조뿐 아니라 주제 층위로까지 이어진다. 그리하여 편지를 받은 후 미국으로 건너가 인생의 '2장'에 해당하는 삶의 경지를 체감한 주인공은 "어떤 선택지에도 동그라미를 치지 않으려고 발버둥치는 동안 이곳의 누구보다 외롭고 비참해져 있는 것을 깨달았다"(90쪽)고 고백하게 된다. 차라리 그녀도 "줄에서 떨어진 광대"(89쪽)처럼 단호하게 실패했더라면 진작에 행복해질 수 있었을까. 그것만큼은 알 수 없는 일이다. 후회는 언제나 뒤돌아보는 순간에 뒤늦게 도착하기 마련이니까.

「허공의 아이들」에서 결정적인 순간을 감추고 있는 '최소의 시간'은 소설의 마지막 줄 안에 들어 있다. "뼈가 자라는 소리였다." 단 한 사람, 함께 남아 있던 소녀마저 소멸을 선택한 세상에서 혼자 남아 성장하는 것이 무슨 의미가 있을까? 그럼에도 불구하고 이 소설은 "소멸에 맞서 싸우겠다는 듯이, 적어도 이 부당함에 화를 내기라도 해야겠다는 듯이"(25쪽) 부재로 충만한 허공에 균열을 일으키는 성장의 순간과 함께 중단되고 만다. 마치 수수께끼를 던지듯 독자의 예상을 뛰어넘는 장면으로 끝을 맺는 수법은 작가가 다른 소설에서도 곧잘 사용하는 방법이기도 하다. "이 마을 최고의 꽃은 죽은 여자에게서 피어나 이제 막 시들기 시작한 눈앞의 황금 꽃이라는 것이다"(「머리에 꽃을」, 227쪽). 이제까지 지탱해왔던 환상 속의 완충지대에서 걸어내려와 스스로 허망하다고 여기는 대상에 투항한다는 것은, 어떤 기분일까, 그리고 그런 선택을 할 수밖에 없는 동기는 어떤 것이었을까. 「게발선인장」에서 이러한 역설이 좀더 짧은 구절 안에, 더 은밀한 방식으로 전달된다. "꽃들이 떨어진 자리에서 그녀는 품위 있게, 노년 궁핍의 삶 속으로 걸어들어간 것이다"(154쪽, 강조는 인용자). 이 문장 속에 들어 있는 두 단어 "품위 있게"는 "인간의 소리로 지어진 허공의 집 위"(122쪽)에 머물러, "성경과 마르크스를 동시에 읽고 있"(130쪽)던 화자에게 일어난 어떤 변화가 일어났다는 사실을 암시하고 있다. 스스로 "불가해한 것" "수수께끼"라고 이름 붙였던 할머니의 이해할 수 없는 믿음에 대해 간신히 "품위"라는 언어의 옷을 걸쳐줌으로써 그녀는 설명할 수 없는 인간사의 한 자락을 자신의 내부로 끌어안는 단계에 들어선 것일지도 모른다. 아마도 이를 한 인격의 성장을 그린 서사에서 반드시 거쳐가는 단계인 "모순의 내면화"로 설명해도 좋을 것이다. 이러한 종결은 "모순을 '해결하는' 것이 아니라 오히려 그 모순과 더불어 사는 법을, 심지어 그 모순을 생존의 도구로 바꾸는 법을 배우는 것"[4]으로서의 성장에 대한 기대를 미광(微光)처럼 흘낏 보여준다. 기대를 통해 더 많은 것을 보게 하고 희미한 암시를 통해 더 뚜렷한 진실을 보게 만드는 역설적인 힘,

4) 프랑코 모레티, 『세상의 이치』, 성은애 옮김, 문학동네, 2005, 38쪽.

김성중이 구사하는 1%의 수사학이 감추고 있는 것은 바로 이러한 빛이다.

한 사람의 개체가 그를 억압하는 세계에 맞서서 탄생하고 자신을 보호할 수 있을 만큼 성장하는 과정은 커다란 공감과 관심 어린 시선을 필요로 하는 일이다. 허구의 산물인 소설이 할 수 있는 최소 · 최저 역할은 떨리는 손에 들린 붓으로나마 절망, 퇴행과 같은 단어에 빗금 치는 일이 아니겠는가. 김성중의 첫번째 소설집에 실려 있는 단편들은 이 세계가 개인들을 다루는 방식, 그리고 개인이 이에 맞서서 자신의 보존을 위해 분투하는 과정을 다양하게 변주한 성장 또는 반성장의 서사들이다. 「허공의 아이들」을 비롯해서 소설 속의 인물들이 처해 있는 가장 큰 불운은 성장의 단계에 걸맞게 소속감을 가질 수 있는 공동체를 갖고 있지 못하다는 데 있다. 이들은 어른이 되지 못한 채 단지 젊음을 잃는 것에 대한 불안에 휩싸여 있다. 김성중의 성장 신화가 아직 최소의 수사학에 기댈 수밖에 없는 이유가 바로 이것일지 모른다. 김성중이 소설 속에 삽입한 1%의 순간들은 의미 있는 성장과 그 이야기를 품고 있는 작은 씨앗이 아니겠는가? 개인의 발견이라는 험난한 여정에 자신을 투여하고, 낡고 무거워 보이는 성장 신화의 플롯에 투항한다는 것은 고통스러운 결단일 것이다. 사실 허공에서 내려와 간신히 최저 지점에 도달한 인물들이 뿌리를 내리고 안착할 수 있는 대지를 발견하지 못한다면, 이 모든 노력은 다시 허사로 돌아갈지 모른다. 그러나 이야기의 씨앗은 계속해서 뿌려질 것이며, 글쓰기는 희망의 임계점을 넘어서는 0도 근처에서 끊임없이 범람할 것이다. 이러한 노력과 공감의 씨앗이 발아하고 착근하여 만들어갈 이야기의 숲은 어떤 모습이 될 것인가. 꿈꾸기 위해서라면, 1%로도 족하다.

(『문학동네』 2011년 겨울호)

쇼타임, 연옥에서 보내온 초대장
— 마이너리티가 김영하의 소설을 읽을 때

우리는 김영하의 소설을 대략 19년이라는 긴 시간 동안 읽어왔다. 물론 이는 1995년이라는 그의 공식 데뷔 연도를 기준으로 어림잡아 산출한 숫자일 뿐, 사실 비공식적으로 그의 첫 발표작이라고 알려진 작품을 1992년에 처음 접했던 기억을 더듬으면 두 개의 10년이 넘는 시간 동안 그는 소설가로서 동시대인들 곁에 함께 머물렀던 셈이다. 더욱이 그는 자신의 '컬렉션'을 지닌 몇 안 되는 작가군 가운데 한 사람으로 합류함으로써[1] 한차례 더 주목을 받아왔으며, 사람들은 영원히 나이 먹지 않을 것만 같은 '젊은' 작가 김영하에 대해 다시 생각하기 시작했다. 그가 아직 왕성히 활동하고 있는 작가라는 사실에 비추어볼 때 이는 충분히 이례적이지만, 지속적으로 작품 활동을 해온 시간의 무게와 아홉 권에 이르는 컬렉션의 부피를 떠올리면 사실 그리 놀라울 것도 없다. 처음 도스 명령어로 불러낸 후 흑백 혹은 청백의 단조로운 화면에 띄워놓고 읽었던 그의 문장들을 이제 전자책 단말기에 다운로드 받아놓고 걸어가면서 읽게

1) 2010년 그의 소설이 '김영하 컬렉션 세트'란 이름을 새로 달고 재출간된 일을 두고 하는 말이다.

되기까지, 격세의 감각을 떠올려보라. 기술의 변화만큼 세태도 바뀌었고, 무엇보다 독자의 입맛과 취향도 더 크게 출렁였지만 그는 여전히 새로운 이야깃거리를 전달해주는 작가로서 되돌아오고 있지 않은가. 같은 자리에 있는 것 같지만, 실은 변덕스러운 상대인 독자들을 상대하기 위해 부단히 새로운 비기를 연마하는 칼잡이-작가로서[2] 은밀하게 무딘 칼날을 벼려왔으리라.

따라서 김영하 소설이 지닌 매력 또는 마력의 정체를 탐침하다보면 무엇보다 급변하는 세태를 트렌디하게 포착하는 날선 감각을 첫 손가락에 꼽지 않을 수 없다. 더욱이 시대의 흐름에 기민하게 반응하며 주변부의 흐름에 쉬이 몸을 섞는, 놀라운 감응 능력만큼은 경탄을 넘어 부러움의 대상이 될 지경이다. "새로 쓰는 텍스트를 향한 탈주의 충동"[3] "신세대적 감수성"[4] "영상 문화의 프리즘을 통해 현대적 일상성의 세계를 묘파"[5]와 같은 평자들의 평가를 통해서 그가 지닌 '새로움'을 한결같이 지목해온 터. 최신 유행하는 문화 코드 몇 개를 버무려서 적당히 끼워 맞춘다고 해서 김영하가 지닌 '신선한' 감수성의 비밀을 캐기에는 역부족일 것임이 틀림없다. 원래 이러한 유의 매력이란 좀처럼 몇 가지 요소로 추려내기가 참 힘든 법이니까.

---

2) 그는 "왜 문학인가?"라는 묵직한 질문으로 시작하는 그의 짧은 산문에서 "역지사지"라는 문구가 새겨진 칼을 한 자루 주웠기 때문이라는 '허탈한' 일화를 들려주며 답변을 대신한 바 있다. 김영하, 「칼, 그리고 역지사지」, 『포스트 잇』, 현대문학, 2002, 229쪽.

3) 우찬제, 「미리 씌어진 이야기와 새로 쓰는 텍스트」, 『고독한 공생』, 문학과지성사, 2003, 390쪽.

4) 류보선 해설, 「죽음, 그 아름답고도 불길한 유혹」, 『나는 나를 파괴할 권리가 있다』, 문학동네, 1996, 166쪽.

5) 백지연 해설, 「소설의 '비상구'는 어디인가」, 『엘리베이터에 낀 그 남자는 어떻게 되었나』, 문학과지성사, 1999, 265쪽.

아웃사이더의 쾌락과 '허구'라는 이름의 치외 법역

나는 그런 경계가 좋다. 내가 가장 즐기는 경계는 현실과 상상 사이의 경계이다. 나는 가끔 현실을 상상이라 생각하기도 하고 상상을 현실이라 믿고 살기도 한다. 그렇다 해도 그 혼동이 심각한 문제를 야기한 적은 없었다. 마치 영화를 보듯, 나는 내가 구성한 그 상상의 세계를 제한된 시간 동안 탐험한다.[6]

김영하가 연마해온 각종 비기의 목록 가운데 첫번째로 꼽을 만한 것은, 현실에서 재빨리 재료를 취해 이를 솜씨 좋게 조립해내는, 거의 수공예에 가까운 손재주라고 할 수 있다. 소설 쓰기가 작가의 상상력을 사용해 현실과 독립적으로 존재하는 허구적인 세계를 만들어내는 과정이라는 고전적인 정의를 다시 한번 상기해보자. 그러면, 김영하의 소설은 이러한 가이드라인에 상당히 근접하는 모범적인 사례라는 사실을 새삼 실감할 수 있을 것이다. "프로페셔널한 '제작자'이며 '이야기꾼'"[7]이라는 상찬은 아무래도 김영하에게 가장 잘 어울리는 말인 것만 같다. 그의 소설이 그렇게도 빈번하게 현실세계와 환상세계가 교차하는 구조를 취하고 있다는 것이 그 증거라고 할 수 있다. 그러나 김영하의 허구 만들기는 단순히 능란한 제작자의 수준에서 머물지 않는다. 그의 작업에서 현실세계의 재료들은 환상세계를 직조하는 데 결정적으로 기여하는 한편, 다시 그렇게 만들어진 환상세계를 다시 현실로 틈입시켜 현실을 재구성하고 이해하는 능력에 직접적인 영향을 미치는 방식으로 되먹임된다.

김영하의 작업이 보여주는 남다른 국면은 이쪽 세계와 저쪽 세계를 오

6) 김영하, 「호출」, 『호출』, 문학동네, 2006, 36~37쪽.

7) 백지연, 같은 글, 272쪽.

가는 왕복운동을 통해 환상과 환멸이라는 상반되는 감정을 환기하면서 독자들을 초감각적인 새로운 인식의 차원으로 끌어올린다는 점이다. 양쪽 세계를 나누는 경계선에 아슬아슬하게 걸쳐 서서, 그 사이를 오가는 미묘한 작용을 조절하는 기교. 이를 이해하기 위해서 다음과 같은 돌레첼의 설명을 들어보는 것도 도움이 될 것이다. "그러나 그러한 교환은 우리가 현실적인 것과 허구적인 것 사이의 구분을 견지할 때에만 적절하게 이루어지고 기술할 수 있다. 우리가 미학적 욕망 또는 인지적 설계를 통해서 초세계(transworld)적인 모험에 뛰어들 때마다 혼돈을 피하기 위해서는 반드시 경계선을 견고하게 설정해야만 할 것이다."[8] 작가가 제작한 '어나더 월드'에 들어가서 오감에 전율을 선사하는 '참된' 경험을 맛보기 위해, 그 이전에 독자들이 명심해야 할 사항이 있다면 그건 필경 이런 것이리라. 그의 초대장에 적혀진 문구를 확인, 또 확인하시오. 게다가 그 초대장에 강조 표시가 된 채 적혀 있는 문구를 짐작해보면 대략 이러한 내용을 담고 있을 것이다. '이건 틀림없는 쇼입니다. 그러니까 안심하십시오.'

스스로 '쇼'임을 공언한 무대 혹은 허구 공간은 "판타지라 불러도 좋고 추리, 동화, 하이틴 로맨스, 무협지, 공포물, SF 등 그 무엇으로 명명해도 좋"[9]은 온갖 하위 장르의 코드들을 블랙홀처럼 빨아들이는 힘이 있다. 김영하의 소설이 흔히 장르문학 혹은 대중문화의 상상력을 갖고 있다고 곧잘 지적되면서도 "대중문화의 코드 자체에 몸을 싣고 있기보다는 그 기호와 이미지만을 빌려 낯설게 하거나 비트는 방식으로 단순한 도구적 장치로 활용한 측면이 더 크다"[10]는 평가를 받는 것도, '철두철미하게 쇼타임'임을 자처하는 과도한 경계 의식과 거리가 멀지 않을 것이다. 그러기에

---

8) Lubomír Doležel, *Heterocosmica: Fiction and Possible Worlds*, Baltimore and London: Johns Hopkins University Press, 1998, pp.x-xi.

9) 백지연, 같은 글, 273쪽.

10) 김영찬, 「소설의 상처, 대중문화라는 증상」, 『비평극장의 유령들』, 창비, 2006, 103쪽.

김영하의 소설은 일찌감치 장르문학의 감수성과 멀지 않은 혈연관계를 유지하고 있으면서도 이른바 '문학성'이라는 시금석으로 무장한 주류문단의 칼날에서도 멀찍이 몸을 피할 수 있었다. 다시 말해 현실세계와 허구세계를 나누는 견고한 경계선이 이른바 '쇼타임'의 역설을 발생시킬 뿐만 아니라 작품에 미학적 긴장감마저 부여해주는 역할을 한다는 것이다. 이러한 긴장은 서술자와 독자들에게 소설 속에서 벌어지고 있는 잡스러운 난장을 지켜볼 수 있는 시선의 거리를 벌어줌으로써 미학적 성찰의 완충지대를 형성하는 주된 동인이 된다. 이는 "상상을 상상하는 메타-상상의 시간"[11]으로 표현되는 간격, 그리고 작가 자신에 의해 "장르 안에서 놀다가 돌연 장르를 조롱하거나 그 밖으로 뛰쳐나와서 노닐며 지금까지 지켜온 장르적 규칙들을 상대화시키"는 것으로 묘사된 "장르 반성자"[12]의 행동반경에서 그리 멀리 떨어져 있지 않은 것 같다. 이러한 면에서 김영하 소설에 등장하는 장면들은 환상세계의 경험을 '박진감 있는' 환영으로 탈바꿈하는 쇼이기도 하고, 온갖 장르들의 효과와 장치들을 버무려 김영하만의 이색적인 구성물로 재구축하는 장르 변용의 쇼이기도 하다. 이에서 한 걸음 나아가 김영하의 독특한 경계 의식은 '이것은 그저 장르물에 불과한 가벼운 읽을거리이니 즐겁게 읽어주세요'라는 연막을 치고서 시나브로 독자들로 하여금 문학이라는 범주 자체를 재인식하도록 감수성을 바꿔버리면서 문학적 향유에 관련된 형질 변경 쇼를 연출하기도 한다.

이미 짐작했겠지만, 앞으로 김영하의 소설을 대상으로 한 이질 혼성의 간단치 않은 독해를 풀어나갈 실마리는 언뜻 별로 고상해 보이지 않는 '쇼타임'이라는 열쇠말이 될 것이다. '쇼'는 바야흐로 '쇼킹하게' 관객을 사로잡을 의무가 있는 것이 아닌가. 더불어 이는 신선한 감각의 향연

---

11) 우찬제, 같은 글, 370쪽.

12) 김봉석, 김영하, 박상준, 이상용, 김동식, 「좌담: 장르 문학과 장르적인 것에 관한 이야기들」, 『문학과사회』 2004년 가을호, 1157쪽.

을 선보임으로써 관객의 감수성에 크고 작은 영향력을 행사할 수 있는 특유의 권리를 누리게 된다. 이제 나는 김영하의 소설에서 진부한 일상에 충격을 던지는, 희귀한 장면들을 몇 가지 선별하여 세 가지의 이미지를 중심으로 간추려 묶어보려 한다. 이때 각각의 모둠은 하나의 독립된 쇼로 환산된다. 물론 이 작업 과정에 개인적인 호불호가 주요하게 영향을 미쳤다는 사실에는, 변명의 여지가 없다. 평균적이고 표준적인 감성에 저항하는 마이너리티의 감각으로 즐기는 김영하의 소설들은 한 편의 쇼를 연상시키는 화려한 쾌락의 무대, 그리고 그 무대를 얼마간의 거리에서 바라보며 그 존재론적 지위와 효과에 대해 사유하는 국외자의 시선을 선사한다. 쾌락과 환멸이 공존하는 그곳을 이 글을 읽는 여러분과 함께 방문하려고 한다. 지금.

쇼 #1: 이런 곳을 산 채로 배회하는 당신은 누구인가

> 그 둘을 가르는 전선의 이름은 시간, 달리 말하면 죽음, 또 달리 말하면 부조리와 불가해함일 것이다. 그곳은 유토피아는 아니겠으나 그렇다고 지옥도 아닐 것이다. 연옥쯤으로 해두는 게 좋겠다. 나는 그곳으로 간다.[13)]

먼저, 1990년대 중반 출현한 김영하, 백민석 등 당시로서는 낯선 감각으로 무장한 작가군이 대중문화의 코드를 한국문학에 본격적으로 도입한 세대라는 일반적인 평가에 대해 약간만 토를 달고 넘어가도록 하겠다. 대중문화와 장르문화 양쪽의 외곽에 있는 사람들이 종종 그 둘의 관계를 혼동하는 경우가 있는데, 기실 이 두 분야는 동치관계에 놓일 수도 없거니와 비슷해 보이면서도 아주 다르기 때문에 주의가 필요하다(오히려 상극

13) 김영하, 「게임」, 『포스트 잇』, 168쪽.

에 가까운 경우가 더 많아 보인다). 정확히 말하면 장르성, 장르문화는 '카운터컬처'적 감성에 더 가깝다고 할 수 있다. 대중문화는 '평균적인 취향'을 반영하지만 장르성 짙은 문화는 그와 정반대로 '자신이 특성화된 사회집단이라는 자의식'에 충만한 수용층을 대상으로 하고 있으며, 오히려 보편화된 대중의 취향에 저항하는 경향을 주 동력원으로 삼기 때문이다. "진짜 카운터컬처"는 "대중화 또는 하위문화와 분투하고 있"으며 "상업적인 해악의 위험을 가장 심하게 무릅쓰는 젊은이들의 문화적인 실험"으로서 자신의 정체성을 과시한다.[14] 우리나라뿐 아니라 외국에서도 SF, 판타지, 추리, 공포물 등의 장르문학이 때로는 대중과 시장에 더 쉽게 접근하기 위한 낯설게하기의 요소로 사용되는 경우도 적지 않았지만, 일반적으로 '속류'에 속하는 하위문화와 앞에서 '진짜'라는 수식어를 동반하는 이탈자, 불복종주의자 들의 문화는 섬세하게 구별되어야 한다. 따라서 장르문학이 자신들 고유의 문화적 정체성을 옹호하고 주류문화를 배척하는 과정에서 '게토화'되는 것에 대한 경계의 목소리가 꾸준히 제기되는 것도 같은 맥락이라고 할 수 있다. 김영하 소설이 이른바 '주류' '본격' 문학이라고 불리는 영역에서 여태껏 만나보지 못한 새로운 감성을 그 안에 끌어들였다면, 이는 보편적인 취향에 호소하는 대중문학적 장치라기보다 오히려 기존 문화의 관성에 저항하고 균열을 내기 위한 카운터컬처 미학에서 비롯된 것으로 보는 것이 옳을 것이다.[15] 김영하 소설에 내장되어 있는 장르적 특성을 따라가보면, 매우 섬세하고 치밀하게 계산된 일종의 '주의(主義)' 혹은 의도 같은 것을 읽을 수 있는데, 이는 바로 작품을 구축하는 미학적 자의식으로 연결된다.

김영하의 첫 소설집에 들어 있는 「전태일과 쇼걸」은 리얼리즘에 바탕

---

14) 캔 고프먼, 댄 조이, 『카운터컬처』, 김세미 옮김, 텍스트, 2010, 80, 83쪽.

15) '장르문화=대중문화'라는 거친 공식화에 대해 문제를 제기하고 이를 적절히 해명한 글에는 박진의 「장르들과 접속하는 문학의 스펙트럼」(『창작과비평』 2008년 여름호) 참조.

을 둔 현실 인식과 말초적 감성으로 무장한 대중문화의 아이콘 사이에서 배회하는 한 남자의 모습을 근접 거리에서 조명한다. 1980년대의 현실인식과 치열했던 투쟁을 기억하는 사람에게 두 대조적인 문화를 상징하는 아이콘이 나란히 걸려 있는 도심의 거리는 도무지 실감과는 거리가 먼 연옥과도 같은 공간이리라. 분명 이전부터 갖고 있던 명징한 현실감각에 비춰볼 때 뭔가 어긋나 있는 것 같은데, 그렇다고 현실이 아니라고 말하기 어려운, '전태일'과 '쇼걸' 사이에 벌어져 있는 낯선 틈새. 그 사이에서 좌표를 잃고 양쪽 세계 사이에 모호하게 걸쳐진 채 유령처럼 떠돌며 자신이 처한 상황을 이해하려고 애쓰고 있는 저 남자의 정체는 무엇인가. 그에게 필요한 것은 자각몽에 들어갔을 때처럼 자신의 자각과 눈앞에 보이는 꿈속의 일들에 동시에 초점을 두는 연습[16)]을 하는 일일지 모른다.

자신이 만든 상상세계를 들락날락하면서 언제 어디서 악령이 출현할지도 모르는 "위험한 경계"를 떠도는 남자의 모습은 착신되지 않는 호출기의 주인인 「호출」의 주인공으로, 『나는 나를 파괴할 권리가 있다』의 자살안내인과 냉정한 표정으로 살육의 현장을 주시하는 사르디팔 왕으로 수시로 형상을 바꾸어 출몰한다. 때로는 「고압선」의 주인공처럼 상반된 현실의 해리적 공존을 수용하지 못한 채 서서히 자신의 존재감을 상실해가는 인물도 등장하지만, 역시 김영하의 메인스트림은 이러한 운명을 받아들이고 난 후 건조하고 냉혹한 시선을 지닌 '신'의 지위로 스스로를 격상시키는 이들이 선보이는 위악적인 쇼다. 이들은 스스로 타자가 되어 자신의 자리를 응시하는 유체이탈적 사유를 하면서, 자신은 물론 다른 사람의 운명에 절대 깊숙이 들어가는 법이 없다.

치명적인 외로움을 숨긴 채 인간들의 운명 외곽을 떠돌고 있는 산주검들의 쇼, 백주대로를 배경으로 펼쳐지는 고요한 악몽이 왜 더 우리를 몸서

---

16) 로버트 웨거너, 『자각몽, 꿈속에서 꿈을 깨다』, 허지상 옮김, 정신세계사, 2010, 36쪽.

리치게 하는가. 바로 이러한 살풍경이 우리가 일상에서 만나는 현실과 크게 다르지 않은 모습을 하고, 인접한 어디엔가 살그머니 몸을 감추고 있다는 생각이 우리를 한층 전율하게 하는 것은 아닌지. 세속화된 시대에 이계에 대한 상상은 "천국이나 지옥과 같은 대안적 공간"으로 드러나는 것이 아니라 "이 세계를 친숙하고 편한 것이 아닌 '다른' 어떤 것으로 변형시키면서 (……) 재편성되고 탈위치화된 세계를 창조한다"[17]고 하지 않았던가. 로즈메리 잭슨은 중심축의 양쪽에 위치하며 본체 곁에 위치하는 '점근축(paraxis)'이라는 개념을 통해 실재의 본체와 얽혀 있는 환상적인 것의 장소 또는 공간의 소재를 설명한다. 이때 '점근축'이란 광학에서 광축과 근소한 각도를 이루며 그에 접근하는 광선을 의미한다. 실재에 근접해 있지만 "실재적인 대상도 비실재적인 것도 아니며, 그 둘 사이에 어디엔가 불확정적으로 위치하는" 환상세계의 위상학은 바로 이러한 점근축과 유사한 의미론적 자질을 갖고 있는 것이다. 다시 한번 잭슨의 말을 인용해본다. "죽은 것도 아니고 살아 있는 것도 아닌 유령처럼 환상적인 것은 존재와 무 사이에서 정지된 유령적 존재이다. 그것은 실재적인 것을 취하면서 그것을 파괴한다."[18] 김영하의 소설이 주류문화에 구멍을 내는 방식은 바로 이러한 시나리오를 따른다. 지젝도 "우리는 환상을 통해 욕망하는 방법을 배운다"고 하지 않았던가. 그는 환상 공간을 멀지 않은 현실 곁에 은근히 틈입시킴으로써 우리가 현실이라고 알고 있던 것들에 균열을 내고 실내에 스며든 "탈색된 채로 뱉어져 주위에 피해를 끼치는"[19] 유독한 담배 연기처럼 소리 없이 현실을 변화시킨다. 그리고 이를 통해 우리의 욕망을 생성하거나 재편하는 모험을 감행한다. 이러한 김영하 소설의 환상성과 그 존재론적 위상에 관해 앞에서 논의했던 내용, 즉 장르문학적 자질과 연결시켜보

17) 로즈메리 잭슨, 『환상성: 전복의 문학』, 서강여성문학연구회 옮김, 문학동네, 2001, 31쪽.
18) 로즈메리 잭슨, 같은 책, 32쪽.
19) 김영하, 「작가 후기」, 『엘리베이터에 낀 그 남자는 어떻게 되었나』, 285쪽.

면, 그 함수관계을 자명하게 그려볼 수 있다. 당연히, 김영하의 소설은 판타지 기법을 사용하여 냉혹하고 도발적인 환상 체험을 하게 한다는 점에서 장르적이고, 이러한 방식으로 주류 문화의 지배와 실재의 권위에 저항한다는 점에서 또한 이중으로 장르적이다. 이러한 과정을 통해 작가는 자신의 욕망을 곧잘 서술자와 등장인물에 빙의시키곤 한다. 천천히, 치밀하게 자기 자신의 존재감을 유령처럼 표백한 다음 겉돌게 한다는 점에서 뼛속까지 아웃사이더라는 증거를 우리에게 보내는 것은 아닌가, 당신.

쇼 #2: 신사의 복장을 한 남자, 번쩍이는 병을 깬다

> 성공적인 공포 영화를 만든다는 것은 번개를 병 속에 붙잡아두는 것과도 같아서, 가장 재능이 뛰어난 영화인들조차 고작 한두 번 성공하는 데 그칠 지경이다.[20]

프랑스의 사회학자 마페졸리에 의하면 현대사회를 가장 잘 요약할 수 있는 열쇠말은 '이미지'와 '스타일'이다. 여기서 '스타일'은 "집단 감성의 특징적 표지"로서 "사회 속에서 삶이 표출되는 모든 종류의 존재 양식, 관습, 표상, 유행 등을 태어나게 하는 하나의 포괄적 형식" 즉 "형성적 형식"을 의미하며, '이미지'는 스타일에 따라 세계를 형성하고 인식할 수 있는 것으로 만드는 수단이 된다.[21] 포스트모던 사회를 가리켜 큰 이야기가 조락하고 상상계와 실재계 사이에 존재해야 할 상징계의 레벨은 날아가버린 시대라고 진단한 사람은 아즈마 히로키다. 마치 커다란 데이터베이스 시스템처럼 소실점 없는 네트로 구성되어 있는 세계를 점묘 형식

---

20) 스티븐 킹, 『죽음의 무도』, 조재형 옮김, 황금가지, 2010, 17쪽.

21) 미셸 마페졸리, 『현대를 생각한다: 이미지와 스타일의 시대』, 박재환 · 이상훈 옮김, 문예출판사, 1997, 32, 46~47쪽.

으로 재구성할 수 있도록 도와주는 것이 이미지다. 마페졸리는 특히 열정과 현대의 신화를 공유하고 있는 부족(소집단)이라는 공동체를 강조한 바 있다. 이러한 집단의 구성원들에게는 스타일이 일종의 공동 언어와 같다. 그리고 그는 이러한 기제를 콕 집어 '장르 스타일'이라고 명명하면서 현대의 부족들은 동일한 '장르 스타일'을 공유하고 있는 집단과 결합한다고 설명한다. 그런 의미에서 스타일은 현대인들의 파롤(parole)이라고 할 수 있을 것이다.

우리가 김영하 소설에 대해 말할 때 빼놓을 수 없는 것은 동시대의 스타일을 민감하게 잡아내어 인상적인 이미지로 형상화시키는 데 누구보다 탁월하다는 점이다. 그는 자신의 세대가 공유하고 있는 독특한 관습, 표상, 유행 들을 가져와서 각질화된 기존 문화에 충격을 주는 수단으로 사용한다. 그 대표적인 것 중의 하나가 디지털 매체의 적절한 활용이다. 영화나 컴퓨터게임 같은 일방향적인 매체로부터 호출기, 인터넷 통신 같은 쌍방향적인 매체들은 모두 감수성을 공유하는 공동체의 구성원들을 실질적으로 그리고 상징적으로 연결시키는 끈 역할을 하고 있다. 이들 매체는 실제로 장르 스타일을 공유하는 부족들의 존립 근거이자 존재 양식이며, 작동 메커니즘을 규정하는 데 결정적인 역할을 해왔던 것이다. 그리고 다른 하나가 같은 세대들이 공통분모처럼 갖고 있는 원형적 심상의 활용이다. "어린 시절, 내 상상력의 창은 『소년중앙』이었다. 네스호의 괴물, 화성인, UFO, 버뮤다 삼각지대, 유령선 등등. 극동의 가난한 나라에 사는 어린이에게 세계는 그런 것이었다."[22] 유년기에 품게 되는 자연적인 대상에 대한 환상과 공포는 수면 아래 잠복하고 있다가 결정적인 순간에 떠오르기 마련이다. 김영하의 소설이 갖고 있는 특색은, 그리고 숨길 수 없는 매력은, 이러한 이미지들을 이용해서 연출한 충격적인 '장면들'(만일 가능

22) 김영하, 『랄랄라 하우스』, 마음산책, 2005, 55쪽.

하다면, 나는 이 단어를 대문자로 썼을 것이다)로부터 온다. 스티븐 킹은 독자에게 충격을 주기 위해서 '테러스럽게' 하거나 '호러스럽게' 하거나 이도 안 되면 '우웩'이라도 이끌어야 한다고 말했거니와, 이러한 충격요법에 대한 경도만큼은 김영하의 소설도 결코 그에 뒤지지 않으리라. 이것이 바로 소설이라는 형식을 통해, 현실원칙을 찢고 쾌락원칙이 솟구쳐오르는 방식이다. 그가 정말로 소설을 통해 보여주고자 몸이 달았던 장면들은 투명인간, 흡혈귀, 피뢰침 맨, 피칠갑을 한 냉혹한 킬러, 게임에서 불러온 매혹적인 여성, 다른 성(性)을 가진 자신의 도플갱어, 절단된 신체의 이미지 등이 등장하는 3류 영화의 꿈이 아니었을까.

더욱이 작가 자신이 섬광처럼 빛나는 장면들을 연출하며 자신의 전율과 향락을 독자/관객에게 전이시키는 방식을 눈여겨보라. 「사진관 살인사건」은 추리소설의 형식을 빌려 한 살인사건의 진상을 추적하는 과정을 담고 있다. 하지만 독서의 쾌락은 사건의 원래 내용보다 전적으로 남녀의 치정과 살인에 얽힌 음울한 환상에서 비롯된다. 심지어는 피해 당사자이자 용의자인 등장인물조차 심문을 받는 도중에 "절, 그러니까 저를, 좋아하는 것 같았어요" 하면서 볼을 살짝 붉히지 않던가. 「비상구」에서 추잡한 행동을 일삼는 '아저씨'를 각목으로 후련하게 때려주는 장면에서는 약자들만이 공유하고 있는 충격적인 카타르시스가 작열할 법하다. "좆같은 놈들이 너무 많다. 나도 별 볼 일 없는 놈이지만 그렇게는 안 산다. 다 쓸어버리고 싶다."[23] 아, 얼마나 많은 사람들이 교실 뒷자리에서, 사무실 칸막이 뒤에서, 어두운 부엌에서 차가운 밥을 꾹꾹 입에 밀어넣으며 내지르고 싶었던 말인가. 「바람이 분다」 또는 『퀴즈쇼』에서, 작가는 컴퓨터게임의 캐릭터나, 채팅방의 아이디를 노려보며, 그 상대를 현실로 불러내어 진한 연애를 하고 싶다는 충동을 얼마나 영리하게 대리만족시켜주는가.

---

23) 김영하, 「비상구」, 『엘리베이터에 낀 그 남자는 어떻게 되었나』, 176쪽.

김영하의 소설에는 이중적인 플롯이 존재한다. 하나는 표층적인 사건이 벌어지고 갈등을 통해 해결되는 낮의 플롯이고, 또하나는 은밀한 쾌락이 이미지와 장면 들을 통해 충족되는 심층적인 밤의 플롯이다. 그리고 이러한 매혹적인 장면들은 소설과 예술이 "(억압되고 억제된) 소원의 (위장된) 성취"로서 존재하는 "꿈"[24]의 속성을 갖고 있음을 일깨워준다. 어쩌면 우리가 공유하고 있는 원형적 상황들이 괴물처럼 잠복하고 있다가 서사의 형식을 빌려 출몰하고 있는지도 모른다.[25]

프로이트의 『꿈의 해석』에는 자신이 조카의 장례식에 참석하는 꿈을 꾼 여성의 사례가 등장한다. 이에 대해 프로이트는 이 여성이 첫째 조카의 장례식에서 사랑하는 사람을 만났던 기억을 상기시킨다. 즉 그의 설명에 따르면 그녀는 마음속에서 억누르고 있는 재회의 소원을 성취하기 위해 자신의 둘째 조카마저 죽는 꿈을 꾸게 되었다는 것이다. 이 일화는 은밀한 소원을 충족시키고자 하는 인간 욕망의 실체를 여과 없이 보여주는 사례라고 할 수 있다. 이는 인간이 갖고 있는 욕망의 메커니즘은 자신이 간절히 원하는 결정적인 '장면'을 재현하기 위해 전체 상황을 만들기도 하고 허물기도 하며 왜곡시키기는 일을 망설임 없이 벌인다는 사실을 폭로한다.

이러한 관점에서 김영하의 소설이 보여주는 서사의 얼개를 조망하면 조각퍼즐처럼 모여드는 흥미로운 사실을 발견하게 된다. 김영하의 소설

---

24) 지그문트 프로이트, 『꿈의 해석』, 김인순 옮김, 열린책들, 2008, 206쪽.

25) 김영하는 한 좌담회에서 자신에게 가장 많은 영향을 준 작가가 누구냐는 질문에 다음과 같이 고백한다. 예전에는 이러한 질문에 쿤데라라고 대답하곤 했지만, 최근부터는 코넌 도일과 쥘 베른이라고 대답하기 시작했다는 것이다. 그에게 있어서 쿤데라가 낮의 플롯을 지배하는 스승이라면 밤의 플롯을 가르쳐준 스승은 도일과 베른 같은, '비주류' 문학의 작가들이었으리라. "그런데 막상 가장 영향이 큰 작가가 코넌 도일과 쥘 베른이라고 말할 때면 아직도 왠지 쑥스러워요. 뭐? 코넌 도일과 쥘 베른? 저거 바보 아냐? 하는 소리가 나올 것 만 같죠." 「좌담: 장르 문학과 장르적인 것에 관한 이야기들」, 같은 책, 1151쪽.

이 절정에서 강렬한 이미지를 폭발시키기 위해 사건들을 응축시키고 배열하는 과정에서 발휘하는 솜씨는 그야말로 일급이라 할 수 있다. 스티븐 킹의 수사를 다시 한번 빌리면, '번개를 붙잡아두기 위해' 만든 잘 빚어진 병처럼, 김영하의 소설은 차근차근 서스펜스를 쌓아올리는 과정에서 각종 장르문학의 규약들을 모범적으로 사용하고 또 전유한다. 그러나 문제는 축적시켜온 에너지를 방출하고 난 사후에 현저하게 긴장감을 잃는다는 데 있다. 이런 관점에서 보면, 김영하의 소설의 종결부가 왜 종종 눈에 띄게 기운을 잃고 허술해진 모습을 보여주는지 이해 못할 것도 아니다. 홍콩 누아르의 아웃사이더들을 흉내내어 심야의 도심을 질주하던 저 「비상구」의 결말이나 용의자의 초등학교에 조회한 끝에 맥없이 진상을 알아버리는 「사진관 살인사건」의 에피소드 역시 뜬금없다는 인상을 주지만 무려 수백 쪽에 이르는 긴 모험의 마무리를 연인과의 키스신으로 서둘러 거둬가버리는 『퀴즈쇼』의 결말은 또 어떠한가. 이미 독자도 화려한 '쇼' 장면에서 보고 싶은 것을 다 보았고 작가 역시 공력을 다 소진해버렸던 것이 아닌가.

이미지가 한순간 폭발하기 위해서는 그를 충당할 수 있는 '화력'을 축적해야 하는 법. 그래도 이러한 '화력'을 활용하는 데 있어서 김영하를 능가할 만한 작가를 찾기란 쉽지 않으리라. 서사적 에너지를 쌓아놓고 이를 일시에 해소시키는 그 적합한 지점을 정밀하게 탐침해가기 위해 작가의 숨은 공력을 감지하는 순간, 독자는 무심한 듯이 걸쳐 입은 스타일리시한 의장 뒤에 숨은 무책임한 탐닉을 동시에 발견하게 된다. 선망하는 이미지를 손에 넣고자 하는 욕망, 그 무시무시한 집착과 엄숙한 열정이 특유의 댄디한 스타일과 뒤섞일 때, 쇼는 기이한 국면으로 접어들게 된다, 점차.

쇼 #3: 환상 속의 존재, 거울에서 빠져나와 관객에게 말을 건다

그러니까 '우주정거장'이라는 단초가 '은하철도 999'라는 만화의 주제가를 호출했고, 일단 불려 나온 이 노래가 내 뇌의 어딘가에 간지럼을 유발한 것이다. 그러니까 은하철도 999호는 은하계가 아니라 내 대뇌피질 주름 속을 달리고 있는 것이다. 서울시 지하철처럼.[26)]

『나는 나를 파괴할 권리가 있다』의 제목에는 무려 '나'라는 일인칭 대명사가 두 번이나 등장한다. 이때 파괴할 수 있는 '나'와 파괴당할 '나' 사이에 가로놓여 있는 것은 분열된 자아가 서로를 끌어들이는 치명적인 자기애의 공간이다. 이러한 자폐적인 자아의 분열로 인해 상징계의 법이 와해되고 현실을 얽매는 규약이 느슨해지는 아주 예외적인 시공간이 만들어진다. 이 속에 머무는 자아는 초자아에서 해방되었을 때 발생하는 에너지를 사용하여, 자꾸 삶으로 밀고 나가려고 하는 충동을 도로 밀쳐내려고 한다. 이들 나르시시스트적인 인물들의 군상은 성장이 지체된 채 자기를 파괴하고 리셋하는 놀이에 몰두한다는 점에서 편집증적인 면모를 갖고 있다. 『나는 나를 파괴할 권리가 있다』를 발표할 당시 가상인물이었던 '자살 안내인'이란 직업이 육 년 후에 실제로 등장하여 "판타지"가 "돌연 리얼리즘이 되"는 놀라움을 경험하게 했던 것처럼,[27)] 이러한 자폐적인 인물들의 군상은, 불과 십수 년 만에 수많은 '인터넷 폐인'들을 양산해낸 디지털 문화의 암울한 국면이 상상에 의해 끌려나온, 일종의 예표 같은 것이라고 할 수 있다. 이렇게 판타지는 앞날을 예측하는 상상력과 역사의 아이러니에 의해 언제든지 리얼리즘으로, 그리고 리얼리즘은 다시 판타지로 몸바꿈할 수 있는 것이다.

---

26) 김영하, 「은하철도 999」, 『2005년 제50회 현대문학상 수상소설집: 유턴지점에 보물지도를 묻다』, 현대문학, 2004, 322쪽.

27) 김영하, 「죽음, 속도, 휴식」, 『포스트 잇』, 150쪽.

김영하의 소설은 현대의 테크놀로지의 발전으로 인해 나르시시즘이 새로운 경지로 나아가는 국면을 보여준다. 이른바 '테크노 나르시시즘'이라고 명명할 만한 문화 속에서 사람들은 전자 미디어를 이용해 다양한 틈을 만들어내며, 이전에는 존재하지 않았던 새로운 관계를 맺어나간다. 이미 등단작인 「거울에 대한 명상」 등에서도 엿보였던 거울상에 대한 집요한 탐구는 전자 미디어에 대한 집착으로 이어진다. "어떤 질문에도 두드리면 반응하듯이 대답해주는 미디어"는 나르시시트들을 거울단계에 계속 머물도록 하고 인터넷 공간 같은 "전자 밀실"[28] 안에 웅크려 있게 한다. 따라서 『퀴즈쇼』에 등장하는 인터넷 퀴즈방이나 「삼국지라는 이름의 천국」의 RPG 공간이 현실을 초과하여 오히려 '더 실감나는' 삶의 현장으로 제시되는 것도 그 때문이리라.

이러한 나르시시즘적, 혹은 성장을 거부한 유아적 분위기는 현대사회에 광범위하게 벌어지고 있는 문화지체의 한 단면을 보여주고 있다. 2010년 출간된 김영하의 단편집 『무슨 일이 일어났는지는 아무도』에 이르기까지, 김영하는 삶의 불가해성, 운명의 예측 불가함에 대해 근본적인 질문을 제기해왔다. 이 책에 실려 있는 소설들은 불가항력적인 외부의 폭력으로 인해 기존의 지배적인 질서에 대한 신뢰가 파괴된 후, 세계가 신자유주의적 일상 속의 소소한 기표들이 삶을 결정하는 기묘한 공간으로 변화되었음을 폭로하고 있다. 「퀴즈쇼」의 은이처럼 열정도 신뢰도 증발해버린 휴일 오후 같은 삶을 영위하는 인간들은 우리가 거주하는 세계의 부박함과 불안정함을 증언하는 아바타들이다. 더욱이 이러한 우리 자신의 아바타와도 같은 허구 속 인물들은 역으로 차갑고 건조한 세계를 살아가야 할 우리의 욕망과 체념을 지시해주고 있지 않은가. 더불어 우리는 이 시대를 대변하는 감수성과 기호가 어떤 세계관을 바탕으로 하고 있는지 자연스럽게 깨

---

28) 아사다 아키라, 『도주론』, 문아영 옮김, 민음사, 1999, 38쪽.

닫게 되면서, 이 세계를 미메시스하기 위한 우리 시대의 리얼리즘 미학을 새롭게 만들어나간다.

따라서 김영하 소설이 갖고 있는 장르적 혹은 키치적인 특질은, 이러한 세태를 몸으로 증명하기 위해 섬세하게 디자인된 예언적인 리얼리즘의 한 형태로 읽어도 좋은 것인가, 아니면 거대담론이 좌초하고 있는 지금, 산업자본주의의 분파로 전락하고 있다는 혐의에서 자유롭지 않은 카운터컬처가, 끝내 생산적인 대안을 생산하지 못하고 퇴행적인 서사로 함몰되고 있다는 증좌처럼 여겨야 할 것인가. 어쩌면 작가는 피상성과 진정성 사이에서 곡예를 넘으면서 서사 양식이 갖는 또다른 가능성을 실험해보고 있는 것인가. 다시 말해, 본격문학이라는 구세대적 굴레를 벗어버리고 가벼워진 몸을 한 새로운 서사의 한계와 지평을 시험해보고 싶었던 것일까? 김영하 이후 세대의 작가들이 전유해온 다양한 대중문화의 기호와 장르적 특질들은 이미 이들에게는 낯설거나 기발한 '장치'가 아니라 "대뇌피질" 혹은 유전자에 새겨진 '환경'이자 '기질' 같은 것이었는지도 모른다. 리얼리즘과 판타지, 현실과 환상을 가르는 잣대는 계속해서 갱신에 갱신을 거듭하면서 서사가 미칠 수 있는 양식적 한계를 깨뜨리고 있다. 일찌감치 변화는 시작되었고 새로운 환경에 걸맞은 이야기의 형식과 스타일에 대한 논의도 전통적인 미메시스 미학을 넘어서 진전되고 있다, 이미.

에필로그: 회고, 또는 후편에 대한 예고

너는 너무 잘 적응하고, 그게 바로 너의 문제야. 누군가가 이렇게 말하는 소리가 들려온다. 그들에게 말해주고 싶다. 나는 그저 볼 뿐이고 그리고 그것에 대해 쓸 뿐이다. 그것뿐이다.[29]

29) 김영하, 「죽음, 속도, 휴식」, 『포스트 잇』, 153쪽.

세계의 형태와 질감이 변화된 만큼, 이에 맞서는 문학의 생태도 바뀔 수밖에 없다. 김영하는 자신이 거주하는 문화의 웨이브 속에서 누구보다 자신이 취해야 할 거점을 정확히 짚어낸다는 점에서 기민하고, 또 부지런한 작가이다. 김영하의 서재를 떠올리면 책꽂이에 가득 쌓여 있는 책보다 차라리 풍향계와 온도계 그리고 넓은 거울과 시원스럽게 열린 창문을 상상하게 된다. 그리고 어쩌면 바람을 쐬기 위해 자주 책상 곁을 비울지도 모르리라.

그는 자족적인 과거의 예술관을 끊임없이 갱신하면서, 새롭게 바뀌는 세상의 풍향에 맞추어 스스로를 성찰하는 대자적 존재로서 예술을 위치시켜왔다. 그러나 꼭 그의 소설을 집어서 하는 말은 아니지만, 애초에 카운터컬처적인 도전으로 시작했던 많은 시도들이 오히려 자신이 저항해온 신자유주의적 가벼움과 속물주의에 함몰되어왔다는, 경고 섞인 진단을 흘려듣기는 어려울 것이다. 주류문화에 반기를 거는 순간, 카운터컬처는 대중성과 저항적 미학 사이에서 교묘하게 줄타기를 해야 하는 숙명에 처한다. 그러나 전자는 현실과 보편적인 감수성에 침윤되어 있는 반면, 후자는 현실에 대한 영구 혁명을 지향한다는 점에서 근본적인 차이가 있다. 따라서 우리는 김영하 역시 점차 카운터컬처적 전위로서의 무게감을 떨쳐내고 있는 것인지, 그리고 "모든 것이 시장에서 상품으로 팔려야 하는 새로운 사회적 조건의 면전"에서 "예술과 상품의 거리를 지우고 문화산업의 위치를 선택한"[30] '키치'의 길을 걷기로 한 것인지 다시 한번 묻지 않을 수 없다.

초기의 김영하는 무협지에서 CF 카피를 거쳐 유명 미술 작품들에 이르기까지, 대중이 향유하는 문화 코드를 자유롭게 섭렵하면서 경계를 위태

30) 양효실, 「키치」, 『미학대계 제 3권: 현대의 예술과 미학』, 미학대계간행회 엮음, 서울대학교출판부, 2007, 378쪽. 키치와 캠프의 관련성에 대해선 칼리니스쿠도 『모더니티의 다섯 얼굴』(시각과언어, 1993, 287~290쪽)에서 언급한 바 있다.

롭게 넘나들곤 했다. 결과적으로 이러한 '도발'은 우리가 '본격/주류' 문학이라고 불러왔던 범주의 경계를 눈에 띄게 확장하는 데 기여해왔으며, 그런 점에서 그가 선택한 자리는 확실하게 '전위'였던 것만 같다. 그가 하위 코드를 폭넓게 전유해왔다고 해서, 대중의 보편적인 감수성을 추수하기 위한 목적을 갖고 있었다고 말하는 사람도 이젠 찾아보기 어렵다. 그를 비롯한 몇몇 작가들이 기존의 주류문학에서 다루지 않던 낯선 감수성을 끌어안아온 덕분에 우리는 몇 번이고 새로운 세계관의 문턱 앞에서 정서적 · 인지적 머뭇거림을 경험하지 않았던가.

그런 면에서 나는 그의 소설을 설명하기 위해 '키치'보다는 부정적인 어감을 떨쳐낸 '캠프'라는 용어를 선택하고자 한다. 수전 손택은 이 개념을 사용해서, 주로 1960년 이후에 일어났던 새로운 문화적 경향의 한 단면을 포착하고 있다. '캠프'라는 새로운 유행은 삶의 무의미함이나 변혁 가능성에 대한 어떤 믿음에도 몰입하기를 거부하면서, 동시에 고급문화와는 구별되는 고유한 감수성을 추구하는 신세대 문화의 특성을 고스란히 보여준다. 캠프는 가벼움, 천박함을 높이 사고 도덕적 엄숙주의를 거부하며, 새로운 취향의 발견을 추구한다. 무엇보다 캠프는 자기 조롱을 표현할 때조차 자기애를 드러낸다.[31] 2000년대 이후의 또다른 캠프족들인 '힙스터'들이 값비싼 비용을 지불하지 않고도 향유할 수 있는 하위문화의 언저리에서, 기존의 시금석으로 재단하기 어려운 새로운 감수성을 창조하는 방식을 보라. 이들은 자본주의에 정면으로 맞서길 피하면서도 새로운 점근축을 만들어 이를 중심으로 자신들의 문화를 기생시킴으로써 결과적으로 기존의 문화지형에 균열을 내는 방식을 취하고 있는 것이다.

최근 김영하는 삼 년 만에 새로운 책을 내놓은 바 있지만, 앞으로 김영하의 소설이 보여주게 될 변화의 향방을 정확하게 짚어내기 위해서는 단

31) 수전 손택, 「'캠프'에 관한 단상」, 『해석에 반대한다』, 이민아 옮김, 이후, 2002, 421쪽.

한 권의 소설집으로는 부족한 감이 있다. 무엇보다 『무슨 일이 일어났는지는 아무도』라는 이름의 이 매력적인 책이, 본격적인 항방을 결정하기 전에 내놓은 소품집인지, 아니면 서사가 취해야 할 새로운 미학을 제시하기 위한 본편의 첫 장에 해당하는지 결정하기가 쉽지 않다. 그가 선택한 길은 새로운 시대의 마이너리티들이 처한 또다른 숙명을 향하고 있는가, 아니면 그 역시 무성한 징후와 예표들을 가늠하며 갈림길 앞에서 머뭇거리고 있는가. 우리가 머물러 있는 지점이 아직 너무 어둡기 때문인가. 그러나 그대는, 혹은 우리는 원래 밤에 더 잘 보는 부족의 일원이다. 마이너리티들은 언제나 투항 직전에 내몰릴 때 나오는 에너지를 무기 삼아 길을 만들어왔다. 그리고 우리는 김영하의 소설에서 언제나 이런 에너지와 혜안을 발견해오지 않았던가. 그러한 기대를 여전히 품고 오래 기다려보는 것도 좋을 것이다. 물론 앞으로 김영하가 글쓰기의 '영구 혁명'을 통해 도달하고자 하는 새로운 영역의 그림을 세밀하게 보여주는 것은, 아직 오지 않은 '도래할 책(le livre à venir)'의 몫일 것이다. 안도하고 정주하면 지게 되는 보헤미안들에게 약속되어 있는 것은 미래를 향해 발걸음을 떼도록 등을 떠미는 불확실한 오늘뿐일 테니까, 필경.

(미발표, 2012년)

'죽음 너머'의 상상력과 귀환한 자의 목소리
— 남진우의 『나사로의 시학』 『폐허에서 꿈꾸다』를 중심으로

1. 성스러운 것과 문학적인 것

죽음, 종언, 파국의 담론이 도처에서 되풀이되는 시기에 부활과 재생의 가능성을 조심스럽게 타진하는 이의 목소리는 쉽게 포착되지 않을지도 모른다. 한 치 앞이 보이지 않는 암담한 상황에서도 가능성을 저울질하고 방향을 탐색하는 움직임은 멈추는 법이 없다. 눈앞에 펼쳐진 비참한 현실을 '증언'하는 이들의 타오르는 혀는 우리의 마비된 의식을 일깨운다. 한편 고갈되어가는 희망의 회생 가능성을 '요청'하고 새로운 국면의 도래를 '선언'하는 이의 음성은 몹시 우렁차지는 않아도 집요하고 치밀하다. 이는 마음속에 스며들어와 자신이 할 일을 할 뿐이다. 저쪽에서 이쪽으로 건너와 자신의 임재를 보여주기만 해도, 그저 스쳐지나가기만 해도 무언가를 변화시키는 존재를 가리켜 혹자는 '성(聖)스럽다'고 한다. 만일 문학적인 언어라는 것이 존재한다면, 그 말은 스스로 품고 있는 생명력을 베풀어 폐허 가운데서 새로운 삶의 불씨를 '생산'해내는 일을 궁극적인 목표로 삼아야 한다고 생각하는 사람들이 있다. 이들에게 문학적 혹은 시적인 것의 본령은 '말씀대로 이루어지는' 경지, 즉 발화의 수행성

(performativity)을 중심으로 구성되는 어떤 것이다.

> 예수의 부름이 그렇듯 시적 언어는 혼을 부르는 언어이며 이 세상과 저 세상을 넘나드는 언어이다. 시인은 오늘도 침묵 속에서 그 언어의 메아리를 듣는다. 그리고 그것을 자신이 가진 언어에 담기 위해 분투한다. 그가 지상의 불완전한 언어로 (……) 죽음이 미만한 이 세상에서 새 생명을 일으켜세우고 존재의 거듭남을 가능케 할 것이다.[1]

새삼 복음서에 기록되어 있는 예수의 발화를 상기시켜도 좋을 것이다. 남진우는 십이 년 만에 세상에 내놓은 비평집의 서문에 "나사로야 일어나라" 하는 한마디에 사망 선고를 받은 지 사흘 밤낮이 지나 부패되어가는 시신에 불과했던 한 사나이, 나사로의 재생과 귀환을 기록하고 있다. 예수가 '살아 있는 신'으로서 자신의 신성을 계시한 사건은 고고한 언행과 도덕의 설파를 통해 속세와 자신을 구별하던 순간이 아니었다. 신성한 것의 영향력은 자신의 성 안에 스스로를 유폐하는 데 그치지 않고 범속한 자들이 굴러다니는 세진(世塵)으로 들어가 이들이 처한 운명을 송두리째 바꿔버리는 장면 속에서 정점에 달한다.

십수 년 동안의 기다림, 두 권의 책에 빼곡히 나눠 담은 문장들, 이 둘을 저울에 달면 과연 어느 쪽으로 기울 것인가. 남진우의 새로운 평론집을 손에 든 독자라면 이러한 물음에 대한 답을 전혀 다른 방식으로 돌려줄 것만 같다. 끄덕임, 그것은 오랜 기다림의 시간과 두 권의 책에 나눠 담은 유형무형의 성과가 서로서로를 반목시키고 상쇄하는 것이 아님을

---

1) 남진우, 『나사로의 시학』, 문학동네, 2013, 12쪽. 필자가 이 글을 쓰는 목표는 최근에 상재된 두 권의 평론집을 집중적으로 읽고 조망하기 위한 것이다. 따라서 앞으로 『나사로의 시학』 『폐허에서 꿈꾸다』(문학동네, 2013)에 담긴 내용을 끌어올 때에는 인용한 부분 옆에 책 제목과 쪽수만 병기하도록 한다.

수긍하는 몸짓이 될 것이다. 그의 글이 『나사로의 시학』 『폐허에서 꿈꾸다』라는 각각 다른 제목 아래 두 권의 책으로 '나뉠' 수밖에 없었던 이유는 너무 단순해서 오히려 질문을 비껴나갈지 모른다. 시를 대상으로 쓴 평문과 소설을 대상으로 한 평문을 각각 다른 제목으로 묶은 수고 덕분에 놓치기 쉬운 것은 기실 '장르'적 특성 이전에 염두에 두어야 할 두 가지 측면을 두 책이 동시에, 다른 방위에서 접근하고 있다는 사실이다. 다시 말해 우리는 상이한 두 가지 방식에 의해 한국문학이 나아갈 길에 대한 수직적인 통찰, 수평적인 조망을 동시에 얻게 된다.

『나사로의 시학』 서문에서 남진우는 "우리 시대의 시인은 나사로의 후예들로서 나사로가 침묵한 그 지점에서 뭔가를 말하고자 하는 존재들"(11쪽)이라고 선언한다. 예수의 명령에 의해 죽음에서 삶으로 다시 불려나온 나사로는 "새로운 소명을 부여받고 지금 이곳으로 귀환한"(12쪽) 자이다. 나사로라는 한 인물의 삶을 통해 독자는 삶과 죽음, 신과 인간을 관통하는 영적 진실에 접근하게 된다. 한편 『폐허에서 꿈꾸다』에서 목도하는 것은 우리가 거주하는 세계를 가로지르는 공시적 · 통시적 조감도이다. 저자가 이 책에서 착목하는 것은 하나 이상의 세계를 설계하고 파괴하기도 하며 그로부터 넘쳐나 분열하기도 하는 상상력의 힘이다. 그리고 문학이야말로 이러한 역사적 차원에서 펼쳐지는 비전과 이를 넘어서는 원동력이 잠재되어 있는 상상력의 보고이다. 저자는 우리 문학을 유토피아적 상상력과 이후에 태동한 음울한 디스토피아적 상상력이 지배하던 시기로 구분하고 나서 미래의 문학을 헤테로토피아적 상상력이 열어나갈 새로운 유희 혹은 사회변혁의 장으로 바라본다.

> 우리 시대에 문학은 여전히 디스토피아의 전시장이자 유토피아의 섬광이다. 그러면서 문학은 점차 헤테로토피아의 미로가 되어가고 있다.
>
> 우리가 살고 있는 이 휘황찬란한 거대도시의 폐허에서 아직도 다른 세계

를 꿈꾸는 사람이 있다. 유토피아 디스토피아 헤테로토피아, 이들은 지리적 장소와 관련된 문제가 아니라 역사적 상황과 전망과 관련된 문제이다. 개인이든 공동체이든 미래에 대한 비전 없이 계속 살아갈 수는 없다. (『폐허에서 꿈꾸다』, 13~14쪽)

"폐허에서 꿈꾸다"라는 제목은 '나사로'라는 인물에 연루된 삶과 죽음 그리고 부활의 드라마가 집약되어 있는, 위상학적 혹은 시공간적 버전이라고 할 수 있다. '폐허'라는 공간은 세계의 죽음, 엔트로피의 영도, 파국 이후의 가망 없는 혼돈을 의미한다. 그리고 '꿈꾸기'는 문학적, 혹은 시적 상상력에 의해 죽음 이후에 새로운 생명과 질서를 회복시키는 작업에 다름아니다. 남진우에게 문학, 그 가운데서도 비평은 절망 속에서 희망을 구하고 허물어진 세계를 재건하며 도래할 나날을 위한 전망을 끌어내는 일에 가까워 보인다. 그것이야말로 문학적 상상력의 요체이며 비평이 지향하는 '신성함'의 윤리이자 임무일 것이다.

이 지점에서 잠시, 오독의 위험을 무릅쓰고 이제껏 짚어온 사유의 궤적을 요약해보기로 하자. 남진우 비평에서 '성스러움'으로 대변되는 종교성이 중요한 맥락을 이루고 있다는 사실은 여러 평자에 의해 이미 지적되었던 사실이거니와, 그에 따르면 문학이 서사와 서정이라는 두 가지 방법, 양단(兩端)에 근거를 둔 축에 의해 지탱되고 조금씩 성장해가는 신성의 체계처럼 보이지 않는가.[2] 이때 비평은 혼돈 속에 질서를 부여함으로써

2) 이광호는 남진우의 두번째 평론집 『신성한 숲』이 출간된 이후에 쓴 비평에서 "남진우 비평에서 성스러움은 중요한 화두라고 할 수 있다"고 지적한다. 그러나 "그 성스러움의 실체가 무엇인지를 파악하는 것은 용이하지 않"으며 "그의 비평에서 성스러움은 현존과 실체가 아니라 부재와 결핍이며, 끊임없는 추구의 과정 자체"라고 덧붙인다.(「비평적 개입의 두 양상」, 『환멸의 신화』, 민음사, 1995, 355쪽) 이러한 지적은 그의 비평적 성과에만 해당되는 말이 아니다. 신형철은 남진우의 시세계를 평하는 글을 "남진우는 해찰하지 않는다. 그는 성(聖)을 향해 전력으로 진력한다"는 인상적인 문장으로 시작한다(「열세번째 사도의 슬픈

세계 안에서 자신의 몫을 갖지 못한 것들에게 자리를 잡아주는 일을 기꺼이 떠맡는다. 그리고 죽어가는, 아니 이미 죽어버린 것들을 성화(聖化)시켜 새로운 생명력을 발생시키는 일의 힘겨움과 숭고함을 우리에게 일깨워준다. 만일 언어의 수행만으로도 이러한 일이 가능하다면, 문학의 공간은 일종의 성소(聖所)가 될 수도 있을 것이다. 그러나 신의 죽음을 운위하는 배교자들의 시대에 과연 이런 이적이 가능할 것인가? 신을 모실 수 없다면 적어도 우리에게 '신적인 것'의 흔적이라도 남아 있어야 할 것이 아닌가? 그것을 찾기 위해, 남진우의 비평은 오르페우스에서 나사로까지, 신화에서 성서까지, '문자라는 증서'에서 금단의 노래까지, 강력한 '신성'의 흔적이 남아 있는 자취를 더듬고 좇는다. 사자(死者)를 산 자로 바꾼, 가장 성공적인 발화의 주인공 '예수'의 행적이야말로 신성함의 궁극적인 원형이라 할 수 있을 것이다. 그러나 우리는 그 결정적인 사건에 대해, 그 이적을 직접 목도하고 통과한 사도들의 증언을 통해 가까스로 전해듣고 유추할 수 있을 뿐이다. 그리하여 죽음에서 귀환한 사내, 사자(使者) 나사로의 말을 닮은 언어와 목소리가 그의 관심의 표적이 된다. 그것이 다름 아닌 '문학'이 아닐까. 이러한 지난한 과정을 통과한 끝에 비로소 성스러운 것은 문학적인 것으로, 문학적인 것은 성스러운 것의 경지로 상호 교통하는 길이 개방된다.

2. 무덤과 신전 사이에서—초월을 향한 갈망

다시 죽은 자들의 귀환에 관한 테마의 반복이다. 남진우는 몇 가지 이미지를 집요하게 반복하되 동일한 것이 반복이 아니라 다름의 반복, 마침내 실체 변환을 야기하는 방법으로서의 반복을 추구한다. 이전에 쓴 시에서 그는 썩은 살과 피고름을 흘리며 돌아오는 "살아 있는 시체"들의 귀환

헛것들」, 『새벽 세 시의 사자 한 마리』 해설, 문학과지성사, 2006, 134쪽).

에 대해 자주 노래하곤 했다. 이전의 그는 (특히 시에서) 처참하게 버림받은 사자들의 운명을 주시했으며 무덤에서 죽은 자를 끌어올릴 수 없는 무력한 신의 모습에 절망했다.[3] 하지만 『나사로의 시학』에서 그는 어둠과 미망을 씻어내고 싱싱한 새살과 새 빛을 얻은 자의 부활을 선언한다. 나사로의 경우, 그것은 단순한 귀환이 아니라 죽음에서 삶으로 걸어나오는 과정을 거쳐 성화된 실체 변환의 사건이 된다. 한편 이러한 변화는 이중적인 결과를 낳는다. 그가 최근에 실패한 신에서 성공한 신, 즉 복음서의 예수로 눈을 돌린 것은 사실이지만, 자신의 목소리를 찾지 못해 절망에 빠진 '인간' 나사로에게 향하는 응시는 그로 인하여 더 깊고 그윽해졌기 때문이다. 신의 성공에도 불구하고 여전히 실패 안에 머물러 있는 인간의 모순적 상태를 그려내기 위해, 그는 새로운 평론집 가운데서도 서두에 해당하는 몇 페이지의 공간을 할애하고 있다. 그의 책을 펼쳐든 독자라면, 오랜 세월 동안 진력해온 "성(聖)과 속(俗)의 변증법"에 관한 사유가 더

---

3) 여기서 '무력한 신'이란 두말할 나위 없이 죽은 아내를 명부에서 끌어내는 데 실패한 신 오르페우스를 가리킨다. 남진우의 비평에서 오르페우스 신화는 자주 인유되는 중요한 모티프이다. 그는 두번째 평론집 『신성한 숲』의 서문에서 오르페우스를 가리켜 "시인들의 상징"이라고 말한다. "여기서 오르페우스를 시인의 상징으로 본다면 죽은 여인을 다시 살려내고자 한 그의 소망은 그가 쓰고 싶어한 단 한 편의 시를 의미한다고 볼 수 있을 것이다. (……) 오늘도 시인들은 진정 사랑하는 단 하나의 대상을 찾아 어둠 속을 더듬어 나아간다. 그가 목적으로 한 것은 그의 뒤에 있지 않고 앞에 있다. 그러나 마지막 순간 그는 으레 돌아서고 말며 돌아서는 그 순간 뭔가 돌이킬 수 없이 잘못되었음을 깨닫는다. 그곳엔 이미 아무것도 없는 것이다."(『신성한 숲』, 민음사, 1995, 6쪽) 오르페우스 모티프는 김종삼의 시구를 제목으로 삼은 산문집 『올페는 죽을 때 나의 직업은 시라고 하였다』(열림원, 2000)에서도 메아리친다. 그러나 『나사로의 시학』에서 시인의 상징은 "나사로의 후예"로 탈바꿈한다. "아니 어쩌면 진실은, 우리가 무덤 속의 나사로가 아니라 무덤 밖으로 불려나온 나사로라는 데 있을지 모른다. 우리는 돌아온 나사로이며 구세주 없는 나사로이다. 우리는 그분의 음성에 끌려 동굴-무덤 밖으로 나왔지만 그다음 어찌해야 될지, 어디로 가야 할지 몰라 망설이고 있는 나사로들인지 모른다. (……) 우리 시대의 시인은 나사로의 후예들로서 나사로가 침묵한 그 지점에서 뭔가를 말하고자 하는 존재들이다. 그의 말은 침묵의 바다 위를 떠도는 몇 개의 희미한 표류물들이다."(110~121쪽)

욱 치열해질 것이라고 예감케 하는 대목이다.[4)]

결국 그가 통찰한 인간은 본래 흙이었던 육신이 머무는 '무덤'과 이러한 숙명으로부터 벗어나려는 정념이 이룩한 '신전' 사이에서 왕복운동하는 존재임이 분명하다. 그러나 남진우가 예전부터 변함없이 강조하는 것은 거듭되는 실패에도 불구하고 '신전'을 세우고 지키며 보수하는 시도의 숭고함이다. 한때 그는 "왜 문학을 하는가"라는 질문에 "종교가 힘을 잃어버린 시대에 문학은 어쩌면 유일하게 남아 있는 숭고함의 화신으로 존재하고 있다"고 답한 바 있거니와, 이러한 확신에 가까운 고백이 다음 단락에서 "자신의 내면에 깊은 심연만이 아니라 그처럼 높은 설산이 자리하고 있다는 사실을 사람들은 너무 오래 잊고 지낸 것은 아닐까"라는 반성으로 이어지는 것은 자연스런 일일 것이다.[5)] 이제 '남진우'라는 텍스트를 이해하는 데 필요한 열쇠말들과 밑그림은 어느 정도 한자리에 모인 것 같다. 이제 이들을 제자리에 배치하여 성좌를 완성시켜가는 일만 남았다. 그가 한국과 이국, 현대와 과거의 텍스트들을 가로지르는 순례의 여정을 통해 신성함을 어떻게 옹호하고 구조화해나가는지 그리고 마침내 그가 궁구(窮究)하는 '초월'의 진의는 무엇인지, 이를 짚어내는 일은 독자에게 남겨진 간단치 않은 숙제다.

M. 엘리아데를 비롯한 종교학자들에 따르면 종교적 인간은 공간을 구별하는 속성이 있다고 한다. 이는 성스러움은 범속한 것과의 구별을 통해서 성립되며, 그 구별은 일차적으로 공간의 분리를 통해 이루어지는 속성

---

4) 성과 속을 서로 변증법적인 관계를 맺고 있는, 이 세상 안에 있는 '존재의 두 양태'로 파악한 사람은 종교학자 M. 엘리아데이다. 신형철은 남진우의 시집 해설에서 "그는 끝내 시인의 자리에서 겸허했고 성과 속의 변증법을 놓지 않았다."(같은 글, 135쪽)고 언급한다. 남진우가 시에서 천착했던 성/속의 이중성, 죽음과 재생 그리고 구원의 문제가 비평 작업과도 긴밀하게 맞물려 있다는 사실을 여기서 새삼 강조할 필요는 없을 것이다.

5) 남진우, 「내 마음속 순결한 설산(雪山)을 향해 걸어갈 뿐」, 『나는 왜 문학을 하는가』, 열화당, 2004, 92쪽.

이 있기 때문이다. 남진우의 비평에서 이러한 분리된 공간을 표상하는 대표적인 상징은 다름아닌 '숲'이다. 기형도의 시 「숲으로 된 성벽」을 분석하는 글에서 그는 "숲으로 둘러싸인 성은 일체의 비본질이 제거된 순수 상태이자 현세적인 시간의 분열, 모순이 해결된 초시간의 영역"[6]을 가리킨다고 했거니와 이때 '숲'은 문학적인 것이 거주하는 신령한 성소를 의미하며, 속세와 성소를 분리하는 경계 그 자체로 여겨지기도 한다.[7]

과연 이 시대의 문학이 스스로 성스러운 중심이 되는 일을 떠맡을 수 있을까. 문학적 상상력이 폐허가 된 세계에 질서(cosmos)를 부여하는 권한을 위임받게 된다면 절망적인 현실에 회생의 비전을 제시하는 일도 그저 허황된 꿈으로만 머물지 않을 것이다. 그 가운데서도 각종 복잡다기한 개념들을 명명하고 구별 지으며 짓고 제도화하는 역할을 떠맡은 사람이 바로 비평가일 것이다. 종종 고대사회의 '사제' 혹은 '영매'에 비교되기도 하는 비평가의 자리를, 누구보다 무겁게 여기는 사람이 남진우일 것이다. 그의 비평에서 이러한 세계의 재편성 작업은 공시적 · 통시적 차원에서 좀더 세련된 형태로 정리된다. 그것이 바로 '유토피아' '디스토피아' '헤테로토피아'와 같은 공간적 개념을 이용한 상상력의 계보이다. 그는 지난 세기와 금세기의 한국문학(특히 한국소설)의 두드러진 특징 중의 하나를

---

6) 남진우, 『신성한 숲』, 35쪽. 같은 책에서 그는 또한 이렇게 덧붙인다. "이들(시인들)은 주어진 현실에 만족하지 않았으며 현실의 현상적 개혁에도 큰 의미를 부여하지 않고서 오직 현실 저 너머에 존재하는 또다른 현실—나는 그것을 일단 '신성한 숲'이라고 부르고 싶다—을 탐험하는 데 주력했다고 할 수 있다."(40쪽)

7) 한편 성스러움에 대한 추구가 시간적 층위로 표상될 경우, 이는 문학 속에서 주로 "낙원에의 노스탤지어"로 나타난다. 이는 곧잘 영원에 가까운 원초적 과거에 대한 향수로 표현된다. 신화적인 태초의 시간은 무한정으로 회복되고 무한정 반복되어 영원히 현재화될 수 있다. "그것은 항상 노력 없이 성과 실재와 세계의 중심에 머물고자 하는 소망이다. 다시 말해서 자연적인 수단을 매개로 하여 인간의 조건을 초월하고 신적인 조건을 회복하고자 하는, 그리스도교에서 말하는 소위 타락 이전의 상태를 회복하고자 하는 소망인 것이다."(M.엘리아데, 『종교형태론』, 이은봉 옮김, 2002, 490쪽).

다음과 같이 요약한다. "유토피아적 상상력의 상대적 퇴조와 디스토피아적 상상력의 만연, 그리고 헤테로토피아적 상상력의 대두"(『폐허에서 꿈꾸다』, 7쪽), 이 내용을 좀더 풀어서 설명하면 다음과 같다. 태동 단계부터 유토피아적 상상력의 지배를 받았던 한국문학이 1990년 들어서면서부터 서서히 미래지향적 움직임의 퇴조를 경험하게 되었고 결국 세기말을 거치면서 "디스토피아의 음울한 판타지와 헤테로토피아의 현란한 유희"의 영향권 아래 들어가게 되었다는 것이다. 그는 중심이 해체되어 있고 리얼리티와 환상의 경계마저 무화시키는 '헤테로토피아'의 세계관을 수긍하는 것은 물론, 다층적이고 복합적인 우주의 진실에 접근하는 한 방편으로서 오히려 적극적으로 환대하는 입장에 선다.

여기서 주목해야 할 점은 신성하고 절대적인 '중심'에 대한 그의 사유가 결코 도그마(dogma)가 아니라는 사실 그리고 시대의 흐름과 문학의 요청에 따라 얼마든지 확장 가능한 유연하고 폭넓은 체계 위에 세워져 있다는 점이다. 따라서 오랜 시간 그의 문학 여정을 함께 걸어온 독자라면 그의 비평이 긴 모색을 거쳐 높은 벽으로 둘러친 성에서 범속한 다른 세계를 승인해온 과정이라고 여길 수도 있으리라. 한때 세기말의 암담한 시대정신 속에서 묵시록적인 전망을 피력했던 그는 오히려 여러 종언과 흉조로 얼룩진 시대를 넘어 다양한 가능성이 열려 있는 역동적인 비전을 꿈꾸는 모습으로 변모했음이 틀림없다. 어쩌면 실패한 신 오르페우스의 자리에서 내려와 성공한 신에 의해 살아난 인간의 자리에 주목한 이유도 이러한 변화 과정과 무관할 수만은 없을 것이다. 변함없이 성스러움을 지향하는 그의 상상력은, 이제 창백한 대기에 자리잡은 유일무이한 성소가 아니라 더욱 풍성하게 솟아나는 생명들의 비옥한 토지로 영역을 넓혀나가려고 하는지 모른다.

3. '자리잡기'로서의 비평과 헤테로토피아의 시학

남진우의 비평에서 우리가 주목하지 않으면 안 될 점은 그가 항상 실제 비평에서 가장 풍요로운 성과를 이끌어낸다는 점이다. 어쩌면 최근에 펴낸 그의 평론집들은 지난 십수 년간 우리 문학의 현장에 누구보다 밀착되어 있던 한 실무자의 편력을 담아낸 진기한 기록으로 읽어도 무방하리라. 프로이트와 라캉의 정신분석학, 동서고금의 신화에 대한 비교종교학적 성찰과 분석심리학에 근거를 둔 원형비평, 수사학과 기호학적 방법론, 이미지 분석, 미학에 이르기까지, 한 편의 텍스트를 독해하기 위해 그가 동원하는 지적 도구의 목록은 길게 나열하는 일조차 버거울 정도다. 그가 대상으로 다루는 텍스트 역시 일제강점기와 한국전쟁 전후에서 최근의 신세대 문학까지, 그리고 동서양을 가로지르는 먼 해외의 문학까지 실로 폭넓게 걸쳐 있다.

그가 한 편의 텍스트를 독해할 때 보여주는 성실함과 집요함은 거의 종교적인 의례에 기울이는 신심을 방불하게 할 정도다. 가령, 문학은 물론 여러 인문학적 도구들을 사용하여 텍스트의 결과 층을 종횡으로, 표면에서 심연으로 거침없이 넘나들면서 샅샅이 훑어내는 일이야말로 그의 텍스트 독해에서 첫번째 단계를 이룬다. 그리고 이러한 텍스트가 세계문학사라는 큰 흐름 안에서 어떤 위치를 갖는지 거시적으로 조망하고 나서, 다시금 초점을 좁혀서 한국이라는 '지역' 문학의 범주 안에서 차지하는 좌표를 발견하는 일이 다음 수순이다. 물론 이러한 절차는 개별적인 경우에 따라 순서가 바뀌기도 하고 한두 단계가 생략될 수도 있지만 큰 틀과 취지에 있어서는 비슷한 양상을 갖는다. 이런 식으로 동서고금의 선조와 선배 들을 찾아 상호텍스트성이라는 이름으로 연줄을 만들어둔 다음에는 다시 동시대로 시선을 돌려 같은 시공간 속에서 호흡하는 동료들 사이에서 보여주는 차이와 동일성을 확인하기 마련이다. 그러고 나면 이제 그 텍스트는 세계 속에서 적절한 맥락을 찾아 자신의 '자리를 잡음(to take place)'으로써 의미와 가치를 지닌 독립적인 개체가 된다.[8] 이 과정에서 그 텍스트가 지닌 잠재력이 어떤 방식으로 발현되어 미래의 후배들과 연관을 맺게 될지 예측하게 되는 일도 드문 일은 아니다.

특히 새로운 평론집 가운데서도 '헤테로토피아적 상상력'을 발휘하고 있는 일련의 작가군들에 대한 분석을 보자. 지금도 활발히 변화를 겪고 있는 우리 문학의 최전선 중에서도 이른바 '포스트' 담론과 긴밀한 관련성이 있는 이들 작가들의 텍스트에 대해 그는 유달리 큰 관심을 할애하고 있다. 그는 먼저 "헤테로토피아를 향하여"라는 소제목 아래 천운영, 편혜영, 황정은, 최제훈, 네 사람의 작품에 대한 긴 분량의 평문을 한데 묶는다. 이밖에도 그가 헤테로토피아적 상상력을 발휘하고 있는 작가군에 박민규, 천명관, 김연수, 김중혁 등의 이름을 포함시킨다. 아마 여건이 허락된다면 1990년대 이후 등장한 신예 작가들 가운데 더 많은 이들의 이름을 거론할 수도 있었을 것이다.

특히 최제훈의 소설에 대한 평문은 우리 문학의 젊은 작가들이 서구의 근대와 탈근대 담론들을 어떤 식으로 받아들여 전유했으며, 이를 어떻게 자신의 독자적인 작품으로 형상화했고, 작금의 문학장 내에서 무슨 의미를 지니며 동시대와 가까운 미래에 걸쳐 산출된/될 다른 텍스트들과 어떤 연관 관계를 맺고 있는지 소상히 밝혀줌으로써 (내용, 분량 면에서 모

---

8) 비교종교학자들은 예로부터 "자기 자리에 존재하는 것이 그 사물들을 성스럽게 만드는 것"이라고 믿었던 사람들은 사물에 '제자리를 찾아주는 일' 역시 성스러운 작업으로 여겨 무엇보다 중시했다고 설명한다. 그들에 따르면 전통적으로 '자리잡기'는 속인과 구별된 제사장(ritualist)에게 맡겨진 역할이었다. 따라서 비평이 텍스트에 '제자리를 찾아주는' 작업은 일종의 성화(sanctification) 절차에 해당된다고 할 수 있으며, 비평적 독해는 종교적인 제의에 비견되는 역할을 한다고 해석할 수 있다. 비평은 문학 텍스트에 방위와 좌표를 설정하고 '코스모스(cosmos)'를 부여한다는 점에서 종교와 유사한 특성을 나눠 갖게 된다. 자리잡기의 의례적 의미에 대해서는 앞에서 인용했던 M.엘리아데의 저서들을 비롯해서 조너선 스미스의 『자리잡기: 의례 내의 이론을 찾아서』(방원일 옮김, 이학사, 2009)에서 상세한 설명을 얻을 수 있다.

두) 읽는 이들을 압도하고 있다. 비록 평자의 지적처럼 서구의 다른 나라에 비해 상대적으로 헤테로토피아적 상상력이 뒤늦게 분출한 감이 없지 않지만, 우리 세대의 "라이브러리 키드"들은 일찌감치 보르헤스같이 빼어난 해외 작가들의 작품들을 읽으면서 이를 통해 자신의 상상력을 꾸준히 변형시켜왔던 것이 틀림없다. 그 역시 최근의 한 인터뷰에서 "내 비평적 입장을 얘기하자면, 시에서는 바슐라리언이고, 소설에서는 보르헤시언인 것 같다"고 고백하지 않았던가.

그는 최제훈 소설 독해를 환기시키는 주요 이미지인 '미로'는 서구에서 이미 유명한 "펜로즈의 계단(Penrose's Stairs)" 이미지를 서사물에 도입한 성과라는 말로 시작한다. 펜로즈의 계단의 기원을 거슬러올라가면 판화가 M. C.에셔의 그림들과 통하고 이는 더 거슬러올라가면 바흐의 무한선율 음악, 괴델의 메타수학과도 연관을 맺고 있다는 것이다. 이러한 이미지는 한국문학의 계보를 더듬어보면 황순원의 장편소설 『일월』 등에 나오는 꿈 장면과도 통하는 바가 있다. 이 밖에도 김현은 「계단만으로 된 집」이란 평문에서 무한 공간에 대한 분석을 펼친 바 있으며, 한국문학에서 이러한 이미지를 변주하고 있는 작품들을 찾다보면 최인훈, 조세희, 신경숙, 장정일 등 많은 선후배 작가들의 이름을 거론할 수 있다는 것이다. 그리고 동서양의 작품에 나타난 미로 이미지의 기원을 찾다보면 공히 그리스신화에 등장하는 크레타의 미궁과 미노타우로스의 그림자를 발견하게 된다는 것이 평자의 논지다.

이 밖에도 활발히 상호텍스트적 유희를 벌이고 있는 최제훈 텍스트의 성격상, 평문에는 메리 셸리의 장편소설 『프랑켄슈타인』, 아서 코넌 도일의 추리소설인 '셜록 홈스' 시리즈, 그리스의 오이디푸스 신화와 그 이름을 딴 병명인 오이디푸스 콤플렉스에 대한 프로이트의 분석 등이 다채롭게 언급된다. 그러나 무엇보다도 이 모든 고유명사들을 아우를 수 있는 단 한 사람의 이름, 보르헤스가 있다. 이 글에서 남진우는 작가가 탁월한 이야기의 장인이자 보르헤시언의 후예라는 사실을 정확하게 지적한다.

> 그의 문학관과 세계관을 결정지은 문화적 DNA의 상당 부분이 아르헨티나 작가 호르헤 루이스 보르헤스에게서 유래한 것임은 누구나 짐작할 수 있을 것이다. (……) 그렇다면 최제훈의 문학엔 단지 보르헤스의 뒤늦은 수용이나 모방이라는 의미밖에 찾을 수 없는 것일까, 라는 질문이 즉시 제기될 수 있다. 그러나 그것에 대한 답변 역시 보르헤스는 이미 마련해놓았다. 카프카에 대한 아름다운 에세이에서 보르헤스는, 선대와 후대의 작가들은 서로가 서로에게 빚지고 있으며, 위대한 작가는 자신의 선구자를 창조한다고 말했다. 그렇다면 우리는 이렇게 말할 수 있다. 최제훈이야말로 한국문학에서 보르헤스를 창조하고 발명한 작가라고…… 최제훈이 보르헤스에게 빚진 만큼이나 보르헤스도 최제훈에게 빚지고 있다고…… 보르헤시언으로 출발했지만 최제훈이 한국어를 통해 가닿을 지평이 어디에 이를지는 현재로선 아무도 예측할 수 없다. (『폐허에서 꿈꾸다』, 463쪽)

위의 문장들은 세계문학과 한국문학, 과거와 지금을 모두 아우르는 문학의 전통에 '최제훈'이라는 하나의 텍스트에게 '자리를 잡아준'다는 의미를 강력하게 전달한다. 이 대목을 읽다보면, 일개 '텍스트'라는 사건에 '존재'만이 가질 수 있는 의미와 위엄을 부여함으로써 비평이 일종의 '성화' 작업을 수행한다는 주장을 어느 정도 수긍할 수 있게 된다. 물론 현재 최전선에 서 있는 텍스트의 위치를 정확하게 파악함으로써 우리는 머지않은 미래에 도래할 문학이 어떤 모습을 하고 있을지 대략이나마 그려보는 지평을 얻게 된다. 그리고 이러한 지평의 확보가 아직 오지 않은 텍스트의 생산을 추동하는 계기가 될 수 있음은 물론이다. 이것이 하나의 텍스트와 그에 대한 비평이 과거에 지나간 전통과 도래할 미래의 전망과 연결되는 방법일 것이다.

무엇보다 남진우가 최제훈의 소설에서 가장 높이 평가하는 점은 강고한 질서와 원칙이 지배하는 현실을 무너뜨리고 무한을 향한 탈주의 틈을 열어놓는다는 데 있다. 그는 이러한 새로운 시대의 문학에게 "미로소설/무한소설" "라이브러리 키드"[9] "포스트모던 테일"[10] 등의 이름을 부지런히 찾아주는 명명자이기도 하다. 그에 따르면 천운영의 소설들은 "주어진 현실의 정합성과 정당성에 균열을 내는 위반적 환상"을 통해 "아버지를 기각"시키고 그에 대한 대체물로서 "모성 계보학"을 출현시키고 있다. 또한 황정은의 텍스트에 자주 등장하는 기이한 환상성의 요소를 과거 설화에 등장하는 "둔갑(lycanthropy) 이야기"와 연관시키기도 한다. 또한 "인간성과 공동체의 가치에 대한 그 어떤 긍정적 전망이나 기대도 단숨에 무화시켜버리면서 압도적인 죽음과 몰락과 퇴폐의 분위기를 조형해내"는 편혜영의 소설에서 그는 동화적 모티프를 발견해내고 이에 "현대사회의 마신론(demonology)" 혹은 "잔혹동화"라는 닉네임을 달아준다.

이들은 모두 전통적인 '미메시스' 원리(doctrine)와의 결별을 선언하고 중심이 없는 새로운 세계에서 유희를 벌이는 제작자라는 공통점이 있다. 따라서 헤테로토피아의 상상력은 현실세계에 중심을 두는 단편적인 인식에서 벗어나 적극적으로 환상 또는 가능세계(possible world)를 창조하고 이를 통해 역으로 세계를 변화시킨다는 '포이에시스(poiesis)[11]의 미학'과

---

9) "라이브러리 키드"는 남진우가 세계를 "거대한 도서관"에 비유한 후 인간을 가리켜 "우리 모두는 숱한 책에 둘러싸여 있으면서 정작 찾으려 하는 단 하나의 책을 찾지 못하는 무능력한 사서(司書)이거나 책 중의 책을 쓰기 위해 시행착오를 거듭하는 불완전한 필경사"에 비유하면서 사용한 용어다. 물론 이러한 용어는 보르헤스의 단편 「바벨의 도서관」에서 착상을 얻어 떠올린 것임이 분명하다. (『폐허에서 꿈꾸다』, 462쪽)

10) 이는 문학평론가 신수정이 기존의 반영론적 관점에서 탈피하여 "실체 없는 환영들" 즉 "이미지-판타지를 위주로 한 새로운 유형의 소설들"을 가리키기 위해 사용한 용어이다. 남진우는 이 용어가 황정은 등 젊은 작가들의 환상세계를 다루는 데 적합하다고 밝히고 평문 안에서 적극적으로 활용한다.

11) 이는 '만들다'는 뜻의 그리스어 동사 포이에인(poiein)에서 유래한 용어다. 아리스토텔

통하는 바가 있다. 그리고 남진우는 한국소설의 젊은 작가들이 근대적 전통과 단절하고 견고하게 닫힌 지평을 넘어서는 문지방에 위치하고 있다는 사실을 정확하게 지적하고 있다. 그가 "헤테로토피아적 상상력"을 지지하고 한국문학에서 이러한 상상력을 가진 작가들이 점유하고 있는 위치와 역할에 끊임없이 관심을 갖는 이유도 이 때문이다.

4. 상징의 숲, 알레고리의 사막

남진우의 최근 비평에서 가장 인상적인 키워드 가운데 하나는 '알레고리'이다. 남진우 비평에서 '상징'이란 단어가 차지하고 있던 비중을 생각하면 이는 주목할 만한 변화라고 할 수도 있을 것이다.

> 이처럼 가시적 현실의 지평을 넘어 나아가려는 인간의 시도는 결국 시적 상징에서 그 꽃을 피우게 된다. 상징은 우리 삶의 밑그림이자 자아와 세계 사이에 새로운 유대(bond) 관계를 맺어주는 전령이라고 할 수 있다. 조금 현학적으로 표현하자면 상징은 언어의 출생지이며 존재의 처소이다. 상징은 인간으로 하여금 덧없는 시간의 흐름을 잠시 역류하여 기원을 향해 다가갈 수 있는 계기를 제공해준다. 이것은 약간의 부연 설명을 필요로 하는데, 상징을 보이는 이 세계와 보이지 않는 저 세계 사이에 놓인 가교라고

레스는 대상을 있는 그대로 모방하는 것이 아니라 작가가 참되다고 느낀 세계를 표출하는 활동을 가리킬 때 이 용어를 사용했다. 오랫동안 문학의 전통은 소설 및 다른 서사물이 현실세계에 대한 모방 혹은 재현이라는 미메시스 원칙을 고수해왔다. 이에 반해 '포이에시스' 미학은 허구 만들기(fiction making)로서의 문학이 가능세계(possible world)를 '제작하는' 활동이라고 주장한다. "이는 허구와 실제성(actuality) 간의 견고한 연결고리를 끊는다는 뜻은 아니다. 이 책에서 의미론은 양방향적인 교환관계를 함축하고 있다. 한쪽 방향은, 허구세계를 구축할 때 시적 상상력이 실제에서 끌어온 '물질'을 재료로 작업한다는 것이고, 반대 방향은 허구적 구성물이 우리가 현실을 이미지화하고 이해하는 능력에 깊이 영향을 미친다는 것이다." (Lubomir Doležel, *Heterocosmica: Fiction and Possible Worlds*, Baltimore: JHUP, 1998, p.x.)

할 때 상징을 통해 인간은 유한한 피조물로서의 한정된 역할에서 벗어나 진정한 자기실현 및 세계와의 합일을 이룰 수 있게 된다는 뜻이다.[12)]

그러나 그는 이전에도 '상징'이 지향하는 조화로운 합일의 상태에 안주해 있기보다는 끊임없이 이를 회의하고 가능성 이면에 잠복해 있는 절망적인 불가능성에 대해 더 깊은 시선을 보내곤 했었다. '상징'의 세계에 머무는 순간조차 그에겐 "상징의 불투명성"에 대해 상기하는 전조에 불과했으며 멜랑콜리의 시간을 유예하는 짧은 일탈의 순간에 지나지 않았던 것이다. 그가 그토록 자주 여러 시편들에 등장하는 찬란한 에피파니의 황홀경에 경탄하면서도 묵은 술기운에서 깨어나듯 다시 서글픈 이성의 상태로 쫓겨나오는 것도 그 때문이다. 황동규, 오규원, 김혜순 같은 거장의 시조차 그에게는 이러한 아이러니를 일깨우는 슬픈 비망록으로 다가올 뿐이다. "물론 그가 일상의 계량화된 시간(크로노스)에서 빠져나왔다고 해서 언제까지 비일상적인 충만(카이로스)에 머물러 있을 수는 없다"는 고백은 시인들을 향한 것이자 자기 자신에게 돌려주는 말이기도 하다. 이렇듯 알레고리에 대한 그의 매혹은 하루아침에 찾아온 것이 아니라 "검은 심연은 여전히 우리 앞에 있고 우리는 나침반도 항해도도 없는 상태에서 그 불확실한 영역을 통과해야 한다"[13)]는 비통한 각성에서 비롯되어 "시인이 신의 실패작"이며 "자신이 몸담고 사는 세계가 불완전하다는 것 말고 시가 존재해야 한다, 존재할 수밖에 없다는 사실의 필연성을 달리 어디서 찾을 수 있으랴"[14)]라는 탄식의 시간을 가로질러 도달한 것이다.

『나사로의 시학』 4부의 제목은 "알레고리와 상징"이다. 이 부분에 실린 글 가운데 특히 「한국 현대시에 나타난 시간성의 수사학」이라는 논문은

---

12) 남진우, 『신성한 숲』, 22쪽.

13) 남진우, 『숲으로 된 성벽』, 문학동네, 1999, 38쪽.

14) 남진우, 『그리고 신은 시인을 창조했다』, 문학동네, 2001, 9쪽.

그의 시학의 흐름과 최근의 관심사를 살펴보는 데 매우 중요한 의미를 갖는 글이다. 이 글에서 그는 김수영과 김종삼의 시를 폴 드 만의 '시간성의 수사학(rhetoric of temporality)' 측면에서 자세하게 비교, 분석한다. 그중에서도 중요한 논거가 되어주는 것이 폴 드 만의 글 「시간성의 수사학」이다. 그에 따르면 상징이 영원성의 시학을 지향한다면 알레고리는 시간성의 시학을 지향한다는 것이다. 상징이 인간이 처한 시간적 제약을 보지 않으려 하는 맹목(blindness)의 소산인 반면 알레고리는 상징의 그러한 자기기만을 통과하고 난 다음의 예지(insight)의 소산이라 할 수 있다.

> 그러나 에피파니, 즉 현현의 시간은 소멸의 시간이기도 하다. 동질적이고 공허한 일상의 시간을 비집고 출현한 순간은 더할 나위 없이 충만한 시간, 유토피아의 기호, 행복의 이미지에 그치는 것이 아니라 이미 그 자체에 균열과 단절을 품고 있는 순간이다. 때문에 에피파니에도 불구하고, 아니 에피파니의 순간 속에서도 시간은 종결되지 않고 의미는 지연되며 생의 의미를 찾는 탐구는 다시금 지속될 수밖에 없다. 삶은 부재의 흔적을 좇아가는 기나긴 추적이 된다. 이러한 세계 인식을 실질적으로 대변하는 수사는 상징이 아니라 알레고리일 수밖에 없다. (『나사로의 시학』, 418~419쪽)

'상징'은 부재한 신의 현전을 대신하는 기능을 함으로써 종교성과 밀접한 연관을 갖는다. 이에 비해 '알레고리'는 부재 그 자체를 숨김없이 드러냄으로써 세계와 존재의 결핍을 폭로한다. "상징은 가리키는 대상을 대신한다. 종교 상징은 성현을 대신하는 것이다" "인간은 종교 상징을 통해 사물을 변화시켜, 이 사물이 속의 경험으로 나타나는 것과는 다른 것이 되도록 한다"[15]는 말처럼 상징은 에피파니와 히에로파니(hierophany, 聖

15) 유요한, 『종교적 인간, 상징적 인간』, 이학사, 2009, 72, 85쪽.

顯)와 통하는 바가 있다. 그러므로 상징이 주는 환상에서 깨어난다는 것은 성스러운 것의 경지로 상승하던 인간이 다시 속세의 진흙탕 속으로 굴러떨어지는 순간을 의미한다.

그러나 '언어의 사제'에 비견되던 남진우가 "알레고리는 항상 윤리적이다"라는 폴 드 만의 명제에 집중하게 된 이유는 무엇일까. 그리고 신성한 합일과 영적인 상승의 순간을 꿈꾸는 시편들 속에서 연거푸 실패, 결핍, 좌절의 흔적을 읽어내는 것은 무슨 까닭일까. 이는 그의 영적인 편력이 최근 들어 새로운 국면으로 나아가고 있다는 사실을 알려주는 예후일지도 모른다. 그는 서정시뿐만 아니라 서사, 심지어는 황석영과 김영하가 쓴 역사소설에 대한 비평에서도 이러한 알레고리적 상상력에 입각한 분석을 시도하고 있다. 그리고 이를 통해 역사가 진보한다는 환상, 유토피아의 가능성을 저울질하는 혁명의 열정, 지상에서 더 나은 세상을 꿈꾸는 인간의 시도를 잔인하리만치 냉정한 방식으로 해체한다. "리얼리스트로서 현실의 총체성을 포착하고자 한 작가는 매순간 그것의 불가능성에 직면하지 않을 수 없게 된다. 이 근원적 어긋남에 대한 인식이 리얼리즘에 대한 표면적 경도를 넘어 알레고리스트 황석영을 탄생시키게 만든다." (『폐허에서 꿈꾸다』, 207쪽) 어디 이것이 '리얼리스트'에게만 해당되는 질문일까. 이는 '아이디얼리스트'에게도, '댄디'에게도, 선지자나 혁명가에게도 마찬가지로 던질 수 있는 물음일 것이다.

김영하의 소설에서 두 대륙과 대양을 가로지르며 진행된 이민자들의 긴 고행길을 끝내 "텅 빈 무(無)에 이르"는 여정이라고 파악한다든지, 임철우의 소설을 불가능한 애도로 인해 유령이라는 잔존물을 현실에 남겨두는 멜랑콜리의 산물로 본다든지 박완서의 소설에서 여전히 "미결 상태로 진행중인 현실의 문제"를 직관하는 암울한 전망으로 읽어내는 것, 그것이야말로 남진우의 알레고리적 충동을 여실하게 보여주는 증거가 아닐 수 없다. 이러한 글들을 통해 그는 피조물로 하여금 차마 눈을 뜰 수 없게 하는 성스러움의 광휘를 헤치고 대다수의 범속한 인간들이 머무는 먼지투성이의 황무지를 또렷하게 보려는 의지를 보여준다. 그러나 과연 '맹목'의 상태에서 '통찰'로 나아가려는 고투를 가리켜 우리가 더이상 '성스럽지 않다'고 말하는 것이 가능한가. 그렇지 않다. 이 척박한 시대의 '신성'은 오히려 분열, 어긋남, 결핍, 불가능성을 계시하는 알레고리를 통해 지상에 어떤 '구원'의 조짐도 존재하지 않음을 선고하는 자리에 머무는 것인지 모른다. 알레고리는 지상에서 '인간적인 것'의 철저한 탕진을 경험한 자, 사망 선고가 내려진 자, 나사로들에게 어울린다. "구세주는 마지막날 그다음 날 온다"던 프란츠 카프카의 말처럼, 부활과 갱생의 신은 그 '너머'에서 온다.

5. '신화적' '신적' '인간적'

신적인 것은 인간적인 것의 전망 없음에서 시작되고 지상의 궁지를 타개하면서 열린다. 오규원의 시 한 편을 자세히 분석한 글에서 남진우는 밤새 반복되는 부리질 끝에 동이 터오는 하늘로 훌쩍 날아가는 한 마리 새의 모습에 주목한다. 이 시는 "흰 고름"이라는 "부패와 발효의 이미지"를 통해 부패되어가는 육신과 연관된 고통스런 이미지를 떠올리게 만든다. 요컨대 오규원의 시는 하나의 존재가 이승에서 벗어나 저 세계로 비상하기 직전 겪어야 하는 "상징적 죽음"의 광경을 그려낸 시라는 것이다. 이뿐인가. 남진우는 다른 평문에서도 지상과 천상의 경계에 선 존재들, 이승의 눈물겨운 고통과 이계로 넘어가는 초월의 황홀경 사이에서 희로애락을 겪는 다양한 장면들을 포착해낸다.

> 언어의 권능에 의해 인간과 세계는, 현실이 허락하지 않는 다른 가능성, 즉 꿈을 수태한다. (……) 지상의 물질이 천상의 영적 존재로 탈바꿈하기 위해선 연금술적 변환의 작업이 필요하다. (『나사로의 시학』, 69~70쪽)

그의 풍경시와 정물시가 정작 말하고 있는 것은 무(無)와의 조우이다. 그의 시편은 대상을 통해 대상의 부재를, 자연을 통해 자연의 '덧없는 영속'을 음각시키고 있다. 그것은 곧 존재의 공허 앞에 당도한 자의 우수에 다름아니다. (『나사로의 시학』, 91쪽)

그가 박형준에게서 '소멸의 시학'을, 유홍준에게서 '탈피의 상상력'을 나희덕에게서 '건조와 기화(氣化)의 상상력'을 찾아내는 것도 같은 맥락이라고 할 수 있다. 그의 눈에 비친 시인은 지상에 존재하는 하찮은 존재들의 상실과 결핍을 자기 내면의 공허 안에 품고 있는 사람들이다. 남진우는 이들의 깊은 우수의 중심에 '죽음충동'이 있음을 발견한다. 그가 마음속 맹점(盲點)과도 같은 죽음충동의 실체를 들여다보기 위해 사용하는 것은 정신분석이라는 도구다. 그리고 그는 마침내 그 안에 있는 것이 기실 텅 빈 틈, 무(無)에 지나지 않는다는 사실을 들춰내고 만다. 어디 그뿐인가. 그는 인간 안에 있는 결핍과 더불어 우리가 거주하는 세계 자체가 손쓸 수 없이 망가져 있다는 것, 다시 말해 세계의 결핍을 폭로한다. 그가 우리에게 보여주는 것 중에 가장 놀라운 진실은 인간 존재라는 소우주(microcosm)와 세계라는 대우주(macrocosm)는 이러한 결핍과 상처를 매개로 조응한다는 사실이다. 그가 보기에 시인들은 "내면의 어둠, 그 검은 슬픔을 창조의 원동력으로 삼는"(『나사로의 시학』, 257쪽) 희귀한 사람들이다. 그리고 그는 이러한 상실의 충동 극한까지 치달아 시인의 존재를 완전히 무로 돌리는 끔찍하고도 황홀한 순간들을 차례로 포착해나간다.

남진우가 시인들에게서 특히 읽어내는 것은 특유의 '향성(向性)'이다. 가령 그는 윤동주의 시세계를 논하는 글에서 향일(向日)의 충동 이상으로 향암성(向暗性)의 충동에 의해 지배되고 있음을 밝혀낸다. 그 충동의 원동력은 시인의 특성과 처한 상황에 따라 다양하게 설정될 수 있다. 빛/어둠, 불/물, 충만/공허 등등. 시는 이러한 양극 가운데서 모종의 이끌림에 의해 방위를 설정하고 이 방향성에 따라 추동되는 살아 있는 에너지이며 세계에 맞서 자신만의 상상계를 건설하고자 하는 욕망의 강력한 분출이다. 그리고 평자는 이들이 일정한 극점에서 세계 내 존재 가운데 본래적으로 내재해 있는 심연과 공허에 마주하는 순간들을 섬광처럼 잡아낸다. 그렇다면 그 지난한 순례의 과정 끝에 시인들은 과연 그토록 자신이 염원했던 것을 이루어내는가? 과연 이승을 벗어난 초월, 신적인 것과의 조우, 존재의 충일, 죽음으로부터의 재생과 이를 향한 꿈은 시인의 상상계 안에 가두어진 헛된 신기루에 불과한 것인가?

이러한 질문에 답하게 위해 남진우의 비평에 등장하는 두 신화적 존재, 오르페우스와 나사로의 이야기로 돌아가보자. 오르페우스가 실패한 이유는 자신의 노래가 지닌 힘에 의지했고 충고를 무시하고 서둘러 임무를 완수하고자 하는 약한 충동에 휘둘렸기 때문이리라. 그러나 그리스신화의 오르페우스가 실패한 자리에서 성공한 복음서의 '인간' 나사로의 경우는 어떠한가. 나사로는 오르페우스보다 아름다운 목소리를 가졌고 그보다 큰 사랑을 품었으며 더 간절한 염원을 갖고 기도했던가? 그럴 리 없다. 그는 죽음이란 사건이 도래했을 때 그저 '시신'에 불과했기 때문이다. 그의 입에선 노래가 떠났고 몸은 부패하기 시작했으며 사람들은 그저 그에게 사망 선고를 내리는 것밖엔 할 일이 없었다. 그에게 찾아와 그를 다시 살아나게 하고 새로운 삶을 부여한 존재는 바로 '예수'였다. 이때 예수는 특정 종교의 신을 지칭하는 고유명사 그 이상의 존재다. 우리가 '예수'를 고유명사로 호명할 때 정작 그 대상은 우리가 명명한 이름 너머에, 언어로는 도저히 등재할 수 없는 '텅 빈' 어떤 것으로 남아 있기 때문이다. 그는 여전히 '신성함' 그 자체로서 무한한 신비 뒤에 얼굴을 감추고 있다. 아마도 남진우는 나사로의 이미지에서 불가측하거나 철저하게 무력한 상태에서 절망하는 지상의 피조물들의 모습을 투사한 것이 아닌가. 그 가운데서도 시인의 존재가 소중한 이유는 그들이 궁핍한 지상 너머에 존재하는 피안의 세계를 내다보고 그 (불)가해한 가능성의 그림자를 좇는 희귀한 족속들이기 때문이다. 그가 독해한 시들은 우리 인간들이 불구에 가까운 언어를 사용해서 자신의 '향성'을 여일하게 추구하는, 어리석으면서도 아름다운 존재임을 증명하고 있다. 그들이 자신의 내부에 있는 결핍을 인정하고 "지상의 불완전한 언어"를 낼 수 있다면 "제대로 된 부름"인 신의 언어와 조우할 수 있다고 생각하는 것이 그의 질긴 욕망의 흔적이자 마지막 남은 소망이다. 그러기 위해 필요한 것은 우리가 '신성'의 도래에 대한 불확실한 약속이나마 붙잡고 끝까지 '인간'으로 남는 일일 것이다.

> 예수의 부름이 그렇듯 시적 언어는 혼을 부르는 언어이며 이 세상과 저 세상을 넘나드는 언어이다. 시인은 오늘도 침묵 속에서 그 언어의 메아리를 듣는다. 그리고 그것을 자신이 가진 언어에 담기 위해 분투한다. 그가 지상의 불완전한 언어로 간신히 재생해낸 그 목소리가 제대로 된 부름에 닿을 수 있다면 그 언어는 죽음이 미만한 이 세상에서 새 생명을 일으켜세우고 존재의 거듭남을 가능케 할 것이다. (『나사로의 시학』, 12쪽)

'신화적'인 것이 실체적인 변환을 거쳐 '신적'인 것으로 임재할 때는 언제인가. 우리는 그것을 알지 못한다. 그러한 무지조차 우리를 '인간'의 위치에 묶어두는 한계이기 때문이다. 신화는 우리에게 아름다운 이미지와 흥미진진한 서사를 선사함으로써 충만함을 안겨준다. 그러나 신적인 것은 우리에게 모든 것을 빼앗아간다. 멜랑콜리의 심연을 통과한 연후에 철저히 폐허가 되어야만 유토피아의 '비전'을 내다볼 수 있는 '통찰'이 생긴다는 것은 분명 역설에 속한다. 그러나 어쩔 도리가 있겠는가, 지상에서 올려다보면 하염없이 파랗기만 한 저 천상에 진정 '신성'이 깃들어 있다면, 이 모든 것은 이미 신이 예비했고 신이 정한 계획대로 움직일 뿐인 것을. 그의 글은 '인간적'인 것이 파산 상태에서 신을 호출하는 '수동적'인

상태를 '적극적'으로 수긍하는 모순의 상태에 여전히 머물러 있다는 사실을 증언하고 있다. 하지만 그렇기 때문에 시와 문학은 죽은 후에 썩을 수 있는 '인간'의 영역에 남아 있는지도 모른다. 그렇게 시에서 평문으로 평문에서 소설로, 문학은 서로 도움을 받아 신화, 신, 인간 그리고 차안과 피안 사이에서 제'자리'를 잡는다.

(『문학동네』 2013년 가을호)

이야기 모듈로 구축한 문명의 지도
— 데이비드 미첼의 소설 읽기[1]

1. "타고난 이야기꾼"[2]과 말더듬이 소년

다섯 살이 될 때까지 입을 열지 않는 소년이 걱정스러운 나머지, 소년의 부모들은 그를 언어 치료 전문가에게 데리고 간다. 학교에 들어갈 시기가 되자, 그는 입을 열기 시작한다. 하지만 일곱 살부터 그에게 말을 더듬는 증상이 시작된다. 그가 맨 처음 말을 더듬기 시작했을 때, 내뱉은 단어는 '나폴레옹'이었다. 그러나 정작 자기 자신도 그 단어와 무슨 관련이 있는지 아는 바가 없다. 데이비드 미첼의 어린 시절에 대한 회고는 역설과 반전의 순간을 풍요롭게 담고 있는 그의 이야기들처럼 신비롭기만 하다. 어눌한 말투와 소극적인 성품을 가진 어린 소년을 품고 있는 한 사람이 있다. 그리고 그에게서 우리는 깊이를 헤아릴 수 없는 이야기의 샘과

1) 이 글은 데이비드 미첼이 쓴 다섯 편의 장편소설 가운데 국내에 출간된 세 작품 『유령이 쓴 책』(1999), 『넘버 나인 드림』(2001), 『클라우드 아틀라스』(2004)를 중점적으로 다루고 있다.

2) James Wood, "The Floating Library: What can't the novelist David Mitchell do?," *The New Yorker*, July 5, 2010, 〈http://www.newyorker.com/arts/critics/atlarge/2010/07/05/100705crat_atlarge_wood.〉(20, Jan. 2012).

정체를 알 수 없을 정도로 수많은 목소리를 내는 유창한 입을 발견한다. 가려움 혹은 진통 같은 미지의 충동에 이끌려, 멈추지 않고 이야기의 포자를 풀어내는 사람, 타고난 이야기꾼 데이비드 미첼은 현실에는 존재하지 않는다. 그가 부커 상을 비롯한 저명한 문학상의 수상자로 선정되거나 물망에 오른 후에, 그를 찾아왔던 저널리스트들은 여전히 말을 더듬고, 조용히 물러서 있기를 좋아하며, 겸손의 미덕을 신뢰하는 조용한 가장의 모습에 대해 증언하고 있다. 그렇다면 "타고난 이야기꾼"이라는 찬탄을 불러일으키는 그의 놀라운 입담은 오로지 그가 만들어낸 허구 안에서만 살아 있고 움직이는 가상의 실체란 말인가. 역설이 드라마를 그리고 드라마가 역설을 옹호하는 것처럼, 경이로운 이야기꾼과 수줍음 많은 소년은 각각 현실과 허구의 자리에서 서로의 존재를 지지하며 공존해온 것이 아니었을까. 그는 언어라는 갑갑한 감옥에서 해방되기 위해서, 자신이 만들어낸 허구 속에 존재하는 서술자의 입을 빌리는 방식을 선택한다. 유령과도 같이 자유로운 이야기꾼의 목소리와 말더듬이 소년의 안쓰러운 겸양이 서로 입맞추는 순간, 두 역설이 한데 공존하는 이음매를 통해 작가는 자신이 창조한 허구적 우주로 접속하는 길을 열어준다.

자기 자신의 입이 아니라, 허구 속 서술자의 페르소나를 빌려 그들이 저마다 품고 있는 수많은 이야기들을 쏟아내게 하는 방식 때문에, 미첼은 때로는 '복화술'에 지나지 않는 기예를 부리고 있다는 오해를 받기도 했다. 미첼의 첫번째 소설의 제목이 『유령이 쓴 책』이라는 사실은 결코 우연으로 보이지 않는다. 이 소설 속에서 그는 숙주의 몸을 이리저리 옮겨 다니며 빙의하는 유령을 등장시킨다. 이 소설은 무려 열 개나 되는 작은 이야기들로 이루어져 있으며, 또한 이들은 크고 작은 계기들로 인해 서로 포개지고 얽혀 하나의 큰 흐름을 만들도록 짜여 있다. 이 이야기들 속에서 유령은 아홉 명의 서술자들을 비롯해 작중인물들의 몸을 마음먹은 대로 오갈 수 있는 초자연적인 실체로서 등장한다. 또한 유령은 서술자의 입장을 대신하여 체험하는 작가의 존재를 상징하기도 한다. 고정된 몸을 갖고 있지 않은 유령의 삶처럼, 이 소설은 전 세계에 걸쳐 있는 무대 위를 시종 바쁘게 옮겨다니면서 펼쳐진다. 미첼이 구사하는 변화무쌍함은 소설 속에 설정되어 있는 시공간의 수준에서 그치지 않는다. 다양한 서술자의 목소리와 상황에 맞추어, 그의 소설은 한 사람의 것이라고 믿기 어려울 만큼 다양한 문체와 장르를 사용하고 있다. 한 편의 장편소설 속에 역사소설, SF, 19세기풍의 서간체 소설, 스릴러, 판타지 등 다양한 이야기들이 연결 고리에 맞물려 빼곡히 들어차 있는 셈이다. 이러한 특성은 미첼의 다른 소설들에도 광범위하게 걸쳐 있다. 『넘버 나인 드림』 『클라우드 아틀라스』 모두 이야기 안에 이야기가 들어 있고, 또 그 이야기는 다른 이야기를 거울처럼 반영하고 있으며, 다시 한데 모여 하나의 큰 이야기를 만들어가는 구조를 취하고 있다. 이러한 기법을 두고 미첼의 소설이 포스트모던 이론에서 흔히 말하는 자기 생성적인 미장아빔(mise en abyme) 구조, 또는 프랙탈 모형을 따른다고 할 수도 있을 것이다.

리오타르를 비롯한 포스트모던의 이론가들은, 큰 이야기들에 대한 불신과 해체를 포스트모던적 징후 가운데 첫 손가락으로 꼽는다. 이에 따르면 미첼의 소설도 어느 정도는 이러한 경향의 연장선상에 있다고 할 수 있다. 그의 소설은 여지없이 파편처럼 나뉘어 있고, 각각의 이야기가 나름대로 일관성을 갖고 있으면서도, 목적 없이 떠돌고 있는 것처럼 보인다. 그러나 말더듬이 소년이 수줍게 물러서서, 자신의 정체성을 유령 같은 존재에게 넘겨주는 순간, 소년의 상상계 안에서 작은 이야기들의 위상은 사뭇 변화를 일으키게 된다. 다시 말해, 미첼은 자신의 이야기들을 작은 단위로 산산이 조각냄으로써 우리 시대에 만연한 불신의 증상을 드러내는 한편, 이를 미묘하게 결합하는 상징과 암시를 이야기 속에 숨겨둠으로써 정체성과 조화를 회복하려는 열망 역시 끌어들이고 있는 것이다. 리오타르의 진단처럼, "서사 기능은 이제 그 기능소와 위대한 영웅, 그리고 그것의 큰 위험 요소들과 장엄한 항해, 위대한 목적 등을 상실해가고 있다. 그것은 서사적 언어 요소들의 구름, 즉 서사적이며 동시에 지시적이고 규범적이며 기술적인 언어 요소들의 구름 속으로 퍼져나가고 있다."[3] 그렇다면 우리에게 가장 필요한 책은 모호한 구름('클라우드') 속에서 방향을 잡아주는 길잡이 지도책('아틀라스')일지도 모른다.[4] 그리고 덤으로 미첼의 소설은 그 지도와 함께, 지도의 암호를 해독할 수 있는 방법까지 넌지시 알려준다. 그것은 바로 유령과의 교감을 수락하는 상상력의 촉수다.

2. 이야기의 복원과 소설의 실험

데이비드 미첼의 소설이 갖는 미덕 가운데 하나는 곧장 이야기 안으로 독자들의 마음을 강력하게 끌어들인다는 데 있다. 『유령이 쓴 책』의 첫 머리는 "누가 내 목덜미를 친 거야?" 하는 질문으로 시작된다. 그리고 이 질문은 이 책의 맨 마지막 장면에서도 다시 한번 반복된다. 미첼의 이야기들은 연쇄되는 사건과 이들을 이어주는 인과관계에 대한 질문과 기대감을 끊임없이 불러일으키면서 독자들의 주의를 끌어당긴다. 미첼의 소설은 이렇게 전통적인 이야기의 관습에 충실한, 짧은 이야기들로 가득차 있다. 낱낱의 부분들은 전통적인 이야기의 관습 혹은 문법을 충실하게 따르면서도 이를 교란하고 해체하고자 하는 의도와 전혀 모순을 일으키지 않고 공존한다. 책 전체를 놓고 보면, 미첼은 이야기들을 마음대로 끊고, 잇고, 또 배치하면서 형식의 놀이를 즐기는 실험적인 장인의 장기를 유감없이 발휘하고 있다. 미첼의 책에서, 낱낱의 이야기는 전체를 구성하는 모듈처럼 서로 절묘하게 맞물리도록 디자인되어 있기에, 이들에게 부여된 결정적인 의미 또는 의도를 이해하기 위해서는 전체의 배치를 살피지 않

---

3) 장 프랑수아 리오타르, 『포스트모던의 조건』, 유정완 외 옮김, 민음사, 1992, 34쪽.

4) 리오타르의 책에서 옮겨온 인용문과 미첼의 세번째 책의 제목 『클라우드 아틀라스』에서 빌려온 두 단어를 사용해서 나름대로의 대구를 만들어본 것이다.

을 수 없다. 이야기들은 자체적으로 충실하게 자신의 운명을 엮어가면서, 다른 이야기들의 세계와 충돌하고 교합하는 지점을 통해 새로운 층위의 맥락을 획득하는 활동에 부단히 참여하고 있다. 이 과정에서 이야기들은 자신을 창조한 이야기꾼의 자의식을 드러내는 작업에 적극적으로 협력하면서 해체와 재구성을 반복하게 된다. 이들이 스스로의 리얼리티를 교란시키는 작업에 기꺼이 협력하면서 얻는 것은 세계 그리고 차원의 경계를 넘나들 수 있는 자유 그리고 새로운 '배치'를 통해 얻어질 수 있는 전망에 대한 꿈이다. 그런 점에서 미첼의 소설은 이야기하기에 대한 신뢰와 사랑을 절대 포기하지 않는 몽상가와, 형식상의 실험을 부단히 계속하는 스타일리스트가 함께 만들어낸, 조화로운 합작품이라고 할 수 있다

복잡한 사전 설명이 없어도, 미첼의 책이 독자에게 주는 첫번째 즐거움은, 수많은 이야기들로 빼곡히 차려진 성찬을 마주할 때 느끼는 놀라움이리라. 그것은 솔직하면서 순수한 기쁨이다. 전 세계에 걸쳐 무려 열아홉 개 언어로 번역된 미첼의 세번째 책 『클라우드 아틀라스』는 모두 여섯 개의 이야기들이 열 개의 장에 걸쳐서 펼쳐진다. 1850년대의 남태평양을 배경으로 한 여행 일지 형식의 이야기, 1931년의 벨기에를 무대로 한 천재 작곡가의 삶, 1970년대의 캘리포니아에서 벌어지는 여기자의 모험, 21세기 영국에서 활동하는 한 출판업자에게 일어난 일, 근미래의 디스토피아적 세계에서 태어난 클론 여성의 운명, 대재난 이후의 하와이 섬에서 펼쳐지는 먼 미래의 역사 등, 다채로운 이야기들은 각양각색의 방법으로 독자들을 끌어당긴다. 그러나 소설의 전반부에서 이들 가운데 연대기상 앞에 나오는 다섯 개의 이야기는 모두 예기치 않은 계기로 인해 중간에서 끊긴 채 다음 이야기로 넘어가는 방식을 취하고 있다. 여섯번째 이야기를 중심축으로 하여 이야기의 나머지 뒷부분이 전반부와 역순으로 풀려나오는 구성은 좌우를 대칭으로 하는 거울상을 연상시킨다. 이러한 이야기 구성을 차례대로 따라가다보면 독자는 결말 부분에서 맨 처음 출발점인

1850년대의 여행 이야기로 다시 되돌아오게 된다. 시작과 끝이 상관관계를 갖는 이러한 이야기의 순환 구조는 미첼 자신의 고백에 따르면 이탈로 칼비노의 소설 『겨울밤의 나그네라면』으로부터 직접적인 영감을 받은 것이라고 한다.[5)]

이제 두번째 즐거움에 대해 말할 차례다. 『클라우드 아틀라스』에 들어 있는 작은 이야기들은 언뜻 보기에는 아무 관련도 없이 나열되어 있는 것 같지만, 독자는 두 번 세 번 실마리를 더듬는 과정을 통해, 책 전체의 이야기들이 서로를 반영하고, 감싸고 있으며, 상호 참조하는 구조로 이루어져 있음을 깨닫게 된다. 각각의 이야기들은 바로 뒤따르는 이야기 속에서는 주인공이 읽거나 발견하는 문서로 재등장한다. 더욱이 어떤 작중인물은 마치 환생이라도 한 것처럼 다음 이야기의 인물과 연결되어 있다는 느낌을 받는다. 특이한 점은 이들이 서로 얽히고설켜 만들어내는 교묘한 구조가 전혀 독자를 혼란에 빠뜨리지 않는다는 것이다. 오히려 모빌이나 퍼즐을 감상할 때처럼, 독자들은 다양한 이야기들의 이음매를 짚어가는 과정에서 또다른 층위의 서사적 즐거움을 느끼게 된다. 숨겨진 계기와 모티프의 적절한 활용을 통해 이야기의 입자를 이합집산시키는 방식은 한 작품의 범위 내에만 국한되어 있지 않다. 미첼의 작품들을 읽다보면 책과 책 사이에서도 이러한 환생과 테마 그리고 모티프 같은 반복과 회귀의 놀이가 벌어지고 있음을 알아차리게 된다. 이를테면 『유령이 쓴 책』의 한 장에 등장하는 젊은 일본인 뮤지션 사토루와 팀 캐번디시는 각각 『넘버 나인 드림』의 주인공인 에이지와 『클라우드 아틀라스』의 주요인물 티머시

5) 미첼의 책에 들어 있는 작은 이야기들은 전체 책의 구성을 그 안에 거울처럼 반영하는 구조를 갖고 있다. 『클라우드 아틀라스』에 수록된 첫번째 이야기는 중간에 어윙의 침실에 난입한 야만인 오투아[이 이름의 철자 'Autua' 역시 회문(回文, palindrome)의 구조를 하고 있다. 즉 앞뒤 어느 방향으로 읽어도 무방하다] 에피소드에 의해 반으로 나뉜다. 앞에서도 언급한 것처럼, 『유령이 쓴 책』 역시 앞과 뒤가 서로를 마주보는 이러한 순환 구조로 되어 있다.

캐번디시로 다시 등장하고 『넘버 나인 드림』의 작중인물이었던 비비언 에어의 딸 에바가 또다른 작품 『블랙 스완 그린』(2006)에서는 성인이 된 모습으로 출연하는 식이다. 이러한 방식으로 미첼은 자신의 드라마를 위해 전체와 부분을 모두 아우르는 새로운 형식을 발전시켜가며, 이러한 실험의 놀이를 통해 독자를 사로잡아서 언뜻 보기엔 무관해 보이는 이야기의 파편들을 계속 읽어나가게 만든다.

데이비드 미첼은 전통적인 이야기가 주는 즐거움을 복원하면서도, 이 이야기들을 정교하게 디자인해서 전체로 볼 때 새로운 결과물을 만들어낸다는 점에서 매우 실험적인 작가라고 할 수 있다. 그러한 점에서 미첼의 소설은 포스트모던 이후의 이야기가 갈 길에 대해 적절한 시사점을 찾는 이들에게 많은 영감을 던져준다. 미첼은 개인으로 보면 평범한 사람들에 지나지 않는 인물들이 경험하는 크로노스적 시간을 결코 간과하지 않는다. 나아가 그는 이 미세한 시간의 입자들을 자의적으로 연결시켜 우리가 거주하는 세계에 대한 큰 형상을 촘촘하게 점묘해간다. 이렇게 미첼은 이야기를 통해, 이야기를 향해, 이야기의 미래를 만들어가는 방식으로 이야기 자체 그리고 우리 세계의 형상을 구축하고 있다. 여기서 잠시 오늘날의 소설이 풀어나가야 할 난제를 상기하기 위해 존 바스의 유명한 에세이 「고갈의 문학(The Literature of Exhaustion)」의 한 대목을 인용해 보기로 하겠다. 그는 오늘날의 소설이 직면한 위기를 "어떤 형식의 소진이나 가능성의 고갈"이라 진단하고, 작가가 "세계라는 보다 거대한 미로 속에서 길을 잃"지 않기 위해선 "변신에 능한 프로테우스가 자신의 '진정한' 모습으로 돌아갈 때 그 신으로부터 길을 알아내기 위해" 그를 놓치지 말고 "꽉 붙들고 있어야" 한다고 주장한 바 있다.[6] 미첼이 유령의 복화술을 흉내내면서 일부러 자신의 정체성을 혼란에 몰아넣고, 환생의 메타포

6) John Barth, "The Literature of Exhaustion," *The Atlantic Monthly 220*, August 1967, p. 34

와 모티프의 활용을 통해 리얼리티를 다양하게 변주하는 방식은 프로테우스적 변신의 또다른 이름이라고 할 수 있다. 이야기꾼 미첼은 변화무쌍하게 변모하는 운명의 한가운데 뛰어들어, 현실이 진정한 본연의 모습을 드러내고 출구를 일러줄 때까지 운명의 실마리를 꽉 붙들고 놓치지 않으려 한다. 이러한 소설가로서의 자의식은 이름도 모르는 아버지를 찾아 헤매며 꿈과 현실의 경계를 어지럽게 헤매는 『넘버 나인 드림』의 주인공 미야케 에이지의 모습 속에 그대로 반영되어 있다. 이렇게 미첼은, 덧없는 우연의 연쇄처럼 보이는 운명 한가운데 뛰어들어 자신의 정체성을 끈덕지게 추적하는 인물들의 모습을 통해 글쓰기, 인간의 운명, 문명과 세계에 대한 관념을 관통하려는 야심을 충실하게 육화하고 있다.

3. 우연의 음악과 열림의 시학 혹은 윤리

광대하고 신비로운 우주의 모습과 그 원리를 꿰뚫어보고, 이를 자신의 화폭에 옮겨담고자 하는 욕망은 미첼 한 사람에 국한된, 특별한 목표가 아닐지도 모른다. 단지 신이 허락한 재능에 따라 사용하는 방법이 다를 뿐. 그리고 나는 미첼이 이 과업을 위해 선택한 '이야기하기'라는 수단에 대해 좀더 살펴볼 것이다. 데이비드 미첼은 저널리스트와의 대담 속에서, 자신의 소설 작법에 대해 이렇게 설명한다.

> 나는 내가 하나의 허구적 우주를 창조하고 있다는 사실을 깨달았습니다. 각각의 책들은 거대한 소설(macronovel) 속의 한 장에 해당합니다. 이 책은 온 생애에 걸쳐 만들어야 할 작품, 즉 라이프워크라고 할 수 있죠. 물론 각각의 책은 독립된 작품으로 읽을 수 있다는 것도 중요합니다. 그러니까 독자들은 한 소설을 읽기 위해 다른 작품들까지 다 읽어야 할 필요는 없지요. 그렇지만 저는 각각의 소설을 쓸 때마다 더 큰 구도를 염두에 두고 있습니다. 어떻게 하면 각 부분이 전체 구상에 잘 들어맞을지 항상 생

각합니다.[7]

미첼은 또다른 인터뷰에서, 이야기를 가리켜 '사건의 인과적 연쇄'라는 고전적인 정의를 언급한 바 있다. 그리고 이로부터 '하나로 묶는 원천(unifying source)'이라는 기능적인 설명을 끌어낸다.[8] 이야기가 지닌 힘의 요체는 우연과 무작위가 지배하는 것처럼 보이는 우주에서 원인과 결과의 원리를 찾아내고, 이를 통해 파편화된 세계의 부분들을 하나의 구도로 꿰는 능력일 것이다.

『유령이 쓴 책』의 첫 머리에는 손튼 와일더의 소설 『산 루이스 레이의 다리』에서 인용한 구절이 제사(題辭)로 실려 있다. "신들에게 우리는 여름에/ 사내아이들이 죽이는 파리와도 같은 존재"라는 구절에서 독자는 깊은 좌절감을 본다. 왜 똑같은 재난에 처했을 때, 누구는 죽고 누구는 살아남는가? 페루에서 발생한 다리 붕괴 사고를 제재로 한 소설을 읽으며, 미첼은 무작위한 운명에 의미를 부여하는 일이야말로 작가가 담당해야 할 중요한 역할임을 깨닫게 된다. 와일더의 소설에 등장하는 "산 루이스 레이"라는 지명은 미첼의 여러 작품 속에서 "루이자 레이"라는 여류 작가의 이름, 핵무기 기술에 대한 진실을 캐기 위해 위험을 무릅쓰는 여기자의 이름으로 반복해서 변주된다. "배트, 절 믿으세요. 인간세계는 이야기로 이루어져 있어요. 사람이 아니라요. 이야기가 자신을 드러내기 위해 이용하는 사람들을 비난하면 안 됩니다. 당신은 이런 이야기들이 쓰여 있

---

7) Wyatt Mason, "David Mitchell, the Experimentalist," *New York Times Magazine*, June 2010, 〈http://www.nytimes.com/2010/06/27/magazine/27mitchell-t.html?scp=2&sq=david%20mitchell&st=cse&pagewanted=6.〉(20, Jan. 2012).

8) James Murray, "David Mitchell: The philosophy of stories and The Wire," *3news.co.nz*, 12 August 2011, 〈http://www.3news.co.nz/David-Mitchell-talks-the-power-of-stories-and-The-Wire/tabid/1038/articleID/221989/Default.aspx.〉(20, Jan. 2012).

는 페이지 가운데 하나를 본 거예요."[9] 심야방송의 전파를 타고 울려퍼지는 여성 작가의 목소리와 "우연을 지배하는 분"의 교의를 위해 지하철에 독가스를 살포하는 광신도의 모습은 모두 무정한 우주 속에서 의미를 찾아 방황하는 인간들의 덧없는 갈망을 반영하는 이본(異本)들이다. 미첼은 자신의 이야기에 등장하는 인물들에게 손쉽게 선과 악 같은 도덕적 잣대를 들이대는 일을 꺼린다. 그의 세계관 안에서는 세상을 떠들썩하게 했던 범죄자의 마음 역시 우연의 리듬이 참여하는 조화의 음악의 일부를 이룰 뿐이다. 미첼이 디자인한 우주는 인간의 어둡고 병리적인 부분, 그리고 설명할 수 없는 인간세상의 비참조차 그 질서 안에 끌어당겨 인과율의 계열을 만들어가는, 비정한 실체다. 이러한 태도 때문에 미첼은 곧잘 윤리적 절충주의 또는 상대주의적인 태도를 갖고 있다는 오해를 받고 있기도 하다.

그러나 동양사상에 대한 이해, 또는 관심이 조금이라도 있는 사람이라면, 데이비드 미첼의 세계관이 보다 깊은 철학적 사유를 바탕으로 하고 있다는 사실을 금방 눈치채게 된다. 그의 소설에는 연기론에 바탕을 둔 불교철학, 만물의 조화를 천지의 도(道) 안에서 파악하는 노장사상 등의 영향이 짙게 깔려 있다. 환생, 순환론적 시간관, 현실과 꿈의 경계를 문제삼기, 우주만물의 인과관계에 대해 논하는 화엄사상 등, 동양사상에 대한 미첼의 이해와 관심은 단순한 흥밋거리의 차원을 넘어선다. 그는 동양적인 사유의 패러다임 안에서, 이들 개념을 소설의 주요 소재로 적극 활용하고 있다. 이는 그의 독특한 개인사와도 무관하지 않을 것이다. 미첼은 런던에서 만난 일본인 배우자와 함께 오랜 시간 동안 일본에서 체류했던 경험을 갖고 있다. 그의 책에서 일본뿐만 아니라 한국, 중국 등 동아시아 일대를 배경으로 한 이야기들이 상당한 부분을 차지한다는 것, 미야케 에

9) 데이비드 미첼, 『유령이 쓴 책』, 최용준 옮김, 문학동네, 2009, 602쪽.

이지나 손미와 같은 중요한 작중인물이 상당수 동양인 국적을 갖고 있다는 것도 눈길을 끌 만한 부분이다. 그가 갖고 있는 동아시아에 대한 관심은 단순히 서구인의 시선에서 비롯된 호기심이나 배경의 효과에 그치지 않고, 역사, 사상, 문화 등 다양한 방면에 깊숙하게 걸쳐 있다. 천지만물의 무심함에 압도되기도 하지만, 대우주를 지배하는 조화로움을 인정하고 그 흐름에 자연스럽게 동참함으로써 큰 자아로 거듭나게 된다는 사상이야말로 거창한 가르침이나 수행을 거친 적이 없어도, 동양의 풍토와 역사 속에서 살아온 사람들의 심성 구조에 등록되어 있는 나름의 윤리적 실재가 아니었던가. 마찬가지로 미첼 역시 우연과 무의미가 지배하는 것처럼 보이는 세계를 그려내면서도 꾸준히 인간의 탐욕에 대한 비판과 휴머니즘에 대한 신뢰의 시선을 거두지 않음으로써, 이야기에 인간적인 격조를 부여하고 있다.

데이비드 미첼의 책 속에 들어 있는 수많은 이야기들을 일관되게 관통하는 모티프들을 꼽는다면 어떤 것이 있을까. 첫째, 인간의 영혼에 대한 변함없는 관심과 애정을 들 수 있을 것이다. 그는 태초부터 존재해온 인간이 고통을 겪으면서, 깨달음을 통해 영혼을 꾸준히 고양시켜왔다는 믿음을 끝까지 고수하는 모습을 보여준다. 『클라우드 아틀라스』의 첫번째 이야기는 인류 조상의 이름을 연상시키는 애덤 어윙이라는 한 인물의 여정과 정신적인 성장담을 그리고 있다. 가장 친한 친구로부터 배신을 당하고 긴 여행길에서 죽을 고비를 넘긴 후에, 노예해방 운동에 헌신하겠다는 결심을 굳히는 어윙 같은 인물이나 근미래의 복제인간 손미, 대재난 이후의 세계에서 문명을 지키는 마지막 종족의 일원인 메로님 같은 인물은 인간의 정신이 어떻게 이야기를 통해 신화적인 존재로 '상승'하게 되는지 증명해준다. "학자들은 역사의 움직임을 인식하고, 이러한 움직임을 문명의 흥망성쇠를 지배하는 법칙으로 공식화했다. 그러나 나의 믿음은 반대로 흐른다. 즉 역사는 어떠한 법칙도 인정하지 않는다. 오로지 결과만 있을 뿐이다./ 무엇이 결과를 가져오는가? 악한 행동과 선한 행동이다./ 무엇이 행동을 가져오는가? 믿음이다."[10]

미첼의 소설에서 다음으로 중요한 모티프로 꼽을 수 있는 것은 열린 결말과 불확실성에 대한 주제이다. 데이비드 미첼은 문명의 지도를 완결짓는 과정에서 가장 중요한 부분은 아직 실현되지 않은 역사, 그리고 아직 쓰이지 않은 책에 대해 말하는 일임을 이야기하고 있다. 선과 악, 구원과 파멸, 꿈과 현실의 경계를 구분짓는 장벽이 완전히 고정되는 것을 막고, 전체 구조를 구성하는 각 부분에 율동적인 리듬을 부여하려는 것이 바로 이러한 여백의 역할이다. 그리고 미첼의 책은 자신의 내부에 끊임없이 이러한 빈 공간을 수렴함으로써 그 안에 이야기의 숨결을 보존하고 있다. 『넘버 나인 드림』은 주인공 미야케 에이지가 현실과 꿈을 넘나들면서 수많은 시련을 겪은 후에 비로소 자신의 정체성을 회복하는, 정신적 상승의 모험을 담고 있으면서도, 결정적인 낙관이나 희망에 종지부를 찍는 결말을 거부하고 있다. 에이지가 상실로 점철되어 있는 현실을 피하지 않고 대면하는 순간, 소설은 아무것도 쓰여 있지 않은 텅 빈 백지로 남아 있는, 아홉번째 꿈의 실상을 독자들에게 폭로하고 있다. 미첼의 책 속에서, 전체 이야기의 분량에 비하면 이러한 여백, 결락, 결정 불가능성이 모습을 드러내는 부분은, 매우 짧은 한순간에 불과할지 모른다. 그러나 미첼의 작품 전체에 중요한 의미를 부여하는, 핵심적인 부분은 바로 이러한 식의 어긋남과 일탈이 모습을 드러내는 일순간일지도 모르겠다. 하지만 이러한 열림의 시학을 통해 미첼의 소설은 한 개인의 정신과 시간, 그리고 공간의 경계를 넘어서는 차원으로 상승의 가능성을 고양시킨다. 미첼의 이야기는 이러한 열림의 시학을 통해 적어도 두 가지 가능성을 독자들에게 각인시킨다. 역사는 독자들을 비롯한 타인의 영역으로 넘어가 계속 지속

10) 데이비드 미첼, 『클라우드 아틀라스 1』, 송은주 옮김, 문학동네, 2010, 434쪽.

되거나, 우주의 신비로운 질서 안에 맡겨져 끊임없이 순환될 것이라는 생각. 이 두 가능성은 어쩌면 따로 떨어진 별개의 전망이 아니라 하나의 원리가 실현되는 두 가지 측면일지도 모른다.

최근 데이비드 미첼은 전통과 새로움, 리얼리즘과 반(反)리얼리즘, 대중과 엘리트 비평가 사이에서 끊임없이 흔들리는 모습을 보여주고 있다. 물론, 동시대의 작가치고 이러한 시행착오에서 자유로울 수 있는 사람은 한 명도 없을 것이다. 그는 초반에는 매우 복잡한 담화 구조를 지닌 실험적인 소설들을 써왔지만 최근에는 점차 비교적 단순한 구성을 지닌 역사이야기 쪽으로 관심을 돌리고 있다고 밝힌 바 있다. 사십대 중반에 막 접어든 그의 연령과 왕성한 생산력을 고려할 때, 이제까지 발표한 다섯 편의 장편소설에 대해 이른 결산을 내리려는 시도는, 성급하고 무모한 일인지도 모르겠다. 미첼과 그의 독자들에게는, 그보다 앞으로 '도래할 책'에 대한 기대 혹은 전망이 더욱 절실한 문제로 여겨지리라. '더이상 하늘의 별자리를 보고 길을 찾을 수 없는 시대'라는 세간의 한탄에 화답이라도 하듯, 미첼은 무성한 성운과 소음을 헤치고 우리를 인도해줄 문명의 지도책에 대한 비전을 제시해준다. 그리고 그는 겨우 그 지도 가운데 일부분, 한 귀퉁이를 완성했을 뿐이다. "모든 결말 뒤에는 아홉번째 꿈이 시작된다."[11]

(『문학동네』 2012년 봄호)

11) 데이비드 미첼, 『넘버 나인 드림』, 최용준 옮김, 문학동네, 2012, 615쪽.

3부

응시 셋,
책 안에서 나를 보다

잠든 괴물을 깨워 잔혹극을

— 전아리 소설집 『주인님, 나의 주인님』[1]

독을 다루는 여인

전아리의 소설은 '누아르'란 단어와 잘 어울린다. 그의 책에서 퍼져나오는 심상치 않은 기미, 그것은 한낮의 세계에 속한 사람의 것이 아니다. 그의 교의는 폭력과 도착(倒錯)이며, 음모와 사기는 그가 애용하는 주문이다. 때로 그의 소설 속의 작중인물들은 참을 수 없는 편집증적 기질을 발휘하여 스스로와 독자를 시험에 들도록 만든다. 과연 우리는 어디까지 갈 수 있을까, 언제까지 견뎌낼 수 있을까, 얼마나 허용할 수 있을까. 스스로 충분하다고 여겼던 것보다 조금 더 과도하게 왔다고 느낄 때쯤, 그는 아슬아슬하게 지탱되었던 판을 모조리 털어내 접어버린다. 물론 체불된 욕망은 말끔하게 지불된 후다. 그런 면에서 그는 '프로'다. 악덕과 광기의 리듬을 정교하게 조절할 줄 알고, 중독과 해독 사이에 걸쳐 있는 향락의 비밀을 일찌감치 알아버린. 고통과 쾌감을 가르는 그 치명적인 순간에 대한 지혜는 쉽게 얻을 수 있는 것이 아니다.

1) 은행나무, 2012. 이후 인용시에는 본문에 쪽수만 병기한다.

그는 사람을 망치기도 하고 매혹시키기도 하는 독의 효능에 대해, 누구보다 잘 알고 있다는 사실을 숨기지 않는다. 따라서 전아리의 새로운 소설집을 읽는 독자라면 먼저 조심해야 할 필요가 있다. 어째서? 그의 소설은 인간이라면 저마다 목숨을 걸고 좇는 '향유(jouissance)'를 향해 소용돌이치고 있기 때문이다. 그는 인간 본성에 자리한 심연 속으로, 마치 나사가 회전하듯이 파고들어간다. 나사가 더 깊숙이, 더 치명적으로 파고들어가도록 위에서부터 누르는 그 힘은 우리의 상상을 뛰어넘는다. 이는 한 줌의 향유를 얻기 위해 덤벼드는 괴물의 것이기 때문이다. 자신의 욕망을 좀처럼 포기하지 않는다는 점에서 인간은 때로 야수의 본성을 드러내기도 한다. 그러나 인간이 동물과 다른 점은 쾌락을 추구하고자 하는 본능을 반납하고 스스로를 파멸로 몰아넣는 파행도 적지 않게 저지른다는 점이다. 이때 인간으로 하여금 자신을 망치게 하는 치명적인 향유는 대개 에로티시즘에 물들어 있기 마련이다. 괴로움 속에서 발견한 특별한 향유야말로 얼마나 진귀한 것인가.

그가 소설을 통해 노리는 것은 가장 순수한 상태의 '공포'이리라. 우리는 자신이 언제든, 수시로 죽음에 이를 수밖에 없는 연약한 존재임을 깨달을 때마다 참기 힘든 두려움에 빠져들곤 한다. 그 위협이 외부에서 오는 경우에는 그런대로 견딜 만하다고 느껴지지만, 매우 가까운 곳에서, 수시로 출몰하고 있다면 어떨까? 그 두려움의 강도는 비교할 수도 없을 것이다. 그런데 위험이 자신의 내부에 있을 경우엔? 나 자신이 바로 스스로에게 상해를 입히고 기꺼이 죽음으로 뛰어들게 만드는 원인임을 깨닫게 된다면? 나를 위험에 빠뜨리는 '그것'을 피할 수도 없고 유예할 수도 없다는 사실을 알게 될 때, '나'를 통제할 수 있는 '내'가 어디에도 없다는 사실에 맞닥뜨릴 때, 우리는 그야말로 '멘붕'에 빠지게 된다. 별 이문도 남지 않는 일순간의 쾌락을 위해 자신을 얼마든지 궁지에 몰아넣고 즐기는 일을 결코 주저하지 않는 기이한 존재, 그것이 다름아닌 '나'라면?

전아리의 소설은 어쩌면 눈물보다 고소(苦笑)가 먼저 터질 듯한 진상을 우리에게 폭로하고 있다. 정색한 얼굴로 웃기기. 이것이 그가 블랙유머를 다루는 방식이다. 쓰게 웃으면서 자신의 내면에 숨어 있는 검은 욕망을 들여다보기. 이것이 독자들이 전아리의 소설을 즐기는 방식이다. 계약은 성립되었다. 이제 책을 펼치는 독자는 악의로 가득찬 미소를 머금고 스스로 독을 들이켜면서 행복한 궁지로 기꺼이 기어들어가는 인간을 바라보는 일을 멈출 수 없으리라. 그의 소설은 가학과 피학의 충동으로 일그러진 인간 본성을 비추는 거울과 같다. 일그러진 것은 거울인가, 아니면 그에 비친 우리의 모습인가? 우리는 거울에 비친 우리 자신의 왜상을 들여다보면서, 마음속 가장 깊은 곳에 도사린 진정한 두려움의 실체에 접근하게 된다. 차츰.

무시무시한 대칭성

밤 깊은 숲속 타오르는 불
어느 불멸의 손 또는 눈이
너의 무시무시한 대칭을 만들었을까?
—윌리엄 블레이크

전아리의 소설은 주/종, 가학/피학, 문명/야만, 인간/비인간, 선/악과 같은 여러 이분법적 가치들의 경계를 갖고 장난을 벌인다. 작중인물들은 양극단을 넘나들면서 서로 자리바꾸기 게임을 하느라 여념이 없다. 그 와중에서 아예 한 쌍의 대립항을 나누는 경계선이 유야무야 흐릿해져버리는 경우도 종종 벌어진다. 한쪽에서는 아예 경계를 나누는 일 자체가 무의미하다는 듯, 경계선이 존재한 흔적을 없애버리려 하는가 하면 다른 쪽에서는 애써 허문 담을 보수하듯 꾸역꾸역 경계선을 다시 나누는 시도를 하기도 한다. 기호학에서 곧잘 사용하는 방식을 빌리면, 앞에서 열거한 대립항들은 간단히 플러스(+) 기호와 마이너스(-) 기호로 다시 표기할 수 있다. 간단히 정리하면 '+/-' 정도쯤? 이런 방식을 따르면 '야만'은 '-문명', '비인간'은 말 그대로 '-인간', '악'은 '-선'이 된다. 굳이 인류학 등의 근거를 참조하지 않아도 인류 문명은 이런 이항대립적 사고체계에 기반을 두고 있다는 상식 정도는 누구나 떠올릴 수 있을 것이다. 어떤 시인은 인간의 가치체계를 정초하고 있는 저 '무시무시한 대칭(fearful symmetry)'에 대해 탄식 섞인 놀라움을 표현하기도 했다. 삼라만상을 둘로 갈라 한편은 '주인'으로, 다른 한편은 '노예'로 명명하여 다른 편이 상대를 억압하고 착취하게끔 만든 신은 얼마나 두려운 존재인가.

다시 '장난'으로 돌아가보자. 전아리가 작품 속에서 벌이는 유희를 곰곰이 지켜보다보면 위태롭다 못해 오싹해지는 이유가 바로 여기에 있다. 대체 그는 누구를 상대로 장난을 걸고 있는가. 조심. 당신은 시작은 장난 같되, 숨죽여 따라가다보면 자칫 일생을 망치는 길에 들어섰는지도 모른다. 그리고 바로 그곳에서, 작가는 '-' 기호가 붙어 있는 쪽, 어둠 속에 가려져 음지에 밀려나 있던 마이너스의 힘과 광기를 보여준다. 그가 주목하는 것은 문명의 무대에서 소외된 약자들이 갖고 있는 반문명적인 잠재력이다.

상징적인 제목을 갖고 있는 소설 「플러스마이너스」를 보자. 작가는 이 소설에 등장하는 두 소년과 소녀의 이름을 한 번도 밝히지 않은 채, 성인이 된 후에도 여전히 '소년'과 '소녀'로 호명한다. 중요한 것은, 이들이 각각 '플러스'와 '마이너스'라는 대립적인 가치를 구현하고 있다는 사실이다. 그리고 둘 사이에 또하나의 중요한 대립항으로서 '남/녀'라는 '성차(性差)'의 공식이 작용하고 있다는 사실을 잊지 않게 해준다. 내내 때리고 괴롭히고 착취하는 소년과, 시종일관 당하고 빼앗기는 소녀의 모습은, 마치 한 쌍의 망치와 모루처럼 조화롭게 존재한다. 중요한 건 이런 게임에는 선인도, 악인도 존재하지 않는다는 점이다. 자신의 향유를 절대 포기하지 않으려는 인간들의 욕망이 만들어낸 이항대립의 틀이 있을 뿐. 이들은 한쪽은 다른 쪽에 폭력을 가하면서 쾌감을 얻고, 다른 한쪽은 한쪽의 폭력을 수용하면서 또다른 도착적 향유를 얻으면서 아슬아슬하게 대칭을 이루는 것처럼 보이는 무대를 지속시켜나간다. 「K 이야기」에서 이러한 사건은 무엇보다 '성차'를 중심으로 발생한다. 그리고 그 갈등의 중심에는 남성이면서 동시에 여성이기에 그 어느 성차 공식으로도 묶어둘 수 없는 사람, K가 있다. 주인공 '여자'는 생물학적 남성인 K와 사랑에 빠지지만, 소설 속에는 여자처럼 꾸민 모습을 한 K를 사랑하는 또 한 사람이 등장한다. 그는 바로 화자의 아버지다. 주인공은 K를 온전히 소유하기 위해서 그가 남성으로 남기를 간절히 바라지만, 애초에 K는 그런 이분법적인 구분법에 가둘 수 없는 존재다. 의도하지 않았던 사고로 아버지를 죽음에 이르게 한 그녀는, 그를 소유하기 위해 아버지의 성향과 겨루어야 한다는 강박관념에 사로잡혀 있다. "K에게는 온전한 남자이고 싶은 욕망이 없었다. 과거의 그는 이따금씩 여자가 되기도 했었다. 그녀는 그런 K를 떠올릴 때마다 불안했다. 그가 온전한 남자여야만 그녀 또한 온전한 여자일 수 있었다. 문제는 여자일 때의 K를 사랑하는 사람들이 있다는 것이었다. 그중 한 명이 그녀의 죽은 아버지였다."(153쪽)

세 사람 사이에 벌어지는 갈등의 모양새를 지켜보면, 이들의 대결이 다시 플러스/마이너스라는 이항대립의 모형 위로 차츰 겹쳐지는 것 같지 않은가? 남근을 갖고 있지 않은 주인공이 남근을 소유한 아버지와 겨루면서 자신의 위치를 차지하려면, 아버지로부터 K를 빼앗아와야만 한다. 그녀는 여성이 되기 위해 K를 필요로 하며, 그를 소유할 수 없다면 차라리 그를 살해하는 편이 낫다고 판단한 끝에, 실행에 옮긴다. (아마도 그녀는 이미 K의 관계에서 얻은 아이를 임신했기에, 더이상 K를 절실하게 원할 필요가 없었을 것이다. 아이는 K를 대신하는 상징적 남근이자, 그녀를 여성으로 고정시켜주는 또하나의 대상이다.) 어느 한쪽 성으로도 고정시킬 수 없는 K의 존재는,

절대적인 성차는 존재할 수 없다는 '불가능성'에 대한 은유이자 고정불변의 대칭성을 만들어낸 신은 어디에도 존재하지 않는다는 사실을 폭로하는 트라우마 그 자체와도 같다. 「플러스마이너스」에서 총알이 장전되어 있지 않은 텅 빈 권총이나, 「작가 지망생」에서 훔쳐온 원고 노트가 이리저리 옮겨다니면서 권력 관계를 전도시키는 것처럼 K는 영원히 끝날 것 같지 않은 헤게모니 싸움에 구멍을 내는 것 같은 존재다. 전아리의 소설은 플러스/마이너스를 규정하는 차이가 사실 아무것도 아니라는 것, 인간의 욕망에 의해 추동된 과잉 결정의 산물이라는 사실을 누설하고 있다.

역시 대칭성은 무시무시하지 않은가? 전아리는 이러한 대립을 거스르고 해체해버리고자 하는 욕망, 그리고 백지상태에서 다시 차이를 발생시키고 권력을 분배하려는 욕망이 얼마나 뜨겁게 우리의 몸을 달구는지 아는 작가다. 그는 가장 격렬한 갈등과 충격, 서스펜스가 이 대립의 경계선에서 날마다 발생하며 재빠르게 인간을 파멸의 한가운데에 던져넣는지 일찌감치 눈치챈 것 같다. 그리고 줄넘기를 타듯 노래를 흥얼거리며 경계선을 넘나든다. 심심풀이로 고양이에게 돌을 던지고 곤충들을 밟아 죽이는 아이들처럼, 천진난만한 표정으로.

약자의 기예, 혹은 음모

당신이 날 겁탈하지 않으시면
순결해질 수 없나이다
—존 던

한편, 맞고 뺏기고 속는 쪽의 사정을 조금만 살펴보면, 이들의 운명이 그렇게 불행한 것만은 아니라는 생각이 슬며시 드는 것은 왜일까. 죽도록 맞서도 약자의 운명을 벗어날 수 없는 '마이너스' 인생들이 자신의 팔자

를 고칠 수 있는 또하나의 비법이 있으니, 그것은 맞고 밟히고 뺏기는 자신의 처지에서 순전한 즐거움을 발견하는 일이다. 어쩐지 비루한가? 「오늘의 반성문」에 등장하는, 이른바 '매를 부르는' 얼굴을 타고난 아이, 정필의 사정을 들어보자. 그가 "구타당하는 기쁨을 맛보는 데 익숙해지는 스스로가 대견했고, 이게 전부 행복한 삶을 살고자 하는 나의 의지에서 비롯되었다는 사실에 자부심을 얻었"다고 고백할 때, 우리는 그의 말을, (전부는 아니더라도) 일부분 믿어주지 않을 수 없다. "노력형 마조히스트"를 자처하고 있음에도 불구하고 어릴 때부터 "어디선가 아버지가 튀어나올 것만 같은 공포"에 몸이 저릿저릿해지고 성적 흥분을 느낄 정도로 비밀스러운 쾌락을 즐겨왔다는 사실을 감안하면, 이러한 기질은 타고나는 것인가? 아니면 약자들이 자신의 상황을 합리화하기 위해 발명한 비굴한 '정신 승리법'에 불과한 것인가? 프로이트는 「마조히즘의 경제적 문제」라는 글에서 마조히즘이 우리가 갖고 있는 죽음 본능에서 비롯된 자연스러운 욕망이라고 설명한다. 주체가 자신을 보존하는 행위 못지않게, 자신을 파괴하는 행위를 통해서도 충분히 리비도적 만족이 발생한다는 것이다.

그렇다. 마조히스트들에게는 결코 빼앗길 수 없는 비밀스러운 향유가 있다. 마조히스트는 자신이 불행을 겪을 수 있는 권리를 스스로 결정하고, 상대를 통해 이러한 의견을 제안하고, 불행을 감내하는 광경을 타인의 시선을 통해 목격하도록 유도한다. 지젝도 이렇게 말하지 않았는가. "마조히스트는 끊임없이 일종의 반성적 거리를 유지한다. 그는 실제로 그의 감정에 굴복하거나 그 자신을 게임에 완전히 내어주지 않는다."[2] 마조히스트들은 자신이 만든 정교한 향유의 게임을 관리하고, 집행하는 연출가의 위치를 점유함으로써 강자를 상대하는 게임에서 주도권을 쥐는 데 성공하곤 하는 것이다. 지금쯤, 많은 이들은 왜 '쾌락의 멘토'인 닥터 홍이

---

2) Slavoj Zizek, *The Matastases of Enjoyment: six essays on woman and causality*, London: verso, 1994, p. 92.

정태를 "완전한 마조히스트"로 만들기 위해 매일 '반성문'을 쓰는 훈련을 시켰는지 눈치챘으리라. "비참하고 처절해도 항상 행복한 척하는 걸 잊지 말아라. 그래야 불행이 널 못 보고 지나치니까." 자신이 처한 상황을 반성적으로 반추하고, 그런 자신의 모습을 지켜보고 있는 '큰타자'의 존재를 의식함으로써, 정태의 마조히스트적 기질은 점점 더 세련된 모습을 갖춰나간다. 마조히즘. 이는 타고난 본능이기도 하지만 마치 예술가들의 기예처럼 다듬어야 하는 미학적인 구성물이라는 것이다. 기억하는가? 정태가 닥터 홍에게 직접 곤 사골 국물을 들고 찾아가는 장면에 숨어 있는 작가의 블랙유머를. 이 장면은 아버지와 형들이 갈비찜을 게걸스럽게 뜯어먹는 장면과 정확히 대비를 이룬다. (무심한 듯 삽입된 디테일에 재미있는 복선을 깔아놓는 일은 작가의 장기이기도 하다. 아마도 살코기만 발라먹는 사람들은, 뼛속 깊은 곳에서 푹 고아낸 국물의 참맛을 즐겨보지 않은 사람이리라.)

이제 조금 마음을 풀어놓고, 약자들이 개발한 또하나의 기예를 살펴보기로 하자. 「작가 지망생」이나 「K 이야기」에서처럼, 살아남으려고 결심한 이들이 나름대로 '작가' 혹은 '연출가'의 책략을 흉내내는 것도 순리이자 윤리가 아니겠는가? 이들을 짓밟는 강도가 세어질수록, 그에 맞서는 방식도 한층 정교해질 수밖에 없으니. 「작가 지망생」은 엄마로부터 버림받은 소녀가 조부모의 집에 머물며 경험하는 성장에 관한 이야기이다. 그러나 이 소설에 숨은 또다른 주인공은 할아버지가 데려온 여인의 원고, 정확히 말하면 다른 문학도로부터 훔쳐내온 원고 노트이다. 엄마의 부재로 인해 상실감에 빠져 있던 주인공은 그녀에게 묘한 친근감을 느끼게 되고, 그녀의 원고를 몰래 훔쳐 읽으면서 모종의 정신적인 성장을 경험한다. 기이한 것은 그 원고에 적힌 이야기가 조금씩 변형된 채, 현실에서 실현된다는 점이다. 동거하던 남자의 돈을 훔쳐 야반도주를 감행하는 소설 속의 주인공처럼 그녀 역시 거짓말로 할아버지의 돈을 뜯어내 집을 떠나게 된다. 그리고 소설 속 주인공이 함께 살던 노작가에게 자신이 쓴 글을 도둑

맞고 마는 것처럼 할아버지는 그녀가 쓴 것으로 짐작되는 원고의 내용을 표절하여 책을 출판하고 만다. 원고를 둘러싸고 사람들은 훔치고 도둑맞는 일을 반복하면서 상대방에 대해 부당한 권력을 행사하려 한다. 그리고 결국 이러한 숨바꼭질 같은 게임은 먹이사슬의 최상위에 있다고 여겨지던 할아버지의 몰락으로 끝을 맺는다. 이 사람 저 사람의 손을 오가며 욕망의 대상으로 여겨졌던 원고는 권력 구조의 아래에 있던 여자에 의해 전복의 도구로 활용된다.

만일 「K 이야기」가 "삐-/탁."이라는 의성어와 함께 성급하게 막을 내리지 않았다면, 나는 이 소설을 두세 번 다시 읽지 않았을지도 모른다. 작가는 이 소설의 첫 장면에서, 이 소리가 비디오 플레이어의 작동이 멈추고 텔레비전의 전원이 끝날 때 나는 것임을 알려준다. 만약에, 이 소리로 인해 독자가 영화감독을 꿈꾸는 소녀의 상상력에 의해 덧칠된 이야기라는 사실을 눈치채고 만다면, 과연 소설은 두 개의 버전으로 읽혀야 할지 모른다. 불의의 사고로 아버지를 잃고 고아가 된 소녀가, 성도착자인 연인으로부터 버림받고 아이까지 임신한 처지라면, 이 가여운 팔자를 받아들이기 위해 무엇을 할 수 있을 것인가? 그녀의 시선을 통해서, 독자는 성차의 헤게모니를 둘러싸고 벌어지는 투쟁에서 가장 마지막까지 살아남은, 잔혹 드라마의 주인공을 '본다'. 약자들의 꿈에는, 냉혹한 현실을 자리바꿈할 수 있는 잠재력이 존재한다. 그것은 때로 얼마나 무시무시한가.

공포를 가르쳐드립니다

시간은 짧으니, 진정으로 괜찮은 사람은 아무도 없어라
인생은 빠르게 지나가고 죽으면 그만이구나
—스티븐 킹

그렇다면, 오랜 시간 동안 눌려 있던 잠재된 힘은 언제 우리 앞에 모습을 드러내고 폭발할 것인가. 전아리의 소설은 이러한 질문을 중요한 서스펜스 장치로 활용하고 있다. 우리는 이 세계가 한쪽이 다른 쪽을 억압하는 구조로 이루어진 부조리한 곳임을 알지만, 당장에 이 모순이 해결되거나 순식간에 망해버리지 않으리라는 것도 잘 알고 있다. 이와 마찬가지로 작가는 언젠가 폭파되고야 말 고장난 기계를 갖고 노는 장난을 멈출 생각이 없어 보인다. 그는 파국을 조금씩 유예시키면서 서스펜스를 쌓아올리고 최대한의 압력을 동원해 마침내 깨뜨려버리는 순간, 발생하는 놀라움을 노리고 있다. 그리고 그 순간은 그동안 가려져 잘 보이지도 않던 '마이너스'의 존재가 화려하게 등극하는 순간이다.

작가의 솜씨는 인간의 마음 깊숙한 곳에 자리한 두려움을 다룰 때 가장 이채롭게 빛난다. 여기서, 공포를 불러일으킬 때 사용한다는 스티븐 킹의 수법을 길잡이 삼아 하나씩 따라가보기로 하자. 첫번째는 구역질을 유발하는 혐오감의 단계다. 새로 이사 온 집에 마련해둔 깨끗한 침대 시트 위에 올라앉아 있는 시커먼 쥐(「쥐」), 지하실 방에 숨어 있는 야수 같은 아이의 모습(「재이」), 화장실을 엿보고 있는 끈적한 사내의 눈빛(「거울 속으로」)은 생각만 해도 우리를 메스껍게 한다. 그다음 단계는 우리의 신체적 반응을 동반하는 호러(horror)의 감정이다. 옷장 속에서 새끼를 친 쥐새끼들이 쏟아져나오는 장면, 어린아이에게 폭력을 가하여 동물처럼 훈육시키고, 괴물처럼 성장한 아이가 평온한 부르주아 가정에 침입하여 위해를 가한다고 상상해보라. 이러한 장면 앞에서는 누구라도 고개를 돌리고 도망치려고 할 것이다. 그러나 가장 정교한 감정인 테러(terror)의 단계에 이르면 역겨움보다 이성이 먼저 작용하게 된다. 「쥐」가 주는 진정한 공포는 '쥐'가 아니라 서로 속고 빼앗기에 여념이 없는 인간 세상의 적나라한 모습이다. '인간은 다른 인간에게 쥐다'라는 결론 앞에서 우리의 마음은 얼어붙고 만다. 또한 한 인간이 다른 인간에게 그토록 비참한 폭력을 행사할 수 있다는 사실(「재이」)이 우리의 눈을 멀게 한다. 어두운 곳에 숨어서 훔쳐보는 변태의 시선보다 두려운 것은 거울을 통해 마주보는 사랑스러운 연인의 시선이라는 사실은 우리에게 진정한 공포를 준다. "그날 미용실에서 거울을 통해 당신을 확인하던 순간, 나는 당신의 눈에 휘몰아치던 홀 속에 빨려들어갔던 내가 다시 토해져 나오는 것을 보았다."(「거울 속으로」) 그리고 더욱 두려운 것은 작중인물들의 다양한 파행과 죄악으로 인해 일상생활의 평온을 찢고 침투한 죽음의 징후들이다. 그리고 자신 내부에 있는 '죽음충동'이라는 괴물이 눈을 뜨고 자신을 잠식할지도 모른다는 예감이다.

그러나 전아리의 소설은 이러한 공포의 작인(作因)에 대해 진부한 논전을 벌이는 데 시간을 허비하는 법이 없다. 가끔 그는 독자와 다음과 같은 흥정 혹은 내기를 벌이려 하는 것처럼 보인다. '자, 우리가 상식이라고 믿어왔던 것을 깨뜨려보기로 합시다. 그럼 당신은 어디까지 견딜 수 있을까요?' '늑대 소년' 스토리를 역전시켜놓은 듯한 소설, 「재이」는 부르주아 가정에서 벌어지는 죄악에 대해, 암묵적인 동조자인 식모의 입을 빌려 폭로하고 있다. 소설이 진행될수록 어린 고아 소년 재이에게 가해지는 가족들의 학대는 점점 심해가고, 이에 따라 재이의 비인간화는 점차 가속화되어간다. 가해자와 피해자, 양쪽에서 진행되는 타락의 정도는 우리가 상식이라고 여겨온 한계선을 매번 갱신하고 극단을 향해 치달을 무렵, 파국으로 끝을 맺는다. 일찌감치 우리는 이 소설이 우리 인간의 본성과 문명 전체를 고발하는 우화가 되리라는 사실을 눈치챈 바 있지만 문제는, 거기서 그치지 않는다. '과연 어디까지?' 재이가 자신을 학대한 가족을 모조리 살해하고, 화자인 식모마저 찾아내 죽여버렸다는 것은 서사적으로 매우 중요한 의미를 갖는다. 학대받던 재이와 그를 지켜보던 독자의 히스테리가 압박의 절정에 이를 무렵 작가와 재이는 우리에게 이 불쾌한 이야기를 들려준 '입'을 살해함으로써 독자에게 가까스로 카타르시스를 안겨준다.

결국 모든 것은 소설에 불과하다. 그 소설이 숨겨진 인간의 광기에 대한 이야기를 통해 우리 안에 있는 괴물들을 해방시킨다고 해서 그 책임을 작가에게 돌릴 수는 없지 않은가? 괴물은 원래부터 살고 있던 것이고 그에게 먹이를 주어 키운 사람은 우리 자신이다. 전아리의 소설은 단지 그 공포를 매개할 뿐, 잠시 우리를 방문했다 떠나가는 한철의 악몽은 잊으면 그만이라는 사실은 우리에게 어떻게든 위안을 준다.

저기, 저 덤불 아래에서 혹은 옷장 속에 숨어 우리를 기다리고 있는 것은 무엇인가?

하지만 괜찮아요. 이야기는 당신을 해치지 않는답니다.

그저 즐기다 가십시오.

(전아리 소설집 『주인님, 나의 주인님』 해설)

유토피아는 업그레이드중

— 배상민 장편소설 『콩고, 콩고』

유토피아가 포함되지 않은 세계지도는 들여다볼 가치도 없다.
왜냐하면 그런 지도는 인류가 늘 지향하고 있는 나라를
빠뜨린 것이기 때문이다.
—오스카 와일드

이야기는 자신만의 속도를 갖고 있다. 배상민의 소설은 빠르게 유동하면서 이 속도감을 모종의 에너지로 전유한다. 문장은 군더더기 없이 간결하다. 군데군데 자리잡고 있는 진한 블랙유머로 인해 이야기에 내장되어 있는 힘은 더욱 증폭되어간다. 『콩고, 콩고』(자음과모음, 2012)는 세 개의 시간대에서 펼쳐지는 이야기들이 서로 엇갈리면서 서로를 반영하는 방식으로 진행된다. 이 이야기 사이에는 많게는 무려 팔천 년에 달하는 시간차가 가로놓여 있다. 그렇지만 이러한 낙차가 전혀 부담스럽게 느껴지지 않을 정도로 사건은 종횡무진 연대기적 시간을 가로지르며 종결을 향해 진행되어간다. 이 이야기를 앞으로 밀어붙이는 것은 인간 해방의 장으로 여겨지는 이상향을 향해 빠르게 나아가는 유토피아의 시간이다. 그리고 작가는 자신이 창조한 인물들을 그 안에 살게 함으로써 삶을 지지부진한 구속 상태로 매어두는 세속의 시간과 과감히 인연을 끊게 만든다. 배상민의 소설은 유토피아를 꿈꾸는, 꿈꾸게 하는 이야기답게 도발적인 속도로 독자들을 그 안으로 잡아끈다. 그리고 꿈과 현실이 서로 경합하면서 엮어내는 흥망성쇠의 드라마 한가운데 끼어들게 한다.

배상민의 소설 『콩고, 콩고』의 출현은, 정식 등단 절차를 밟아 세상에 나온 신예 작가라는 출신 성분을 감안하건대 감히 다소 이색적인 사건이라고 말할 수 있다. 이 소설은 어쩌면 고의를 의심하게 할 만큼 본격(?)문학으로 분류되는 소설의 관습으로부터 스스로를 조금씩 탈구시켜간다. 그렇다고 해서 이른바 장르문학이라고 불리는 이야기군(群)에 산뜻하게 안착하려는 욕망을 갖고 있는 것 같지도 않고, 때로는 기존 문학 장르의 클리셰들을 과감하게 인용함으로써 위험한 줄타기 곡예를 자청하는 것처럼 보이기도 한다.

『콩고, 콩고』가 지닌 '헤어나오기 힘든' 매력 가운데 상당 부분은 어쩌면 이러한 잡식성과 모호함에서 기인하는 것만 같다. 원거리의 미래를 현실에 근접시키는 기법, 과학과 이성에 기댄 세계관 등의 요소를 고려하면, 누가 뭐래도 이 소설이 SF와 근친 관계에 있다는 사실을 부정하기 어려우리라. 탐정소설의 주인공을 모방한 모험담을 펼치는 장면에서는 일부 미스터리나 추리극의 관습도 슬몃 모습을 드러낸다. 가공의 인물들이 펼치는 초자연적인 모험을 통해 현실 비판을 시도하고 있다는 점에서 이 소설을 일종의 알레고리로 읽는 독자도 있을 법하다. 무엇보다 하나의 장르로서 '유토피아 문학'이라는 범주를 받아들인다면, 최근 몇 년간의 성과 가운데 『콩고, 콩고』만큼 잘 들어맞는 작품을 발견하기도 쉽지 않으리라. 이런저런 사정과 사유들을 경유한 끝에, 이 소설은 경계를 뛰어넘어 혼종의 회색 지대를 널찍이 점유하는 데 일찌감치 성공한 것처럼 보인다.

프로메테우스의 아이들

이 소설의 첫 장이, 인류 유전자에 다른 진화 계통을 가진 유전자(소설 속에서는 이를 가리켜 "끼어든 유전자"라고 부른다. 이는 앞의 설명대로 이 소설 자체에 내장되어 있는 혼종성을 고려할 때 의미심장한 명명이라고 할 수 있다)에 얽힌 미스터리를 푸는 장면에서 시작하는 것도 우연이 아니다. 소설은 까마득한 미래, 곧잘 도래할 일들을 향해 뻗어나가곤 하는 상상력의 촉수조차 미치기 어려운 일만 년 후의 세계를 기점으로 시작한다. 이 시대는 기원후 이천 년경, 그러니까 소설 밖의 현실에 해당하는 오늘날의 인류가 '대폭발'로 이름 붙여진 종말론적 위기를 경험한다는 역사적 가정을 전제로 깔고 있다. 이 파국에서 살아남은 인류는 스스로를 '로제타스톤'이라고 칭하면서 새로운 지배 집단을 형성한다. 이들은 자신의 기준에 부합하지 않는 과거 문명의 흔적을 철저히 금기에 부치고 삭제하려 한다. 더욱이 자신들을 포함한 '현생' 인류의 몸안에 남아 있는 퇴폐성의 흔적, '끼어든 유전자'의 존재와 그에 얽힌 비밀은 성가신 존재일 수밖에 없다. 이 시대에서 요청하는 기준에 걸맞지 않게, 순수하게 미지의 유전자에 호기심을 갖고 있는 고고학 탐사반의 발굴단장을 중심으로 해서, 팔천 년 전에 일어났던 묻힌 역사의 비밀이 조금씩 밝혀지기 시작한다. 물론 이 소설의 마지막 부분에서, 이 발굴 프로젝트가 실상은 과거 문명의 흔적을 말소하기 위해 진행된 '로제타스톤'의 음모라는 사실이 밝혀지면서 발굴단의 운명은 큰 위기를 맞이하게 된다.

한편 이 일만 년경의 이야기는 전체 서사의 흐름이 팔천 년 전에 일어났던 사건, 즉 기원후 천구백 년대 후반에서 이천십일 년에 해당하는 '현실'의 이야기에 주도권을 넘기고 후경으로 물러서면서, 또다른 이야기의 주변을 둘러싸는 액자서사의 역할을 맡게 된다. 이천 년대의 역사를 끌어가는 문제적 인물들은 '부'와 '담'이라는 이름을 가진 한 쌍의 소녀와 소년이다(이들의 이름에서 인류의 조상인 '이브'와 '아담'을 연상하는 일은 어렵지 않다. 이 소설이 갖고 있는 알레고리적 특성을 짐작케 하는 부분이다). 작가는 후기에서 이들을 가리켜 "바보"라고 부른다. 그에 따르면 아이큐 158인 소녀 부는 "똑똑한 바보", 그에 절반 정도밖에 못 미치는 아이큐 78인 담은 "그냥 바보"이다. 사창가에서 태어나 어머니를 에이즈로 잃은 후 고아로 자라난 부와, 미혼모에게서 태어나 지능이 모자란 아이 취급을 받는 담은 불행한 인간, 주변화된 타자들을 대표하는 인물들이다. 이 둘은 한국소설의 인물군에 새로운 시대에 맞게 진화한 인종인 '뉴 타입'이라는 새로운 목록을 추가할 때가 되었음을 예고하고 있다. "저 아이들과 우리는 달라. 종이 다르단 말이야."(88쪽) 이 새로운 인종들은 구시대의 악습과 억압, 부조리와 자신들 간에 어떠한 관계도 존재하지 않는다고 단호히 선언한다. 이들은 이미 현실을 고치고 개선하는 데에는 하등의 관심도 없으며, 과거와 부모 세대로부터 어떠한 유산도 물려받지 않겠다는 의지를 표명한 셈이다. 천계에서 훔쳐낸 불을 인간에게 전달하여 자립할 수 있는 기반을 만들어주었던 프로메테우스처럼, 부와 담은 역사의 중심 무대를 억압받는 민중들이 살고 있는 높이로 끌어내렸다. 이미 꺼지지 않는 불씨는 이들에게 주어졌고 한 쌍의 소녀와 소년은 기존의 권력을 찬탈하여 새로운 역사를 여는 존재들이 된다.

한곳을 향한 의지

부와 담은 서로 뜻을 모은 뒤 자신들을 괴롭히던 어른들을 공격해서 돈과 무기를 빼앗고 사창가를 근거지로 하여 자신을 중심으로 한 생활공동체를 만들어나간다. 이들은 필요한 자금을 축적하기 위해 만든 감정 조절용 프로그램을 만들지만, 이 프로그램의 영향력이 기득권 세력의 기반을 흔들어버릴 정도로 커지자 오히려 빠르게 몰락하는 결과를 맞고 만다. 학창 시절 부와 담의 만남으로 시작된 두 어린 악한들의 발칙한 모험담은, 감옥에 갇혀 모진 취조를 당하는 담의 이야기 속에서 회상되는 방식으로 진행된다. 세 층위의 이야기는 서로 교차되어 있지만 실상은 하나의 이야기 안에 다른 이야기를, 또 그 안에 새로운 이야기를 풀어나가는 격자 구조를 취하고 있음을 알 수 있다.

최초의 사건, 즉 부와 담이 자신들을 성적으로, 물질적으로 착취하던 어른들로부터 통쾌한 승리를 거두는 이야기를 마무리짓는 장면은 사창가를 기반으로 차린 소박한 공동체이다. 비록 로제타스톤의 공격으로 인해 소탕당하고 말 운명이지만, 이곳에서 부는 자신의 능력을 이용해 인위적으로 행복한 감정을 느끼게 할 수 있는 행복 바이러스 프로그램을 발명해내고, 또 짧게나마 담과 사랑을 나누는 시간도 갖게 된다. 이를 둘러싸고 있는 두번째 격자는 감옥에 갇혀 처참한 고문을 받던 담이 온갖 곡절을 겪고 나서 마침내 탈옥에 성공하는 이야기로 이루어져 있다. 이 과정에서 담은 감옥에서 만난 동료 율과 동지애를 나누고, 감옥에 갇힌 죄수들의 단합을 이끌어내지만, 결국 이 탈주극 역시 참담한 실패로 끝나고 만다. 부와 담이 마침내 아프리카에 건설한 새로운 공동체에서 재회하고, 무려 네 세대 동안 지속되어온 새로운 문명을 건설하는 이야기는 연대기적으로 가장 나중에 위치한, 기원후 일만 년의 서사 속에서 밝혀지게 된다. 소설의 마지막 부분에서야 비로소 독자들은 발굴단장의 역할이 부와 담이 만들어낸 문명의 흥망성쇠와 몰락에 얽힌 미스터리를 풀어주는 것임을 깨닫게 된다. 물론 유적의 발굴 과정과 더불어 이에 연관된 거대 음모가 서서히 드러난다는 공식은 기존 서사 장르의 관습에서도 전혀 낯선 것이 아니다.

작가는 『콩고, 콩고』에서 장르 혼합, 클리셰의 사용, 마스터플롯 비틀기 등에 의해 만들어낸 수많은 작은 이야기들을 절묘하게 배치하여 전체적으로 하나의 큰 그림을 모자이크하는 전략을 취하고 있다. 여기서 특히 눈여겨봐야 할 점은 이 기존의 이야기 관습을 한데 버무려놓은 것 같은 이 구조가 서로의 모습을 반영하면서 그 안에서 내적 질서를 만들어가는 방식으로 정교하게 구축되어 있다는 점이다. "저 애들이 만든 규칙 따위는 지키지 마."(87쪽) 부당하게 주어진 제도에 굴복하지 않고, 이에 맞서서 투쟁하고, 새로운 질서를 만들어나가는 사람들의 이야기, 이를 두고 혹자는 혁명의 플롯이라고 부르고 혹자는 사회생물학적 진화 과정이라고 지칭할 수도 있을 것이다. 그러나 자세히 살펴보면, 이들 이야기는 집요하게 한 가지 방향을 향해 반복적으로 나아가고 있다는 사실을 발견하게 된다. 마치 긴 연대, 우주적 시공간을 뛰어넘어 전파되고 중단 없이 추동되는 것 같은 이 기이한 에너지의 정체는 무엇이며, 이들이 향하고 있는 목표는 어디인가. 대체 무엇 때문에 각각의 이야기들은 정향되어 있는 지점에 다다르기 전까지는 종결될 수 없을 것 같은 느낌을 주는 것일까. 그것은 바로, 유토피아를 향한 의지다.

희망의 원리, 공진화하는 역사

부와 담의 경우처럼 비참한 현실에 대한 총체적인 거부는 대개 새로운 세계에 대한 강렬한 소망으로 이어지기 마련이다. 치열한 현실 비판이 이상세계의 창조라는 긍정의 원리와 합쳐질 때 이른바 '유토피아주의'라는 세속의 신학이 탄생한다. 진화된 유전자를 가진 주인공이 과학기술과 같은 인간적인 수단을 사용해서 새로운 문명을 건설한다는 줄거리만 놓고 보면 『콩고, 콩고』는 전형적인 유토피아 플롯을 따르는 것처럼 보인다. 하지만 이 소설은 다른 유토피아 문학과는 달리 이상세계의 모습을 상세하게 그리는 일보다는 이를 추구할 수밖에 없었던 현실적인 조건, 그리고 이를 성취하는 과정에서 겪는 숱한 고난을 서술하는 데 더 큰 부분을 할애하고 있다. 어쩌면 작가는 미래를 위한 처방보다 부조리한 현실을 비판하기 위한 도덕·윤리적 잣대를 제시하는 데 더 관심이 있는 것만 같다. 어쩌면 소설에서처럼 유토피아는 멸망 이후에 유적을 통해 사후에 '재구성'되거나 상상력을 통해 미리 '선취'할 수 있는, 고정되지 않는 개념 그 자체라고 해도 좋을 것이다. "유토피아주의는 정치적 제도로부터의 일정한 거리를 함축하며, 이 거리가 정치적 제도들의 가능한 재구축과 재구성을 둘러싼 끝없는 환상의 유희를 고무한다"[1]는 프레드릭 제임슨의 말처럼, 유토피아는 정치적인 실체라기보다 우리 문화의 지층 곳곳에, 살아 있는 세포 하나하나에 잠재되어 있는 모종의 방향성이자 희망의 원리라고 하는 편이 옳을 것이다.

『콩고, 콩고』에서 우리는 진화한 인류의 새로운 출현을 목격했던 것처럼, 유토피아에 대한 꿈 역시 치열한 현실 속에서 진화하고 있다는 사실을 깨닫게 된다. 어쩌면 이 변모하는 유토피아의 모습이야말로 혁명과 진화라는 드라마의 진짜 주인공인지도 모른다. 애초에 '콩고'라는 이름은 부가 사창가를 중심으로 생존을 위해 꾸렸던 소규모 공동체에 붙였던 이름이었다. 그러나 이 보잘것없는 공동체가, 로제타스톤의 거듭되는 박해 때문에 절멸의 위기를 겪으면서도 진짜 아프리카의 콩고 지역에 건너가서 마침내 하나의 거대한 문명을 건설하는 과정을 생각해보라. 아무리 짧게 처리되어 있어도 이러한 드라마틱한 진화는 한때 유토피아를 꿈꾸었던 모든 사람을 매혹시킨다. 수세대를 거치면서 이들의 우월한 유토피아 유전자는 전 세계로 퍼져나가 신생 인류의 육체와 문화 한가운데 깊숙이 들어가 영향력을 발휘하기 시작한다. 놀이와 여가를 좋아하는 콩고 인종의 유전자는 지배적인 문명의 언저리에서 사라지지 않은 채 드러나지 않는 방식으로 계속 위기를 제공해왔으리라는 추정도 가능하다. "자유를 얻지 못해도 좋았다. 발굴단장은 뭔가를 열심히 효율적으로 하지 않아도 되는 지금이 행복했다. 그는 벤치에 누워서 부와 담이 남긴 9퍼센트의 유전자를 느꼈다."(362쪽) 지역공동체에서 거대 문명으로, 그리고 유전자와 함께 공진화(共進化)한 문화적 복제자[2]로, 유토피아는 소설 속에서 척박

---

1) 프레드릭 제임슨, 「유토피아의 정치학」, 『뉴레프트리뷰 · 2』, 길, 2009, 366쪽.

2) 리처드 도킨스 등의 진화생물학자들은 이러한 문화적 복제자의 존재를 가리켜 '밈(meme)'이라는 이름으로 부르기도 한다.

한 환경에 맞추어 여러 번 몸을 바꾼다.

“나는 그 바보들의 역사가, 그리고 유전자가 이어지기를 바란다. 바로 담과 부의 유전자처럼. 바보는 언제나 우리에게 필요하다.”[3] 작가의 염원처럼 이른바 ‘바보 유전자’라는 것이 존재한다면, 인류가 지속되는 한 이상적인 세계를 꿈꾸는 공통의 충동 역시 영원히 사그라지지 않고 자신의 길을 걸어갈 것이다. 『콩고, 콩고』는 바보들의 유토피아가 지속적인 가능태로 남아 있는 새로운 윤리적 지평을 우리에게 제시해준다. 그리고 지금의 현실보다 나은 것을 사유할 수 있는 ‘상상의 자유 지대’가 남아 있는 한 이상세계 건설을 위한 노력도 결코 멈추지 않으리라는 전언도 잊지 않는다. 그 약속의 봉인을 여는 열쇠말 ‘콩고’에 담긴 의미는 여전히 업그레이드중이다.

(『자음과모음』 2012년 여름호)

3) 배상민, 「작가의 말」, 『콩고, 콩고』, 364쪽.

신성이 사라진 세계의 음화

— 전혜정 소설집 『해협의 빛』[1]

고운 건 더럽고, 더러운 건 고웁다.
날아가자, 안개와 탁한 대기 속으로.
—셰익스피어, 『맥베스』(1. 1. 11)

0. '거울아, 이제 비추렴. 네가 보는 것을.'

여간한 장면에서는 눈을 감지 않는 사람들도 외면하고 싶게 만드는 책이 있다. 이러한 책들은 싸늘한 밤에도 혼자서 타오르며 아무도 찾지 않는 새벽에도 끝까지 남아 외롭게 신음한다. 이들이 담고 있는 지식을 두고 어떤 이들은 불편해하고, 더 많은 이들은 의심하며, 혹자는 멸시한다. 이러한 비밀스런 앎에 가해지는 곤혹스러운 시선은, 오랜 옛날부터 금지된 지식을 둘러싸고 벌어져온 경멸과 공포, 매혹과 질시의 드라마를 연상케 한다. 그러나 금기는 또한 이를 뛰어넘는 욕망을 불러일으키는 법, 불

1) 문학동네, 2012. 이후 인용시에는 본문에 제목과 쪽수만 병기한다.

태워질 운명을 타고난 소설은 독서의 시련을 기꺼이 수락하는 사람들을 항상 주변에 불러모으곤 했다. 전혜정의 소설은, 아무래도 그런 위험한 책들의 기운을 타고난 듯하다. 이러한 소설은 위반의 운명을 타고난 책들에게 부여된 '센' 팔자를 독자와 함께 나눠갖곤 했다.

전혜정의 소설은 일부 예외적인 경우를 제외하고는, 정확한 시대와 위치를 알 수 없는, 초시대적인 가능세계를 배경으로 하고 있다. 이를 통해 그의 소설은 특정한 집단이나 개별적인 인간의 범위에 국한되지 않고, 인류 공동체의 보편적 운명에 관련된 진실을 보여주려 하는 것 같다. 그런 면에서 그의 소설을 인간의 문명에 대한 인류학적 보고서로 읽어도 좋을 것이다. 기실 그의 소설에 내장되어 있는 금지된 지식은 그렇게 거창한 것도, 희귀한 것도 아니다. 단지 우리 자신의 맨얼굴, 가만가만 섞인 진상을 가감 없이 그대로 보여준다는 것만으로 읽는 이들에게 충격을 던져준다. 그것은 세상을 향해 선과 악, 신화와 거짓, 인간과 비인간의 경계를 허물어버리도록 충동질하며 승인된 의식의 영역 저편에서 평온한 일상이라는 허상을 일거에 위험에 빠뜨리려고 한다.

스탕달은 『적과 흑』에서 소설은 '큰길을 어슬렁거리는 거울'과 같다는 유명한 말을 남겼다. 이러한 비유를 전혜정의 소설에 가져와서 사용한다면, 다음과 같이 표현할 수 있지 않을까. 그의 거울에 비친 우리 문명의 맨얼굴은 흉하기 그지없으며, 그 속에서 살아가는 우리의 모습은 떼지어 몰려다니며 피칠갑을 하고 이웃을 살상하며 거주지를 황폐하게 하는 괴물의 형상이나 진배없고. 소설이 하는 가장 큰 역할이 세상의 진상을 보고 재현하는 것일진대, 그가 처한 최악의 곤경은 인류가 저질러온 못 볼꼴을 앞으로도 계속 보아야 한다는 것일지 모른다. 첫번째 소설집을 통해 전혜정은 우리의 문명에서 '신성함'을 걷어내고 남은 것의 진상을 냉정하게 폭로하고 있다. 얻어 입은 옷 같은 얄팍한 문화를 한 꺼풀만 발가벗겨도, 그 아래에는 상처로 인해 짓무르고 일그러져 있으며, 분노에 차서 이웃을 공격하는 저 사악하고 추한 모습밖에 남아 있는 것이 없음을. 그런데 우리는 어떻게 자신이 그토록 처참한 몰골을 하고 있다는 사실을 깨닫지 못하는 것일까? 스스로의 주인인 줄 알았던 인간은, 기실 살아남아야 한다는 숙명, 즉 '아난케'의 명령에 복종해온 사악한 노예였던 것이 아닌가.

이렇게 그의 책은 피와 죄, 그리고 야수성으로 얼룩진 인류와 문명의 모습을 적나라하게 폭로하고, 우리 자신이 만들어온 휴머니즘의 재판정에 스스로를 기소하게끔 한다. 겉으로는 멸시로 가장한 채, 위험한 책들을 불태워온 이들은 누구보다도 그 두려운 시선을 의식해온 사람들일지 모른다. 거울-소설은 항상 그 자리에서 그렇게 얼음같이 차가운 눈을 하고 우리를 지켜보고 있었던 것일까, 책은 이에 대답한다.[2]

1. 삶, 에로스와 아난케 사이에서

프로이트는 『문명 속의 불만』에서 인간이 지닌 가장 중요한 본능에 두 그리스 신들의 이름을 부여했다. '에로스(Eros)'는 리비도를 통해 생물 개체를 보존하고 이들을 큰 단위의 공동체로 한데 묶는 본능을 가리킨다. 또한 '아난케(Ananke)'는 필요성을 구실로 현실원칙을 따르도록 강제하는 힘, 즉 숙명을 뜻한다.[3] 이런 본능들은 인류 문명을 추동하고 유지하는 과정에서 일종의 문명적 초자아와 같은 역할을 한다. 그러나 이들에게서 회칠한 신들의 가면을 벗겨낸다면? 사실 이들은 신의 이름으로 신격화되

---

2) 졸라는 일찍이 거울의 이미지를 눈의 이미지와 결부시킨 바 있다. 임철규는 "'거울'에 재현된 '현실'이란 곧 이를 분석적으로 관찰한 눈의 반영물이다. 리얼리즘 작가가 관찰하는 눈은 객관적인 역사가의 눈과 닮았다"고 하였다(임철규, 『눈의 역사 눈의 미학』, 한길사, 2004, 162쪽).

3) 에로스와 아난케, 프로이트는 이 두 힘이 인류 문명을 낳고 기르는 과정에서 마치 부모와 같은 역할을 한다고 주장한다. "생명과정은 에로스가 할당하고 아난케—현실의 필요성—가 부추기는 과업의 영향 밑에서 생명과정이 경험하는 변화이다. 그 과업이란 개개의 인간을 리비도적 유대로 묶인 공동체로 통합하는 것이다."(프로이트, 『문명 속의 불만』, 김석희 옮김, 열린책들, 1997, 334쪽)

기 이전에는 잔혹한 가해자, 폭력의 집행자 들이 아니었을까?

그의 소설에는 어김없이 작중인물들과 독자를 압도하는 폭력과 재앙이 등장한다. 그리고 이러한 불가항력적인 힘의 배후에 국가, 종교와 같은 억압적인 권력기관이 있다. 군대의 행렬, 명령, 집행, 지배와 복종의 모티프는 전혜정의 소설 곳곳에서 흉물스럽게 반복된다. 권력을 등에 업은 힘센 이들이 폭력을 거침없이 행사하는 이유, 그리고 나약한 우민들이 희생양의 운명을 손쉽게 받아들여 이에 동조하는 이유는 가족과 공동체의 안녕을 위해서라는 막연한 믿음 때문이다. 눈앞에서 저질러지는 폭력에 대한 공포에 압도되지 않는 사람은 없다. 그러나 영원히 풀 수 없는 미스터리는 인간이 군집을 이루어 몰려 있을 때, 이들은 단순한 공포를 초과하여, 이교도적인 신념에 너무도 쉽게 전염된다는 사실이다.

「침묵」은 군중을 지배하는 알 수 없는 광기와 어이없을 정도로 쉽게 작동하는 합의의 메커니즘을 집요하게 보여주고 있다. 결국은 자신들마저 죽음으로 몰아넣을 것이 자명한 폭력 앞에서 침묵하고 안도하는 인간들의 모습은 "양의 가죽을 입은" 그로테스크한 반인반수의 모습으로 묘사된다.

> 방목, 자유롭게 놓아둔 가축의 무리. 그렇다. 그들은 우리를 양떼의 일부로 놓아두었다. 우리는 경계가 없는 이 고원에서 양으로서 자유로웠으며, 또 양으로서 양치기의 감시에서 벗어날 수 없었다.
>
> 자애로운 신에게 감사하라. 너희들은 이제 진정한 신의 양으로 거듭나기 위해 가축인 양들의 틈에서 남은 생을 살아가야 할 것이다…… 극심한 고통으로 가물거리는 기억 속에서 재판관은 우리에게 말했었다. 정말이지 그들은 놀라운 자들이었다. 어떻게 하면 말하지 않는 이의 굳게 닫힌 입을 열게 할 수 있는지, 자신의 육체와 영혼을 송두리째 그들의 면전에 까발리게 할 수 있는지 소위 방법과 기술을 아는 자들이었다. (「침묵」, 143쪽)

살아남기 위한, 오직 살고 싶은 욕망을 위한 습관은 양들인 우리의 삶에 유일한 버팀목이 되어갔다. 그들이 원하는 것이 굴종이든 굴욕이든 우리가 무슨 상관이란 말인가. (「침묵」, 157쪽)

「침묵」에서 우리를 압도하는 장면은 권력자들의 노리갯감이었던 한 소녀를 마녀로 지목해 불에 태워 죽이는 대목이다. 양떼의 일원처럼 소리 없이 지배자들의 명령에 복종하던 사람들은 저항할 수 없는 약자를 고문하고 살해하는 모습 앞에서 거의 집단적인 광기에 휩싸여 희생을 받아들인다. 일방적으로 집행되는 폭력에 굴종하는 것도, 잔인한 공개 처형에 가담하는 일도 모두 '집단을 위해서'라는 명목 아래 일어날 수 있는 기이한 현상들이다. 그리고 이러한 만장일치적 집단 폭력은 점차 제의적 성격을 띠면서 자연스럽게 희생양을 요청하는 관습으로 굳어지게 된다. 신화와 그 신성함의 아우라 뒤에는, 야만적이고 즉흥적인 '실제' 폭력이 있었다는 가장 단순하면서 자명한 사실은 왜 자주 외면되는 것일까? 르네 지라르와 자크 데리다가 인류 문화의 근저에서 '폭력'과 '성스러움' 그리고 '희생양'과 '독(pharmakos)'과 같은 상반된 대상들의 대리보충적 관계를 발견한 것도 바로 이러한 질문이 끊임없이 이들을 괴롭혀왔기 때문일 것이다.

인간이 서로에게 가해온 폭력과 참상을 있는 그대로 재현하려는 노력은 신화를 벌거벗기고 신화가 폭력에 부여한 긍정적인 의미를 거부하는 일이다. 전혜정의 소설은 문명의 이름으로 가해진 폭력을 순전히 인간적인 두려움을 갖고 바라보게 만든다. 그리고 신화화 과정을 겪기 이전의 원사건들, 우리 문화를 포함한 어느 공동체에서나 지금도 여전히 벌어지고 있는 사건들의 원화를 보여준다. 어린 소녀를 강간하고 폭행한 자(들), 국가의 이름으로 무고한 사람의 사지를 찢어 죽인 자(들), 군중의 열광 뒤에 숨어 아이를 도륙한 범죄자(들) 그리고 타인의 고통 앞에서 침묵하고 암묵적으로 동조한 대부분의 사람들. 우리는 소설을 읽으면서 '나 자신과 공동체의 지속을 위해, 어쩔 수 없었다'고 말하는 '그놈(들)'의 얼굴을 숱하게 참아야만 한다.

그리하여 우리는 문명의 원동력인 에로스에 타나토스의 그림자가 짙게 드리워져 있음을 역설적으로 예감하게 된다. 물론 그 둘은 대립되는 힘이다. 그러나 양화와 음화의 관계처럼 한쪽의 에로스의 추구는 상대편을 향한 폭력과 상해를 필연적으로 동반하는 것임을, 역사는 숱하게 증명해왔다. 하지만 결국 공동체를 죽음에 이르게 하는 무차별적 폭력은 문명의 결합을 해치는 요소이기에, 이는 반드시 가려져야 하고 미화되어야 한다. 이에 따라 종교를 비롯한 문명의 초자아는 폭력을 감추기 위해 숱한 승화의 기제들을 발명해왔다. 지라르는 대표적인 것 가운데 하나로서, 한 사람의 희생으로 만인의 안녕을 도모하는 관습, 즉 희생양 메커니즘을 들고 있다. 그리고 이러한 야만은 「봉인된 시간」에서, 마을의 생존을 위해 피어보지도 못한 어린 소녀를 점령군들에게 먹잇감처럼 던져주는 어른들의 악행이 증언한다.

2. 죽음, 평화로운 무차별성

어떤 신도 인간에게 죽음을 피해갈 수 있는 방책을 알려주진 못한다. 인류의 무대 위에서 파괴의 본능은 삶의 본능과 끊임없이 대립한다. 서로가 서로를 무화시킴으로써만 존재할 수 있는 두 세력은 겉보기에는 조용하게 균형을 유지하고 있는 것 같지만, 실상은 전혀 다르다. 이들은 쉼 없는 투쟁을 통해 임박한 파국을 지연하고 있으며, 이에 따라 문명의 역사는 위기의 연속으로 이루어져 있는 불안의 연대기로 점철된다. 전혜정의 소설은 문명을 송두리째 위협하는 '죽음'의 에너지에 대해 폭로하는 대목에서, 가장 매혹적인 순간을 보여준다.

「죽음의 도시」는 우리로 하여금 문명을 떠받치는 에로스의 힘이 얼마나 천박하고 덧없는 것인지 깨닫게 하기에 족하다. 도시 전역에서 굉음이 발생한 뒤 사람들은 차츰 삶의 의욕을 잃고 스스로 목숨을 끊기 시작한다. 사람들을 일시에 혼란에 빠뜨리는 그 굉음의 정체는 무엇인가? 「죽음의 도시」를 다른 종말론적 서사인 코맥 매카시의 『로드』와 비교해보자. 이 소설에서 재앙은 명백하게 외부에서 도래하지만 「죽음의 도시」를 휩쓸고 있는 재앙은 보다 내부적인 곳에서 기인한다. 최초의 원인은 물론 불가해한 '굉음'이지만 이로 인해 활성화된 어떤 것, 사람들을 이제까지 가던 길에서 일시에 방향을 틀게 만든 그것은 인간의 내면 깊숙한 곳에 자리한 억압된 본능이다. 이로 인해 문명을 지탱하던 에너지는 하루아침에 산산조각이 나고 생명의 질서는 붕괴된다. 이 가운데서 주인공 이안이 마지막까지 삶의 동력을 놓치지 않으려고 몸부림치는 것은 아직 이런 징후에 감염되지 않은 어린 아들을 지키기 위해서다. 『로드』에서 검은 재로 변해버린 세계를 최후까지 견디어가는 사람, 「죽음의 도시」에서 자신의 내면에서 꿈틀대는 죽음충동과 싸우는 사람, 이 '아버지'들은 문명적 초자아의 최후를 상징한다. 그러나 과연 이들이 마지막 에로스의 끈을 얼마나 오래 잡고 있을 것인가? 그것이 가능하긴 한가?

> 아빠, 이제 우린 어떻게 해? 아이가 이안에게 물었다. 우리도 다른 사람들처럼 죽는 거야? 그럴지도 모르지. 이안은 말했다. 하지만 아직은 아니야. 그러니 다시는 아빠 앞에서 죽는다는 얘기를 하면 안 돼. 왜? 아이가 물었다. 우리도 언젠가는 죽을 거잖아. 왜냐하면, 이안은 말을 이었다. 아직은 너랑 나는 죽지 않고 살아 있으니까. 살아 있는 사람은 살아남아야해, 알았니? (……) 아빠, 나 무서워. 무서워할 필요는 없어. 그래도 너무 무서워, 아빠도 무서워? 아이가 물었다. 그럼, 나도 무서워. 이안은 말했다. 하지만 지금은 우선 아침을 먹을 거야. 그러고 나서 다시 무서워해도 늦지 않아. (「죽음의 도시」, 63~64쪽)

마지막 장면에서도 주인공 부자는 '아직' 살아 있지만, 이 소설이 보여주는 비전은 훨씬 암울해 보인다. 죽음이 유보되었다는 사실도 위안을 주지 못한다. 등단작인 「해협의 빛」 역시 억압적인 국가의 권위와 자연의 재난으로 인해 그 안에 있는 인간들이 서서히 절멸해가는 모습을 그리고 있다는 점에서 죽음이 지배하는 서사라고 할 수 있다. 도시에서 고립된 협소한 지역에서 주둔하고 있는 일군의 병사들이 벌이는 사건들, 이는 다분히 알레고리적인 설정으로 보인다. 등장인물들은 일련번호로 호명되며 지명은 이니셜로 표현된다. 이들은 종교와 국가 이데올로기에 따라 이리저리 휩쓸리기도 하고 무질서한 방종에 넋을 빼앗겨 금기를 넘나들다가 한꺼번에 역병에 전염되어 맥없이 죽어간다. 폐쇄적인 시공간에 갇힌 몰개성한 인물들의 모습은, 결국 모든 갈망과 미혹에도 불구하고 종내는 죽음에 희생되고 말 인류 공동의 운명을 대표한다고 할 수 있을 것이다.

그러나 아무래도 전혜정이 그리는 죽음은 두렵기만 한 것, 거부하고 싶은 대상으로만 여겨지지 않는다는 데에 기묘한 역설이 있다. 그의 소설에서 죽음은 한편으로는 비밀스럽게 선망되는 것, 끔찍하지만 거부할 수 없는 매혹적인 대상으로 설정되어 있지 않은가? 이는 프로이트가 그의 정신분석학에서 소멸로 이끄는 죽음충동이라고 말했던 것, 바타유가 바닥없는 소비라고 했던 것과 친연 관계를 보여준다.

작가는 「노예들의 땅에서」의 마지막 부분에서 중편이 허락하는 얼마간의 '낭비'를 마음껏 누리려고 마음먹은 것 같다. 왕에게 살해당한 왕비와 정부의 시신이 골짜기에서 천천히 부패하는 장면이 그것이다. 적어도 수일 이상 걸려 진행되었을 시신의 와해 과정을, 작가는 무려 다섯 페이지에 걸쳐서 세밀하게 묘사한다. 마치 해부학자의 열정을 연상케 할 정도로, 그는 보이지 않는 시신의 미세한 뼛조각에서 국부의 살점 하나까지 놓치지 않으려고 끈덕지게 매달린다. 죽음이 녹여가는 육신을 구석구석 짚어가는 그의 시선은 성육신(incarnation)의 신비를 해체하려는 사악한 악마의 그것을 닮았다. 이 대목에서 바타유의 다음과 같은 경구를 떠올리지 않을 수 없다. "육체는 사물이다. 따라서 사악하다."

팔다리가 부러져 뾰족한 정 같은 허연 뼛조각이 군데군데 튀어나와 있는 너덜너덜한 살과 근육은 모여든 대부분 독수리들의 집중적인 포식으로 정강이뼈와 팔꿈치가 드러났고, 곧 앙상한 껍데기밖에 남지 않았다. 살이 오른 엉덩이와 허벅지를 모조리 쪼아먹자, 독수리떼에게는 마지막 성찬이 기다리고 있었다. 서너 마리의 독수리들이 날선 발톱으로 사체들의 척추에서 분리된 뒤틀린 엉덩뼈를 집어들자, 그때까지 뼈들의 더미 속에 얼굴을 묻고 있던 국부의 부드럽고 축축한 살들이 대식가들을 향해 숨김없이 드러났다.(……) 여자의 따뜻한 음부 속에 파고들어 한낮의 휴식을 취하고 있었던 노래기마저 대음순의 살점과 함께 한 독수리의 부리 속으로 들어갔다. (「노예들의 땅에서」, 273~274쪽)

분명 고통스러운 장면인데도, 오히려 음란하다는 느낌을 주는 것은 무엇 때문인가. 작가는 다른 곳에서도 여러 번, 죽음에 이르는 끔찍한 장면을 기이하리만큼 집요하게, 정밀하게 기술하고 있다. 이는 독자로 하여금 생명의 연속성을 가능하게 하는 에로스가 죽음으로 향하는 충동과 은밀히 통한다는 의심을 갖도록 부추긴다. 「노예들의 땅에서」에서 유독 독자의 마음을 끄는 또하나의 장면은 노예 청년과 왕비 와스디가 목전에 다가온 자신들의 몰락을 예감하고 진한 정사를 벌이는 대목이다. 그리고 특히 기이하게 여겨지는 것은, 앞서 설명한 죽음의 장면과 마찬가지로, 정사 장면이 엇비슷한 비중으로, 비상한 공력을 들여 묘사된다는 점이다. 연대기적 순서와는 별개로, 극한의 쾌락과 극한의 고통은 매 순간 모두 현재형으로 존재한다. 그리고 한없는 쾌락과 기쁨, 한없는 고통과 슬픔은 서로가 서로의 밀실로 들어가기 위한 열쇠가 된다. 작가는 모든 모순을 넘어서서, 상대방이 서로를 와해시키고 난 이후의 세계, 즉 순수한 무(無)를 향하는 욕망을 은연중에 드러낸다. 그것은 금지할수록 위반하고 싶은 것, 단단히 입구를 닫아걸수록 깨뜨리고 싶은 것, 혐오와 욕망을 동시에 상징하는 금기를 향한 관심이다.

> "D……로 가게." 침묵을 깨며 10번은 간결하게 말했다. "지금 제정신인가? 그곳은 지옥이야." 나는 이성을 잃고 소리쳤다. (……) "그래, 자네 역시 진정한 지옥에 아직 한 번도 발을 들여놓은 적이 없지 않나? 무슨 근거로 D……를 지옥이라고 단정하는 건가?" (……)
>
> "아!" 나는 외마디소리를 내지르며 바위 위에 털썩 주저앉았다. 그 소리는 내가 D……에 속하는 최초의 외침과도 같았다. (「해협의 빛」, 98~99쪽)

「해협의 빛」에서 마지막 생존자는 입에 차마 담기에도 어려운 금기의 땅 D……를 향해 떠나기로 결심한다. 이 소설은 한 세계의 전체성을 구성하는 것을 완전히 고문하고 파괴한 끝에 그 속에 살아 있는 개인이 전혀 다른 세계의 가능성을 향해 눈을 돌리게 되기까지의 과정을 추적한, 실험적 보고서라고도 읽을 수 있다. 여기서 언급되는 미지의 땅 'D……'가 상징하는 것은 과연 무엇인가? (이 지명은 이 소설에서뿐만 아니라 「노예들의 땅에서」에도 등장한다.) 이러한 궁금증은 소설을 읽는 내내 우리의 머릿속을 떠나지 않고 호기심을 불러일으킨다. 혹자는 이 불완전한 명칭을 통해 죽음(Death), 저주(Damn), 악(Devil) 같은 단어들을 연상할 법하다. 하나같이 금기시되어온 불온한 이름들.

프로이트의 말을 한 번만 더 인용해보기로 한다. 그는 「쾌락원칙을 넘어서」라는 논문에서 모든 생명체의 첫번째 본능이 삶에서 야기된 긴장을 없애고 무생물 상태로 돌아가려는 본능이라고 했다. 숨쉴 새 없이 습격해오는 에로스와 아난케의 억압으로부터 달아나서 무기물의 평온한 상태로 돌아가고자 하는 욕망이야말로 삶의 투쟁에 지친 모든 개체들이 진정 선망하는 것일지도 모른다. 아름다우면서도 끔찍한 이야기, 「노예들의 땅에서」에서, 골짜기에 버려진 두 사람의 시신이 천천히 육탈되는 장면이 차라리 평온하다 못해 목가적이라고 느끼는 사람은 비단 나 하나뿐일까? 와해와 망각이 주는 쾌감은, 문명의 시각으로 볼 때 금기시되어야 마땅한 것이리라. 그리고 저들은 이러한 감각을 가리켜 '악마적'이라는 평판을 덧씌운다. 그러나 때로 그 '악마'는 에로스와 아난케로 인해 발생한 힘의 불균형을 허물고, 범람하는 절망과 흐느낌을 잠재우기 위해 찾아온다. 만연한 폭력은 이를 일시에 덮어버리는 더 큰 파괴적인 힘, 신적 폭력에 의해 무화되고, 이로 인해 역설적으로 평화가 찾아온다. 문명의 피로 속에 잠긴 피조물들에게 죽음이 가져다주는 평화는 본질적으로 평등하게 머문다.

3. 재생, 독서의 시련을 넘어

이처럼 삶과 죽음, 선과 악에 관련된 비밀을 누설하는 텍스트는 독자를 근원으로부터 걸려 넘어지게 만든다. 그러나 한편으로는 이러한 어지럼증이야말로 금기를 깨는 텍스트가 주는 축복일지도 모른다. 서슴없이 광기와 외설, 하드고어와 하드코어, 신비주의와 극사실주의를 넘나드는 서사를 따라가기엔, 일상의 관습에 젖어 살아온 독자들은 힘이 부칠 수밖에 없다. 그리고 경악한다. 바타유의 다음과 같은 언급은 왜 그토록 많은 서사가 관습으로부터 도망쳐 금지된 영역으로 나아가려 하는지 설명하는 데 도움이 된다. "폭력이 존재를 향해 자신의 그림자를 던지고 죽음을 '정면으로' 직시하는 한, 생은 순수하게 자비로운 것이다. 그 어떤 것도 그것을 파괴할 수 없다. 죽음은 재생의 조건이다."[4] 아마도 「해협의 빛」의 마지막 부분에서 작가가 살아남은 병사의 눈을 통해 보여주려고 했던 것도

---

4) Georges Bataille, *Literature and Evil*, tans. by Alastair hamilton, New York: Urizen Books, 1973, p.15.

이러한 역설일 것이다.

그러나 「해협의 빛」을 제외한다면, 전혜정 소설들의 서사 구조가 이러한 신화의 원형적 패턴을 따르고 있다고 보긴 어렵다.[5] 이를테면 「봉인된 시간」에서 큰 사건의 줄기를 이루는 소녀 마라의 처참한 희생은 어떤 대가나 화해의 기미도 약속하지 못한 채 더 나빠지리라는 예감으로 이어질 뿐이다. 이는 다른 소설에서도 마찬가지다. 처참한 희생을 요구하는 상황이 벌어지고, 작가는 거의 가학적인 열정을 가지고 이 광경을 세세하게 기록하고 있지만, 이들이 흘린 피의 대가로 사회가 더 나아지리라는 전망은 전혀 보여주지 않는다. 그러나 우리, 책을 덮고 자신에게 부과된 삶을 계속 살아가야 하는 독자들은 위안을 원한다. 이들은 굶주린 군중처럼 죽은 것들의 회생을 기약하는 전망 단 한 줌이라도, 아니 그 희미한 기미라도 보여달라고 요구한다. 이에 어떤 작가들은 이들에게 자신이 서명한 책을 통째로 던져준다. 피와 오물, 도착된 성과 남용된 폭력으로 적셔진 더럽고도 고운 책을. 다시 말해, 그 자신의 존재가 금기에 대한 위반이 되고자 하는 책들은 그 자체로 희생제의를 연행(演行)하는 것이 아닌가? 우리가 문명이라고 여겼던 것들을 범하고 만연한 야수성을 백일하에 드러내며 신성함과 이에 맞먹는 휴머니즘으로 장식되어 있는 허울을 남김없이 조각내버리는 사악한 책은 우리를 이성의 한계 바깥으로 몰아낸다. 그리고 마침내 이를 대면시킴으로써 가까스로 극복하게 만든다.

자신의 텍스트를 도구 삼아 금기를 뒤엎는 악의 형상을 생생하게 재현

---

5) 노스럽 프라이의 분류에 의하면, 전혜정의 소설에 구축된 시공간은 악마적 이미지가 지배하는 신화의 하위 모방 영역, 즉 경험의 아날로지가 지배하는 세계에 속하는 것으로 보인다. 이는 "악몽과 산 제물의 세계, 속박과 고통과 혼란의 세계, 인간의 상상력이 아직 그 세계에 대해서 작용을 하지 않고 인간에게 바람직한 이미지가 아직 확고하게 확립되어 있지 않은 도착되고 황폐한 세계, 폐허와 무덤의 세계, 고문 도구와 바보 천치들이 우글거리는 세계"로 묘사된 악마적 이미지의 원형이 보다 인간 상황에 가깝게, 사실적인 양식으로 변형된 것이다. (노스럽 프라이, 『비평의 해부』, 임철규 옮김, 한길사, 2000, 290쪽, 305~312쪽 참조)

하려 했던 작가들은 고대의 희생제의를 집행한 사제의 역할을 연기하고 있다고 할 수 있다. 바타유는 그의 저서에서 이러한 작가들의 이름을 차례로 거론한다. 보들레르, 사드, 에밀리 디킨슨…… 죽음, 섹스, 살인, 수간, 약물로 얼룩진 소설들은 문명의 억압이 계속되는 한 여전히 그 계보를 이어갈 것임에 틀림없다. 전혜정의 소설은 인간이 어떻게든 기피하고자 하는 이러한 무질서와 분열과 퇴폐를 끊임없이 우리에게 환기시킴으로써 우리가 문화 또는 문명이라고 불러온 절망적인 상태에 사형선고를 내린다. 그리고 아마도 이러한 작품들은 우리의 상황(소설 속에 설정되어 있는 가상적인 세계의 상황이 아니라, '책'이 위치해 있는, 그리고 그 책을 건네받은 독자들 자신이 처해 있는 상태)을 할 수 있는 데까지 부정하고 재생으로 향하는 순환의 사이클에 밀어넣기 위해 더 큰 시련을 부과하는 일을 멈추지 않을 것이다. 얼마나 오래, 얼마나 심각하게, 이런 고문은 계속될 것인가? 그의 소설 「침묵」에 등장하는 양가죽을 쓴 인간들은 대체 언제 침묵하기를 그치고 다시 사람의 꼴로 돌아올 것인가? 아마도 그 양들은 직접 자신이 제물이 되어 죽임을 당하기 전까지는 여전히 네발로 기면서 진흙을 먹고 있을 것이다. 무고한 소녀가 불속에 던져져서 "짐승만도 못한 그저 하나의 살덩어리"로 변한 것을 보면서도 소녀의 몸을 다시 불길 속으로 떠미는 것들의 세상. 이 피조물들을 고함치게 만들 더 더럽고도 고운 자극을 찾을 수 있을 것인가? 이 책은 잠자코 경계 바깥에 있는 것, "D……", 신성함의 장막 아래 있는 것을 상상하게 만든다. 우리는 그를 금하고, 또 욕망할 것이다.

(전혜정 소설집 『해협의 빛』 해설)

시련 없이 가질 수 있는 집은 없다
— 이신조 장편소설 『우선권은 밤에게』

당신은 자신의 '집'을 갖고 있습니까?

한 존재가 세계 속에서 자신의 집을 갖는다는 것, 그것은 '생명'을 선물 받는다는 말과 동일한 뜻을 갖는다. 크게는 개체가 머무는 장소, 비바람을 막아주는 거처, 작게는 의식이 깃드는 몸, 이 모든 것이 생명체가 살아갈 수 있게 하는 조건이 된다. 저 벽과 지붕은 세계와 나 사이에 경계를 만들고 적절한 거리를 둚으로써 '자아'에 대한 의식을 유지시켜주는 역할을 한다. 그리고 열린 문과 창문들은 우리로 하여금 세계를 향해 적절한 방식으로 자신을 개방할 수 있게 해준다. 그러므로 "어떻게 우리가 우리의 삶의 공간에서 삶의 모든 모순적인 양상과 조화를 이루며 살고 있는가, 어떻게 우리가 하루하루 우리 자신을 '세계의 한구석'에 뿌리박고 있는가"[1]라는 물음에 우선 답할 필요가 있다. 먼저 내밀한 장 안으로 들어가 자신을 존재의 삶 안에 초대한 이의 의지를 수락한다는 것, 이는 우리에게 휴식과 잠을 가져다준다. 잠을 맛본 이만이 순순히 세계를 수용하여

1) 가스통 바슐라르, 『공간의 시학』, 곽광수 옮김, 민음사, 1990, 115쪽

자신의 내면에 품을 수 있다. 그리고 세계와 나 사이를 조율해주는 장소를 찾아 집을 짓는다. 우선 밤이 필요하다.

이신조의 소설, 『우선권은 밤에게』(작가정신, 2012)에서 시간은 대개의 일상처럼 아침, 낮, 밤의 순서로 흐르지 않는다. 그의 세계에서는 밤이 먼저다. 그뒤를 따라 아침이 가까스로 도착한다. 이러한 순서는 한 영혼의 탄생과 깨어남을 다루는 이야기에 적절한 플롯을 제공한다. 이신조는 새로운 소설에서 이전에도 자주 다루었던 테마인 '성장'과 '도시에서의 삶'에 초점을 맞추고 있다. 성장의 플롯은 상실한 대상에 대한 애도와 이를 통한 치유의 이야기와 함께 맞물리면서 차츰 존재의 역운(歷運)을 밝혀주는 신화의 자리로 옮겨간다. 그리고 독자는 이 소설에서 힘겨운 생존의 고투를 넉넉한 긍정으로 감싸안는 시선에서 작가의 체온을 느낀다. 살아 있으므로 따스한.

어떻게든 '성장'이 가능한 세계는, 어떤 형태로든 한 생명이 자리를 잡고 살아갈 수 있도록 도움을 제공해준다. 이런 도움마저 제공할 수 없는 지경이 되면, 우리가 거주하는 세계는 진짜 비참한 지경으로 변해버릴지 모른다. 만일 우리 세계가 아직 초월적인 대상에 대한 희망의 맥을 놓지 않고 있고, 모순을 화해시킬 수 있는 역량이 남아 있다면 생명을 거둘 수 있는 것이 아닐까? 『우선권은 밤에게』는 당연한 것처럼 여겨지지만 아무나 이뤄낼 수 없는 그러한 꿈이 조금씩 현실태로 나타나는 과정을 인내심 있게 쫓아간다. 그리고 소설의 주인공에게는 이러한 과정이 '화해'로 나아가는 전 단계를 의미한다.

이 소설의 특징은 이러한 성장 과정이 의미 있는 '장소'와의 만남과 밀접하게 결부되어 있다는 점이다. 작가는 한 단계씩 이 순서를 밟아가면서 세계의 일원인 우리에게 반복해서 이러한 질문을 던진다. 당신은 자신의 '집'을 갖고 있습니까? 이는 집 없는 존재(homeless being)들에게는 힘겨운 질문이다. 이 소설을 읽다보면 독자는 어느 순간 이 질문이 점차 무장소성(placeless)의 황무지로 변해가고 있는 세계에 대한 묵직한 심문으로 변해간다는 사실을 느끼게 된다. 이 질문에 대한 답을 찾다보면 우리는 자신도 부모 잃은 고아, 자기 집으로부터 내처진 난민, 회복되지 못한 병자임을 깨닫게 된다. 세계와 우리는, 이러한 궁벽한 시절을 어떻게 극복해낼 것인가. 우리는 예전에 이 답을 알고 있었는지 모른다. 『우선권은 밤에게』는 거의 잊힌 해묵은 지혜를 더듬게 만든다.

#1. 저기서, 그는 아프고 외롭다

한 번도 어딘가에 뿌리내려본 적이 없는 사람에게는 노스탤지어도 없다. 그래서 자신이 어디가 아픈지, 무엇을 원하는지도 알지 못한다. 그러나 독자는 차츰 주인공이 보여주는 '무감(無感)'이야말로 그의 아픔의 원인이자 징후라는 것을 깨닫게 된다. 그러나 기실 애매한 연고만을 믿고 지방에서 올라와 대도시의 한복판에 던져진 고아 소녀가 취할 수 있는 선택지가 그리 많을 리는 없다. 긴 겨울의 끝에 따스한 봄이 생각보다 얼른 찾아오지 않듯, 낯선 땅에 던져진 존재의 수용기관은 견뎌낼 만할 때 기다리면 서서히 열릴 것이다. 하지만 막연한 기대만을 갖고 기다리기에는 희망의 기미는 너무도 옅고, 그를 둘러싸고 있는 현실의 무게는 지나치게 버겁다. 그가 겨울 한때를 가까스로 견디게 해주었던 두툼한 겨울 외투와 장화를 좀처럼 벗으려고 하지 않는 것도 같은 연유 때문일 것이다. 그러나 어린 순처럼 젊은 그에게 어울리지 않는 둔중한 복장만큼이나, 자신의 일상을 무심히 흘려보내는 듯한 낮은 어조도 시선도 좀처럼 익숙해지기 어려운 것이다. 아직 자신이 머물러 있다는 실감을 주지 않는 이 대도시에서, 그는 아프고 외로운 것이다. 층층이 더께 앉은 무감각으로 가리고 있어서 그 자신조차 알아차리지 못하는 것일 뿐.

어린 나이에 자신을 낳은 어머니, 존재조차 불분명한 아버지, 부모의 보살핌을 받지 못하고 조부와 조모 밑에서 자라야 했던 어린 시절……

드러내지 않아도 그가 아플 것이라고 짐작하는 이유는 이 말고도 더 많다. 뿌리 뽑힌 꽃나무의 이력이 이러할까. 한 사람의 '이름'이란, 외할아버지의 호적에서 계부의 호적으로, 그리고 어머니의 죽음으로 인해 다시 외가의 호적으로 이리저리 옮길 만큼 가벼운 것일 리 없다. 그나마 젊은 몸이기에, 이런저런 직장으로, 그리고 지방에서 도시로 왕복운동했던 여정을 견뎌냈을지 모른다. 그러나 그는 그 과정에서 자신이 호되게 겪었을 몸살에 대해 말하지 않고, 그저 자신이 어떻게 지금의 자리에 도달하게 됐는지, 그 경위를 담담하고 무심한 어조로 짚어나간다. 아마도 그가 말로 풀어내지 못한 사연이 더 있지 않을까? '전(前) 계부'라는 기묘한 인연 하나에 가느다란 뿌리 한 가닥을 내리고 아직 '소녀'에 불과한 어린 여자가 서울이라는 대도시에서 홀로 살아가는 고역에 비길 수 있는 것은 많지 않다. 그리고 이러한 그의 아픔은 주변 상황을 대하는 그의 기분과 느낌에 고스란히 반영되어 있다.

> 나는 밤의 시간 안에 있다. 이삿짐 박스처럼 가득 채우는 시간, 영수증처럼 무심히 구겨지는 시간, 빈 시소처럼 갑자기 기울어지는 시간, 낮 동안 흐른 시간을 잼처럼 저어 묵처럼 굳히는 시간, 밤의 시간. (……)
> 누군가 나를 본다면, 나는 그저 하나의 검은 덩어리로 보일 것이다. 나는 그저 하나의 검은 덩어리로 보이는 커다란 검은 외투를 입고, 그 외투에 달린 커다란 검은 모자를 덮어 쓰고 밤의 거리를 걷는다. (43~45쪽)

그가 자신의 몸을 "그저 하나의 검은 덩어리"라고 묘사하는 대목은, 위에 인용한 구절이 전부가 아니다. 심지어 그는 자신이 짧은 사랑을 느꼈던 남학생의 모습을 그릴 때조차 같은 표현을 사용한다. "그의 손에는 맥주캔이 들려 있었고, 녹색조끼를 입지 않은 그는 과연 그저 하나의 검은 덩어리일 뿐이었다."(166~167쪽) 이 "검은 덩어리"라는 표현은 너무도 우울하고 또 암담하여, 이쯤하여 잠깐 멈추어 거듭 되새기지 않고서는, 넘어갈 수 없을 것만 같다. 그는 자신이 잘 갖추어진 형태를 지닌 인간이 아니라, 아직 한 덩어리의 배(胚)처럼 미분화된 상태에 있다는 사실을 숨기지 않는다. 그리고 그건 그가 순간적으로 애착을 느꼈지만, 불안정한 상태로 떠나보낸 남학생의 상황도 다르지 않을 것이다. 어쩌면 그는 압도적으로 자신을 억눌러오는 세계와 자신 간에 경계선을 만들지 못한 상태에서, 바깥의 어둠에 그대로 동화되어 있다는 느낌을 준다. 이러한 상황은 자신이 놓여 있는 '장소'를 통제하지 못하는 상황으로 상징된다.

한편, 주인공은 자신이 갖고 있는 놀라운 재능을 통해 독자를 예상치 못했던 신비로운 감각의 세계로 끌고 들어간다. 그것은 그가 타고난 '장소-감각'을 갖고 있다는 사실이다. 그는 '전 계부'가 인정했던 것처럼 부동산 중개업에 남다른 '소질'을 보이면서 다채로운 도시의 뒷골목방 구석구석을 차례차례 순례해간다. 그의 감각에 한데 실려 따라가다보면 독자는 작중인물들이 거쳐가거나 머무는 장소들이 그들의 심리 상태나 삶의 역정을 기이하게 반영하고 있다는 사실을 깨닫게 된다. '나'의 일터인 사무실의 풍경이 그렇게 어둡고 탁한 분위기에 휩싸여 있는 것도 이런 이유 때문일 것이다. 마치 이런저런 집기들이 각자의 자리를 차지하고 있는 가운데, '내'가 끼어든 것 같은 인상을 주는 것은 그가 한 번도 자신의 삶의 풍경에서 주인공이 되어본 적이 없기 때문이다. 그가 걸어다니는 서울의 거리 풍경이 그렇게 암울한 것도 애착을 둘 구석을 갖지 못한 한 소녀의 공허한 영혼을 그대로 투사한 것이리라. 자신이 무엇 때문에 이렇게 밤이면 거리를 헤매고 다니는지, 값싼 음식물과 형편없는 외투로 자신의 몸을 홀대하는지, 이해하지 못한 채 조급하게 늙어가려는 소녀가 저기에서 걸어나온다.

#2. 거기서, 그는 더 아프지만 덜 외롭다

'내'가 처해 있는 그 막막한 상태는 어쩌면 죽은 엄마에 대한 상실을 제대로 슬퍼하지 못한 데서 비롯되는 것이 아닐까. 비록 자신을 제대로 양육하지는 못했으나 자신에게 새 가족과 아파트에서의 단란한 삶을 기대하게 했던 엄마가 죽고 난 후, 과연 그가 제대로 아파한 적이 있었던가? 이에 대한 답은 소설의 후반부에서 주어진다. 그가 자신의 감각을 온전히 되찾고 성장의 한 단계로 올라선 순간, 그가 극복해야 했던 것은 엄마의 죽음으로 인한 상실감을 온몸과 마음으로 받아들이는 일이었다. 그러나 그 단계에 마침내 이르기 전에, 그에게 요구되는 것은 자신을 겹겹이 에워싸고 있는 우울증과 힘겹게 싸워 이겨내는 일이다.

고인을 애도하지 못한 우울증 환자의 증상 가운데 하나가, 고인을 자신의 내부에 밀어넣어 동일시하는 일이다. 그에 따르면 '내'가 자신의 몸을 소중히 여기지 않고, 번번이 나이에 걸맞지 않게 "늙은 여배우 흉내"를 내는 것도 우울증의 징후에 속하는 것으로 보인다. "나는 계부가 내 얼굴에서 엄마를 찾고 있다는 것을 깨달았다. 나는 엄마와 거의 닮지 않았다. 그런 만큼 더 애써 찾고 있었다." 자신의 모습에서, 사랑했던 여성인 엄마의 흔적을 찾아내려고 애쓰는 사람은 '전 계부'뿐이 아닐 것이다. 아마도 의식하지는 못할지언정, 그 자신도 자신 안에서 죽은 엄마의 모습을 꾸준히 찾으며, 엄마의 삶을 되풀이하는 방향으로 스스로를 밀어 붙였던 것이 아닐까. 그래 왔다는 것, 엄마의 삶을 대신해서 살려고 했다는 것을 인정할 때 진정한 애도는 시작될 것이다. 진정한 애도, 어쩌면 그것은 자신의 수용기관을 활짝 열어 결핍과 상실로 가득한 현실을 겸허하게 받아들이는 일일지도 모르겠다. 한 인간으로 성숙하기 위해서 결코 피할 수 없는 순간, 이에 대한 예감은 불안과 함께 기묘한 설렘을 준다. 그가 어린 시절 살았던 동네의 골목에 서 있던 자목련 나무를 회상하는 장면이 그러하다. 그는 꽃을 피우기 위해 그렇게 심한 몸살을 앓곤 했던 자목련의 모습에서 무엇을 보는가.

봄날의 얼마 동안, 마치 나무가 심한 병을 앓는 것처럼 보였다. 펄펄 열이 끓어오르고 괴롭게 뒤척이고 혼잣말을 횡설수설 중얼거리는 것 같았다. 붉은 꽃송이가 불쑥불쑥 돋아나 무거워 보일 정도로 빽빽하게 나뭇가지를 감쌌다. 이내 알전구가 깨지듯 펑펑 꽃이 피었다. 꽃을 피우느라 힘겨워 보이는 나무를 바라보는 일이 힘겹게 느껴졌다. 목련은 예쁘고 환하고 아름다웠지만, 뜨겁고 어지럽고 무서웠다. 그리고 얼마 후면 골목길 바닥은 잔인한 전쟁터처럼 변했다. 검붉게 시들어 짓이겨진 목련꽃잎들이 온통 핏자국처럼 바닥을 뒤덮었다. 그게 또 그렇게 힘겨워 보일 수 없었다. (……) 봄이면 피할 수 없는 한바탕 요란한 사건, 마음을 졸이며 담장 너머 자목련을 올려다보던 기억. 그러나 힘겹고 버겁다 생각하면서도, 꽃이 피고 지는 시간이 차라리 빨리 지나갔으면 바라면서도, 나는 그 압도적인 봄의 사건을 내심 기다렸던 것 같다. (104쪽)

이러한 설렘은 그가 다양한 사람들을 만나 새로운 경험을 하게 되면서 점차 현실 속에 구체화되기 시작한다. 자취방을 찾기 위해 자신의 사무실을 방문한 대학생, 그리고 역시 집을 구하기 위해 찾아온 쌍둥이 여사님들과의 만남으로 인해, 그의 단조롭기만 한 일상은 서서히 변화를 겪기 시작한다.

왜 어떤 딸은 엄마의 나쁜 삶을 되풀이하는 실수를 저지르는 것일까. 그가 자신에게 별 관심도 없는 남자를 향해 품은 어이없는 연정 때문에, 함부로 몸을 주고, 이른 나이에 상처를 경험하는 것은 역시 미혼모의 몸으로 자신을 낳고 방임한 엄마에게 나름대로 복수하는 방식인지도 모르겠다. 그에 비해 두 여사와의 만남은 그에게 치유와 위안을 주는 좋은 인연이라고 할 수 있다. "사람은 잘 먹지 않고 잘 입지 않고 잘 자지 않아도 살 수 있지만, 잘살 수는 없어요."(159쪽) 가장 아프고 가장 힘겨울 때 선물처럼 나타난 쌍둥이 여사는 주인공에게 색과 향, 그리고 다채로운 형상으로 이루어진 감각의 세계를 접하게 함으로써 스스로 "검은 덩어리"에 지나지 않는다고 느끼는 '나'를 깨우고 성장으로 이끄는 데 결정적인 역할을 한다.

고대 로마인들은 모든 장소에 '지니어스 로사이(genius loci)' 즉 땅의 정령이 있다고 생각했다고 한다. 지니어스 로사이란 각자의 토지가 갖고 있는 고유의 분위기로, 역사를 배경으로 각자의 장소가 갖고 있는 양상이라고 한다. 소설을 읽다보면, 쌍둥이 여사들의 존재는 바로 이 지니어스 로사이가 현현한 인물들이 아닐까, 하는 생각이 불현듯 들기도 한다. 어느 날 덜컥 찾아와 주인공이 평소에 애착을 두고 있던 '장독대 집'에 세를 드는 자매들, 그리고 그들이 집 구석에 만들어놓은 신비스러운 치유의 장소 '나이트룸'은 이야기 전체에 색다른 신비스런 분위기를 조성한다. 신화 속의 등장인물들은 곧잘 정령들의 인도에 따라 세계와의 일체감을 회복하곤 하지 않던가. 심리학의 용어를 빌리면 이러한 존재는 우리의 무의식에 잠재되어 있는 원형 가운데 하나인 '아니마'를 체현한 인물들이라고 할 수 있을 것이다. 그리고 두 노부인과의 만남은 '나'에게 결핍되어 있는 모성을 대체하는 자비로운 인연임은 말할 나위도 없다. 이런저런 만남에 이끌려, '나'는 걸어 잠근 빗장을 풀고 미숙한 상태의 자아로부터 조금씩 풀려나오기 시작한다.

여름과 겨울, 방학 때면 나는 할머니가 있는 T읍의 미니슈퍼로 돌아갔어요. 내내 할머니와 지내다 개학이 다 되어서야 서울로 돌아왔죠. 열세 살의 여름방학. 나를 할머니에게 데려다주고 엄마와 계부는 휴가를 떠났어요. 일주일이 흐른 뒤, 계부에게 다급한 연락이 왔어요. 엄마가 병원 중환자실에 있다는 소식이었어요. 엄마는 사흘 뒤에 사망했어요. 병명은 급성 패혈증. (……) 계부와 나와 할머니는 그렇게 엄마를 잃었어요. 태어나지 않은 아기도 잃었어요. 얼마 뒤 나는 다시 양 씨에서 권 씨가 되었어요. 나는 가끔 그때의 내 이름을 중얼거려보곤 해요. 오래전의 일이에요. 나는 이제 온밤 내내 잘 수 있어요. 밤이 되었으니 그럴 수 있어요. 아주 오래전의 그때처럼요. (161~162쪽)

그러나 짐작하듯, 한 사람이 조금씩 개성을 갖추고 자신을 실현한다는 것은 고통이 따르는 일이다. 자신을 둘러싸고 있는 두터운 보호막들을 모두 걷어내고 홀로 세계와 맞서지 않으면 아무런 꽃도, 잎도, 열매도 얻을 수 없다는 것은, 꽃나무들에게만 해당되는 사정이 아닐 것이다. 세상에 뿌리를 내리고 살아가는 생명체라면 모두 감내해야 할 그 시련을 가리켜 혹자는 '그림자'라고 부르고, 혹자는 '통과의례'라고 불러왔다. 이러한 원형은 이 소설에서 이야기 전체를 관통하는 "밤" 또는 "어둠"의 메타포와 조응하고 있다. 바로 거기, 한낮에도 밤이 지배하는 '나이트룸'에서, '나'는 마치 자궁 속의 태아로 회귀한 것처럼, 순수한 어둠과 조우하게 된다. 그 어둠과 하나가 되었다고 느끼는 순간, 그가 혹독한 시련을 자신의 삶과 인격의 일부로 수락하는 사건이 일어난다. 그것은 일종의 유사-죽음과 비슷한 체험이라고도 할 수 있다.

#3. 여기서, 아프지 않은 것은 아니다, 외롭지 않은 것도 아니다

부슬부슬 분무기를 뿜어대는 것처럼 비가 내리고 있다. 해가 뜬 걸까, 어둑어둑 흐린 하늘 탓에 정확히 알 수가 없다. 밤이 완전히 지난 걸까, 이제 밤이 아니라면 이렇게 이른 시간에 나이트룸에 가도 되는 걸까. 나는 장독대 집 앞 골목을 몇 번이나 왕복하며 날이 더 밝기를 기다린다. 구겨지고 뜯겨진, 딱 알맞은 옷들이 비에 젖는다. 나는 춥고 뜨겁고 아프고 무섭다. (170쪽)

짝사랑했던 남학생과 하룻밤을 보낸 다음날, '나'는 공교롭게도 가장 위안과 휴식이 필요한 시기에 '나이트룸'이 사라진 것을 발견한다. 어쩌면 '나이트룸'은 그의 아픔을 달래주기 위해서가 아니라, 오히려 그가 알지 못했던 아픔을 던져주기 위해 왔던 것인지도 모른다. 그리고 자기 자신이 된다는 것, 어른이 된다는 것은 아픔을 더이상 느끼지 않는다는 의미가 아니라 오히려 더 민감하게 주위의 세계와 사람들에게 연루된다는 것을 뜻한다. 그러나 이제 상처를 숨기고 살았던 '나'는 그 아픔을 납득할 줄 아는 어른으로 성장한다. 더 세밀하게 분화된 감각을 이용해 더 많은 장소와 사람들을 연결시켜주는 것이 자신의 일임을 확실히 알았기에. "나는 집의 소리를 듣고 냄새를 맡고 맛을 본다. Y동 구석구석 수많은 집을 방문한다. 그리고 유유상종, 그 집에 어울리는 사람을 찾는다."(181쪽) 이 소설이 우리에게 전해주고자 하는 것은 치유의 전언일까. 아마도 그럴 것이다. 일 년 전에 비해 주인공은 도시에 어느 정도 적응한 것 같고 적어도 한동안은, 허브 화분과 자목련 나무가 자라고 있는 새집을 떠날 생각이 없어 보인다.

그러나 이신조는 조급한 낙관의 기미보다 우리 곁에 확실하게 머물러 있는 아픔과 고독의 시간들에 주목했던 작가가 아니었던가. 우리는 삭막하기 그지없는 대도시 안에서 겨우 입사(入社)의 고비를 넘긴 작중인물들이 어떻게 자신의 '집'을 찾아서 이를 지켜낼 수 있을지 알지 못한다. 어른들의 도시는 이들의 시간을 도무지 참아주지 못하고 몇 년, 심지어 몇 개월 단위로 이들의 일상을 점검하고, 또 갱신하려들 것임이 분명하다. 물론 이 소설에서 이야기하는 '집'은 벽과 지붕으로 둘러싸여 있는 물리적 거처이기 이전에 내면화된 장소에 더 가까울 것이다. 부동산, 즉 재화로서의 '집'에 대한 관심은 걷잡을 수 없이 높지만, 진정한 '집'은 한 인간 안에 내면화된 무형의 가치에서 출발하는 것이 아닌가? 죽어 다시 태어나는 시련 없이는 소유할 수 없는 장소, 그것은 면적이나 입지로 가격을 매기거나 양도할 수 있는 것이 아니다. 그 비밀을 아는 자만이 세계의 구석에 자리잡을 수 있다. 그리고 철학자들은 그러한 구석을 갖지 못한 이들은 살아 있으나 존재하지 않는 것과 마찬가지라고 말한다. "있는 모든 것은 반드시 어떤 장소(topos) 안에 있으며 어떤 공간(chora)을 점유하는 게 필연적이지만, 땅에도 하늘 어디엔가도 없는 것은 아무것도 아니라고 우리는 말합니다."[2)]

과연 아스팔트와 유리로 덮여 있는 대도시에서도 생명체가 홀로 뿌리를 내리고 생존할 수 있는가? 작가는 우리에게 이런 질문을 던진다. 이들은 어떻게 자리잡고 적응해가는가, 도대체 이렇게 황폐한 땅에서도 신화와 꿈이 존재하고, 생명체를 어떻게든 살아가도록 이끌어주는 존재인 정령이 깃들 수 있는가? 그리고 그는 누구보다 앞질러 이렇게 대답하려는 것 같다. 아직은 가능하다고. 그 이유는 아마도 우리에게 빛이 있기 때문이 아니라 어둠이 있기 때문이다. 그리고 아픔과 시련이 먼저 찾아오기 때문이다. 우리가 여전히 밤 속을 헤매고 있고 시련을 통과하는 과정에 있다고 느낄 때 이러한 소설적 지혜는 얼마나 큰 힘이 되는가. 우리가 놓여 있는 현실을 차갑게 응시하면서도 한편으로 초월적인 선의를 향한 상상력의 끈을 놓지 않는 것, 그것은 소설만이 할 수 있는 일이다. 그 말고는 누가 세속 도시를 향해 이런 주문을 걸 수 있겠는가. 여기는, 아직 머물 만한 곳이라고.

(이신조 장편소설 『우선권은 밤에게』 해설)

2) 플라톤, 『티마이오스』, 박종현 · 김영균 역주, 서광사, 2000, 146쪽.

무너짐, 그 너머에서 오는 것

— 정미경 소설집 『프랑스식 세탁소』

쪼개지고 나뉘고 갈라진 틈 사이에서

정미경의 소설은 그의 책을 읽는 독자에게 짧은 말로 다 설명하기 어려운, 개별적인 '사건'으로 다가온다. 우리는 그와 함께 숱한 의혹과 매혹의 시험을 치르고 난 후, 정체를 알 수 없는 어두운 빈 공간으로 돌아오는 경험을 겪는다. 그러나 '나'는 일상에 잠복해 있는 실존적인 난관, 균열, 이로 인해 온 존재가 탈구되는 느낌을 표현할 수 있는 냉담한 삼인칭의 언어를 찾아내야 한다. 그러나 이러한 시도는 자주 난관에 부딪히고, 나는 다시 '자신'이라는 지겹고도 아득한 궁지로 굴러떨어지고 만다. 더불어 익숙한 나와 낯선 나, 생경한 나의 조각들이 부서진 채 껍데기 한 장 밑에 아슬아슬하게 매달려 있다는 생각이 든다. 자기반성을 촉발하는 이 난데없는 공감은 대체 어디서 비롯된 것일까. 그 비밀을 풀기 위해서 그의 소설 속에 그어진 예리한 실금의 흔적을 따라가지 않을 수 없다. 경계를 넘어서면 결코 이전의 자신으로 돌이키기 어려우리라는 예감을 감수하고서.

사람들은 대개 일상 이면에 자신이 알고 있는 것과 전혀 다른 세계가 숨겨져 있다는 사실을 외면하기 마련이다. 그러나 자신이 조화로운 일상을 유지하고 있다는 믿음은 기실 판타지에 불과하다. 우리는 그것이 얼마나 손쉽게, 순식간에 허물어질 수 있는 것인지 잊고 지낼 뿐이다. 적어도 얼기설기 기워놓은 누추한 일상을 비집고 들어온 맹랑한 소리가 문전을 쟁쟁 울릴 때까지는. "아저씨, 나 밥 사줄래요?"(196쪽) 「소년처럼」의 주인공 '박'의 경우처럼, TV, 컴퓨터 같은 인공적인 스크린과 두꺼운 유리창으로 둘러싸고 있어도 크고 작은 균열 사이로 스며드는 외기를 차단하는 일은 불가능하다. 잘나가던 금융업 종사자인 그에게 어느 날 갑자기 닥쳐온 미국발 금융위기나, 아파트 주변을 어슬렁거리던 어린 여학생이 느닷없이 말을 걸어온다든지 하는 일은 얼마든지 일어날 수 있다. 이런 우연은 하루아침에 한 사람을 나락으로 떨어뜨리기도 하고 거짓말 같은 생기를 전해주기도 한다.

그러나 분열의 참된 진원지를 나 아닌 먼 바깥에서 찾으려 하는 시도는 아마도 실패로 돌아가고 말 것이다. 분열은 자신 안에서 일찌감치 벌어진 일이 아니었던가. '박'의 마음을 계속해서 괴롭히는 것은 멀리 떨어진 요양원에 방치해둔 어머니에 대한 죄책감이다. 치매 증상을 보이는 그의 어머니가 그에게 집요하게 전화를 걸어 "어디냐?"(207쪽)라고 묻는다. 어쩌면 그가 도망치고 싶어한 것은 어머니의 목소리이자 동시에 그의 내면에서 울려나오는 '또다른 자아'의 심문이리라. 자아는 일상의 세계로 진입하기 위해 유년기에 익숙하게 느꼈던 어머니 몸의 감각을 밀어낸다고 했던가. 그러나 우리가 어둠 속에 유기했다고 믿는 것은 기실 내가 밀어낸 나 자신의 숨겨진 이면일 것이다. 또다른 자아가 자신에게 침투해올 때 우리는 위협을 느낀다. '박'은 자신의 손을 쥐는 여학생의 손바닥, 어머니가 쥐여준 초콜릿에서 끈끈하고 진득하게 엉겨붙는 체액의 촉감을 발견한다. 낯선 이물감을 받아들이고 그에 몸을 내맡긴다면 그 알 수 없는 또다른 자아의 힘은 아마도 자신을 점령해 무너뜨릴지도 모른다. 미지의 낯선 것이 자신의 세계를 깨뜨리고 들어오는 순간 당혹감을 느끼지 않을 사람은 없다.

「남쪽 절」은 그 당혹감의 정체를 좀더 세밀하게 보여준다. 주인공이자 화자인 '김'은 "만들고 싶은 책만 만들고 싶어서"(18쪽) 안정된 직장을 그만두고 자신의 사업을 시작한 출판인이다. 그러나 그는 '먹고살아야 한다'는 현실적인 요구에 굴복해 자신의 기준을 일찌감치 반납한 상태다. 물론 그를 손가락질할 수 있는 사람도 많지는 않으리라. 우리는 모두 그와 엇비슷한 공동 책임자일 것이므로. 그는 대필 시비로 오래전에 유명세를 잃어버린 필자 '백'과의 계약을 성사시키기 위해 동분서주하지만, 그 과정에서 너무나 많은 것을 상실한다. 그는 성실한 아내이자 동업자인 '은애'의 신뢰를 잃고, 나아가서는 타인에 대한 공감과 연민이라는, 인간만이 갖고 있는 특유의 능력을 몇 푼의 돈과 바꾼 셈이 되었다. 그가 현실원칙을 내세워 팔아치운 것은 어쩌면 어둠 속에 밀어버린 또하나의 자신일 것이다.

이 소설에는 '백'과의 만남 외에도 중요한 계기가 하나 더 등장한다. 그것은 '김'이 회사 옆에 있는 미술관에서 한 설치미술을 감상하는 장면이다. 이 소설의 제목이기도 한 '남쪽 절(南寺)'은 '안도오 타다오'라는 현대 건축의 거장이 만든 실존하는 작품의 이름이다. 이어지는 글에서도 더 언급하겠지만 정미경의 작품세계에서 '예술 작품과의 조우'라는 모티프는 단순한 소재 차용의 차원을 훌쩍 넘어선다. 그 대표적인 예가 바로 이 소설일 것이다. '김'은 세 차례에 걸쳐 '남쪽 절'을 체험하고 난 뒤, 진정한 '어둠' 그리고 반쯤 은애를 닮은 한 여인과 조우하게 된다. 아마도 '안도오 타다오'의 작품은 현상 아래 가려진 원초적 어둠을 맞닥뜨리게 함으로써 잃어버린 자기 자신을 복원하도록 촉구하는 것이 아닐까. 감상자에게 이러한 체험은 일종의 '퇴행 행위'에 비견될 사건일지도 모른다. 정미경의 소설은 이러한 메시지를 담은 예술 작품을 또다른 이야기로 둘러쌈으로써 이중의 효과를 거두고 있다. 과연 '김'은 이러한 체험을 하고도 이전의 그로 돌아갈 수 있을까. 혹은 좀더 '나은' 인간이 될 수 있을까. 『프랑스식 세탁소』(창비, 2013)에서 이러한 질문은 집요하게 반복된다.

무너지는 아픔은 난감한 희열과 섞이고

최초의 아픔은 균열이 발생하는 순간 시작된다. 이윽고 모종의 사건으로 인해 깨져나간 자리의 틈이 점차 벌어지게 된다. 상처가 덧나고 번져나갈 때처럼, 파편이 되어 갈라진 한쪽이 다른 쪽을 짓뭉개면서, 또는 서로가 서로를 잠식하면서 미세한 균열은 붕괴로 이어지곤 한다. 때로 붕괴는 눈 깜짝할 새 일어나 우리를 놀라게 하지만, 이런 경우에도 알고 보면 균열은 눈에 띄지 않은 채 오랜 기간 천천히 진행되어왔음이 틀림없다. 사회적 지위가 높고 대중의 선망을 받는 사람들일수록 몰락의 깊이는 더하고 과정은 드라마틱한 법이다. 가령 촉망받는 젊은 의사가 갑자기 출가를 선언하게 된다면 주변 사람들은 어떤 표정을 지을까. 더욱이 그이가 몇 년 동안 삶과 살을 맞대고 지내던 연인이라면. 그러나 나의 일부인 줄 알았던 사람이 결국 한 뼘 속도 헤아리지 못하는 '타인' 이상도 이하도 아니었다는 사실을 깨닫게 되는 순간은 아무리 늦어도 기어이 찾아오기 마련이다. 다만 팍팍한 일상에 부대끼다보니 그 고통스러운 진실을 대면하는 일이 계속 지연되었을 뿐이다. 「타인의 삶」의 주인공은 연인 현규로부터 갑작스러운 출가 선언을 듣고 난 후에야 인간이 얼마나 복잡한 존재인가 절감하게 된다. 이유를 다그쳐 묻는 그녀에게 돌아오는 대답은 더욱 난감하다. "인생의 어떤 순간에, 사람은 설명할 수 없는 결정을 할 때가 있어. 그건 말하지 않는 게 아니라, 말로 할 수 있는 게 아니어서 그래." (142쪽) 그러나 주인공이 현규의 직장 동료에게 듣게 된 대답은 더욱 예상을 뛰어넘는다. 부족한 게 없을 것만 같은 젊은 의사는 어떤 계기로 인해 약물에 중독되었을까. 현규 자신의 말마따나 의료사고로 인한 충격으로 속세를 떠나게 되었든, 약물 남용이 감사로 인해 적발되어 타의로 밀려났든, 그는 결심을 굳히기까지 수많은 질곡, 여러 계기를 거쳐왔을 것이다. 결국 인간은 설명할 수 없는 충동에 의해 스스로 몰락을 자초한다는 점에서, 자기 자신으로부터도 '타자'일 수밖에 없는 존재다.

이런 파멸의 사연은 또 어떠한가. 「파견 근무」의 제목은 이중적이다. 이 소설의 주인공인 '강'은 지방인 J시에서 근무하는 젊은 판사다. 그에게 있어 J시는 본가가 있는 고향이긴 해도 결코 섞여들 수 없는 남 같은 존재다. 거꾸로 J시 입장에서 보면 그는 외부에서 '파견(派遣)'된 타자일 수밖에 없다. 그는 자신을 둘러싼 세계의 이물감을 감지하는 동시에 자신이 바라보는 세계 자체도 이질적인 것들이 위태롭게 얽혀 있는 분열된 존재임을 절감하게 된다. 그리고 종내는 자기 자신의 본성 자체가 분열되어 있다는 사실을 깨닫고 무력하게 무너져내린다. 모든 것이 '깨져나가는' 광경을 '목도한다'는 의미에서 이 소설은 '파견(破見)'의 서사라고 할 수 있다. 이 소설이 특히 우리의 눈길을 끄는 점은, '법' 자체의 분열을 경유하여 실존의 딜레마를 투영하고 있다는 사실이다. 근래의 소설에서는 보기 드문 장면이 아닐 수 없다. 그는 정의의 이름으로 판결을 내려야 하건만, 원한과 이득을 둘러싼 인간관계의 미세한 갈등이 얽혀 있기에 사건의 진상을 밝히는 일은 간단치가 않다. "인간이라는 기이한 생물을 가두기엔 법이라는 망의 구멍은 너무 성글고 단순했다."(76쪽) 그는 '법의 불가능성' 앞에서 철저히 무기력해진 자신을 바라보며 무릎을 꿇는다. 그러나 법만 그런 것이 아니다. 규범적 언어로는 재현할 수 없는 텅 빈 심연들이 도처에 널려 있다는 사실을 생각하면 '불가능성 앞에서 느끼는 무력감'은 인간 안에 입력된 본성 그 자체일지도 모른다.

어쩌면 정미경만큼 한 인간의 윤리적 · 도덕적 감수성에 관련된 주제를 민감하게 포착해온 작가도 드물 것이다. 다양한 전문 직종, 신구 세대, 사회 계층을 종횡으로 가로지르면서 작금의 세태를 예리하게 묘파하는 집요한 시선은 이미 정평이 난 지 오래다. 나아가 그의 소설에는 어느새 촘촘한 세속의 잣대의 그물망을 비집고 나가 미학적인 영역으로 교묘히 빠져나가는 순간이 있다. 가령 도덕과 패륜, 모럴 해저드와 양심, 교만과 비굴함 사이에서 위태롭게 흔들리는 인물들의 모습을 냉정하게 그려낼 때 그의 소설은 한 치의 물러섬이 없는 것 같지만 마침내 그들이 무력하게 좌초하는 장면에 이르면 어느 순간 양자택일의 차원을 넘어서곤 한다. 그리고 초점은 어느새 미학적 차원으로 옮겨가 있다. 불가항력적인 힘이 이성이 지배하는 영역을 부수고 틈입하는 순간, 인간은 심연 속에서 순수한 자기 자신의 모습을 발견하게 된다. 이는 "실천적 목적과 규범적 내용을 도외시하는 가운데에서" 발견하는 "순수 능력 자체"에 대한 각성과 연결된다.[1] 이런 '미학적 사건' 속에서 독자는 모든 법칙과 목적을 넘어서는 더 강한 힘이 깨어나고 있음을 예감하게 된다. 그리고 파멸의 고통과 생성의 희열이 엇갈리는 비밀스러운 순간을 경험한다. 그러나 누가 뭐래도 이러한 고통과 희열을 정면으로 마주하는 당사자는 소설의 인물들, 자신이 아닐까. 해결되지 않는 딜레마에 부딪힐 때 이들은 자신의 안팎이 무너지는 고통을 느끼면서 동시에 모종의 자유를 얻는다. (이는 더이상 손쓸 수 없는 불가항력으로 인해 낙담한 이가 자기 자신을 바라보며 느끼는 도착적 쾌락을 연상시키기도 한다.) 이제 그들은 '할 수 없음을 할 수 있을' 것이다. 이성적 판단이 궁지에 몰리는 곳에서 어떤 언어로도 재현될 수 없는 '아름다움'이 깃을 털고 일어나기 시작한다.

길이 끝나는 곳에서 그들은 춤추네

정미경의 소설은 평소에 눈에 잘 띄지 않는 틈을 통해 그 아래에 가라앉아 있는 심연을 보여준다. 그리고 그 가운데서 지도상의 좌표로 표시할 수 없는 '빈 공간'이 열린다. 가능성의 조건과 불가능성의 조건이 겹치면

1) 크리스토프 멘케, 『미학적 힘: 미학적 인간학의 근본개념』, 김동규 옮김, 그린비, 2013, 106쪽.

서 갈라지는 그곳이야말로 존재가 유희를 시작할 수 있는 자리이기도 하다. 어떠한 목적이나 도덕 판단과 결별한 상태에서 인간이 자신이 갖고 있는 순수한 능력을 펼쳐 보일 때, 무언가가 출현하기 마련이다. 이것을 존재가 추는 춤이라 할 수 있지 않을까. 「울게 놔두세요」의 경우처럼 이 춤은 아름다운 음악으로 변주되기도 한다. 이 소설의 등장인물 K의 신분은 조금 특이한 데가 있다. '탈북자 출신 피아니스트'인 그는 이런저런 경계 위에 걸쳐 있는 위태로운 존재다. 남한과 북한, 자본주의와 사회주의, 삶과 예술, 속물과 이상주의자, 이기적인 욕망과 가족에 대한 죄책감…… K는 자신을 둘러싸고 있는 숱한 괴리들에 대해 잘 알고 있다. 힘겨워도 이를 견뎌내야 한다는 사실도. K의 사연과 아픈 속내는 그에게 모호한 호의를 품고 있는 여기자의 눈과 입을 통해 독자에게 전달된다. 자본주의 사회가 요구하는 '껍데기'를 걸치는 일도, 척박한 상황에서 자신의 예술을 견지하는 일도 그에겐 힘겹기 짝이 없는 일이다. 그가 난데없는 자살 소동을 벌인 것도 자신이 무너져내리고 있다는 사실을 어떻게든 알리고 싶었기 때문이리라. 그리고 화자의 증언처럼 완벽하다고 느낄 정도로 아름다운 예술은 한 존재의 완전한 무너짐 이후에 오는 역설 그 자체일지도 모른다. "나 혼자 앉혀놓고 연주를 했던 그날 밤처럼, 듣는 사람의 눈을 감게 하고 마음속에 꽃을 피우는 마술을 완성해냈다."(111쪽)

K가 그토록 낯설어했던 자본주의의 '껍데기'는 어떤 얼굴을 하고 있는가. 가령 「프랑스식 세탁소」에 등장하는 자선재단의 이사장 같은 사람이 K를 만난다고 치면, 그는 과연 K의 절박한 갈망과 절망을 이해할 수 있을까. 그가 어느날 사무실의 책상 앞에서 사보에 실릴 한 요리사의 이야기를 읽는 우연을 만나지 않았다면, 이러한 질문은 일고의 가치도 없을 것이다. 이 소설은 요리사 '르와조'의 생애를 담은 이야기와, 한 자선재단의 이사장 주변에서 일어나는 이야기가 교차하는 구조로 되어 있다. 이 두 사람의 이야기는 너무도 대조적이어서 마치 온탕과 냉탕을 번갈아 오

가는 듯한 느낌이 들 정도이다. 소설이 진행될수록, 독자가 일인칭 화자로 등장하는 이사장이 도저히 신뢰가 가지 않는, 가증스러운 속물이라는 사실을 알아차리는 데는 그리 오랜 시간이 걸리지 않는다. 그에 비해 요리사 르와조의 생애를 담은 이야기는 뜨겁고 치열하며 생생한 삶의 감각으로 가득차 있다. 르와조 자신을 포함해서, 그를 둘러싼 존재들은 뜨겁게 사랑하고 음식을 맛있게 먹으며 (그가 애용하는 오븐마저도) 울어댄다. 정미경의 소설 속에서 인물들은 자신의 진실을 내보이는 순간, 다시 말해 '껍데기' 속에 겹겹이 싸두었던 자기 자신과 흘낏 조우하는 순간 참아두었던 울음을 터뜨리곤 하지 않던가.

자신이 설정해둔 '기준' 앞에서 한 치의 물러섬도 용납지 않았던 한 남자의 이야기를 읽으며 이사장은 위선으로 덮어둔 자신의 마음속에도 균열이 일어나는 것을 느낀다. 유령처럼 되돌아와 일말의 양심을 호출하는 존재는 미란이라는 여직원이다. 그가 자살로 몰아붙인 거나 다름없는 여인, 미란은 그에게 있어 잊어버리고 싶은 아픈 과거 그 자체나 다름없다. 그런 그에게 미란의 존재를 회상한다는 것은 (비록 그가 아무리 그 사실을 부정한다 할지라도) 살아 있어도 죽은 거나 마찬가지인 '삶-죽음'(living dead)의 상태에 있는 그가 삶의 감각을 조금이나마 회복하고 있다는 증거라고 할 수 있다. 르와조의 이야기로 인해, 그의 마음에 생긴 균열은 점차 커지고 독자는 본인의 입으로 점점 더 추악한 죄의 진상을 낱낱이 누설하는 과정을 따라가게 된다.

자신의 부도덕에 대한 무지라는 만성적인 징후는 나이를 가리지 않고 찾아온다. 「번지점프를 하다」에는 어른의 세계에 대한 혐오와 매혹, 허무와 욕망 사이에서 길을 잃은 여대생 하은이 등장한다. 하은은 남자친구인 '유강'에 대해 애틋한 마음을 갖고 있음에도 불구하고 자신이 임시로 근무하는 회사의 오너인 '박'과 모호한 관계를 맺고 있다. 그 가운데서 하은이 점차로 깨닫게 되는 사실은 인간이 한없이 모순적이고 복잡한 존재라는 사실이다. 그런 하은이 유강과 얼싸안고 번지점프대에서 뛰어내리는 순간, 하은은 "살다보면 죽기를 각오해야 하는 순간도 오는 거겠지"(186쪽)라고 마음속으로 독백한다. 어느 쪽이든 선택한다는 것, 그것은 그가 조화될 수 없는 삶의 모순을 온몸으로 받아들이기 시작했음을 의미하는 것이 아닐까. '그래, 너희들, 참 젊구나. 겁도 없구나'라는 탄식을 불러일으킬 만큼, 두 청년의 몸짓은 단호하다. 그리고 싱그럽다. 우리는 더 나이를 먹은 후에도 이들처럼 '미친' 결정을 할 수 있을까. 그때도 이처럼 아름다울 수 있을까.

「프랑스식 세탁소」는 화자가 사무실 바닥에 떨어진 꽃잎을 못 견디게 주워 치우고 싶다고 고백하는 장면으로 끝을 맺는다. 그가 차마 입밖으로 누설하지 않은 나머지 말, 그것은 어쩌면 '부끄럽다'는 고백일지도 모르겠다. 그밖에, 그는 무엇을 행동으로 옮길 수 있을까. 잠시 그를 사로잡은 것이 분명한 르와조의 이야기는 과연 그의 삶에 어떤 영향을 미칠 것인가. 소설은 기실 이러한 질문에 대해 명시적인 답을 거의 주지 않고 끝을 맺는다. 그에 대한 실마리라고는 아주 약간, 그것도 흘낏 스쳐가는 장면에서 모호하게 얻을 수 있을 뿐이다. 마찬가지로 「남쪽 절」의 마지막 장면은 주인공이 과연 소설 너머에서 어떤 선택을 하게 될지 알려주지 않고 마무리된다. 대개의 경우 우리는 가던 길을 쉽게 돌이키는 법이 없다. 그는 힘들게 성사시킨 계약을 그대로 밀고 나갈 것인가, 그가 체험한 '어둠'의 기억은 다시 삶의 현장으로 돌아온 그에게 어떤 영향을 줄 것인가? 그가 가던 길을 갑작스럽게 돌이켜 다른 선택을 할 가능성은 전혀 없는 것일까? 알다시피, 소설은 그에 대한 대답을 일절 함구한다. 이를 더 정확히 표현하면 이야기로 더이상 길들일 수 없는 '삶'의 복판에서 중단된다고 하는 편이 적절할 것이다. 역설적인 설명이지만 이로 인해 소설의 등장인물들과 독자는 텍스트가 더이상 갈 수 없는 길 바깥에서 무한한 선택의 가능성을 선사받는다고 해석해도 좋을 것이다. 이제 남겨진 가능성의 영역은 살아 있는 인간이 내리는 순수한 '결정'의 영역으로 넘어간다. '생기 있는' 존재의 마음에서 비롯된 '결정'만큼 신비롭고 또 예측할 수 없는 것이 어디 있을까. 그런 점에서 소설은 우리에게 단 한 가지 확신을 허락한다. 작중인물들이 '어떤 결정을 내릴 것인가'라는 질문보다 더욱 중요한 사실은, 그들이 모종의 체험을 통해 '삶-죽음'의 상태에서 생기 있는 삶의 복판으로 돌아왔다는 것이 아닐까.

어쩌면 우리에게 무엇보다 먼저 요청되는 것은, 남들이 이해할 수도 없고 이성으로 설명할 수도 없는 '결정'의 능력을 회복하는 일일지 모른다. 그것은 삶의 불가능한 국면을 여는 '가능성'의 다른 이름일 것이다. 그리고 그 영역은 언어, 규범, 이성이 멈추는 곳일 것이다. 오랜 분열과 갈등의 시간을 겪은 후에 과감하게 한쪽을 선택하든, 양심을 거스르는 현실의 요구 앞에서 무력하게 무릎을 꿇든, 어느 쪽이든 좋을 것이다. 삶은 예상을 불허하는 미지의 운명이 잠복되어 있다는 그 이유만으로 이미 아름다울 것이므로. 작가는 이성과 규범을 뛰어넘는 우연의 춤에 온 존재 전체를 내맡기는 순간을 가장 공들여 묘사한다. 그리고 참담한 실패 가운데서도, 기어이 지극한 선함과 아름다움을 건져올리고 만다. 그 장면에는 무탈한 삶을 습격하는 혼란, 분열, 매혹 그리고 거스를 수 없는 정열이 숨겨진 채 출렁인다. 윤리적인 심문은 날카롭고, 아름다움을 향한 열정은 집요하다. 정미경의 소설은, 생에 내장되어 있는 그 복잡하고도 신비로운 이면을 우리에게 보여준다. 그리고 묻는다. 숨겨져 있던 삶의 이면이 홀연히 우리 앞에 출몰할 때 우리는 어떻게 견뎌낼 것인가, 때로는 고통스럽게 흔들리고 꺾이는 것으로도 충분하지 않은가. 이에 대답하는 일은, 소설을 읽은 우리의 몫이다.

(정미경 소설집 『프랑스식 세탁소』 해설)

겹쳐 있는 세계, 응시하는 겹눈

— 김이은 소설집 『어쩔까나』[1)]

이음매가 어긋난 세계

한 '사람'이란 얼마나 복잡한 존재인가, 그리고 우리가 거주하는 '세계'는 또 얼마나 뒤죽박죽인가. 그럼에도 불구하고 우리는 곧잘 하나의 예술 작품이 대상을 말끔하게 '재현'할 수 있다는 오류에 빠져들곤 한다. 저 입체적이며 변화무쌍한 세계의 모습을 되살려놓기엔, 우리가 갖고 있는 재료가 너무 부실하기 짝이 없다. 더도 말고 덜도 말고 우리가 감각기관을 통해 알고 느끼는 만큼만 표현하려고 해도 어렵긴 마찬가지다. 가령 멀리서 사례를 끌어올 필요 없이, '글쓰기'라는 행위만 놓고 보면 어떠한가. 이차원의 백지 위에 새겨진 문자들이 자신의 한계를 뛰어넘으려 노력하다 결국 실패에 이르고 마는 그 과정을 가리켜 우리는 문학 혹은 예술이라고 부른다. 글쓰기를 처음 시작한 이래 그 무모한 시도는 한시도 중단된 적이 없다는 사실 역시 알고 있다. 그래서 어찌 되었는가. 문학은 끊임없이 생성 변화하는 우주의 비밀스러운 자태를 한순간이라도 포착하는

1) 자음과모음, 2013. 이후 인용시 본문에 제목과 쪽수만 병기한다.

데 성공했는가. 도무지 해소할 수 없는 불가능성, 불가해함 때문에 글쓰기는 일그러지고 요동치다가 결국 공허한 심연으로 떨어지기 일쑤다. 무참하다. 김이은의 소설은 이러한 글쓰기의 무모한 충동을 고스란히 물려받고 있다. 종작없이 시작된 노래처럼 그의 소설은 현실과 환상, 현전과 부재, 질서와 혼돈 사이를 종횡무진 오간다. 어느 순간 원래의 목표를 잊고 자신이 벌인 놀이판의 재미에 흠뻑 빠지기도 한다. 그러나 곧잘 자기 흥을 못 이겨 넋을 놓은 것 같아도, 그마저도 요령부득의 진실 한 자락을 자신의 존재태 안에 새겨넣고자 하는 노력의 결과라는 사실만은 역력하다.

김이은의 소설에서 가장 먼저 눈에 띄는 정경은 분열되어 있는 세계의 파편들이다. 봉합선이 풀어진 옷감들처럼, 세계는 어긋나 있는 이음매를 숨기지 않고 드러낸다. 일반적으로 우리는 일상을 지배하는 경험세계에서 이질적인 세계의 흔적들을 발견할 때 이를 환상, 꿈, 마술이라고 부른다. 그러나 과연 김이은의 소설에서 유감없이 펼쳐지는 다채로운 상상력과 그 결과물들을 모두 끌어안아 '환상성'이란 개념으로 요약할 수 있을까. 그러려면 먼저 출발점으로 돌아가 그가 그려내는 '현실'이라는 것이 과연 무엇인지, 그 현실과 비현실을 가르는 경계가 무엇인지 확인하는 것이 순서일 테다. 뭐니 뭐니 해도 '현실'을 규정하는 가장 결정적인 계기는 '먹고살아야 한다'는 근심이 아닐까. 어떻게든 치열한 생존경쟁에서 살아남으려면 세속의 기준을 받아들여야 하고, 다른 사람의 배신을 감수해야 하고, 모진 상처를 견뎌내야만 한다. 아마도 우리가 익히 알고 있으며 매일 경험하는 그 '일상'이라는 것도 김이은의 소설에 그려진 '현실'과 크게 다르지 않을 것이다.

한편 소설의 작중인물들은 곧잘 그 '현실'에서 벗어나기 위해 탈주를 감행한다. 「첫눈과 소원과 백일몽 사이에 숨겨진 잔인한 변증법」(이하 「잔인한 변증법」)에서 이러한 일탈은 반복되는 일상에서 무단이탈하여 한 번도 가본 적 없는 낯선 지역으로 여행하는 적극적인 행위로 표현되기도 한다. 그렇다면 몸은 현실 가운데 그대로 둔 채 깜빡깜빡 백일몽에 빠져드는 행위를 일탈이라고 부를 수 있는 것일까? 이런 경우에는 일탈의 범위나 강도보다는, 이들이 처한 상황이 얼마나 절박한지 그리고 이들을 짓누르고 있는 고통이 얼마나 큰지 먼저 생각하지 않을 수 없다. 「원더풀 라이프」의 주인공이 매 순간 벌이는 어이없는 우행과 사소한 일탈이 더 큰 공감을 불러일으키는 이유는 무엇일까? 그것은 실소를 불러일으키는 그의 행동들이 대부분의 소시민들이 자신의 슬픔을 자가 치유하는 방식과 닮았기 때문이다. 이런 경우 작은 일탈의 기쁨을 선사하는 환상, 혹은 백일몽이 현실과 대립되는 지점에 놓인다고 할 수 있을까. 오히려 환상은 현실의 일부이자 이면에 숨겨둔 진실에 가깝다고 할 수 있다. 적어도 김이은의 소설 속에 그려진 현실과 환상은 대립되는 위치에 있지 않을 것이다. 이 둘은 서로의 내부에 서로를 포함하고 있는, 분리될 수 없는 하나의 앞뒷면이다. 그리고 세계의 진면목이란 이렇게 서로 모순되는 것들이 얽혀서 만들어내는 것임에 틀림없다.

「잔인한 변증법」에 그려진 낯선 세계는 '양진'이라는 고유명사도, 비교적 독립된 공간도 갖고 있지만 실제세계 속에 이미 스며 있는, 현실의 이면이라는 생각을 지우기 어렵다. "나는 먹고살려고 밤마다 남들의 발 앞에 무릎 꿇고 앉아 그들의 말을 무슨 금덩이나 되는 것처럼 '모신다'"(9쪽)라는 고백에서 짐작할 수 있듯, 주인공에게 있어 현실은 말할 수 없이 가혹하고 비루한 것, 생존을 위해 어쩔 수 없이 감수해야만 하는 치욕일 것이다. 따라서 그에게 양진에 있는 여배우의 집과 그곳에서 보낸 하룻저녁의 일탈은 "지금과 다른 삶을 살게 해주세요. 단 하루만이라도"(8쪽)라는 간절한 소원이 가시화되어 나타난 것이라고 할 수 있다. 이때 환상성의 공간은 초현실적인 공간이라기보다 현실 이면에 감춰진 틈새에 가까워 보인다. 그래서일까. 주인공은 양진에 도착한 이후 자신에게 벌어진 사건들 앞에서 당혹감을 느끼지만 그 낯섦도 잠시뿐, 곧 자신의 역할을 자연스럽게 받아들이지 않던가. 마치 오래전에 떠나온 자신의 집에 도착한 여배우의 분신인 것처럼. 그는 자신에게 일어나는 비현실적 사태를 당연한 '사실'로 받아들일 뿐만 아니라 자신이 바라는 대로 이끌어가고 나중에는 추후 벌어질 일을 예측하기까지 한다. 그도 그럴 것이, 비록 낯선 곳에 지어진 아늑한 주택의 주인은 다른 사람이지만, 이 모든 초현실적 사태를 가시화한 환상 공간의 주인은 다름아닌 자신이기 때문이리라.

물론 우리는 이 세계가 온갖 부조리와 분열의 징후를 품고 있는, 불완전한 장소임을 알고 있다. 시공간에 대한 감각은 물론 단일한 정체성을 지닌 자아에 대한 생각은 이미 아무도 믿지 않는 신화가 된 지 오래다. 그러나 하나보다 둘, 둘보다 여럿이 좋을 때도 있지 않겠는가? 이 세계가 이른바 '총체성'을 지닌, 조화로운 실체라는 오해와 미련만 버린다면 말이다. 그때 우리는 분열된 파편들이 고유한 생명력을 갖고 있으며, 이들이 위치한 틈새 공간 속에는 생각지도 못했던 다양한 가능세계가 펼쳐져 있다는 사실을 발견하게 된다. 세계는 갈라진 이음매를 기점으로 해서 증식하고 생성하는 복합적인 실체임을 증명하기 위해서, 글쓰기만큼 효과적인 방법이 또 어디에 있겠는가?

애도에서 난장으로

그래서일까. 김이은의 소설 속에서 환상이 태어나는 장소는, 지독한 아픔과 결핍의 자리와 슬그머니 겹쳐지기 일쑤다. 「기억이의 노래」에서처럼, 서로 버리고 버림받은 가여운 가족들 마음에 응어리진 슬픔은 곧잘 산 자와 망자가 한데 공존하는 공간을 불러들이기도 한다. 이 소설의 장면들은 줄곧 과거에 자신이 버린 아이의 기억을 더듬는 '엄마'의 시선을 좇아간다. 방송국의 사람찾기 프로그램 촬영장을 방문한 그녀의 눈에, 불현듯 산 사람인지, 유령인지 확인할 수 없는 아들 '기억이'와 그의 여자친구 '아라'의 모습이 들어오면서 소설은 점차 현실을 떠나 이질적인 공간으로 빠져들기 시작한다. 그리고 엄마의 기억, 혹은 '기억이'라는 존재를 통해서 소설의 공간은 점차 산 자와 망자의 세계, 현전과 부재, 환영과 현실을 넘나드는 경계 지점에 자리를 잡는다. 어쩌면 이들은 과거에 버린 아들에 대한 죄책감, 돌이킬 수 없는 과거에 대한 후회가 불러온 망령들이 아닐까. 한쪽 가슴이 없는 한국인 엄마, 기형적으로 큰 손을 가진 필리핀 소녀 아라, 게걸음을 걷는 일본 출신 소년 기억이…… 이들은 한결같이 무언가 결핍되었거나 왜곡된 형상을 하고 있다. 일그러진 것은 신체뿐이 아니다. 실재도 비실재도 아닌 틈새 공간의 특징은 시공간의 좌표축마저 붕괴되어 있다는 사실이다(엄마가 기억이를 잃어버리고 다시 만난 기간 사이에는 오 년이란 세월이 상실된 채 여백으로 남아 있다).

우리는 김이은의 소설 속에서 고통스런 삶에서 벗어나고자 하는 간절한 소원이 다양하게 변주되는 모습을 목격한다. 「기억이의 노래」에서 이러한 염원은 과거의 상실에 대한 애도의 서사로 나타나기도 하지만 다른 작품 속에서는 미스터리를 풀어나가는 주인공의 탐색담으로, 기이하고 요란스런 일상을 그린 소극(笑劇)으로 변형되기도 한다. 이러한 탈주의 테마는 주인공의 입장으로 보면 팍팍한 일상으로부터의 해방을 의미하기도 하지만, '텍스트'의 측면에서 보면 논리와 이성으로 따라잡기 어려운 비약적인 스토리와 담화 방식을 과감하게 오가는 모습으로 나타나기도 한다. 처음에는 이러한 자유분방한 글쓰기의 탈주는 당혹감을 주지만 차츰 독자 역시 환상적 사건을 자연스럽게 받아들이고 주인공의 상황에 자신을 동화시켜가곤 한다. 이는 환상성이 주는 희열을 통해서 작가와 독자 사이에 합의되어 있던 '리얼리티'라는 재현적 관습을 깨뜨리는 행위라고 볼 수 있다. 작가가 자신의 장기를 유감없이 발휘되는 때는 이러한 탈주의 움직임이 우리네 마음 깊숙한 곳에 잠재되어 있던 흥을 깨워 유쾌한 난장을 벌이는 순간이다.

김이은의 소설이 깊은 슬픔과 상처를 그려내는 와중에도 활기를 잃지 않는 이유는 작품 곳곳에서 불쑥불쑥 불거져나오는 '타고난 신바람' 덕분일 것이다. 넘쳐나는 흥을 어찌 이겨낼 수 있으랴. 노래하고 춤추고 시끄럽게 떠들면서 한판 신 나게 놀다보면 현실은 어느새 저만치 멀어지고 한세상 꿈처럼 느껴지기도 하는 것을. 이러한 주체할 수 없는 충동은 「기억이의 노래」 같은 슬픈 이야기에서도 어김없이 (기억이와 아라의 노래와 춤 장면에서) 분출되고 있다. 누굴까, 이야기 속에서 곧잘 자신의 주변을 '난장판'으로 어질러놓곤 하는 혼돈의 핵 같은 인물은. 누구보다도 「돌다방 별곡」에 등장하는 '서지오'를 빼놓을 수 없을 것이다. 과거에는 꽤 유명했다지만 이제는 몰락해버린 마이미스트인 그는 재개발로 곧 헐리게 될 도시의 뒷골목을 헤집고 다니는 소심한 반란자이다. 식당에 들어가면 의자로, 마을 사람들 모임에선 빵집 주인으로, 새로 개업한 가게에선 피에로로 변화무쌍 몸을 바꾸는 그에게 어쩌면 일상은 놀이의 연속 같은 것이 아닐까? 실연과 실패의 아픔을 간직한 그에게 변신에 능한 몸과 넘치는 흥은 유일하게 남은 밑천이라지만, 놀이를 위해서라면 이 두 가지 재료만 있으면 충분할 것이다.

바흐친이라면 그가 벌이는 혼돈과 무질서의 드라마를 두고 서슴없이 '메니피아적 풍자'라는 용어를 사용했을 것이다. 바흐친을 비롯해서 이야기를 연구하는 수많은 학자들은 억압받는 민중들의 무의식 이면에서 끓고 있는 유희와 전복의 에너지에 대해 주목하지 않았던가. 그 에너지가 일상의 이음매를 뚫고 세상 바깥으로 분출될 때, 우리가 '현실'이라고 불러왔던 질서와 규범 들이 순식간에 뒤집어질 수 있다는 사실을 알고 은밀하게 즐거워하지 않았던가. 죽음을 불사하는 사랑, 억압적인 권력을 전복시키는 혁명, 시공간의 경계를 부수는 카오스 등을 가능하게 만드는 힘이 바로 이런 폭발적인 난장의 에너지일 것이다. 그리고 이야기는 비밀스럽게 민중들 그리고 우리 자신의 무의식 속에 잠재되어 있는 충동을 개방해준다.

반복을 통한 생성, 그리고 탈주

현실을 벗어나, 이질적인 공간으로 탈주하는 행위가 소심한 '현실 도피'에 불과하다고 야유하는 사람도 있을지 모른다. "남들처럼 번듯한 직장에 다니면서 아파트도 장만하고 처자식 먹여 살려야 할 놈이 벌써부터 뻘짓이야, 뻘짓이."(「원더풀 라이프」, 1쪽) 이티의 저공비행을 상상하며 자전거를 타다 흙투성이가 되어 돌아온 주인공을 매질하는 어머니처럼 세상은 환상을 즐기는 이들을 별로 환영하지 않는다. 그러나 몽상가 기질이 다분한, 박과장 같은 사람에게 환상을 빼어버린다면 어떤 일이 일어날까. 그의 삶에서 현실과 환상은 불쑥 끼어들며 서로를 침해하는, 이질적인 요소처럼 보이지만 기실 둘은 서로를 지탱해주는 대리보충 성격이 강하다. 현실은 환상이라는 타자를 그리고 환상은 현실이라는 타자를 배제하고서는 한시도 견뎌내지 못할 것이다. 그리고 이 작품에서 현실 속에 틈입한 환상은 실재와 구별하기 힘들 정도로 섞여들어간다. 누가 뭐래도 한 사람의 인생이란 환상과 현실이라는 대립물이 얽히고 겹쳐 만들어낸 복잡한 실체가 아니던가. '원더풀 라이프'라는 제목은 초라하고 '찌질'하기까지 한 박과장의 일상을 풍자하는 구절이기도 하지만 이성만으로는 설명할 수 없는 삶 자체에 대한 순수한 경탄으로 읽히기도 한다.

결국 우리는 자신도 알지 못하는 새 두 공간 사이에 끼어 이러지도 저러지도 못한 채 머뭇거리는 존재가 되어버린 것 같다. 마치 자신의 글쓰기에 대한 선언처럼 읽히는 제목을 지닌 작품 「프롤로그」에서 작가는 그의 소설들 속에 전경화되는 무대, 즉 틈새 공간의 실체에 대해 설명하고 있다. 작가의 이전 소설에서 '심율처'라는 낯선 공간과 신비로운 여인 빈에 대해 궁금증을 가졌던 독자라면, 이번 작품에서 좀더 흥미로운 내력을 얻어갈 수 있을지도 모를 일이다. 주인공은 자신의 아픔을 온몸으로 받아주는 모성적인 여인 빈과 빈을 죽이라고 강요하는 J의 사이에서 갈등한다. 그에게 남겨진 것은 둘 중 하나, 가혹한 선택지들이다. 현실적인 사회

사업가의 삶과 비현실적인 킬러의 삶, 낮의 삶, 밤의 삶, 이성이 지배하는 질서 잡힌 삶과 혼돈과 감각이 지배하는 삶 사이에 끼어 있는 존재, 그 불안한 상태가 바로 김이은의 소설이 선택한 위치가 아닐까.

그러나 소설은 섣부른 선택에 앞서 한 가지 조심해야 할 점을 잊지 않고 알려준다. 비현실과 혼돈의 상태로 진입한다는 것은 흔히 '엔트로피'라고 부르는 무질서의 상태 역시 심화된다는 걸 뜻한다. 무질서를 향한 충동이 도착하는 장소는 두말할 것 없이 '죽음'일 터. 작가는 「어떤 장의사의 행복한 창업 계획서」에서 엉망진창이 된 가족 관계에 대한 묘사에서 시작해 일그러진 욕망에 휘둘려 죽음으로 돌진하는 사람들의 왁자한 소극을 능청스럽게 그려낸다. 우리가 삶을 지속하려면 이러한 일탈은 일시적, 한시적 전복으로 끝나야 하는 건지도 모른다. 한때 사람들을 탈주로 몰고 가는 힘이 아무리 강력해 보여도, 결국은 현실 속으로 다시 내동댕이쳐질 수밖에 없다는 사실을, 우리는 항상 몰락 이후에야 아프게 깨닫곤 한다. 하지만 세계를 빈틈없이 누비고 있는 이음매들 사이를 들여다보면 그런 틈새와 구멍을 얼마든지 발견할 수 있다는 사실을 알아차리는 건 매우 중요하다. 심지어 좁힐 수 없는 균열의 징후와 무리한 선택의 순간은, 먼저 우리를 덮쳐들기도 한다. 아무리 무관한 듯 살아가려 해도 피할 수 없는 재난처럼. 어쩌면 우리의 삶은 정과 반 사이에 끼인 잔인한 변증법을 따라 계속 굴러온 것이 아닐까? 그리고 마침내 합에 이르는 순간 우리가 마주치는 것은 이 세계가 끌어안고 있는 치명적인 결핍, 공허일지도 모르겠다.

현실을 벗어나 현실로, 탈주의 이중운동

이런 식으로 김이은의 소설은 우리뿐만 아니라 세계 역시 불안정한 위치에 처해 있다는 비밀을 드러낸다. 어떤 지식은 생각보다 힘이 세다. 그 지식은 때로 생각지도 않았던 전복의 계기가 잠재되어 있다는 사실을 넌

지시 알려주기도 한다. 작가가 제시하는 요령은 바로 이런 것이 아닐까. 우리가 삶을 지속하는 방법은, 주어진 선택에 무리하게 뛰어드는 것이 아니라 그 틈새에 불안하게 걸친 자리에 자신만의 가능세계를 창조하는 것이라고 말이다. 말하자면 스스로 나서서 자신이 세계의 틈새를 끌어안는 방식이라고 할 수 있다. 이는 한편으로 세계의 결핍을 드러냄으로써 우리를 치명적인 충동으로 몰고 가는 "잔인한 변증법"으로부터 거리를 유지하는 비결이기도 하다. 그렇다면 작가는 양자택일을 벗어난 제3의 선택지로서 대체 무엇을 제시하는가? 그것은 다름아닌 '메타세계'에 대한 상상이다. 그리고 그가 이 세계를 창조하기 위해 필요한 구체적인 방식으로서 끌어들이는 것은 '글쓰기'라는 행위다. 「고양이 소설엔 고양이가 없다」에서 작가는 '자신의 글쓰기에 대한 글쓰기'를 본격적인 제재로 삼는다. 김이은 식의 '소설 작법'이라고 할 만한 이 작품에서 작가는 제목처럼 '고양이'의 부재를 빌미로 '소설'의 의미를 캐묻는 작업에 착수한다. 그러나 작가에게 주된 관심사는 '메타소설'이라는 이색적인 제재보다도 지금 당장 어떻게 팍팍한 현실에 틈을 낼 것인가, 어느 틈을 타서 그 사이로 훌쩍 도망가버릴 것인가 하는 데 있는 것만 같다. 작가가 '고양이를 소재로 한 소설'을 한 편 써내야 한다는, 내키지 않는 현실에서 달아나기 위해 중구난방으로 여담(digression)을 만들어나갈 때부터 독자는 일찌감치 일탈의 기미를 눈치챘을지도 모른다.

실제로 이 작품에는 작가가 이전에 다른 책에서 고백한 적이 있는 자전적인 일화가 한 장면 삽입되어 있기도 하다. 바로 자신이 태어나던 날 밤, 갓 태어난 딸의 탯줄을 들고 헤매는 부친의 모습을 묘사한 부분이다. 현실에서 작가의 태는 아버지의 손에 의해 개울물에 던져지지만, 이 소설에서는 불손한 고양이의 먹잇감이 되고 만다. 여기서 작가는 자신의 기원을 삼킨 고양이와 자신을 일종의 '두블(double)'로서 묘사한다. 이때 자신의 분신으로서의 고양이는 작가(나) 안에 있는 틈이자 씻을 수 없는 상처를 상기시키는 존재가 된다. 타자 안에 존재하는 나이자 내 안에 존재하는 타자로서, '고양이'는 작가를 글 쓰는 나와 쓰이는 나로 분열시키는 글쓰기 자체에 대한 알레고리라고 할 수 있다. 마치 두 개의 거울을 마주 세웠을 때처럼, 작가(혹은 소설 속의 인물인 '나')는 자신의 글쓰기를 소재로 한 글쓰기를 통해 대상을 분열시켜 별개의 생명력을 지닌 제3의 존재와 여분의 공간을 생성하려고 한다. 복잡한 여담의 숲을 헤치고 나가면 어느새 스스로 작가임을 자처하는 '나'는 요술처럼 분신술을 부려 저만치 달아나고 있다. 누가 진짜 작가 '김이은'이며 누가 김이은이 만든 '인물'일까? 그리고 잡힐 듯 하지만 잡히지 않는 저 몇 겹의 공간 너머에서 그는 또 무슨 일을 도모하고 있을까?

적어도 두 가지 결론을 끌어내는 일은 어렵지 않아 보인다. 작가에게 '소설쓰기'와 이를 가능하게 하는 '상상'의 힘은 다른 세계로 가는 통로를 만들어 현실을 극복하려는, 나름의 방식이라는 사실이다. 또하나, 얼핏 자유분방한 일탈을 연상케 하는 이러한 혼돈의 글쓰기에 만만치 않은 복잡한 설계가 숨겨져 있다는 사실이다. 작가에게 소설은 다중적인 세계의 층위로 중첩되어 있는 우리의 세계를 재현하는 불가능한 노력의 결과물로 보인다. 하지만 독자는 이러한 사실을 눈치챌 즈음, 유사-죽음과도 같은 지독한 글쓰기가 결함투성이인 세계 자체를 육화한 '두블' 그 자체가 아닐까 하는 기묘한 의심에 빠져들게 된다.

이쯤 되면 작가가 의도한 것이 현실에서 입은 상처의 '치유'인지 상처 그 자체의 복제이자 반영인지, 상상을 통한 모순의 '해결'인지 '무한 증식'인지 궁금해하지 않을 수 없다. 분명한 것은 작가가 기왕에 주어진 세계를(그리고 그 세계 가운데 떨어진 '자신'을) 사용해 한판 어우러지는 흥겨운 유희를 벌이고 있다는 점이다. 작가는 그 과정을 한 편의 이야기로 만드는 과정을 통해, 독자와 더불어 세상 바깥으로 달아나는 불가능한 모험을 시도하려 한다. 그의 소설을 통해 우리는 세상에 속해 있으면서 그 세상 밖에 자리한 '타자'가 되는 방식을 습득해나간다. 어쩌면 이러한 방식야말로 아픔을 주는 세상 한가운데 뛰어들어 현실을 질기게 버텨나가야 하는 평범한 사람들에게 '현실적'인 지침이 되는 것일지 모른다. 실패의 냄새를 짙게 풍기는 '현실'이라는 단어를 두 번 반복해보라. '현실적'인 세계를 여실히 재현하고 마침내 자신의 몸안에 새겨넣은 '현실적'인 이야기 사이에 생긴 틈. 예리한 시선이 작동하기 이전에 존재하지 않았던 그 이음매, 혹은 모종의 '거리' 사이에 걸쳐서 우리는 끊임없는 탈주와 탐색을 도모한다. 그것이 세계의 한가운데서, 세속의 때를 묻히며 굴러다니는 소설이 제공하는 지혜가 아닌가.

(김이은 소설집 『어쩔까나』 해설)

잃어버린 얼굴을 위한 사진첩
— 류소영 소설집 『개미, 내 가여운 개미』[1]

빛바랜 나날, 텅 빈 얼굴들

류소영의 책은 부재로 가득차 있다. 한때 존재했으나 지금은 없는 것 혹은 사람을 대신하는 '문자'들, 이들은 가뭇없이 사라져버린 것들이 남긴 텅 빈 공간을 우리에게 상기시킨다. 그리고 쉼 없이 움직이고 흔들리면서 이들을 향해 다시 '오라'고 간청한다. 그러나 우리는 이들이 다시는 이전의 모습으로 돌아오지 못할 것을 알고 있다. 되돌아오는 것은 이들의 온전한 모습이 아니라 이들을 대신하는 흔적일 뿐. 그러나 못내 상실을 견디지 못하는 사람들에게는 그 흔적마저 축복일지 모른다. 그러나 기실 '흔적'은 끊임없이 부재를 불러들이는 공간이라는 점에서 '유령'을 닮았다. 이를테면 오래된 사진을 보관한 사진첩을 펼칠 때 우리의 마음속에 벌이지는 일들을 생각해보라. 있음과 없음, 과거와 현재가 교차하는 저 잔상들을 둘러싸고 이야기들이 조곤거리며 모여든다. 부재에 얽힌 이야기들, 상실의 기원과 그 결과에 대한 구구절절한 사연들…… 독자의 마

1) 작가정신, 2013. 이후 인용시에는 본문에 제목과 쪽수만 병기한다.

음속에서 이들은 부풀고 움츠러들면서 다양한 의미의 문양을 빚는다.

류소영의 소설집은 바로 이 낡고 정든 사진첩을 닮았다. 그의 이야기들을 읽다보면 예전에 잃어버린 물건, 장소, 사람에 대한 그리움이 문득 밀려들 때가 있다. 쓸쓸함, 슬픔, 애처로움, 아련함 같은 표현들만 갖고는 다 말 못할 아뜩한 감정. 그래서 그의 소설은 느릿하고 나직하며 동어 반복적이다. 좀더 짓궂게 말해볼까. 그의 마음밭을 마저 헤아리지 못하는 사람들에겐 지루하게 읽힐지도 모른다. 그의 소설들은 당장의 아픔을 달래거나 위로하기 위해 쓰인 것 같지 않다. 또는 아린 과거를 보기 좋게 꾸미거나, 보이지 않는 기억 한편에 밀어넣는 일에도 관심이 없는 듯하다. 잃어버린 대상을 간절히 그리워하는 이들은 어떤 것으로든 그들이 있던 자리를 채워넣으려 하기 마련이다. 그것이 더듬어봐야 부질없는 허상이든 때 묻은 기억이든 불러도 대답 없는 이름이든 상관하지 않는다. 그 때문에 다친 마음이 더 쓰리건 말건, 아픈 자리가 더 헛헛해지건 말건, 이들은 자신의 노력이 상실이라는 사건 이후의 예후를 더 깊고 치명적이게 할 것임을 알고 있다.

허면, 이들은, 그리고 작가는 왜 이런 무익한 노력을 멈출 수 없는가? 그것은 대상에 대한 죄책감 때문일 수도 있고 연민 때문일 수도 있으며 '사랑' 또는 '정'이라는 모호한 정념 탓일 수도 있다. 조금 의아한 것은 이들이 자신의 태도를 어떤 이유로든 '윤리적'이라고 여기고 있다는 점이다. 상실한 대상(들)으로 인해 상심한 상태를 고집스럽게 지키려 하는 것, 그리고 이를 통해 나의 '충심'을 표현하려는 태도야말로 우울증 환자의 전형적인 증상이 아닌가? 아마도 이는 류소영의 소설에 등장하는 인물들이 원인 불명의 불안과 피로감에 시달리는 이유와 무관하지 않을 듯싶다. 그러나 우리가 좀더 주의를 기울여야 할 지점이 있다. 그것은 다름아닌, 그의 텍스트 자체가 드러내는 우울증의 징후다. "가출이나 실종, 혹은 사고사는 그것을 둘러싼 행적을 문득 낯설게 만든다."(「또 밤이 오면」, 120쪽)

그의 소설이 갑작스러운 등장인물의 부재로부터 시작되는 경우가 많다는 사실은 결코 우연이 아닐 것이다. 그리고 소설의 나머지 부분은 그로 인해 발생한 결핍을 어떻게든 메우려는 노력으로 할애되는 경우가 많다. 이러한 노력은 결코 만족스럽게 완수될 수 없는 것이기에 소설은 후반부로 접어들수록, 갑작스러운 중단을 지연하고 있다는 느낌을 전달하곤 한다.

가까운 지인이 불미스러운 사고로 절명했다는 소식을 들었을 때, 더구나 그가 오랜 시간 동안 막연하나마 연정을 품고 있던 대상일 경우 상실감은 얼마나 클 것인가. "그녀가 어제 새벽에 죽었다."(9쪽) 「개미, 내 가여운 개미」는 어떤 여인의 부음을 알리는 짧은 문장으로 시작된다. 그리고 소설은 과거의 시간으로 돌아가 화자와 그녀에 얽힌 인연을 들려주면서 그녀의 생전 모습을 세심하게 재구성하는 데 대부분의 분량을 할애한다. 그런 점에서 이 소설의 진짜 주인공은 이야기를 들려주는 화자가 아니라 그가 회상하는 인물, '신주연'이다. 작가는 우리가 결코 (소설 속에서라도) 직접 마주친 적 없는 사람, 이후로도 이 세상 사람의 모습으로 볼 일이 없는 사람의 이름 석 자를 공들여 새겨넣곤 한다. 따라서 우리가 보는 '신주연'의 모습은 화자의 마음속 낡은 사진첩에 끼워진 스냅사진처럼 세월과 망각의 후광을 입고 있다. 과거에 겪은 트라우마로 인해 섭식 장애를 앓고 있는 여성, 큰 체구에 어색한 몸매를 가졌으나 개미처럼 위축된, 신중한 몸가짐을 한 사람의 얼굴이 희미하게 떠오를 때 즈음, 우리는 화자처럼 이제 고인이 된 그녀에게 누이 또는 헤어진 연인을 대하듯 빛바랜 연민과 애정을 품지 않을 수 없다. 그리고 화자가 신주연, 그녀를 사후적으로 재구성하는 과정을 통해 떠나보낸 대상은, 기실 옛 사람이 된 그녀가 아니라 그녀와 닮은 결핍을 지닌 자기 자신이었음을 깨닫게 된다. 그리고 사진첩의 첫 장에 곱게 끼워둔 얼굴, 이제는 흔적으로 남은 그 자리에서 독자는 그들과 닮은 아픔을 지닌 우리 자신의 얼굴을 본다.

상한 마음을 달래는 법

어쩌면 작가는 이러한 역설을 알고 있었을까? 텅 빈 자리가 오히려 끊임없이 무언가로 흘러넘치는 공간이라는 사실을. 그것은 자꾸 되돌아와 나의 결핍을 상기시키는 것, 유령과도 같은 타인의 부재이며 동시에 이들의 경험을 통해 추체험하는 우리 자신의 부재이기도 하다. 우리의 눈에 비치는 뭇사람의 형상은 어쩌면 이렇게 넘치는 부재 위에 위태롭게 걸쳐진, 잠정적인 허울일지도 모르겠다. 「옷 잘 입는 여자」에 등장하는 여인, '윤세연'이 끊임없이 유행에 뒤처지지 않는 옷차림을 강박적으로 고수하는 것도 어쩌면 자신의 존재감이 갈수록 희미해져가고 있다는 사실에 위기감을 느끼기 때문일 것이다. 사람의 눈을 잡아끄는 화려한 외피를 사용해 자신의 빈자리를 필사적으로 감추려는 노력도 잠깐일 뿐, 그녀는 우리에게 그 아래 숨긴 공허를 더욱 아프게 상기시킬 뿐이다. "가끔, 우리가 낯선 이방인으로 살아가는 것은 아닌가, 우리가 근무하는 밤시간, 사람들은 무엇을 꿈꾸며 무엇을 하며 시간을 보낼까, 이제 나는 어떤 곳으로 떠밀려가는 것일까 아뜩하게 헤아려볼 때가 있다."(65쪽) 그런 그녀의 불안한 모습을 지켜보고 있는 화자는 연민을 담아 다음과 같은 진단을 내린다. "그녀에겐 내가 없다. 텅 빈 인간이다."(77쪽) 물론 그가 윤세연의 모습에서 본 것은 그녀의 아픔 이전에 자기 자신의 마음에 자리잡고 있는 결핍, 바로 그것이다. 그와 세연의 모습은 자신을 둘러싸고 있는 사회의 흐름에 뒤처지고 있다는 조바심과 상시적인 불안으로 인해 피로를 안고 사는 우리 모두의 초상이기도 하다.

(……) 그래, 그랬었지, 기억하니, 그래, ……생각나니, 아무렴……

잡으면 바스러지겠지만 고요히 들어가 몸을 누이고 싶은 그 집 몇 컷의 초라한 기억의 집. 지겹고도 사랑스럽다는 점에서 육신의 집과 너무도 닮아있는 그 누추. 다 그만 두자, 이게 뭐냐…… 때때로 그저 두 손 들고 싶

어진다는 것까지 신기하게도 똑같은 그 헛간, 그 거적때기……. (「옷 잘 입는 여자」, 83쪽)

류소영 소설에 등장하는 인물들이 불완전한 이유는 그들이 한가운데 구멍 뚫린 빈 그릇처럼 원인을 알 수 없는 결핍을 품고 있기 때문이다. 그러나 그들은 역설적이게도 이상한 과잉의 순간 역시 갖고 있다. 신주연의 폭식 습관, 윤세연의 화려한 옷차림, 「물소리」의 화자 김이 사방에 물이 차오르는 물소리의 환영에 휩싸이는 장면 등이 대표적인 예라고 할 수 있다. 이 대목들을 통해 작가는 텅 빔과 과잉은 이렇게 공존하기 마련이라는 사실을 알려주려는 것 같다. 이를 두고 소설은 곳곳에서 "에너지의 균형"이라는 용어를 사용한다. 어떤 이에게는 삶의 지혜 같지만 어떤 이에게는 애매모호한 자기합리화의 방편 같은, 그 수수께끼 같은 '균형'의 정체는 도대체 무엇일까?

터무니없는 비논리로 나는 마음엔 무슨 절대량 같은 게 있다고 믿었던 것이다. (……) 마음의 절대량…… 너의 중심을 잡는다는 게 무슨 소리냐, 네가 너를 감당한다는 게 무슨 소리냐고 묻는다면 나는 아무런 답을 내어놓지 못할 터였다. 그러나 그런 느낌이었다. 그런 느낌이 다였다. 나는 내가 너무 무거웠다. 그가 더 누른다면 압사할 것만 같았다. (「물소리」, 108쪽)

한쪽에 빈자리가 있으면 어떤 방식으로든 과하도록 넘치는 무언가를 더해주어 균형을 잡아야 한다는 생각은 얼마나 단순한 것인가? 등장인물 스스로도 "터무니없는 비논리"라고 고백할 만큼. 그러나 문제는 이들이 이런 주먹구구식 방식에 기대 버텨내는 것밖에는, 상한 마음을 달랠 뾰족한 치유책을 갖고 있지 않다는 점이다. 이들은 마음속 깊은 곳에 있는 상처를 가리켜 "뭔가 지 마음에 껄끄러움으로 남는 일"(「윤미와 춤을」, 42쪽)이라고만 짐작할 뿐, 이들을 직면해서 들여다볼 용기나 적극적으로 다른 사람에게 표현할 의욕을 갖고 있지 않은 듯하다. 왜일까? 그것은 아마도 '두려움' 때문이리라. 자신과 타인에게 자기 정체를 들킬지도 모른다는 공포. 이들은 어찌 보면 이런 감정을 나름 잘 극복하는 것 같지만, 오히려 이런 식의 어림짐작, 임시변통은 근본적인 치유를 찾는 길을 가로막고 있다는 심증을 주기도 한다. 이들에게 필요한 것은 자신의 내면에 존재하는 텅 빈 자아에 직면하고 그 결핍을 타인을 향해 드러내 보이는 것이 아닐까? 아무래도 그들이 추구하는 '균형'이란 치유에 수반되는 고통을 피해가기 위한 방어기제란 느낌을 지우기 어렵다.

두 친구의 대화로만 진행되는 소설, 「윤미와 춤을」에서도 작가는 수수께끼 같은 인물 '이윤미'를 탐색하고 그의 모습을 재구성하는 과정을 거르지 않는다. 그도 그럴 것이, 이들의 대화는 주로 오빠가 자신의 동생을 친구한테 소개하는 내용으로 이루어져 있기에, 소설은 그녀에 대한 세세한 묘사, 인적사항의 긴 나열이 전혀 어색하지 않은 상황으로 독자를 유도한다. "모르겠어./ 뭘?/ 정확히 어떤 앤지 말이야. 감이 안 잡혀./ 실은 나도 그래. 아직도 잘 모르는 면이 많아."(45쪽) 오빠가 묘사하는 그녀, 이윤미의 평소 모습은 보통 사람들과 크게 다르지 않다. 그녀는 자기 일을 묵묵히, 성실하게 해내는 사람이지만 때때로 아무도 보지 않는 곳에서 춤을 통해 억눌린 내면의 욕구를 해소하는 습관을 갖고 있다. '춤'이라고는 하지만 우리가 일반적으로 볼 수 있는, 흔한 율동과는 전혀 다른 개성적인 동작으로 이루어져 있다는 점이 특이하다면 특이한 점이다. 오빠의 눈을 통해 본 윤미의 춤은 기이하면서도 은근히 격하다는 느낌을 준다. 아마도 그녀는 내성적인 사람이 곧잘 경험하곤 하는 우울과 공허를 '춤'이라는 과장된 몸놀림을 통해 해소하려는 것일지도 모른다. 화자의 말처럼 그녀의 춤이 "일종의 푸닥거리" "에너지의 균형" "해방"과 같은 역할을 할 수 있다면 더할 나위 없겠지만 어쩐지 그녀가 자신의 좁은 방안에 스스로를 가둬놓고 있다는 느낌을 지울 수 없는 것은 왜일까? 그녀의 오빠는 어쩌면 연애든 무엇으로든 그녀를 방안에서 끌어내는 계기를 찾고 있었을 것이다. 자신의 고독한 춤을 다른 사람에게 들키는 걸 좋아하는 사람이 누가 있겠는가. 내면에 자리한 어둠과 우울을 타인에게 개방하려면, 그리고 혼자가 아닌 다른 사람과 '함께' 춤추는 일에 익숙해지려면 좀 더 과감해져야 할지도 모르겠다. 그녀, 또한 우리도.

삶-죽음의 경계선에서

비록 일시적인 방편이나마 찾지 못했으면 이들은 모진 세파를 더 힘겹게 견뎌내야 했을 것이다. 하지만 가까스로 견디는 것만으로는 충분치 않다. 당장은 아프고, 흔들리고, 최악의 경우 '균형'을 잃어 그 자리에 엎어질 수도 있겠지만 진실을 외면할 순 없는 노릇이다. 잃어버린 사람, 사라진 사물들은 결단코 예전의 자리에 돌아올 수 없으며 우리 역시 시간 속에서 소멸되어가는 유한한 인간이라는 자명한 사실 말이다. 그러나 어떤 사람들은 '그저 감수하라'고 요구하는 무정한 세계를 피해 일상 혹은 습관이라는 보호막 안에 숨어들어가곤 한다.

「또 밤이 오면」의 주인공은 시어머니 '주복희'씨가 알 수 없는 이유로 집을 나가자 갑자기 걷잡을 수 없는 혼란에 빠지게 된다. 가까운 사람의 부재에 마주할 때 우리는 힘겹게 유지하던 일상의 균형이 허물어지는 순간을 겪곤 한다. 하물며 소설의 화자처럼 "에너지의 분산"(139쪽)을 위해 결혼과 시집살이라는 어려운 결정을 내린 사람은 말할 것도 없다. 그녀는 자취를 감춘 시어머니로 인해 '주복희'씨 한 사람뿐만 아니라 남편과 시댁 식구, 친정 식구 그리고 자기 자신의 삶까지 새삼스럽게 돌아보는, 낯선 경험을 하게 된다. "불안하게 내 남루한 일상을 되짚어보는 일은 고통스럽다."(138쪽)

그러나 류소영 소설의 진경은 등장인물이 직접 삶과 죽음의 경계선으로 스스로를 밀어붙이는 순간이다. 언뜻 거창한 말처럼 들리지만 이러한 상황이 마냥 진지한 것만은 아니다. 「기록」에서처럼 한 편의 씁쓸한 소극으로 변주되기도 한다. 그러나 가출 자금을 벌기 위해 벌인 작은 소동이 아무리 보잘것없어 보여도 당사자에게는 심각한 위기였음이 틀림없다. 자신을 지켜보고 있는 구경꾼들을 상대로 최대한 굴욕적인 모습을 드러낸 상태에서 그는 말할 수 없는 모욕감, 수치, 피로를 느낀다. 그러나 중요한 것은 그 와중에서도 그가 함께 경쟁하고 있는 여성에 대해 애틋한 연민의 감정을 갖는 대목이다. 일상의 방어기제를 걷고 나와 자신의 결핍을 마주한 순간 우리는 자기 자신에 대해 성찰을 시작하는 동시에 타인의 결핍에도 눈을 뜨게 된다.

이제 또 한 편의 인상적인 단편에 대해 이야기할 때가 된 것 같다. 「물소리」는 세 명의 연구자들이 수몰 예정 지역인 전라북도 J군으로 향하는 여정을 나직하지만 단호한 어조로 그려내고 있다. 무엇보다도 이 소설은 류소영 소설 특유의 텍스트적 증상을 두루, 그리고 두드러지게 보여준다는 점에서 흥미를 끈다. 이야기의 흐름은 자주 선조적인 시간 진행을 거슬러 과거로 돌아가거나, 망설이듯 제자리에 머물고, 마지못해 앞으로 나아갈 때조차 힘겹게 천천히 사건을 끌고 나가는 듯 보인다. 때로는 특정한 장면 주위를 빙빙 돌면서 유사한 어구를 반복하기도 한다. 묘사와 이미지는 애상에 잠긴 사람 특유의 무관심을 반영하기라도 하듯 간결하기 그지없다. 불필요한 수식을 제거한 후 남은 투명함이 있다. 그렇다면 사건들에 얽힌 시간의 층위는 어떠한가? 이제는 사라진 과거와 지금 바로 눈앞에 마주한 현재의 시간 축을 교직하는 소설의 시간이 존재하는 가운데 그 사이의 간격을 크고 작은 이야기들이 메우고 있는 모양새다. 좀체 속을 드러내지 않는 진중한 사람의 마음속처럼, 섬세한 이야기의 결들이 층층이 쌓여 이루어진 것, 그것이 류소영의 소설이다. 그 복잡한 심부 한가운데, 오랜 우울을 앓고 있는 이들의 아픔과 고집의 응어리가 만져진다.

일행의 눈에 들어온 J군의 풍경은 마치 유령이 살고 있는 듯 황폐하기 그지없다. 아니, 곧 수몰되어 사라질 운명으로 인해 마을은 그 자체로 삶과 죽음, 현전과 부재가 공존하는 커다란 유령과도 같다. "사는 법을 배우는 것이 수행되어야 할 것으로 남아 있다면, 그것은 단지 삶과 죽음 사이에서만 발생할 수 있다"는 데리다의 말처럼, 그 마을은 '사는 법'을 배우기에 적당한 공간이라고 할 수 있다. 비록 각자 처한 입장에 따라 다른 무게로 얹히겠지만 세 명의 일행에게 여행길은 유사-죽음의 체험과 맞먹는 의미로 다가오게 된다. "생성의 시절. 환하디환한 시절. 생성의 시절에 홀로 그 시절과 불화하며 생성의 정 반대편으로 걸어들어가고만 싶어지는 시절."(89쪽) 그런 점에서 「물소리」의 이야기 구조는 세속적인 치유의 플롯과는 정반대의 길을 따르는 것만 같다. 치유보다는 차라리 더 깊은 절망 혹은 체념을 구하고 있다고나 할까. "거기서부터는 정말이지 아무것도 없었다. 아니 너무도 다른 것들이 있었다."(103쪽) 주인공은 부재와 현전의 경계선에 서서 불가항력적인 부재의 맨얼굴과 마주하는 경험을 한다. 그리고 자신의 병이 영영 치유할 수 없는 것임을 인정하고 오랜 집착을 놓아버린다. 그 순간 봇물이 터지듯 왈칵 마음이 열린다. 소멸이 예고된 운명 앞에서 텅 비어가는 마을과 자신이 다를 바 없다는 슬픈 사실을 받아들일 때마다, 그녀는 마을을 채우게 될 물의 환청을 듣는다.

> 다, 모든 것이 다, 이제 곧 사라지게 되는 마을의 적막한 한낮. 묘소를 이장하는 저 사람들의 자취도, 허물어져가는 낡은 집에서 마지막 남아 마지막 농사를 거두고 있는 저 노인네의 흔적도, 그 노인네가 아침저녁 들여다보는 숫자만 커다란 옛날식 달력도, 벽에 걸어둔 주황색 플라스틱 쓰레받기도, 칠이 벗겨진 오래된 개집도, 흔적도 없이 모두 물 아래 깊은 숨을 쉬게 되는 마을. (……) 사방에, 찰박찰박, 찰박찰박 물소리……. (112쪽)

천사는 흔적을 남긴다

소설이 진행됨에 따라 주인공을 비롯한 일행의 모습은 서서히 수몰될 마을의 운명과 겹쳐지게 된다. 그리고 이 장면을 이해하기 위해 우리는 수사(水死)와 결부된 죽음과 재생의 플롯을 떠올릴 필요가 있다. 이 대목에서 작가는 소멸과 죽음의 예고를 온몸으로 받아들일 때, 오히려 빈 마음은 무언가로 채워지기 시작한다는 역설을 우리에게 알려준다. 이때가 바로 자신과 같은 운명을 지닌 타인의 결핍이 마음에 들어오기 시작하는 순간이다. 그리고 주인공은 곁에 있는 동료의 아픔, 마을을 떠나야 하는 주민들의 핍절한 모습, 상대방에 대한 연민 혹은 사랑이 마음의 빗장을 풀고 쏟아져 들어오는 것을 느낀다. 어쩌면 이 소설은 주인공과 우리가 자아의 굴레에서 벗어나 타인과의 관계 속에서 결핍을 감수하는 새로운 주체로 탄생하는 과정을 그린 하나의 의식(儀式)처럼 읽힐 수도 있을 것이다.

류소영의 소설은 결코 우리에게 섣부른 희망을 제시하지 않는다. 그의 소설에는 자신의 한계에 부딪히는 인물들이 종종 등장하지만 그마저도 보통 사람이면 누구나 겪는 일반적인 경험 가운데 하나로 그려질 뿐이다. 또 한 가지, 그의 소설에서 눈에 띄는 특징은 작고 보잘것없는 사람 혹은 사물 들에 대한 애정이다. 이들은 조금만 신경쓰지 않아도 금방 잊힐 게 틀림없는 존재들이다. 시간이 흘러 지금 순간이 과거로 묻히면 누가 이들의 얼굴을 기억해줄까? 작가가 이런 연약하고 초라한 것들을 볼 때 느끼는 감정은 '연민'이다. 그래서일까. 그의 소설에 등장하는 인물들은 '마음이 아리다' '짠하다' '애잔하다'는 단어를 수시로 입에 올린다. 그리고 이러한 정조는 작가의 글쓰기 전체를 끌어안고 있다. 평범하고 내성적이어서 쉽게 눈에 띄지 않는 사람들의 얼굴들을 하나하나 복원하는 일, 그것은 어쩌면 작가에게 있어서 하나의 윤리적 요청이 아니었을까? 작고 볼품없는 것들에 대한 애정은 수많은 신주연, 주복희, 윤세연 들의 모습을 불러들인다. 그리고 또 한 사람, 소설 속에서조차 모습을 드러내지 않는 여인, '강미현'이 남긴 흔적을 함께 더듬어가도록 요청한다.

「기억할 만한 지나침」은 실종의 테마를 다룬 또 한 편의 작품이다. 소설의 화자 김준우는 부재한 존재의 흔적을 복원하기 위해 애쓰는 작가의 모습과 가장 닮은 점이 많은 인물이다. 그는 자신에게 걸려오는 유령 같은 전화의 목소리를 통해 전화번호의 전 주인 '강미현'의 정체를 이모저모 추리해간다. "내가 언젠가 강미현이지 않았을까, 혹은 내 일부가 강미현은 아닐까 생각해보기도 했다."(202쪽) 그런 면에서 강미현은 끊임없이 되돌아와 나의 빈 공간을 상기시키는 유령적 존재라고 할 수 있다. 그리고 소설의 후반부에서 화자는 남산에 올라가 두 사람의 이름을 새겨넣은 자물쇠를 던지는 의식을 거행한다.("나는 자물통에다가 〈강미현♡김준우, OO당과 함께 영원하자〉라고 꼼꼼히 써넣었다." 207쪽) 작가에게 글쓰기는 어쩌면 이렇게 흔적을 새겨넣은 징표를 세상에 던져넣는 일과 통하는 것이 아닐까?

류소영의 작업은, 역사의 거친 폭풍에 휩쓸리면서도 고개를 돌려 부질없이 버려지고 흩어진 잔해들을 돌아보는 벤야민의 '새로운 천사'를 연상하게 한다. 그러나 이들 이름 없는 역사의 파편들, 굴욕과 슬픔을 머금고 있는 작은 존재들에 대해 기억하는 일은 정작 역사가에게는 어울리지 않는 일일지 모른다. 이러한 작업은 아무래도 소설가에게 더 맞는 일처럼 보인다. 곧잘 잊힐 것이 분명한 온갖 잡동사니의 목록을 지루하게 나열하곤 하는 작가에게 그러한 작업이 무슨 의미가 있느냐고 묻는다면, 그는 어떤 대답을 우리에게 돌려줄 것인가. 아마도 소설 속의 인물처럼 이렇게 반문할지도 모르겠다. "그저…… 뭐 야릇하다고나 할까. 원래 알았던 사람 같기도 하고, 좀 무섭기도 하고, 애틋하기도 하고…… 21세기에, 이 디지털 시대에 낯선 사람에게 흔적 남기기라니 말이야"(204~205쪽). 자신이 왜 강미현의 흔적을 쫓고 있는지 정확한 이유를 대지 못하는 김준우의 고백, 그것은 '글쓰기'라는 흔적 남기기를 중단할 수 없는 작가와 그 작가가 남긴 흔적을 함께 따라가는 독자의 마음을 대신 말해주는 것만 같다.

낡은 사진첩을 펼쳐보는 일은 우리의 마음을 한없이 쓸쓸하게 한다. 그곳에는 이제 우리 곁에 없는, 과거가 되어버린 사람들이 촬영자의 시선에 붙들린 그대로의 모습으로 남아 있다. 지나가버린 추억, 젊음, 빛바랜 시간들이 사진첩의 갈피를 넘기는 우리의 얼굴을 바라보며 마음을 콕콕 찌른다. 이 흔적들마저 없었으면 영원히 잊혔을 형상들은 머지않은 미래에 우리 자신이 갖게 될 얼굴이기도 하다. 그리고 곧 이 사진첩마저 낡아서 흔적도 없이 사라질 것임을 일깨운다. 그래도 현재의 삶 속에서 사라져간 것들을 추억하는 짧은 간격으로 인해 남아 있는 것들은 살아갈 힘을 얻는다. 너나없이 텅 빈 채로 살아가는 우리의 마음을 채워줄 수 있는 이들은 이렇게 열심히 흔적을 남기고, 물려주고, 전수받는 '평범한 천사'들일 것이다. 그리운 이름을 호명하고, 꼼꼼히 내력을 기록하고, 기억을 보존하는, 불완전한 인간의 노력에 대한 이야기들이 이토록 마음을 사로잡는 연유도 바로 그 때문이 아닐까.

(류소영 소설집 『개미, 내 가여운 개미』 해설)

불가능하고 불가측한, 글쓰기의 모험

— 김태용과 한유주의 소설

1. 수사와 서사, 발화와 침묵 사이에서—한유주, 『나의 왼손은 왕, 오른손은 왕의 필경사』(문학과지성사, 2011)

한유주의 소설은 새로운 수사와 함께 낯선 진실을 던져준다. 우리는 이미 그로부터 "우리의 세대는 수사학이 선인 세대다. 수사를 제외하면 우리에게 대체 무엇이 남을까?"[1]라는 질문을 한차례 받은 적이 있다. 가뜩이나 범람하는 불신과 회의로 복잡해진 머리에 난제를 밀어넣고, 무성한 소음 바깥으로 뒷걸음치던 그를 기억하는 독자라면 한번 더 그 진술을, 이미 들어 익숙해진 웅얼거림을 들어야 하리라. 이것은 형벌인지 아니면 축복인지. "광대들이 말놀이에 열중하므로 왕의 필경사는 백 년을 하루같이, 하루를 백 년같이, 아니, 하루를 천 년같이 수사와 서사를 혼동하는 것."(14쪽) 이러한 구절을 통해 우리는 언어유희가 재현을, 수사학이 서사를 잠식하고 심지어 무용하게 만드는 경계선이 지금-이곳으로부터 그리 먼 곳에 있지 않음을 직감하게 된다.

---

1) 한유주, 「그리고 음악」, 『달로』, 문학과지성사, 2006, 110쪽.

그러나 그가 십 년에 이르는 세월 가까이, 세 권에 이르는 소설집을 통해 말하려고 했던 것은 언어유희로서의 수사 그 자체를 훌쩍 넘어서고 있는 것만 같다. 역설적이게도 작가는 수사학 그 자체보다 더 절실하게 전달하고픈 무언가를 품고 있음을, 피해갈 수 없는 진실의 주위를 안타까이 우회할 수밖에 없는 상황을 '수사학적' 표현을 통해 호소하고 있는 것이 아닐까. 따라서 우리는 한유주의 소설을 읽을 때, 전달하고자 하는 '대상'은 전달하는 '방식'과 떨어지려야 떨어질 수 없는 한몸이라는 자명한 사실을 다시 한 번 되새길 필요가 있다. 한유주의 소설은 의미 속에 드러나지 않는 것, 진동, 감추어진 밑바닥으로부터 떨려나오는 것, 흐름, 에너지의 변화 등으로 감지되는 것을 통해 우리에게 더 많은 말을 걸고 있다. 표면에 드러난 의미에 머물러 있다가 그가 설치한 착란의 덫에 걸려 넘어졌던 적이 어디 한두 번이었던가. 이를테면 "혹은 산을 언덕으로, 바다를 강으로, 강을 실개천으로, 강물을 우물로, 이름만 다를 뿐 같은 것들을 같은 이름으로 부르기로 했다."(「머리에 촛을」, 53쪽), "내가 쓰고 있지 않음에도, 이 글은 계속해서 쓰인다. 순간 나는 아무것도 쓰지 않는다."(「도둑맞을 편지」, 154쪽)와 같은 문장은 의미를 전달해주기는커녕 오히려 의미를 텅 비워버리기 위해 존재하는 것 같은 인상을 주기 마련이다. 언어의 지시 작용을 거부하는 과정이 되풀이될수록 의미는 소진되고 질감, 진동, 리듬만이 남을 뿐이다. 이렇게 진실은 영원한 현재형으로서 과거의 것을 삭제하고 새롭게 생성하는 방식으로 '출현'하는 것인지도 모른다. 비가시적인 언어로 쓰인, 아직 말해지지 않는 것들이 우발적으로 나타났다 스러지는 놀이, 또는 사건으로서.

이번 소설집에서도 작가는 글쓰기 특유의 놀이를 통해 현실과 환상, 픽션과 논픽션의 경계를 허무는 일을 멈추지 않는다. 오히려 기교는 더 정교해지고 책략은 더욱 교묘해져간다. 흔히 '메타담화'라고 하는 장치는 이야기가 지속되는 허구적인 시간을 작가의 글쓰기, 그리고 독자의 읽기에 관련된 실제적인 담화 시간에 최대한 밀착시키고자 하는 불가능한 시도를 포함하고 있다. 이를 통해 작가의 글쓰기, 텍스트와 독자의 현전('지금-여기 있음')은 각각 또는 동시에 이중 삼중으로 소설 위에 무대화된다. 아무리 그럴듯한(혹은 결코 있을 법하지 않은) 내용이라도 일단 픽션의 지위를 부여받는 순간 작품의 진실은 백팔십 도 변화하게 된다. 더욱이 작가들은 속이고, 스스로 속는 존재들이다. 오히려 이들이 초조하게 발화를 재촉할수록, 그리고 일단 뱉어낸 말 위에 개칠을 거듭할 경우에도 언어는 결코 말할 수 없는 것, 말해질 수 없는 것을 둘러싸고 매 순간 소용돌이치고 있다. 그리고 이러한 움직임으로 인해 텍스트에는 쪼글쪼글하게 주름이 잡힌다. 이 주름을 따라 소설은 때로 볼록한 면 위에 자신의 목소리를 양각하고, 때로는 오목한 면 안쪽에 자신의 진의를 음각하면서 이중의 의미망을 얽어나가곤 한다.

한유주의 소설이 자신의 아포리아를 깨뜨리는 유일한 순간은 이렇게 글쓰기의 불가능성, 자신의 불가능성을 픽션으로 만들어 보여줄 때뿐이다. "어쩌면 여러분은, 내가 이 글을 다 쓰지 못하고 죽는다고 해도, 나의 죽음이, 단지 다른 여러 죽음들 중 하나에 불과하다고, 오늘의 나처럼, 생각할지도 모른다."(「자연사 박물관」, 84쪽) "나는 아무것도 쓸 수가 없다. 내가 글쓰기를 시작하는 순간, 이 글은 이중의 글쓰기가 되기 때문이다."(「도둑맞을 편지」, 153쪽) 어째서 그는 끊임없이 쓰는 자와 쓰이는 자로, 규범을 부과하는 자와 이를 위반하는 자로, 서술하는 자와 이를 비평하는 자로 갈라지는 분화의 놀이에 그토록 매혹되는가? 작가는 이 책의 첫 작품인 「나는 필경……」에서 이러한 움직임을 왼손과 오른손이 서로를 밀어내고 당기는 경합의 과정으로 묘사하고 있다. "나의 오른손이 나의 왼손을 베끼는 동안 왕국은, 몰락의 징후를 드러내거나 혹은, 힘겹게 지속된다."(11쪽) 그리고 작가는 후기에서 "나는 왼손잡이로 태어나 오른손잡이가 되었"(「작가의 말」, 284쪽)다는 사실을 고백하고 있다.[2)]

---

2) 그는 이전에 발표한 소설에서도 이와 유사한 장면을 보여준 적이 있다. "아버지는 내 뺨을 후려친다. (……) 나는 왼손잡이로 태어나 오른손잡이가 되었다."(한유주, 「허구 0」, 『얼

아버지의 권위에 의해 오른손잡이로 길들여진 작가에게 오른손은 후천적인 것, 사회화 혹은 상징화된 영역을 담당하는 것으로, 왼손은 좀더 본능에 가까운 것, 실제적인 것, 길들여지기 이전의 충동에 속한 것으로 여겨질 법하다. 이렇게 두 손은 한 주체에게 속하는 것처럼 보이지만 분화된 정체성을 담당하고 있는 내면 속의 타자들이다. 따라서 이 둘이 경합하여 만들어낸 소설들 역시 텍스트 내의 타자가 벌이는 여담(digression)과 일탈의 기록에 접근하는 것도 당연한 수순일 것이다. 이들의 경합은 상반된 힘이 밀고 당기면서 만들어내는 아라베스크 무늬처럼, 직선으로 진행되는 텍스트의 흐름을 교란시키면서 아름답게 춤추게 한다. 그리고 그 무도의 중심에는 실제적인 대상이 계시되는 '불가능한 사건'으로서 무(無), 죽음, 종결의 공허한 깊이가 자리하고 있다.

그러나 이러한 일탈, 책략, 시늉의 무대 위에서도 유일하게 주체를 속이지 않는 것이 있으니 이는 바로 시작에서부터 예고되는 어떤 징후와 이로 인한 '불안'이다. "징후는 어디에나 있다."(「머리에 총을」, 53쪽) 이러한 불안의 조짐은 대재난 이후의 삶을 소재로 한 SF소설(「인력입니까, 척력입니까」「인력이거나, 척력이거나」)과 동화의 패러디(「불가능한 동화」) 같은 다양한 양식으로 변주되고 있다. 그리고 자기반영적인 텍스트에서 이러한 불안은 무엇보다 소설의 '끝'이라는, 돌이킬 수 없는 사건에 대한 예감으로 형상화되고 있다. "(내가) 이 자리에서 멈추고 만다면, 혹은 되돌아간다면, ―어디로?―나의 인생이, 나의 신체가, 나의 의식이, 그 자리에서, 그래, 그 자리에서 무화되고 말 것 같다는, 불안에 사로잡히고 말았던 탓이다. 나는 제자리에 선 채로, 한동안 가만히 있었다."(「머리에 총을」, 76쪽) 무화에 대한 공포는, 한편으로 근원을 향하는 염원과 짝을 이루는 것이기도 하다. 나타나는 것과 사라지는 것, 긍정하는 것과 부정하

음의 책』, 문학과지성사, 2009, 25쪽)

는 것, 말하는 것과 침묵하는 것 사이에서 그는 쓰는 속도로 지우는 속도를 추월하면서, 자신을 현전하는 것으로 만들어간다. 그리고 다시 스르르 미끄러진다.

2. 서사와 몸, 환유와 은유 사이에서—김태용, 『포주 이야기』(문학과지성사, 2012)

한유주의 소설에서 김태용의 소설로 바로 미끄러진다는 것은, 이러한 환유적인 독서 행위는 어떤 내포된 뜻을 갖고 있는가? 언어와 스타일의 실험을 꾸준히 시도한다든지, 메타담화의 기법을 빈번하게 사용한다는 점에서 관련이 있어 보이긴 하지만, 정작 이 두 작가를 성긴 끈으로나마 묶는 까닭은 이들이 '유사'하기 때문이라기보다 '가까이' 있기 때문이 아닐까. 비슷한 시기에, 인접한 영역을 탐색하는 작가들을 함께 조망하는 것은 독자의 자유이지만, 이들의 거리가 가까울수록 오히려 차이점이 더 도드라져 보이는 경우도 있다는 점도 잊어서는 안 될 성싶다. 김태용의 소설 속에 그려져 있는 세계에서 몰락의 조짐은 훨씬 빠른 속도로 진행되고 있으며, 이를 재촉하는 원인 역시 먼 곳에 떨어져 있지 않다. 그리고 이러한 임박함, 혹은 인접성의 징후는 그의 소설세계의 분위기를 조성하는 데 중요한 역할을 하고 있는 것으로 보인다. 심지어 이러한 조짐의 도래는 대개 일인칭 서술자로 등장하는 작중인물들의 신체 안에서 벌어지는 사건으로 기술되는 경우도 적지 않다.

"쓸개를 잘랐다"(65쪽)는 문장으로 시작되는 「쓸개」에서 우리는 신체 훼손이 좌절된 성욕, 전반적인 쇠락의 풍경과 함께 진행되고 있다는 느낌을 받게 된다. 내부의 장기를 떼어내는 사건은 작은 죽음을 연상시키며, 이는 남성성을 제거하는 거세의 경험을 환기시키기도 한다. 물론 이러한 감각은 상징적인 차원에서 머물지 않고, 매우 실제적인 고통으로 지각된다는 점에서 문제적이라고 할 수 있다. 그리고 서술자는 이러한 치명적인 사건을 특정한 상황 속에서 반복적으로, 그러나 조금씩 내용과 강도를 달리 하면서 거듭해서 경험하게 된다. 소설 속에서 '나'의 은밀한 욕망의 대상인 외숙모가 복숭아를 먹는 모습은, 다음 장면에서 '내'가 게걸스럽게 음식을 탐하는 모습으로 이어지고 마침내 그가 개에 의해 복부를 뜯어먹히는 꿈을 상기하며 자신의 몸에서 꺼낸 담석을 꺼내 씹는 모습으로 종료된다. 이러한 일련의 충격적인 장면들의 연쇄를 통해서 우리는 타인과의 합체를 갈망하는 에로스적 충동이 신체 훼손으로 상징되는 타나토스적 충동과 뫼비우스의 띠처럼 연결되어 있다는 인상을 강하게 받게 된다. 신체의 부분 대상들을 전면화시킨 「머리 없이 허리 없이」「허리」「머리」와 같은 소설들을 통해 작가는 이들 사이의 연관 관계를 한결 중층적인 차원에서, 세밀하게 전개하고 있다.

김태용의 소설에서 핵심적인 오브제를 단 한 가지만 지적해야 한다면, 나는 두말하지 않고 '몸'이라고 대답할 것이다. 작가는 자신이 쓰고 있는 소설의 담화 구조를 빈번하게 인간의 '몸'의 구조에 빗대어 설명하고 있으며, 이보다 자주 인물들의 몸 전체 또는 일부를 이야기의 중심 소재로 삼고 있다. 물론 이 과정은 모두 소설 속에서 자기 자신을 두고 일어나는 자기반성적인 사건들이다. 이때 머리, 허리, 하반신으로 구성되어 있는 인물들의 '몸'은 처음, 가운데, 끝으로 연결되는 소설의 서사 구조와 마치 상동기관처럼 조응하고 있다. 한편 소설의 이야기 혹은 사건 층위에서 살피면, 작중인물들이 느끼는 격렬한 고통과 욕망의 한가운데, 거의 예외 없이 '몸'이 있음을 발견하게 된다. 이때 몸은 사건을 추동하는 제1원인이자 작중인물들이 도달하는 마지막 종착지이기도 하다. 김태용의 소설에서, 먹고 마시고 성교하고 통증을 호소하는 인간의 '몸'은 저항할 수 없는 '내 안의 타자'이며 거부할 수 없는 '실재' 그 자체가 아니겠는가? 그리고 그의 소설은 실재의 과잉으로 인해 우리가 어떤 방식으로든 그와 대면할 수밖에 없는 상황을 사건의 중심에 놓는다. 걷잡을 수 없이 두려운 실재가, 내 안에 있는 외밀성(extimité)의 공간을 점유하고 있을 때, 주체와 서사는 다 함께 붕괴되고 말 위기에 놓이게 된다.

「허리」는 "시작은 없고 중간과 끝만 있는 이야기는 어떨까. 끝도 필요 없다"(163쪽)라는 작중인물의 독백과 함께 시작된다. 멈추지 않고 진행되는 이러한 여담들이 자신이 서술하는 이야기를 반성적으로 지시하고 있음은 말할 나위도 없다. 한편 이야기가 진행될수록 서술자가 처해 있는 상황이 차츰 전면에 떠오르게 된다. 허리의 병으로 인해 병원에 입원하고 있는 그는, 자신이 누워 있는 침상이 반으로 접힐지도 모른다는 불안과 함께, 그처럼 자신의 허리도 위태롭게 꺾이고 말리라는 염려에 사로잡혀 있다. 마찬가지로 「머리」의 화자는 자신의 독백이 "이야기가 시작되기 전 머리말에 불과한 이야기"(204쪽)이며, 본론에도 진입하지 못한 채 파라텍스트 상태로 떠돌고 있다는 사실을 시시각각 토로하고 있다. 그리고 이러한 자기반영적인 언급은 머리가 둘로 쪼개질 듯한 두통을 겪고 있는 화자의 위기와 자연스럽게 포개진다. 「머리 없이 허리 없이」의 화자는 온전한 사고 능력과 운동 능력마저 모두 상실한 채 식물인간 상태로 누워 있는 인물이다. 그는 자신에게 남아 있는 유일한 감각은 하반신, 그중에서도 배설기관인 "오줌통" 단 하나뿐이라고 고백한다. 작가는 소설의 서술을 두서없이, 맥락도 없이, 화자의 자유분방한 의식의 흐름에 내맡김으로써 처음, 중간, 끝으로 이루어진 아리스토텔레스 식의 고전적인 서사 구조를 위반하고자 하는 뜻을 명백히 하고 있다. 또한 이러한 불구성은 "영복이의 머리를 갖고 태어나 스미스의 허리를 갖게 되"(153쪽)는 아들의 비극적인 삶으로 유전되어간다.

한편, 소설집의 맨 마지막에 실린 「뒤에」는 스스로를 췌언 취급하면서, "이야기 뒤에 오는 이야기"(213쪽)에 불과하다는 사실을 강조한다. 작가는 이 소설에서 '서사' 바깥에 있는 '서사 아닌 것'이 다름아닌 무, 공허, 실재 그 자체임을 드러낸다. 그러나 언급하는 것만으로도 두려운 실재와의 대면을 피하기 위해 그는 동음이의어인 (먹는) "무"에 대한 이야기로 자꾸만 미끄러지고 달아나려고 한다. 이러한 여담적 텍스트는 문장의 미결 상태, 부유 상태, 망설임 들을 백일하에 드러냄으로써 자신이 텍스트 속에 남아 있는 전(前) 텍스트의 흔적임을 폭로하고 있다. 또한 작가 그리고 화자는 자신이 실재를 거짓 없이 대면하고 이를 소설로 형상하기 위해서 상징화를 거치기 이전의 전(前) 오이디푸스 단계의 언어로 돌아가겠다는 비장한 결심을 누설한다.

그렇다면 작가가 추구하는 '몸'의 실상, 그리고 그와 가장 행복하게 교합하는 최종, 최상의 언어는 과연 어떤 것이 될 것인가? 이를 막연하게나마 짐작하기 위해 다시 이야기의 맨 앞으로 돌아가기로 한다. 한 노인이 죽음을 목전에 두고 겨우 한 시간에 불과한 유예된 시공간 속에서 거듭 적을 수밖에 없었던 언어, 환원 불가능한 그것은 '나는 ……이다'라는 은유의 문장이다. "나는 포주였다." 처음은 끝과 통하고 환유는 미끄러진 끝에 은유에 정착하기 마련이다. 이러한 문장을 내뱉는 이가 결국 자살로 생을 마감할 수밖에 없었던 것은 우연으로 돌릴 수 없는 진실을 우리에게 전하기 위한, 필연적인 귀결일지도 모르겠다. 자신을 실재와 구별할 수 없이 접근시키는 순간, 그는 죽음으로 직행, 직하할 수밖에 도리가 없을 것이다. 그런 점에서 늙은 포주가 가까스로 벌어들인 한 시간은 진실한 글쓰기를 가능케 하는 최소의 유예 공간일 것이다. 그리고 그동안 서술자는 스스로 자신을 정의하고, 자신의 진술을 입증하며, 자신이 입증한 내용을 실행에 옮긴다. 그러나 언어가 수행으로 연결되는 글쓰기의 공간은, 자신을 무화시키는 공간, 시시각각 죽음과 자신을 동일시하는 '두렵고도 행복한' 찰나이리라. 그러나 살아남아 여전히 말하기 위해, 그리고 '글 쓰지 않기를 그치지 않는' 익명의 작가를 마주하는 기쁨을 잠시 움켜쥐기 위해 그와 우리는 여전히 책이라는 사물을 사이에 두고 뒤로, 뒤로 미끄러져간다. 그리고 비난과 멸시는 저편에, 동조와 굴종은 이

편에, 혹은 서로의 역할을 바꿔가면서 부대끼는 몸을 기다리듯, 새로운 책의 도래를 환영하기 위해 우리의 비겁하고 비본질적인 언어를 잠자코 용서하기로 한다.

(『문학동네』 2012년 여름호)

희망의 감옥에서 부서지다
— 구경미 단편소설 「파랑을 꿈꾸다」

'너무' 넘치는 것들에 대하여

구경미의 소설 「파랑을 꿈꾸다」(『현대문학』 2012년 7월호)가 다루는 슬픔은 버려진 이들만 알 수 있는 깊이를 갖고 있다. 버림받은 이들이 간절히 원하는 것은 자신을 원래 있던 자리로 되돌려주는 기적 같은 사건이 아니다. 이들은 자신이 사라지고 난 후의 '빈자리'를 세계 속에 새겨넣으려고 한다. 그러나 이러한 소망은 결국 실패로 돌아가고 만다. 왜냐하면 남아돌거나, 불필요하기 때문에 버려진 이들을 기억해야 할 명분도, 구실도 있을 리가 만무하기 때문이다. 만일 그러지 않았더라면 애초에 이들은 버려지지도 않았을 것이므로. 이런 사실을 모르지도 외면하지도 않는 냉정한 마음을 가진 사람이라도 한번 버려지면 그 불가능한 소망을 위해 어떤 일이든 하지 않을 수 없다고 고백하게 된다. 살아야 하니까. 영문도 모른 채 지워진 얼굴을 견뎌낼 수 있는 사람은 어디에도 없으니까. 「파랑을 꿈꾸다」의 주인공 현경도 바로 그런 사람이다. 그래서 결국 견뎌내지 못할 것임을 알면서도 과도한 짐을 떠맡고, 자신을 짓눌러버리고 말 것임을 알면서도 그 몹쓸 운명에 입을 맞춘다. 그렇게 냉정한 그녀도 이미 정체를 알고 있는 운명한테 순순히 당하고 마는 이유는 자명하다 못해 투명하다. 너무 투명해서 아프다. 그녀가 아픈데도 아프지 않다고 말할 수 없다는 걸 알기에 슬프다.

이 소설은 과도함, 지나침, 넘침이 부르는 비극을 우리에게 보여준다. 애초에 주인공 현경이 버려졌던 이유도 집에 딸이 "너무" 많았기 때문이었지 않은가. 그리고 양육비를 받는 조건으로 그녀를 맡아 키워온 엄마를 현경이 힐난하는 이유도 남매들을 "지나칠 정도로" 똑같이 대했기 때문이었다. 그리고 무리하게 사업을 추진하는 현경을 향해 가장 가까운 동료인 은 팀장이 주의를 줄 때에도 어김없이 문제가 되는 건 이 '과도함'이다.

"좀 천천히 하자. 조금 천천히. 끝없이 달리기만 하면 심장이 버텨내지 못하는 법이야. 지금까지도 우린 **너무 빨리** 달렸어. 게다가 이번 프로젝트는 **우리가 감당할 수 있는 선을 넘어섰어**."

그녀는 잔을 들었다. 은 팀장을 보았다. 유난히 창백해 보였다. 조명 때문인 듯했다. 그녀가 말했다.

"투자받으면 돼."

"투자도 빚이란 거 알잖아."

"수익 내면 돼."

"그게 말처럼 쉽니? 조금 더 여유를 갖고 검증해보자. **너무 빨라서 난, 어지럽다**."

"선배가 소심해서 그래. 아무튼 겁쟁이라니까. 눈을 감고 이 속도감을 즐겨봐. 나처럼. 인생은 선배, 롤러코스터야." (강조는 인용자)

'넘치는 건 모자람만 못하다'는 경구가 들어맞는 걸 증명하는 사례 또는 인물들을 문학에서 보는 일은 매우 흔하다. 주어진 분수를 넘어 욕심을 부리거나 금기에 맞서다가 몰락하고 마는 인물들이 어디 이카로스, 파우스트, 마담 보바리뿐이겠는가. 이 오버리처(overreacher)들은 욕망을 추구하는 법만 알지 그것을 제어하는 방법을 배운 적이 없었던 것이다. 그러나 어쩌면 인간은, 때로 자신의 몰락을 자초하곤 한다는, 바로 그 못난 특징 때문에 지극히 '인간'다워지는 것인지도 모른다. 인간을 제외한 동물은 자기 자신을 해치는 법이 없다. 쾌락원칙을 넘어서, 자신을 해칠 것임이 분명한 헛된 욕망에 기꺼이 자신을 내어주는 이상한 습성은, 사실 인간의 존엄보다는 왜소함으로부터, 숭고보다는 비루함으로부터 나온다. 스스로의 모습을 거울에 비추어본 인간이 그 때문에 참을 수 없는 절망감을 느낄 때, 그는 지금의 자신과는 다른 것이 되고 싶다는 간절한 바람에 휩싸이게 된다. 그 바람이 인간을 밀어붙여 쾌락의 영역 저편으로, 안전과 평화를 약속하는 범위를 벗어나는 곳으로 기꺼이 달아나게 만든다.

「파랑을 꿈꾸다」는 자신의 내부에 있는 트라우마 때문에 과도한 열망을 갖게 된 한 사람의 비극이면서, 이러한 욕망이 어떻게 조용한 광기로 변질되는지 보여주는 임상 기록이기도 하다. 자신의 힘으로, 탈구된 삶을 다시 복원하고자 하는 바람은 얼마나 사람을 미치게 하는가. 그 미친 마음을 내면 깊숙한 곳에 밀어넣은 채 조용히 책략을 짜는 사람의 마음은 얼마나 무섭도록 아픈가. 그녀는 자신의 슬픔을 안다고도, 모른다고도 하지 않았다.

파랑, 잃어버린 사랑의 대상

「파랑을 꿈꾸다」는 자신을 버렸거나, 적어도 '덜' 사랑한 두 엄마에게 항의하는 한 소녀의 이야기다. 주인공 현경은 스스로 독립했다고 여기는 성인 여성이지만 속은 애정을 갈구하며 우는 소녀의 상태에 머물러 있음이 분명하다. 누구보다 강한 모습을 하고 있지만 속에 덜 자란 아이를 품고 있는 '어른아이'라고나 할까. 물론 이런 경우에는 '항의'라는 점잖은 단어보다 자기한테 관심을 가져달라고 떼쓰는 아이의 앙탈, 생떼 같은 단어가 더 잘 어울린다. 그녀의 목표는 자신을 외면한 엄마가 원래 자신이 있었던 빈자리를 발견하고, 느끼고, 후회하게 만드는 것이리라. 유명한 사업가가 된 뒤, 그녀는 자신을 키워준 엄마와 나누는 대화 속에서 이런 아픈 속내를 들키고 만다.

"아직도 돈 받는 건 아니지?"

그녀가 물었다. 천장을 향해 있던 그녀 엄마의 시선이 천천히 그녀에게로 내려왔다.

"안 받는다. 네가 주는 생활비도 다 못 쓴다."

"뭐라고 말했어? 30년 가까이 받다가 안 받겠다 하면 궁금해했을 텐데."

"너 돈 잘 번다고. 큰 회사 사장이라고."

"그랬더니 뭐래?"

"아무 말도."

"버린 거 후회 안 한대?"

그녀의 엄마는 말없이 그녀를 바라보았다.

마음의 저울은 자신을 버린 엄마의 후회와 아픔이 크면 클수록, 그녀의 존재 가치, 삶의 명분은 점점 무거워지는 쪽으로 기울 수밖에 없다. 그녀가 "잠자는 시간을 줄이고, 밥 먹는 시간을 줄이고, 용변 보는 시간마저 줄여가며" 필사적으로 뛰고, 싸우는 이유는 바로 사라지지 않기 위해서다. 그리고 틀림없이 그녀가 태어나지 않기를 바랐을 것이 분명한 낳아준 엄마의 명령에 맞서 간신히 존재하기 위해서다. "버린 거 후회 안 한대?"라는 단 한 줄의 물음 밑바닥에 묻혀 있을 긴 울음과 지독한 통증이 조금이라도 느껴지는 사람이라면, 그의 얼굴을 잠자코 뜯어볼 일이다. 가면 뒤에 숨겨진 맨얼굴의 표정을 보기 위해서. 그러나 안타깝게도, 소설 속에서 이 신호를 수신하는 사람은 그녀를 키워주었으나 깊이를 가늠할 수 없는 절망 앞에서 무기력하기만 한 엄마, 단 한 사람뿐이다.

언뜻 보기에 현경은 자신을 홀대한 세상에 복수하겠다는 의지로 뭉쳐진 냉혈한처럼 보인다. 그러나 이 소설은 그녀가 기실 누구보다 섬약하고 상처받기 쉬운 마음의 소유자임을 증언하고 있다. 약한 마음을 가진 사람들일수록 좌절을 겪게 되면 오히려 더 차갑고 단단하게 돌변하지 않던가. 그토록 모질게 버티다가 어이없는 충격 한번에 쉽게 부서져내리곤 하지 않던가. 실패한 사랑으로 인해 나약해진 모습을 숨기기 위해 이들은 더욱 두꺼운 가면을 필요로 할 뿐이다. 그런 가면은 두꺼운 만큼 유연하지 못하기 때문에 그뒤에 숨은 맨얼굴을 가끔씩 노출시키곤 한다. 그녀가 곪은 속내를 내보이는 순간은 얼마든지 있다. 겉으로는 남부러울 것 없이 성공한 이후에도 그녀에게는 마음 둘 곳이 없다. 이웃집 노파가 장독을 이리저리 끌고 다니는 소리조차도 그녀에게는 부러움의 대상이 된다. 이렇게 "나를 생각하는 마음이 저 장독에 대한 애정만큼이라도 있었으면". 대학 시절부터 자신을 보이지 않는 곳에서 도와주었던 든든한 파트너 은 팀장이 종내 자신만의 사람이 될 수 없다는 사실을 확인하는 순간에도, 그녀의 반응은 무서우리만치 덤덤하기만 하다. "차라리 우리, 연애할까? 그것도 운동되잖아. 아니다. 농담이야, 선배. 운동은 내일부터 해야겠다. 얼른 자." 수신되지 못한 사랑 고백은 지옥보다 낮은 절망으로 우리를 밀어넣곤 한다.

가망 없는 희망에 갇힌 수인(囚人). 일을 더 열심히 하면, 성공을 해서 돈을 벌면, 유명해지면 잃어버린 사랑과 관심을 회복할 수 있다는 꿈으로 스스로를 속이고, 속는 일은 가능한가? 믿을 수 없지만 이는 현대의 세속도시에서 얼마든지 일어나는 일이다. 세속 도시를 개심시켜온 자본주의의 교의(敎義)는 일과 자기 자신밖에 모르는 냉혹한 워커홀릭들의 헌신으로 지금 이 순간에도 나날이 교세를 불려가고 있는 중이다. 어쩌면 거짓 욕망으로 스스로를 기만하는 신자유주의 시대의 현대인들은 거의 모두 현경이 저질러온 것과 동일한 죄목으로 자신을 기소해도 좋을 것이다. 가장 사랑해야 할 자신을 덜 사랑하는 죄. 이러한 죄로 인해 우리는 '사랑의 실패'라는 쓸쓸한 형벌로부터 영원히 면제되지 못할 것이다.

그녀가 꿈꾸었던 대상은 정말 '파랑'일까. 이 소설에서 '파랑'은 두 번 등장한다. 소설 제목에서, 그리고 다음엔 그녀가 묵는 호텔에 걸려 있는 그림의 제목에서. 이 그림, 즉 칸딘스키의 작품 〈파랑을 향하여〉는 상단 중앙부에 있는 커다란 파란색 얼룩을 향해 일제히 율동하는 다양한 선들과 형상들로 이루어져 있다. 이 그림에서 '파랑'은 많은 점, 선, 면 들을 자신의 중심으로 끌어당기는, 이차원상의 '꿈', 바로 그것이다. 그녀는 어쩌면 이 '파랑'의 의미를 희망으로 잘못 해석했기에 실패한 것인지도 모른다. 그녀는 운명의 막다른 지점에 도달한 이후에야 '파랑'의 본색을 보게 된다. 어떤 시인에게 파랑은 '푸른 꽃'처럼 지상에 존재하지 않는 슬픈 꿈을 상징하는 색으로 비쳐진다. 그리고 절망에 빠진 그녀의 눈에 파랑은 자신을 죽음의 자리로 태우고 온 렌터카의 색이자 유리창에 비친 자신의 얼굴 위에 감도는 창백한 죽음의 안색으로 비쳐진다. 어쩌면 그녀는 '파랑'이라고 이름 붙이고 간절히 원해왔던 그 욕망의 대상이 기실 오래전에 상실한 '사랑'의 오식이었음을 알아버린 것이 아닐까.

"새파란 하늘이 끝없이 펼쳐져 있었다. 너무 파란 하늘 때문에 지상의 것들이 더 납작 엎드린 것처럼 보였다." 현경은 비로소 막다른 골목에 도착한 후, 사뭇 다른 눈으로 자신을 둘러싼 풍경을 바라보게 된다. 호텔의 창밖으로 바라본 이국의 하늘은 구름 한 점 보이지 않는 "너무 파란"색으로 일순간 그녀의 마음을 사로잡는다. 과도한 희망의 예감으로 결박되어 있는 피조물들의 모습은 죽음의 무게를 공동으로 짊어지고 살아가는 이승의 삶을 닮았다. 그녀가 본 것은 과장된 의도와 징후로 포화 상태가 되어버린 고밀도의 풍경이며, 거대한 공허를 눈치채버린 멜랑콜리아 환자들의 눈에 비친 세계의 진상이기도 하다. 그녀는 결국 '파랑'이야말로 거대한 공허를 메우기 위해 만들었던 자신의 환상에 불과하다는 두려운 사실 앞에서, 도망치려 한다. "그녀는 깊고 긴 잠을 잘 예정이었다. 그동안 자지 못한 잠을 벌충하듯 길고 긴 잠을 잘 생각이었다. 열한 시간 후에. 떠오르는 아침 해를 바라보며." 나는 그녀의 슬픔에 대해 더 오래, 더 과하게 해석할 것이다. "마담 보바리, 그녀는 나다"라고 고백했던 플로베르처럼, 그녀는 마치 의식의 억압을 이겨내고 현현한 나, 혹은 너 자신의 모습이기 때문이다. 우리 역시 어딘가에 감금되어 있는 존재이기에.

불안의 맨얼굴

아이는 자신을 버린 엄마를 어떻게 받아들일 것인가? 아이는 그녀를 증오하면서 사랑한다. 더 정확한 표현으로 바꾸면 '증오할 정도로 사랑하므로 그녀를 파괴하고자 한다.' 이러한 감정은 어머니의 욕망의 장에서 헤어나오지 못하는 강박증자의 증상과 일치한다. 이런 파괴의 충동이 결국은 자기 자신도 모르는 새 스스로를 향하고야 만다는 것조차 닮았다. 양자를 결합시키는 사랑의 실패는 어머니에게 외면당한 아이의 슬픈 운명을 결정짓는다. 자신에게 실망하여 등을 돌려버린 엄마의 이미지는, 엄마의 욕망을 채워주기 위해 끊임없이 자신을 채찍질하는 딸의 이미지와 절망적인 콤비를 이룬다.

"그래서 유해폐기물을 수출했구나. 엄마는 수입했고."

그녀의 엄마가 어리둥절한 표정을 지었다.

"그럼 이건 처리비용인 셈이네."

통장을 가리키며 그녀가 말했다. 그녀의 엄마는 아무런 대답도 하지 못했다.

"그런데 엄마, 이거 알아? 유해폐기물 수출입은 불법이라는 거."

아마도 현경은 자신이 두 명의 엄마 사이에서, 계약에 의해 교환된 존재라는 사실을 알아차렸을 때 돌이킬 수 없는 상처를 입었을 것이다. 자신이 '상품'처럼 다루어졌다는 사실을 느끼는 사람의 비참은 그녀에게 있어 우화도, 은유도 아니다. 사실 우리 모두는 물질주의의 신이 지배하는 세상에 던져진 이후 인간마저 상품가치로 결정되는 경제에 감금당한 존재가 아니었던가. 버려진 딸이나 다름없는 자신이, 어그러진 관계를 회복할 수 있다는 숭고한 환상은 거짓 욕망을 심어주어 개인들로 하여금 스스로를 소진시키도록 내몬다. 이들은 모두 많은 돈을 벌어 성공하면, 자랑스러운 자식이 되면 어머니가 기대하는 것을 줄 수 있다는 확신에 차 있는 강박증자들이다. 그러나 이들은 과연 욕망이야말로 허약한, 자기 이상을 감추고자 하는 방어의 메커니즘에 불과하다는 사실을 알아차리지 못할 만큼 어리석은가? 강박증자는 자신이 왜 아픈지, 자신이 어떻게 스스로를 다치게 하는지 모르는 사람들이 절대 아니다. 다만 이들에게는 이 두려운 사실을 인정하는 일이 금지되어 있을 따름이다.

> 넌 왜 잠을 못 자는 거니? 뭐가 불안한 거니? 창밖의 얼굴은 무표정했다. 시큰둥해 보였다. 도대체 뭐가 불만이야? 창 안의 그녀가 소리쳤다. 창밖의 여자는 대답하지 않았다. 실패할까봐 두려운 거니? 이제 와서. 두려운 거니? 창밖의 여자는 끝내 침묵을 지켰다. 무의식중에라도 그녀는 출생의 비밀 때문에 열심히 뛰었다고는 생각하지 않았다. 그것을 알기 전에도 그녀는 무슨 일에든 열심이었고, 알고 난 뒤에도 크게 동요하지 않았다. 동요하지 않을 만큼 그녀는 충분히, 강했다. 부모가 누군지 따위에, 버림받았다는 것 따위에 연연하지 않을 만큼 이미 충분히, 군계일학이었다. 출생의 비밀을 안 시기와 워커홀릭 소리를 듣기 시작한 시기가 일치하는 건 단순히 우연일 뿐이었다. 공교롭게도.

이 대목에서 현경이 던진 것과 똑같은 질문을 우리를 향해 다시 던져 보면 어떨까? 그녀는 왜 그토록 심한 '불안'에서 헤어나오지 못하는가? 이 소설의 화자는 삼인칭 시점을 취하고 있지만 위에서 인용한 대목에서는 서술자의 목소리가 일인칭으로 이야기하는 현경의 독백을 대신하고 있는 것처럼 보이는 곳이 몇 군데 있다. 이러한 서술은 현경 자신의 독백이면서, 동시에 그녀에게 말을 거는, (다시 말해 그녀가 계속 귀기울이는) 초자아의 명령을 재현한 것이기도 하다. 이 독백에 따르면 그녀는 자신이 상처 입은 자존심을 만회하기 위해 어리석은 레이스에 뛰어들었다는 것, 돌이킬 수 없는 광기에 빠져 있다는 사실을 모르고 있다고 생각할 수 없다. 다만 그녀의 초자아는 그녀로 하여금 자신이 이미 이러한 참혹한 진실을 알고 있다는 사실을 말하지 못하도록 가로막고 있을 뿐이다. 현경의 '불안'은 자신이 자명한 운명 앞에서 못 보는 척 눈감고 있다는 사실 자체로 인해 발생하는 것인지도 모른다. 이러한 불안은 그녀의 자아가 분열되고 있음을 경고하는 징후로 해석할 수도 있다. 그녀의 삶은 엄마의 욕망을 실현하라고 명령하는 냉혹한 자아와 이러한 명령 앞에서 두려움을 느끼는 또다른 자아 사이에서 벌어지는 격렬한 투쟁 같은 것이 아니었을까. "그녀는 창밖의 여자를 바라보았다. 아무런 감정도 실리지 않은 동그란 눈, 오뚝한 코, 첫인상을 차가워 보이게 만드는 얇은 입술."

그녀가 정말 '불안'한 이유는 자신이 결국 엄마의 명령을 성취하고 말리라는 두려운 예감 때문이다. 이 소설은 결국 현경이 무리한 사업 확장으로 인해 부도를 맞고, 먼 이국의 호텔에서 스스로 목숨을 끊고 말리라는 것을 예고하며 종결된다. 자신을 낳아준 엄마가 바랐던 것, 여섯번째 딸로 태어난 자신의 존재를 삭제해버리는 것이 아니었던가. 그녀가 부와 명예를 통해 엄마의 착한 딸이 되려고 노력하는 동안, 그녀 안에 있는 또 한 사람의 현경은 엄마의 '참된' 욕망, 즉 자신을 죽음으로 이끄는 운명을 설계하고 또 성취한다. "넌 실패하지 않았어. 넌 아직, 아직은, 아무것도 실패하지 않았어."

구경미의 소설은 "불안, 그것은 속이지 않는 것이다"라는 라캉의 경구를 고통스럽도록 투명하게 증명하는 한 여성의 삶을 우리에게 보여준다. 그녀의 모습은 물신주의와 과도한 경쟁이 만연해 있는 우리의 문명이 숨기고 있는 맨얼굴을 너무도 닮았다. 이들은 어머니의 명령에서 한 걸음도 벗어날 수 없다는 사실에 대해 두려워하면서도, 자신의 불행을 은폐하기 위해 수많은 거짓 향유들을 불러낸다는 점에서 똑같이 어리석다. 그리고 가엽다. 이들이 추구하는 '파랑'은 결국 '파멸'의 다른 이름에 지나지 않다는 사실을 폭로하며 소설은 끝나지만, 이런 운명을 누가 바꿔 쓸 수 있겠는가. 때로는 사랑하는 사람들도 서로를 버리고, 버려진 사람들도 서로를 포기하지 못하니. 상실한 사랑 때문에 미치지 말라고 말할 수도 없고 희망의 감옥에 감금된 사람에게 꿈꾸지 말라고도 말할 수 없는 이들은 그저 함께 느낄 뿐이다. 우리 자신의 모습도 거의 그와 같음을.

(『자음과모음』 2012년 겨울호)

세속의 예언과 성취

— 손보미 단편소설 「폭우」

인생의 한 부분, 진실의 한 단면을 집약해서 표현할 수 있는 방법은 많지 않다. 세상은 너무도 복잡하고 이 속에서 살아가는 인간들의 정체성은 허약하기 짝이 없다. 우주의 혼돈 속에서 삶의 진수를 건져올릴 수 있다면, 실체를 가늠하기 어려운 진실의 그림자라도 흘낏 보게 할 수 있다면. 예술가들은 언제나 이러한 불가능한 꿈 주변을 맴돈다. 들끓는 욕망을 고요히 잠재우고, 한 편의 이야기 안에 인생의 축도를 옮겨담아야 하는 소설가의 운명은 언제나 예정된 실패에 가깝다. 더욱이 제한된 분량과 씨름해야 하는 단편소설의 경우 그 힘겨움의 강도와 밀도는 더욱 커질 수밖에 없다. 그러나 번번이 돌아오고 마는 그 실패의 자리조차도 영락없는 삶의 한 형국이기에, 소설의 실패는 실패한 소설과 결코 같을 수가 없는 것이다.

손보미의 단편은 잘 빚어진 항아리처럼, 꼬이고 꼬인 삶의 풍경과 이 가운데 드러나는 진실의 모습을 완미하게 보여준다. 그러나 현실은 이렇게 반듯하게 구조화되어 있지도, 아름답지도 않다. 그의 소설은 현실의 모습을 있는 그대로 모방하려는 목표를 애초에 접어둔 것처럼 보이기도 한다. 등장인물들은 개성을 잃고 흐릿하게 비실체화되어 있으며 곧잘 '그' 혹은 '그녀'로 호명되는 것으로 그친다. 각각의 사건들, 이미지와 메타포들은 지나치게 잘 맞물려 있으며, 한 치의 빈틈없이 작동하면서 하나의 커다란 밑그림을 완성하는 데 기여한다. 이러한 방식으로 손보미의 소설은 최대한 경제적인 단위들을 사용해 인간세계에서 벌어지는 갈등과 욕망을 투사해나간다. 신성한 예언과 고상한 가르침이 깨어진 세계에서, 소설은 세속세계가 돌아가는 법칙을 보여주는 현대인의 예언서 역할을 하는지도 모르겠다. 손보미의 단편 「폭우」(『문학동네』 2011년 가을호)는 순전히 우연으로 시작된 불행이 어떻게 돌이킬 수 없는 필연으로 종결되는지, 섬세하게 짚어가고 있다. 이렇게 소설은 실패를 거듭한 나머지, 마침내 욕망의 형질을 드러내는 유전자 지도로 진화해간다.

이제 이 지도에 담겨 있는 비밀을 풀어줄 독법을 선택할 차례다. 롤랑 바르트는 『S/Z』에서 텍스트를 분석하기 위해 다섯 가지의 코드를 사용한 바 있다. 이들 가운데 서사를 해석하는 데 필수적인 코드는 두 가지이다. 하나는 기대와 행위를 다루는 데 사용되는 행동적 코드요, 다른 하나는 질문과 답변을 가능하도록 만드는 해석적 코드다. 우리는 하나의 서사를 읽을 때, 어떤 식으로 이야기가 전개될 것인지, 무엇보다도 어떻게 끝날 것인지 기대감을 갖게 된다. 물론 그 기대는 만족스럽게 충족되기도 하고, 실망스럽게 저지되기도 한다. 대부분의 서사는 이러한 기대를 이용하여 의미를 만들어나가고, 또 나름대로 구조화되기 마련이다. 다른 하나, 질문에 관련된 코드도 마찬가지로 서사에 일관된 흐름을 부여하는 데 큰 역할을 한다. 끊임없이 의문을 품고, 답변을 구하는 과정이 없다면, 서사는 독자에게 어떤 의미도 전달할 수 없을 것이다. 소설의 결을 섬세히 들여다보면, 예외 없이 가장 중심적이면서도 매력적인 두 가닥의 코드를 짚을 수 있다. 손보미의 텍스트에 담긴 비밀도 바로 거기에서부터 풀려나온다.

기대: 결국 파탄으로 끝날 것인가?

그렇다면 손보미의 「폭우」는 독자에게 어떤 기대를 불러일으키는가? 그것은 이 이야기가 종내는 돌이킬 수 없는 '파탄'을 맞게 되리라는 예감과 함께 작동한다. 이 소설은 한 남자가 자신이 근무하던 매장에서 갑자기 넘어지는 장면으로 시작한다. 우연히 닥쳐온 재난으로 인해 평온하게 지속되는 일상의 흐름은 단번에 깨져나가고 만다. 더욱이 한번 생긴 균열은 서로 붙어 아물지 않고 점점 더 벌어져서 걷잡을 수 없이 번져나간다. 그리고 이러한 불행은 기어이 회복되지 못하고 파탄으로 끝나고 말 것이라는 불안한 예감은 수많은 은유, 모티프 등을 통해서 시시때때로 강화되어간다. "그날 저녁 내내 그녀는 조금 들뜬 상태였지만 문득문득 불길한 예감이 들었을 때가 있었다. 그러나 그녀는 그것을 대수롭지 않게 생각했다. 그 바람에 그녀는 이 이야기를 구성해내는 중요한 사건의 면면(……)은 보지 못했거나, 혹은 보고도 못 본 척했다."(325쪽) 언제 산산조각날지 모르는 불안한 정조를 쌓아올리는 솜씨는 흠잡을 데 없이 능숙하다. "그녀는 타자 소리를 들을 때마다 무언가가 부서지는 느낌에 사로잡혔다"(335쪽)는 진술은 바로 다음 장에 이어지는 날씨에 대한 묘사와 정확히 호응한다. "비는 점점 더 거세지고 있었다. 하늘이 번쩍, 했고 곧 저 멀리서 무언가 무너지는 소리가 들려왔다."(337쪽)

이 소설의 중심인물은 각각 부부관계에 있는 두 쌍의 남녀이다. 각각의 커플은 서로 상이한 배경과 입장에 처해 있다. 소설은 각각의 커플을 둘러싸고 벌어지는 사건들을 한 장면씩 교차하는 방식으로 진행된다. 한쪽은 어느 정도 재력이 있는 것처럼 보이고 다른 한쪽은 가난과 불운에 찌들어 있다. 한쪽은 교양과 지성을 지니고 있는가 하면 다른 한쪽은 저급하고 (스스로의 표현을 빌리면) '멍청하다'. 그러나 이 소설이 갖고 있는 가장 중요한 특징은, 각각 별개로 진행되는 것처럼 보이는 이 사건들 사이에 적어도 몇 년에 걸친 격차가 존재한다는 점이다. 굳이 플래시백

(flashback)이나 플래시포워드(flash-forward) 같은 기법을 빌리지 않고, 과거에 일어난 사건과 그것이 계기가 되어 벌어진 몇 년 뒤의 사건을 같은 평면 위에 배치함으로써 소설은 묘한 긴장 관계를 형성한다. 몇 년 후의 불행을 예고하는 과거와 몇 년 전에 흘러간 불운한 사건을 회고하게 만드는 현재가 함께 교차하고 경쟁하면서 만들어낸 것, 그것은 결국 비참한 '파탄'으로 종결되는 이야기의 구조 혹은 패턴 같은 것이리라. 이때 독자에게 각인되는 것은 속에 섬세하게 직조된 기대의 구조를 한꺼번에 무너뜨림으로써 성취되는 장면이다.

작가는 전체 아홉 개의 장 가운데 여덟 개의 장을 연대기적 순서가 아니라, 작가가 배치한 담화의 순서대로 연결시키고, 마지막 한 장을 미스터 장이라는 외부인의 시선에 할애하고 있다(이 마지막 장은 이러한 비참한 장면을 소설 공간 안에서 목격하고 있다는 사실을 일깨우면서, 허구의 지위를 기억하게 만듦으로써 우리를 안심시키는 역할을 한다). 소설가는 「폭우」를 통해 '파탄에 이를 운명'이라는 세속의 예언이 성취되는 가능세계적 공간을 구축한다. 한편, 소설을 읽어가면서 얻은 정보를 마음속에서 정렬하면서 사건의 순서를 재구성하는 일은 독자의 역할이다. 그리고 이 과정에서 진한 인생의 아이러니가 발생한다. 또한 이때, 이야기의 골조가 지나치게 굳어 있거나 상식적인 패턴에 갇혀 있으면, 소설은 상투적인 형식과 부자연스러운 클리셰로 흐르게 될 위험성이 있다. 이는 손보미의 소설이 빠질 수 있는 함정이면서, 동시에 더 세련된 형질을 얻기 위해 극복해야 할 진화의 문턱이라고 할 수 있다.

질문: 왜 파탄에 이르고 마는가? 이들은 무엇을 원하는가?

그러나 이어지는 사건들의 구조를 아무리 꼼꼼이 따져봐도 몇 가지 의문은 여전히 풀리지 않고 남아 있다. 그것은 '왜 이들은 그토록 모질게 파탄으로 치닫고 마는가?' 하는 것이다. 과연 이들의 운명에는, 재난과 우연의 탓으로만 돌리기에 석연치 않은 무언가가 있다. 작가는 소설의 다른 곳에서는 매우 치밀한 서술과 섬세한 문장을 구사하면서도, 정작 이러한 질문에 실마리가 될 만한 지점에서는 교묘히 서술을 피하고, 틈으로 남겨 둔다.[1)] 왜? 어차피 진실은 말해질 수 없는 것이기 때문이다. 이것이 바로 표상 불가능한 실재를 서술하는 손보미만의 방식이라고 할 수 있다. 그 대신 그는 분명하게 말로 표현할 수 있는 사실들, 입증할 수 있는 행위를 중심으로 사건의 추이를 촘촘하게 짚어나간다. 이러한 서술 방식은 매우 절묘한 효과를 불러온다. 성긴 서술 사이에 존재하는 틈을 자연스럽게 메우는 사이에 독자는 진실을 글로 읽는 것이 아니라 마치 체험하는 것처럼 보고 느끼게 되는 것이다. "여보, 그 여자랑 잤어요?"(343쪽)라는 아내의 물음에 대한 답변은 영원히 주어질 수 없다. 왜냐하면 그 당사자는 절대 이에 대한 진실을 입 밖에 낼 수 없기 때문이며, 설령 고백하더라도 아무도 그의 말을 믿어주지 않을 것이기 때문이다. 과연 맹인의 아내와 교수는 정말 불륜을 저질렀던 것일까? 아니면 단순한 오해에서 비롯된 갈등인가? 이 소설에 그 밖에도 답을 얻을 수 없는 수많은 암흑 지점들이 곳곳에 존재한다. 맹인의 남편이 교수를 바라보며 느낀 감정은 증오일까, 질투일까, 절망일까, 아니면 비열한 쾌감일까? 미묘한 감정의 흐름과 관계 속에서 작동하는 정념의 화학작용을 어떻게 말로 간단히 번역할 수 있을 것인가?

말로 표현하기 힘든 진상에 대해 최대한 가깝게 접근하기 위한 의도와 노력은, 그의 건조하고 간결한 문체와 잘 어울린다. 지극히 이성적인 서술 사이에 자연스럽게 감정과 직관이 스며들게 하는 것, 그것은 분명 손

---

1) 이러한 특징은 여러 평자들의 통찰을 통해 고루 입증된 바 있다. 백지은과 신형철은 "메우는 게 아니라 비우는 공학"(「웰컴」, 『문학동네』 2011년 겨울호, 435쪽), "말로 '규정'하지 않고 침묵으로 '환기'하는 이 스타일의 효과"(제3회 젊은작가상 심사평, 『문학동네』 2012년 봄호, 96쪽)에 대해 각각 온당하게 지적한다.

보미만이 구사할 수 있는 힘이다. 그리고 '어떤 불순한 계기'가 틈입했다는 사실을 깨닫게 만드는 것은 소설 공간에서나 가능한 일이다. 그런 면에서 손보미의 소설은 파탄을 지시하는 것이 아니라 '매개'한다고 할 수 있다. 결국 독자가 깨닫게 되는 것은 연약하기 짝이 없는 인간들이 상대를 향해 투사하는 '선망' '질투' '경쟁심' 같은 원한감정(ressentiment)들의 메커니즘이다. 그리고 이들이 목격하는 것은 자신들이 잃어버린 향유를 타인이 소유하고 있다는 헛된 환상으로 인해 함께 몰락하고 마는 평범한 인간들의 비극이다.

인간사가 흔히 그러하듯, 답변은 알고 보면 간단하다. 애초에 서로에 대한 애정으로 결합했던 부부가 파멸에 이르는 이유는 서로에 대한 사랑을 상실했기 때문이다. 그리고 자신이 갖고 있지 못한 것에 대해 부질없는 원한을 가졌기 때문이다. 그리고 훌륭한 작가에게 있어, 인간사에 대한 통찰은 소설의 서사 구조와 행복하게 교합한다. 그런 점에서 「폭우」는 그 자체로 하나의 스타일이라고 할 수 있다. 이때 '스타일'은 수전 손택이 "예술 작품 안의 결정 원칙이요, 예술가가 자필로 서명한 의지"라고 말한, 바로 그것이다. 기대의 충족과 질문에 대한 답변은 각각 별개의 층위에서 형성된 의미의 단위들이다. 이들을 하나의 스타일로 육화시키는 일이야말로 소설이 도달할 수 있는 하나의 정점이 될 것이다. 이러한 작품에 대해 보낼 수 있는 가장 아름다운 찬사는 이것이 아닐까. "별처럼 반짝이는 텍스트."[2)]

(『제3회 젊은작가상 수상작품집』 해설, 문학동네, 2012)

---

2) Roland Barthes, *S / Z*, trans. Richard Miller, New York : Hill and Wang, 1974, p.13.

종말 연습

— 김미월 단편소설 「아직 일어나지 않은 일」

'내일 지구가 멸망한다면 당신은 무엇을 하시겠습니까?' 우리는 왜 이렇게 자주, 그리고 골똘히 종말에 대해 상상하는 것일까? '시작'과 마찬가지로 '끝'은 일상 속에서 여러 가지 모습으로 변주된다. 그 가운데서도 불시에 달려드는 재난에 대한 상상은 유난히 우리의 마음을 잡아끌곤 한다. 기이하게, 집요하게…… 그래서일까. 모든 시대는 자신의 나쁜 운명에 대해 이야기하는 예언을 갖고 있게 마련이다. 시효가 지난 후에 실패한 책들 사이에 던져질지언정 이러한 예언은 폐기되는 법이 없다. 시간의 터울을 두고 톤과 반주를 바꿔 입는 히트곡처럼, 진부한 줄거리가 시대의 기호에 맞춰 조금씩 변형될 뿐이다. 그럼에도 불구하고 모든 종말에 대한 담론은 개별적인 의미를 갖는다. 왜일까? 그것은 아직 일어나지 않은 '내일'에 대한 상상이 우리가 견뎌내는 '오늘'을 거울처럼 비추는 역할을 하고 있기 때문이다.

미처 식상해할 겨를도 없이, 새로운 파국의 서사가 우리에게 도착했다. 김미월의 소설 「아직 일어나지 않은 일」(『황해문화』 2012년 가을호)이 그려내는 지구 멸망의 풍경은…… 물론 암담하다. 그런데 한편으로는 머리를 갸웃하게 만든다. 무슨 이런 '절망'이 있을까. 김미월의 소설이 던지는 의문은 그대로 우리가 견디고 있는 시대에 대한 의아함으로 연결된다. 대체 어떻게 돼먹은 세상일까. 그리고 내일이면 모든 것이 끝장난다고 하는데도 난데없이 자신의 가방에서 나온 복숭아 통조림을 따먹겠다고 돌아다니는 주인공은 어디가 아픈 것일까. 왜 이렇게 우리는 '병신'들인 것일까.

어쩌면 우주에서 날아오는 소행성보다 더 두려운 것은 체념에 빠진 인간들이 저지를지 모르는 광기, 약탈, 폭동 등의 파행일 것이다. 무법 상태에서 드러나는 인간의 추악한 본성들은 대중서사에서 즐겨 다루는 소재이기도 하다. 한편 최후의 빛을 등지고 의연히 극기의 시간을 보내는 견자의 모습을 떠올린다면 이는 순전히 한 철학자의 경구 덕분이리라(그의 '사과나무'는 얼마나 오랫동안 우리의 두려움을 봉합해왔던가!). 모두에게 저마다 상기하는 종말은 매우 상징적인 의미를 갖는다. 이만큼 정곡을 찌르는 통찰과 반성은 쉽게 만날 수 있는 것이 아니다. 그런데 김미월의 소설 속 풍경은 어쩐지 당황스럽기만 하다. 사람들은 뜻하지 않은 종말의 예고로 인해 혼란스러워하지만 그렇다고 해서 이제까지 계속되던 일상의 관성이 쉽게 깨어져나갈 것처럼 보이지도 않는다. 경악할 만한 폭동이나, 비장한 좌절의 징후조차 뚜렷하게 전경화되지 않는다. '나'의 주변에 있는 사람들은 대부분 이제까지 하던 대로 택배를 배달하고 정상적으로 버스를 운행하며 밭에 나가 고추를 수확하고 정해진 시간에 악기를 연주하는 일을 반복한다. "심지어 평화로워 보이기까지" 할 정도로 일상은 꾸역꾸역 흘러간다. 그리고 이러한 모습을 목격할 때마다 화자는 "오늘 같은 날에도"란 탄식을 되풀이한다. 대체 '오늘 같은 날'에 어울릴 법한 행동이 무엇이란 말일까? 무언가 그럴듯한 종말의 풍경을 기대했던 걸까. 그도, 그리고 독자도.

화자는 종말을 목전에 둔 세계의 풍경을 다음과 같이 묘사한다. "언뜻 보면 여느 주말 아침과 별다를 것 없는 풍경이었다. 하지만 나는 감지할 수 있었다. 거기에 뭔가가 빠져 있다는 것을. 굳이 적당한 단어를 찾는다면 생기라고 부를 수도 있을. 그것이 오늘 아침의 거리에는 없었다.” 평소와 별다를 것 없는 외양에 생기만 고스란히 빠져나간 모습, 진짜 종말은 '아직 일어나지 않'았건만 이미 죽은 거나 다름없는 '삶-죽음(living-dead)'의 상태. 이것이 그가 종말 전날 아침 목도한 세계의 풍경이리라. 사람들은 소식의 진위를 알기 위해 포털 사이트에 접속해서 검색에 열중하고 스마트폰을 열어 지인들에게 문자 메시지를 보낸다. 평소와 달리 유난히 눈에 띄는 풍경이 있다면 본능에 따라 움직이는 동물들처럼 피붙이와 연인 들의 곁으로 주인들을 실어가기 위해 꿈틀꿈틀 이동하는 자동차의 긴 열뿐. 사람들은 자신의 생을 만들어왔던 패턴들('습관'이라고 불러도 좋을 것이다)을 세상 마지막날까지 놓지 못하는 것일까.

소설의 첫 장면으로 다시 돌아가보자. 습작생의 작품이었다면, 지독한 클리셰라고 지적받았을지도 모르는 첫 문장(“꿈이었을 거야. 잠에서 깨자마자 생각했다. 정말 이상한 꿈이었어.”) 덕분에 우리는 마지막 장면까지 두고두고 석연치 않은 낌새를 떨쳐내지 못한다. 혹시 지구 종말이라는 일생일대의 사건 역시 화자가 새벽에 꾼 이상한 꿈의 한 자락이 아닐까? 소설이란 것도 상상력의 힘을 빌려 지어낸 꿈의 한 종류라는 사실을 상기해 보면, 이런 생각도 뜬금없이 지어낸 의심이라고만 할 수는 없을 것이다. 숱한 종말의 서사를 읽은 후에, 김미월의 소설에 머물러 잠시 그 세계의 풍경에 마음을 주는 독자가 있다면, 이들 역시 비슷한 악몽을 꾸어본 적이 있었는지도 모른다. 어쩌면 '그냥 세상이 다 같이 확 망해버렸으면 좋겠다'는 탄식에 시름을 실어보낸 경험도 있을 것이다. 그들에겐 현실에서 '실현'된 세상의 종말이 비명을 지를 정도로 기막힌 '사건'이라기보다 그저 뜬금없이 찾아온, 멍하니 있다가 왈칵 덮쳐온 '사고'에 가깝지 않을까?

이 소설 속에는 '이야기 속 이야기'라고 여길 만한 작은 에피소드가 하나 들어 있다. 바로 화자가 대학 신입생 시절 글쓰기 수업 시간에 써낸 과제 속의 이야기가 그것이다. 학생들은 이 소설의 테마와 마찬가지로 "내일 지구가 멸망한다면 무엇을 할 것인지"에 관한 주제로 글을 써야 한다. 화자가 쓴 이야기 속의 주인공은 짝사랑하는 남자에게 고백하러 가기 위해 버스를 타려 한다. 정상적으로 운행하는 단 한 대의 버스를 타기 위해 모여든 사람들은 이야기 배틀을 펼친다. 그리고 주인공은 자신의 절박한 사랑의 사연을 사람들에게 들려준다. 소설 속에 자세히 나와 있지는 않지만 그 이야기는 또다른 이야기 속 이야기 형식을 취하고 있을 것임이 분명하다. 굳이 따지고 보면 이 짧은 대목은 세 겹의 이야기가 둘러싸고 있다고 할 수 있다. 그리고 '지금' 우리가 읽고 있는 것은 가장 바깥쪽에 있는 이야기, 작가 김미월이 쓴 단편소설이다. 이야기의 표면으로 갈수록 열정의 농도는 점점 옅어지고 사건과 사건을 얽어매는 인과관계의 짜임새도 점차 헐거워진다. 종말 하루 전날을 가정하고 펼친 '사고실험'에서 작가는 우리의 실제 삶에 가장 가깝게 놓여 있는 현실이 얼마나 맥 빠진 것인지 폭로하려 하는 것 같다.

소설이 한 편의 꿈이라면 김미월의 단편소설은 '내일이 없는' 세대의 종말을 그린 악몽이라고 할 수 있을 것이다. 통조림에 든 달콤한 과육 한 점만큼의 욕망을 품고 거리를 헤매는 인물들의 모습은 거세당한 청춘들을 위한 가슴 아픈 풍자가 아니고 무엇이겠는가. 어쩌면 우리는 일상이 되어버린 절망을 통해서 종말은 '아직' 일어나지 않았으면서도 동시에 '이미' 우리 안에 와 있었노라고 쓰디쓰게 인정해야만 할 것 같다. 마지막 장면에서 화자는 짝사랑하던 남자인 '공'과 다시 만나게 된다. 이제까지 무덤덤하던 주인공이 통조림을 뒤집어 찾아낸 원터치 고리를 보고 "입을 딱 벌리"고 놀라면서 '공'과 함께 웃음을 터뜨리는 장면은 비극적인 종말의 서사와 언밸런스하게 겹쳐진다.

하나의 이야기가 끝날 때처럼, 세계도 그렇게 무심하게 '종말'을 맞이하게 된다면 얼마나 좋을까? 서사의 끝이든, 생(生)의 끝이든, 우리는 모두 한 세계의 종말을 맞이하는 방식을 '연습'하고 있는지도 모른다. 난데없이 도심의 대형 전광판에서 마지막 연설을 하다 말고 "국민 여러분, 정말 죄송합니다"라고 눈물을 찍어대는 위정자의 불길한 이미지가 출몰하는 이 세계의 종말은 희망을 빼앗긴 신자유주의 세대의 절망적인 '오늘'을 설명하기 위해 마련된 투박한 무대처럼 보인다. 병든 시대가 맞닥뜨리는 종말은 아무리 연습이래도 거칠고 초라해 보일 지경이다. 기승전결로 자연스럽게 이어져야 할 이야기의 관절은 툭 꺾인 채 맥락도 당위도 없이 실종되고 만다. 한때 종결(end)과 맞물려 있는 개념으로 여겨졌던 목적(telos)의 서사를 비웃기라도 하듯.

어쩌면 우리의 삶도 층층이 쌓인 이야기와 같을 것이다. 우리는 여러 겹의 질곡을 헤쳐나오면서 죽음에 맞먹는 절망을 여러 번 겪기도 한다. 우리는 그동안 김미월의 소설을 통해 성장과 입사의 문턱에서 좌절한 세대의 상처 입은 삶을 들여다보곤 했었다. 희망이나 열정 같은 단어는 잊어버린 지 오래인 이들에게 이 세상이 얼마나 팍팍한 곳인지도 대략 알고 있다. 어쩌면 이들이 '종말'이란 사건 앞에서 무덤덤하게 반응하는 이유는 그 파국을 '내일 없음'의 상태로 매일매일 경험하고 있기 때문일지도 모른다. 애인도 없고, 든든한 배경도 없이, 나이 먹어가는 백수…… 대학 동기 모임에 나가도 아직 취업을 못했다는 사실 때문에 또 한번 죽고 돌아올 수밖에 없는 젊은이들에게 새삼 '좌절'을 가르쳐줄 사건이 있기나 할까? 그것이 설사 세상의 종말이라 할지라도 말이다. 작가가 이 소설을 통해서, 그리고 파국이라는 결정적인 사건을 스크린 삼아 투사하는 영상은 어쩌면 불확실한 미래의 비극이 아니라 소극(笑劇)처럼 무심하게 지나쳐버리는 '오늘'의 비참, 바로 그것이다. 미래가 없는 이들에게는 무엇이 남는가. 의미로 채워야 할 시간의 간격을 빼앗긴 사람들을 위한 이야기는 어디 있는가? 아픈 사람들의 병든 종말이 우리를 마주보며 웃게 한다. 달고 쓴 표정으로.

(『제4회 젊은작가상 수상작품집』 해설, 문학동네, 2013)

영원한 젊음, 불완(不完)의 텍스트

— 이청준 소설집 『키 작은 자유인』[1]

1. 끝에서 시작되는 이야기

언어에 기대어 뜻을 펼치고 정하는 작가에게 있어서 '말'의 죽음은 곧 자신의 죽음을 뜻한다. 언어 자체를 문제 삼는다는 것, 말의 근거를 파고 들어간다는 것은 이승의 죽음 너머에 있는 '무'의 경계를 넘는 일이다. 그 안에 무엇이 자리하고 있는지 알 수 없는 심연을 들여다보려면 모든 것을 무릅쓰는 용기가 필요하다. '진실'이라는 것도 마찬가지다. 수많은 작가와 철인과 성자들이 저마나 '의미'를 추구했던 이유는 그 궁극에 개인과 공동체의 삶을 받쳐주는 견실한 '진실'이 자리한다는 믿음 때문이리라. 그러므로 진실은 물론 이를 추구하는 인간의 '진정성' 자체를 의심하고 그 근거를 정면에서 응시하는 일은 버거울 수밖에 없다. 이는 난경을 넘어 불가능에 가까운 작업이다. 그런 점에서 이청준은 매우 급진적인 (radical) 작가다. 그는 거의 모든 텍스트에서 '말의 본질'과 '진정성' 같은 질기디질긴 개념을 되씹고 반추하는 작업을 멈추지 않는다. 일단 실마

---

1) 문학과지성사, 2014.

리를 잡으면 그가 찾던 대상의 실체로 직하하는 순간을 놓치는 법이 없었다. 그 과정에서 독자는 진리를 탐하는 그의 예리한 지성과 집요한 열성에 놀라게 된다. 이청준은 어느 인터뷰에선가 "농담같이 들리는 얘기지만, 저는 항상 제가 도달한 것의 마지막의 것을 썼어요"라고 고백한 적이 있다. 이 말을 달리 해석하면 그는 항상 더이상 쓸 수 없을 데까지 쓴 셈이다. 그러므로 그의 문학은 복잡한 우회로와 의심의 관문을 숱하게 통과한 후 도달한 '끝'의 증언이라고 할 수 있다.

이청준에게 있어 이러한 급진적인 글쓰기는 '주체'에 대한 문제와 겹쳐진다. 이미 많은 독자들, 연구자들은 이청준 소설이 갖고 있는 특유의 '재귀적'인 구조와 반성적인 특징에 주목한 바 있다. '언어사회학 서설' 연작을 비롯해서 그의 소설들은 대부분 글쓰기에 대한 자의식과 소설의 원재료라고 할 만한 언어에 대한 사유를 중심에 위치시키고 있다. 일반적으로 '메타소설'이라고 명명되는 이러한 구조는 자신이 자기 자신을 지시하고 성찰하는 장면에 이르면 단순한 소설적 장치로서의 위상을 넘어서게 된다. 데카르트의 '방법적 회의'에 견줄 만한 인식과 사유의 근본원리가 되는 것이다. 아니, 이청준의 경우 이러한 반성적인 성찰은 윤리적 요청이나 다름없다. 그래서일까. 그의 작품 속에는 마치 작가 자신을 모델로 한 것으로 짐작되는 캐릭터들(소설가나 적어도 분신으로 여겨지는 예술가 인물들)이 자주 등장한다. 더욱이 그가 자신을 드러내는 일을 감수해온 정경을 짐작게 하는 산문과 인터뷰 들도 적지 않다. 그러나 그가 자기반성을 통해 한 사람을 '주체'로 세우는 일의 정점에 둔 것은 어쩌면 '자서전 쓰기'가 아니었을까. 자기 자신에 대한 성찰을 넘어서 이를 (가장 반성적인 도구인) 글로 옮긴다는 것은 무한한 용기와 자기 배신을 감수하지 않고서는 도달하기 힘든 경지가 아닐 수 없다.

'언어사회학 서설' 연작에서, 작가는 자기 자신에 대한 이야기를 쓴다는 일의 중함과 어려움을 극화시키고 있다. 이는 자기 자신이 직접 자서전을 집필할 때는 말할 것도 없고 작가가 다른 사람의 이야기를 대신해서 쓰는 경우에도 마찬가지로 해당된다. '언어사회학 서설' 연작의 두번째 이야기인 「자서전들 쓰십시다」에서 작가는 주인공 지욱의 입을 빌려 다음과 같이 말한다.

> 자서전이란 원래가 주장이기보다는 고백이요, 헌상이어야 했다. 나름대로의 뜻을 지니고 살아오면서 이룩해온 것들을 이제는 이미 그의 것으로서가 아니라 그의 삶의 결과로서 만인의 것으로 그 만인에게 바쳐지고, 그리하여 그 자신은 오히려 그 개인의 유한한 생애에서 해방되어 만인에 의한 만인의 삶이 되어야 하는 것이었다. 그것은 이를테면 생애의 모든 것을 바치고도 마지막 남은 그의 뇌수마저 그의 사후에 인간의 지능 장치를 규명케 하고자 연구실, 수술실로 보내게 한 한 절세의 박애주의자 아인슈타인의 유언—또는 그런 철인의 말없는 뇌수와도 같은 것이어야 했다.[2)]

이러한 구절을 읽고 나서, 독자의 관심은 다음과 같은 질문으로 자연스럽게 넘어가게 된다. 그렇다면 작가 이청준은 자기 자신에 대한 글쓰기를 어떤 방식으로 감행할 것인가. 그가 쓴 자서전은 어떤 모양새를 하고 있는가. 이에 대한 답변을 구하는 독자라면, 응당 '가위 밑 그림의 음화와 양화' 연작을 읽어야 할 것이다. 비록 굳이 깐깐한 분류법을 따르자면 '자서전'이라기보다 '자전적 소설', 자신의 삶을 제재로 한 '사소설'의 테두리 안에 놓아야겠지만, 그래도 이런 식으로 정확하게 범주를 짚고 가는 편이 '이청준의 소설은 어떤 면에서 모두 자기 자신의 이야기였다'(사실 이 말은 결코 틀린 것이 아니다)는 식으로 두루뭉수리하게 넘어가는 것보다 더 유용할지 모른다.

---

2) 이청준, 「자서전들 쓰십시다」, 『자서전들 쓰십시다』, 열림원, 2000, 78쪽.

2. 자기 진실을 향한 탐색

역설적인 것은 자신이 스스로를 문제삼고 그 근거를 허물어뜨리는 지경에서 무언가 새로운 사건이 개시된다는 점이다. 자기 자신을 부정하고 종내는 그 부정성마저 극복하고 나서야 독립된 주체로 다시 태어날 수 있다는 이상을 한 사람의 영적 순례 과정으로만 국한할 수는 없을 것이다. 이러한 원리는 소설이 자신의 관습을 의문에 부치고, 말이 자신의 유효성을 의심하면서 자신을 증거하는 방식에서도 고스란히 반복되고, 중첩된다. 이청준의 글쓰기에서 사용되는 '진정성'의 수사학은 바로 이러한 역설의 구조를 바탕으로 작동되는 것이 아닌가. 이러한 질문은 "그 갈등과 주눅기와 맞서 그것을 이겨나갈 정직한 방법과 힘은 결국엔 자아와 그 진실 속에서 구해 찾아져야 할 것이다"(20쪽)라는 진단에서 실마리를 얻으며 "길은 다만 한 가지. 그 대답은 자신의 진실을 근거로 한 선택이 될 수밖에 없다. 그것은 바로 제 목숨을 건 자기 진실의 드러냄인 것이다"(23쪽)라는 결단으로 이어진다.

'가위 밑 그림의 음화와 양화' 연작을 읽는다. 맨 처음, 이 텍스트는 작가 자신의 어린 시절의 모습, 그리고 과거를 회상하는 한 노작가의 감회, 추억, 반성의 기록으로서 자신의 모습을 드러낸다. 그와 함께 질곡의 한 시대를 건넜거나, 대작가의 행적을 존경하는 마음으로 좇는 독서 대중의 보편적인 감성에 잔잔한 파문을 남긴다. 그리고 거듭 읽을 때, 자신이 읽는 대상이 산문이라는 평평한 표면이 아닌 '소설'이라는 좀더 복잡한 차원 위에 놓인 텍스트임을 되새김하는 독자에게, 이 글들은 미세한 균열을 드러낸다. 그 미세한 균열을 해결하기 위해 다시 책장을 펼치는 이들을 향해 소설은 거의 윤리적인 심문에 맞먹는 파열 혹은 난관(aporia)을 안겨준다. 어째서 그러한가. 1984년 발표된 「가위 밑 그림의 음화와 양화 1—머릿그림」에서 「키 작은 자유인—가위 밑 그림의 음화와 양화 5」[3]에

3) 앞으로 '가위 밑 그림의 음화와 양화' 연작에 포함된 단편의 제목들을 표기할 때는 연작명과 연작 번호를 생략한다.

이르기까지, 다섯 편에 이르는 '가위 밑 그림의 음화와 양화' 연작을 거듭 해서 읽는 도정에서 우리는 여러 차례 이러한 수수께끼를 마주하게 된다.

'가위 밑 그림의 음화와 양화' 연작의 형식이 갖는 독특함, 애매함, 불가해함에 대해서는 이미 수차례 많은 연구자들의 지적이 있었던 터다. 특히 이 연작들을 한데 묶은 최초의 단행본인 『키 작은 자유인』에 덧붙인 권오룡의 해설 가운데 한 대목을 옮겨본다.

> 이렇듯 이청준은 자신의 실체험과 관련된 비소설적 이야기들을 소설화하여 비소설과 소설의 경계를 애매하게 만들고, 또 그것을 통하여 자신의 모습을 소설 속의 '나'와 겹쳐놓고 있다. 이 겹침을 통해 작가의 모습은 보다 일반적인 '나'로 탈바꿈하게 되며, 작가의 사적인 이야기들 역시 그 의미화의 공간을 스스로 넓혀나가게 된다. 이런 관점에서 본다면 『키 작은 자유인』은 **비소설적인 것의 소설화 과정과 구조적 의미론적으로 겹쳐져 있는 개별적인 것의 보편화 과정을 그 의미화의 무대로 삼고 있는 것**이라고 말할 수 있다.[4)]

박철화 역시 다른 판본의 해설에서 "이 연작의 독특한 글쓰기 양식"에 주목했으며 이러한 독특성의 원인을 "마치 조각보처럼 이어지는 단편적 일화와 에세이에 가까운 짧지 않은 자기 진술이 교차되는 형식"[5)]에서 찾는다. 연구자들이 공통적으로 지적하는 것은 이청준이 그 누구보다도 소설 양식의 구조화를 위해 고심했으며 실제로 이러한 노력은 다양한 양식상의 실험으로 표현되었다는 사실이다. 작가의 자전적인 기록을 담은 산문과 소설적 허구가 섬세하게 엇갈리면서 현실과 비현실, 소설과 비소설,

---

4) 권오룡 해설, 「잃어버린 '나를' 찾아서」, 『키 작은 자유인』, 문학과지성사, 1990, 363~364쪽. 강조는 인용자.

5) 박철화 해설, 「고통, 화해, 성숙」, 『가위 밑 그림의 음화와 양화』, 열림원, 2008, 184~185쪽.

글 쓰는 이와 글로 쓰이는 대상이 서로를 침투하는 듯한 효과를 주는 형식은 문학사에서도 유례를 찾기 어려운 것이다. 이는 서구의 고백록과 같은 자전적 글쓰기의 전통이나 가까운 일본의 사소설들을 참조해보아도 마찬가지다. 진정성을 담은 자기고백과 논평, 과거와 현실에 겪은 에피소드들이 연대기적 순서에 무관하게 의식 혹은 무의식의 흐름을 따라 전개되는 양식은 오롯이 이청준의 서명이 각인된, 예술적 고심의 산물이라고 해야 옳을 것이다.

이 연작의 첫 이야기는 '과거의 복원'이라는 힘겨운 과제로부터 시작된다. 이야기를 이끌고 가는 사람은 자신의 어린 시절을 플래시백 형태로 회상하는 일인칭 서술자 '나'이다. 이 서술자는 어린 시절의 자신을 돌아보고 이를 비판적으로 성찰할 수 있을 만큼 현명해졌다는 인상을 준다. 이로 인해 서술하는 '나'와 서술의 대상이 되는 과거의 '나' 사이의 거리가 발생한다. 그다음에 짚고 넘어가야 할 것은 이 일인칭 서술자 '나'를 실제 작가와 동일시할 수 있는가 하는 문제다. 소설 속에 나타난 여러 정황으로 볼 때 이 서술자는 실제 작가 이청준과 동일인으로 보는 것도 크게 무리가 되는 일은 아니다. 소설에 피력되어 있는 여러 사건들은 이미 그가 산문의 형식으로 발표한 글의 내용과 상당 부분 일치한다. 그러나 이런 사실만으로 서술자를 자동적으로 실제 작가와 동일인으로 규정할 수 있는 것은 아니다. 바로 이러한 애매성 혹은 중층성 때문에 이 소설은 자서전이 아닌 허구의 기록, 즉 소설이 된다. 이 소설에 풍부하게 들어있는 자서전적 텍스트성은 전기적 사실의 기록이라기보다 글 쓰는 이가 상상적으로 재구성한 풍경을 담은 정신적인 기록이라고 할 수 있다. 이렇게 볼 때 서술자 '나'는 작가 이청준이 소설을 통해 재현한 '제3의 인물'로 해석될 여지를 독자들에게 얼마든지 남겨둔다. 이러한 과정을 통해서 독자들의 관심은 서서히 자신의 과거를 복원하고 해석하는 현재의 '자신'과 그의 '글쓰기'를 향해 서서히 조여든다. '나'라는 수수께끼를 푸는 열쇠는 과연 어디에 있는 것인가. 이는 글쓴이가 어린 시절에 겪은 사건들의 시간과 수십 년의 간격 너머에서 과거를 재구성하는 현재 사건의 시간에 동시에 각인되어 있다. 그 흔적을 더듬는다.

3. 스스로를 실현하는 텍스트

이 소설에서 서술자가 어린 시절에 겪은 사건들은 연대순이 아니라 앞으로 갔다 뒤로 갔다 하면서 들쑥날쑥 전개된다. 이에 비해 서술자의 현재 시간(혹은 글쓰기의 시간)은 마음의 수면 위에 떠오르는 이미지들의 부침 혹은 발생 순서를 따르면서 나름의 질서를 만들어나간다. 그런 점에서 이 소설의 첫 장이 아버지의 부재를 떠올리는 장면으로부터 시작된다는 사실은 의미심장하다. 아무리 노력해도 기억해낼 수 없는 아버지의 얼굴, 서술자의 마음 한가운데 뚫려 있는 그 헛헛한 빈 구멍은 이후의 글쓰기를 불러들이는 동기이자 과거와 현재의 '나'가 만나는 미묘한 접점이 된다.[6)]

'가위 밑 그림의 음화와 양화' 연작이 갖는 또다른 특징은 바로 이러한 이야기들을 '연작' 형식에 담았다는 것에 있다. 이 소설 외에도 '언어사회학 서설' '남도 사람' 연작 등 여러 명편을 남긴 것으로 보아 이청준에게 있어서 연작은 결코 생소한 실험이 아니었음을 미루어 짐작할 수 있다. 작가가 연작을 시도하는 이유는 여러 가지가 있겠지만 단일한 구조로 수렴되지 않은 채 파편적·불연속적으로 나열된 이야기들에는 나름대로 연유가

---

6) 거의 평생을 이어온 문학적 동지였던 김현은 이청준이 「가위 밑 그림의 음화와 양화」(1984)를 처음 발표했을 때 반쯤 농을 섞어 이렇게 말했다고 한다. "어머니 이야기를 팔아먹다 팔아먹다 바닥이 드러나니까 이제는 다시 제 돌아가신 아버지를 팔아먹기 시작했더구만." 김윤식은 이 사실을 회상하며 다음과 같은 뒷이야기를 덧붙인다. "'제 돌아가신 아버지 팔아먹기'의 결정판인 『키 작은 자유인』(1990)이 출간되었을 때 이청준은 남몰래 통곡하고 있었는데 그의 거울(자의식)이었던 김현이 타계했던 까닭이었다." 김윤식, 「미백(未白)의 사상 또는 이청준의 글쓰기의 기원에 대하여」, 『이청준 깊이 읽기』, 권오룡 편, 문학과지성사, 1999, 111쪽.

있는 법이다. '가위 밑 그림의 음화와 양화' 연작은 독특하게도 그 안에 또 다른 작은 이야기들을 품고 있는 모양새를 이룬다. 이는 그만큼 작가가 글쓰기를 지속할 수 없는 지점에 강파르게 도달했다는 근거가 된다. 그럼에도 불구하고 이 이야기들은 순순히 중단되지 않고 다시 쓰이고 반복된다. 무의식 저편에서 또다른 이미지들이 떠오르면 이야기들이 수군거리며 모여드는 식이다. 그리고 이들을 읽어갈수록 의식 뒤편의 검은 페이지에서 떠오른 이미지에는 치유할 수 없는 상처가 아로새겨져 있음을 깨닫게 된다. 왜 그는 결정 불가능한 지점, 글쓰기의 아포리아에 그토록 자주 빠져야 했던가. 그것은 작가 자신이 스스로 '나'를 제재 삼아, 일인칭으로 쓰는 일이 얼마나 힘겨운 작업인지 간접적으로 보여주는 증거가 아니겠는가.

자신과 삶의 진실을 찾아가는 일의 힘겨움은 파편화된 이야기들의 속살을 파고들수록 더욱 사무치게 다가온다. 마치 빛바랜 사진들처럼 차례로 인화되는 과거의 장면들은 죽음의 연속이다. 얼굴이 지워진 아버지, 큰형의 죽음 앞에 슬피 우는 아버지, 막냇동생의 무덤으로 찾아가는 아버지, 그 아버지의 죽음, 생매장을 연상케 하는 울력판의 이미지, 그리고 실제 생매장이라는 무시무시한 만행이 이루어진 6·25의 체험, 무지막지하게 맞아죽은 누런 개의 주검…… 이들은 모두 "가위눌림" 속에서 목도하는 꿈 장면처럼 "필름 속의 음화가 어쩌면 눈앞에 양화의 현실로 인화되어 나타난 격"이라고 묘사된다. 그리고 이러한 이미지들은 꼬리를 물고 자기 자신의 죽음이라는 가장 두려운 사건의 조짐으로 이어진다. "자기 부재, 혹은 자아 폐쇄" 또는 "자기 망실(忘失)" 등의 단어로 명명되는 현상이 그것이다. 불가사의한 것은 자기 망실이 때로 현실과 자기 자신을 초월하는 듯한 쾌감을 준다는 사실이다. 이러한 자기 상실의 욕망은 어쩌면 프로이트가 말한 쾌락원칙 너머에 있는 죽음충동, 열반에의 욕망과 통하는 것이 아닐까. 화자는 자신이 평생 이러한 충동에 맞서서 싸워왔다고 고백한다. 그에게서 자기 자신을 망각 속에 묻어버리려는 욕망에 맞서서 자신을 회복시켜준 것은 "제 목숨을 건 자기 진실의 드러냄"이었던 것이다. 잠시 의식을 잃어버렸다가 되찾았던 짧은 일화를 소개하는 대목은 기실 그가 쓰고 있는 텍스트 자체, 나아가 '글쓰기' 일반의 의미에 대해 논평하는 메타텍스트의 역할을 한다. 그가 이렇게 힘겹지만 의식에 떠오르는 영상들을 붙잡는 이유, 기억하기도 싫은 과거의 상처들을 드러내는 힘겨운 글쓰기의 고투를 중단할 수 없는 까닭은 바로 자기 진실의 드러냄을 통해 자신을 잃지 않으려는 노력이 아니겠는가. 이 대목에서 우리가 주목해야 할 부분은 자기가 말하는 내용을 자신이 실현하는 자기수행적 글쓰기의 미묘함이다. 그는 자신이 쓰는 텍스트를 스스로 수행함으로써 백지에 쓰인 글의 경지를 벗어나 쓰는 이와 읽는 이의 삶으로, 그리고 삶 속에 실현되는 힘으로 변환시키는 마법을 부린다.

4. 자아라는 미망, 주체의 출현

1960년대에 활발히 활동하던 작가들의 특징을 규정짓는 열쇠말 중 가장 중요한 것은 '4·19'라는 역사적 사건 혹은 기호다. 이 혁명적 계기를 통해 근대성이 움텄다고 보는 이들에게 뒤이어 따라나오는 중요한 사건은 '자율적인 주체'의 발견이다. 이청준의 여러 소설에서 깊이 있게 모색되는 자기의식, 그리고 개인과 사회의 관계에 대한 사유는 이러한 시대적인 흐름과 결코 무관할 수 없을 것이다. 그의 소설의 중요한 특징으로 꼽히는 자기반영성, 메타소설적 기법, 소설 양식에 대한 다양한 실험 등은 바로 이런 자의식적 주체에 대한 강렬한 관심이 만들어낸 미적 대응물이라고 할 수 있다. 그리고 이청준은 이러한 자의식적 경향을 자기 유폐적인 영역에서 힘겹게 풀어내 자아와 길항하는 타자에 대한 의식, 주체를 방사상으로 만들어지는 공동체, 사회에 대한 관심으로 자연스럽게 확장시킨다.[7)]

---

7) 이에 대해 이광호는 다음과 같이 설명한다. "이들은 개인적 주체성의 원리를 배타적으로 절대화하는 방식으로 사태를 해결하는 것이 아니라, 현실의 일부로서 자신에 대한 반성적 성

이청준이 소설 속에서 많은 시간과 공을 들여 얻어냈다고 하는 종착점은 요약하면 "개인과 사회의 힘있는 조화 관계, 그를 위한 통합적 가치 질서의 발견"이다. 그리고 이러한 이상은 이어지는 이야기들을 통해 몸을 얻는다. 「금지곡 시대」는 개인이 타인과 관계 맺을 때 가장 기본적으로 고려해야 할 '금제'에 얽힌 일화와 사색을 담고 있다. 자아가 상징적 아버지가 부과한 법을 내면화하면서 한 사람의 주체로 성장한다는 사실은 일반적으로 알려진 정신분석학의 논리다. 법의 가장 원초적인 기제가 바로 금제다. 작가는 사회가 부과하는 질서와 억압에 대한 사유를 실마리 삼아 금제와 싸우면서도 일면 이를 수락할 수밖에 없는 사람살이의 갈등에 대해 토로한다. "거친 이분법적 인식망과 그에 기초한 금계망의 수락은 우리 시대의 한 운명적 명제이자, 나 자신보다 크고 이성적인 진실을 향한 자의적 지향과 결단의 결과로 이해되기를 바라는 때문이다"(77쪽)라는 고백은 단순한 중용, 또는 타협의 기술에서 머무는 것일 리 없다. 오랜 시간 동안 금제의 부정적인 측면과 맞서 마침내 이를 초극하는 경지에 이른 영혼이 '그럼에도 불구하고' 세상과 사람의 질서를 받아들이기로 결단하는 과정은 좀더 복잡하리라.

개인의 사적인 기억의 회상으로부터 시작된 각성의 진폭은 연작의 중반쯤되면 한 고을과 지역의 비사(秘史)를 비롯하여 공동체의 집단적 기억과 역사로 확장되는 이야기의 스케일과 조응하면서 점차 범위를 넓혀나간다. 「잃어버린 절」은 이제까지 내면 탐구와 자기독백조의 논평에 치중했던 화자가 자신의 고향 마을에 자리한 천관산과 그곳에 있었지만 지금은 흔적만 남아 있는 고찰(古刹)에 얽힌 숨은 역사를 풀어나가는 과정을 주로 다룸으로써 역력히 다른 분위기를 전달한다. 그러나 뒤늦게 사명감

찰을 끝까지 밀고 나감으로서, 다른 층위의 미적 주체를 재구성한다. 시대에 대한 비판과 자기비판이 조우하는 지점에서 새로운 차원의 심미적 주체를 탄생하는 것이다."(「4 · 19의 '미래'와 또 다른 현대성」, 『4 · 19와 모더니티』, 우찬제 · 이광호 편, 문학과지성사, 2010, 59~60쪽)

을 가지고 고향의 사적에 얽힌 수수께끼를 풀어가던 화자는 그간 잊고 지냈던 산에서 유실된 절로, 그 절에 있었다고 전해지는 종의 행적으로, 그리고 잃어버린 절과 종의 비밀을 풀어줄 책으로 탐색의 대상이 자꾸 옮겨가는 이상스러운 정황에 마주하게 된다.

애초에 우리는 아버지의 부재와 죽음으로 각인되었던 구멍은 무슨 수를 써도 메울 수 없다는 사실을 이미 알고 있다. 「잃어버린 절」에서도 이러한 상실의 위상학은 고스란히 반복되고 있다. 끝내 없어지지 않고 위치만 바꿔 이리저리 이동하는 구멍은 망실된 자아, 끝내 소유할 수 없는 욕망의 대상들이리라. 이 소설이 회귀하는 지점은 이렇게 검은 얼룩으로 남아 있는 '자기'라는 영원한 수수께끼다. 그리고 이청준의 소설에서 이러한 자아 생성 작업의 미결정성은 종종 '실종'의 형태로 텍스트에 각인된다. 「잃어버린 절」의 결말 역시 결국은 잃어버린 책도, 종도, 절도 찾지 못한 채 미진하게 끝나지 않던가.

이러한 자기 진실 찾기에 관한 테마는 「지관의 소」에서도 여일하게 추구되고 있다. 이청준이 예술이나 기예에 일생을 바친 장인들의 생애에 비상한 관심을 갖고 있었다는 것은 널리 알려진 사실이다. 평생 초인적인 열정을 갖고 예(藝)의 세계에 매달렸던 한 화가의 삶을 그린 「지관의 소」는 대표적인 예술가소설로 분류할 만하다. 이 소설은 평생 자신의 내면에서 솟구쳐오르는 열정과 충동적인 힘에 맞서 싸워야 하는 한 예술가의 굴곡 많은 삶을 보여준다. 화자는 지관에게 있어서 예술은 치열한 투쟁, 무엇보다도 "자신과 자신의 소에 대한 그 고통스런 싸움"이나 매한가지였다고 말한다. 일찍이 미학에서 단골 논쟁거리인 피시스(physis)와 테크네(techné), 즉 자연과 기예 간의 갈등, 조화는 지관의 삶에서도 역시 풀기 힘든 난제로 작용했던 것이 틀림없다. 지관이 끝까지 자신의 삶은 물론 일생을 바쳐 그려온 그림들을 버리면서 추구했던 것은 모든 투쟁의 국면을 넘어선 '자유'였으리라. 이에 대해 주변인이 내린 다음과 같은 평가는 일견 귀기울일 만한 구석이 있다. "그 양반 자신의 그림과 삶을 철저한 과정으로만 살고 가신 때문이었겠지. (……) 선생은 끝내 자신의 그림에마저 얽매이지 않은 자유로운 삶을 살고 가신 거지."(252쪽)

지관이 '과정'으로서의 삶만 추구하고 결국 자신이나 매한가지인 소 그림을 버리려고 한 것도 욕망의 대상이 허상임을 안 까닭이다. 그것은 애초에 빈 구멍으로 남겨진 어떤 것이어야 마땅하다. 그러나 그 빈 구멍으로부터 결국 자신의 참모습을 반영한 명편이 탄생하고 만다는 사실은 얼마나 지독한 역설인가. 이 소설을 통해 작가는 자신을 끊임없이 욕망하고 반성하면서도 결국 우리는 그 과정만을 인식하고 향유할 수 있을 뿐, 그 자신을 모종의 동상 혹은 우상처럼 '대상화'할 때 참담한 실패만을 맛볼 수밖에 없다는 쓰디쓴 진실을 전달하고 있다. 이 소설들은 예술과 삶에 대한 이야기이면서 동시에 필생의 테마인 '주체'에 대한 이야기이기도 하다. 끊임없이 자기를 지워나가야 하고 부정한 자리에 홀연히 남겨진 빈 구멍, 그 구멍에 떠오르는 '소'의 얼굴, 피시스와 테크네의 경계선이 무너진 혼돈의 자리에서 우리는 무엇을 발견하는가. 그것은 '자아'라는 미망이 삭제된 자리에 출현하는 '주체'라는 사건이어야 하리라. 그리고 독자는 연작의 마지막 종착지에서 마침내 작가가 꿈꿔온 '자유인'의 이상과 조우하게 된다.

5. 부정의 길, 사람의 일

단편 「용소고」는 스스로에 대한 헛된 미망에 사로잡힌 사람이 결국 자신이 만든 그 미망에 의해 배신당하고 만다는 씁쓸한 진실을 알려준다. 이 소설의 화자는 백산 선생과 동행한 여행길에서 그가 젊은 시절 얼떨결에 휩쓸린 소동 덕에 한 고을의 수호어른 격으로 격상되어 있다는 사실을 발견한다. 자신이 신화적 인물인 '털보'로 존경받고 있는 정황에 흥미를 느낀 백산은 자신의 지인을 이끌고 그 고을을 재차 방문한다. 그러나 자신의 격상된 지위를 한껏 이용해 소동을 벌이고 난 후, 백산은 이제 자신이 영웅이 아닌 무뢰한의 수준으로 끌어내려져 있다는 사실을 깨닫는다. 설상가상으로 그들은 스스로 '털보'의 대리인을 자처하는 한 남자에 의해 망신을 당하고 쫓겨나는 신세가 된다. 이 소설은 이청준 소설의 또 다른 주요 테마인 신화의 기원과 해체, 그리고 재구성의 과정으로도 읽을 수 있으며, 지배하는 자와 지배받는 자 사이의 이자 관계를 둘러싸고 벌어지는 권력 놀음에 대한 알레고리도 담고 있다는 점에서 문제적이다. 결국 「용소고」의 백산뿐만 아니라 사람은 대부분 자신이 가졌다고 착각하는 무언가에 스스로 얽매이고 마는 연약한 존재다. 보잘것없는 권력 앞에 굴종하던 사람이 정세가 바뀌면 쉽게 다른 사람을 지배하곤 하는 것도 이러한 인간의 비루한 본성 때문이다.

백산이 진즉에 '털보'라는 이름을 놓아버리고 다시는 절골에 자신의 존재를 드러내지 않았더라면 어떻게 되었을까. 연작의 마지막인 「키 작은 자유인」에서 작가는 하늘과 땅 사이 어떤 것에도 얽매이지 않고 자신에 관한 어떤 환상에도 집착하지 않는 소수의 사람들을 가리켜 '자유인'이라는 칭호를 붙여준다. 그리고 과거의 추억 속에서 자유인의 모습에 부합하는 사람들을 차례로 끄집어내어 열거한다. 강한 자존심 때문에 몸을 숨겼던 지하실에서 스스로 걸어나온 집안 어른, 원망을 극복하고 외부의 풍파에 뒤섞이는 일을 거절한 외종형, 가족을 부양하는 고달픈 일에 누구보다 성실했던 고을 장로, "자기의 한세상을 아무렇게나 살고 간" 김영감, 서슬 퍼런 시절에 남을 돕고자 우스꽝스러운 계교를 써서 위기를 넘긴 마을 청년 등……

작가가 생각하는 자유로운 '주체'는 비록 남을 지배할 만한 위세는 갖추지 못할지라도 나름대로의 자존과 존엄을 가진 사람들이다. 여기서 말하는 자유란 타자나 외부의 강박에 굴하지 않고 자신 안에 내면화된 '사람'의 길을 따르는 것이 아니겠는가. 그리고 이러한 노력은 이청준의 경우 자신의 지난 삶을 재구성하기 위한 안간힘과 매한가지였던 것이 아닐까. 자기 자신에 대한 글쓰기라는 불가능한 행위와 사람살이의 진실을 찾으려는 노력에서 공통분모를 꼽자면 그것은 둘 다 부정을 통해 도달하는 여정이라는 점이다. 글쓰기뿐이겠는가. 지관의 경우처럼 예술의 길이 그러하고 한 개인과 공동체가 성숙해가는 과정이 크게 다르지 않을 것이다. 자신 안에 있는 상실과 결핍의 자리를 먼저 확인하고 그 불구성을 인정하고 수락하는 과정…… 이를 통해 보편적이면서 특수한 한 '주체'의 삶이 탄생하고 텍스트가 탄생하는 것이리라. 독자는 이청준의 소설을 읽으며 참다운 주체의 발견이라는 내용이 스스로를 의심하고 자신을 해체하는 방식으로 몸체를 만들어가는 자기 반영적 글쓰기라는 형식과 행복하게 조우하는 광경을 목격하게 된다. 이러한 역설의 구조는 작가에게 있어 '진정성'이라는 불가해한 실제를 드러내기 위해 선택한 최선의 방책이었음이 틀림없다.

이청준의 자전적 소설들은 나 자신의 가장 내밀한 심연에서 시작하여 결국은 나 자신을 넘어선 타인, 공동체, 문화와 삶 일반을 모두 아우르는 이야기로 확장된다. 그리고 마침내 그 텍스트를 읽어가는 독자에게 도달하는 순간, 이야기의 층위에는 독자의 실천에 의해 열릴 미래의 차원이 한 겹 더 얹히게 된다. 그러나 그로 인해 텍스트와 독자는 또 한번의 '반전'을 견디어내야 한다. 이 소설이 지닌 투명한 '자서전성'은 이제까지 읽은 이야기들이 다시 '이청준이라는 개인'의 이야기로 돌아오도록 만든다. 그로 인해 이 텍스트는 그가 만든 '자유인'의 상이 불필요하게 다른 이에게 '동상'처럼 타율적인 이상으로 작용할 위험을 위태롭게 비켜간다. 긴 연작을 마무리하면서 자신이 도달한 결론에 다시 한번 방점을 찍고 다짐을 두어도 좋으련만, 작가는 다음과 같은 한탄조의 대사로 이야기를 맺는다. "하지만 그것 뭣보담도 사람의 일이 아니었거든. (……) 끔찍하고 저열스럽기가 그건 아무래도 사람의 일이 아니었어……"(182쪽) "사람의 일이 아니었"다면 과연 우리는 어떻게 해야 바람직한 '사람'의 상태를 만들어낼 수 있는 것일까. 새로운 '자유인'의 이상은 아직 도착하지 않은 미래의 독자들에 의해 계속 만들어져야 하리라. 그가 자신의 부끄러운 과거사들을 가리켜 "씨앗 자루"라고 이름 붙였었던 것도 바로 그 때문이다. 그리하여 "문화는 스스로의 과거 이야기를 말함으로써 창출되는" 것이라고 한 폴 리쾨르의 말처럼 이청준의 텍스트들은 '창출되어야 할' 빈자리를 남겨두기 위해 이제까지 쓰인 것이라고 해도 무방할 것이다. 미완성이 아닌 '불'완성의 상태로 영원히 남아 있는 텍스트의 젊음, 그것이 이청준의 글이 지닌 참다운 힘이 아닐까.

(이청춘 소설집 『키 작은 자유인』 해설)

낯선 슬픔은 오래된 지혜를 꿈꾼다

— 은희경 소설집 『다른 모든 눈송이와 아주 비슷하게 생긴 단 하나의 눈송이』[1)]

생을 견디는 '스타일'

은희경의 세계에는 독자를 잠시 머뭇거리게 하는 독특한 기운이 서려 있다. 문턱에 서서 이제 막 인사를 건네려는 이들을 서먹하게 하는 위화감은 어디에서 오는 것일까. 그러면서도 우리는 섬세한 문체로 다사다난한 삶의 국면을 진솔하게 드러내는 그의 화법에 끌려 그가 만들어낸 세계의 언저리를 끝내 떠나지 못한다. 소설에서 순정한 몰입을 기대하는 사람이라면 일찌감치 상처받을 각오를 해야 할지도 모른다. 그러나 이제 우리는 이러한 분위기가 삶을 바라보는 작가 자신, 혹은 등장인물의 자세에서 비롯된 것임을 알고 있다. 그가 삶을 응시하는 시선은 시리도록 냉정했으며 그 세상에 동참하는 우리의 태도 역시 그가 그어놓은 감정의 거리 주변에서 맴돌 수밖에 없었다. 그리고 그와 함께 세상을 읽는 방식을 배워간다. 은희경의 이름을 가리켜 하나의 '장르' 혹은 '브랜드'라고 추어올리는 소리를 들을 때 선선히 고개를 끄덕였던 것은 다른 이유 때문이 아닐

---

1) 문학동네, 2014. 이후 인용시 본문에 제목과 쪽수만 병기한다.

것이다. 그가 작가로 살아온 햇수나 책으로 헤아리면 이제 열두 권에 달하는 작품의 부피만 두고 하는 얘기도 아니다. 그는 우리에게 그런대로 한 생을 견뎌낼 수 있는 하나의 '스타일'을 제시한다. 어떤 방식으로 자신에게 주어진 생을 감응하고 이해하며 수긍할 것인가, 이러한 물음에 대답하는 과정은 오롯이 그의 소설의 몸체를 이룬다. 어쩌면 은희경에게 있어서 그 스타일은 한 '세계'의 무게와 맞먹을 수도 있으리라.

다른 사람들보다 조금 더 멀찌감치 떨어져서, 적당한 거리를 두고, 냉소와 태연함으로 무장하는 일도 부질없었다. 그는 결심할 때도 스스로에게 독백할 때도 행동에 옮길 때도 한결같았지만 그로 인해 독자를 배신하는 일도 부지기수였다. 그가 숨결을 불어넣은 인물들은 누구보다 단단한 마음가짐과 조숙한 이해력으로 우리를 감탄시키곤 했지만 그런다고 해서 평범한 타인들보다 상처를 덜 받고 슬픔을 잘 견디는 사람이 아니었다는 기억도 갖고 있다. 유달리 강하거나 더 모진 마음 같은 것은 없었고 모질어 보이는 '말'은 많았다. 그래도 그 간극을 채우는 긴장만큼은 팽팽했다. 그렇게 당기고 밀어내며 한 생을 건너가는 방식이 존재한다는 걸 그의 소설을 통해 배운 사람들은, 이번에도 서슴없이 독자의 가슴에 생채기를 내던 '그' 작가임을 알아보고 소리 없이 반길 터이다. 더욱 반가운 것은 그도 시간의 흐름을 타고 변해간다는 사실이다. 낡을 것은 낡아가고 버려질 것은 버려진다. 그리고 달라진 부분은 나름대로 생경한 맛을 준다.

은희경이 그려낸 세계에서 가장 흔한 것은 슬픔이다. 그러나 출렁이는 슬픔의 정조는 이를 지켜보는 이의 시선을 미처 잠식하지 못한다. 침식성이 강한 슬픔이 천천히 스며들다가 흠칫 멈추는 순간, 소설은 세계와 이를 바라보는 시선 사이에 투명한 막이 있다는 느낌을 전달한다. 눈에는 잘 띄지 않지만 적지 않은 시간 동안 그 자리를 지키고 있었던 것 같은 질긴 막. 은희경의 소설에서 이런 느낌은 주로 등장인물들의 냉소와 위악적인 태도에서 비롯되곤 했다. 은희경 특유의 '냉소'도 이제 나이를 적지 않게 먹었건만 여전히 우리는 그의 첫번째 장편소설 『새의 선물』(문학동네, 1996)의 화자 진희에게서 보았던 조숙한 안간힘을 떠올리지 않을 수 없다. 그녀는 냉소를 통해 자신에게 상처를 입히는 세상으로부터 멀찌감치 떨어져 있으려 한다. 진희가 조숙한 '애어른'이었다면 우리는 저마나 위로받지 못한 어린아이를 품고 있는 '어른아이'들이다. 그래서일까, 우리는 진희의 서늘한 눈망울을 잊지 못하고 자꾸 돌아보게 되지만 그 시절의 냉소는 더이상 남아 있지 않을 것이다. 어른의 냉소라고 해서 아이들의 것보다 나을 리는 없지만 조금만 형질을 바꾸면 냉소는 '지혜'가 된다. 인생을 견디는 지혜. 투명한 시선으로 정확하게 바라보되 우리를 태우거나 적시는 정념으로부터 한 걸음 떨어져 있기. 진희처럼 나이를 먹어가며 변해온 은희경의 소설들은 이제 독한 냉소의 흔적보다는 모종의 체념을 경유하고 도달한 '이해'의 냄새를 더 많이 풍긴다. 그러나 그의 태도는 이전보다 덜 유독할지언정 여전히 시리디시리다. 읽는 이의 마음마저 얼리는 냉정한 기운은 끝내 가시지 않는다. 왜일까.

성장이라는 오래된 신화

세상에 갓 발을 디딘 듯한 어리고 여리고 미숙한 인물들에게 생은 호의적이지 않다. 주변을 둘러싼 것들은 낯설기에 그만큼 위협적이다. 희망이 있다면 지금은 서툴더라도 앞으로 조금씩 배워나가면서 좀더 나아질지도 모른다는 것이다. 더욱이 생의 국면에서 초입에 서 있는 사람들, 주로 어린 소년, 소녀 들에게 이러한 배움은 피해갈 수 없는 과정이기도 하다. 어른들은 이러한 경험을 가리켜 성장이라는 이름을 붙인다. 지금은 상처와 실수투성이지만 이러한 경험을 통해 뭔가 배울 수 있다고 생각하면 견딜 만해지는 법이다. "열두 살 이후 나는 성장할 필요가 없었다"(『새의 선물』)는 당사자의 주장조차 반-성장 역시 크게 보아 성장서사의 범주에 묶인다는 사실을 바꾸기엔 역부족이다. 은희경의 소설 전반에 걸쳐 성장과 배움은 자주 변주되는 테마 가운데 하나다. 그에게 있어 독학자의 눈으로 세상을 바라보는 일은 생이라는 곤경을 헤쳐나가는 데 중요한 부분을 차지하는 것만 같다.

생은 어떤 순간에 묵은 습관의 옷을 벗고 생경하게 다가오는가. 독자는 은희경의 소설을 읽어나가면서 이러한 계기들과 수시로 마주하게 된다. 자신을 키워준 고향을 떠나 멀리 떨어진 대도시로 처음 유학을 떠난 어린 학생, 아버지의 뜻을 거스르고 남편 한 사람을 의지하고 낯선 곳으로 이사 온 신도시 새댁, 기우는 집안 때문에 남편과 이혼하고 말 설고 물 선 이국땅에 이주한 여성, 이국땅에 유학 와서 남모르는 소외감에 시달리는 청년들의 앞에 펼쳐진 세상은 지도 없이 걸어가야 할 미답의 황무지와 같다. 어디 '신도시'들뿐이겠는가. 사실 알고 보면 세상이라는 친절하지 않은 시공간에 '던져진' 채 살아가는 사람들의 신산한 신세도 이들과 크게 다르지 않을 것이다. 그런 점에서 때로 은희경의 소설은 인간의 실존적 상황을 축약한 알레고리라는 인상을 주기도 한다. 그러나 소설을 철학의 언어로 제한하는 일은 항상 후회를 남기곤 한다. 안 하거나 뒤로 미루는 편이 낫다.

「다른 모든 눈송이와 아주 비슷하게 생긴 단 하나의 눈송이」(이하 「눈송이」)의 주인공 안나는 처음 서울에 도착했을 때 느낀 인상을 "춥다"는 말로 요약한다. 이때 그가 체감한 추위는 남쪽 해안가의 고향 마을과 서울 사이에 놓인 거리에서 비롯된 것만은 아니다. 열아홉 살에 맞이한 그해 겨울은 성인으로 넘어가기 전에 겪어야 하는 통과의례 같은 것이었으리라. 안나가 서울에서 맞닥뜨린 첫번째 어려움은 압도적으로 넓은 도시의 '크기'에 적응하지 못한다는 점이다. 반면에 안나가 머무르는 하숙방은 너무나 좁고 누추하다. 욕실을 개조해서 만든 차가운 방에 웅크리고 있는 소녀의 모습은 읽는 이의 마음마저 얼어붙게 한다. 그에 비해 어린 시절부터 그녀와 쭉 붙어 자란 단짝 루시아는 사뭇 대조적인 성향을 지닌 소녀다. 소극적이고 주눅 든 안나에 비해 루시아는 유복한 가정환경과 돋보이는 외모에 더해 당돌한 태도까지 갖추고 있다. 둘은 함께 다니는 학원에서 한 남학생을 동시에 좋아하게 되지만 결국 그는 루시아의 남자친구가 된다. 소설은 어른이 된 안나가 루시아와 소년 요한과 더불어 맞이한 첫번째 크리스마스를 회상하는 장면으로 끝난다. 안나의 간절한 기도에 응답이라도 하듯 하늘은 눈과 요한과의 만남을 선사한다. 그러나 그날 안나의 마음을 사로잡고 있는 기억은 더럽고 추하며 한없이 고독한 자신의 이면으로부터 정신없이 도망쳐 나온 장면, 그리고 그날 밤 하숙집의 언니들과 어린 시절의 지인 세실리아 언니 그리고 자신의 몸과 마음을 관통하고 지나간 지극한 슬픔뿐이다.

은희경의 소설이 여운을 남기는 것은 지극한 슬픔과 위안이라는 상반된 감정을 동시에 느끼게 하기 때문이다. 마찬가지로 그의 이야기를 읽다보면 더할 나위 없이 착잡한 현실과 비현실적인 아름다움이 어느 순간 떼려야 뗄 수 없이 한데 겹쳐 있다는 사실을 깨닫게 된다. 이것이 은희경이 구사하는 '거리'라는 마술의 비밀이다. 어린 시절의 아픈 기억도 어른이 된 이후에 몇 걸음 뒤에서 돌아보면 추억의 빛을 입고 아름답게 보이는 법이다. 또한 지금 겪는 슬픔과 방황이 훗날 성장하기 위해 치러야 하는 대가라는 생각은 우리에게 적지 않은 위안을 준다. 「독일 아이들만 아는 이야기」는 바로 이러한 배움과 성찰의 계기를 둘러싸고 벌어지는 짧은 일화를 담은 소설이다. 주인공 이원은 대학 졸업 이후에도 뚜렷한 직업을 갖지 못하고 친구 집에 머물고 있는 처지다. 그는 자신이 "뭔가 남들의 방식과 핀트가 안 맞는"다고 생각한다. 물건을 자주 잃어버리고 약속 시간에도 자주 늦는가 하면 친구 유나와는 달리 자기를 꼼꼼히 관리하는 일에도 능숙하지 못하다. 그는 "자신이 잘 배우지 못한다"(162쪽)고 결론을 내린다. "물건을 자주 잃어버리는 일이 좌절을 일상화시켰다면 실패한 배움은 자신을 둘러싼 세계의 위축 같은 것이었다. (……) 한 가지를 실패할 때마다

집이 좁아지듯 자신을 둘러싼 세계가 오그라들며 좁혀져왔다. 그리고 열고 나가려 할 때마다 문에서는 경보음이 울렸다."(163쪽)

이원은 잃어버린 유나의(정확히 말하면 유나 남자친구의) 목도리를 대신하기 위해 직접 뜨개질을 배우기로 결심한다. 그는 생경함을 무릅쓰고 '뜨개방'을 찾아가 직접 실을 고르고 강습을 받는다. 배우는 일에 서툴렀던 그는 "이 단순한 목도리 뜨기의 세계"에도 "수많은 선택과 좌절과 성취 그리고 인생의 드라마가 들어 있"(175쪽)다는 사실을 깨닫게 된다. 그가 알게 된 것은 "배움이란 대다수가 따르는 틀에 맞추는 것이고 그 보편적 규칙 안에 편입되는 일이었다."(17쪽) 따라서 배움 끝에 이루는 '성장'이란 세상의 질서에 적응하고 그에 맞추어 자신을 조정한 끝에 얻어지는 것이리라. 이원은 우여곡절을 겪고 배운 뜨개질로 몇 개의 목도리를 짜는데 성공하고 이 가운데 몇 개를 들고 부모님의 집으로 다시 돌아가게 된다. 그러나 그도 알 만큼은 알 것이다. 생은 뜨개질만큼 배우기가 녹록지 않다는 것을. 한번 익숙해졌다 싶으면 또다시 새로운 공간과 관계들 가운데로 다시금 내쳐지곤 하는 것이 사람살이라는 사실을. 하지만 이미 소년도 아니고 청년도 아닌 사람의 경우는 어떨까. 배움도 때가 있는 법이라는데, 나이를 이미 너무 먹어버린 후에도 배움이나 성장 같은 것이 가능할까.

「프랑스어 초급과정」에는 결혼과 동시에 아버지의 집을 떠나 낯선 신도시에 이주한 한 여성의 이야기를 들려준다. 황무지나 다름없는 초창기의 신도시에 작은 아파트를 얻어 입주한 그녀는 생각보다 자신이 새로운 삶에 적응하지 못한다는 사실에 좌절을 거듭한다. 새로운 장소에서 정주하고 싶어하는 그녀의 소망은 바이올렛 화분을 자꾸자꾸 불려나가는 행동 속에 잘 표현되어 있다. 그러나 그녀는 물에 띄운 바이올렛 잎과는 달리 사람은 쉽게 뿌리내리기 힘든 존재라는 사실을 절감할 따름이다.

> 매순간 예상치 않았던 낯선 곳에 당도하는 것이 삶이고, 그곳이 어디든 뿌리를 내려야만 닥쳐오는 시간을 흘려보낼 수 있어. 그리고, 어딘가로 떠나고 싶다는 꿈만이 가까스로 그 뿌리를 지탱해준다고 한들 그것이 무슨 대단한 비밀이라도 되는 건 아닐 테지. (「프랑스어 초급과정」, 66쪽)

이쯤해서 우리는 작가가 이야기하는 성장에 대한 희망, 위안이 과연 얼마나 유효한 것인지 되묻지 않을 수 없다. 예상하지 못했던 난국에 맞닥뜨릴 때, 이러한 경험 역시 삶을 더 알아가기 위한 배움의 과정이라고 생각하는 일이 과연 얼마나 타당한가. 이러한 질문은 의심을 넘어 또다른 부정 혹은 낙심의 순간으로 우리를 데려간다. 어쩌면 오류와 조정을 통해, 다음번에는 덜 상처 입는 방법을 배울 수 있다는 것은 거짓 위안이고 환상이 아닌가. 더욱이 생은 그 어떤 순간도 자신의 신비와 무작위처럼 보이는 조화를 인간에게 누설하지 않는 막강한 폭군이 아닌가. 은희경의 소설은 결코 피하거나 외면하지 않고 이러한 의심 한가운데로 직하한다. 그곳에서 작가는 절망 외에 무엇을 발견했는가. 그는 여전히 어떤 '마술' 혹은 '비밀'을 숨기고 있다는 듯 아껴둔 이야기를 풀어나간다.

뿌리 뽑힌 이들의 슬픔

앞서 말했던 것처럼 은희경의 소설은 등장인물이 겪은 일을 사후에 돌아보는 방식으로 서술되는 경우가 적지 않다. 짧은 분량의 단편소설일 때는 한 가지 서술 방식이 한 작품 전체를 관통할 때가 많지만 과거 회상 시점은 현재를 기술하는 시점과 독특한 대조를 이루면서 교차되기도 한다. 이때 은희경의 소설은 과거에 진행된 줄거리와 현재 진행되는 이야기가 어울려 대위법적인 구조를 형성한다. 두 시점의 결정적인 차이는 서술자가 사건에 개입하는 정도, 즉 '거리'가 각기 다르다는 것이다. 과거에 일어난 일을 회상할 때 서술자 혹은 초점자는 이미 사건의 복판에서 헤어나와 나름의 방법으로 지나간 일들을 정리하고 의미 부여하는 태도를 취하기 때문에 현명한 성인의 면모를 보여주곤 한다. 은희경 소설의 경우 이러한 의식은 거의 강박관념에 가까울 정도로 강력하게 영향력을 발휘한다. 심지어 소설 전체가 거리를 확보하려 몸부림치는 인물들의 투쟁으로 보일 정도이다.

「T아일랜드의 여름 잔디밭」에서 작가는 한국을 떠나 처음으로 미국으로 이주한 두 모자의 험난한 정착 과정을 그린다. 이 소설에서 주요한 사건들은 주로 어머니를 둘러싸고 일어나지만 실질적인 주인공은 어머니를 지켜보는 '나'에 가깝다. '나'는 어린 소년에 불과하던 열세 살 무렵, 아버지로부터 분리된 채 세상물정에 어두운 어머니와 함께 그들에게 불모지나 다름없는 이국땅에 머물던 시기를 돌아본다. '나' 없이는 혼자 외출도 하지 못하는 무기력한 어머니는 마당에 중고 물품들을 풀어놓고 파는 '개러지 세일'에 마음을 붙이고 이 집 저 집을 돌아다닌다. 그 시절의 아픔을 견뎌내기 위해 '내'가 선택한 방법은 잡동사니와 술과 불행에 탐닉해 있는 엄마의 삶으로부터 스스로를 떼어내는 일이다. "엄마는 애초에 나와는 한편이 될 수 없는 존재였다."

그는 미국에서 지낸 암울하기 짝이 없는 시간으로부터 무언가를 배웠다고 생각하는 대신 어머니의 세계와 절연하고 아버지와 산 자들의 편으로 넘어갔다고 생각한다. 그럼으로써 자신의 고통스러운 기억을 송두리째 부정하려는 모양이다. 그의 태도는 무언가 단호한 것 같으면서도 안쓰러운 데가 있다. 그리고 이러한 모습은 곧 만나게 될 그의 육촌 형제, 「스페인 도둑」의 주인공 완에게서도 비슷하게 느껴진다. 젊은 세대답게 쿨한 그들의 어조에는 발설하지 못한 채 묻어둔 아픔의 응어리가 단단하게, 그러나 알아보기 힘들만큼 낮게 가라앉아 있다.

어쩌면 세계란 처음엔 잘 열리지 않는 방문과 탁자와 침구와 그리고 여행가방을 기본단위로 이루어져 있는지도 모른다. 공동 공간으로 나가면 화장실과 텔레비전이 있다. 그것들이 시간과 장소에 따라 다른 형식으로 복제 재생되고 그 세계들을 단계별로 하나하나 재편해가는 과정이 되풀이된다. (「스페인 도둑」, 108쪽)

이 화자에게 세계가 힘겨운 이유는 생이 성장 없는 무의미한 반복으로 이어지기 때문이다. 신도시에서 이국으로, 다시 신도시로, 어머니에게서 아버지로 그리고 두 분 모두 없는 군대로 떠나고 적응하고 다시 떠나는 과정이 되풀이될 뿐이라면 생은 시시포스가 겪는 형벌과도 다를 바가 없을 것이다. 따라서 생과 터 잡기와 뿌리내리기와 같은 과업을 너무 무겁게 생각하면 견뎌낼 수 없을 것임이 분명하다. 어쩌면 지나치게 호들갑을 떠는 것일지도 모른다. 유목민적 감수성을 갖고 태어난 새로운 세대에게 이민과 탈주와 여행은 상시적인 일상이 되었는지도. 이들은 이제 자신의 삶을 지배하는 것은 '참을 수 없는 존재의 가벼움'이라고 말하고 싶어 한다. "완은 어머니와 달랐다. 힘들게 이루어낸 사랑에 대해서도, 돌아갈 고향에 대해서도 알지 못했다. 비어 있는 의자에 이방인끼리 자리를 좁혀 앉는 법에 대해서는 알고 있었다."(104~105쪽)

그러나 환상을 소거하고 자신에게 주어진 삭막한 삶의 조건들을 담담하게 받아들이겠다고 선언하는 청년의 태도에서 슬픔이 느껴지는 것은 무엇 때문인가? 너무 이른 나이에 상처투성이가 된 아이가 부리던 위악은 어느새 나이 먹기도 전에 철들어버린 청년의 체념으로 바뀐 것이 아닌가? 누구도 이들을 탓할 수는 없으리라. 다만 이러한 '태연스러운' 태도가 세상에 적응하기 위해 만들어낸 또하나의 판타지란 사실에 눈감고 싶을 따름이다. 이들과 더불어 태연스러움과 태연스러운 '척하는' 태도 사이에서 가닥을 잡아야 할 순간을 지연시키고 싶을 뿐이다. 정착을 갈망하지 않는 이가 어디 있겠는가. 철학자의 말을 잠시 빌리면 '터-있음'은 세계-

내-존재로서 실존하는 인간이 필요로 하는 본래적 조건이다. 우리는 자신의 '존재근거'가 되는 고유한 장소를 갖지 않고서는 살아갈 수 없는 존재이기에 뿌리를 내리지 못하고 떠도는 상태는 '나' 자신에 대한 상실감으로 이어지기 마련이다.

작가가 완의 시선을 또 한 사람의 중요한 인물의 시선과 엇갈리게 배치한 이유도 거기에 있다. 고등학교 때부터 완을 짝사랑해왔던 소영은 삭막한 신도시에서나마 착실하게 정착하고 살아가려 애쓰는 인물이다. 이리저리 떠돌던 완과는 달리 신도시를 한 번도 벗어나지 못한 채 살아온 그녀는 낯선 장소로 떠나겠다는 소망을 통해 현실의 권태를 이겨나간다. 다소 답답하고 어중간하게 보이긴 하지만 그래도 그녀에게 생은 추억에 잠겨 있는 과거, 먹고살기 위해 벗어날 수 없는 현재, 불확실한 계획으로 이루어진 미래로 어설프게나마 연결되어 있다. 그 헐거운 연결의 고리 역할을 해주는 것 가운데 하나가 2002년 월드컵에서 페널티킥을 실축한 스페인 키커의 존재다. 얼굴도 가물가물한 외국 축구선수의 이름은 어린 시절부터 호감을 품었던 소년, 완과 보낸 짧은 추억과 연결되어 있다. 그리고 소영이 스페인에 대해 관심을 갖는 데 중요한 계기가 된다. 그녀는 마침내 완이 여권을 잃어버린 장소인 바로 그 스페인에서 그에게 엽서를 보내기로 결심하고 만다. 사람은 희미하게나마 운명에 대한 예감을 붙들고 자신을 던지지만 생은 과연 이들에게 어떤 대답을 돌려줄까? 인생은 도저히 예측할 수 없는 인연과 관계의 끈으로 어느새 이들을 엮어맨다.

> 세상이란 참, 의외의 지점에서 얽히기도 한다니까. 네. (……) 자신의 경우처럼 어떤 뜻밖의 순간에 끊어버리기도 하지만 세상이라는 천을 짜는 여신은 무늬를 만들기 위해서 처음 타래에서 풀었던 실을 반드시 남겨둔다. 헝클어진 실 중에서 어떤 것을 서로 이을지 모르지만 처음부터 무늬는 정해놓았을 것이다. 사람은 자기 운명을 짜고 있는 베틀을 엿볼 수 없다. 예측할 수

없을 때는 순리를 따르는 편이 나을 것이다. (「스페인 도둑」, 110~111쪽)

작가는 서로 이질적인 리듬과 톤을 지닌 층위들을 엇갈리게 배치함으로써 운명의 아이러니라는 협주곡을 빚어낸다. 인생을 이해한다는 것은 어쩌면 한차례의 연주, 하나의 곡조 안에 소영의 테마와 완의 테마가 한데 어울려 있다는 사실을 깨닫는 것이 아닐까. 또 한번의 전회. 그리하여 은희경의 소설은 다시 성장과 이해라는 신화를 회복하는 국면에 들어선다.

생의 의미와 무의미 사이에서

이렇게 말해보면 어떨까. 이번 소설집에 묶인 이야기들은 한 권의 책이 될 운명을 갖고 태어났다고. 이번에 펴낸 새로운 책은 거의 조형적인 의도 아래 설계된 느낌을 준다. 눈밝은 독자에게는 보였겠지만 각각의 단편으로 흩어져 있을 때는 미처 알아차리지 못했던 연결고리들은 함께 묶였을 때 드러나도록 예정되어 있다. 마치 홀로 빛나던 별이 한데 모였을 때 찬란한 별자리를 이루는 것에 비유할 수 있을까. 작가는 작품 속에 짧은, 그러나 결코 쉽게 지나칠 수 없는 계기들을 숨겨둠으로써 이야기들에 등장하는 인물들이 같은 사람이라는 사실, 또한 이들 사이는 인척 관계로 연결되어 있다는 사실을 알려주고 있다. 소설집에 묶인 이야기들 가운데 다섯 편의 단편은 기실 하나의 큰 이야기 안에 수렴되는 관계망에 놓여 있는 셈이다. '따로 또 같이 묶이는' 모듈의 구조처럼, 조금씩 한데 겹치는 '숨겨진 연작' 형식은 주제의식과 자연스럽게 조응한다. 작가는 어쩌면 서로 무관해 보이지만 비밀스럽게 이어져 있는 인연과 우연 들이 흩어지고 만나면서 만들어지는 생의 신비에 대해 말하려는 것이 아닐까? 그에 따르면 부초처럼 떠다니는 운명 속에서 희미하게나마 질서를 찾아내려는 시선을 통해 우리의 생은 의미를 갖게 되는지도 모른다.

좀더 구체적으로 살펴보자. 「프랑스어 초급과정」에 등장하는 여성과 이 단편의 화자, 즉 여성이 품고 있던 태아는 「스페인 도둑」에 등장하는 어머니와 아들 완으로 연결되고 「눈송이」의 주인공 안나는 「T아일랜드의 여름 잔디밭」에 등장하는 소년의 엄마와 겹쳐진다. 그리고 힘겨운 시간을 보냈던 그 어머니임을 짐작할 수 있다. 따로따로 떨어진 파편 조각처럼 흘러다니던 사람들이 언제, 어디서, 어떻게 만나게 될지 누가 예감이라도 했겠는가. 「금성녀」에서 마리 할머니와 처음 만난 육촌형제 현과 완규는 어쩌면 다른 소설들에 등장하는 소년들과 같은 사람들인지도 모른다. 마리 할머니의 오랜 기억 속에 두 소년의 어머니들은 아주 어릴 적 아주 잠깐, 우연히 마주친 적이 있는 그 소녀들인지 모른다. 이런 상상은 독자들을 모종의 설렘으로 벅차게 한다. 각자의 생에서 경험되던 크로노스적인 시간들은 이렇게 칠십삼 년을 살아온 마리의 시선 속에서 영원으로 향해 있는 카이로스적 시간으로 승화되는 것이 아닌가. 물론 이런 상상은 팍팍한 삶을 견디게 하는 또하나의 판타지에 불과할 수도 있으리라.

이것은 가슴 아픈 아포리아이자 피치 못할 진실이다. 은희경의 소설은 우리에게 생을 견딜 수 있는 지혜를 얻을 수는 있으되 그 지혜는 언제나 사후적으로, 너무 늦게 오기 마련이라는 슬픈 사실에 대해 이야기한다. 현재형으로 진행되는 각자의 삶 속에서, 과거는 의심스럽고 미래는 불확실하기에 우리는 매번 희망과 두려움이라는 정념에 휩쓸리고 만다. 스피노자는 이런 말을 했던가. "우리는 외부 원인에 의해 여러 방식으로 이리저리 내몰리고, 역풍에 의해 내몰린 바다의 파도처럼 우리의 결말과 운명을 알지 못한 채 이리저리 흔들린다." 일상생활에서 흔히 일어나는 모든 일이 공허하고 헛되다는 것을 경험을 통해 배우고 난 후, 우리는 한 걸음 밖에서 인생의 비밀을 관조하는 방식을 얻어낸다. 모든 슬픔과 불안을 다 겪어낸 이후에야, 이해는 언제나 너무 빠르거나 늦게 도착한다.

마리는 스스로가 자신의 인생조차 오해했다는 생각이 들었다. 자신이야말로 자기 인생의 이방인인지도 모를 일이었다. 마리는 늘 낯선 시간을 원했고 낯선 곳으로 데려다주는 남자를 사랑했다. 그런데 진정 낯선 곳은 어디에 있는 것일까. 이제 마리에게 남은 낯선 곳은 뒷걸음질쳐서 발에 닿는 어떤 시간의 시원에 있는 것일까. (「금성녀」, 223~224쪽)

그럼에도 불구하고 마리는 다시금 낯선 곳에 대해 꿈꾼다. 은희경의 소설은 우리가 낯선 인생에 부딪혀 상처 입고 고통스러워하면서도 또다시 낯선 곳을 부단히 찾아다닐 수밖에 없는 존재임을 속삭여준다. 오랜 시간과 가슴 아픈 순간들을 거쳐 "더이상 성장할 필요가 없었다"는 조숙한 아이의 선언은 이 세계 바깥과 시간의 시원을 꿈꾸는 노인의 판타지와 만난다. 노쇠와 후회와 죽음이라는 생의 국면을 마주할 때 은희경은 '아주 오래된 지혜'라는 스타일을 걸쳐 입는다. 필멸의 운명과 환상, 의미와 무의미 사이를 건너는 자세는 언제나 아름답다, 은희경 식으로.

(은희경 소설집 『다른 모든 눈송이와 아주 비슷하게 생긴 단 하나의 눈송이』 해설)

빈 세상에 뜬 노래
— 김경후 시집 『열두 겹의 자정』[1]

그믐: 잃었으나 잊을 수 없으므로

눈을 떴으나 보이는 것이 암흑뿐이라는 이유로 눈을 찌를 수야 있겠는가. 눈에게는 아직 아무것도 보이지 않는 세계의 궁지를 목격하는 일이 남아 있다. 이는 말로 할 수 없는 지경을 겪으면서 혀를 깨물지 않고 보존하는 이유와 같을 것이다. 병에 걸리지 않도록 조심하기만 하면 된다. 그러면 언젠가 빛이 들어오고 극에 달한 곤궁에서 벗어날 수 있으리라는 기약 없는 기다림으로 스스로를 동여맬 수 있다. 손쓸 수 없는 상실을 맛볼 때마다 자신이 텅 비었다고 생각하는 병, 자신을 하나의 개체로 묶어주는 힘이나 명분이 어디에도 없다는 사실을 곱씹고 곱씹는 병. 그러나 진솔한 충심은, 질환에 깃든다. 우리는 무언가 혹은 누군가의 곁에서 누렸던 흐뭇함과 안식을 무엇으로 보답해야 할지 미리 알지 못한다. 그를 떠나보내고 난 연후에 찾아오는 지독한 슬픔 덕택에 뒤늦게 배울 뿐이다. 사랑의 기쁨을 더할 때 우리는 공허, 아픔, 절망의 무게를 빼고 셈한다. 아니, 그

1) 문학동네, 2012.

렇지 않다면 이 세상이 온통 병상인 이유를 도대체 설명할 수가 없다. 어떤 시인에게 그 병은 사랑의 계율과도 같다. 조심하라는 경고 앞에서 그는 웃는다. 운다. 연인을 안던 품으로 대신 자신의 병을 얼싸안는다.

김경후의 시는 상실에 대한 정조로 가득차 있다. 사람이라면 누구나 잃어버리면서, 그리고 잃어버린 대상을 가끔씩 생각하면서 살아가기 마련이다. 모든 사람이 상실의 슬픔을 견뎌내지 못하는 것은 아니지만, 그렇다고 모두 잘 견뎌내고 있노라 말할 수 있는 사람도 흔치 않다. 마치 각자 자신에게 주어진 시간을 갉아먹으며 연명하듯이, 산다는 것은 훼손을 무릅쓰는 것이다. 다만 우리는 상실의 슬픔을 부정하고 애도함으로써 계속해서 살아갈 수 있다. 애도는 한때 우리 곁에 있던 소중한 대상에 대한 기억을 잃어버린다는 것을 의미하고, 우리가 그것을 망각했다는 사실조차 잊어버린다는 것을 뜻한다. 그러나 절망으로 인해 쓰러진 자를 돕기 위해 애도의 처방약을 건네는 일은 시인의 역할이 아니다. 적어도 김경후의 시는 근근이 살아가는 이들의 귓가에 비탄을 흘려넣기 위해 쓰인 것 같다.

이번 약은 잘 들을 겁니다
의사 말을 듣고
믿고 싶은 그 말을 믿고 나는 묻는다

얼마나 잘 듣지 않았나
이불 속에 드러누운 나의 마음은

—「잘 듣는 약」 부분

치료를 거절한 채 병실 문을 안에서 걸어잠근 나쁜 환자들은 무엇을 지키려는 것일까. 그들에게 애초의 상실보다 더 견딜 수 없는 것은 상실했다는 기억마저 잃어버리게 되는 상황이다. 그렇다면 단호한 절망, 그것이 오히려 지극한 사랑에 가까울지도 모른다. "난 내가 버린 것들을 믿지 않는다/ 버렸다는 걸 믿지 않는다/ 아직 난 주홍색 천막 안에서/ 종이 계단을 삼키고 있는 중이다"(「천막 교실」). 그가 한결같이 지켜내려고 하는 것은 잃어버린 대상이라기보다, 잃어버리지 않겠다는 자신의 결심이다. 기억하기, 망각에 맞서기, 그것이야말로 상실로 만연한 세계에 그가 맞서는 방식이다. 그의 시는 상실의 아픔을 보여주는 이미지에서 시작하여, 잃어버린 대상을 대체하는 몸으로 차차 변화한다. 기실, 이러한 과정은 거듭되는 부정과 부인을 천천히 쌓아가면서 이루어지기 때문에 어떤 결과를 가져오게 될지 예상하기란 간단치 않다. 이를테면 사지가 모두 잘려나간 기이한 형상(「토르소」)이나 똬리 튼 뱀만큼 비대해진 성대(「코르크」), 포르말린 병에 담겨져 있는 잘린 손발(「너무 멀리 왔네」) 등은 치료를 거절하는 이가 도달하는 병적 불안의 상태를 형상화한 기이한 이미지들이다.

있어서 안 되는 건 이미 모두
없다
더이상 잃을 것도 없다
그것뿐
벌건 할로겐 램프 아래
벌거벗은
토르소
잊기의
기억

—「토르소」 부분

시인에게 가장 큰 공포는 "잊기의/ 기억", "모든 기억을 지워도 지워지지 않는/ 지웠다는 기억"(「지우개」)마저 잃어버리는 상황일 것이다. 그러나 앞에서도 말했던 것처럼 이러한 노력으로 인해 자아는 점차 '텅 비어간다'. 애초에 그가 상실을 부정하고, 또 자신이 상실을 부정하고 있다는 사실마저 부인하는 행위를 반복해서 묘사한 이유는 무엇이었던가? 일상에 닳아 마비되어가는 감각을 두드려 깨우기 위한 것이 아니었던가. 그러나 시인은 상실한 대상에 대한 충심을 확인하기 위해서 밤마다 아물어가는 상처를 찢고 또 찢는 행위마저 낡아 가리라고 예고한다. "몽유병 걸린 시체처럼 쓰고 지우고 쓰고 지우고/ 불의 심장은 이미 식었다"(「아름다운 책」).

오래 머물렀던 너의 이름에서
개펄 냄새가 난다
그것은 온통 버둥거린 자국들
부러져 박힌 비늘과 지느러미들

나를 쾅! 닫고 나가는 소리에
내게 묻혀 있던 악몽의 알들이 깨어난다
깨어날수록 난 잠든다
컴컴해진다

—「그믐」 부분

치명적인 상실을 입은 자아에게 주어진 선택의 여지는 많지 않다. 시인은 앞을 가늠할 수 없는 캄캄한 시계(視界) 속으로 우리를 던져넣는다. 몸을 아끼지 않고 잃어버린 대상에 대한 충심을 지켰으나, 남은 건 텅 빈 신체와 훼손된 언어, 그리고 눈감은 천공뿐.

식(蝕): 빛과 어둠 사이에서

그렇다면 자포자기 상태가 되어 어둠의 심연에 자신을 온전하게 버리는 선택은 허용될 수 있는가? 아마도 그렇지 않을 것이다. "아주 잠시 캄캄한 채 내가 당신 한가운데 떨어져도 되겠습니까"(「코너」)라는 기원은 응답되지 않는다. 김경후의 시는 천체의 이미지, 조명이 들어오고 나가는 텅 빈 공간 등을 통해서 어둠과 빛의 기미를 섬세하게 포착한다. 그 가운데서도 시의 분위기를 압도하고 있는 것은 두말할 나위 없이, 칠흑 같은 어둠, 다시는 끝나지 않을 것 같은 밤의 정조다. 시가 그려내는 천공의 한가운데 간혹 달과 별이 떠올라 명암과 농도를 조절한다. 따라서 앞에서 인용한 시구에서처럼, 시인은 온전히 어둠뿐이라고 여기는 순간을 곧잘 '그믐'으로 표현한다. '그믐'에도 달은 존재하는가? 물론 그러하지만 달은 우리에게 빛을 보여주지 않는다. 하지만 그믐도 언젠가는 지나가버릴 한 시기에 지나지 않는다. 빛은 다시 고통스럽게 지상에 돌아와 마비된 신경을 깨우고 헛된 희망에 잠시 몸을 담그도록 한다.

> 그믐의
> 마지막
> 빛
> 테두리
>
> 버려진
> 뱀 허물을 뚫고
> 자라나는
> 제로
> 담쟁이덩굴
> 한
> 줄기

—「자라나는 제로」 전문

김경후의 시에서 빛과 어둠이 서로를 밀쳐내고 가리면서 공존하는 상태는 두 천체가 서로를 가리며 힘의 경합을 벌이는 이미지로 표현된다. 그것이 식(蝕)을 바라보는 이들의 고뇌다. 대개 힘 한번 제대로 쓰지도 못하는 이들이 리비도가 벌이는 사랑과 죽음의 게임 한가운데 끌려들어가 엉망이 되도록 얻어터지기 마련이다. "때려봤자 맞지도 피 흘리지도 못하는, 때려봤자 도망치지도 바닥에 뻗지도 못하"(「샌드백」)는 이들은 삶으로 향하는 욕망과 죽음으로 가는 충동 사이에 비스듬히 걸쳐 견디는 것밖에는 도리가 없다. 망각과 기억, 사랑과 좌절, 무의미와 기호들 사이의 경계선에 놓여 있는 시인의 팔자가 대개 이러하다. 그리고 완전한 어둠을 간절히 바라는 마음조차 곧 지나가버릴 미망임을 깨닫고 만다.

시인이 묘사하는 고통은, 거듭될수록 오히려 그 안에 있는 사람을 차갑게 깨어나게 만든다. 그에게는 마비나 혼절에 이르는 것마저 금지되어 있다. "많이 마셨는데 안 취한 거 같네, 그게 아닌데, 그게 아니지만 이것도 아닌, 뜨겁지 못한 그게 시가 되는, 취하지도 못하는 시"(「환절기」). 거듭되는 무효화로 인해 얻어진 명철함은 관조자에게 가장 필요한 덕목이기도 하다. 그리고 그는 소름끼치도록 침착한 시선으로 빛과 어둠의 기미, 어느 한쪽도 놓치지 않고 잡아내려 한다.

개기월식의 절정에
발바닥으로 흘러내린 한 오라기 태양
흐르고 번지고 몸부림치는
순간을 마지막 핏물이 빠져나갈 때까지
그렇게 내버려둘 것

—「상어와 한 컷」 부분

그의 시에 묘사되는 암흑은 집요하게 파고들수록 찬란했던 시기의 빛을 상기시킨다. 사람들은 이러한 역설을 가리켜 시인이 곧잘 사용하는 기교라고 말할지 모른다. 그러나 김경후의 시에서 이러한 '기교'는 '증상'의 모습으로 곧잘 몸을 바꾸곤 한다. 이때 압도적인 어둠은 때로 내면에서 투쟁을 벌이고 있는 주체의 증상을 영사하는 스크린의 역할을 하기도 한다. 하늘의 별과 인간의 조명에서 흘러나오는 빛의 파편들이 명멸하면서 어둠 위에 어떤 형상을 새겨넣는지 보라. 마음의 무늬들, 공허의 흔적, 위로할 수 없는 슬픔의 결, 그것은 '식(蝕)'의 시기처럼 순식간에 지나간다. 어둠이 삼켜버린 빛의 아우라를 남기면서. "터지지도 울부짖지도 않는/ 곪은 일식의/ 나날들"(「달궈진 프라이팬 위의 자정」)은 상실의 아픔을 내면에 눌러담은 채 끈질기게 버티는 이들의 몫이다. 그리고 시는 어느 한쪽의 충동에 투신하지도 못한 채 연옥에 머물러 있는 어중간한 상태로 계속 회귀한다.

낮달: 못 박힌 꿈의 흔적

달밤과 낮달
기울지 않고 흔들리지 않고
버려지지 않은 채
초승달 위로 초승달이 지나간다

—「여덟번째 해바라기와 여덟번째 기억 사이」 부분

있어서는 안 될 자리에 있는 것은 언제나 기이한 느낌을 주기 마련이다. 한낮의 푸른 하늘 한가운데에 떠 있는 달의 모습은 원래의 형상을 잃어버린 채 껍데기와 골격만 남아 부침하는 유령을 연상시킨다. 삶 속에 끼어들어 있는 죽음의 이미지처럼, '낮달'은 요란하지 않게 일상의 풍경을 잠식해들어온다. 낮달은 희미한 윤곽을 통해, 지나간 달밤, 이제 돌아오지 않는 시간을 생각나게 함으로써 지나간 과거를 현재 속에 위치시킨다. 이러한 이미지는 롤랑 바르트가 『밝은 방』에서 말한 '푼크툼(punctum)'이라는 용어에 정확히 상응한다. 그에 따르면 푼크툼은 시간, 노에마(noeme)에 대한 가슴 아픈 과장 그것의 순수한 표상[2]으로서, 감상자를 날카롭게 찌르고 들어오는 사건이다. 이는 우리에게 잃어버렸던 것을 다시 발견하게 하고 이를 또다시 상실하는 과정을 경험하게 함으로써 기억 속에 남아 있는 환희와 슬픔을 한자리에 모으는 역할을 한다. 김경후의 시에 수없이 등장하는 찌르기, 찢기, 절단하기 등의 촉각적인 이미지는, 시의 내부에서만 발생하는 사건이 아니라 외부를 향해서 일어나는 텍스트의 사건이기도 하다. "지금/ 그래도 될까,/ 하지만 이 말도 이미 송곳바람"(「에칭」)이라는 경고가 무색하리만치, 시인은 서로 어울리지 않는 낯선 이미지들을 이리저리 병치시키고 뒤섞어놓음으로써 독자들의 감수성을 교란시켜 시간과 의식의 경계를 허물어뜨린다. 사정없이 잘려나간 부분 대상들, 소금에 절여지고 포르말린으로 처리된 신체들의 형상은 심지어 에로틱한 느낌마저 준다. "에로티시즘, 그것은 죽음까지 파고든 삶"이란 유명한 경구를 비틀어 표현하면, '삶에 파고든 죽음', 그것은 자기성애적 마조히즘으로 변형된 '도착적인 에로티즘'의 표현으로 볼 수 있다.

외로운 시인은 상실한 대상의 잔상을 불러내고, 이들의 파편을 간직함으로써 텅 비어버린 자신의 내면 공간을 무엇으로든 채워넣으려고 한다. 어차피 코너에 몰린 사람은 기력이 다하기 전에 무엇이든 해볼 것이다. 그는 소중한 대상을 지키기 위해 필사적으로 못을 박고, 꼼짝 못하도록 가두고, 심지어는 통째로 삼키기까지 하지만 이 모든 행위는 결국 무위로 돌아가고 만다. "자신의 가슴으로 구덩이를 삼키는 자/ 그가 바로 가두다"(「가두다」). 유령을 결박할 수 있는 올무는 어디에도 없다. 결국 김경후의 시

2) 롤랑 바르트, 『밝은 방: 사진에 관한 노트』, 김웅권 옮김, 동문선, 2006, 118쪽. 여기서 노에마는 "그것이-존재-했음'을 뜻하는 용어이다.

에 등장하는 수많은 허깨비들, 그를 자기 안에 끌어들이기 위해 행한 모든 안간힘은 모두 자기 자신을 향한 것이었음을 알게 될 때, 환상은 달아나고 만다. 그는 결국 "나로부터 한 발짝도 나갈 수 없는" 것이 "철필로 쓴/ 기억의 비명"(「가두다」)뿐임을 인정하고 만다. 어쩌면 그저 시는 최후의 나날까지 남아 있는 페티시인 것일까.

어쩌면 평화롭게 만날 수도 있으리라. 슬프고도 아름답게, 지나가버린 과거의 시간들과 헤어진 사람들과 함께 한잔의 아쉬움을 입속에 털어넣을 수도 있으리라. 가끔 강박증으로부터 벗어나는 행복한 순간, 폭력 없이 자신을 돌아보는 때도 있다. 그것은 "마지막까지 말도 안 되는" 농담처럼 우리 곁에 잠깐 찾아왔다가 찰나의 빛처럼 꺼져간다.

곰팡이 슬어도 썩지 못하는
어제, 예스터데이
(……)
앞으로도 말도 안 되는 비유들에 사로잡힐
살아 있던 자들이 깔아놓은 철로에
죽을 자들이 누워 부르는 콧노래
그 위로 꽁초처럼 떨어지는 별빛들
자, 이것이 마지막까지 말도 안 되는
농담 예스터데이
살아 있던 자들이 기차를 세워
죽을 자들을 부축해 돌아가는
오늘도 예스터데이

―「농담 예스터데이」 부분

시인의 세계에서 과거는 절대 폐기되지 않으며 끊임없이 여러 계기로 인해 환기된다. 그 방법 가운데 하나가 망각되었던 기억들을 떠올리게 하는 공간을 방문하는 일이다. 누구나 젊은 시절의 추억을 묻어둔 카페나 술집 정도는 갖고 있을 것이 아닌가. "진통제가 풀린 수족관 속 물고기"처럼 마비되었던 감각이 되살아나면서 생사, 과거와 현재, 망자와 산 자가 한데 뒤섞이는 순간, 산 사람이 오히려 유령에게서 위안을 받고 서로의 자리를 바꾸는 웃지 못할 일이 벌어지기도 한다. 그러나 이 또한 오래 지속되지 못할 꿈에 불과할 뿐임을 시인은 잊어버리지 않는다. 이러한 평화는 연속적인 일상에 잠깐 끼어든 농담처럼 쉽게 지나가버리는 것. 결여되어 있는 빈자리를 메우기 위해 하나의 오브제에서 다른 오브제로 미끄러지는 환유의 악순환은 계속될 수밖에 없다. 이생을 망친 인간은 악마의 환등상처럼 반복해서 등장하는 이미지들의 연쇄에 매달려서 살아가는 존재들이다. 원래, 그런 것이다. 그는 자신의 텅 빈 영혼을 덧없는 오브제로 대체하지 않고는 견뎌내기 힘들다는 사실을 일찌감치 눈치채고 기약 없는 흐름에 몸을 맡긴 지 오래다. "머리에 대못이 박힌 채 껍질이 벗겨지는 뱀장어 눈알"(「환절기」)을 아끼던 자, 그대는 "바람 불 때마다 닦아놓은/ 내 손톱"(「손톱의 블랙유머」)에서 비롯되었고 "백지 같은/ 달의 유골함"(「북치는 여자」)을 거쳐 "너와 내가 같이 신던 슬리퍼"(「해 질 녘의 슬리퍼」)를 향해 간다. 그럼 다음엔 어디로?

안개: 도저히, 흩어질 수 없는

시인은 자신이 '기억하고 있음'을 기억하기 위해 글을 쓴다. 그러나 그토록 잊지 않고자 한 대상은 과연 무엇이었던가? 그가 잃어버린 것이 무엇이기에 애타게 잊어버리지 않으려고 하는가? 종내는 자신이 '무엇'을 상실했는지조차 불확실하게 된 상태에서 시인은 상실한 대상의 자리를 채워줄 대체물들을 끊임없이 찾아다니게 된다. 그러나 이들은 내면의 허기를 잠시 채워주는 것 같으면서도 잠시 후엔 오히려 그 불완전함으로 인해 결여를 생각나게 만드는 이중적인 존재들이다. 마치 자동인형처럼 시인의 의식은 매 순간마다 상실의 대상을 대신할 기호들을 갱신해나가지만 욕망은 만족을 모르고 다시 흘러간다. 그리고 시계의 시침처럼 최초의 비어 있는 자리로 돌아오고 만다.

12
정오의 데킬라
나를 신지 않은 기차는 국경을 넘어가고 있을까
13
빈잔을 내동댕이치고
뒤돌아보지 않는 슬픔이란 게 있다
14
태양 아래 마녀의 검은 무쇠솥처럼
끓어오르며 연구하고 고민한다, 슬픔은
(……)
23
오래 묵은 누런 안개에 불어난 늙은 개의 등뼈
24
나를 신지 않은 기차는 또다시
나를 신지 않고 달린다
—「슬픈 톱니바퀴—정오부터 자정까지」 부분

정오에서 자정에 이르는 반나절. 정확히 시곗바늘이 한 지점에서 출발하여 다시 제자리로 돌아오는 데 걸리는 시간. 이는 내면의 슬픔의 어떻게 외부의 사물들을 향해 투사되는지 파악하기에 충분한 간격이다. "나를 신지 않은 기차"가 떠나버린 빈자리를 메우기 위해, 덧없는 기호들이 하나씩 만들어진다. 마치 저물어가는 빈 하늘에 차례로 박히는 별처럼, 투명한 중심과 절단면을 지닌 이미지들은 매우 영롱하게 빛난다. 빛의 환처럼 텅 빈 중심을 둘러싸고 돌아가는 아름다운 장치, 우리는 이를 시적 상상계라고 부른다. 시인은 상실의 슬픔과 애도를 거부하는 충심을 재료로 하여, 나르시시즘적인 버팀목을 세워나간다. 라캉이 눈멀게 할 정도로 '아름답다'고 말한 안티고네 역시 무덤으로 걸어들어가면서 그곳을 자신의 '신방'이라고 부르지 않았던가. 시는 때때로 안에서 밖으로 나올 때보다, 바깥에서 안으로 들어가는 자들의 눈을 더 부시게 만든다. 안에서 문을 걸어잠근 납골당 안에 숨겨진 비의(秘意), 그것은 이미지들의 성좌로 촘촘히 새겨진 아름다운 내실이다.

그러나 김경후의 시는 종내 이러한 아름다움마저 부정한다. 시인은 "이게 바로 진짜 말벌주, 나의 책들, 신화 속 벌들의 아틀란티스"라고 선언하면서도, "내가 어떤 하늘을 날아다녔든 어떤 밤을 질러 왔든/ 나는 어둠이 달고 가는 찢어진 날개일 뿐"(「아름다운 책」)이라는 진실을 누설해버린다. 그의 시는 공들여 만든 자신의 세미오티카마저 부수고 지워버리려는 순간 가장 큰 위기를 맞이하게 된다. 시인은 항상 스스로를 의심하고, 멈추지 않고 흔들리면서, 순진한 죽음충동과 맞선다. 그리고 그의 글쓰기 역시 명확한 경계선을 상실하고 모호한 "안개"가 되어버린다. "그래, 그 기억의 어금니 자국도, 안개나 되어버려 (그러지 마) 아니, 너는 갈기갈기 찢긴, 비명들의 은유일 뿐 (왜 나한테) 아니, 너는 무쇠 장화에 외올 베옷 입은 안개, 네겐 그래도 돼 (안 돼/안 돼)" (「안개 악몽」) 그러나 김경후의 시는 의식의 와해에 맞서 끝까지 치열하게 싸움을 벌인다. "어차피라는 말을 쓰는 시는 없다"(「안개 공황」)는 단호한 선언은 그가 손쉬운 선택을 거절하기 위해 얼마나 절박하게 맞서고 있는지 가늠하게 한다.

내 시는 읽지만 않으면 어렵지 않다

안개로 부르기로 한다

내 피를

안개를

벙어리 늑대가 물어뜯으며 울부짖는다

어차피 이미지 속이거나 아니거나

그런데 이미지는 언제 나오지

어디서든 어떻게든 어차피보다 그것이 문제가 됐을 때

잃어버려야 할 때

—「안개 공황」 부분

시인에게 있어 안개는 완전히 흩어지지 않는 자신의 의식이요, 흐릿하지만 놓칠 수 없는 기억을 의미한다. 또한 끊을 수 없는 모진 욕망, 끝까지 포기할 수 없는 글쓰기에 대한 질긴 믿음에 대한 은유이기도 하다. "핏물에도 물들지 못하고/ 안개에도 물들 수 없는,/ 그러나 이미 스스로 안개인 자,/껍질 벗겨진 안개의 탯줄을 목에 감고 오래오래 살아 있기를"(「안개 무대」).

김경후의 시는 어쩌면 우리의 삶에서 모든 것을 빼앗긴 후에도 남아 있는 것이 무엇인지 확인하기 위해 끝까지 따라가는 순례의 여정인 것만 같다. 아니면 가장 최소한의 재료를 가지고 구축할 수 있는 미학적 실험일지 모른다. 김경후가 자신의 시에서 초현실주의적인 형상시(calligram)를 종종 시도하는 것도 아마 같은 이유 때문일 것이다. 그는 언어가 의미마저 상실한 이후에도, 그 형태와 흔적만으로 최소한의 의미를 구성할 수 있는지 실험한다. "흩어지는철로의푸른연기에목을묶은나는내게남은단한가닥" (「실」)[3]은 과연 무엇인가? 그것은 거의 무게를 갖고 있지 않으면

3) 여기에서 인용한 구절은 가느다란 실이 꼬여 있는 듯한 형상으로 쓰인 캘리그램을 편의상 일직선으로 배열한 것이다.

서도 간신히 형상을 유지하고 있는 '안개'와 등가물이며, 꺼질 듯 말 듯한 욕망, 삶의 충동과 같은 말이다. 소중한 것은 어디에도 남지 않아 텅 비어 버린 세상에 시라도 쓰고 있는 한 사람이 없다면 어떻게 우리의 그리움을 전할 것인가. 흩어지지 못하고 남아 있는 언어의 길을 따라서, 잠시, 이 자리에 머물러 있기로 한다, 고 적는다.

(김경후 시집 『열두 겹의 자정』 해설)

재와 파편들의 노래

— 김성규 시집 『천국은 언제쯤 망가진 자들을 수거해가나』[1)]

불행한 삶, 망가진 말들

김성규의 시는 무참하게 망가진 존재들, 돌이킬 수 없는 재난을 그릴 때 가장 비범하게 빛난다. 그의 시선에 들어온 세계는 이미 불행이라는 단어로 요약하기 어려울 만큼 총체적인 '재앙'의 판국으로 추락해 있다. 시인은 이러한 상황에 떨어진 이들의 절망을 다음과 같은 짧은 시구로 표현한다.

꽃들은 왜 하늘을 향해 피는가
그리고 왜 지상에서 죽어가는가

—「절망」 전문

단 두 줄로 이루어진 시구를 마주할 때 흘러나오는 탄식의 기원을 되짚어보자. 더이상 신인이 아닌 시인이 첫 시집 이후 다섯 해 동안 쌓아온 공력에 대해 언급하는 것도 잠시 미뤄둘 일이다. 사실 이 시의 요체를 이루

1) 창비, 2013.

고 있는 것은 어디선가 본 듯한 진부한 이미지와 말더듬이를 연상케 하는 리듬의 반복이기 때문이다. 깊은 절망은 더이상 자신의 목소리를 아무도 듣고 있지 않다는 사실에서 연유하기 마련이다. 그때 시어는 진솔한 절규, 혹은 비명에 접근해간다. 자신의 속절없는 심정을 제대로 표현할 수단마저 상실한 시인의 무기력함은 그대로 시의 몸을 이룬다. 어쩌면 시인이 감당해야 할 마지막 모험은 자신의 무능이 아닐까. 마땅히 할말을 찾지 못한 자의 무능, 과감히 침묵으로 추락할 수 없는 자의 서툰 무능. 시인은 수차례 그 한계 지점을 향해 몸을 던지지만 "나도 알 수 없는 방향으로 날아오르"는 마법사의 영혼(「눈보라 속으로 날아간 마법사」), 혹은 "자신도 모르는 글씨를" 새기는 장님(「방언(方言)」)처럼 번번이 헛짚고 헤맬 뿐이다.

그러나 가끔은 근접하고 대부분은 형편없이 실패하는 순간의 움직임에 주목할 필요가 있다. 김성규 시의 절창은 그 무언가 되려다 만 형국, 얼기설기 주워섬긴 말 또는 형상들의 비루함을 드러내는 장면에서 터져나오기 때문이다. 이러한 무능은 종작없이 분열된 언어의 파편으로, 또는 초현실주의적인 장면의 비약 혹은 분열로 나타난다.

> 경찰청장의 브리핑이 생중계되고, 뱀의 옆구리에서 대공포가 터진다 공책과 연필이 쏟아진다 증 거 물 압 수 홍 보 용 진 열 예 정 공권력 도전 엄벌 원칙 항공기 운항 정상화 공책들이 빨갛잖아 빨갱이들은 다 죽여야 된다니까 분명 내 아들, 저 공책, 사람인 줄 알면서 쏜 거라구요! 저건 괴물입니다 아줌마 자식이 아니라니까요 하하, 우리 청장님은 절대 그러실 분이 아닙니다!
>
> —「구렁이를 타고 날아가는 아이들」 부분

> 털 없는 쥐인간들은 번식하지 못하네 눈덩이는 커다란 바퀴를 굴리듯 굴러가고 바퀴에 깔린 쥐인간들의 내장이 터질 때 다시 백년 동안 쉬지 않고

눈이 내렸네

—「만년설」 부분

누가 이러한 장면들을 가리켜 우화라고 하겠는가. 그의 시 속에서 환상은 현실과 기이하게 겹쳐진다. 사람이 다른 사람을 짐승처럼 다루고, 거짓 예언으로 속이고, 무력으로 유린하는 모습은 그리 머지않은 파국의 조짐이면서 동시에 은밀한 곳에서 일찌감치 벌어져온 현실임을 부정할 수 없다. 이미 시인은 「동면, 폐정, 병이 최초로 발생한 곳」과 같은 몇 편의 시에서 악몽과 현실의 경계를 손수 무너뜨리고 있다. 구제역 사태를 소재로 한 이 시를 읽다보면, 역병이 걷잡을 수 없이 퍼지던 어느 해 짐승들을 산 채로 매장한 자리에 우리의 타락한 인간성을 함께 처박았던 참담한 사건을 어쩔 수 없이 떠올리게 된다.

굳이 인간의 타락을 짐승의 비참과 오버랩시키지 않더라도 이미 김성규의 시편들은 짐승 또는 그보다 못한 상태로 퇴화한 형상들로 가득차 있다. 그들 사이에도 가해자와 피해자, 혹은 지배자와 복종하는 자의 층위가 존재한다. 그 가운데서 시인은 단연 먹이사슬의 제일 아래쪽에 있는 토끼, 두더지, 물고기, 심지어는 꾸물꾸물 기어다니는 벌레들의 축에 속해 있다. 축복받아야 할 생일에 "어둠 속에서/ 미역 줄기 같은 이불을 몸에 감고"(「생일」) 탄식하는 물고기, "죽은 물고기를 삼키"다가 낚싯바늘이 목에 걸려 피를 토하며 울어대는 두루미의 모습(「시인」)은 그나마 나은 편이라고나 할까. 그리고 우리는 마침내 그가 더이상 상실한 인간의 모습을 그리워하지 않는 죽은 자의 상태로 자신을 넘겨주는 장면을 목격한다. "카드 속 나의 운세는 무엇이었을까 나의 운세는……/ 오늘 밤에 죽을 사람의 옷입니다/ 틀림없이 자신의 책을 찢다 목을 매고 자살할 거예요"(「사자의상」).

절망 너머의 세계

시인이 환상을 창조해내는 이유는? 절망만을 안겨주는 현실에 맞서기 위해서다. 자신의 목소리를 아무도 듣지 못하는 상황보다는 피조물의 탄원에는 무심한, 냉정한 신이라도 있는 편이 나을지도 모른다. 기도는 하지 않을지언정 적어도 원망이라도 할 수 있다면, 언어는 폐기되지 않을 것이므로. 김성규의 시에 나타나는 환상성이 자못 스케일이 크고 때로 버겁게 느껴지는 이유는 세계를 바라보는 그의 시선이 그토록 심원했기 때문이다. 이미 그는 여러 시편들을 통해 더이상 고칠 수 없을 정도로 '망가져버린' 현실을 고발하지 않았던가. 그렇다면 우리는 어떻게 우리 자신과 이 세계에 떨어진 불행을 설명할 것인가? 시인이 상상해낸 신은 이 세상이 망가지도록 방치할 뿐 아니라 불시에 끼어들어 훼방하는 존재다. 그러나 어쨌든 우리에게 재앙인지, 축복인지 알 수 없는 운명을 사정없이 던지는 '나쁜' 신과의 관계를 끊을 수 없다는 것만은 확실하다. 그래서 시인을 비롯한 화자들은 "차라리 재앙이 계속되어야 해 올라갈 곳은 없고 오직 떨어질 일만 남았지"(「폭풍 속으로의 긴 여행」)라고 체념하듯 말한다.

> 폭풍이 멈추면 어떻게 하지? 그러면 우리는 바삭콩이 되는 거야
>
> (……)
>
> 집에 있는 것을 모조리 던져버려라 어머니가 소리쳤어요 안 돼! 지금은 공기의 저항을 최대한 받아야 합니다 적당한 무게를 가지고 있어야 소용돌이에서 벗어나지 않아요
>
> —「폭풍 속으로의 긴 여행」 부분

재앙의 힘을 빌려서라도 어떻게든 지상으로 추락하지 않으려고 매달리

는 사람들은 나쁜 운명마저도 초자연적인 의지와 연결되어 있다는 사실로 여기고 순순히 수락한다. 이들의 세계 속에서 불길한, 혹은 거짓 예언을 일삼는 예언자나 실패한 마법사가 여전히 환영받는 이유도 그 때문이다.

> 어머니는 웃는 낯으로 말했네 예언자가 사라진 궁전에서는 모두 숯덩어리 같은 울음을 삼키며 살아야 한다고, 울음을 멈추지 말고 또다른 예언자를 기다려야 한다고…… 흙을 삼키며 사람들이 노래 불렀네
>
> ―「얼음궁전」 부분

시인은 신뿐만 아니라 그가 만들어낸 세계를 주시한다. 시인의 시선을 따라 펼쳐지는 세계의 위상학은 몹시 정교하고 조화롭기까지 한 구도를 갖고 있다. 얼음이나 유리로 지은 궁전처럼 언제 무너질지 모른다는 것이 흠이긴 하지만. 그 세계의 밑바닥은 대부분은 약하고 비루한 생명들이 차지하고 있다. 그러나 시 속에는 쥐나 두더지 같은 하등 생물들이 거주하는 지상 혹은 지하에 대한 암담한 풍경만 존재하는 것이 아니다. 시인은 이들이 차마 범접하지 못하는 천공의 이미지를 묘사할 때 가장 처연하고 아름다운 언어를 사용한다. 시인은 천상과 지상이 짝을 이루는 가운데 저급한 생물들로부터 새처럼 비교적 자유로운 움직임을 가진 생물들이 하나의 위계질서 아래 거주하는 세계를 꿈꾼다. '존재의 거대한 고리(a great chain of being)'를 연상케 하는 이미지의 성좌, 이들을 통해 시인은 세계의 밑그림을 구상한다. 때로 시인은 비루하고 암담한 지상의 삶과 가볍고 빛나는 천상의 모습을 짝지으려는 욕심을 버리지 못한다. 그리고 그 간절한 마음을 오롯이 시의 몸으로 빚어내는 모험도 서슴지 않는다. 평생 고생만 하시다 돌아가신 외조모를 애도하는 시 「소나기」가 그 대표격이라 하겠다.

짐승은 죄를 지어 일만 한다 하지만
소가 일하지 않는 날에도
비를 맞으며 밭고랑에서 김을 매던 할머니

사람이 죽으면 하늘로 간다 하니
하늘 어딘가에도 마당이 있을 것이다

그 마당에서 아홉 잔의 술과
아홉 개의 떡을 먹으며 노래 부르면
호미는 말잔등으로 변해 달리고
타령조로 울다 웃다
목이 쉬면 까마귀를 달여 먹고
지상에서 추지 못한 춤을 출 것이다

—「소나기」 부분

지상에서의 고생스러운 삶을 묘사하는 연과 천상에서 누리는 즐거운 장면을 기술하는 연은 마주보듯 서로 대칭을 이룬다. 시인의 상상 속에서 '망가진 것들'의 지상과 이들이 죽어서 가는 천국이 대조를 이루는 것처럼. 그리고 그 두 극점을 연결하는 대상은 필시 "나무"일 것이다. 김성규의 시 곳곳에서 '나무'는 지상에서 천국을 바라보는 비천한 것들의 간절함을 대신하는 상징으로 사용된다. 대개 춥고 어둡고 탁한 정경으로 그려지는 땅은 '현실'이 지배하는 공간이요, 밝고 투명하며 가벼운 느낌을 주는 하늘은 '환상'이 지배하는 공간이다. 그리고 시인은 자신이 만들어낸 적막한 공간 한가운데를 가로지르는 선을 상상한다. 그것이 바로 시집에 수록한 첫번째 시 「적도로 걸어가는 남과 여」에 등장하는 "적도"의 존재다. 시인은 이 시에서 암담한 현실을 건너가는 작은 희망의 불씨를 남겨두려고 했던 것인가. 불가능한 사랑을 꿈꾸는 연인들의 언약, 이미 망했거나 죽어가는 것들이 바라보는 희미한 천국의 흔적, 그런 것들을 못내 품고 싶었던 것일까.

왜 적도로 가느냐고 묻자,
전쟁이 끝나 우리가 만날 수 없을 때
부서진 건물 사이를 지나
너는 왼쪽으로 걸어
나는 오른쪽으로 걸을게
서로를 찾아 헤매다 어디에서도 만날 수 없다면
적도를 향해 걸어가자

—「적도로 걸어가는 남과 여」 부분

눈에 보이지 않고 만져지지도 않는, 약속으로만 존재하는 좌표상의 지점을 찾아 일념으로 걸어가는 두 남녀에게 '적도'의 의미는 무엇일까. 그것은 양극 사이의 중심에 자리하는 가상의 선이자, 두 사람 이상의 인간이 공유하는 최소한의 질서를 의미하고 있는 것은 아닐까. 마지막 약속을 붙잡고 걸어가는 두 사람을 붙들고 있는 사랑이야말로 폐허에서 꿈꾸는 일을 가능하게 하는 미약한 계기라는 사실을, 그 보잘것없는 소망을, 시인은 제일 먼저 고백한다.

시인이 하는 일

주목할 점은 이러한 시인의 믿음, 혹은 질서에 대한 욕망이 세계관의 영역뿐 아니라 그의 시론에 적극적으로 개입되어 있다는 사실이다. 현실을 변형시켜 자신의 세계관 속에 포섭하는 작업은 파편화된 삶의 조각들을 이어붙여 한 편의 시를 완성하는 과정과 자연스럽게 맞물리곤 한다. 이때 상상력은 현실에 치여 혼돈과 고통을 겪는 시인의 마음을 위로하고 질서를 잡아주는 역할을 한다.

> 형태를 알아볼 수 없을 때까지 내 마음이 망가지는 날, 버릴 수도 없는 그것들을 조각조각 더러운 풀로 붙여 시를 쓰지
>
> —「형태도 없이 내 마음이」 부분

이러한 창작론을 적극적으로 활용하고 있는 시 「수열」을 보자. 시는 따로따로 놓고 보아서는 별다른 의미도 없는 것 같고 서로 긴밀한 연관도 없어 보이는 열 개의 낱말들을 일련번호와 함께 나열한다. 하나의 낱말 옆에는 그를 설명하고 있지만 때로는 그다지 이해에 도움이 되지 않는 구절들이 짤막하게 덧붙여져 있다. 그러나 각 일련번호가 다음과 같은 공식을 거쳐서 하나의 몸체로 결합되자 낱말들은 전혀 다른 면모로 바뀌어버린다. "1+2+3+……+9+10" 각자가 서로에게 문맥을 부여하고 배경 혹은 전경을 이루면서 마법과도 같은 비약이 발생한다는 사실을, 어떻게 설명할 수 있을 것인가. 이는 시적 상상력만이 이루어낼 수 있는 신비로운 기적이 아닐 수 없다. 어쩌면 이렇게 "망가진 자들을 수거해"서 이들에게 새로운 생명력을 부여하는 일은 정작 시인이 담당해야 할 역할이 아닐까. 시인은 "천국"을 꿈꾸면서, 이렇게 천국이 하는 일을 닮아가고 있는지도 모른다.

이런 역할이 말처럼 쉬울 리는 없다. 현실과 환상의 경계에 걸쳐 있으면서도 동시에 현실을 넘어서야 한다는 요구는 불가능에 가깝지 않은가. 시인은 두 눈을 감고 마음으로만 느껴도 좋은 세계를 꿈꾸어도 정작 자신은 그곳에 온전히 몸을 담글 수 없는 운명에 놓여 있다. "두 눈을 뜨고 노래해도/ 고통은 바구니에 담겨지지 않는다네/ 두 눈을 감고 노래해도/ 고

통의 바구니는 줄어들지 않는다네"(「두 눈을 감고 노래해도」). 눈을 뜬 채 응시한 현실, 눈을 감고 꿈꾼 환상의 지대 모두 시인에겐 자신의 결핍을 상기시키는 고통스러운 공간일 뿐이다. 그럼에도 불구하고 그는 쓰지 않을 수 없노라고 고백한다. "앵무새 깃털이 불러주는 대로 나는 다시 쓰기 시작했다/ 쌀이 떨어지고 사흘이 지났다/ 내가 죽던 날 밤 앵무새가 꿈속에 나타났다"(「아직 완성되지 않은 시」). 그의 말에 의하면 시인은 자신의 죽음을 불사하고라도 알지 못할 초자연적인 충동에 이끌려, 쓰는 것밖에는 다른 운명을 택할 수 없는 사람이다.

그러나 어찌할 것인가. 폐허에서 왕국을, 지상에서 천국을, 절망에서 새로운 비전을 꿈꾸는 이들마저 없다면, 우리의 삶은 너무도 삭막할 것인데. 아니 아예 지상에서 태어나 지하에서 영면해야 한다는 절망으로부터 영영 벗어날 수 없을 것인데.

> 무덤에서 하늘을 찌를 듯 나무가 자라고
> 양 날개처럼 벌어진 나뭇가지마다 새들이 열려
> 나무를 뿌리째 뽑아 날아가는 새들
> 오늘, 거대한 나무들이 빈 하늘을 뒤덮으며 날아가네

—「새가 열리는 나무」 부분

(『시와반시』 2013년 가을호)

반인반어(半人半語)의 슬픔

— 김성대 시집 『사막 식당』[1]

무엇이 잘못인지 모르면서 뉘우치면서…… 어떤 거짓이 나를……
이제 그것을 자백하자
그것을 위해 말을 지금껏 잃지 않은 것처럼
—「본질범」 부분

시인은 쓰는 사람인가 쓰이는 이인가, 펜을 놀리는 자인가 그 끝에서 흘러나온 대상인가? 적어도 김성대의 시집만 놓고 보면, 이 질문의 답은 자명해 보인다. 그의 시편들 속에서 시인은 한 몸에서 나온 두 사람이거나, 여럿이 모여 있는 홑몸과도 같은 존재다. "*나는 나의 자식이다*"(「모노게네스」)라는 자못 오연한 선언에서부터 "우리들은 같은 묘비의 이름을 받았다"(「West Daegu」)라는 음산한 고백에 이르기까지. 어쩌면 시인에게 있어 내밀한 곳에서 시작되는 자기분열은 피할 수 없는 숙명일 것이다. 그는 자신이 목격했다고 믿는 이 세계의 진실을 언어로 번역하기 위

1) 창비, 2013.

해 태어난 이다. 그러기 위해 시인은 글쓰기의 공간 너머에 있는 현실 속의 그와 그 안에 연루되어 있는 그로 나뉘는 과정을 감수해야만 한다. 거울 밖에 있는 사람이 거울 안에 비친 자기 자신의 얼굴을 바라볼 때처럼 분열된 자아는 서로를 응시한다. 분명 자신을 닮았으나 점차 자신으로부터 달아나 독립된 정체성을 얻으려 하는 또하나의 나를 '너'라고 부르는 것도 역시 시인의 습관 가운데 하나다. 그리고 저 '다른 나'가 하나의 형상을 입고 자신의 시공간을 넓혀갈수록 '이곳의 나'는 점차 생기를 잃고 소진되리라는 사실도 알고 있다. "너는 한 조각씩 고이는 시간이다/ 한 조각씩 사라지는 나다"(「∞의 이데아 2」). 그러나 어쩌겠는가. 이 모든 것이 그가 바랐던 바인 것을. 아마도 시인은 이러한 예외적 사태를 꿈꾸며 몇 날 며칠 밤을 지새웠을지도 모른다.

김성대의 시는 시인이 스스로를 소진시켜서 자아를 지우고 시의 공간 속에서 익명의 존재로 다시 태어나는 과정을 그리고 있다. 그러나 자신의 존재감을 약화시킨다는 것, 서서히 자신을 지워가는 일이 어디 말처럼 수월하겠는가. 시인은 혼몽한 가운데서도 영혼 깊숙이 엄습하는 두려움과 슬픔을 숨기는 법이 없다. 참아보겠다고, 감수할 수 있다고 말할 때조차 그의 시어는 저렇게 구슬픈 아픔으로, 탁한 흐느낌으로 젖어 있지 않은가. "핏줄을 흐르는 피가 들릴 만큼 아스라해지면 가장 먼저 무슨 얼굴을 잃어갈까요 얼굴 없이도 참을성을 가질 수 있을까요"(「슈거블루스」). 그의 시는 믿음이 부족한 사도 혹은 시인들이 울며 헤매는 황량한 사막, 그리고 살아 있는 것들의 시련에 무관심한 차가운 문자의 공간 사이에 걸쳐 있는 혼돈으로부터 솟아난다. 영락없이 지상과 천상 사이에서 날아오르지 못하고 앙상한 그림자처럼 붙들려 있는 유령들의 언어다. 우리가 목격한 시인은 여전히 얼굴과 기관을 지닌 사람의 형상이었건만, 어느 순간 그는 자신이 결빙된 이데아, 문자(gram)라는 차가운 추상, 영원으로 향하는 유혹에 들렸노라고 고백한다. 스스로 만든, 그리고 그 안으로 기꺼이 걸어들어간 림보 한가운데서 그는 언제 녹을지 모르는 눈사람처럼 아슬아슬하게 서 있다.

저세상으로 반쯤 넘어간 시인이 흘려보내는 부호들을 해독하는 일은 간단치 않다. 먼저 그의 시에 무성한 퇴행과 물화(物化)의 이미지부터 하나씩 짚어가보자. 그는 아버지로부터 물려받은 현세의 질서를 버리고 "맥박 속을 돌고 있는/ 모음의 무늬 같은"(「이브에 다다르기」) 시원(始原)의 언어로 돌아가려고 한다. 그것은 대개 어머니 몸에서 유래한 비천한 배설물 혹은 식물성의 무조음처럼 낯선 성분을 지니고 있다. 김성대의 시어는 자신의 몸을 이루는 세포가 증식을 시작하던 초창기의 감각을 회복할수록 농밀해진다. 더불어 몸의 마비와 의식의 잠이 깊어질수록 이미지는 몽상을 덧입고 유려해져간다. 어찌 보면 이 과정은 퇴행 혹은 소진이라기보다 변모에 가까울지도 모른다. 이들은 인간과 언어의 한계를 경유하고 나서 시의 공간 속에서 다른 존재로 다시 태어난다. 이를테면 귀 없는 토끼, 코 없는 코끼리, 꼬리 없는 긴꼬리원숭이 같은 기형적 생물들을 통해 시인은 무엇을 이야기하고자 하는 것일까. 어쩌면 이들로부터 익숙한 기관을 절단하고 자신에게 부여된 '차이'들을 지움으로써, 그는 태곳적 원(原)-존재의 형상을 되살려내고자 하는지 모른다.

시인이 '향정신史'라고 이름 붙인 몇 편의 연작시들은 이러한 탈육신의 플롯으로 이루어져 있다. 덤덤한 시간을 삼키듯 딸기를 먹고 낮은음자리의 소리와 같은 새를 먹고, 온갖 것을 소진시키고 난 후에 "우리는 귀에 없는 말을 하기 시작한다"(「잡념의 공동체」)고 고백하는 시인은 정말로 육신을 버리고 '정신'을 택하기로 한 것일까. 정말 자신이 머무는 피안을 버리고 몸까지 버리고 난 후 궁지에 다다르면 "벽돌처럼 단단하지만 틈이 많은 글자들을 허물고 백색 종이가 일어서"(「슈거블루스」)는 기적 같은 순간을 만날 수 있는 것일까. 애초에 이들은 자신을 위해 마련된 약속 같은 것은 믿지도 않았을 것이다. 시인이 희박한 가능성을 저울질하며, 그래도 주저함 없이 자신의 운명을 받아들이는 이유는 내면에서 우러나오는 충동 때문이다. 해변으로부터 점점 멀리 밀어대는 파도(「이안류」)처럼, 시인을 낯선 곳으로 몰아붙이는 이 치명적인 충동은 존재의 흔적이 모두 지워진 다음에도 끈덕지게 남아 있는 모종의 힘이자, 거절할 수 없는 달콤한 유혹이리라. 때로는 도주하는 바람처럼 급격하게, 때로는 구름의 운동처럼 완만하게 다가오는 충동은 한 사람의 진실한 시인을 이토록 간절하게 사로잡아 종내 어디로 끌고 가는가?

선택의 여지는 없다. "남은 건 여기뿐인가요./ 이곳뿐이네."(「사막의 식당」) 시집 제목이기도 한 저 "사막 식당"이야말로 시인이 자신의 존재를 지워 순수한 언어의 숲속으로 실종되기 이전에 잠시 들르는 '글쓰기'의 공간, 바로 그곳이 아닐까. 삶과 죽음, 기억과 망각, 생명과 사물의 경계에 걸쳐 있는 공간, 그곳에서 시인은 불안에 떨면서 소속이 불분명한 언어의 조각들을 뱉어낸다. 물론 그는 아직 글 쓰는 이와 쓰이는 이의 정체성 가운데 어느 하나도 완전히 소멸시키지 않은 상태이다. 이들은 서로를 마주보며 자신이 둘로 쪼개지는 고통스러운 광경을 견뎌나가고 있다. 그러나 그곳은 아무래도 시인이 오래 머무를 만한 편안한 안식처가 아닌 듯하다. 아니, 오히려 시인은 사막 한가운데로 더 깊숙이 들어가지 못하고 그 경계에서 머뭇거리는 자신을 탓하고 있는 것처럼 보인다. 어쩌면 그는 순수의 이상향을 꿈꾸었던 플라톤의 후예를 자처하려는 것일까. 그의 시학을 담은 책의 첫 페이지는 언어의 절대영도를 향해서 더 과감히, 서둘러 떠나는 능력이야말로 시인의 첫번째 덕목이라는 묵직한 명제로 시작될지도 모를 일이다. 자세히 뜯어보면 '시인은 자신의 부재를 기꺼이 감수하고 영원한 표상으로 변신하는 일을 두려워해서는 안 된다'는 유의 충고를 주석 같은 곳에서 발견하게 될 수도 있으리라.

시인이 실종되었다는 소문이 아직 들려오지 않는다고 해서 그의 진심을 의심할 필요는 없을 것이다. 그는 자신조차도 스스로의 속내를 믿지 못한다는 표식을 여기저기 흔적처럼 남겨두지 않았던가. "*나는 이 기록의 끝을 모른다. 어떻게 시작해야 하는지조차… 그럼에도 기록을 남기는 것은 나의 실종을 믿지 못하기 때문이다.*"(「새를 먹고 사는 마을에 관한 어느 도래인의 기록」) 분명한 사실은 그가 스스로를 모질게 소진시키지 못하고 후회와 자책을 삼키며 여태 우리 가운데 섞여 있다는 사실이다. 채 완수하지 못한 실종의 사건보다 '아직 쓰고 있는, 쓰는 일을 도무지 중단할 수 없는' 채 남아 있는 시인의 자백이 나는 더 미덥다. "말하지 못한 것과 말할 수 없는 것"(「본질범」)의 미래를 위해 '말해진 것'을 배신해온 그가 부디 잡념과 소음의 세계에 더 오래 잔류하길.

(『세계의 문학』 2013년 여름호)

문학동네 평론집
응시하는 겹눈

초판인쇄 2014년 12월 24일
초판발행 2014년 12월 30일

지은이 이소연
펴낸이 강병선
책임편집 김필균 | 편집 곽유경
디자인 김마리 유현아
마케팅 정민호 나해진 이동엽 | 온라인마케팅 김희숙 김상만 한수진 이천희
제작 강신은 김동욱 임현식 | 제작처 영신사

펴낸곳 (주)문학동네
출판등록 1993년 10월 22일 제406-2003-000045호
주소 413-120 경기도 파주시 회동길 210
전자우편 editor@munhak.com | 대표전화 031) 955-8888 | 팩스 031) 955-8855
문의전화 031) 955-3576(마케팅) 031) 955-2663(편집)
문학동네카페 http://cafe.naver.com/mhdn

ISBN ISBN 978-89-546-3426-7 03810
* 이 책은 2013년 서울문화재단 예술창작지원을 받아 출간되었습니다. 서울문화재단

* 이 도서의 국립중앙도서관 출판시도서목록(CIP)은
e-CIP 홈페이지(http://www.nl.go.kr/cip.php)에서 이용하실 수 있습니다.
(CIP 제어번호 : CIP2014037702)

www.munhak.com